献芹集

红楼梦赏析丛话

周汝昌 著

中华书局

图书在版编目（CIP）数据

献芹集：红楼梦赏析丛话／周汝昌著.—北京：中华
书局，2006.11（2011.5 重印）
ISBN 978－7－101－05268－8

Ⅰ.献… Ⅱ.周… Ⅲ.《红楼梦》研究—文集
Ⅳ.I207.411-53

中国版本图书馆 CIP 数据核字（2006）第 101931 号

书　　名	献芹集：红楼梦赏析丛话	
著　　者	周汝昌	
整 编 者	周伦玲	
责任编辑	李世文	
出版发行	中华书局	
	（北京市丰台区太平桥西里 38 号　100073）	
	http://www.zhbc.com.cn	
	E-mail:zhbc@zhbc.com.cn	
印　　刷	北京天来印务有限公司	
版　　次	2006 年 11 月北京第 1 版	
	2011 年 5 月北京第 2 次印刷	
规　　格	开本 /700×1000 毫米　1/16	
	印张 32½　插页 2　字数 400 千字	
印　　数	6001-10000 册	
国际书号	ISBN 978－7－101－05268－8	
定　　价	49.80 元	

目　录

1

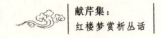

卷头小引

我没想到这本拙集还有重新问世的机缘，令我感愧的是，近年读者多来询觅此书，而中华书局也为重印此书颇予关切。既然如此，我就只有应时顺势，以供所需。其实，想看此书的朋友本来就不自今日始，而初版之后，就十分难买了。

记得大约是在南京召开红学会时，山西人民出版社的张承德先生烦周绍良兄向我索稿，我便将专著以外的若干单篇散论汇成一帙，给了张先生。当时只印了三千册，也未见任何宣传文字，知者甚少。所以连沪上老专家徐恭时先生也得知甚晚，苦求之时已不可遇。

一九八六年之夏，哈尔滨召开国际红学会，我嘱张先生将书中相当数量的勘误表印为小幅，带往会上赠送朋友。这次改正，然亦难保不无挂漏。

我自己很喜欢"献芹集"这个题名：我以此集献与雪芹，是第一层涵义；我以此"野人之芹"（自以为是"美味"……）献与读者，并求匡正，是第二层涵义。"芹"之"味"是十二分特异独殊的，有人喜食，有人嗤笑，也是自然之理。但无论如何，这毕竟是我红学论著中的较早的一点历程轨迹，正因是历程轨迹，所以盼望读者不把这一本文字见解孤立起来理解看待，因为历史、时空百般条件的发展变化都是不同一般的。早年的目下的就会有异同之分、新陈之辨。读者诸君可以看到：在那些岁月里，我所思索、探究的路向和重点是怎样的，其涵盖面或学术视野是敷展到何等的广度深度，有些虽未十分深切，但已为后来开启了端倪和引向，奠了初步基础。

如今我把这册拙集拿给红学爱好者，就作为一点野人之敬献的诚悃吧。

诗曰：

野人之味雪中芹，献与痴情赏异文。

多少高山与流水，伤春伤别杜司勋。

丙戌立秋日

《献芹集》序

黄　裳

　　五十年前在天津的南开中学读书。对这学校，历来就有不同的看法，这里不想过细研究。我只是想说，它留给我的印象是很不错的，特别是那自由的学习空气，至今想起来也还使人感到温暖亲切而不易忘记。完全没有以投考名牌大学为惟一目标而进行的填鸭式教育。舍监的面孔虽然严肃，但其实也还是宽容的。正规教学之外，课外活动是那么多种多样：体育，演戏，编印校刊，假日旅行，听演讲，学做陶器，养花……真是花样繁多，不过一切任听学生自由参加，并不作硬性的规定。图书馆里有着不算寒伧的藏书，学校附近有三家书店，出售新刊的书报杂志。学生有很好的机会接触新的思潮和新的文化。我知道学校当局曾经没收过北新书局出版的《结婚的爱》，因此受到《语丝》的批评，不过这是我入学以前发生的事了。对我的宿舍床头小书架上排满的新书，舍监查房时确曾多次有兴趣地注意过，但并不没收其中的任何一册。《水星》出版后，校园里出现了几张小小的征订广告，通讯地址就在教员宿舍，那是由李林先生代理的。在这《水星》上，我第一次读到卞之琳、何其芳的诗。国文班上孟志孙先生给我们讲古典文学和考证。这当然就有些失之艰深，但他用天津腔曼声长吟《桃花扇》"馀韵"的神情，实在是引人入胜的。他指定的课本之一是戴东原的《屈原赋注》，这书我们就不知道到哪里去买。可是第二天同学周杲良带了一本宣纸印刷非常阔大的一木刻本来，却使我真的开了眼界。这是他的父亲周叔弢付雕的有名的"建德周氏刻本"。这应该说是我对版本学最早的启蒙读物。

我在这里提起这些琐细的旧事，只是想表示我对这种教育方法的感谢。老师并不给学生规定某些未来的学习目标，只是像"抓周"似的在盘子里安放许多好玩的事物，任凭孩子自己选取。选择的机会倒是越广越多越好。当然像贾宝玉那样一下手就抓来了口红也没有引起紧张的必要，可能这正是一种最好的抉择也说不定。后来许多同学的未来事业都是最初从这里开始的。

人们真的选择了五花八门各自未来的胜业。

因为同级同组的关系，汝昌和我住在一间寝室里。他是天津咸水沽人，比我大两岁，平常总是缄默地不大开口。细长的身材，清疏的眉眼，说起话来也是细声细气的。他从高中一年才插班进来，一开始好像不大容易接近，看来他已不再是小孩，而是一个快要成熟的青年了。他从不参加体育活动，只是爱听戏，京戏、昆曲都喜欢。他还偶尔粉墨登场，记得后来他送给我一张《春秋配》里李春发的戏装照片，就是在燕京大学读书客串演出时拍的。这种共同的兴趣使我们找到了第一个共同点。

不久我又发现他喜欢诗词，并曾熟读《红楼梦》。这就在我们中间出现了新的、更有兴趣的共同点了。这时我们的谈话开始多起来，谈论的主题也集中在《红楼梦》上。有很长一段时间，每天晚饭以后，走出校门，经过南楼、体育场、女中宿舍楼，到墙子河边散步时，谈论的就多半是这个。那真是兴致盎然，杂以激辩，直至回到宿舍还往往不能停止。以我当时的年纪、水平，对《红楼梦》的欣赏怕还停留在《菊花诗》和《螃蟹咏》上面。汝昌当然比我高明得多，好像已经在注意曹家的故事和作者的生平了。可以说，这就是《红楼梦新证》的最初的发轫。当时的谈话内容今天几乎一点都记不起了。但汝昌的研究《红楼梦》早在五十年前即已开始，这一节我想是可以作证的。

《红楼梦》的研究达到了今天的规模与水平，不用说，在五十年前是梦想不到的。汝昌也一直坚持着他的研究,在《新证》之后又写出了不少专著与散篇论文。多少年来我一直以一个普通读者、"槛外人"的身份偶尔注意着他的工作。现在他的一本新的论文集将编成问世,来信希望我写几句话在前面。这是推辞不掉的,可是又完全没有发言的资格,只能简单地说几句空话。当然,在说着空话的时候,也不免要带出一些零碎的感想,看来比起五十年前的水平也高不了多少,但不也说明了有些设想已经坚持了那么久还没有改变的事实么?如果有谁指出这就是"僵化",那也没有什么法子想。

好像也是汝昌曾经提出过的,《红楼梦》研究应有内外学之分。看来这好像是一句笑话,不过却正是符合实际情况的。换一种说法,目前的"红学"大致似乎可以分为两大流派,一支是从文学评论的角度出发,一支是从历史学的角度着眼。事实上情形也正是如此。照我的看法,这两支研究大军是应该齐头并进的。而前者的工作应以后者的成果为基础。倒不是说要等彻底弄清了康、乾之际政治、社会、经济的情况之后再来进行《红楼梦》的艺术探索,这是不切实际的可笑的想法。但前一步工作做得愈深入、踏实,后面的工作才有可能得到更大的收获。这一"存在第一"的真理,是已由过去的研究经验充分证明了。想根除一切空论,舍此并无他法。

我一直在想,有许多重要的古典名著,如李杜元白诗,如《东京梦华录》《梦溪笔谈》《辍耕录》,是都应该进行全面的整理、笺注、研究的。这工作做得好,我们就往往有了一部具体的断代的社会史、科技史、经济史……有了一部《玉溪生年谱会笺》,即使非常不能令人满意,不也使我们对唐代后期文、武、宣三朝的政治生活看到一点依稀的轮廓了么?而在这一意义上,恐怕没有另一部书能比得上《红楼梦》。那简直是无比的明、清之际下迄康、乾"盛世"的一部极丰富的社会史,值得写出百来篇重要论文,在这基础上从而写出一部活生生的社会风俗史来。文学评论如能建筑在这样的基石上,可以断言开出来的必非徒眩人目的"唐花"。

《红楼梦新证》所表现的这一特色,汝昌曾经坚持了几十年,我觉得应该更自觉地坚持下去。这中间可能出现过偏离，出现过枝节性的迷惑，但只要大的趋向不错就用不着逡巡。

传记要围绕着传主来写，人们是不会有异议的。《红楼梦》研究围绕着曹雪芹来做，也应该是题中应有之义。人们说"红学"已经变成了"曹学"，这批评是尖锐的，但也只有在研究已经对著作与作者本身毫无意义时才是如此。人们也曾对"曹雪芹卒年"这样的讨论表示不耐。其实对这么一位伟大的作者连生卒年都弄不清楚，也并非什么光彩的事！不弄清雪芹的生卒年，又怎能确知他的生活时代，家族与社会政治生活的变化，又怎能具体分析作品产生等种种微妙因素呢？

繁琐也是一种相对的概念。在某些人从某一角度看来是"繁琐"的，换一副眼光，采取更广阔的视界，结论恐怕就两样。不能要求广大读者都是具有如此深广的兴趣，但在文学批评家，是应该更好地理解什么才是界限的。

细琐、隐曲的研究倾向是确实存在的。我想主要原因之一怕是缺乏较为高远的眼光，又没有向广阔的历史"荒原"进军的勇气，因而只能陷于枝节的钩索、搜寻，浸渐形成一种泛滥无归的状态。这才是值得议论的。

即以清初下迄乾隆这一历史阶段而论，目前就依然是一片未经开垦的"荒原"。遗存下来的实物、文献资料，虽然历经劫火，还是十分之丰富。现在仅就地志、文集、笔记……这一角落而论，恐怕就没有人能报得出一笔总账，更不用说泛览一过了。我相信，这中间是包含着大量直接间接与《红楼梦》有关的资料的。《红楼梦》是一部百科全书式的作品，这就要求我们以百科全书式的研究方法对待。说"红学"是"曹学"是目光过于偏浅了。大规模的开垦发掘，能带来怎样的收获，是无法悬揣的。正如开采一座包含了多种稀有金属的共生矿，经过筛选，分离，无一不是有用的财富。这种规模的研究工作，过去是无法想象的，这不是一二学人用"白首穷经"的方法所能做到的。在今天，就不只是可能，而且是必要的了。可能有人会怀疑，这样一来，岂非更将泛滥而不可收拾？其实这是用不着担心的，不会出现不可收拾的局面，我们得到的将是一部灿烂的文化史、社会史。

它将帮助我们更全面深刻地理解《红楼梦》和它的作者曹雪芹。照我看，这只能是惟一的途径。

有一件事记得是五十年前汝昌和我就采取了相同的立场的，那就是对高鹗为《红楼梦》添加的狗尾的态度。而这立场直到今天也还没有变。小说以一百二十回本传世，是二百年来的既成事实，高鹗给了小说一个"悲剧"的结局，姑不论"兰桂齐芳"那些混账话，也应该说是难得的。不过这里有一个科学态度与真实性的问题。假的总是假的，不论挂着羊头的狗肉行销了若干年，也到底不是羊肉。因此，每逢读到某些论《红楼梦》的洋洋洒洒的论文，一旦发现它引用了后四十回的文字作为分析论断的依据，就废书不观了。因为首先在科学态度上作者就已陷入了进退失据的地位，这样得出的结论，到底要由曹雪芹还是高鹗来承当？或按三与一之比计算份额？除了流行的百二十回本，就还有《红楼圆梦》《续梦》等不计其数的续作，这些作者似乎也有要求评论家予以考虑的权利。在这个问题上，我认为俞平伯先生作完《八十回校本》，将高续四十回作为附录放在后面的办法是合适的也是通情达理的。尽管许多人为高鹗提出过许多辩护的理由，但到底改变不了事物的本质。研究者不首先分清真伪的界限，终将无法得出符合实际的科学结论。

司马迁说过："文王囚而演周易，仲尼厄而作春秋……"这可能是我国最早涉及生活与创作关系的有名见解，真不能不使我们佩服。可是比起文王、孔丘、屈原……韩非来，曹雪芹的生活经历可是丰富复杂得多了。他有幸比他的前辈们迟两千年出世，社会已经大大地向前发展了。他看到的是一个五彩缤纷的封建末世，经历的是变幻多方、寒温异态的世相人情。这许多都不是他的前辈所能比拟的。曹雪芹和屈原一样，也发出了他的无数"天问"，不过他没有把回答写成诗，而是一部《红楼梦》。研究者的重要任务是追寻曹雪芹作出了一系列怎样的答案，和他为什么要作出这样而不是那样的答案。研究工作的前提应该是首先设法弄清在曹雪芹的头脑里到底有着怎样的问题。至于他怎样将答案通过形象、故事表达出来，那是文学评论家的事情了。

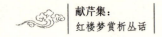

　　以上所说,看来无非也还是一堆空话。五十年匆匆过去了。回想当年热烈讨论、争辩的光景,还依稀如昨。可是汝昌经过了长期艰难的跋涉,却已很跨出了几步。自然不能说他是笔直地前进的,人间又哪能有这等事。但终于走出了一段路,基本的方向也没有大错。这是值得高兴的,也是我虽然惭愧到底还是说出了这一堆空话的原因。

一九八二、二、廿八

自 序

　　和红学结下因缘,从明确的意义讲,总在三十年代。二十年代的我,还看不懂《石头记》——开过几次头,都读不下去,只好掩卷收书而罢。但在初中时候,胡乱学写诗词,那种小令和七言歌行,却都不是直接来自宋篇唐句,而是带着一眼可见的"柳絮词"、"葬花吟"的影响痕迹的"学语"之作。其时年龄十三四至十五岁之阶段也。到了高中时期,是在有名的南开中学,和老同窗黄裳兄住同屋(那时还叫做"斋",这宿舍名称包含着悠久而丰富的历史文化内容,饶有意味)。我们二人,志趣略同,都酷爱文艺,每日晚饭后,情意悠闲,风日晴淑,例至校外散步,直走到墙子河畔为度,饱领落日归鸦之趣,霞天散绮之奇。我们不光是走,嘴里当然在说笑,不知怎的,话题往往落到"红楼"上来。这毕竟所因何故? 今天我已解说不清了,而且所谈的到底涉及哪些点或面? 也是不能追忆的了。只记得曾论及一义:像"红楼"这样的中华文学之菁英,必须译成一部精确的英文本,使世界上的读者都能领略一二。于是,黄裳兄遂发一问曰:我们有"红学"这个名目,可惜外国还不懂得,比如英文里也不会有这个字呀,这怎么办? 我当即答言:这有何难,咱们就能造(coin)一个新字,就是 redology!他听了大笑。

　　此情此景,如在目前,而年华一箭,早是五十来年过去了。黄裳兄给香港报刊撰小文，好像也提到过我们两人南中晚步的往事（他指出我对研红的规模意度大致已具于彼时了），不过他未必涉笔及此——创造英文"红学"的掌故。至于 redology 这个字，迟早会收入《牛津大字典》的，对此我曾说过我是相信不疑，无须多说的。

那是三十年代。我和他因"九一八"侵略炮火流离星散，不相闻者十馀载。到我们再通信，已经是全国解放了——那是他因见《燕京学报》上有我写的《真本石头记之脂砚斋评》一文，将其中一节文字（可能是第二节《脂砚斋》吧）转载于上海《文汇报》，来信告知于我，并附有晚报所刊读者撰文表示赞同的资料。他对我的研红事业始终关切，并且在每一个进展阶段上都以不同的方式支助于我——但我此刻要表的，还不是我们两人的学谊交期（因为实非数言可尽，须俟专文）；如今借此也可说明，我这个人，虽然确实比有的人是"余生也晚"，但比他们开始研究红学要早三四十年呢。

但《红楼梦新证》落笔却晚多了，实撰于一九四七至四八年，当时被认为是一部巨著，倘若核实了，却只是一个学期的课馀和两个暑假的时间。那真正是因陋就简，草草成篇。因为那时正写西语系的毕业论文，而题目又是向西方介绍陆机《文赋》，所涉甚繁，本不能精心专注，一力研红，何况一个基础不佳、八年沦陷、学殖荒落的我，又怎能在此时此际写出比较理想的红学著作呢？然而就是这样一本书，也发生了不小的影响。红学界对它颇有一些评论，无论毁誉，当然都是对它的不弃和关注，志而弗谖；但能从红学史的发展角度来论述它所给予后来者（一九五三年以次）的影响的，却不多见。比如，研论红学史，而只会就事论事，就书论书——都是当作为个别的、孤立的事物去"处理"、"对待"，而不知道应该着重指明一部著作的来龙去脉，它的历史位置和作用影响，那就失去了史的性能职责。对《新证》的评价，最近却有周策纵教授的一句话，他说："自从'五四'时期新红学发展以来，经过许多学者的努力，我们对《红楼梦》和它的作者、编者和批者的研究，已进步很多了。这期间，周汝昌先生一九四八年起草、一九五三年出版的《红楼梦新证》无可否认的是红学方面一部划时代的最重要的著作。"（《曹雪芹小传》序）这样的评价，我在别处是没有听到过的，自然也倍感惭愧；不过，周策纵教授是一位在国际上有声望受尊敬的学者，我们前此并不相识，用金钱、势力、情面等物向他索买颂语谀词，是办不到的。他那一句话，语有斟酌，字具斤两，包括着具体内涵而非一般泛泛之言可比，我虽愧难克当，却也仔细地想了一番，体会他学力与识力的高度。我以为，最主要的就是他不同于那些就事论事派，而是从史的角度（同时也即是一种高度）去看问题，因此他第一点就指明：自从有了《新证》，现代红学才进入又一个新的时期。他实际上是说：一九一九年五四运动兴起后，新思想新文化的潮流把旧来通俗小说的身价提高了，胡适于一九二二年即进行《红楼梦》的考证工作；如从一九二二年算到一九五一年我将《新证》全稿交付出版者，正好经历了三十年的时间；从《新证》出现以后，红学（严格意义的红学，不包括一般小说学家对《红楼梦》的赏析评议之类）才真正向前阔步前进。只有从这一历史眼光来看问题，始见周策纵教授之洞明红学，深具史识。所谓划时代，就是说，如果没有某一事物，就不会迅速涌现随它之后的各种事态的进展。《新证》所考明的事实与所提出的问题，引起了国内外的红学的重新兴旺，《新证》以后的红学著作，几乎没有一部不是可以在其中看得到《新证》的营养和启发的，包括那些驳难、攻击和毁谤《新证》的文字中所表现的红学知识和观点。周策纵教授用笔点出："汝昌在考证方面给红学奠立了许多基础工作，在讲论方面也引起了好些启发性的头绪。"这都不是所有的人所能看到或者愿意承认的。

上面这些，因与这本红学论文集有着干连，故而在此一叙。比如，搜集、整理雪芹家世资料而加以考订的，不自我始，但《红楼梦》的真正的时代背景，曹氏这个家族在清代史上的身份地位，曹李两家与皇室的实际关系和他们随政局变故而遭受的后果，他们在政治、经济、文化等多方面的作用和影响，当时满洲统治阶级的分化，满汉民族文化的汇合，以及所有这些时代条件所给予曹寅、曹雪芹的思想影响，《红楼梦》这部作品的内容与艺术的所以出现——首先是它的产生的可能的重要原因——这都不是《新证》以前的红学论著（胡适也好，李玄伯也好）所曾和所能认识或注意探索的。而在《新证》问世以后，有的人却好像"早都知道"，把它"拿来"当作"常识"似的谈讲起来，甚至夹枪带棒，倒打一耙。一比之下，周策纵教授的话，就显得那才是懂得历史的学者的眼力和态度了。

本集以内所收的《曹雪芹家世生平丛话》一组文章，就属于方才所说的这一类。记得发表之初，鲁迅研究老专家杨霁云先生赐信鼓励，说：望眼欲穿，才得一篇续出！——那时每月登出一节文字。杨先生此后屡屡叮嘱，此文必须续成完篇才是①。同时见赏的，还有四川大学历史系的缪钺、梁仲华诸位教授。梁先生特别来访，专谈他对此《丛话》的印象，认为能这样写法，是向所未见，评价甚高，并言：你应该写一部《康熙大帝》，为清史研究论文开一新生面。北京的叶恭绰先生，素未拜识，忽遣人送来手札及赠书，对《丛话》表示击节赞赏，至言："又读一篇，不觉益为兴起！"说这是一项大事业，一定要写下去，因为所关甚巨，非仅为"红楼"一梦也②。

此外，吴晗同志也以另外的方式表示过赞助。称奖、督促的读者很多。可是只登到第八节，报纸不知听见了什么话，突然变卦停止续载（开头的热情是向我每星期要一篇）。我就此停笔，转而事他了。从那以后，只续了一节《太祖舜巡》，而心情笔墨，迥异从前，全不对头了。——果然杨先生看了就坦率地告诉我说：这篇不行了，大非当年之比了！这不仅他为之嗟惜，我自己也觉惘然。如今尽数收在这里，全部地向读者贡其真实，妍非妆饰所能加，媸岂雾幕所能掩哉。

当然，读者们所嗟惜的，未必是我一己的"江郎才尽"，而是事情的机缘条件。世界上的事，大约都需要钟期、伯乐，安得当时有赏音者大力支持，使我一气而呵成乎。

再举一种例。在红学上，我似乎成了"考证派"的"代表人物"，以为我是在"搜集史料"上做过一点事情的，"尚称丰富"云。但是说也奇怪，云南

---

① 从五十年代起，每次遇到杨先生，他总是毫无例外地对我说：红学的研究，还是要做下去，不要弃置、消沉。他的鼓励的心意，使我深为感动。

② 后来我去拜访叶先生，他年事已高，而且病情不轻了，本不接待客人，特地扶疴相见，至有"相见恨晚"之言。

一位青年(当时是农场工人)却投函来说:他读了所有的红学著作,觉得只有我是最注意探索雪芹的思想的研究者。

说实在的,我听了这话,不能不有高山流水、知音犹在之感。我确实十分感慨,也十分高兴——我高兴不是因为听了他"夸奖"的话,是藉此而证知,青年一代大有人才,我并不曾错料。他们有眼光,也有心光,看事深,见物明,并不像有些专家那样皮相。

提起这,可以举《曹雪芹小传》中的"正邪两赋"那一节,早先本是作为单篇写的,写是应邀,当时某重要文艺刊物的一位同志特来约稿。写成了,经手的同志非常欣赏,付排、编在首篇,可见重视。后来竟然不知何故取消。我于是收入《曹雪芹》作为书的一章。出版社看了,竟不敢"做主",建议"删掉"。经我坚持,总算得以保留下来。书刚出以后,就有了在全书中特许此章的读者反响。最近重印,改订为《曹雪芹小传》,庚申岁不尽一日,收到湖南一位读者寄到的《小传》细批本,见他在"两赋"章的后面批道:"此篇是本书精髓所在",并言欲理解红楼,此为途径。对此,又怎不令我再三叹慨呢?又如《新证》中"本子与读者"的第七、八、九、十这最后四篇文字,其精神意度之所在,有人读了全然不能理会,可说是茫然木然,引不起任何"感应";而另有读者特地前来对我说:"一部《新证》,我读了最得意的是'本子与读者'最后四篇,特别是《试磨奚墨为刊删》!"他的意思是"这种文字是别处所看不见的"——也即此"才是《新证》的真精神所在"。有的人对"考证"一味表示他的讥嘲和轻蔑,说实在的,我怀疑他是否真看清楚考证文字都是什么样的。这也正如《曹雪芹》这一种力图勾勒出雪芹的生平遭际和精神面貌的论著,也曾被人看成只是给《新证》"补充一些资料"而"更为芜杂"云云(当时海外学者对此书的具有分量的评价,国内知者无几)。知与未知,识与不识,表现在人们之间的差异,还能再比这巨大吗?

本集所收《曹雪芹所谓的"空"和"情"》,也属于上述这个主题范围。它仍然很粗糙,但是提出了关系到理解《红楼梦》的思想的根本问题。其实,我从多个角度、多个方面来考察探索曹雪芹的种种,中心目的便是为了了解这一位奇突人物的思想和心灵。我的一切考证和论述，都是围绕着这一中心而进行的。"知我者，二三子。"能看到这一点的，却是在普通读者当中大有其人。

没有上述一层道理，有许多话（篇、章节、段落）我是不会平白无故地写它的。一些编造的"传说"，一批伪托的"资料"、"文物"，因为它们都极拙劣地歪曲曹雪芹，所以我强烈反对。程、高的伪续后四十回，更是歪曲雪芹最极严酷的恶毒货色，所以我更强烈反对——以致时时有人站出来替程、高喊冤叫屈，说我"不公平"、"偏激"、"罗织"、"深文"、"极左（！）"……总之据云程、高手笔诚然不及雪芹，但是别的没有什么大问题。我不禁万分诧异：这些好心的同志，为何不见他们以同样的"正义感"先替雪芹打抱不平一次呢?! 不妨说，这一斥伪尊真，是我的红学的全部主题内容，而且观点是永远坚定的。我着重表示：把这一点说明白了，对我比什么都重要，只要这一点明确了，别的都可以靠后再谈。

集内收录了《红学的几个侧面观》《红学辨义》等篇。这类文字涉及到很多重要问题。另有一些文章、讲演记录，则是对艺术方面的探讨。还有为同志们的红学著述而作的序言，也对红学研究的重要课题提出了初步的概念和意见。这些或者可以说是这本论文集的一个"特色"吧。

我对雪芹原著八十回以后的情况，最感兴趣——说"兴趣"就显得轻了，其意义实极重大。斥伪，与返本是事情的正反面。从这个角度来看待我对全书回数的推断，以及一百零八回书中每九回为一大段落的组织结构法的讨论，就不至于觉得离奇。与此相关联的是对现存八十回内的重要线索的正确理解问题。我对"双星"和"金玉"的两篇探讨文字，似乎可以为"理所当然"的旧解（误解）推扩出一点新的思路境界。我觉得这一方面在目前红学界成绩最不显著，应当多加倡导，尽早地从原地踏步、冷饭充新的老局面向前迈出新步子。

千枝一树，百派归源，不惜反复强调：要想理解《红楼梦》，先得理解曹雪芹，懂了雪芹的处境和思想，也就懂了他的小说，两者是如此地紧紧联在一起，其间关系，并不同于罗贯中之于《三国》，吴承恩之于《西游》，等等之类。忘记这一点，就容易只顾枝叶。有一位老教授到香港讲红学，说，他曾向我戏言：我的《红楼梦新证》应"正名"改作"红楼梦作者家世新证"才对。而他的红学观点实质倒是认为自传说是"有道理的"（他的意思可以说是"带有假话的自传说"……）。在溯本循源的问题上，他仍为一种错觉搅扰着：像《红楼梦》这样的小说，也同样是打开书本，就书论书，才是正经；说了半天，也就仍然是不必考虑从这部小说的具体特殊情况出发而作出具体的研究分析。我自己的看法是：如果你是真的了解了曹雪芹的一切，《红楼梦》中的很多问题不讲自明；如果你不了解曹雪芹，讲《红楼梦》也讲不明白，讲不深切；到目前为止，对雪芹的研究了解还极不够，大量问题没有解决，研究工作决不是太"多"了。说也可异，对李白、杜甫，对汤显祖、洪昇……，没有哪个出来说：研究考证太"多"太"细"了，唯独一涉及曹雪芹，事情就七嘴八舌起来。难道不是头脑作怪吗？若说我与有些同志有"分歧"，不过在此一点而已。

与此直接相关的是曹雪芹的处境心情和写作态度。尽管脂砚早就再三明白告语："字字看来皆是血，十年辛苦不寻常"，"滴泪为墨，研血成字"，"所谓此书是哭成的"，可是还是有人把他泪写血书的"小说"和别人的续作相提并论，以为他会有心情作无聊的胡扯。再就是还总把这位惊才绝艳、异常高明的文学大师的心灵手笔看得轻易等闲，甚至有时还以戏笑的眼光心理对待《红楼梦》，与伪续的极其拙劣俗恶的思想感情、文字笔墨放在一起时，竟然不能敏锐强烈地感到其间的巨大差别，因而说什么伪续后四十回还是出于雪芹"一手"所作——至少是程、高之流在雪芹"原著"、"残稿"的"基础"上"加工"而成的，云云。我忍不住要直言：在学术问题上，见仁见智，百家争鸣，还可以理胜者服众；在精神境界、文笔水平问题上，如果对高下优劣的感受上差异太大的话，那是连"讨论"、"商榷"也无从说起的。这个问题其实也不新鲜，古人在这方面的话头是够多的了。上面说过的每当我替雪芹稍申不平时，必然有人出来为伪续者鸣冤吐气，甚至以棍子帽子的某派"文风"来加我以罪名。此事初觉奇怪，后思也无甚可异，他们所真正关心、欣赏的既然早已不再是曹雪芹所写的这部作品了,我们再要多谈,岂不是牛头马嘴,"君向潇湘我向秦"? 有什么意义可言呢?

这一册文集大致显示出截至目前我在专著以外的零篇散论的面貌,只有少数个别的没有收入,例如我在某单位工作时,为了"拔白旗"让组成"批判小组"、集体讨论而派我执笔的,发表时却用上了我个人名义,甚至由他人改写的,等等,仍宜归之他人。也有个别篇目是已失去时间意义的,或者已经收入专著的,皆不复录。即从一九五三年算起,也整整三十年了,只有这么一点成果,虽说这与那个不重学术、不识人才的工作单位的徒然耗去了我一生中最好的年华和精力的主要部分、不得发挥个人所长这个事实是直接关联的,但也还是自感惭愧的。我这一些东西倘对今后的研红者在正反两面都还有一点用处,就不为灾梨祸枣了。

有一位老篆刻家自选佳石,为我制成一块大镇纸,问我要刻上什么词句,我说别离开我的"本行"本色最好。承他仿汉砖字法镌赠十四个字,文云:

借玉通灵存翰墨,为芹辛苦见平生。

现在借这一联来结束这个拙集自序,未知可否,也算对景切题吧。

汝昌自一九八一年秋日开笔,百端杂事楔入,有时写几行即须中断,或者间旬不能续写一字,以致全不成文,甚至全文内容、笔调,也和下笔时的设想不相一致了。读者谅之。 壬戌暮春三月。

伟大的小说家曹雪芹

　　我们中国文学史上有数不清的弘文伟著、杰作名篇。创作这些文化财富的作家们，几千年来，是人民心目中爱慕崇敬、引为自豪的民族菁英，可以列出一个长长的名单来。谁也没有想到，晚至清代乾隆中叶，即公元十八世纪初期，却出现了一颗特别光辉夺目的文学巨星——这就是《红楼梦》的撰者曹雪芹。

　　曹雪芹，单名一个霑字，字芹圃，号芹溪居士，别署梦阮。他家原是汉族人，老根是河北灵寿，因祖辈迁居辽东，在明末就成了当时满洲（族）首领的奴隶。满洲人后来打败了明朝，进入山海关，在北京建立了清朝，曹家就隶属于内务府旗籍，是皇家家奴的身份。雪芹的曾祖名叫曹玺，夫人孙氏，是康熙帝幼时的保母，关系亲切，康熙即位后派曹玺到江南去做织造官。由此，他家在南京"世袭"了这个特殊的职差，祖孙三辈四个人，在南京住了六七十年之久，所以南京反而形同"老家"一般。康熙末年，皇子们争夺宝位，雍正帝最后得胜，他一上台，残酷镇压打击他的众多政敌，曹家在这种复杂的关系中也成了遭祸的家族，抄家、拿问，——名义是追查公款亏空，但其实那都是康熙四次南巡时他家办"接驾"差使而欠下的"账"。曹家的命运，由此发生了巨大的突变。而雪芹的降生，就正在家遭巨变的前夕（他家遭事是雍正五年腊月，雪芹的生年我以为是雍正二年，公元一七二四）。

他家此后的情况和经历是复杂而曲折的，到乾隆七年，有一位诗人名叫屈复的，因怀念雪芹的祖父曹寅（擅长诗、词、曲，是个大文学家），已然写下了"诗文家计皆冰雪，何处飘零有子孙"的句子。这充分说明，曹寅一生在织造、巡盐的"肥缺""美差"中，毫不贪染，诗人为之下了"冰雪"二字的评语，这是何等高尚的人格，而身后子孙因政治关系而落得境遇悲惨，可为浩叹；诗人特别提到"子孙"飘零，不知处所——这正好是对雪芹的一种绝好的传真写照。

雪芹从少年就不循封建礼法，被长辈关锁在空房中，他从此就开始了他的写作的事业。此后困穷窘迫，流浪无依，不但衣食不给，连住处也没有，传说住过王府的马圈。他曾寄食于亲戚富儿家，却遭到了白眼冷遇。他对"世途"看得更清楚了。传说他在内务府当差时，做过笔帖式、堂主事。后来有人认为他的"职业"好像和北京西城的一所官立的宗室或八旗学校有关系。他也做过"弹铗长歌"的幕宾，但被人看作"有文无行"，下了逐客令。城里竟无容身之地，最后流落到西郊的一处山村去，在那幽静的野水寒云的冷落荒凉之处，度过了末期生活。乾隆二十八年除夕（一七六四年的二月一日），雪芹离开了人世。幼子先亡，遗孀独在，飘零无所依靠。——这个伟大文星的一生，草草说来，就是如此而结束。

雪芹多才多艺，能诗善画，为朋友们钦佩。好饮，穷得无钱沽酒，便卖画为活。皇家贵族，慕他的才名，曾加招聘，他不肯为他们效劳，断然拒绝。

他一生呕心沥血，写出了一部不朽的《石头记》，原是一百一十回（我以为实是一百零八回），因他描写的人情世态，对封建社会的种种，大胆地提出了怀疑和抨击，因而触怒了当世的皇家和权贵，向他施以压力，利诱威逼，迫害欺凌，致使《石头记》只流传下八十回来，其馀的痛遭散失。乾隆末年，和珅当权做相时，设下计谋，炮制出了后四十回，拼在一起，伪称"全本"，改名为《红楼梦》，并为之刊印传布——却偷偷地改变了雪芹原书的思想本质。

尽管如此，雪芹原著八十回的奇辉异彩，依然是掩盖不住的。它一直是我们全国人民以至全世界人民所越来越赞赏不尽的一部特别伟大的长篇小说。

雪芹作为十八世纪时期的封建中国的启蒙思想家，作为中华民族文学史上艺术造诣空前奇伟巨丽的大师，都是永远值得我们学习借鉴、向往怀思的。

（原刊于《解放军报》）

椽笔谁能写雪芹[①]

　　曹雪芹(一七二四——一七六四)平生事迹,久已湮没不彰;身非显宦名公,更无碑版史传。"五四"以来,雪芹之名,始为人知重。考证、研究,稍稍盛行起来。虽然诸多疑难尚待解答,众说意见复不一致,但比起后人对大文豪莎士比亚的了解来,我们对于曹雪芹的知识已算多的了。

　　雪芹单名霑,取《诗经·小雅·信南山》写雨雪兆丰的古句:"……既优既渥,既霑既足:生我百谷。"他的诞生,应与旱年喜雨有关[②]。

　　雪芹一生,堪称知己莫逆之交的好友,是敦敏和敦诚兄弟二人。他们是清太祖努尔哈赤幼子英亲王阿济格的五世孙。他家在政治上叠遭事故,沦落废闲。乾隆二十九年(一七六四)岁首,敦诚赋诗挽悼刚刚于上年除夕亡故的曹雪芹,作七言律诗二首,其中一联说:"邺下才人应有恨,山阳残笛不堪闻!""邺下才人",是把雪芹暗比为三国魏时大诗赋家曹植。

---

　　① 作者按:剧作家华而实同志,相邀合作《曹雪芹》电影文学剧本。因草此文,供作参考。稿为《百科知识》编辑所见,以为不妨刊布,遂腆颜付之。标题本二人自惭自勉之言,今亦不加改动了。

　　② 霑字取于《诗经》,与其上辈命名各出经籍正同,此意我早曾记于小册,年久忘掉,后徐恭时同志重为提醒,所见全合。伯菲同志进而发明新义:雪芹名霑,应与旱年喜雨有关。查雍正二年(甲辰,一七二四)正是久旱而于四、五月之交得沛甘霖,曹頫自南京奏报晴雨,大书此事,并用"霑霈"字样,情意吻合,可见雪芹生于雍正二年说不误。

4

在雪芹生时,野史稗官,闲书小说,是不登大雅之堂,不为"高等"人士所齿的。敦诚最初赏爱雪芹,也不在此,他佩服器重的是雪芹这位诗家。他说"邺下才人",既是巧用雪芹先世的典故,又以赞许他的诗才。至于说雪芹是一位全面、深刻地反映十八世纪中国封建社会的伟大文学家,伟大的诗人、画家、小说家,中华民族的骄傲,世界文坛的巨星,这是我们今天的人方才认识得到的。

如上所言,人们渴望了解雪芹,而苦无碑传;多亏敦家弟兄,才留下了几首重要的诗篇,给雪芹作了传神写照。其中一首写于乾隆二十二年(一七五七)。我以为此诗堪当碑传,足以弥补我们的憾恨。其诗题曰《寄怀曹雪芹》,全篇云:

> 少陵昔赠曹将军,曾日魏武之子孙;
> 君又无乃将军后,于今环堵蓬蒿屯;
> 扬州旧梦久已觉,且著临邛犊鼻裈。
> 爱君诗笔有奇气,直追昌谷破篱樊;
> 当时虎门数晨夕,西窗剪烛风雨昏;
> 接䍦倒著容君傲,高谈雄辩虱手扪。
> 感时思君不相见,蓟门落日松亭樽。
> 劝君莫弹食客铗,劝君莫叩富儿门;
> 残杯冷炙有德色,不如著书黄叶村。

敦诚此时只有二十四岁(他小于雪芹约十龄),感时抚事,念别怀人,笔笔雄深,句句雅健,以大方而沉著的线条替雪芹勾勒出一幅"画传"。试看:源流谱系,家世生平,性格才情,胸襟气度,艰辛写作,潦落生涯——几多重大事实,一片深至情肠,一一具现于纸上。数百年下展卷诵读,也会为之感动。说是可当一篇碑传,并非过言。

诗句是从魏武子孙说起。雪芹家原是魏武曹操之后。只是在旧时,魏武遭腐儒笑骂,已历千载,俗常亦多误解。敦诚故用"无乃"二字,貌似疑词,意在含婉,不过雪芹于此,是略无掩饰的。

　　曹家不但为魏武之后昆，也是济阳的嫡派。丰润曹氏有一副世世相传的春联门对，文词固定是："汉拜相，宋封王，三千年皇猷黼黻；居江左，卜京右，亿万世国器珪璋。"①汉拜相，是说曹参、曹操。宋封王，指的就是宋代开国名将曹彬，鲁国公，封济阳郡王者是。曹彬乃真定灵寿人氏，而祖墓又在宁晋：实为河北人。其第三子曹玮的后人，一支在江西进贤，到明朝永乐之初一次大移民中，北迁回到河北，定居京东丰润，又分出一支迁往关外，落户铁岭。到清太祖天聪八年（一六三四），雪芹的高祖曹振彦已在多尔衮（清代创业的第二代主要人物）的属下做了旗鼓佐领（旗鼓籍，奴仆身份）②。及至清人入关，"定鼎"北京，曹家就成为皇室包衣（"家奴"之义），隶属内务府正白旗。当年大诗人杜甫诗赠画家曹将军（霸），开头就说："将军魏武之子孙，于今为庶为清门。"敦诚巧妙运用杜句，婉蓄地叙出了雪芹实亦魏武之裔，而又暗示出：到此时代，却连"为庶为清门"（一般百姓，寒素之家）都不能够了，只落得身隶奴籍，万苦备尝。

　　雪芹是处在众多"交叉点"上的一位奇特的历史人物。在他身上，错综复杂地重叠着这些"交叉"：古、"今"，南、北，满、汉，旗、民，兴、亡，荣、落，贵、贱，穷、通，悲、欢，离、合，爱、恨，喜、怒，雅、"俗"，庄、谐，贤、"愚"，痴、黠……以此之故，他阅历丰富，感受非凡。他的哲思，混茫着世界、人生；他的才华，激滟着千汇万状。

　　内府包衣，皇家世仆，子子孙孙，都要为皇帝当差服役。雪芹的曾祖曹玺，娶妻孙氏。这位孙夫人被挑为顺治帝第三子玄烨的保母，自玄烨婴抱时，抚育长大，居于宫城西侧（遗址为福佑寺，至今犹存）。玄烨视孙氏情同慈母，与孙氏之子、雪芹之祖父曹寅，正所谓"明是君臣，暗如兄弟"。玄烨即位，是为康熙帝；自曹玺为始，历曹寅、曹颙、曹頫，三代四人，皆钦差前往江南去做织造监督，承办皇家服用。曹寅又兼任了两淮巡盐御史，常驻扬州。江左繁华，竹西歌吹，"红尘中一、二等富贵风流之地"的生活，

---

①　陈大远同志曾多年应曹氏之请，书写此联，深知其事。
②　此为冯其庸同志考察所得。

6

他家是不陌生的,前后共阅时至六七十年之久。曹寅工诗,尤擅词、曲,一生爱才好士,遍交当世作家,对"通俗文学"小说、剧本这类为士大夫轻贱的作品,他却非常爱赏,十分重视。他素喜读书,因此也喜藏书、刊书,对东南半壁的文化活动起了不可低估的作用。

这一切,对雪芹来说,已经是很久以前的旧事了。从曹寅下世到敦诚赋诗,相去四十五年,即自曹𬤇最后落职北返算起,至此也已是三十三年了,故而诗人有"扬州旧梦久已觉"(觉,一本作"绝")之句。

当前的雪芹,处境如何?他是环堵存身,蓬蒿没径。甚至有如汉代的司马相如,在临邛市上,沦为佣保,身著短裈,躬亲涤器,卖酒当垆。

雪芹一度借此谋生,传说中也适有其事。看来敦诚用典,是有实指的。

敦诚爱重雪芹,首先是佩服他的诗才。"爱君诗笔有奇气",一语点出。另一处则又说雪芹是"诗胆如铁",堪与宝刀的凛凛寒光,交相辉映。这就道破了雪芹作诗,不是吟风弄月,实有重要内容。他并回忆起当年在虎门宗学(宗学是雍正时为宗室皇族所设的官学,址在北京西四牌楼石虎胡同,今亦尚存),剪烛快谈的乐事,雪芹那一种接䍦倒著(狂放不羁,倒著衣帽)、雄辩高谈的神情意度,给年少的敦诚留下了永难忘却的印象。

康、雍、乾三朝的政局,一再翻覆,各种矛盾斗争,俱极激烈,曹、敦两门,都受牵连,家遭巨变。雪芹因此,坎壈艰辛,流离放浪,几经播迁。这时已到郊外山村幽僻之地,野水临门,薜萝满巷。无以为活,则卖画贯酒,食粥餐霞。犹然时遭主司上官的凌逼,他依旧傲兀不驯,白眼阅世。但是雪芹并非"超人",亦有妻孥。挈妇将雏,忧伤煎迫。不得已,做大僚幕宾,甚至投靠亲友,寄食朱门。这些事,他都是经历过的。敦诚满怀关切,苦语叮咛:"劝你不要再去叩富儿之门,受嗟来之食;也不必以违世抗俗之才再去浮沉于弹铗长歌之列(即指为人做幕)。在我看来,你的最好的人生道路,是就此山间水畔,碧云寺侧,黄叶林间,坚持完成写作的事业。"

看来,雪芹为境所迫,思想上并不是全无矛盾的;及至决意弃幕游之萍浮,赋北归之松菊,敦敏惊喜意外,逾乎寻常,说他是"野鹤鸡群",不甘合污①，胸中块垒，傲骨嶙峋。同时又一再重复写到他"秦淮风月忆繁华"，"秦淮旧梦人犹在"，"废馆颓楼梦旧家"，点明了雪芹此次是从南京故地重游而归。

有人揣想，雪芹所以愿就南京幕席，也许与他写作小说，访求史事有关。此说也不为无理。

回到北京之后，雪芹的高超才艺，忽然引起皇家如意馆（专门在绘画等技艺上给皇帝做事当差之处）的注意，欲加罗致。雪芹峻拒。盖幕聘犹是礼敬上宾，苑召实同役使奴仆，他不肯再为妆点宫廷、藻饰"盛德"去效劳了。他一意燕台诗酒，歌哭人间。

雪芹接受了好友的心意，从此在山村致力创作事业——这就是"字字看来皆是血，十年辛苦不寻常"，惊动当时、倾倒后世的《石头记》。

据清人记叙，雪芹少时，因"不肖"行径（如身杂优伶，登场粉墨，即其一例），被父辈禁闭于空房之内，为时"三年"。这种满洲式的严酷"管教"法，却给他提供了写小说以寄愤的良好条件。此后，他流落无依，仅有笔墨，无钱买纸，就把旧年的历书拆散，在背面书写，这种不成材的、自甘"下流"的生涯勾当，当世之人确实是"众口嘲谤、万目睚眦"。雪芹毅然不顾，就在那一片风雨连宵、楚歌四面的情势下一力奋斗。

《石头记》是一部空前奇丽、石破天惊的伟著绝构。在私下传抄流布时，立刻引动了人们的心目，声闻日广。一次，乾隆帝"临幸""某满人"家，忽然见到一本《石头记》，大为注意，"急索全书"。其人无奈，只得"连夜删削进呈"。我个人以为，此即是乾隆第八子永璇之事，因为皇帝从无"临幸"一般人家之制度。永璇颇有"不肖"之病，使乾隆十分恼怒忧虑，以至迁怒于永璇的师傅之辈，故曾亲至其府，意在察看。永璇为两江总督、相国尹继善之婿，故有机会与八旗满洲的风流子弟接触，得到了《石头记》抄本。

传说中所述的这次"内廷急索"，以致"删削不完"，极可瞩目。依我

---

① 宋谋玚同志解敦敏此诗甚确：即"雅识我惭褚太傅，高谈君是孟参军"，也正是幕府主宾的典故。

看,这件事不但是《石头记》八十回后书稿残缺散佚的直接原因,也导致了雪芹的不幸早逝。他半生呕尽心血、惨淡经营的这部奇书,由于帝王的淫威,爪牙的毒恶,诱逼兼施,奸谋百出,务欲毁坏他的这部心血结晶。雪芹忿恨填膺,郁郁成疾。他贫病交加,医药无告(敦诚挽诗即言"一病无医竟负君"),不久下世。卒时年华仅得四十(挽诗:"四十萧然太瘦生","四十年华付杳冥")。一代才人,千秋事业,结局如斯。无怪乎敦诚写下"邺下才人应有恨"的痛语。

雪芹身后,——爱子先殇——仅馀遗孀一人。敦诚说:"泪迸荒天寡妇声!"呼天抢地,情景至惨。又说:"新妇飘零目岂瞑?"雪芹之死,百恨在心,死未瞑目,诚如诗人之言。

封建社会"产生"了雪芹,却不能容他活下去。盖雪芹处于时代的转折点,对封建社会的一切结构、关系,都有自己的看法,而这些看法是很令人震惊的。所以乾隆时正统人物已然看出《石头记》中所表现的思想,是"邪说诐行之尤",深恶而痛绝之。所以那个社会是难以容他的。此义既明,《石头记》的伟大,就无待烦言了。

曹雪芹,前无古人,后无来者:家门显赫,不是纨袴膏粱;文采风流,不是江南才子("唐伯虎型");却召辞荣,不是山林高隐;诗朋酒侣,不是措大穷酸。他异乎所有一般儒士文人,不同于得志当时、夸弓耀马的满洲武勇。他思想叛逆,但不是"造反者";他生计穷愁,但不是叫化儿。其为"类型",颇称奇特;欲加理解,实费揣摩。

雪芹不幸四十即死。但"这样的人,规矩是不死的"(雪芹书中语)。他的精气长存,辉光不没,照映着我们祖国的古今艺苑,人间的中外文林。他是我国近代史上当之无愧的启蒙运动先驱者,伟大的思想家。

(原刊于《百科知识》)

曹雪芹家世生平丛话

一、从哪一件事说起？

十四世纪正在结束、十五世纪还刚开始，大明帝国建立了才三十年过一点，便发生了一桩不算小的事件，那就是建文帝被"靖难"兵赶走，方孝孺不顾"夷十族"的威逼而坚持要大书特书的"燕贼篡位"。这位"燕贼"（燕王朱棣）于一四〇二年夏历六月在京师（今南京市）做了皇帝；可是父老世辈流传的口碑中，他始终是"燕王"。"燕王扫北"，是豆棚瓜架之下常常提起的古话；北方不少的人家都知道："我们的老祖宗是跟着燕王来的。"

燕王永乐改元（一四〇三）的开年第一件事就是把他的封国北平府命名为北京，稍后便设留守行后都督府行部，置尚书、侍郎、六曹等官，这是新皇帝的"行在所"。由前一年九月，以"徙山西民无田者实北平，赐之钞，复五年（豁免头五年的赋役）"为始，本年八月接着便又"发流罪以下垦北京田"，并"徙直隶、苏州等十郡、浙江等九省富民实北京"。从此，一场包括罪人、贫民、富户、地主在内的各阶级阶层的大移民开始了。

移民的序幕是以行政命令的方式揭开的；而本来僻处边疆的北平府一旦变为第二政治中心——而且日益显明即将成为新首都，它的经济地位自然相应地逐步上升；在官方发动的移民运动影响下，便有无数贫民从四面八方自动自愿地流向新京师及其附近地区来,想在此寻求更好些的生路。由这时起,经历着中间的屡次"北巡"、"北征",直到永乐十九年正式迁都北京前后,这二十多年的大段时期内两种不同性质而又不无互相关系的移民,实际陆陆续续,未尝断绝。对于当时北方经济的发展,这曾是一个重要促进因素。

东北边疆的复杂情况使燕王不能不非常注意加强措置。紧继改北平为北京之后的另一件事就是以保定侯孟善镇守辽东,稍后便又以平江伯陈瑄、都督金事宣信充总兵官,督海运每年运粮四十九万石饷辽东、北京。辽东,当时的具称是辽东都指挥使司,这都司的区域东至鸭绿江,西至山海关,北至开原,南至旅顺海口,治所设在定辽中卫,就是现在的辽阳市。全都司共设有二十五卫,在行政上隶属山东布政司的系统;是"九边"地区之一,实为明国、朝鲜、蒙古、女真(满洲)接壤交会的地带,那情势的复杂,地位的重要,不言而喻。及至燕王起了要以北京为国都的念头以后,辽东于是形成"肘腋"重地,其重要不啻视前倍蓰,因而他之出力经营东北边事,自然更要超他父亲明太祖而过之了。

永乐元年,他先派邢枢到奴儿干(今黑龙江一带地方),去"抚视"江流南北;随后又以兵威相辅,乘机夸耀军容,从辽东都司到奴儿干,沿途置驿站四十馀所,以便军行;又在吉林建立大造船处,以备由松花江向黑龙江下游运送兵士。元年冬天(一说次年),便在三姓地方(今依兰,在牡丹江、松花江会流处)设立了建州卫,而以在奴儿干之役出力有功的女真酋长阿哈出为卫指挥使,赐以汉姓汉名。九年,设奴儿干都司于黑龙江口。八至十年之间,又设立建州左卫于斡木河(清人称为俄朵里,今朝鲜民主主义人民共和国东北部咸镜北道之会宁),而以另一女真部落酋长猛哥帖木儿为卫指挥使。这之前,又曾在四年三月于开原、广宁二地分设马市三处,其中开原南关一处,专以接待女真人前来进行贸易。所有种种措置,都不外是要凭这些手段来镇抚、羁縻女真,借以巩固边防的意思。

这位建州左卫猛哥指挥,就是清代官书所称的"都督孟特穆",后来追尊为"肇祖原皇帝"、清统治者的老祖宗。据爱新觉罗氏自己说,由"肇祖"

下传，七世而至奴儿哈赤，成为雄图大略、一鸣惊人的清太祖。

燕王万万想不到，就是这位经他"御口亲封"的小小一位边远的卫指挥，其子孙后来竟然占了他费力篡夺、经营的统治宝座。他更万万想不到，他出意计划的南北移民和建州左卫两件设施，正远远地但是密切地关系着我们的"只立千古"的小说家、《红楼梦》的伟大作者曹雪芹的许多事故！——要不然，也许我们这工夫就还没有空闲来提他们"明祖""清祖"这些老账哩。

二、"将军后"和"辽阳一籍"

曹雪芹的好友敦诚，在乾隆二十二年（一七五七）秋天寄给雪芹的一首诗中说过这样几句话："少陵昔赠曹将军，曾曰魏武之子孙；君又无乃将军后，于今环堵蓬蒿屯。"曹将军，本指画家曹霸；"无乃将军后"的疑似语、点缀话，我们自然不必认为它是在暗示着什么具体史料线索。但敦诚无意中的"将军后"这三个字，却是"歪打正着"，"幸而言中"了。

话说北宋开国之时，有一位著名的良将，姓曹名彬，字国华。赵匡胤取得中原之后，江南半壁天下还在那位能写"春花秋月何时了"和"帘外雨潺潺"的李后主掌握之中，后来就是由曹将军打下来的。他本是真定灵寿（今河北省正定县西北的灵寿村）人氏；封鲁国公，卒后追封济阳郡王，谥武惠。由曹将军第三子曹玮四传到一位名叫孝庆的，在南宋时官知隆兴府（今江西省南昌市），因此就落户在宦地，卜居在府东南的武阳渡（一名辟邪渡）。灵寿曹氏成为南方人，在武阳遗下了这一支派。

再表燕王做了皇帝，设立北京；虽然那还只是创立"行都"的名义，虽然他之由南京迁都北京竟然迟至永乐十九年才见实行，但他决意迁都的计划却不是很晚才有的。永乐四年闰七月，就下令于明年五月兴工修建北京宫殿。他派出尚书宋礼、侍郎师逵等许多人分赴四川、湖广、浙江、山西等地去采办大木料，包括有一位名唤古朴的，是派往江西的专员。同时又命陈珪等人办理砖瓦；征天下工匠，选在京诸卫及河南、山东诸处军民，赴北京供役。

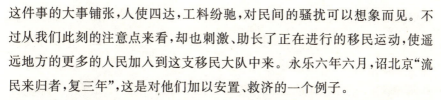

这件事的大事铺张,人使四达,工料纷驰,对民间的骚扰可以想象而见。不过从我们此刻的注意点来看,却也刺激、助长了正在进行的移民运动,使遥远地方的更多的人民加入到这支移民大队中来。永乐六年六月,诏北京"流民来归者,复三年",这是对他们加以安置、救济的一个例子。

江西武阳渡的曹孝庆,四世传至一对兄弟,长名端明,次名端广。在大移民的风气之下,兄弟双双渡江北上,要到北方来"发展"。他们早已忘记了京西灵寿老家一带,却流落到京东三百里外的丰润县去。长兄后来决定留在丰润,在咸宁里八甲落户了。可是不知什么原由,二弟并未一同留下,却又单人独骑、担筐荷篓地走向关外——远远地跑到铁岭卫去了。

铁岭卫在开原城西南,两地相距不远,常常连称"开铁"。这是辽东都司北面的极边;再往北,那就是"野人"们采猎生活的地带了。黑龙江虽然已设奴儿干都司,但在当时就不能常保安全,后来日益废弛;到明英宗正统初年,乃不得不将奴儿干都司撤回,其都司同知就退守铁岭卫:可见铁岭实是明朝东北边境的第一道防线。那地方"好玩"吗?且不说别的,单说一点就明白了:那时候铁岭是当作充发罪犯的最穷荒边远的地区之一。例如正统九年太监王振怪罪御史李俨应对不跪,下之于锦衣卫狱,谪戍极边,那戍所便是铁岭卫。

曹孝庆的五代孙端广,不远千里由江西而来,不在好地方落户,竟然会想到这样一处所在去"卜居"。这事说明什么呢?说明他是属于最下层、极端贫苦的人民中的一个。前面说哥哥"决定"留在丰润,弟弟"想"到铁岭,恐怕说得太"词令化"些了,实际多半由于他们是穷汉,不过是被官府分发到京畿、东北去作开荒垦业的苦农罢了。

真是光阴易过。自从曹端广流落辽东,转眼就是一百五十年。这时大明皇帝,传到世宗。嘉靖三十八年(一五五九)建州左卫猛哥的后代奴儿哈赤降生出世。在奴儿哈赤二三十岁的期间,铁岭曹氏生有一个七代孙,名唤世选(后改锡远)。明神宗万历四十四年(一六一六),奴儿哈赤即位于赫图阿拉(今辽宁省新宾县附近),"黄衣称朕",建元"天命",国号后金。两年后,以"七大恨"誓师,向明国开了火。明加征"辽饷"七百万,以兵部侍郎杨镐为辽东经略，集兵聚费，于次年三月，倾全国之力，号称二十四万大兵，四路出师，大举攻金；而五日之间，全军败覆。四月初九日，奴儿哈赤选骑兵千人，入铁岭境，掠得人畜一千而归。六月，金兵克开原，七月，陷铁岭。正如八年前建州叶赫部贝勒金台石、布扬古的预料所说："扈伦四国，满洲已灭其三，今复及我；其意即欲侵明，取辽东以建国都，使开原、铁岭为牧马之场矣。"曹世选这时正是一位二十多岁的好小伙子，遂为金兵俘虏，分给王贝勒做了奴隶。又两年之后（一六二一·天命六年·明熹宗天启元年），金兵又攻下辽、沈，迁都于辽阳。这也应了当时谣谚说辽东总兵李如柏（他娶了奴儿哈赤之弟素儿哈赤的女儿为妾）"女婿作镇守，辽东落谁手"的话。从此，铁岭的曹世选就跟随满洲"主子"和他们的眷属移居于辽阳城内。

曹端广出关定居铁岭，是永乐初年的事，相隔二百五六十年，到康熙六至八年间（一六六七——一六六九），亦即金国迁都辽阳以后的五十来年，长房端明的九代孙曹鼎望在为《曹氏重修南北谱》工作时，已然得知"卜居于辽东之铁岭卫"的那一派已经是"辽阳一籍"了。修谱时，端广支系的九代孙、雪芹的曾祖曹玺，正在江宁做江南织造郎中。曹玺的父亲曹振彦，官至浙江盐法道，那官书上记载他的籍贯正就是"奉天辽阳人"。

曹彬将军当日共有七子：璨、珝、玮、玹、玘、珣、琮，后裔满天下。说也奇怪，那硬被马绹章、寿鹏飞、景梅九等人派为"红楼梦作者"的上海曹一士（康熙十七年生，乾隆元年卒），也正是"武惠王后"。我们还知道明末和农民起义军死做对头的山西大同曹文诏、曹变蛟叔侄二将，和丰润、铁岭曹家也是族人。他们的时代都相接不远，而各人的身世遭际和作为，却是多么异样悬殊啊！曹文诏，先是"从军辽左"，后来和起义军打了一辈子硬仗，结果如螳臂当车，被围自刎了结。曹变蛟，所不同于他从父文诏的，是末后随洪承畴出关抗战，被满洲兵围困松山，被执见杀。曹世选，则沦为异族侵略者的奴隶，过着牛马不如的悲惨生活。——可是，由他这里却孕育了一个奇辉异彩的文学史上的伟大事件、伟大人物。

三、正白旗满洲

大诗人李太白在《战城南》乐府篇中写过八个字："匈奴以杀戮为耕作。"这真是一句惊人的奇语！然而其所以为大诗人，正在于不是为奇而奇，而能在奇中道着了事物的真相。

我国古代经济、文化较为落后的边疆部族统治者，在内侵战争中，多有嗜杀的。明代满洲兵，就是一例。

有一位辽阳生员杨某，顺治十七年总督松江，和无锡进士刘果远会饮，时正演剧，酒酣，杨总督忽然拍案大呼："住，住，板错了！"刘乃诧问："老总台也精通音律吗？"不料总台答道："我这条命还是仗着这一着保住的呢！"于是杨讲给刘听：满兵初破辽东时，恐怕民贫思乱，先拘贫民尽杀之；又二年，恐怕富民聚众致乱，又拘富民尽杀之。唯有四种人不杀：一皮工，能做快鞋的；二木工，能做器用的；三针工，能缝裘帽的；四优伶，能唱汉曲。但遇念书人必杀。那时杨是秀才，闭户读书，面颇肥白，被满兵逮住，问他：你是不是念书人？杨忙说不是，是唱戏的。结果伪装着唱了一段"四平腔"，算是刀下留情——而由此却做到了总督。

这事，据明泰昌元年（一六二〇）姚宗文奏疏所说："（去岁）六月失事，焚掠太惨，村屯一空。"以及清天聪五年（一六三一）大贝勒代善之子岳托回答祖可法的质问时所说："杀辽东民乃太祖时事，我等亦不胜追悔！"又次年岳托奏称："先年杀辽东、广宁汉人，后复杀永平、滦州汉人。纵极力暴白，人亦不信。"则两造对词，可无疑问。那幸而被留供役的，也是凌虐甚苦，单看天命六年清太祖训谕诸贝勒等："尔贝勒诸臣若骄恣不逊，……凌侍从，虐仆隶，则禄不保。"也就可知消息了。

这些幸运者，不外是因保存技工、补充采猎农耕劳动力和供杂役给使而留下的。后金满洲贵族把这些人和牲口并称为"人畜"，算作俘获资产的主要部分而按等分配，精能壮健的归最高级的贝勒（义为"支配者"）诸人享用。每获一个重要地方，常是论功行赏三日或五日。

当然，当他们知道了劳动力之可宝贵而不应屠戮时，俘虏就变成了侵略战争的主要和首先的目的，他们自己不农耕生产，却以战争为"经常职业"，就是为了掠夺包括"人畜"在内的生产资料。天聪七年皇太极（清太宗）向贝勒大臣征询国策时，萨哈璘和楞格哩就都主张先向明国进军，夺取俘获，第二步再图土地；而明国的辽东经略熊廷弼早已有"辽左今日之患在无人"之叹了。其后摄政王多尔衮率兵入关时，也曾明白表示："曩者三次往征明朝，俱为俘掠而行。"这，不是有点儿像李太白所说的"以杀戮为耕作"吗？

曹雪芹的祖宗曹世选在屠铁岭时被俘，是凭什么本领而"留用"的，则不可知。这一等人的命运异常之悲惨，人身、生活、一切，全失自由，鞭打、穿耳、贯鼻和割脚筋的恶刑，是家常便饭，还有随时被处死的可能和为"主子"殉葬的义务。不知可是有意是无意，曹世选的重孙曹寅，在他的《续琵琶》《制拍》一折借蔡文姬的口中而写出一支沉痛的《风云会四朝元》的曲子：

> 胡羌猎过，围城所破多。斩截无遗，尸骸撑卧。妇女悉被掳。又长驱西去，詈骂难堪，捶杖频加，号泣晨行，悲吟夜坐。——欲生无一可！嗟！彼苍者何辜，生长中华，遭此奇厄祸？……

每读至此，真觉不啻是为他的先人们的苦难而作的写照和控诉了。是全由他想象而云然吗？还是在他们这种人家不乏此等世代传述的惨痛回忆呢？

彼苍是无知的，问也无益，曹世选终于被编入了满洲正白旗，成为包衣旗下人。

包衣，本是满洲语，对音为"波衣"，意思是"家的"、"家里的人"，就是奴仆。至于曹家所隶的正白旗，旧时竟被错为厢蓝旗；满洲呢，起先有人说是"错误的"，该是汉军；后来又说不管满洲也好，汉军也好，"但本为汉族并无问题"。这些人似乎以为"旗籍"只是和"族别"差不多的东西，好像说，既已知是汉族，则辨旗岂不多馀？他们不大知道，最早期的满洲八旗是满、蒙、汉三族合编，旗人的政治地位、经济地位、社会地位更都要由旗籍来决定，要了解旗人，得先考查他的旗籍才行。

汉军，在满洲本叫"乌真超哈"，意思原是"重军"。汉军为什么反是重军呢？这就要明白最初满洲军队中的汉兵是和"红夷大炮"紧相关联的（红夷，明人本以指荷兰，又误以混指葡萄牙，明之大炮乃葡人所进献。清官书则讳"夷"改"衣"）。原来满兵自开、铁、辽、沈节节得志之后，首次在宁远役中遇到挫折，奴儿哈赤竟至受伤殒命；接着皇太极时代在二次宁远战役及遵化、永平等役中，也是屡遭伤亡失利：这都是"红衣"炮给只凭骑射胜人的满洲兵的绝大威胁。永平役后，满洲设法招致明军炮工炮手王天相、窦守位、刘计平、丁启明、祝世荫等人，才能铸造"天祐助威大将军"（当时炮都以"将军"为名），成为明清火器威力间对比的一个转折点。皇太极至极重视，于是始编汉兵（尚无"汉军"之名），专掌炮火，议定出征时每固山（旗）都有随营红衣炮大将军，共四十位，有关事项悉命额驸佟养性管理。这还只是满洲兵旗内的汉族兵而已，事在天聪五年六月。正式将汉兵拨出，编为独立旗，则是晚至天聪八年的事，以"旧汉兵为汉军"，黑色为旗帜。这才是"汉军旗"制度的开始。后来的明降兵、汉奸军队，都一律另编汉军旗籍。——这和早年被俘作"家里人"的包衣汉奴们，更是纯粹性质不同的两码事。试问，把曹世选硬派归"汉军旗"，可有什么道理？

内府三旗汉族包衣和八旗汉军人有根本的区别：第一，从历史讲，有如上述；第二，从隶属讲，一隶满洲旗，一隶汉军旗；第三，从政治讲，前者仕途均与满洲相同，洊升九卿，亦占满缺（惟中进士分部院观政，与汉军同，那已是清代中叶以后不明本来制度的错误）；第四，从礼俗讲，"八旗汉军祭祀，从满洲礼者十居一二，从汉人礼者十居七八，内务府汉姓人（注意：不称为"汉族人"），多出辽金旧族，如满洲礼者十居六七，如汉军礼者十居三四耳"（《听雨丛谈》卷六），其汉人年久满化的程度可见；第五，从阶级讲，较早期的汉军平时是农奴身份，尚有可以出旗为民的规定，而三旗包衣是世仆奴隶，都是"家生子"，永无放赎之例。这样不同的两者，却被某些研究者看作和"族别"等尔或根本用不着辨别的东西了。

正白旗，就是整幅不破色的白旗，"正"读上声，是"整"的简体字，正如

"厢白旗"是"镶白旗"的简写一样（白旗镶红边的意思）。这整白旗,事故可多呢。

旗纛的颜色,本是出猎行围时各军地位之分别的标记。当中是中军,设立黄纛,叫做"围底";左右是两翼,分设红白二纛,叫做"围肩";两翼的末端,各立蓝纛,满语叫做"乌图里",我们可以称之为"围端"。不消说,四色中自以黄为最重要,最尊;红白次之;而蓝为下。管围者,皆王公大臣领之,两乌图里则只由巴图鲁侍卫率领而已。

由这演而为满洲原始的四旗军制;后因繁衍,才扩为八旗。而八旗,则成为八家贝勒的领军,拥为实力,互相雄长。除黄旗例为"汗"（最高酋长）所有外,另三色的位次和其重要性的区别则时有变化,最后并逐渐泯而不显了。天聪改元的前夕,议定总管、佐管、调遣等大臣时,那八旗次序是:正黄、厢黄、正红、厢红、厢蓝、正蓝、厢白、正白。——正白旗地位居于最末,已与最初不同。可是到顺治元年以后的情形,又与此大不相侔了,那次序变成:厢黄、正黄、正白、正红、厢白、厢红、正蓝、厢蓝。蓝旗复归于最末;而正白却又一跃而居第三——这就是正白归入"上三旗"的缘故了。

满洲统治者内部之间,明争暗斗,你抢我夺,那矛盾是极为热闹的,从奴儿哈赤杀弟素儿哈赤（舒尔哈齐）及长子褚英为始,一直未有停止过。皇太极杀兄正蓝旗主莽古尔泰,于是正黄、厢黄、正蓝三旗的实力都归皇帝一手掌握,这是所谓"上三旗"的形成由来。至于其中正蓝后又变为正白的原由,就又牵涉到"九王"多尔衮的始末。

原来奴儿哈赤受伤致命,临死前并未有遗命叫第八子皇太极做皇帝,相反,倒是意在于幼子多尔衮;但多尔衮,其时年仅十五,无力争雄。多尔衮和兄阿济格、弟多铎,是同母所生,三人恰又同为父亲所爱,因而母子们遭到嫉妒;皇太极谋得了帝位,竟将这位异母大妃逼死殉葬他父亲。由此种下无穷的事因。

素儿哈赤之子阿敏,是二贝勒、厢蓝旗主。天聪四年六月,宣布了他十六款罪状,免死幽禁,将家产人口扫数给予济尔哈朗。这济尔哈朗便是后来和多尔衮一同辅佐顺治的二摄政中的郑王。天聪六年十二月,莽古尔泰以"叛逆"罪被诛，由是正蓝旗为皇太极吞并。至此，天命年间的"四大王"势力，渐趋集中，所馀正红旗主大贝勒代善，因拥戴不争之功而见留。再次，厢红旗归岳托，正白旗归多尔衮，厢白旗归多铎：这三人是较后起的"四小王"之数。

多尔衮的地位越来越变得重要，他的白旗兵成为一支最充实最有战斗力的大军，多立首功；入关以后，名为摄政，实据帝权，封为"皇父"，炙手可热。弟弟豫王多铎握兵柄，是统一江南的主帅；明末清初的南方人，提起这位贝勒爷的名字，真是谈虎色变。多铎故后，厢白旗亦归于多尔衮掌握；他又从年轻的顺治手中将正蓝旗强索过来，集三旗大兵于一手。曹家原是他的"家里人"，曹世选的儿子曹振彦，凭着这"九王爷"的"馀荫"，已经有了"功名"，获得了"出身"。

九王因贪求女色，不谨致疾，顺治七年十二月死在喀喇城。次年正月，尚在被追尊为"成宗义皇帝"。不料到二月中，全案变卦，削夺封典不算，而且获罪籍没家产，党附者悉遭重祸。其罪状之一就还是"擅自诳称太宗文皇帝（皇太极）之即位，原系夺立，以挟制中外"的老账。——他们这种老账有时要算下好几辈去，例如上述被杀的褚英，他的孙子苏努，在康熙四十七年还被皇帝诘问："苏努自其祖相继以来，即为不忠，……伊欲为其祖报仇，故如此结党败坏国事！"隔代的人，竟把这种关系弄得这般清楚，他们内部矛盾是如何深刻尖锐、错综复杂，不难想见。

多尔衮既病死势败，顺治皇帝才将正白旗从他的嗣子多尔博（本多铎之子）手中收为自己的实力，从此，两黄和正白永远成为"上三旗"的定制，而上三旗的包衣由是构成内务府全部人员。曹家正是从多尔衮的家下而变为皇帝的奴仆的。——若是"汉军"，怎么入的内务府之门呢？

曹振彦顺治七年开始做山西吉州知州了，这无疑还是皇父九王的威势所系；只是他从此升大同知府、浙江盐法道，直做到顺治十五年，未有波折，这现象颇值得注意。不过白旗和黄旗之间的矛盾并未就此停止，后来还有馀波发展，而且曹家也与之有关系。但有一点：假如不是曹振彦的儿子曹玺在顺治十一年就已成了皇三子玄烨（康熙）的"嬷嬷爹"（乳公）的话,那他们家的整个历史也许是会全部改观的。

奴儿哈赤爱子三人中,阿济格居第十二,封英王,就是曹雪芹好友敦敏、敦诚的祖宗;多尔衮居第十四,封睿王,就是曹雪芹的祖宗的"主子"。他们之间,也可以攀个"老交情"吧。

四、二十四衙门——十三衙门——内务府

要谈入关以后的曹家的许多事情,都离不开内务府;要了解内务府,还得了解一下明代太监。提起明代太监,可是说来话长。

却说奴儿哈赤,自从宁远兵败,重伤而殁,一代名酋,九原赍恨;皇太极拾此残局,那情势颇不乐观。"世为大明守边"的建州女真,到此已和明朝成为仇国,境内经济价值极高的那些特产如东珠、人参、紫貂、玄狐、猞狸狲等等,输出途径全然断绝,而倚赖明国输入的各种生产、消费必需物品,也一概无着;更严重的,还有农产问题,粮谷奇荒。这时满洲单是军兵已拥有十五万之多,一旦乏食,恐慌可想,还谈什么厉兵秣马、拓土开疆?就是想往外再求发展出路,以解困境,无奈山海关防线巩固,面对着能使"胡人胡马无数腾空乱堕"、能使"数里之外东人(清兵)狂奔不止"的红衣大炮,实又束手无策。当此之际,纵非途穷日暮,也是可兴可衰。假如明朝看到这一点,好自为之,那大局也许正难逆料。可是明朝岂足以言此?

奴儿哈赤之后,皇太极继承统治了十七年,清国渡过难关,日益强大。天启皇帝之后,崇祯帝也继承统治了十七年,明国疽毒遍体,腐烂而亡。那最后一幕,是吴三桂"痛哭六军皆缟素,冲冠一怒为红颜",竟向清国九王"效秦庭之哭"。这一着,正中多尔衮下怀,就在顺治元年四月二十二日率领白旗大兵先行入关。五月初二,直抵北京,明臣文武人等迎出五里外,由朝阳门进城。那伙太监们,则特为抬了大明皇帝的辇驾卤簿来,请九王乘用,径入禁内,在武英殿接受朝贺。——于是大清帝国就此"奉天承运"、"定鼎安民"。而曹世选,随着九王爷,也由"包衣老奴"一跃而成为"从龙勋旧"。

崇祯年间,江淮一带有一首童谣,说道:"朱家面(明朝),李家磨(闯

王），做得一个大馍馍，——送与对巷赵大哥（满人自己当中有"觉罗姓赵"的传说，故此称之为赵大哥）！"这显然并非就是代表人民的观点和感想，但也说明了部分历史现象。入关以后的"赵大哥"，常和南明的士大夫为争"名分"而打一种"嘴仗"。清兵篡夺了农民起义军领袖李自成的革命果实，占据了中原华夏，却以"仁义之师"自居，振振有词地表示："国家之抚定燕都，乃得之于闯'贼'，非取之于明朝也。"明人则也并不客气地揭破多尔衮所谓"沉舟破釜，誓不返旆，期必灭'贼'，出民水火"的本心不过是"乘我蒙难，弃好崇仇，规此幅员，为'德'不卒：是以'义'始而以利终"。清人指责南明是"乘'逆寇'稽诛，王师（清兵）暂息，遂欲雄据江南，坐享渔人之利"，而在明人和后世人看来，这"坐享渔人之利"——或坐享"大馍馍"的，倒不是南明，恰好是清国。

这个问题临到当时史论家的笔下，就成为明朝到底是"亡于'流寇'"还是"亡于'建虏'"的问题。例如有人说："一时迎降恐后者（地主汉奸们），以'寇'为先帝之仇，清能为我灭'贼'，非我仇也。嗟乎！'贼'之发难，以何事起？——天下嗷嗷，皆以加赋（"辽饷"等重税）之故；然加赋于何年？皆以东人发难也。"那意思竟是要追究全部责任而加诸清人头上。说实在的，这却未免有点冤枉了。

明朝到底亡于谁？——亡于它自己，亡于它自己的透顶出奇的腐朽，腐朽得稀烂糟。

这个统治集团的腐朽现象是五花八门的，而最具"特色"的，则要推"阉祸"（因此，也有人说，明亡是"亡于宦官"）；阉祸之中，又以魏忠贤、客氏的"逆案"尤为出类拔萃，那真是"国之将亡，必有妖孽"，一点儿也不错。

明代的太监们，本来分布在"司礼"等十二监、"惜薪"等四司、"兵仗"等八局，号为二十四衙门，可是他们实际却是些什么样的人物呢？借引毛主席的话："彼辈不注意敌人而以对内为能事，杀人如麻，贪贿无艺"，"使通国之人重足而立，侧目而视者，无过于此辈穷凶极恶之特务人员"（《毛泽东选集》第二卷七一八页）。今天的我们，要想从揣摩、想象中而寻求一个活的明代太监形象，实是太不容易了。《法门寺》里的刘瑾，让好角演来，倒还可以“活”起来：“……自幼七岁净身，九岁进宫，一十三岁，扶保老王；老王驾崩，扶保幼主正德皇帝登基，明是君臣，暗如手足的一般；多蒙太后老佛爷十分的宠爱，封俺义子螟蛉干殿下，外加'九千岁'之职！内管三宫六院，外管五府六部十三科道，执掌生杀之大权！”不过，这只是卖弄其“来头”和“了不起”，表示意满志得而已，至于他们的可怕、可恶、可恨、可杀，在这出戏里那是连万分之一也看不到的。我们有时想到，“创造”十殿阎君、十八层地狱种种“形象”的那位“艺术家”，他的想象，残忍、丑恶得可说到家了；可是要和明代的“厂臣”来比，则这位艺术家的想象力简直还是太初级、太薄弱，十殿阎君太“善良”、十八层地狱太“写意”了。

不知是真是假，据说在天启初年，就有一位道人在长安市上高唱两句歌词：“委鬼当朝立，茄花满地红！”委鬼，暗隐一个“魏”字；茄花，谐音“客花”（客姓，北音读作“切”，和“茄”字音近）：这指的就是魏忠贤和客氏一对。听听这，那妖孽味儿已是十足。

清兵攻下开、铁，人民惨遭屠戮焚劫以致“数百里无人迹”——也就是曹世选被俘为包衣奴隶的那第二年，九月初六，朱由校继登大宝（天启帝）。他和他那雄才大略的祖宗燕王一上来就立北京、设建州卫的作风迥不同科，他在即位的第十五天所做的一件事却是：封乳母客氏为“奉圣夫人”，太监魏进忠（后来才改名忠贤）为锦衣千户。而同时，言官顾慥、冯三元、张修德、魏应嘉等正在纷纷攻击那位努力规复边疆、使敌人不敢轻动的辽东经略熊廷弼，终至罢斥，换上了袁应泰（他一接任，辽、沈马上就陷于清手，事局大坏）。——这就是“达天阐道敦孝笃友章文襄武靖穆庄勤哲皇帝”朱由校第一着经天纬地的弘猷和德政。

明代的皇帝们，好像和太监有“三生孽缘”，结而不解。他们有的宴居深宫鸦片烟榻之间二十多年，只接见大臣一次，却把一切事权，都委于宦官之手；而宦官们自然不负“寄托之重”，把坏事都做尽，集万恶于大成。

这样也正合皇帝们的脾胃。太监、官僚、乡绅，并力朘削百姓，百姓实在活不下去了，弱者饿得“人肉为市”、“父子相食”，强者揭竿而起，去做“强寇”。对于饿死活人，某些臣僚的看法却是：“星变，当有大咎，赖陕西民饥死，足当之，——诚国家无疆福。"而皇帝听到这种解释，居然"悦甚"！至于天启皇帝，又别有妙处，其"性机巧，好亲斧锯髹漆之事，积岁不倦"；因为这位工艺家每天忙于"引绳削墨"，事情就交给魏忠贤和他手下的"五虎"、"五彪"、"十狗"、"十孩儿"、"四十孙"等人了。天启元年二月袁化中疏陈国事可忧，总括为八点："宫禁渐弛（指客氏事），言路渐轻，法纪渐替，贿赂渐章，边疆渐坏，职掌渐失，宦官渐盛（指魏忠贤事），人心渐离。"而熊廷弼亦曾指出："况今日辽人已倾心向奴（后金）矣：彼虽杀其身杀其父母妻子而不恨，而公家一有差役，则怨不绝口；彼遣为奸细，则输心用命，而公家派使守城，虽以哭泣感之，而亦不动。皇上以为民心如此，能战乎？能守乎？"我们看看这些情景，而要把明亡的责任全部推给"东人"、"赵大哥"，夫岂得谓平？

客氏，系侯巴儿之妻，生得十分妖艳；天启帝被立时年才十六，未婚，而客氏乳母年正三十，徐娘风韵，竟使这位小皇帝"惑之"，且至于出入与俱、片刻难离的程度，客氏一度被遣出宫，就把他闪得天到傍晚茶饭不下，到底重召入宫才了。客氏在内，秽乱宫闱，毒害妃后；皇帝既婚，乃转与魏忠贤"相好"，表里为奸，无恶不作，臣僚中像会写《燕子笺》《春灯谜》的阮大铖之辈，争拜二人为"父""母"。那魏九千岁，是"警跸传呼，清尘垫道"、"羽幢青盖"，"俨然乘舆"；那奉圣夫人，是"侍从之盛，不减圣驾"，"灯炬簇拥，有如白昼，衣服鲜华，俨若神仙"，而群呼"老祖太太千岁之声，喧阗震天"。他们一党用惨酷绝顶的毒刑杀害反对他们的杨涟等"前六君子"、周起元等"后七君子"；诬熊廷弼以赃贿，杀死后，"传首九边"；又劾论袁崇焕（曾以红夷炮获宁锦大捷的另一辽东巡抚）为"暮气"，罢之：于是国事边事皆不可为，而农民起义军也就在这时起来了。魏忠贤一家，连襁褓小儿悉膺封爵，一次加赐庄田就是一千顷；樊维城说："忠贤所积财，半盗内帑；籍还太府，可裕九边数岁之饷！"——

讲曹雪芹家世而讲到这里，真所谓"犹河汉而无极"了。可是不要忘记，这才正是曹雪芹的先人们所生活的那种世界的缩影啊；若再撂下远的说近的：魏忠贤的一个干儿子阮大铖，跑到南京，出力断送了弘光小朝廷的"恢复事业"。还有一个干儿子冯铨,留在北京做了贰臣,替新朝效忠,颇为多尔衮所信赖,他和明代东林党的残馀,在异族统治者的掌复下继续"斗法";这一层,又和清朝贵族内部以及满汉之间的各种党争结合起来,相互假手,钩心斗角,争权夺利,以致后来掀起郑王济尔哈朗倾复多尔衮、旗人宁完我劾治陈名夏等冤冤相报式的轩然大波。这期间,两种"奴才"——太监和内务府包衣——之间的矛盾自然也跟着凑趣。再说,那些还只会管宫殿叫"大衙门"、管"东宫皇后"叫"东屋里福金"的满洲贵人,乍入宫廷,种种制度、礼仪、排场、讲究,整个如"乡下佬进城",处处离不得那些内行的太监,而太监从抬着辇驾迎接九王为始,也早安心向新主子身上用工夫了。所以终顺治一朝,阉侍得宠,内务府撤销,只将明代太监执事的二十四衙门改并为十三衙门,依旧任他们揽权柄、擅威福。那顺治临死遗诏自责十四条罪状之一就是:"祖宗创业,未尝任用中官,且明朝亡国,亦因委用宦寺。朕明知其弊,不以为戒,设立内十三衙门,委用任使,与明无异:以致营私作弊,更愈往时。是朕之罪一也。"其事可见一斑。这局面,直到康熙即位,将太监吴良辅处斩,尽罢十三衙门,重设内务府,永远停用宦官,才算告一结束。由此,内务府上三旗包衣人,整个替代了太监的职分。

看来,太监和内府包衣,虽然好像算不了什么,可也曾关系着两代兴亡的好些事情,所谓"非细故也"。

不由这里,我们就不好明白,为什么曹振彦在顺治年间只能在外做做州府盐道,而儿子曹玺却在康熙二年出马就做了江宁织造;而且,人们虽然都时常提起曹雪芹的上世三辈做织造做了五十年之久,可是若不知道他们是继明代的织造太监之后任、若不和织造太监的情形联系比并而看,就更无法了解何以他们却使江南人士对之颇生好感的一层道理了。

还有,曹玺的妻子孙氏,生时封为一品夫人的,其实也就是一位"奉圣夫人"——康熙的"嬷嬷妈妈"。魏忠贤后来曾进位"宁国公",——说来也巧,曹雪芹在小说中也竟然写到贾府的祖宗有一位封"宁国公"的,不知是有意点缀还是偶然暗合?(不知道明代制度掌故的,是造不出这种封号来的。)这些事情,也必须从明代的客、魏说起,才能了解其来龙去脉、分合异同,才可以从比较中对他们作出一番"评价"。

例如有人说:曹家是"炙手可热的权要"。这话究竟正确不正确? 若正确,正确到什么程度? 若不正确,不正确又是从哪一意义上来讲? 这些问题,不从上面那些关系来考察分析,恐怕就不太容易回答。

交代过这些,然后也才好讲清朝的皇帝乳保和织造监督、巡盐御史等等的那些事故。

五、"蔼春云"

康熙三十年的春天,曾和吕留良、黄宗羲等诸贤合力经营《宋诗钞》的那位名诗人吴之振,因给曹寅题《楝亭图》,留下过五首绝句。其第一篇写道:

> 画舫听歌记夜分,深杯絮语蔼春云。
> 文章重见波澜阔,骐骥行空更不群!

诗人的神通真是妙极了。本来,我们对于十三衙门撤后,首次长期专任江南织造至二十馀年之久的曹玺,印象上完全是模糊的,经诗人这一追怀摹写,寥寥数笔,传神阿堵,顿时觉得那个人物活起来了。这位满洲旗织造监督的风度为人,他所生活的那种环境气氛,都如在目前了。

画舫听歌,暂可不谈;深杯絮语,就特有味道。而更要紧的还有"蔼春云"。这三个字虽然表面是形容"絮语"者的作风,可实际上还另有作用。"君诗多态度,蔼蔼春空云"乃是唐代大诗人韩退之《醉赠张秘书》篇中的名句;韩退之那时是和张秘书、孟东野、张文昌等众位诗家文酒相会,"为此座上客,及余各能文","所以欲得酒,为文俟其醺","性情渐浩浩,谐笑方云云:此诚得酒意,馀外徒缤纷"。诗人说得明白,这种会饮是不同于"长安众富儿,盘馔罗膻荤;不解文字饮,惟能醉红裙:虽得一晌乐,有如聚飞蚊……"的。吴之振用了这个典故,就暗示给我们,他和曹玺的深杯絮语,也正是一种"文字饮",——要不然,下面怎么接得上"文章重见……"、

"骚裹行空……"等评文（称许曹寅）的话头呢？

能和"黄叶村人"吴之振作文字饮的人，那可"不简单"哪！再加上曹寅自己告诉我们的，那鼎鼎大名的"栎园先生"周亮工（他的著作之一，《书影》十卷本，今天在新华书店里随时还可以看得到），和曹玺就有通家之好，"常抱寅置膝上命背诵古文，为之指摘句读"。——由此看来，常有这一班名家为座上客的曹织造，他那"文化"可不"低"了啊！

我说，这一事实对于曹家的"文学传统"大有关系，对曹寅、曹雪芹的文学造诣有深切的影响。但是此刻我们还来不及细谈这些问题。

曹玺怎么做的江南织造呢？至少有三层原由。第一，他"走运"；第二，他"逢时"；第三，他本人具备着做织造的条件——这条件内就包括着必须文化水平足够高，因为这时代的织造已然不再是明朝织造太监那种只单纯负责搜刮作恶的下流人物了，他实是在本等职务之外，还负着特殊的政治使命和"文化使命"。这一段话，须要再解说解说，回顾回顾。

有如"上回书"所交代的，曹世选本是九王爷多尔衮的家下人；九王爷是入关以后的"实际大清皇帝"。顺治六年二三月间，因明将姜瓖先降后叛，九王"御驾亲征"山西大同，八月末，大同的乱子才结束；而曹振彦于次年就做了山西平阳府吉州知州。顺治八年，多尔衮已身死势败，同党大遭诛斥之际，曹振彦家却因转归内务府上三旗，依旧成为皇家亲信的世仆"内臣"，而且，在八月皇帝大婚的"覃恩"之下，反得进阶为"奉直大夫"，转年，竟由知州擢升为大同知府了。这还不好就说他家是"走运"，因为内中可能另有事由。可是到顺治十一年三月十八，皇三子降世时，曹振彦的儿媳妇，"曹玺家的"，年才二十三岁的孙氏夫人，已然被选为新皇子的奶母；到顺治十八年正月初二日，曹家更出了一段"天大的喜事"——顺治病重，正式宣布，孙氏的这位奶儿，定名为玄烨，竟然立为皇太子了；五天以后，顺治"驾崩"，年方八岁的孩子，就成了康熙皇帝。这，可想不出更妙的说法，只好得说是他家"走运"吧！

提起这，曹玺家还要感谢那位"热而玛尼国"（日耳曼）耶稣会教士、钦天监监正、"通玄教师"汤若望先生。这是怎么句话呢？原来顺治当年最宠信汤若望，康熙得立，汤若望实有"拥戴之功"。说起这事来，还又得重提"红衣大炮"的缘故。汤若望本是帮助明朝铸炮、使清兵大吃苦头的人，而清人入关后，反而重用汤若望，礼遇异常，就是看在大炮的面上，是为了要和南明争夺战斗武器上的援力；可是想不到，汤若望后来对顺治的影响，却远远超出了"大炮"之外。

说来真像小说一般：顺治十六年五月，抗清义士郑成功乘清兵攻打贵州，江南空虚之际，以大军由崇明口径入长江，破瓜洲、镇江，直逼南京，同时响应者张煌言也率领浙军由芜湖进取徽宁诸路，义民争先归附，不战而得四府三州二十四县。扬、常、苏等州，也纷纷准备反正，全国大震。清国存亡，在此一举，而清廷并无兵将可派，恐慌万状，以致顺治始而颇作"逃回关外"之想。皇太后闻悉之下，赶紧来找皇帝；也不知太后说了几句什么话，就把顺治惹得暴跳如雷，像疯狂一样，拔剑将御座劈为碎块，宣言誓要亲自出征——这种"毛包"式的孩子见识、儿戏作为，当然无救于危急，只能使事情更为糟糕。太后见拦他不住，急得去请皇帝的奶母来加以"劝诫"……最后，还是汤若望的谏止发生了效力。汤监正因此被称为"国家的救星"，许多显贵权要，都到他馆舍来，伏地叩头，以致其崇敬感激之意。——汤若望在当时的"魔力"是如何的巨大，可以窥豹一斑了。

因此之故，到顺治要议立"储皇"——这在封建王朝是头等严重的大事——为了拿大主意，也还得向汤先生征询意见。这位通玄大教师以为，皇三子曾出了痘，力主当立，于是事情就一言而定。龚鼎孳《汤先生七十寿序》所说："最后则直陈万世之大计，更为举朝所难言。"指的就是这回事了。所以我说曹家应该感谢他，说曹家是"走运"，实在是事出有因的。（出痘，在当时是一"大关"，满洲人尤其害怕它。顺治屡因"避痘"在元旦免朝贺大礼，多尔衮征大同时，因弟弟英王阿济格的两位"福金"都痘亡，竟欲遣归英王，罢大同之围，又因接着弟弟豫王多铎出痘之讯，即日班师而返；多铎旋亦死亡，年止三十六。明白这层关系，就明白为什么立太子竟会考虑到出痘的问题，——也就明白为什么"王熙凤"女儿大姐出痘，全家就至于那般"热乱"了。）

说也奇怪，顺治一时信任通玄教士，一时却又崇拜和天主教不相容的禅门高僧。有一位玉林琇，被尊为国师，顺治对他称"弟子"，自号"痴道人"（连那顺治宠爱而康熙诛杀的太监吴良辅，竟也曾在悯忠寺"祝发"皈依）。玉林之后，则由他的徒弟茆溪森和顺治交往。据玉林年谱记载："顺治十八年正月初二日早刻，佟大人奉旨往杭，请茆公为上保母秉炬。"秉炬，就是行焚化之礼。我们看看，顺治六岁"登基"、"升辇"时，乳媪就欲"同坐"；发生了大事，不可开交，也要靠乳母解纷；乳母死后，至于特派大臣远请高僧为之焚化：则乳母在满洲人家庭中的地位何似，略可概见。——这倒实在只限于是家庭里面的地位，清代的皇帝乳母，虽然也是一种"奉圣夫人"（封号），但已不再是客氏那样的妖孽了。

曹玺家的、孙氏夫人，就是这样一种地位的乳母。

在明代，乳母一旦选入宫内，终身不能再出；崇祯十四年，才许期满放归。这被选的乳母，用奶去喂皇帝的儿女，自己的儿女却又要由别人来代乳。孙氏这次丢在家里的孩子，多半是曹寅的姐姐，因为孙氏是奶康熙到五岁时，九月初，才又生了曹寅，排行老大，而曹寅也曾提到自己有一个姊丈。及至康熙又有了这位"嬷嬷兄弟"，就把他做了自己的"书僮"小伴当。——这是后话。

至于目前，康熙的"嬷嬷爹"曹玺，自然先得要挨上一个好地位。可巧顺治一死，太监势败，十三衙门既撤，织造一职改由内务府人担任，于是嬷嬷爹首先简放为江南织造监督。请看，这岂不就是我说他不但"走运"、而且"逢时"的缘故了吗？

禅门高僧对顺治的影响，正像汤若望之不止有关"大炮"一样，却牵涉到文学艺术方面。他们在参禅论道之间，讲到了书法，评及《红拂记》，以至连金圣叹的批《西厢》《水浒》，也讨论到了，顺治居然还很有些见头。他向大师供认："朕极不幸，五岁时先太宗早已晏驾，皇太后生朕一人，又极娇养，无人教训，坐此失学。年至十四，九王薨，方始亲政，阅诸臣奏章，茫然不解。由是发愤读书。"并说，自己苦读了九年，因此曾经呕血。可见单靠长弓快马打天下的满洲英雄，到统治全国时，文化问题就日益严重起来了。他们始而利用明朝降臣,继而命令子弟十五岁以下八岁以上皆须读书,并一再考拔人才,可是到底也还得自己精通才行啊,于是赶快补课。——这样他也就很快地在文化上"汉化"了。在这种形势之下,曹振彦之已是"贡士",曹玺之能和吴之振作"文字饮",事情就不足为怪。话说回来,正因为曹玺有这水平,才让他到江南去做织造。这又就是我说他本身具备着条件的意思。

做织造,要偌大的文化何用?然而,清朝统治者的手段高明,就在于此等地方。在明朝,权之所在,就是利之所在——也就是太监之所在:天下军政万事,都归其手,织造不过其一小焉者也;可是对于东南富庶之区,织造就是奉使吸取脂膏的主要人物。终明之世,织造太监的问题,旋罢旋复,真是史不绝书。嘉靖二年,因江南连岁不登,中官却请准了重督织造,众臣纷纷力争,皇帝坚决不睬;御史张曰韬说:"陛下既称阁臣所奏惟爱主惜民,是明知织造之害矣,——既知之而犹不已!实由……群小为政也。……臣闻织造一官,行金数万,方得之。既营之以重赀,而欲其不责偿于下,此必无之事也。"这使我们明白:要谋织造一缺,光是下本钱就要几万两银子!那么"油水"有多大?可想而知。所以到曹家时代,士大夫们给他们家作有关的记序文章时,都忘不了提到明代的馀痛之深,寓规于颂;熊赐履就说,明代织造太监之祸害东南,简直就可以和宋朝朱勔"花石纲"之为厉三吴相比拟!这就是为何到清初撤罢织造太监时,竟使大诗人吴梅村为之作诗"志喜"的缘故了。

清代最初是改差户部员管理(以后十三衙门时期又曾一度恢复太监督造),据记载,那些部员也是以"钦差"自居,"睥睨督抚,奴隶州县,纵恣骄矜,寮吏因是多不法"。那情形,对江南人来说,是走了阎王,来了夜叉。可是后来到底真有些不同了,这不同就是换来了"蔼春云"的曹玺,"雄才倒峡,邃学淳渊"、"奇怀道韵"、"称神童"的曹寅,和"落笔为诗文,泠泠有爽气"的李煦。

这批人来了,真使江南人士耳目一新,大为诧异。

他们做什么来呢?当然主要目的还是来朘削东南民力。据清代一位笔记家告诉我们:内库大缎皆金陵(南京)所织,因系供奉皇家,大江之中每年定时就自己浮来一只江豚，——原来织大缎染色时就要用这江豚的油来秘法调制，所以染出来格外出色。依我们看，这倒不是"天子圣神，百灵献瑞"的问题，正说明了那种"穷极纤巧"的考究奢侈的实况。只是，若谈到纺织工业，经济剥削，这些事就需由专家作论，而不是"丛话"所能"话"得了的了。

他们的第二重职务是政治使命。曹玺的"陛见，陈江南吏治极详"，曹寅、李煦的密折暗奏，举凡地方百务、官民动态、天时岁收，巨细无遗。这都是我们已然熟知的旧话，不必多赘。至于他们还负有"文化使命"这一层，谈者就似乎还不甚多。

上面说，封建统治者知道统治全国离开文化不行，那还是就他那批阅章奏一面而言；事情当然不是这样简单。统治者们也很明白，那时南方地区的知识分子，特别是明遗民，这些人强烈反抗异族新朝的问题，实在比汤若望的大炮、郑成功的义军，还要麻烦。因此他们就必须做些工作，来笼络那些文人学士、遗民父老，使之麻醉，不要去煽动人民起事。这工作谁能去做？怎样去做？这固然不是"带兵的"所能办，也绝不是那班肠肥脑满的贵人所胜任，必须是皇帝自己的亲信之人，又能沾点风雅之味，兼处于人文荟萃之乡、风物优美之区、财力雄足之地。——这自然非落到南京、苏、杭、两淮等地的织造、盐臣们的头上不可，由这些人以文酒流连，主持风雅，爱才好上的方式去进行，是再合适不过的了。

从曹玺往下的曹家，就是这样一种局面的"产物"。

研究这方面的人说，明珠遣使包衣安图（书画大收藏家安岐的父亲）去做盐商，囊括巨资，交结士夫；明珠之子纳兰颙若给徐乾学三十万银子，编《通志堂经解》，又广行延揽名士，殆亦有使之者。这话和我上面所述事态联系而看，从曹寅、纳兰等的相互关系而看，亦觉颇有道理。

不过，事情就是复杂的，事物发展演变的情形是辩证的。曹玺、曹寅等人，本是要去影响遗民文士，用以"潜销反侧"，可结果也被遗民文士影响了。曹寅和明遗民的特殊密切交往关系，曹寅这人的文学作品内容思想，将是我们以后的专篇话题，——也就是了解曹雪芹的一种重要参助。

至于在织造、盐政的优越条件的促进之下，怎样滋养生长起来了那一部分的清代文艺、学术和其他文化事业，这将更是一个绝大的、有意义的题目，那已不是"丛话"的范围，应该有专家好好地全面研究一下，写一部书，以惠学人。

六、弧骑剑槊

大约就是雪芹死后不久，转年的春夏之间，友人张宜泉作诗伤悼他，在"谢草池边晓露香，怀人不见泪成行"的情景之下，写出过两句话：

> 琴裹坏囊声漠漠，剑横破匣影铓铓。

雪芹这张裹于"坏囊"的琴，我们已经在王冈所绘的《幽篁图》（雪芹小像）里得到了证实（那张琴就摆在雪芹对面的一块石头上，旁有三件诗画卷轴陪伴着它），因此我说，在这一联诗句中，出句的琴既然不是为"配景"而平空撰造出来的，可见那下面落句的剑也就不会是为了"作诗"而"对对子"；雪芹生前，确实喜爱宝藏过一口长剑，习过剑术。——敦诚为酬答雪芹而作的《佩刀质酒歌》也曾说："我有古剑尚在匣，一条秋水苍波凉；君才抑塞倘欲拔，不妨斫地歌王郎！"似乎也不无可供寻味消息、相互参证之处。

实际，曹寅、曹雪芹祖孙二人，在文学上，既同是大师巨匠，在"武学"上，也都很"有两下子"！曹寅的舅氏顾景星（赤方先生）说曹寅是："弧骑剑槊，……悉造精诣。"固然顾老可能有"誉甥之癖"，但年高德劭的当代名流，说话也总不至过于支离的吧。

要说曹氏成名，是在文学；而其"起家"，实在与文无干，却系由武。——江宁的明代遗老方仲舒，不就说曹氏是"起家侍卫皇恩繁"吗？不过我这里所说的"起家"问题尚不限于侍卫一点，和方老先生的"皇恩繁"也没有多大交涉。不免另起一桩葛藤。

我们还没有忘记曹家的老祖宗曹世选吧？关于他，我前回曾说过：至于曹世选是凭什么本领被"留用"的，则不得而知。这是他当初被俘时候的一个问题。被俘为奴以后，就还有一个问题：不知他为他的满洲正白旗旗主，都是做些什么事情？服哪些劳役？

要谈到这样的问题，本来应该学习孔夫子的态度："夏礼，吾能言之，杞不足征也；殷礼，吾能言之，宋不足征也：——文献不足故也。"不过我们若真是严格遵守圣人之训，那"丛话"就写不成了！倒是那位"善读书"、"读一句书、能识其正面背面"的朴学大师阎若璩说得"活动"些："古人之事，应无不可考者；纵无正文，亦隐在书缝中，要须细心人一搜出耳。"我自己就时常想，谈曹家的事，完全寄希望于"文献"，即使还有待大力发掘，其结果也许总不能尽免于失望，不得已，向"书缝"上想想办法，有时或者不失为一种"权宜"之方。

清代精熟于八旗制度礼俗的一位内务府包衣旗籍的专家，告诉我们说：内府三旗人，分为佐领、管领两个系统，身份不尽相同：其管领下人，是满洲"发祥之初"的"家臣"（家奴），而佐领下人是当时所置兵弁，所谓"凡周之士，不显亦世"也；及后"鼎业日盛"，满蒙各部落归附日多，乃于"天命"建元的前二年，增设外八旗佐领，于是内三旗佐领下人，"亦与管领同为家臣"，这是两者日后合一的原由；不过，其本来的分别始终没有尽泯，因为"内廷供奉亲近差事，仍专用管领下人也"。

这一条掌故知识非常要紧。原来，曹雪芹的家世，本是佐领系统，而不是管领一类，——换言之，他家给满洲做"家臣"，原是"兵弁"形式的奴隶，而不是仆役形式的奴隶。

从《八旗通志》里看情况：曹雪芹家的人属于正白旗包衣第五、第四两参领。第五参领所属共有四个佐领、一个管领；其第三旗鼓佐领，"亦系国初编立"，始以高国元管理，高故后，即以曹尔正管理，这就是雪芹的叔伯曾祖；尔正"缘事革退"，继之者为张士鉴、为郑连，——郑连的官运和曹尔正差不多，也"缘事革退"，然后就由曹寅管理了。再说第四参领中，所属共有两个佐领、两个管领；其第二旗鼓佐领，系康熙三十四年编立，初以马虎管理，中经更代数人，乃以护军参领曹宜管理——即兼任了佐领。

佐领官，满洲语叫做"牛录额真"，旧制每一佐领管理三百人，官阶四品，"为管辖旗籍人丁亲切之官，凡户婚、田产、谱系、俸饷之考稽，咸有所责，如汉人之于牧令焉"。这就是八旗编制中军、政合一的特殊制度，而佐领是这制度的基本构成单位。但佐领一职在当初却极为尊重，由此而历显宦的最多，如大学士尹泰，以国子祭酒授锦州公中佐领，病免家居，旋于雍正元年起为内阁学士。可见佐领地位之重。佐领共分四种：勋旧佐领、世管佐领、互管佐领、公中佐领（参领之下、相当于佐领地位的单位，除管领之外，还有一种"分管"）；而在包衣牛录额真中，又有后改汉名为"旗鼓佐领"的。这"旗鼓"，本是明代兵制中的一个名词，满洲人继承沿用下来的。——曹家所隶属并管理的佐领，正是这种旗鼓佐领的两个公中佐领。

康熙年间的一位理学名家、著名的清官张伯行，说曹寅"至于佐领本旗"，是"简阅训练之有术"。曹宣，虽然在康熙三十年已经做了侍卫，可是到三十六年也还要"从军"（须知做侍卫"扈驾"、"巡幸"等事是不得谓之为"从军"的）。曹宣，刚才说过，是包衣护军参领兼佐领，这是在兵部官秩里的正五品武职（若是非包衣的护军参领，那就还要高一品）兼正四品的例子。曹颙呢，也做了二等侍卫兼佐领（二者恰好都是正四品）。在《八旗满洲氏族通谱》里面载明的，曹雪芹家人还有两位：一个是"原任司库"的曹荃，是个"七品官耳"的小杂吏（司库一职各衙门多有，曹荃所任当是内务府广储司六库的司库）；一个是"现任州同"的曹天祐。唯此两人与武职无关，但也就和"内廷供奉亲近差事"的内管领更不相类了。

内务府的管领，隶属于会计司之下，正副各三十人。选宫女、挑乳保、尚膳尚茶及鹰鹞鹊狗各房的执事人、各厩圈厩丁，都是"三旗佐领"，和"内管领"不分，共同应选；至于宫中祭神、内廷供奉，那就必须是由"内管领率所属男妇敬谨从事"了，——而"内管领妻"也是执行太后、后妃等人吉凶诸礼中各种仪注的一位重要角色；馀若经理"官三仓"（米、盐、蜜腊）、监造醯醢、造办饼饵、车舆设库、器皿日用等事，也都限于内管领掌理；因为这都是皇帝一人一家的生活上的细琐而又要紧的事情，一出毛病，就会关系到他的"身家性命"，所以必须严格注意便利和安全，这就非用亲近的家奴系统的人不可，别的人，就"贴不上边"了。这就是所谓"内廷供奉亲近差事"的意义。曹家却显然不是"这号人"。

《浭阳曹氏族谱》有一则记载，说："十二世讳邦字柱清，颖异为学，智虑过人；于崇祯二年，以各地荒乱，遂赴辽东避兵；因彼地原有族人引荐，随本朝（按指清国）大兵出口，占籍正红旗，随征屡立奇功；顺治十年，授他赤哈哈番。"这是皇太极天聪三年所发生的小小一件旧事，却不但借此可觇那时节明清的情势，部分民心的动向，不但说明他们曹家关内丰润一支和关外铁岭一支根本并未失去联络，也可看出九王多尔衮正白一系和大贝勒代善正红一系之间的某些关系，也可看出曹世选，跟随九王，到此已经十馀年，已有了相当的地位，居然可以通过旗主向其他旗内引荐族人去当兵效力了。这似乎也可以透露，就连当日曹世选，也未必就是那种"免役"的管事家奴——如崇德二年皇太极对群臣所说的"朕包衣之子，皆非应役（指当兵）之人"的那一种，而颇有可能就是九王手下的一名兵弁。

由种种迹象看，曹家都不像是"内管领"的属下人，他们只当属于三旗佐领。他家和皇家的关系特别"亲近"起来，看来看去，到底还要算是从曹玺夫人做了康熙的乳保这件事开始的。

曹玺由于这一亲近关系，随即在康熙二年出任江宁织造。其时曹寅已然六岁，已是"就傅"之年。曹玺在南京，对造就儿子下了工夫，真是"温经课业，靡间寒暑"。由康熙六年曹寅十岁，到康熙十一年曹寅十五岁，这五六年对这孩子说来，实在是在学习文武两方面同时获得发展的一段重要期间。

曹寅十岁时，我们已然讲到过，他还在周亮工的"膝上"学习古文"句读"。——这"句读"，我们不要上了曹寅的当，以为他那时真的连文句还断不清，那是他自己在谦词罢了。事实上，才四五年后，他刚刚十五岁，就中了壬子科顺天乡试，成了韩菼一榜的举人，和纳兰容若、王鸿绪等名流，都是同年，同出于蔡启僔、徐乾学之门。不同的人异口同声地说他"束发即以诗词经艺惊动长者，称神童"，"幼而岐嶷颖异，通经史，工诗文，虽老师宿儒，已叹为雄才之倒峡、而邃学之淳渊"，这显然并非全是文家夸张之词。——至于纳兰，次年就成了名进士，韩、王二位，且荣膺状头、榜眼之选，独有曹寅不见列名此榜，这事很怪！我以为，其间必另有缘故，因而他根本未能参加会试，而不是"秀才康了"之过。

曹寅何时由栎园膝上来到玄烨身旁？这我连"书缝"也还没找到。不过，我们知道他是从"舞象"之年就"入为近臣"的，那就是至少他在十五六岁，就已经选为侍卫，而在这之前，据说他还有给皇帝做"伴读"（这在明朝也正是太监"小伴当"的差事）一层经过，如果是那样，那就进京更早了。不管怎样，反正这时期在少年皇帝左右，正流行着一种风气：康熙鼓励他身边的一群满洲"小朋友们"练武摔跤，使枪弄棒。夫上有好之，下必甚焉；曹寅自己就曾供认："少年十五十六时，关弓盘马百事隳。"可见那时期他们这种人家的子弟是多么格外地重武了。

提起这，恐怕不能忘掉当时朝廷之上，就还有一件大事，与此密切相关。

满洲贵族入关以后，正像曹雪芹在小说里所说的"蜂起"的"鼠盗"一模一样："无非抢田夺地，民不聊生。"顺治元年十月初一日，福临"即皇帝位，仍建有天下之号曰大清，定鼎燕京，纪元顺治"，一面正在颁诏蠲赦，以解"小民"之"困苦"，可是一面就谕户部说："我朝定都燕京，期于久远。凡近京各州县无主荒田，及前明皇亲、驸马、公侯伯、内监……无主庄田甚多；尔部清厘，……尽分给东来诸王、勋臣、兵丁人等。"满洲宗室、权要、八旗兵丁、各种爪牙人物，纷纷强占民田，"指手为边"，圈以标记，号为"圈地"；"圈田所到，田主登时逐出，室中所有，皆其有也！妻孥丑者（任田主）携去，（满人）欲留者，不敢携。"连祖坟也无例外地被圈入，子孙没法祭扫。

在这场大抢夺中，正白旗圈得通州、三河、玉田、丰润、永平、遵化等处之地。顺治四年，又来了一次大拨换——嫌原圈地太"薄"，以致"秋成歉收"，故而另换膏腴。据明文记载，仅此所谓拨换地，即达九十九万三千七百多垧（垧合亩，有六亩至十二亩等不同比例算法）！其实这拨换也者，当然又带来了另一场大抢夺、兼并。正白旗在这一次，又圈得宝坻、香河、滦州、乐亭等处之地。——曹寅所说的"予家受田，亦在宝坻之西"，大约就是这回事的结果了。

圈地之事，产业之争，和八旗内部政治矛盾结合起来，到康熙五年，酿成一件大案子。

原来康熙八岁登基，这位"冲龄践祚"的"幼主"，不过是个小傀儡，实际事权，却在四位辅政大臣手中——四大臣就是：鳌拜、遏必隆、索尼、苏克萨哈。鳌拜，又是四人中最掌实权的，党羽满朝，专擅凶横无比。其时朝政昏浊不堪，遏、索二人附和鳌拜，独苏克萨哈一人敢与之迕，于是两个人由姻亲变成仇敌。鳌，隶镶黄旗，是勋旧功臣；苏，属正白旗，是九王爷的旧人。这就是福临、多尔衮两系斗争的馀波所及、荡起的一痕水纹。

到康熙五年，圈地之事业已粗定，人地之间，二十来年刚得一些安生，鳌拜忽然硬要换地。这事本是因多尔衮在时，自己欲占永平府地，所以将原应由镶黄圈有的，给了正白旗，另划镶黄圈地范围于保定、河间、涿州等处；至此，鳌拜定要将两旗圈地互换回来。

受命办理此事的大学士户部尚书苏纳海、直隶总督朱昌祚、巡抚王登联，都疏陈不便，说旗民交困，亟请停止。朱昌祚至言："臣等履亩圈丈，将及一月，而两旗官丁，较量肥瘠，相持不决！""至被圈夹空民地，百姓环恳失业，尤有不忍闻见者！"——这所谓不忍闻见的事，并非指汉民的悲愁啼诉，直到乾隆时代才透露出消息，是"几至酿成大事"——差点引起"变乱"来！

却说当时鳌拜见此谏阻，不但不听，反而大怒，坐三人以"藐视上命，纷更妄奏"的罪名，要置之死地；康熙不允，可是鳌拜却矫旨将三人立绞，并籍没了家产，并以苏纳海的族人英俄尔岱为多尔衮私党，尽削其世职，以泄私忿。

不但如此。鳌拜因苏克萨哈不同意他这些作为，抓了一个小"碴儿"，诬以二十四条大罪，要将苏氏与其长子内大臣查克旦皆凌迟处死，馀子六人、孙一人、侄二人，皆斩决，族人前锋统领白尔赫图、侍卫额尔，亦皆斩决。康熙明知冤枉，不允其请，鳌拜"攘臂上前（皇帝之前），强奏累日"，终于将苏处绞，馀亦竟如所议。

康熙这时已亲政二年了，深知鳌拜早有异志，渐难制伏，就假装贪耍，叫一群"哈哈珠子"（满语幼男，小童）每日在宫中练习"布库"（满语摔跤、相扑)为戏；鳌拜习见，只当孩童玩耍，不以为意；不料一日入宫奏事，十数小儿忽起而捽之于地，立即成擒，乃付外廷议罪。——卒以欺君擅权等罪三十款，免死籍没拘禁，弟侄伏诛，党羽立斩。此一案才算粗了。

因此，旧日史家都非常称赞十六岁的康熙心计手段，"神明天纵"，而野人之语，以为嗣后宫中每逢年节行宴，都还要演习布库，就是从此留下来的风俗礼节。

这事，发生在康熙八年，那时曹寅已十二岁，如已进京当差伴读，以正白旗满洲、嬷嬷兄弟的身份，正应该是这一伙布库英雄中的一员小将。即使他进京稍后，那也仍是正在这件大事的馀波(穷追党羽)之间，流风所被，就无怪乎他也"弧骑剑槊，悉造精诣"了。曹玺、曹寅的家教，就是"读书射猎，自无两妨"；曹寅自己少时，是"短衣缚裤，射虎饮獐，极手柔弓燥之乐"，身后，康熙爱惜、培养其子曹颙，也还是因为"在差使内务府包衣之子内，无一人及得他，……是有文武才的人，……朕甚期望"。所以，到曹雪芹这里，区区一把宝剑的问题，便不值得大惊小怪了。我们必须清楚，清代满洲的文豪，较之明代汉族文士完全别是一个类型，千万不要被传统印象中的什么"文弱书生"、"风流才子"、"白面郎君"之类给骗过去。——那就有点像清初的一位姑娘，听说新状元议婚，甘心愿嫁，及至合卺，才看到新郎是个又黑又麻、大腹彭亨的胡子先生——就是叫戏台上小生俊扮的状元给骗了。

闲话揭开。且说鳌拜一案，康熙已是宽大处理，不料到他儿子雍正夺得皇位，竟然"赐鳌拜祭葬，复一等公，世袭罔替"，定要翻他老子的旧案；而孙子乾隆上来时，又翻了儿子的案：说鳌拜之累累众恶，因雍正不尽明了，致邀"侥幸"，"所关犹小，而后之秉钧执政者，无复知所顾忌，将何以肃纲纪而杜金邪乎"？(怪！他说着这话时就有和珅上来了！)乃又将一等公停袭，仍依康熙所断。

祖孙数辈，矛盾重重，反掌覆掌，为云为雨，当其事者，被牵连者，诚何以堪？——雪芹和他家几辈人，做了这些人的奴才，肚子里装满了无数的这样的"掌故"，(可惜不敢写出来以贻后人！)也目击身经了这些惊涛骇浪，而且时时被卷入涛浪中，随时有碎骨粉身、毁家灭族之险，在表面"威扬显赫"的内里，他家人也提够了心，吊够了胆，流尽了辛酸之泪！雪芹在闲来舞动他那柄长剑时，光色铓铓，正不知心中是何感慨，是何滋味？

七、鹭品鱼秋

曹寅为纪念他的亡父，求名画家绘过好几幅《楝亭图》，一时名流题咏殆遍，分装为四五巨轴。就中琼章宝翰，应接不暇，而阎若璩最赏杜濬的四首五律。其诗不见收于《变雅堂集》，遂觉这一段笔迹比纳兰容若的小楷题记还要名贵难得得多。

有位老史学家曾因谈论《变雅堂集》的版本、文章而兼及作者杜濬的为人，说过一段话："濬、伏处江介（南京），穷饿自甘；观与王东皋（潜）、孙豹人（枝蔚）书，君子嘉其有守。独惜不免奔走声气，遍交一时名士：若周亮工、施闰章，犹可言也；熊赐履，时方向用，亦以文字泛爱及之。虽曰同里之契，气味相投，然因人而热，岂草衣卉服之所宜乎？盖好名之累，——与岩穴幽栖之士，颇异其趣矣！"这批评，自是春秋责备贤者的善意。

若提到清初的明代遗民，假如不原心略迹，单是检查他们和朝士是否严格断绝往来并因而论其人品，那么真是少有"完人"。傅山，在众位"征君"之中是最称佼佼者的，他在康熙十八年被人死拖活拽地抬到京师，坚卧古寺，以死为拒，才得不入新朝，放归故里，可是次年就还要画一幅"荷竹"寄给身为翰林、将迁祭酒的王渔洋。要说王渔洋不能和"文端公"熊赐履并论，那另一位"文端公"张英总能吧？可是钱饮光却要和张英鱼雁往还、情好甚密——饮光非他，就是那位早被南京阮大铖置名党籍，先佐嘉善钱揲起义、次赴东闽唐王聿键、后从南粤桂王由榔，以实际行动抗清、屡折不回的田间先生。顾宁人，坚决不受笼络，而北上徘徊，并不曾和他的外甥徐乾学真正断绝关系。谈迁，一介不取，而至不惜为人幕友，以"褐贱"入燕；他时常置身于吴伟业、曹溶等人的广座之间，不足为奇，还要"日伺贵人们，对其牛马走，屏气候命，辰趋午俟，且启昏通"。黄宗羲，人人尽知，"明夷待访"，却也派遣儿子代应史馆之聘……这样的例子举不尽。若不问其真际如何，但核形迹，那可议的则岂止杜濬一人而已哉。

尽管如此，但像上述这种人，纵然出处不同，他们的关系、渊源，本是千丝万缕，藕断犹连；他们的伤心怀抱，也是表为万殊，总归一本：彼此交往过从，毕竟不算新奇；新奇的，是一大串的"草衣卉服"的"岩穴幽栖"者，竟然和满洲内务府郎中、苏宁织造曹寅交往过从，而且还不是一般的交往过从。——尤其新奇的，是他们竟使曹寅在交往过从之际，逐渐感到一种自惭形秽的心理，而从衷诚中唱出"影虽惭鹭品，心已觉鱼秋"、"我岂入流客，临风惭影形"的声音来了。

曹寅从什么时候才有机会和明遗民们接触的呢？那还得由康熙说起。康熙八岁即位，十六岁就"庙谟独运"，智擒鳌拜，亲收帝权；十九岁，决议撤藩，真是"圣断"非常；二十二岁时，败吴三桂，降耿精忠、尚之信；次年，尚可喜卒；又次年，吴三桂死：数载之间，三藩略尽，仅有孑遗——就在这同时，干戈待定，礼乐已兴，这位年方二十三四的皇帝下决心以修明史开博学鸿儒科为名，急不可待，要一网打尽普天下的"胜国逸老"了。——三年以后，诸藩悉平，已死的吴平西、降后的耿靖南，惨遭拆骨磔身之酷，而同时朱方且以刻"秘书"被杀，文字之狱亦由此端倪；一句话，凡是前朝剩留下来的"危险人物"、"麻烦家伙"，不管你"武士"还是"文士"，都一面牢笼、一面镇吓地要他们贴伏用命，事情就是如此。

博学鸿儒科一开，诏命极紧，地方官手忙脚乱，遗老们被逼迫得鸡飞狗跳、苦不堪言，一百四十馀人终于毕集神京。曹寅却大得其所，欢喜若狂。这位天资极高、深思好学、多才多艺的曹公子，那时才刚二十一二岁，已经是一个像样子的诗人，颇使这群先学长者惊动；他一下子会到这么多的胜流，他的快乐就在于"文章光焰思前辈"、"脱帽论文快十年"这件事上，因此结识了很多位谊兼师友的酒侣诗朋。

最奇奇不过，这些朋友不算，其间竟还有他的长辈情亲——就是上回提到、称赞曹寅"如临风玉树，谈若粲花，甫曼倩待诏之年，腹娜嬛二酉之秘。贝多金碧，象数艺术，无所不窥；孤骑剑槊，弹棋擘阮，悉造精诣"，而曹寅视为"全身""楚狂"的那位蕲州顾景星先生（他被征至京，坚决辞疾而归）。他们之间的"舅甥契谊"，已无疑问。这是因为不但曹寅亲口称顾老为"舅氏"，就是顾老作诗作文给曹寅，所用的典故，如"老我形骸秽，多君珠玉如"，如"李白赠高五诗，谓其'价重明月，声动天门'，即以赠吾子清"等话，也正都是舅甥的故事。这事就奇了！我至今闹不清，大明蕲州顾氏和大清满洲曹氏，是什么时候、什么缘由而结成姻亲的？据他们舅甥两位自述，二人分明是从康熙十七八（戊午、己未）年间开科征士时才晤面初交的，前此不曾相识；而曹寅在二十二年之后重睹舅氏遗像，说："颧颊宛然，謦欬如在，……中间人事不足述，感叹存殁，悠悠忽忽，何以遂至二十二年之久！……然自今以往，得睹此卷者尚有日，虽寿至耄耋，子孙满前，亦终拳拳于二十二年之前也！"语气含吐异乎常谈，——也更使我感觉糊涂。诚盼海内博雅，告以原委，借明此段满、汉、朝、野势不相并的两种家族间联姻的掌故，所关或亦匪浅也。

及至曹楝亭来做苏州织造，他更结识了大批的文学之士，这时期他征题求咏的行动也最活跃。桐城方面，是他的"目标"之一；像题过《楝亭图》的方仲舒（方苞的先人）、潘江（戴名世的老师），已都是令人注目的人物，而钱饮光也在内，更可惊讶。

题题诗册画卷——若仅仅是这种应酬来往，并不说明多大问题，怎奈他们的关系实不止此。他们诗文唱和甚多。曹楝亭答和方仲舒的诗，有"岁月柳生时，江湖鱼脱纶"的句子，——方老先生还送"鲊鸡"给楝亭吃哩！至于钱田间，就更有趣，他到苏州，亲自"趋候"楝亭；他是楝亭向桐城人士征诗的代理人，说："敝邑人士，久慕风谊，勇于请教"，并惋惜"诗多页少"，册子太"短"；他连他的儿子、孙子、曾孙，一门四世，都题了诗，目的是"以志通家之谊"；他意味深长地说："弟老矣！与先生后会何期？此辈（指子、孙、曾孙等）少壮，趋风有日，车笠相逢，陈述旧好，兹诗其张本也。"这事可妙极了！

田间又向楝亭慨叹："杜苍略遂作古人，……平生故交，零落殆尽，可为涕泗！"这杜苍略，就是杜濬的难弟杜岕。他弟兄并称"黄岗二杜"，又在"湖广四强"中两人就占得其二，明遗民中身价气节极高，侨居在南京最僻远的地方，极难接近。可他们和曹楝亭从很早就成了知交。

那是康熙二十四年五月，曹玺既卒于官，有诏晋曹寅为内务府郎中，即须进京当差；这时曹家在南京已经安居二十三年之久，至此遂赋北征。登舟之日，杜苍略特意江干送别，并珍重以诗为赠。这首诗——五古为体，《思贤》名篇，长达三百四十言，情词切至，真是非同小可！

那诗中有云，"曹子在金陵，游宦同世籍；言非父母邦，眷恋朋友契；读书二十载，与我倾盖立"；今天，"举目判关河，携手百端集"了，感怀无限。后言："宿离（读若俪）恒不贷，忧患亦难述；伊余既缔交，宁禁弹清瑟？摆脱优游谈，欲宽行者恤。"意谓既属深交，无事肤泛，欲吐肝膈，以慰行人。他教导楝亭，要明哲、素位，勿贪富贵，以老氏"外身"、箕子"恭""寿"（九畴中恭为"五事"之先，寿为"五福"之首）、周易"柔顺"之道为处世南针，可以春水野航、悠游自泛，最好是努力从事著述，赏奇文，析疑义；最后，举吴季札和曹子建二贤为例，要他深思远鉴。

这事真透着"玄"！说这是教他为人之道、处世之方，当然不算错，但就曹楝亭来说，谈到他所"处"的那"世"、所"为"的那"人"，岂是寻常一般可比？杜老先生的"清瑟"，弹来弹去，不客气，分明是弹到曹楝亭的政治态度上来了。

要说单是杜苍略，他万万不会这般孟浪，当然是在前时曹楝亭曾和他深谈过心事的。楝亭留别杜老，至有"愿为筇竹杖"之言，可见倾倒之致。楝亭此时已二十八岁，非复少年，阅世既深，忧危渐积，又值孤露新恫，茕然四顾，不禁要有问途指迷之请。大概杜老这种的示教，结合了他自身的内因，对他深有影响，自今以往，在很大的程度上，他是遵循了这种教诲的。

楝亭既与苍略分襟，想念特甚，至屡形梦寐；苍略得知之下，感怀赋诗，写出"异姓交情笃，唯君知我心；形疏千里外，梦寄一灯深……"的句子，太息"茅屋"、"华筵"，等伦非匹，人生梦梦，觉路难寻。分别四年之后，楝亭寄诗集于苍略求序；次年，七十三岁的老人，特濡大笔，又写下一篇惊心动魄的文字。

41

那序上来就单刀直入："与荔轩（曹寅）别五年，同学者以南北为修涂、以出处为户限，每搔首曰：'荔轩何为哉？'"这先老实地表明曹寅于"同学者"乃是"异类"。接云："既而读陈思（曹植）《仙人篇》，咏阊阖、羡'潜光'，乃知陈思之心，即荔轩之心，未尝不爽然自失焉！"这说明这位"异类"的思想实与"异类"不同。然后说荔轩以诗为性命，辗转反侧，无时不"有诗魁垒郁勃于胸中"，"精微烂金石"，与曹植何异？然而曹植当日，有刘桢、王粲、丁廙为唱酬，有白马王彪为弟兄，求知甚易，今荔轩二千里外，独求知于我，"如鱼山天乐，写为梵音；此予所以欲笺释要眇，为之彷徨抚卷而不能已也"！最后说，读荔轩之诗，当知人论世，盖其诗中有物，有"奇怀道韵"，有"君子之心"，有"要眇"之音，最为要紧；"使徒赏其诗渊渊尔、锵锵尔，非曹子所以命予者已！"——这简直"玄"透了！

我尝想：曹楝亭既非"皇子"，又非不见亲信，更谈不到"克让远防"和"终致携隙"（陈寿论曹子建语），而杜苍略一直把这二曹牵在一起，拟于不伦，这究竟是怎么个道理？难道只因为他们"同姓"吗？那就太玩笑了，绝非如此。那么"陈思之心"，"君子之心"，到底又是个什么"心"呢？后来读楝亭过东阿绝句："不遇王乔死即休，吾山（即鱼山）何必树松楸。黄初实下千秋泪，却望临淄作首丘！"（《楝亭诗钞》卷八）其自注云："子建闻曹丕受禅，大哭。见魏志。"不禁有触。又读复社张溥之论子建："论者又云：禅代事起，子建发服悲泣；使其嗣爵，必终身臣汉。若然，则王之心，其周文王乎！余将登箕山而问许由焉。"于是恍然，杜老微词闪烁地所谓"陈思"的"君子"的那"之心"，就是这个"臣汉""之心"了。看这事更"玄"不是？

这也许是"求之过深"罢。说曹楝亭必有此心，则凿；然而，说杜苍略必无此意，则固。他们之间的对话，本也难讲，不过目送飞鸿，会心不远，大嚼则味尽矣。但是要看看楝亭的"对牛弹琴"诗，清湘大涤子竟亲笔大书于自己的画幅上（此画今藏故宫博物院）；要看看楝亭给姚后陶的诗："雄心作达深杯见，老眼题愁素纸空。"给洪昉思的诗："称心岁月荒唐过，垂老文章恐惧成。"给赵秋谷的诗："海鸥自狎原无主，芦燕辞秋更不还。"给马伯和的诗："义熙老尽江门柳。"过恒河的诗："恐是秦时避世人。"他自己，常是在交游中体味到"感兹风雨交，得遂鱼鸟性"，常是"鹦鹉巢中感寄生"、"羞入金瓶伴牡丹"，常是感叹"哀鸣尔何为？纵步不能移"（咏病鹤）。他"服官愁过日，识字悔终天"，"卧护江湖晚，馀生任举罘"，自觉是"回翔几触抨弓怒"、"雨虐风欺到白头"，因而切感"身世悲深麦亦秋"。——我们就可知道，要真正深刻地了解他，并不容易。说曹楝亭如"索隐派"所解于雪芹的是有"反满复明"的思想，那也许是个笑话；而把他只看作满洲豪华公子、八旗达官贵人，则诚恐又失之太简单。这是个复杂的题目，这里"话"不清。

重要的是，楝亭的这种思想，实予雪芹以深切的影响，他"胸中"的"魁垒郁勃"，正紧紧地关联着雪芹的"胸中磈磊"。

八、悬香和掉云

乾隆二十六年的冬天，敦敏访雪芹于其村居而不值，那时正是野浦寒云，夕阳欲落，山村阒寂，诗人未归，敦敏空对着柴门，在疏薄的晚烟暮霭中，怅然而立，不禁百感茫茫，写下了一首五言绝句，以志其荒寒寂寞之意。城郊中诗人们正是在这样地生活和活动着的时候，那朝廷上却也有另一种诗人在作另外的一种活动，因此并曾引起了一桩"诗案"。

"暮年晚遇，人亦谨愿无他"的长洲沈德潜，不肯老老实实地"在家食俸"，忽然异想天开，这年冬天，特地进京，把他选刻的《国朝诗别裁》拿给乾隆看，并且求为题辞，以邀光宠。沈德潜满以为自己在皇帝面前很得脸，不料却碰了一鼻子灰气。乾隆对他的"选政"大加吹求批评，连江苏地方大吏尹继善、陈宏谋都吃了挂累：为什么不好生看管着沈德潜"安静居乡"，"不至多事"！结果，沈德潜获得了"身既老愦"的考语，那部《别裁》，因"断不可为学诗者训"，也遭到了"命内廷翰林逐一检删、为之别白正定"的待遇。

沈老先生，不用说，是兴尽而返，就连我们此刻，也是为之败兴非常的，因为这部诗选，现在所能得见的，就只是经过如彼处理后的版本了。——不过也有了好处：我们却有机会看到，不但钱牧斋第一个恭遭

43

"检删"，跟在他后面的许多诗家都荣膺"正定"，给我们留下了那个时代的文学史上的特种痕迹。

从这桩"诗案"回溯到七十年以前，也曾有过一桩"剧案"，那就是洪昉思的《长生殿》传奇所引起的一场轩然大波。赵秋谷、查初白，皆因此被累放废。这些诗人的遭遇，又引起了同时多位诗人的感怀吟咏，如《莲坡诗话》《两般秋雨庵随笔》等书所记，久在人口；赵秋谷的"牢落周郎发兴新"，查初白的"摇手休呼旧姓名"，朱竹垞的"薏苡明珠谤偶然"诸篇，尤盛脍炙。只是有一首佳作，独独不见称引，向以为憾事（也是怪事）；今录于此，聊当表白：

> 惆怅江关白发生，断云零雁各凄清。
> 称心岁月荒唐过，垂老文章恐惧成。
> 礼法谁尝轻阮籍，穷愁天亦厚虞卿。
> 纵横捭阖人间世，只此能消万古情。

我尝说，若是掩去了作者姓名和题目，说它是题品曹雪芹和《红楼梦》的诗篇，倒能令人相信，因为实在有些对景；可是这首诗本是雪芹令祖曹楝亭为洪、赵二人而作，见于《楝亭诗钞》卷四。沈德潜在他的《别裁》里，一共只收了楝亭两首诗，而这首就居其一，不能不说是有心和具眼。

然而，问题也出在这首诗上：翻开现在的《别裁》本卷二十，赫然在目，其诗竟如下作：

> 惆怅江湖白发生，断云零雁各凄清。
> 称心岁月荒唐过，垂老文章忧患成。
> 礼法世难拘阮籍，穷愁天欲厚虞卿。
> 纵横捭阖人间世，只此能消万古情。

我对《楝亭诗钞》的版本毫无研究——因为这部集子太难得，我只蒙朋友借给我一种拼配全集本，已是万分感幸，要想集合初刻、后刻各种不同本子作对勘，实在不能，只好盼望收藏专家来帮忙了；此刻所能说的则是：不管是由于内廷翰林诸公,还是由于沈老先生,乃至是由于楝亭诗集的改刊者,总之,这首诗之经过"正定",是昭然若揭的了。"江关"之变而为"江湖",显然是为了避免北朝庾信"暮年诗赋动江关"的麻烦;"恐惧"之变而为"忧患",这理由就更不待讲;至于"世难拘",反又比"谁尝轻"硬软不同——看来,这首诗的两种版本,分明是经过了不同"人次"的打磨,分别把某些"圭角"切磋得圆了一些,而由于小心未到,又各自保留了未曾磨净的一些"碍手"之处。

这样较为具体而"形象"地拈举这些,有用处吗? 完全有的。我们读清朝人的集子,不能不"知有此事",稍明其间的若干奥妙;而且,只有知了明了了这些之后,才真正能体会,敦诚一再称道雪芹的"爱君诗笔有奇气"、"知君诗胆昔如铁",并非闲文淡话,在那种时代,要想作诗而能"奇",是必须有些"胆"才行的,骨子里是必须有点"铁"才行的。——雪芹的诗,他那种所谓"奇",并不仅仅是"石破天惊逗秋雨"的那种意境之奇啊!

提起这句诗,不免令人想到,敦诚曾屡次说雪芹诗格是"直追昌谷"。我时常就想:敦诚的这一譬喻,是真正确切的吗? 又怎样来证明它的是之与否呢?

曹氏祖孙,和李贺的关系是不可否认的。他家在北京的最早一所坐落贡院附近的府园里,有一处"掌大"的"悬香阁"(阁内可能是供着一尊魁星像,傍阁有桂树),这"悬香"一名,就是从李贺《金铜仙人辞汉歌》的第三句"画栏桂树悬秋香"而来;雪芹写小说到第三十七回,给探春安排了一幅笺札,札尾说:"若蒙××而来,娣则扫花以待。"空着的那两个字,使《红楼梦》版本校勘家很伤脑筋,因为各本中有的作"绰云",有的作"掉雪",有的作"踏雪",有的又作"造雪"……结果,有些专家只好定为"棹雪",这大概是以为探春所用乃雪夜扁舟访戴的故事吧? 可是狄批早就说过:"今本改作'踏雪而来',却忘其为尝鲜荔、开秋棠时也!"(其实下句原有"扫花以待",本身就说明其矛盾不可通了。)殊不知这也是由李贺而来的典故:其《——忆昌谷山居》诗结句云:"不知船上月,谁掉(一作棹)满溪云。"雪芹正用此也。"掉云",或将"云"妄改为"雪",或将"掉"误写为"绰";至于

"踏"、"造"，更全出臆改。可见校勘红楼，只凭版本和猜想不行，还很需要点"杂学"呢。

棟亭集中也有确实是效昌谷体的作品，翻开《诗钞》卷一，第三题《梦春曲》，就是佳例。然而，所有这些，依然不能帮助我们判断，雪芹诗风到底是不是"直追昌谷"的。四十年前，有人评论雪芹的诗，说过几句话："最可惜的是曹雪芹的诗现在只剩得'白傅诗灵应喜甚，定教蛮素鬼排场'两句了。但单看这两句，也就可以想见曹雪芹的诗大概是很聪明的，很深刻的。敦诚弟兄比他做李贺，大概很有点相像。"这种论诗方法，倒有点"聪明"，只是不够"深刻"。而且，"单看这两句"，分明是宋人的家数和意格，这和李贺哪里"大概很有点相像"？若说，昌谷集中本没有多少七言律绝一类的体裁，不能作准为比，那么，《红楼梦》中诗词诸体具备，而那些古风歌行又何尝有半点李贺气味？若又说，那些诗，本是雪芹为小说人物而设的，出于摹拟声口，不足为凭，——我就要举前辈的诗替我辩论了："心画心声岂失真：遗山高论失安仁；史编要是他人笔，宁比当家语意亲？"雪芹纵使聪明灵巧煞，要想完全掩藏他的原来的诗格，怕也不易，何况小说中的诗也并不全部是代人立言的。敦诚的比况，毕竟是"他人笔"啊。

雪芹诗草早已扫数亡佚了。必欲撮摩虚空、硬行揣测，较是量非，无乃"痴人说梦"。但依情理来推，雪芹在诗词曲的造就上，恐怕不能不受棟亭的影响，犹少陵之于杜审言。看看这一方面的一些线索，也不失为无法中之一法。

还是那句话：雪芹诗稿既亡，只好从他的惟一遗著小说中去寻些蛛丝马迹。惜春，贾氏四姑娘的芳讳，棟亭已曾用过了，在《续琵琶》中那本是蔡文姬的侍女之名；范石湖"纵有千年铁门限，终须一个土馒头"两句，为妙玉特赏的，却也在《续琵琶》中出现了，那是在《祭墓》一折由丑角李旺口中特特举出的；警幻仙姑飨宝玉以佳曲，第一句先唱了"开辟鸿濛……"，那是从棟亭"茫茫鸿濛开，排荡万古愁"两句而来；"无材可去补苍天"、遗在青埂峰下的石头，大概和棟亭的"娲皇采炼古所遗，廉角磨砻用不得"的想象和用意不无关系；绛珠和神瑛，则疑取自棟亭的"承恩赐出绛宫珠，日映瑛盘看欲无";黛玉葬花，人们习惯引唐六如为来历，我看不能忘记楝亭早有"百年孤冢葬桃花"之句;"偷来梨蕊三分白,借得梅花一缕魂"固然和楝亭的"轻含荳蔻三分露,微漏莲花一线香"有渊源,其实就连"梦中咏白秋海棠"的题目也是见于楝亭集的;稻香村"好云香护采芹人"的对联,分明和楝亭的"夜香深护读书人"大有瓜葛;像"婳姡"一词,始见宋玉赋中,向极冷僻,而楝亭则已用于"婳姡如刺绣"句内;馀者,如楝亭"潇湘第一岂凡情"、"湘草湘云自有家"等句,断章取义,都隐隐约约对雪芹似曾起过一定的启发或联想的作用……

这些迹象,至少可以证明:雪芹对他祖父的遗诗非常熟悉,下过寝馈学习的工夫;连作小说时因为点缀细节之用都流露出了不少痕迹,那么,他的真正的诗格反倒会不受其深刻影响吗?

所以我觉得,从楝亭诗中大约可以窥见雪芹诗的若干风格意度——虽然我们自不能径认楝亭诗为雪芹诗。

楝亭诗又是怎样的路数呢? 他在集子里曾有自道:"吾宗诗渊源,大率归清腴。"魏武帝曹公,似不能用"清腴"包纳,他大概是从曹子建往下数的意思吧? ——这是颇值得注意的话。然而,这是概括,而非分析。四库存目提要倒有过分析,说楝亭诗是"出入于白居易、苏轼之间"。这种"分析",又像康长素一见魏碑《张黑女》,就说东坡书法全由此出,好似内行,无如太陋,把事情看得过于简单凑巧了。毛际可为《楝亭诗钞》作序,不就明言"无论逐逐于历下竟陵,不屑闯其藩篱,即以眉山剑南争位置者,自先生视之,不啻如避秦人,不知有汉,无论魏晋焉"吗?

毛际可的话,或犹不免大言欺人之嫌;说得最有条理、最中肯綮的,要算姜宸英的跋了,他一点不模棱地指出:"五言今古体,出入开宝之间,尤以少陵为滥觞:故密咏恬吟,旨趋愈出。七言两体,胚胎诸家,而时阑入于宋调;取其雄快,芟其繁芜。境界截然,不失我法。"这才真是分风劈流、甘苦有得之言,比四库馆臣之见高明多了。

不过,姜宸英的偏见也在"阑入于"三个字上现露了。论顺康诗坛,必须懂得"宋调"的意义和力量;"阑入"是不大能用得的。在那时,除了吴梅村等少数人，宋调可说是"基调"，连王渔洋也不能不说"耳食纷纷说开宝，几人眼见宋元诗"（其实渔洋诗貌似唐音，实质则亦宋调；故国之痛亦极深，而以"神韵"掩人耳目。此点俟识者定之）；骂宋诗骂得最尽情的是朱竹垞，可是他作的诗却也正是宋体呢！

这是和时代有关系的。宋调，对清初诸家来说，已不仅仅是门户流派之分的那一层意义。以批点八股文章的独特的方式来寄托民族思想、爱国主义的吕晚村，和黄梨洲、吴孟举，大张旗鼓地选钞宋诗，更起了极大的作用。如果认为这种提倡只是一种流派之见，而忽略了其间的另有政治目的，诚不免买椟还珠之憾。大约吕晚村看到"百首以上则易厌"的那种肤廓的唐音（明人死学唐音的恶果），流弊已久，想要寻求足以胜任反映当前社会现实、抒写爱国思想内容的途径，在彼时自然就只有归到"十首以下为难人"的宋诗上去。这诚然是时代为之。楝亭和那些"宋调"大家无不深有交谊。——因此，如果说明楝亭诗"阑入"了"宋调"，就不应当使用惊讶的语气，更不应该以遗憾的口吻而出之。

"雄心作达深杯见，老眼题愁素纸空"，这种千回百转、千锤百炼的宋调，正是楝亭的擅场，深沉老到，叹为独绝。朱竹垞评他的诗："无一字无镕铸，无一语不矜奇：盖欲抉破藩篱，直窥古人奥，当其称意，不顾时人之大怪也。"说得极中要害，是内行话。——我以为，若把这种评语来移赠雪芹，大概也相当恰切；雪芹两句遗诗，已备见镕铸矜奇之致，敦诚不也正说雪芹诗是"直追昌谷破篱樊"吗？从楝亭而窥测雪芹，或不致全属捕风捉影，想求侧面的参考线索，恐怕要在这里着眼。

当然，雪芹的经历和处境和楝亭又大不相似了，雪芹的"胸中魂磊"，自不能全同于楝亭的"胸中""魁垒"；他另有他自己的"奇气"和"诗胆"了。吴敬梓身后，犹有《文木山房集》遗于世人，雪芹连这也没有。其故何哉？若说雪芹穷，自己刊刻不起，那么吴敬梓的集子难道不也是有赖于方嶰的"遽捐囊中金"才能"付之剞劂"的吗？试想，雪芹既亦有至友敦诚时时为之资助，敦诚又如此赏爱其诗，又如此嗟叹其身后"牛鬼遗文"无人收拾，分明有零落之忧——那么，他会忍于坐视其遗文散佚而徒作无益之悲辞

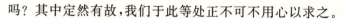

吗？其中定然有故，我们于此等处正不可不用心以求之。

曹雪芹，作诗者诗胆可以如铁；敦诚，收拾遗文者却不一定有如铁之胆——我们也不能怪他，还是那句话，各人处境不同，所以，雪芹的富有奇气的诗，敦诚只引了两句，其馀的，设法为之传刻吗？会不会惹起大麻烦？大概他就不能不犹豫顾虑了。一句话，敦诚实在不敢传！

雪芹的诗就是这样湮灭了！——其实，八十回以后写巨变的小说稿（连末尾"情榜"都写完了），也正是由于同样原因而使脂砚斋不能往外传写了。——若是残损零散，为什么不是残至八十一回半或九十二回少尾巴？那缘故自是"可思"之至。

九、太祖舜巡

乾隆，对于康熙来讲，说不上够个"肖似"的子孙，却事事要"效法祖宗"，苦学他爷爷。长处学不来时，就会学来短处，把康熙学走了样。康熙在位六十年，所以他也六十年，这倒罢了；最奇的是康熙南巡六次，他也一定来个六次。康熙为什么要南巡？要说纯为玩乐游逛，怕就有点只知其一。他是为了治理水利，巡视河工，再则可以亲自访察东南半壁的吏治民情，着眼实是在于国计民生的大端。乾隆则不然。他的南巡，历史背景已与康熙时候不同，还要来上六次，没有别的，游玩"上升"为主要目的。看看乾隆南巡的铺张场面，穷奢极侈，斗富争奇，使他爷爷不禁"黯然失色"，这就可以明白其中的消息。他从老早就打主意的，歆羡姑苏风景人物，要往这"红尘中一二等富贵风流之地"去游赏一番。揽虎丘之夜月，聆采莲之艳歌。不料偏偏遇上了煞风景的大学士讷亲，奉命往浙江"查道"回来，竟然复奏说："虎丘……实则一坟堆之大者"；"城中河道仄逼，粪船坌集，午后辄臭不可耐！"这下子，败了万岁爷的兴。这讷大人，虽然唐突西子，硬对"香菱""黛玉"的故乡失敬，却居然把乾隆的南巡推迟了十多年。

从明朝的那些皇帝比过来，从清代的这些皇帝比过去，令人实在不能不对康熙发生好感，这确实是一位了不起的人物，若借用一下大鼓书的旧词儿，就是有道明君。到他那年代，河山舆地需要统一巩固，农工生业需要恢复发展，历史要前进，提出了这种要求，而他很好地完成了这个历史任务。他八岁登极，辅政的鳌拜贪霸专横，包藏祸心。司马昭之心虽然是路人皆知，可谁也莫奈他何。正黄旗的鳌拜，因为欲望无穷，在"圈地"问题上与正白旗展开了一场激烈的斗争。两旗夺权的现象，包含着前进与倒退的实质。结果，康熙用"童子侍卫"（满语"哈哈珠子"）计擒巨凶，——这时康熙才不过是一个十六岁的少年。而曹雪芹的爷爷曹寅在这件大事上也与有其功。康熙到二十岁刚过，就独排众议，毅然决然，扫平了三藩割据。在外患上，他击退了在东北方面越界侵略无恶不作的罗刹；在内部中，他粉碎了在西北方面破坏统一勾结外敌的准噶尔牧主头子的叛乱。……不必多举，只说这几件大事，在我们赤县神州的青史简册上，难道不应该记下康熙的（尽管是一位封建皇帝的）功绩？

可惜他老运不佳，两桩事使他意外伤心，终生抱恨：一是诸藩不肖，争位谋储；一是屡驾巡舆，劳民害国。——且莫小看了这两桩事。若说它们是大清国整个兴衰的枢纽，不免还有语病；若说它们是内府正白旗曹家荣枯的关键，却是了无疑义。

这就无怪曹雪芹和他的朋俦亲旧们在乾隆屡次南巡的岁月里，不禁时时想到康熙的屡次南巡，"心中多少忆昔感今"。

说到南巡这种"盛典"，它到底有多大"动响儿"？我们这些"草野""细民"在今天恐怕想也无法想象，在这点上，我们连曾入大观园的刘姥姥也望尘莫及——因为她究竟"身临其境"，见识过一些偌大场面，我们却又"寡陋"万倍了。不过，也有小"过节儿"可以帮助我们想象。如今单表一件：皇帝南巡之时，别的随从执事，且不要讲，只是预备御膳用的牛奶一项，就要一队专船——并不是要装载这么多"罐头"、"炼乳"，却是要把百十只活的奶牛，随御厨运往，一同"南巡"胜地。这百十只奶牛一路上的"生活"，如何照料，多少标准饲品，多少伺候人伕，多少必要设备……就可想而知。我们哪里谈得到有"造化"综览全部盛典，其实只要能有缘分看一看这队御奶牛的势派，也足以归来夸耀乡里了。

　　夫如是,我们就也算得是尝脔知鼎,窥斑见豹,而不应该再为前人的某些说法所误——例如多少年前就有人主张曹雪芹写"省亲"乃是假此以写南巡云云(后来又有主张此乃借写曹寅长女平郡王妃"归宁"云云)。要说"省亲"那场面,在小说里固然算是很热闹的笔墨,而对刘姥姥和我们这些"草野"人等说来,也委实已经很了不起;不过要和南巡相比,那岂止小巫大巫而已,简直是千里万里;亦且一切略无相似之点,诚风马牛不相及也。只能说这些主张者于清代"朝章典制"一点也不清楚罢了。

　　当时中外人士记叙南巡的,也颇不乏其人。大清国的臣子们自不待言;连外国传教士也记下过他们的见闻大概:"在他(康熙帝)到南京的前夕,……他那时是骑在马上,他的侍卫在后面跟着,还有两千到三千骑兵;城里来迎接的,有拿军旗的,有拿绸制的旌旗的,也有天盖和万民伞,以及其他无数的装饰品。路上每二十步有一彩牌坊,布满了各种绸花,飘荡着各种丝带,凡是他要经过的地方,花团锦簇,富丽异常。路上的民众,也人山人海,拥挤不堪……"

　　如果只看这,那南巡岂不正是"千载希逢"的旷典和盛事?岂不是"锦绣乾坤""与民同乐"?

　　然而,另外也有一种记载,写出"巡幸"所至的那种实际内幕之一斑。试读一段:"山西抚噶礼,迎驾至庆都,并率百姓百馀人来邀请圣驾。百姓皆夜间露立;问之,云:'票押,不敢不来!'轿顶及钩琐皆真金;每一站皆作行宫;顽童妓女,皆隔岁聘南方名师教习,班列其中。渠向予辈云:'行宫已费十八万(两);今一切供馈还得十五万!'"这不过小小西巡而已。南巡如何?就不必再问了。

　　至于所至之处,是否皆如"春台"之"熙熙",那也可以另找证据。如今也引一段看:

　　　　孝感(熊赐履)才出,上(康熙)便卒然上观星台,众人奔挤上山,乱石嵯岈,予与京江(张玉书)相攀步上,通身流汗;上又传呼急切非常,既登,气喘欲绝。上颜色赤红,怒气问予云:"你识得星?"……上

51

又曰："那是老人星。"予说："据书本上说，老人星见，天下太平。"上云："甚么相干！都是胡说！"

上怒犹未平，急传一钦天监；彼人（钦天监）在寓饮酒已醉，又传得急，放马归来，到山上，跌下来死了。——上犹责怒其迟，就有人说："跌下马来了。"上云："着烧酒灌。"哈哈驹子（即前回曾提到的那种"哈哈珠子"）附皇上耳云："已死了。"……

看看这种见证，约略可明：伺候南巡，并不是一件很好顽儿的把戏。

不过，康熙总还算是个好的，据说他听说那人死了，就"即时气平，言语都低了"云云。比皇上"刚强"几倍的，却是皇太子。

皇太子胤礽，聪明才干，极为康熙喜爱；皇帝凡有巡游，总要带着这位殿下，也为叫他历练一切，也为显他的本事。于是皇太子的派头就格外不同些。大家惧怕、奉承皇帝到十分，惧怕、奉承皇太子就到二十分三十分。当时一位道学家大臣私下里微词拟议说："建储，大事，须是讲究慎重为是。一立后，起居服物，一同帝制，到底不妥。故连仪注也要斟酌。"起居服物一同帝制了，别的那可更"不堪设想"，他甚至有权随便赏官爵给人。这位年富力强的候补兼实任的"少君"，那份气焰，驾越"天威"，足使大小臣工们谈虎色变。

行宫的供张，虽然圣训煌煌，力崇节俭，可是如果过于"草创"了，那就交待不了层层的随驾人员，尤其交待不了皇太子。江宁知府沧州陈鹏年，就因为先是不同意总督阿山借南巡供费增加赋敛，后是他所负责的行宫比不上别处的，就惹恼了不少人，都要杀他；康熙犹在为陈鹏年的性命踌躇，皇太子却不点头，非取他脑袋不可。在这节骨眼儿上，康熙似乎就有点主不了儿子的事了。

当此"陈青天"命悬一丝的时刻，谁敢道个不字。说来令人难信：却有一位素与鹏年不和的曹寅，胆大包身，不顾一切，出来请免陈鹏年一死。在他后面的内兄李煦深恐惹恼了皇帝、皇太子，偷偷地拉他的衣服示意，不要捋须批鳞，甘蹈不测。这曹寅真是好样儿的！他回过头来怒问李煦，说:"你这是干什么?"请之益力。陈鹏年的一条命,竟因曹寅这种忘身的崇高精神而得救。无怪乎当曹寅出来时,江苏巡抚宋荦迎着他说:"君不愧朱云折槛矣!"

我们由这一件事,就看出了曹寅的风力人品,看出了南巡的真实情况,也看出了皇太子的威福势权。

曹寅那时以江宁织造、两淮巡盐的身份,"赫赫扬扬","接驾四次","若不是我们亲眼看见,告诉谁谁也不信的;别讲银子成了土泥,凭是世上所有的,没有不是堆山塞海的,'罪过可惜'四个字,竟顾不得了!"他"拿着皇帝家的银子往皇帝身上使",去"买这个虚热闹去",这罪过他是犯了的。单是在扬州一处,"繁华无尽","锦绣瞒天","行宫宝塔上灯如龙,五色彩子,铺陈古董诗画无记其数",就有诗人讽刺过:"玉皇阁里凝双眼,真说家徐跨鹤钱!"(小民们,实则是"役到淘沙""卖尽婵娟"的。)曹寅每日要献御筵,进古玩,这里固然也有他的自愿,却也有他的"上官差遣,概不由己"的苦恼在。

"正式"供张以外,还不要忘了"一切供馈"的那个馈字。陪圣驾出京到江南来的,一层一层人,除了来开眼、享受之外,还有一项"外快",就是都是要来发一笔不算太小的财的。平时内府一个笔帖式,派到南方去办事,地方大吏一馈就是六千两;一位户部侍郎被差去祭禹陵,便将浙江盐商诈骗"多金"。(其数定然可观!)这种行为是当时的"规矩"。当织造的,虽不比他人,却也另有烦难之处:除了皇帝不算,皇家的各位亲王贝勒,都把织造当作"江南私人银号"和"取货站",不时向他索要银钱、东西、爱物,甚至要"人"——苏扬美女。这也成了"规矩",相沿已久,以致沿到乾隆年代,皇帝恐怕所关不细,至于诫示亲王人等,不许恣意随时向织造处勒索钱财、采办物品。织造们此应彼付,都要酢酬,疲于奔命,哪一处打点稍不如意,马上就会有祸事临头,不知在什么"碴儿"上给按上几句话,不难家破人亡。

康熙的"皇子"们又特别多——他的四十位后妃嫔侍,共生了三十五位皇太子,序齿者二十四位——又都野心不小,奢欲很大,都要支使"家里人"织造，要东要西，办这办那。苏州织造李煦，后来"罪"发时，被鞫问出来的口供，有些残馀记录尚在：李煦自供用银八百两买女子五名送与阿其那（胤禩）。再看同案的赫寿，其家人王存供称阿其那派阎姓太监向赫寿取银二次：一次两千两，一次一千两——然而及至雍正揭露"朕从前即知阿其那自赫寿取银二万两，建造胤禵花园"之后，不但供称二万是实，二万之外又供出六千两。——此亦不过多少例子中的一个，九牛之一毛耳。

曹寅等人，每年官俸不过区区之数，而一亏空就亏出几十万两之多！其故安在？那就是为"四次接驾"的"虚热闹"所累，再加上历年各式各样的"供馈"，使他们不能不摘东借西、妆神弄鬼，正有点像贾琏、凤姐夫妇所说的："这起外祟，何日是了！""我略慢了些，他就不自在起来，得罪人之处不少！"

在那世界里，小民们又该到什么地步呢？就便也引起那位道学大臣的话来对证："朝廷一免江南银米，即二百万；自古无如此之多者。只是天地间却不见有宽裕润泽之气，是何缘故？""国家免钱粮，动数百万，而民不感恩，民不受惠。想是官不好：上有法蠲，他有法敛；州县敛之以贡府道，府道敛之以贡两司，两司敛之以贡督抚，督抚又有交际及办差诸事：宛转归上，民穷日甚！今日泽州（陈廷敬）言其苦，几至泪下！此是国家元气。大臣愁饿死，殊非美事……"一派的微词可掬（虽然他们还只是站在一般地主阶级的立场来讲话的）。他还指出："又民于平居无灾害时，休养生息，如人保养，不到病来。至有灾禒始谋赈救，却是有了病去医治。一般医得好也才得平常。毕竟教他平常壮实方好。"所以南巡时，竟发生过总督大人派官往库提银一万两，中途被盗劫去一桶的煞风景的事情。而康熙却"宽厚以豫大，丰享以驭国用"，自以为"国用充足，朕躬行节俭，今即因数次巡幸。用钱粮四五十万（实际远不止此），亦不为过"，以致"库帑亏绌，日不暇给"，而江南则"地方官备办供应，挪用公款，亏空甚巨；大吏惧挂吏议，责令赔补，敲骨吸髓，上下交困，仕者至视南中为畏途"。这后果的严重，到康熙五十年代，就现了原形，至令大学士张鹏翮专差察审此一公案。

张鹏翮不敢实话实说，一力支吾，倒是康熙自家心里明白，一口道破；张鹏翮颂圣之下，康熙接云："朕非但为百姓，亦为大小诸臣保全身家性命也；钱粮册籍，皆有可考；地方官借因公挪用之名，盈千累百，馈送于人；若加严讯，隐情无不毕露，朕意概从宽典，不更深求。"因为他十分清楚，他自己才是这一案的主使人。

据说，江南由此遂得"昭苏"云。曹寅、李煦，也正是在皇帝的曲意保全之下，这才得以把"戏"唱到康熙年代的最末期。

可是，祸机就也孕育其间。他们的保全者，被诸皇子气死整死之后，马上局面大变。雍正出乎所有人的意外，用阴谋手段篡取了大权，不认他老子和弟兄们的账。于是他们所作的孽，就全部着落到奴仆们的头上。

所以我说："且莫小看了这两桩事。若说它们是大清国整个兴衰的枢纽，不免还有语病；若说它们是内府正白旗曹家荣枯的关键，却是了无疑义。"而曹雪芹等人的"心中多少忆昔感今"，那实际内容又是多么丰富而复杂，——只有"凤姐儿"之流，才会只从"说起当年太祖皇帝仿舜巡的故事，比一部书还热闹，我偏没造化赶上"（即所谓"赶不上繁华"论）一点来着眼吧？

我们的下一回书，就要接表雍正这个专搞宫廷政变、特务暗杀的篡位者如何残害康熙以及忠于康熙政道的曹、李等人的种种事由。

（1962 年 1 月—9 月《光明日报》）

齐白石和曹雪芹故居

　　白石老人的画幅，大家常见的，多是花卉虫鱼一类；其实他画别的景子，不但是同样擅场，而且更为引人入胜，不过是极难得见到罢了。就中尤为难得的，是他的那幅《红楼梦断图》。

　　提起这幅艺术珍品，先要叙明一段掌故：原来在北京地方，还存在着不少关于曹雪芹的传闻轶事，听起来都饶有趣味。其中一则，说曹雪芹遭到家难之后，曾一度寄居于北京外城广渠门内不远的卧佛寺（北京共有三卧佛，一在西山，一在西城，一即此）。这一传闻，不止一人谈到过，有很多位老先生都如此讲述，想来一定有其根据，当地父老这才世代口传下来的。

　　白石也是知有此说的老前辈之一，因此，他有一年秋天，就和张次溪先生一同到了卧佛寺，去寻访、凭吊曹雪芹的遗迹。这次寻访，引起了他很多的感慨和想象。恰好张先生作了一首诗，中有"红楼梦断寺门寒"的句子，白石一时兴起，就借了这句诗的意境画了一幅《红楼梦断图》来抒写他这次游卧佛寺的感受。——以上是这幅艺苑珍奇的简单原委。

　　尤其宝贵的是，他在画上作了题记，并题了一篇很好的绝句。原文云："辛未秋与次溪仁弟同访曹雪芹故居于京师广渠门内卧佛寺，次溪有句云：'都护坟园草半漫，红楼梦断寺门寒……'余取其意为绘《红楼梦断图》，并题一绝："风枝露叶向疏栏，梦断红楼月半残。举火称奇居冷巷，寺门萧瑟短檠寒。"

这诗可说是大艺术家和大文学家之间的一段"香火因缘"。可以看出，白石老人是怀着无限的景仰和同情之心来凭吊雪芹遗迹的。在他的想象里，分明看到：曹雪芹艰辛困厄之中流落到残僧败寺之地，过着极其贫窘的生活，而当秋月胧明、风露凄冷之夜，还在一盏孤灯相伴之下，构思他那部"十年辛苦不寻常"的千古杰作——《红楼梦》。

"举火称奇"，大约是用明末遗民杜濬（号茶村，和曹雪芹的祖父曹寅很有交契）的一则典故。杜濬是湖广人，明亡以后，流寓金陵，劲节高风，生活奇窘。他曾写信给王于一，说："承问'穷愁何如往日'，大约弟往日之穷，以不举火为奇；近日之穷，以举火为奇：此其别也！"（《变雅堂文集》卷八）"举火"，就是点火做饭吃，"以举火为奇"，可见其贫况已到何等境地。白石老人用来写雪芹，恰到好处。至于"短檠(qíng)"，是唐代诗人韩愈写贫士用矮灯照读苦攻的典故，这是大家所习知的。

卧佛寺至今犹有部分残存，但久已废为民居。大卧佛全体木雕，极为弘伟，至少是明代艺术遗物，至可珍惜。院中古槐一株，倾敧生姿。据说当初庙中有跨院，颇有亭石花木之胜，雪芹寄寓，可能有取于此。又，在清代八旗制度，各旗各守哪个城门，都有规定；广渠门属正白旗汉军辖守。而曹雪芹也是正白旗人（只不过他是"内务府包衣旗汉姓人"，而非"汉军"旗人），可能有同属白旗之内的亲友在卧佛寺一带居住（听说这一带到清末还是旗人聚居之地），故而辗转牵引，想到投奔外城寂寞萧凉的古庙那里去存身，这也颇在情理之内。

【附记】

我为此图作过一首词，今不具引。有人将卧佛寺讹传为"千佛寺"，那是错了。又有人怀疑，卧佛寺可能是指西城那一个，因它离右翼宗学、槐

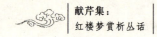
园等雪芹曾到之地都不远，似乎雪芹寄居于此，更为近理。不过这种事很难臆说如何，因为西城的卧佛寺当时未必像外城的寺庙更合于寄寓。所以我仍主白石老人之说，不宜用简单的推理方式去轻断历史事物。

白石还曾谈到，他所听到的传说，曹雪芹的妻子是他的李氏表妹。这种传说远远早于红学上对于李煦家的考证，尤其值得重视。

本文刊于《天津晚报》。我又曾有较详的记叙，张伯驹先生曾编入《春游琐谈》。

曹荃和曹宣

曹雪芹，是个不太容易研究的课题，一讲到他，种种情由，从生卒，到名号，几乎每一件事、每一句话都成为一个问题，都要跟着许多累累赘赘的考证和争论。这事，思之亦颇令人解颐。

曹雪芹的爷爷是曹寅，这点例外地没有问题——但雪芹到底是曹寅的血统嫡孙还是过继子孙，就还待最后考定。曹寅有爱弟子猷，号筠石，能诗善画，而寿不永，曹寅极为悼惜。这个人，所以需要注意，是因为他有可能就是曹雪芹血统上的亲祖父；可是过去被人误认为就是曹寅的另一位堂弟曹宜，完全弄乱了。因此，我曾说，曹子猷和曹宜生卒官职既然都不同，绝不可能是一个人，那么曹子猷应该名叫"曹宣"，名和字盖因《诗经·大雅·桑柔》篇"秉心宣猷"之语关合以取者；"宣"、"宜"形近，以致淆混，误为一人；而曹𫖮实系曹宣之子，过继于曹寅系下的。

当时，这只是为了澄清曹子猷绝不会就是曹宜这一问题。因此之故，如朱南铣同志所云："在《红楼梦新证》中特设了《迷失了的曹宣》专章。"

不想，后来发现内务府"口奏绿头牌白本档案"满文新资料，据前几年有关部门请人翻译的结果，曹𫖮原来是"曹荃"的第四子。有人为此已经作出文章。

今年，朱南铣同志在他的《关于脂砚斋的真姓名》一文里，又把这个问题重为拈出，并认为，曹子猷就是这个曹荃，根本无所谓曹宣其人，"从比附名与字而论断子猷应当名叫'曹宣'，不是曹荃，未免是多馀的事（笔者按：我那时既不可能预知将来有白本档之发现，自然想不到'曹荃'身上，也根本未曾提到是不是曹荃的问题）"，因此，批评我的考证方法是"不足为训的"，而且，还带累了别人，对此，实滋惭愧。

曹荃的官职，除《八旗满洲氏族通谱》载明是"原任司库"而外，顷蒙档案馆的同志见告，在另一种满文《奏销档》中，尚有康熙四十年的曹荃奏折一件，也说明他的身份是司库。这事已无疑义。曹宣，则早在康熙三十年已做侍卫；他三十六年又曾奉使到过真州，他哥哥曹寅追忆描写他那时是"忆汝持节来，锦衣貌殊众"。皇帝派往江南的特使，恐怕不会在内务府司库中去考虑人选；"锦衣""持节"的曹子猷，这时的官阶是什么，虽无文献可征，但绝不会是在他六年以前所任的"侍卫"下。那么，难道他可能到四十年以至四十四年（曹宣卒于此年，考见拙著《红楼梦新证》第六章）就降职为司库小吏了？从康熙一朝曹寅全家极得亲信维护的事实来看，独独侍卫曹宣不但不像他哥哥升官、升到三品通政使司通政使，位跻"九卿"之列，种种荣宠，反而降为七品小司库，一直到死。这种现象，应如何解释呢？

由于朱南铣同志又引用了那件白本档，我也设法把解放后请人翻译的全文借看了一下，发现原引康熙的谕旨有这样的话：

> 曹頫自幼朕看其长成，此子甚可惜，……朕甚期望。其祖其父亦曾诚勤。今其业设迁移（此句疑有脱误，我所引录的只系转钞本，容将来更核），则立致分毁，现李煦在此，著内务府大臣等询问李煦，以曹荃之子内必须能养曹頫之母如生母者才好，原伊兄弟亦不和（按此指曹颙、曹頫一辈——引者），若遣不和者为子，反愈恶劣。尔等宜详细查选。钦此。

因此，李煦即回奏："曹荃第四子曹頫佳，可为曹寅之妻养子。"奉旨："好。钦此。"又向曹頫的家人名叫罗汉者询问调查，亦称"曹荃之子曹頫忠厚，是母慈子孝……"：由此遂定过继曹頫。这事乃明明白白与"曹宣"无关了。但正是在这里似仍有问题。

据曹寅自己说："予仲多遗息，成材在四三。"可见他二弟子猷死后自有好几个孤儿遗下。况他们曾为曹寅所怜爱抚养，随在江宁织造任所长大，并有曹寅特别喜爱的第三、第四两个侄儿在。那么，我们试想：曹颙一死，康熙要为曹寅之妻选立继子，自然首先应叫李煦等人在曹子猷系下嫡亲侄儿群中挑选，——怎么皇帝却在康熙五十四年正月初九日、曹颙刚死之后，第一次谈这个问题，张口就硬行指定要"以曹荃之子内……"呢？

如果说，曹宣诸子中因皆无合宜的，这才挑到堂兄弟曹荃名下，那，也应当有这么一番周折经过，起码要见于他们君臣之口中，连带叙及，就连康熙也应当说出"既曹寅之亲弟曹×（假定不是"宣"字）之子内并无能养曹寅之母如生母者，著另在伊堂兄弟如曹荃之子内，详细查选，钦此"一类的话才是。——现在居然全非如此，这岂不是极为可疑的一桩怪事吗？

白本档既然是由口奏绿头牌奏事整理缮录而成的存档，已非最原始性质的资料了，再由于满文记录人名汉音，辗转之间，完全可能致成讹误。曹荃曹宣，音又相近，容有互混，亦未可知。再则，由曹寅的"成材在四三"，到众人的一致推举"第四子"，这里似也不无蛛丝马迹可寻。——例如朱南铣同志就也认为："第四子是曹頫，即《楝亭诗别集》卷四《辛卯三月二十六日闻珍儿殇，此书忍恸，兼示四侄，……》中的'四侄'（按亦即"成材在四三"的四侄）。"不是就很值得进一步研究吗？

以上所引的"荃"字，都只是据满文档案译音而来。有一个可能：曾为亲近侍卫的曹宣这个名子，康熙不会说错，而后来整理口奏档案的人员却不清楚曾有一位早已前卒的曹宣，只知道当时有个曹荃尚在，于是以为原始记录上的"宣"音有误，遂以意改为"荃"音了。我想，这倒也是在情理之中的。

以上一些想法，提出来，不过和朱南铣同志研讨而已。目的是，希望我们既不把复杂的事情简单化，又可以大家共同切实解决些问题。

（1962 年 8 月 28 日《光明日报》）

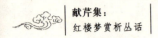
【附记】

这种文字，由于后出可靠史料已经证实我早年推考曹寅之胞弟应名曹宣之说是正确的，早已成为历史陈迹，本来是不打算收入集子里的了。也有同志认为应当编入，因为这在考证史上带有"戏剧性"和"掌故性"，是很特别的一种例子，存之可以发人深省。他的意思是说"曹宣说"出后，很遭一些人反对，攻驳不已；他们的病痛总是把复杂的历史事物（过程，曲折变化，现象根由……）一概简单化对待（用最初级的"形式逻辑"和"启蒙算学"的加减算式去做"考证"），并且最勇于嘲笑别人"错了"。存此一例，可以让人想到很多问题。我想，这也有道理。我在这篇文字中当然不能预知"荃"就是"宣"的后改名字（为避"玄"字音的"嫌讳"），所以说理推断，不免有曲而不切之失。但在当时，这却是思路所能及的继续探讨，而重要点在于我在论敌面前，不附和那种"简单化"的所谓考证和争鸣法，仍然坚持认为，历史事实不会是那么简单的；连自圆其说也是远远不够的某些红学"论证"，至今犹时常出现并且有一个"规律"：它们总是以一种骂倒别人，"唯我才最正确"的姿态而显示自己的，他们的勇于自信（自是），病源之一来自不对头的思想方法加上坏习气。最近几年中，单篇的长短文章，专书式的什么"论"，都颇有这种典型"佳"例。我希望这些著者稍减心浮气躁，用点工夫培养自己的学力识力，在历史事物是异常复杂的这一事实上多作一番深思。

《红楼梦》版本常谈

读《红楼梦》,为什么还要搞版本?一搞版本,再写成文字,最容易弄得破碎支离,纷纭缭乱,让人看来目迷五色,莫知所归。我遇到过的同志就曾有表示过这样一种意见的:"《红楼梦》不就是《红楼梦》吗?还要闹什么'版本'!(指着手边的一部印本《红楼梦》)这给一般读者看,不是满好了吗?《红楼梦》大致就是如此嘛!……"我以为,这除了自有看法而外,恐怕也足以说明有些同志对"版本文章"没有多大好感,甚至因此对搞版本的发生了反感。从此,我就明白了像我这样也写"版本文章"的,应当从中聆取教训,不要下笔千言,离题万里。

那个不该"离"的"题"是什么呢?不是别的,就是到底什么样的《红楼梦》才是真的曹雪芹的《红楼梦》。

《红楼梦》还有真的、假的之分,还有"曹雪芹的"和"张三李四的"之分吗?是的,正是这样。

高鹗续"成"了"全本"的百二十回《红楼梦》,就是假《红楼梦》,它要表现的思想,和曹雪芹大不一致。有人认为,续成的全本在高鹗以前就有了,高鹗不过是"重订"者。这个问题本文不拟多谈。即使真是这样,那也必然有个"张鹗""李鹗"在;拿高鹗来作这伙人的"代表",也还是顺理成章,名归实至,因此我只提高鹗的大名。版本,本来指木刻书的不同版本,

63

我们为了方便，借此名称，统指钞写本、活字本等等。有几个重要的年份，是《红楼梦》版本史上的里程关键：

乾隆十九年　甲戌　一七五四

是年已有脂砚斋"抄阅再评"本。

乾隆五十六年　辛亥　一七九一

是年程伟元、高鹗印成百二十回本，俗称"程甲本"。

乾隆五十七年　壬子　一七九二

是年程、高把一再"重订"过的百二十回本再次印行，俗称"程乙本"。

道光十一年　壬辰　一八三二

是年王希廉的"护花主人"评本刊行。所据的底本为程甲本。

一九一一——一九一二　辛亥、壬子（清末民初）

上海有正书局石印戚序本八十回，上集前四十回辛亥年印出，下集次四十回壬子年印出。

一九二〇——一九二三

鲁迅先生讲述小说史以至《中国小说史略》印成。内中第二十四章为《红楼梦》专篇，举例引文，概从戚序本。

一九二七

胡适抛出他的"程乙本"，让亚东图书馆废旧版、排新本以行。

一九五五

文学古籍刊行社影印庚辰本。

一九七三

人民文学出版社影印大字戚本与庚辰本（并改正一九五五年影印本之失误）。

不必再制作精详的表格，只消这么粗粗一列，许多问题就已经显示清楚了。

乾隆辛亥，是一个"分水岭"。在此以前，《红楼梦》只有八十回钞本；在此以后，印本出现，钞本日渐湮埋减少。传钞的情况，大约可分为两个阶段:先是八旗人士在他们的"圈子"内传观影写,并且还不敢怎么公开,流传的范围实际不广;发展到"好事者每传抄一部,置庙市中,昂其值得数十金,可谓不胫而走……"(程伟元语),这指的该是"书贾"之流吧?已经不再是读者藏书者的觅阅借钞,而是作为商品牟利。但这仍然并不是公然摆售,不是公开问世的阶段。一部而售至数十金,也还远不是一般人所能得到。这个阶段的《红楼梦》,基本上是真的曹雪芹的《红楼梦》。

真的曹雪芹的《红楼梦》,是一部从思想上向封建社会挑战的书,是一部用"假语村言"掩护"真事隐去"的书。围绕着它,必然要展开激烈的斗争,斗争的形式是多样的。迨到上述传钞时期的最末阶段,就有人想到用偷改原作、续成伪本的办法来和真的曹雪芹的《红楼梦》作斗争。其结果,就是高鹗炮制了一部百二十回的假的《红楼梦》。

这就到了我们上面所说的"分水岭"。从乾隆五十六年起,跨过"岭",程本正式出笼。

程本凭仗着它的印制整齐和故事"完整",以及政治因素(此义另文论述)出笼之后,马上风靡天下,势力影响,莫与之京。(这里可以注意的是,程印本的价钱一点也不比钞本便宜,它的原印本的市价也是"数十金";后来翻刻本日益增多,但就是翻本,价钱每部也要"不及二两"。可见程本初出立即风行,并非由于售价低廉!这一点不应有所误会。)说也奇怪,不知由于什么原因,它的势力影响,首先集中表现于杭州一带,特别是海宁。

个人所见到的,从乾隆末到嘉庆初,最早的有代表性的《红楼梦》题咏者,大多数是杭州人,而第一部"红学专著"则出于海宁人周春之手。周春是"索隐派"专著家的开山祖师。红学在东南半壁一兴起,那兆头就不怎么美妙。

见诸笔墨的红学,端以杭州一带为"发祥地",随后就移到了苏州。苏杭齐名,在红学上也不例外。苏州的红学家代表就是王希廉(雪香,护花主人)。他也是一个红学开派者。他以评点的方式来表现他的红学,其成绩就是护花主人评本。此本一出,先前的翻刻程本的白文本就又避席让位,王评本从此风行天下。后来数不清的化身千亿的坊间本,实际大都由此而来。王评本用的是程甲本，但是他又有零星的改动（大抵是不懂书中的北语北事而妄改）。

单是王评本，就又垄断统治了《红楼梦》市面整整八十年。

评本，是关系红学史的一大问题，说起来也是源远流长。《红楼梦》从一开始，传钞问世，就是脂砚斋的评本。这种风气和明代的"评点派"有关，所以到清代康熙年间，金圣叹评《水浒》，毛宗岗评《三国》，陈士斌评《西游》，等等，还是盛行一时。程高二人炮制成百二十回本，只印了白文，还不得不在卷首设词表白解释一番。嘉庆间的翻刻程本，已然出现了带评的本子，只不过那种评语质量、数量都太不成局面，完全不能说明任何问题，也没起过什么重要作用，所以后来再也没有人记起它，提起它。王希廉则是要继这个中断之"统"，于是《红楼梦》再度以评本形式流行，立即风靡一世。不过，这丝毫也不是说王评真有任何独特的价值优点，现今还能知道的肯定比王氏要高明得多的评本，不止一种，都未能保存下来或为大家所见；而王评本之所以独能"瓦缶雷鸣"，正如程高百二十回本一样，只不过是他有办法刊印出来罢了。阳湖派散文家恽敬，曾以四色笔精批《红楼梦》，这是著例。有人见告，他收有一部女读者的旧评本，文词见解，颇有可观。我自己也见过重要的手批本。像这样的例子，湮没无传的，不知有多少。真是有幸有不幸。最近，清代蒙族读者哈斯宝的评本才得重为人知，也是一例。——在王氏以后，大某山民、蝶芗仙史、太平闲人……也都相继有评本与王评并行或合刊。但这类本子终以王评本为先导兼首席，所以我还是推它为"巨擘"和代表。八十年以后，狄葆贤要印行戚序本，也还得先自己作出前四十回的批语，同时登广告征求次四十回的批语，可见在当时人的心目中，《红楼梦》"注定"得有批语，得搞出评本，不然就显得"寒伧"。

可是，有一点确实说来惊人。狄葆贤印行的这个新评本的底本，却是被程本垄断了整整一百二十年以后首次再显于世的一部真的（或接近真的）曹雪芹的《红楼梦》！

这真是一件大事。它打破了一百二十年伪本的垄断局面！想一想，这是何等的快事和壮举？狄葆贤虽然为了石印戚本也曾力事宣传，但他当时却未必真能从整个《红楼梦》版本史上来充分体认此举的重大意义。

戚本重现的意义和它本身的价值,并非一下子就能得到正确认识。脂砚斋的批语中曾引过两句俗谚:"一日卖出三千假,三年卖不出一个真。"这好比一向把鱼目当珠的人,你给他真珠时,他疑心是鱼目。

十年过后,俞平伯先生作《红楼梦辨》,其中有一章题目叫做《高本戚本大体的比较》,写于一九二二年六月。且引几条俞先生的原话看(着重点为引时所加):

两本既互有短长,我也不便下什么判断,且也觉得没有显分高下底必要。(原版　页一二六)

在这回里,戚本还有两节很荒谬的文字,高本也是没有的。(页一三七)

戚本虽也有好处,但可发一笑的地方,却也不少。(页一四二)

(引戚本大段原文后说)这竟全是些梦话,……而且文词十分恶劣,令人作呕。(页一五〇)

(第六十七回)至于优劣底比较,从大体上看,高本是较好的。(页一五四)

戚本在第六十九回,又多了一节赘瘤文字,大可以删削的。(同上)

……我们也不能判什么优劣,只能说他们不相同而已。(页一六〇)

这位评书人(按指狄葆贤——引者)底见解,实在不甚高明。他所指出戚本底佳胜之处,实在未必处处都佳;他所指出两本底歧异之点,实在有些是毫无关系。……(页一六一)

……使用纯粹京语,……这原是戚本底一个优点,不能够埋没。惟作眉评人碰到这等地方,必处处去恭维一下,实在大可不必。他们总先存着一个很深的偏见,然后来作评论,所以总毫无价值可言。(页一六二)

以上这些，都是俞先生"我作这篇文字，自以为是很平心的"见解。当然，据他自己后来辩解，早年见事不明，另有理由，这完全不是本文评论的范围与目的，故不枝蔓。我要表的只是让读者看看在戚本印行以后从权威红学家那里所获得的反响是个什么样子。

然而，人的见地是有不同的。

我不记得鲁迅先生曾经正面地对戚本、程本作过比较性的评论。但是，他又确实用另外的方式作了重要评论，如上面"表"中所列。那时，鲁迅先生也别无更多的本子足资比较，其藉以鉴别的条件与俞先生一模一样。可是他在讲小说史时凡引《红楼梦》，一概采用戚本而不采程本（只是在遇到戚本偶有脱漏，才据程本略施校补）。

谁真谁假？何去何从？鲁迅先生"不著一字，尽得风流"，已然给我们指得一清二楚。

在程本垄断统治了一百二十年的情势下，当第一部基本上是属于脂本系统的（即接近真的曹雪芹的）《红楼梦》出现后，鲁迅先生毫不迟疑地确认了它，肯定了它。不服气先生的眼光识力，又有什么话好讲呢？

但是，还有一个胡适。对于他，在这里我只提三件事。

一件事是，他虽然在一九二一年提到了戚本（和俞先生看法相合，说它是"很晚的钞本"），到一九二八年作《考证红楼梦的新材料》，在其第五节，才摆出一篇"脂本与戚本"。二件事是，他后来反而说，自从他作了"新材料"一文，人们才知重视旧钞本云云。这真是大言不惭，贪天之功，力图抹杀别人的、特别是鲁迅先生的比他们早了一二十年的真知灼见。三件事是，他始终不承认戚本首次重现于世的意义，一味吹嘘只有等他到一九二七年因买到一部甲戌本而写了一篇"文章"，这才是什么"我们现在回头检看这四十年来我们用新眼光、新方法，搜集史料来做'《红楼梦》的新研究'的总成绩，我不能不承认这个脂砚斋甲戌本《石头记》是近四十年的'新红学'的一件划时代的新发现"！

谁也不想否认这个甲戌本的本身所具有的价值。但是谁也不会承认上引胡适的这一段（以及诸如此类的）话。

　　还不止此。胡适是在一九二七年夏天，从"海外归来"以后不久，买到甲戌本的。这个最懂得"重视"旧钞本的"划时代"者，却于这年的冬天，十一月中，在上海作他的《重印乾隆壬子本红楼梦序》。原来他不但不想早将甲戌本公之于世，让大家可以进行研究，却让亚东图书馆把他的程乙本重印，他并且对承担标点排印程乙本的人的"这种研究精神"，表示"很敬爱"和"应该感谢"。

　　到底是谁在重视旧钞本即真的曹雪芹的《红楼梦》？谁在提倡假的高鹗的《红楼梦》？答案具如我上面粗列。

　　什么是斗争？这就是斗争。鲁迅先生和胡适，就是在《红楼梦》版本问题上，也表现出学识上的很大不同来。

　　由于胡适的缘故，从一九二七年起，程甲本垄断的局面一"进"而成为程乙本垄断的局面。

　　打破了这个局面的，是解放后文学古籍刊行社在一九五五年影印了庚辰本。这是戚本印行后的另一件重大的事情。

　　胡适提起过，庚辰本的原藏者徐某是俞平伯先生的姻亲，而俞先生并不知他藏有此本。奇怪的是，等到胡适在一九三三年得见此书并又写了文章之后，也仍未见俞平伯先生对此本有任何设法研讨的愿望和迹象。俞先生在甲戌本原书卷尾写了跋文，从中也很难看出他当时对这个旧钞本本身有什么值得说起的认识。加上上面引过的他对戚本的评价，我总觉得，在俞先生说来，开始重视旧钞本，怕是很晚的事了。其真正开始重视的原由，说起来怕也是复杂的，我就不拟多谈了。

　　继庚辰本之后，己卯本不久也为我们新中国人民所公有。此二本的原底本是乾隆二十四五年间的整理清写本。在庚辰本中，并且保存着一次在乾隆二十一年钞写核对的痕迹。己卯本最近因历史博物馆发现另一残存部分，经过集合考察，证明它是一个本子的分散者。这种本子，使我们得以窥见《红楼梦》在程印本以前的真本的基本面貌。

　　甲辰本是解放后较早发现的一个写本，共存八十回；因有"梦觉主人"在甲辰年作的序，所以也称作"梦觉本"。

　　一九六一年，北京图书馆收得了一部清代蒙古王府的旧钞本，除书后面配钞着后四十回可不必多论外，前八十回基本与戚本同，但无戚序。这个本子与戚本为同祖之本，比经过石印的戚本更可靠些，很有价值。后来，发现南京图书馆也藏有一部写本戚序本，也足资校勘。最近，听说上海又发现了有正书局石印戚本的底本前四十回。一九七三年，人民文学出版社影印了已经十分难得的有正戚序大字本。经历了六十多年以后，戚本已然获得了更多的姊妹本和参考材料。对于它的研究，可望有新的收获。回顾鲁迅先生在二十年代之初首先采用戚本文字以反对程本的事情，真是令人欣慨交并了。

　　这篇"常谈"的目的，在于叙述《红楼梦》版本史上的一些比较重要的里程，试图勾勒出一个大概的来龙去脉，为《红楼梦》的读者提供些许佐助，这确实都是老生之常谈。由于自己的水平有限，更没有谈得好。至于各本的详细情况与诸般问题，不但绝非"常谈"所能容纳，而且众说不一，纷纭万状，一谈就会絮絮有所剖辩，真是罄南山之竹也难写尽，因此有意地省略了。

　　在《红楼梦》版本问题上，还有一个方面，也应略加谈论。很多的记载，证明存在过一种不止八十回、而后半部与程本迥然不同的本子。可惜这种本子至今也未能找到一部。清代人的记载不一，今亦不拟在此一一罗列。单说后来的，张琦翔先生确言日本儿玉达童氏对他说过，曾见三六桥（名三多，八旗蒙族人）本，有后三十回，尚能举出情节迥异的几条例子。褚德彝给《幽篁图》作题跋，也说他在宣统元年见到了端方的藏本，也举了后半部情节的若干事例，与儿玉之言颇有相合之点。端方的遗物，部分在四川偶有发现，不知这个本子还有在蜀重现的希望没有？因此我又想起郭则沄（是个"逊清遗老"，思想顽固，头脑是陈腐庸俗的大杂烩，却自号"后脂砚斋"，作什么《红楼真梦》）的一段话：

　　……相传《红楼梦》为明太傅家事，闻其语而已；比闻侯疑庵言：容若有中表妹，两小相洽；会待选椒风，容若乞其祖母以许字上闻，祖母不可，由是竟入选。容若意不能忘，值宫中有佛事，饰喇嘛入，得一见，女引嫌漠然。梁汾谂其事，乃作是书。曰太虚幻境者，诡其辞也。初不甚隐，适车驾幸邸，微睹之。亟审易进呈，益惝悦不可详矣。蜀人有藏其原稿者，与坊间本迥异；十年前携至都，曾见之。今尚在蜀中。……

前半是我们习闻的索隐派的老故事（似与我曾引过的"唯我"跋《饮水集》的话是同一来源），不足论——唯《红楼梦》的著作权又改归了顾贞观，倒是新闻！后半却引人注目。这个蜀中异本，不知与端方本是一是二？侯疑庵，听说是袁世凯的秘书，他在北京见过此本。"今尚在蜀中"，很盼望四川的同志努力摸摸这些线索。郭的这段话，见其《清词玉屑》卷二，可以复按。郭和三六桥也很熟识，时常提到他，并及其收藏的文物，可惜却没有提到儿玉所说的那个异本，不知何故。

　　我们注意访寻这些写本，不是为了嗜奇猎异，好玩有趣。这如果就是曹雪芹的佚稿，当然那是重要之极；即使是别一种续书的话，如能访得，也将大大有助于推考曹雪芹的原著和比勘程、高二人的伪续，可以解决《红楼梦》研究上的很多疑难问题，也许还会给这方面的研究打开一个崭新的局面，亦未可知。当然，首先盼望的是能够早日整理出更好的真《红楼梦》的普及本，以慰读者的殷切期待。

【后记】

　　戚本石印，俞平伯先生说是宣统末、民元在上海见过。最近魏绍昌同志查对了当时出版的《小说时报》刊载的有正书局书籍广告，证实清末辛亥年先印上半部，民国元年再印出下半部。戚本之出是在此两年。

　　戚本原底本的年代，我曾作过初步推断，未必即确，这牵涉到考察戚蓼生的生平的问题。近来徐恭时同志对此付出工力，有新的收获。

　　对于戚本的研究，向无专篇文字；我有一篇旧稿，试作了一些推断。

今收入《红楼梦新证》增订本，聊备参考。

现在发现并得知存在的钞本统共有十几种，内中有几种是不带脂批的白文本。估计还有未为人知的，未必不于今后出现。例如，吴则虞先生曾函告：他就见过景朴荪的后人持有一部钞本。

曾经影印的杨继振（又云）藏百廿回本，原题为《红楼梦稿》，题得最为荒谬，这本不是什么"稿"本。但在西安却有真正的高续四十回的原本，也亟待访求，盼望它的出现可以有助于解决高鹗续书的各种问题。这个或者才真正可称为"稿"。我在北京故书肆曾见到一册"怪书"，全册抄写的都是杨继振的别号，短至一字，长到几十个字，数也数不清，古今罕闻，叹为"观止"。这人实在也是个怪物——或者有神经病吧？

甲戌本卷前"髦眉"，是刘铨福侧室马寿谖的印记。此人可能是一位通文墨的"才女"，能拓碑石，早殁。甲戌本入刘马夫妇之手，当在咸丰年间，比刘铨福、濮文暹等在同治年作题跋的时间要早得多。刘氏在咸丰十年请人画《翠微拾黛图》即为马髦眉而作。我疑心这和他们读《红楼梦》也不无间接关系。

对于各个本子的简称，我仍然依从大家沿用的甲戌本、己卯本、庚辰本、己酉本、甲辰本等。我认为，对于一个本子，最首要的莫过于明了它的（说得更确切些，即它所依据并代表的各该祖本的）年代。明明有干支可考的，一定弃而不用，另以藏者、地点等间接得多的线索来创新称，未必较胜于利用干支的办法。

"庚辰秋月定本"，个别同志一口断定纯粹是"书贾"的"广告噱头"。到"己卯冬月定本"被考出是与弘晓一家有某种关系时，大约对这种干支记载的可靠性不致再发生异说了。己卯本中的特殊缺笔处，我也曾看到，但那时连一件把曹家与胤祥家联在一起的文献也还没有发现，所以不能马上论断（那听起来将极"荒唐"）；迨到吴恩裕先生来和我讨论己卯本问题时，他一提"晓"字缺笔，我冲口而出，说："弘晓！"他笑起来，因为他彼时已然在心中作出这样的判断了。

"庚辰秋月定本"的字样分明，张三李四，如想简称它，也会想到截取

"庚辰本"三字。这是最自然的事。

"甲辰本"，"己酉本"，虽然这与"定本"的意思不同，但是这种作序的年份，至少给本子明确了最晚的年头（下限），对于考察本子的先后，依然是一个非常重要的参考标记。用它们来作简称，还是比别的更有用，更得体。

"甲戌本"，大家对这个名称争议较多。事情往往是很复杂的。我在他处另有讨论，兹不赘说。此本中缝大书"脂砚斋"三字，说明它所依据的即我们概念中的底本，是脂砚自己的存本，"至脂砚斋甲戌抄阅再评"的话，正是他本人自记。有研究者说：此本"是畸笏在丁亥年（一七六七）以后不久……重新整理出来的一个最新定本"，而卷头"凡例"等语亦即畸笏因此而加。我要反问他一下：畸笏在"壬午（一七六二）季春"已经在末回中看清了十二钗的正式名次了（庚辰本眉批），而"凡例"中尚且说"若云其中自有十二个，则又未尝标明白系某某极至……"，那么又将如何解释这个绝大的矛盾？！我举这个例子，说明对于这种复杂的问题，大可不必迷信这些"专家"的十二分自信的"论断"。把此本改称为"刘藏本"和别的怪名子之类，恐怕也未必就有多大的优长点。徒标新称，又不能解决问题，不如仍称甲戌本，可以省免许多纷扰。

提起钞本"定名"，让我再发表一点谬见：所谓"程甲本"、"程乙本"，原本是来自胡适一人的"创造"。那个意思不过就是像"二拍"，要表"初刻"、"二刻"，其实是又别扭又欠亨的（甲、乙云云，又易与干支纪年相混淆）。为什么不即称"程辛亥本"、"程壬子本"？要说它有"优点"，大约就是"节省"了一个字，三字较简便吧？说也奇怪，历来对这种"程甲"、"程乙"相率沿用，未见略表异议——对其他本的名称却有种种意见。不但如此，还又由胡的办法而产生并发展出一整列的"脂×本"来。这种"仿配法"，最早是俞平伯先生创始。细一推寻，种种不妥。认真地讲，这种做法值得审慎商榷，因为，问题的实质是未免太重视了那个什么"程甲本"、"程乙本"的形式了，而且客观上还把程伪本抬得和曹原本分庭抗礼。详细意见，俟有机会另行讨论。

上海最近发现的有正石印底本的情况，承已亲见此书的同志来告，都认为可以确定是"上石"的底本。既然如此，就又引出"一段故事"。据王瀣（伯沆）批《红楼梦》时讲过的是，俞明震藏本，大本精钞黄绫装，他亲见，后归狄平子（葆贤）；及石印本出，却已非原本云。我早年看不太懂这个"已非"的意思，是指"印制规格"太"寒俭"了？还是指文字有异同，石印本不逮俞本？不敢揣断。现在上海发现的，并非黄绫大册。何以解释？这使我"悟"到另一层道理——

当年陶洙先生有一次见访于燕大，对我说：在狄平子逝世之前最后晤面，偶然提起石印戚本来，狄平子闻言，即摇手急言："嘻，嘻！……那个不行。还有好的……"陶先生抱憾当时未能追问他究指何本。今天我想来，就又发生一种可能了：俞藏本和桐城张氏本（即沪上新发现的）都曾为狄氏收得，而他付印时用的是张本，而不是（或者没有来得及用上）俞本。因此，现今发现的，并不见有黄绫装，而不但狄对陶的谈话，可以获得理解了，就连包天笑等说戚本是夏曾佑卖给狄氏的，也可以合理解释。这是我的一个初步想法，也未必即对。但假如是如此的话，则还有一部更重要的黄绫本（我疑心这才是戚蓼生原本）有待发现。记此意见于此，以备参考。

所谓的"列宁格勒本"，据报导说是道光年间流入俄国的。这件事，也使我连带想起一些问题。旧钞本《石头记》，在我们祖国已然发现了很多，在海外却未闻有其踪影，连富藏我国古代书册、多收明清通俗稗史的日本，也不曾有过。可是对此道一窍不通的帝俄那里，却有一部，不禁令人吃惊。我在此再举一个多少与曹家有关的"掌故"实例：康熙南巡图，单是王翚所绘的，就有十二巨轴之多，反映了我国十七八世纪时期的山川风物、社会情状的一部分，纤悉毕具，是无价的瑰宝，——现在只剩了四轴了。哪里去了呢？我以为也就是帝俄劫掠而往。有何为证？《十朝诗乘》卷十有一段记载说："高宗上法圣祖，屡举南巡，既命儒臣纪述盛典，供奉画家复有图绘。往见虞山王氏所绘南巡图，凡四巨束，纤悉咸备。近年莫柳丞归自俄都莫斯科，购得南巡登陆图：疑庚子之乱流播海外者。……"这足可证明，康、乾两朝的南巡图，是帝俄侵略军肆恶时，焚掠北京，捆载以往，才到的莫斯科。大家都知道，帝国主义侵略者"联军"在北京所干的破坏和抢夺的勾当：我听见一位操船为业的天津父老说，庚子年他的木船被俄军抓去运赃，光是各式各样的古铜炉，就是整船整船地顺海河载往大沽口。《古玉辨》一书也记载，慈禧的无数白玉精雕的巨宝，都在"俄使馆"。由以上二例可以想见其他。提起这些事，使我疑问：难道我们该把"南巡登陆图"称作"莫斯科本"吗？如果不该，那么"列宁格勒本"的称名法就觉完全妥当了吗？我自己也用过这个"定名"，深感当时头脑糊涂。

前文提到最早传印八十回脂本的功绩，可以附及另一个人，这就是作《小说话》的解弢。他的书出版于"民八"，其中说到他在京都肆上得到钞本《石头记》三册，与通行本多有不同："初欲付印行世，以册过少未决；辛亥秋，匆匆旋里，置之会馆中，今遂失矣，惜哉！"可见他也是在辛亥以前就打算传布钞本的有心人之一，可惜他只因要求全，反而连不全的也丢失了，不然在《红楼梦》版本史上可能是比狄平子还要早一点的立功者。

【后记二】

考论甲戌本年代问题时，要涉及到它的第一回刚开头不久就比他本独多了四百多字这一重要事象。对此究竟应如何解释？最近周绍良先生提出了一个很有价值的见解。他说，甲戌本确是脂砚斋的自存本，行款也是原式，每面十二行，行十八字，共得二百十六字，两面即得四百三十二字；甲戌本独多的这四百多字，恰恰是两面的篇幅，而其首尾又恰恰分别落在一面的首行上。因此可以推断，当时传抄本的某底本正是因故残缺了这两面，无法填补，就只好将缺处略施修缀，使之勉强联接上去，后来就一直沿袭下来了。只有甲戌本还保存了未缺时的原貌。此意见极好，特志，以备参考。

一九七五、十二、十六

（原刊于南京师院所编印的红楼梦研究资料集）

异本纪闻

不久前，承友人段启明同志提供了一项《石头记》异本的资料，很可宝贵，因撰小文，以备研者参考。

先说一说此事的原委。一九五二年春夏之间，我由京入蜀，任教于成都华西大学外文系，安顿在华西坝。第一位来访的客人是凌道新同志，我们是南开中学、燕京大学的两度同窗，珍珠湾事变以后，学友星散，各不相闻者已经十多年了，忽然在锦城相值，他已早在华大任教，真是他乡故知之遇，欣喜意外。从此，浣花溪水，少陵草堂，武侯祠庙，薛涛井墓，都是我们借游之地，倡和之题，也曾共同从事汉英译著的工作，相得甚欢。当年秋天，院校调整，他到了重庆北碚西南师院历史系；我到四川大学外文系，仍在成都。一九五四年上元佳节，道新邀我到北碚小住，并备酒肴，请师院的多位关怀红学的教授相聚，记得其中有吴宓、孙海波、吴则虞诸位先生。蒙他们热情相待，并各各谈述了关于红学的一些轶闻掌故和资料线索，也可算是一时之盛。

就中，吴则虞先生着重谈了李慈铭《越缦堂日记》所记的那个异本。他并说，李氏所记的"朱莲坡太史"，犹有后人，此本或还可踪迹。这事印象很深，一直存在想念中。

一九五四年夏初，我回到北京。其后，吴则虞先生也奉调入京，在哲学

76

研究所工作。大约到六一、六二年间，我又请吴先生用书面为我重叙旧谈，留为考索的资料，蒙他写了一封信，详细地记述了朱氏后人的名、字、学历、职业、经历、为人的性格、风度，后来的下落，异本的去向……这封长信，是一项很难得的文献史料，可惜我后来在"文革"中受到抄家和"隔离审查"，很多信函资料被弄得七零八落，竟无可再寻。我只记得，吴先生所说的这位朱氏后人，是他的中学时期的业师，有才学，但落拓不羁，不易为人所知重，最后似流落于西南，有可能在重庆一带，书物似乎也可能落于此方。

再后来，我和启明同志认识了，他对红学也有兴趣，说来也巧，他也是西南师院的老师。他每年冬天回京省亲，有一次，乘他见访之际，就提起上述的这件事，拜托他在重庆留意探访这个线索。

事情本来是很渺茫的，只是抱着一个万一之想罢了。不料启明后来居然查到了一个头绪。

他因事到重庆，便到重庆图书馆去调查访问。据馆方的同志说：在重庆《新民晚报》一九四六年十一月二十四日第三版上发现了一篇文章，题目是《秦可卿淫上天香楼》，署名"朱衣"。全文不长，今迻录于下：

《红楼梦》一书，尽人皆知前八十回为曹雪芹所作，后四十回为高鹗所作；而坊间所刊百二十回之《红楼梦》，其前八十回，究竟是否曹雪芹原著，则鲜有知音。余家有祖遗八十回之抄本《红楼梦》，其中与现本多有未合者，惜此本于抗战初首都沦陷时，匆忙出走，不及携带，寄存友家，现已不知归于何人，无从追求。惟忆其中与现行本显有不同者，为秦可卿之死，现行本回目为"秦可卿死封龙禁尉"，而抄本回目则为"秦可卿淫上天香楼"。书中大意，谓贾珍与秦可卿，在天香楼幽会，嘱一小丫头看守楼门，若有人至，即声张知会，乃小丫头竟因磕〔瞌〕睡打盹，致为尤氏到楼上撞见，秦可卿羞愤自缢于天香楼中。事出之后，小丫头以此事由己不忠于职所致，遂撞阶而死。考之现行本，秦氏死后，荣府上下人等闻之，皆不胜纳罕叹息，有诧怪怜悯之意，一也；开吊之日，以宁府之大，而必设醮于天香楼者，出事之地，二也；尤氏称病不出，贾蓉嬉笑无事，而贾珍则哭的泪人一般，并谓"我当尽其所有"，各人态度如此，可想而知，三也；太虚幻境，金陵十二钗画册，有二佳人在一楼中悬梁自缢，四也；鸳鸯死时，见秦二奶奶颈中缠绕白巾，五也。凡此种种，皆系后人将曹雪芹原本篡改后，又恐失真，故以疑笔在各处点醒之耳。

据此所叙，这一段故事情节，为向来传闻记载所未见提及，情事文理，俱甚吻合。看守楼门、瞌睡误事的小丫头，当即后来触柱而亡的瑞珠。此种细节，似非臆测捏造所能有。若然，这部八十回抄本，恐怕是"因命芹溪删去"以前的一个很早的本子。

启明同志和我都认为，这部抄本，很可能就是李慈铭所记的那部《石头记》。因为：一、撰文者署"朱衣"，像是真姓假名的一个笔名别署；二、他说是祖遗的旧藏，并非新获，这与朱莲坡早先在京购得也相合；三、他流寓重庆一带（由报纸刊登此文的时地来看，大致可以如此推断），与吴则虞先生的说法又正合。由这三点来判断，说这部抄本有相当大的可能即是朱莲坡旧藏本，是不算毫无道理的。

朱衣在文内所说的首都，是指抗战时期的南京。如果他并未作笔端狡狯，真是遗留寄存于南京友人处，则此本未到西南，仍在"金陵"。那么南京一地，确实有过不止一部与俗本和已经发现的旧抄本都不尽同的宝贵抄本。

"秦可卿淫丧天香楼"，这个回目原来只见于甲戌本的朱批，现在得悉又有"丧"、"上"文字之异，则不知是确然如此，抑系朱衣的误记？有了"淫丧"这个先入为主的字样，会认为"上"字是记错写错了；不过我倒觉得"淫上天香楼"颇好，不但含蓄，而且下一"上"字，包括了可卿如何奔赴楼内的过程情节，涵盖也多。要说误记误写，那甲戌本上的批者事隔多年回忆旧稿，也何尝没有这种可能？历史上的事情常常是比我们有些人习用的"直线推理逻辑"要曲折复杂得多了，所以不宜武断疑难，并自信为"必"是。

我记下这个线索，希望热心的同志们留意，因为对任何一个异本，我都存着"万一之想"，假如有所发现，对研究工作实在是极大的贡献。

除了感谢启明同志和重庆图书馆,本文略述原委的意思,也在于以此来纪念已故的凌道新同志和吴则虞先生。

因谈版本,连类附及,夹叙一段小文。

在流行的《红楼梦》本子之外,又发现了早先的《石头记》的旧抄本,早已不是新鲜事了。那些发现旧抄本的红学先辈们,功劳断不可没;可惜的是他们工作做得不多,认识也大有局限。他们当作只属于一种"版本异闻"者有之,较量琐细文字短长者有之,作一点零星考证者有之。我还是最佩服鲁迅先生,他作《中国小说史略》就采用了戚本的文字,并曾表示过,有正书局印行了这部戚序本,也还不知究竟是否即为雪芹原本。先生于此,不但绝不武断事情,而且清楚指明我们最应当注意的是雪芹的原著。先生多次以不同的形式提出,小说最易遭受妄人的胡改乱篡,大声唤醒人们要"斥伪返本"。在当时,哪还有第二位如此明确主张过呢?

在红学上,作版本研究的根本目的,端在审辨诸伪,"扫荡烟埃"(亦鲁迅语),篡乱绝不只是"文字"的问题,而是偷梁换柱、彻底歪曲雪芹的思想内容的问题。取得这个认识,才真正感到程高伪本对雪芹的歪曲是何等严重,斥伪返本的工作是太迫切需要了。取得这个认识,却是较晚的事。

"争版本",严真伪,斥篡乱,是我们四十年来的中心工作之一。为此,曾与家兄祜昌做了极大量的艰苦工作;不幸工作的成果及校辑资料遭到破坏。但我们并不气馁,仍要继续努力。

后来,红学家中致力于版本研究的,也日益多起来了。冯其庸同志最近付梓的《论庚辰本》,是一部多年来少见的有质量的版本专著,澄清了很多的人为的混乱问题。本文并不拟对这部论著作具体的介绍或评论,只想说明一点,我们之间在有的问题上看法也有差异,在较多数问题上,彼此意见是一致或者接近的。他在开卷就注意探寻庚辰本的来历,这一点我们也是不约而同。我们除了知道是徐氏旧藏以外再想追索更早的来由,就难以为力了。

幸好,最近四川大学哲学系老师齐傲同志,忽然提供了一项难得的资料，因乘此文之便，记述下来，也足备红学版本史上的一段掌故。

蒙齐儆同志的传述，并得他介绍，从陈善铭先生获悉了徐氏如何得到庚辰本的事实。

陈先生（原任中国农业科学院植物保护研究所所长）的夫人，名徐传芳，即是徐星曙的女儿，而她的嫂子又是俞平伯先生的令姊。陈先生从其岳家得悉的庚辰本的来由，是十分清楚可靠的。

据陈先生惠函见告：徐氏得庚辰本，事在一九三二年（或三三年）。购入此书的地点是东城隆福寺小摊上。书价是当时的银币八元。

值得注意的，有两点可述。一是买进此书时，八册完整，如未甚触手，并非是一部为众人传阅已久、弄得十分敝旧破烂的情形。二是此书出现于东庙小摊上，其来历可能是满洲旗人之家的东西。

作出这后一点判断，是由于我再去询问陈先生，想了解早年东庙书摊的情况，陈先生因而见示说：北京当时大庙会只有三个，即南城的大土地庙，西城的护国寺，东城的隆福寺。大土地庙的摊子以"破烂"为主，护国寺的是日用品为多，唯隆福寺较"高级"，较多"古玩"之类。隆福寺街本来书铺也很多（笔者附注：我本人还赶上过一点"遗意"，那是一条很有风味的"小文化街"，远远不是现在的这种样子），庙会或有小书摊，则多在庙门内外一带。庚辰本得自古玩摊还是书摊，已不能确言。陈先生认为，当时一般汉人，如出售藏书，是拿到琉璃厂去凭物论值，不易落到小摊上去；而满洲旗人家，贫窘也不肯公然卖旧东西，总是由家中仆妇、丫头等持出门外，售与穿走里巷的"打鼓的"收旧物者。因此，庚辰本的出现于庙会小摊上，应以原为旗人家藏书的可能性大。我觉得陈先生的推断是合理的。

庚辰本购得后，先后借阅过的有胡适、郭则沄和俞平伯先生诸人，这也是陈先生见告的。

我在此向齐儆同志、陈善铭先生深致谢意。由于他们热情的教示，使我们了解了这个重要旧抄本的来历。尽管落于摊贩之先书为谁家之物，尚待追寻，但已基本上说明了一些问题，以事实驳斥了那种"书贾伪造"的神话。

　　"异本"一名,本不尽妥,意义含混,也容易误会,所以用它,只图捷便而已。介绍"异本",我在另一处也曾引过一段资料①,有过排字本,但未公开发表,今亦摘录于此:

　　"…………

　　"在《红楼梦》版本问题上,还有一个方面,也应略加谈论。很多的记载,证明存在过一种不止八十回、而后半部与程本迥然不同的本子。可惜这种本子至今也未能找到一部。清代人的记载不一,今亦不拟在此一一罗列。单说后来的,张琦翔先生确言日本儿玉达童氏对他说过,曾见三六桥(名三多,八旗蒙族人)本,有后三十回,尚能举出情节迥异的几条例子。褚德彝给《幽篁图》作题跋,也说他在宣统元年见到了端方的藏本,也举了后半部情节的若干事例,与儿玉之言颇有相合之点。端方的遗物,部分在四川偶有发现,不知这个本子还有在蜀重现的希望没有?因此我又想起郭则沄……的一段话:

　　　　……相传《红楼梦》为明太傅家事,闻其语而已;比闻侯疑庵言:容若有中表妹,两小相洽;会待选椒风,容若乞其祖母以许字上闻,祖母不可,由是竟入选。容若意不能忘,值宫中有佛事,饰喇嘛入,得一见,女引嫌漠然。梁汾谂其事,乃作是书。曰太虚幻境者,诡其辞也。初不甚隐,适车驾幸邸,微睹之。亟窜易进呈,益惝怳不可详矣。蜀人有藏其原稿者,与坊间本迥异;十年前携至都,曾见之。今尚在蜀中。……

　　前半是我们习闻的索隐派的老故事(似与我曾引过的'唯我'跋《饮水集》的话是同一来源),不足论——唯《红楼梦》的著作权又改归了顾贞观,倒是新闻!后半却引人注目。这个蜀中异本,不知与端方本是一是二?侯疑庵,听说是袁世凯的秘书,他在北京见过此本。'今尚在蜀中',很盼望四川的同志努力摸摸这些线索。郭的这段话,见其《清词玉屑》卷二,可以

---

　　① 补注:此"另一处"即已收入本书之前文《〈红楼梦〉版本常谈》。

复按。郭和三六桥也很熟识，时常提到他，并及其收藏的文物，可惜却没有提到儿玉所说的那个异本，不知何故。

"我们注意访寻这些写本，不是为了嗜奇猎异，好玩有趣。这如果就是曹雪芹的佚稿，当然那是重要之极；即使是别一种续书的话，如能访得，也将大大有助于推考曹雪芹的原著和比勘程、高二人的伪续，可以解决《红楼梦》研究上的很多疑难问题，也许还会给这方面的研究打开一个崭新的局面，亦未可知。……"

很分明，"与坊间本迥异"的"原稿"，应即是一部《石头记》旧抄本。南京和蜀中，是两处最值得留意的地方，我已说过好几遍了，在这里再重复一次，还是向两处的文化界的同志们呼吁，希望大力做些工作，使这些（万一幸免各种浩劫的）珍贵宝物，有再出于世的可能。

至于将《红楼梦》的著作权又让与了顾贞观，读了实在令人忍俊不禁。为什么让与他呢？不会有太大的奥妙，不过知道顾氏是著名的文家，又与纳兰是好友罢了。这种逞臆之奇谈，信口之妄语，是经不起什么"考验"的。这在清代文人、士大夫中间，出些奇谈怪论，妄测胡云，本不足异；但我们重"温"这种"载籍"，不禁想到，时至今日，偶然犹可遇到一些乱让著作权的大文，真是"后之视今，犹今之视昔"了。

然而，更妙的是，郭氏所传的这种说法——顾梁汾为成容若作的"传"，这倒不用怕有"自传说"的嫌疑了，因为只是一种"他传说"；今天的转让《红楼梦》著作权的，实质上主张的却是"石兄的自传说"，尽管那另自振振有词，大骂别人的"自传说"。看来，正如我在拙著《新证》中曾提到的，有过一种"叔传说"，也是振振有词，大骂别人，以显自己是"反胡功臣"；及一究实质，原来也还是一个"变相的自传说"——仅仅"变相"了一点而已，何尝与胡适有根本上的不同。红学界这种现象，倒是耐人寻味的。

一九七九、六、二十

己未夏至前三日

（原刊于《红楼梦学刊》）

【附记】

此文发表时，个别地方与原稿有异。如有一处竟作"尽管落于摊贩之先书为谁家之物，尚待追寻，但已基本上说明了一些问题，可为研究旧抄本的问题上提供一种参考"。这末后一句莫名其妙的欠通顺的文字，不知从何而来，令人诧异。现在追忆原稿大意改回来了。还有一处原稿是"叔传说"，也被改为"叙传说"，这种事情，不禁使人感到古今文字遭厄而原作者不及发现也无从纠正的，何可胜数，堪为浩叹！

本文没有再提到"靖本"一字，因为我要说的都已说过的了。我丝毫没有说过"靖本"根本不曾存在过，只说过传出的那些为人所过录的批语中，有的不免令人生疑，还待研索。这意思没有触犯谁，只是追求真理。有人出来说了些难听的话，我看这无救于事，难听的话当不了科学真理。最近一位青年同志（某厂技术员）批评我的《靖本传闻录》，说："您还认为'此回未补成而芹逝矣，叹叹'的那个'补'字有价值，其实那正是马脚——乾隆时候的批书人的文法字法根本就不说什么'未补成'，他只说'未成'。真假正由此而分！"我听了恍然大悟，我在某些字句上还是上了它的当，与青年相比，头脑已经钝多了。

又，据闻"靖本"原书并未失散，早经流转落于北方了。大家都说还可望查寻重现。容专文述之。

《红楼梦》原本是多少回?

我写下来的这个(作为标题的)问题,早经回答过了,可是却实有重新回答的必要。

忽然想起重新回答这个"不成问题"的问题,完全是由于一位青年同志的提端引绪。在他的怀疑和启示之下,我才悟到"不成问题"的还大有问题。新的思路,一经探研,很快便得到了新的答案。《红楼梦》当然不是像程、高所搞成的伪"全璧"那样,是"一百二十回",但也不是像脂砚斋批语字面上所称的"百回"或"百十回"。

《红楼梦》,按照曹雪芹的原著,本来应当是一百零八回的书文。

真是这样吗?论据何在?

且听我从几个方面来说一说我们的解答。

《红楼梦》原本的回数问题,在乾、嘉之际就传闻异词了。例如,"舒序"中就提到《红楼梦》章回是"秦关百二"之数(对于这句话毕竟应如何确解?我至今不敢下断语),那还是乾隆五十四年的事。又如,后来裕瑞作《枣窗闲笔》,说什么:"《红楼梦》一书,曹雪芹虽有志于作百二十回,书未告成即逝矣。"你看,这是乾隆三十六年生人、其"前辈姻戚有与之(雪芹)交好者"的宗室裕瑞讲的,该信得过吧?——可不然,这位先生骗人不负责任的话多着呢!我在新、旧版《红楼梦新证》里都粗举过一些例子,足见一斑。据他讲,曹雪芹"有志于"作一百二十回,作到"九十回"就"逝矣"了。要信了他这种胡言乱语,就被他骗苦了。

再有呢? 当然就不能不举程伟元了。他说:"既有百二十卷之目,岂无全璧?"这种话,往好里说,可以解释为当时确曾有一种传闻,认为芹书还有"四十回",并且有人"见"过目录云云,于是程、高二人正是钻了这个传闻的空子;往坏里说,多半就是程、高造的谣,先把假回目散布开去,为给伪续造舆论作"根据"。

所以,所有这些,丝毫也不能证明芹书原著是一百二十回,换言之:伪的才是一百二十回,真的本来不是一百二十回。

交代过了这些,可以更清爽地看待脂砚斋的话,免却许多纠缠——因为正是裕瑞这等人也自称"见"过脂批本的呢!

在戚序本第二回,回前总批说:

> 以百回之大文,先以此回作两大笔以冒之,……

庚辰本第二十五回,近回尾处一条眉批云:

> 通灵玉除邪,全部百回,只此一见,……

只消这两条,可说"大局已定"——《红楼梦》原本主体是一百回书文。

可是批者又说过"后之三十回"的话,例如不止一本都有的第二十一回回前总批说:

> 按此回之文固妙;然未见后之三十回,犹不见此之妙。……("三十回"或作"卅回")

特别提出"后之三十回",没有第二种解释,大家都认为"后"是对"前八十回"的传世本而言的,那末八十加三十,应共得一百一十回。有研究者早就如此指出了的。但是这毕竟对不对?

直到蒙府本发现,我们这才找到了参证,在第三回回末,有一条侧批:

> 后百十回黛玉之泪,总不能出此二语。

这就把裕瑞胡说的什么"雪芹于后四十回虽久蓄志全成，甫立纲领，尚未行文，时不待人矣"等鬼话，彻底戳穿了（请参看《红楼梦新证》第一〇一四页）。

也有同志认为：此侧批既在第三回出现，而有"后百十回"之言，则全书应为一百一十三回（并另有其他考证）。关于这，我暂不枝蔓，可请大家研究讨论。又有同志说："百十回"者也只是一种泛言概称而已，未可执以为"精密数字"。说得也有理。但是，无论如何，这句话的出现，毕竟证明了"百回之大文"、"全部百回"是约举成数，实际上并不是一百回整数的。这就重要得很了。

上述的这个"大局"定了之后，就可以回过头来对八十回原书深入研究，以求解决全部回数问题了。

曹雪芹于开卷不久就大笔特书：

> 好防佳节元宵后，便是烟消火灭时！

这两句诗恐怕有三四层寓意，闲闲领起、遥遥照映全部后文。曹雪芹在结构设计上，是以第五十四、五十五回之间为"分水岭"，前半后半，正好是"盛""衰"两大部分，全书一写到"除夕祭宗祠"、"元宵开夜宴"，就已达"盛限"。往下看，从五十五回起，迥然另一副笔墨了。这一点，《红楼梦新证》中曾初步提出过（请参看八九五页第二行以次、九八七页第三行至第四行等处）。

此一看法，已获得很多读者面谈或投函表示赞同，可是，一位青年同志却给它作了进一步的追究和更严密的推算。他说：这个论点我很同意，但既以第五十四回为前半之终点，第五十五回为后半之起点，那雪芹原书就不是一百一十回，而该是一百零八回。

谁说的有理，就应当服从谁的论点，这是做点学问的最起码的原则。我十分钦佩他的见地，于是就从这个新推想去考察事情的全貌，立即认识到：这个"一百零八回"实在是一个非常重要的发现。

如此，是否又与脂批的"百回"、"百十回"冲突了？一点也谈不上冲突。说"百回",是甩零数而举成数;说"后之三十回","百十回"是以整数概"缺"数——关于这,后文再作补说——都不过是为了行文之便,省略细碎而已。

那么,此外的具体论证还有与无呢?——问题总不会只是一个连小学生都能答卷的算术课题。正是这样。以下请听我详说一说情由原委。

原来,按照雪芹本意,全书到最后"纂成目录,分出章回"时已经是结构设计非常严整,回目进展,情节演变,布置安排,称量分配,至为精密。他是将全书分为十二个大段落,每个大段落都是九回。换言之,他以"九"为"单位"数,书的前半后半,各占六个单位数,六乘九,各得五十四回,合计共为一百零八回。

真的事情又竟是这样的吗?

这个"九"和它的"清晰度",可以先从故事情节来说。请看上半部书大致内容如何分布:

(一)第一回——第九回:此九回是引子序幕性质,诸如背景的介绍,人物的出场,各种后来事故的伏线,皆属于此。以贾雨村为线,引起林、薛之进京;以刘姥姥为线,展出凤、琏之家政;以会芳小宴为线,始入东府秦、尤婆媳;以家塾闹学为线,牵动亲戚金荣母子;以梨香院为线,既写黛、钗,又传晴、袭……(此只极其粗略简单而言之,雪芹常常诸义并陈,一笔数用,此处只能姑论一面,后同,不更赘注。)从意义讲,以"护官符"为贾、史、王、薛四家兴衰之提纲;以梦警幻为人物命运之预示;以刘姥姥"一进"为全部"归结"之远源;以顽童闹学为"不肖"种种之提引……一句话,这头九回在故事上都只是春云乍展,初看竟似散漫无稽,杂乱无致,实则用笔上却是极紧凑、极细密地逐一为后文筑基铺路。此九回以闹家塾截住。下回即另起秦氏病重一大波澜,似连而实断,首尾判然。

(二)第十回——第十八回:此一段落主要写了极尽挥霍的两件"排场大事",一是可卿之丧殡,一是元妃之归省。前者又实为正写熙凤之才干与过恶,后者又实为烘染贾府之盛势与衰根。两件事虽分属宁、荣,似不相涉,实质关联,故秦氏托梦,凤姐憬然,主眼在点明盛衰之理,将倾之势。此九回以归省事毕截住。下回即另起"情切切"，另一付笔墨，首尾判然。

（三）第十九回——第二十七回：这个段落的线有明暗两个面，"明面"是由"静日玉生香"起，经历袭人的"箴"，宝玉的"悟"，《西厢记》之动魄，《牡丹亭》之警心，一直发展到埋香泣冢。"暗面"是宝玉、贾环嫡庶间的暗争，凤姐、赵姨娘权势上的恶斗，迅速迸发，激烈展开，着力写出荣府第一场巨大风波。而中间夹写贾芸、小红、醉金刚，远远为日后赵、环毒谋，凤、宝入狱，芸、红营救等重大情事，伏下笔墨。"明""暗"两面巧妙而有机地联系于无形之中。此九回以"葬花"截住，也是为"诸艳归源"十二钗命运作一总预示。下回即另起蒋玉菡，归入别题，首尾判然。

（四）第二十八回——第三十六回：此九回一段始出琪官蒋玉菡，头绪崭新。从交结王府优伶，暗暗领起金钏致死等一连串宝玉"倒运"事件，层层逼进，直到爆发为"大承笞挞"一场矛盾冲突的高潮。这又与打醮议亲一场风波紧密交织。其间又特别穿插着龄官、翠缕、玉钏、金莺等下层优婢少女的情态。最后归结到"梦兆绛芸轩"，而以"识分定"从侧面点染烘衬。下回即另起海棠诗社，情景又一变换，首尾判然。

（五）第三十七回——第四十五回：此九回以诗起，以诗结，诗社、开宴、酒令、游园、庆寿，接连是赏心乐事的场面，而郊外焚香、席间生变，小作点破。最后以"秋窗风雨夕"为一结，截住。"葬花吟"是春，"风雨夕"是秋，同为大关目，遥遥对映。下回即另起"尴尬人"，全是另副笔墨，首尾判然。

（六）第四十六回——第五十四回：此九回主线是由冬闺聚咏迤逦引至除夕、元宵，种种节序情怀，宴集游乐，又以赦、邢讨索鸳鸯为过脉，夹写长房、二房矛盾冲突，为一大伏笔。中间以怡红院冬夜诸嫛情境特写为之映带。叙至元宵，是为"盛极"之限。戚本第五十五回回前批云："此回接上文，恰似黄钟大吕后，转出羽调商声，别有清凉滋味。"正是批者用他自己的独特方式来说明在第五十四回之后所接此回，是笔墨一大变，情节一大转关处。上半部至此告一结束。共历六九——五十四回整。

再看下半部：

（七）第五十五回——第六十三回：此九回为写"衰"之始，以凤病探代理家为政，引起嫡庶矛盾深化，集中叙写下层奴仆种种情状，弊窦之多端，纠纷之繁复，为"树倒猢狲散"前夕的勉强缀补收拾而终不可为救作一侧影反照；然后以"寿怡红"为结穴，特写"群芳"的这一次特殊的也是最后的盛会大场面，而以签语透露诸少女的"归结"已不在远，虚缓一步，实逼一层，亦即截住。仍是首尾判然。

（八）第六十四回——第七十二回：忽然转入，笔墨集中于尤二、尤三姐妹的全部事状，突出描摹凤姐的毒辣凶狠，为后文琏、凤反目，荣、宁罪发伏线，中用湘、黛桃柳诗词稍一破色钩染，即仍暗接围绕凤姐而发生的诸般矛盾斗争、复杂形势。此一段落，全为破败之临近作过脉引渡，层层递进。戚本第七十二回回前批云："此回似着意，似不着意；似接续似不接续；在画师为浓淡相间，在墨客为骨肉匀停，在乐士为笙歌间作，在文坛为养局为别调……——前后文气，至此一歇。"道出了全书结构至此"八九"又为一转关处。下回即另起"抄检大观园"，首尾判然。至这个"九"的末尾一回的重要性，也许不易一目了然，必须看到第七十二回写到了三件大事：一、凤姐维持败局的力已垂尽；二、外祟（太监等）的勒索和结怨；三、内患（来旺之子）的倚势胡为。这三者便是后文破败的大引线、大兆头。所以此回极为要紧。

（九）第七十三回——第八十一回：此为现存雪芹原书的最末一大段落，由"绣春囊"事件突起，引出"抄检"一件大丑事，从此，司棋逐死、晴雯屈亡，芳官出世，迎春陷网，香菱受逼（即将尽命）。——估计在此一大段的已佚的末回（第八十一回）中会还有探春的将嫁，惜春的出家，中间特用中秋夜黛、湘联吟一段异色笔墨为后部设色点睛，是全书一大重要关目。至此，"三春去后诸芳尽"的局势已然展示鲜明。是为大风波、大败落的前夕，笔势蓄满，翻作一束，以为下回突起地步。——以后的事，暂且按下慢表。

从情节大分段来看，梗概如此，以"九"递进已达九九之数。

以下再从另一个角度来考察一下"九"位的分明，井然不紊。

《新证》第六章《红楼纪历》，曾对小说的年月岁时，季节风物，作了推排条列。请读者翻开这一章对照考察：

一、第一个九回之末，实际正写完"第九年"，刚刚暗渡到下一年；从第十回起，恰好另起头绪，从秋天叙写"第十年"之事。

二、第二个九回之尾，正好写到"第十二年"的"年也不曾好生过的"忙碌情形，进而写完了"归省"，即次年的元宵节，亦即"第十三年"的开端。

三、由第三个九回起，直到第六个九回，总共是"四九三十六"回的"长篇"，实际写了整整一年，又到了除夕、元宵，此时，已经到了上述的第五十四回之"分水岭"处。

四、这一个在全书中占如此独特篇幅的"长年"，又恰恰是"四九"分配四季，整齐清楚，了无差误。试看：

五、由"省亲"一过，迤逦写到第二十七回，正写到"葬花"截住，葬花虽已进入夏初，实际正是为了"饯春"，为春天作结束。此为第三个九回，整写春季之事。

六、由"茜香罗"起，直到梦兆绛芸轩、情悟梨香院，整个是第四个九回，全写夏日之事。

七、由秋爽结社、"菊花"命题，直到秋窗风雨，整个第五个九回，全写秋事秋情。

八、由第四十七回开头小作过渡，略略接续九月下旬之事，迅即点明"眼前十月一"，是为冬季之始，一直到第五十四回除夕元宵，全写冬景冬境。至此，正好六九五十四齐。

我当日推排"纪历"，丝毫也没有预先想到上述这些关系的可能，那时只以推"年"为主。若说事属偶然巧合，世上原不无偶合之巧，不过毕竟哪有许多？说上面这多现象都只出于一巧，则此巧毋乃太甚乎？

不妨还回到传统的"十进位"分法去看看问题——你就会发现，每个整数十回之末和下面的几十一回之始，情节紧联，断开不得。例如，第四十回止于三宣牙牌令，第四十一回始于品茶栊翠庵，原都是贾母引领刘姥姥顽耍之事；第五十回止于雅制春灯谜，第五十一回始于新编怀古诗，正是诗谜连诗谜，一气衔接；第六十回止于茯苓霜事件，第六十一回始于宝玉情赃（俗本妄改瞒赃），正是一回事的中间。——这都如何断开而分成大的段落？这样一比较，"九"数就越发分明，并非我们的主观臆造了。

于此不免令人想起那条颇曾引起"红学专家"纷纭揣测的回前总批：

> ……全书至三十八回时，已过三分之一有馀。……（庚辰本第四十二回回前单叶）

这条脂批，确凿不移地讲明：全部《红楼梦》写到三十八回，已过了三分之一——略多一点儿，到底怎么有馀？以前都算不出个清白。现在知道：全书一百零八回，三分之一是四九三十六回，三十八回岂不正是过了三分之一而多出一点儿（刚一两回）？可见这种回前总批，是脂砚为百零八回本的《石头记》而作无疑了。——因为，倘若是为了少于百零八回定本的《石头记》的"雏型"、"前身"、"初稿"等本子（假如真曾有过的话）而作，那无论如何不能预先计算出一个这么精确的"三分之一有馀"来。事情难道还不清楚①？

曹雪芹为何单单选定了一百零八这个数字？当然，我们既非曹雪芹，谁也不敢说能代为答复。不过，这个数字虽然远源出自佛经上的事情，却早已"民间化"了，是旧日常用的，比方，牟尼珠是一百零八粒，钟楼报时敲钟是一百单八杵，小说里的英雄是一百单八将，神通变化是三十六变加七十二变——一百零八变，……我想，雪芹给一部通俗小说采用这个一百单八回，至少应该也算有"来历"、"出典"，并非"杜撰"吧？零八说作单八，宋人史达祖的词就有佳例："三十六宫月冷，百单八颗香悬。"

得知这个以"九"为基数的百零八回设计之后，也感觉有助于想象、推测最后二十七回的大概情况。譬如，上文曾设想第八十一回已到"三春去后诸芳尽"的前夕，此下的第十个九回，可能是正式交代三春既去，诸芳纷

---

① 由此也可证明：认为现存回前批是什么"棠村小序"（为《风月宝鉴》"旧稿"而作的）云云，是根本没有这种可能的。

纷随尽，大观园一片悲凉之雾（参看《新证》第八八二页第十二条）。然后第十一个九回，可能是元春一死，众罪发露，抄家入狱，彻底破败等一系列绝大事件。最后第十二个九回，当是为其时尚存之人物角色一一作出归结，重要者应为凤姐、巧姐、湘云、平儿、麝月、红玉、茜雪等人。当然有很多情节曲折、次序先后，我们还无法想象揣摩得详细具体，不能十分准确，但总觉比不懂"九"的结构之前，却大大清楚了一步。所以，懂得不懂得百零八回以及十二个"九"的总结构，关系实是非常重要。

戚本第八十回前批云："叙桂花妒，用实笔；叙孙家恶，用虚笔。叙宝玉卧病，是省笔；叙宝玉烧香，是停笔。"何为停笔？即蓄势是也，为下文又一"进笔"作准备。我曾说："原来，按照曹雪芹的用意与写法，在前八十回书中他把一切伏线和准备都已布置停妥，文笔蓄势，到八十回末已是如同宝弓拉满，劲矢在弦，明缓暗紧的气氛，正所谓'山雨欲来风满楼'、'万木无声待雨来'，倾盆之雨的即将到来，已然为各种'警号'所昭告。第八十一回一揭开，便到了全书中另换一副异样笔墨的关纽筋节，……"（《新证》页八九三）"停笔"之说，正可合看。我至今觉得这一认识基本上不误。不过那时候还不知道"九"的结构法。现在看来，我当时说的那种情况，也可能要微微往后推一点，例如，应当是后移半回至一回的光景。然而，这却加倍说明，第八十一回在结构上是极其重要的一回书文。

本文目的，只在初步指明这个道理，撮述的情节内容，极为粗略，——只想显示大的段落首尾，仅此而已；读者千万不要误认为这是什么从艺术上讲章法篇法、布局构造，我是没有资格敢来讲这些的。我曾和几位高校老师朋友说过，多年以来，讲《红楼梦》思想内容、意义价值的人多，讲《红楼梦》的艺术造诣、手法技巧的人少。应当多对其艺术的独特之处进行探讨撰述，才对学习创作的人更有借鉴帮助。即如全书结构，光是从这一角度来研究，恐怕也大有可做之事，我曾举过有人把《红楼梦》比为波纹式结构的例子，无数大波小波，前后起伏，回互钩连，蔚为大观（参看《新证》二一页）。但还可比为立体建筑，雪芹是一位设计盖造建章宫的极神奇的伟大建筑师,他盖造出来的,是千门万户,复道回廊,游者入内,目眩神摇,迷不得出。——这一点儿也不能"证明"建章宫是杂乱无章、随手堆砌的一片土木砖瓦,恰好相反,它说明这种弘伟巨丽繁复深曲的建筑奇观是建筑师的精心设计、"蓝图"早具的结果。千人百事,千头万绪,交加回互,仪态万方,而又条理脉络,粲若列眉,即从一人一事去推寻,也无不起结呼应、一发全身,字字灵,笔笔到。在甲戌本开卷不久,叙至"离合悲欢、兴衰际遇,则又追踪蹑迹、不敢……失其真传者",一条脂砚眉批曾说:

> 事则实事。然亦叙得有间架,有曲折,有顺道,有映带,有隐有现,有正有闰,以至草蛇灰线,空谷传声,一击两鸣,明修栈道,暗度陈仓,云龙雾雨,两山对峙,烘云托月,背面傅粉,千皴万染,诸奇书中之秘法,亦复不少。余亦于逐回中搜剔刳剖,明白注释,以待高明再批示谬误。

这是脂砚的"眼界",讲的就是素材和手法在大艺术家笔下的运用之理,已历二百年之久了。可惜的是时至今日还没有人以自己今天的"眼界"来对《红楼梦》的总体结构、细节技巧作出研究,抉示规律。因初步提出这个一百零八回的课题,故而乘便在此附说斯义。倘能引起研论,也是快事幸事。

在指明以"九"为基数时,并非说"九"已不可再分,实际上,以九回为一大段落之内,必然还有段落脉络可寻。为避繁碎,此处不想逐一再作剖析了,"阅者当自得之"。

看来,也许有一个可能,即雪芹当日创作,其所落笔草成的,是"长回"——约有现在的两回或者三回左右的篇幅,这时"文思旋律"即在节奏上达到一个"调度点",约略构成一个"基本段落";而这样的段落又组成了前文所述的大段落;当他最后"纂成目录,分出章回"时,才又将"回"往细处里划分,并调节成为九回的基数。——当然这种"创作过程"只是我们的一个揣测,亦不知毕竟能得其实否。

一百零八回,这个发现原是出于张加伦同志的提示,深可感谢,因为从某一意义讲,这一发现将使《红楼梦》的研究得以向前推进一步。假使

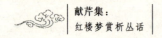
一时还看不出这层道理，日久自会分明的。

　　　　　　　　　　丁巳　小雪节　初稿讫
　　　　　　　　　　一九七八、三、五　点定

【附记】

　　有人问：全书既为百零八回，那应该以九回为一册，分装十二册才是；为何现传旧抄本却是多以十回为"卷"为册呢？又，为何现传本不是到八十一回为止，而是八十回呢？这一问，本来是多馀的，因为作者的结构构思，与书册的装订是两回事，不必扯在一起。如果定要回答，那么答案是，十回为卷为册的，是最晚的形式了，如戚序本、甲戌本，皆以四回为册，甲戌本又并不分卷。以四回为一册的分装法，恐怕还不是最早的形式，张加伦同志认为，最早是两回分装一册，因为那时每页行数字数都略如甲戌、戚本，所以本头很厚，而回数却少。此说最是。一百零八回正好分订五十四册，雪芹在世时，只传出四十分册，就成了"八十回"，第八十一回因为分装到下一册内去了，所以当第四十一册以下全数散订后，外间就无法见到这个第八十一回；传出的四十册既然成了八十回，就给人造成了"整数"的印象、概念。于是后来传抄者为了图其方便，减少分册，将原行款也改了，每页行数字数皆大大加多，最后合并为十回一册的通常形式，如庚辰本等是，"九"的痕迹就再也不易为人发觉了。

　　《枣窗闲笔》的最难解处，即裕瑞的最不通处，莫过于硬说有"诸家所藏抄本八十回书及八十回书后之目录，率大同小异者，……"，然而又说："余曾于程、高二人未刻《红楼梦》版之前见抄本一部，……八十回书后唯有目录，未有书文，目录有'大观园抄家'诸条，与刻本后四十回'四美钓鱼'等目录迥然不同。"这怪极了！裕瑞独不曾说他所见抄本及"诸家所藏"各抄本的"八十回书后目录"的数目与程、高本有何"不同"，这适足证明他意中的"书后目录"还是"四十回"。假使如此，则他说"曹雪芹有志于作百二十回"岂不是对了?无奈脂批中很多证据彻底否定了芹书原为"百二十回"的任何可能性。那末,"四十回"的"目录"哪里来的?如果解释为:此项曾经流传的目录即是程、高本之目录,也讲不通,因为裕瑞已说二者"迥然不同"。如果说他真的目见了这种"四十回"的与程、高本"不同"的芹书真目录,那他印象应当极为深刻,为什么他除了"'大观园抄家'诸条"这句极不通顺的话以外连一点滴八十回后的真本情节也举不出?况且他是力辩程、高后四十回非真的,费了极大的力气,——而他只要略举一下雪芹原目录都是何等重大情节,程、高之伪不就昭然若揭了吗?他为什么不如此做?再说,除了裕瑞以外,清代诸家记载谁也再没有半个字真正说明曾有谁见此种真目录之存在,此又何也?因此,我对裕瑞不敢尽信的心情,是至今如故。

【补记】

本文提出的问题,首先在青年同志中获得反响,他们表示同意。有数例,足启人思:一位是史志宏同志,他来信说,在中学时读这部小说,由于语文课教人"划分段落",他就曾对红楼作分析,用铅笔记在书眉上,现在检出一看,正好是记录下了"九"为基数的划分痕迹。再一位是王国华同志(湖北国营农场拖拉机手),通过独立的(未见过我的说法)研究,也看出了这个"九"的现象。此外,如张锦池、邓遂夫等红研者,从完全不同的角度和方式,也表示他们得出了百零八回为是的结论。但使我意外兴奋的是,当我无意中缯看新排印的《歧路灯》时,竟发现这部恰与曹雪芹同时的小说正是百零八回!(这部小说主题人物也是写一位"浪子",这事很耐人寻味,但须另文专论了。)原先觉得百零八回这个数字是离奇的同志们,大约要重新思考一下了。

(原刊于《社会科学战线》创刊号)

《红楼梦》的情节和结构（讲演记录）

　　同志们，我们今天聚会在一起，谈一谈《红楼梦》的问题。我有两点说明一下，我是病了二十多天刚好，我的体力、精神状态都不太好，因此，讲起来可能是不是那么很有力气；第二是我现在很忙，下午还要去参加政协的大会，我今天来就没法做任何准备，那么大家听起来好像我有点不负责任，为什么你不做准备就来了呢？可是我没有办法，因为日期是早约定的，我也没法往后推，所以只好就来了，让大家跑很远的路来到这里听我讲，如果讲得不十分理想，觉得心里很对不起大家，这一点希望同志们多加原谅。由于没有很好地准备，我们今天可以说不是一个学术性的报告，我们基本是漫谈的性质。在这一点的前提下，那么我的话可能杂乱一些，同志们拣有用的听一听，没有用的就把它当作闲话摆在一边了。

　　我们今天的题目是情节和结构，这二者可以说是紧密关联的，你谈情节离不开结构，你谈结构离开情节恐怕也没法谈；为什么我又把它分开，而在题目中间放上一个"和"字呢？我觉得这两者还是有分别的，它并不能直接划成等号。因为你要说情节只需要讲故事就行。这个情节的发展经过等等一切，也就是说你讲一个故事就有一个基本情节：是怎么一回事儿？哪几个人？后来如何了？大概这叫情节。而结构呢？也就是说它的布局。它的章法段落、它的起伏呼应的构思，都可以包括在里边。所以说二者还是有分别的。我今天想谈的，可能涉及一点情节，也涉及一点结构，但是都谈不到很深很透彻。为什么想谈这个问题呢？我觉得它很重要。也就是说，我们谈《红楼梦》的情节和结构，不仅仅是情节和结构本身的问题，它牵涉到很多更重要的问题，这些问题非常复杂，谈起来也很困难。我的水平很低，我不是说今天我到这儿来让大家听我谈出什么高深奥妙来，我仅仅是试验一下，提请同志们注意某些问题，听听我讲的到底有没有一点道理。你们可能同意我，也可能不同意我，这完全没有关系，希望我们大家进行讨论商量。那么我要讲的呢，就是跟过去别人讲的有不完全相同的地方。我觉得这样好，如果我讲的跟别的同志讲的完全一样，很多就是大家所知道的，所熟悉的，这个就不需要我来了，是吧？别的同志比我讲的要好得多。今天同志们来听我讲，肯定是想听一听这个周汝昌他对这个问题有些什么看法。也可以说我这些看法都跟别的红学家不完全一样。正因为如此，它到底对不对？我说的是不是很错误啊？很荒唐啊？这都非常可能的。所以这就需要同志们来思考，你想一想这些问题，把它分析一下，同时给我批评指正。

　　谈这个情节和结构，过去的红学从清代的老红学就有了。同志们知道过去的《红楼梦》版本不是我们今天这样子的，今天我们所能拿到的就是铅字排的白文；过去坊间所卖的、无数的《红楼梦》却都是带批的，前面还有绣像、插图，眉上，就是书的天头上，也布满了批，句子跟句子当中也有很多的批，还有行侧的批，回前回后也有批，这是我们中国小说的传统形式，都是如此的，不光《红楼梦》。在道光年间有一个本子，叫做王雪香的评本，这个就是到我小时候那个年代看的，一直都是这个本子，大概有几十年，八十年的光景，就是这个本子独占市场，并没有另外的本子。这个王雪香，他的名字叫王希廉，是苏州人，他做了一些批语，他对《红楼梦》一百二十回可以说下了很大的工夫，分析这一百二十回是怎么样一个结构，怎么样分大段落，大段落的里边又有小段落。他倒是说得头头是道，因此这个问题可以看出来在清代中晚叶之间已经有人在开始注意研究，可惜这个王雪香谈的这个情节结构是他把一百二十回的《红楼梦》看作了一个整体。这也是很自然的，他当时并不知道《红楼梦》是两截的：前八十回是曹雪芹作的，而后四十回呢，是另外的人续出来的，冒充原本。所以在这个关键问题上王雪香搞不清，他当时还不可能搞清楚。他把《红楼梦》一百二十回当作一个整体来分析，那么在他的时代条件下说起来，他下的工夫，他的见解，我们应当公道地估价，你不能说他毫无道理，他还是很有见解的；但是在我们今天看起来，就从根本上出现了一个关键的问题，它并不是曹雪芹的真正的原著全部。你对这样一个作品，你来分析，它的布局啊、结构啊、段落啊，什么伏笔啊、照应啊，那么这样一来，这里面问题就多了。所以我今天谈的不是王雪香那样的，因为我有一个基本认识：这前八十回和后四十回是绝对不能平等对待，一视同仁的，这是我的最"强烈"的观点。我是说我们读《红楼梦》，如果你不把前八十回和后四十回分别而观，这个问题就非常不好办，研究我们中国这样一部伟大的小说，而你看不出前八十回和后四十回的那个巨大的差别，我认为这个问题本身就很严重。我说得很不好听，同志们不要见笑。我是说我们中国人的文学，如果你不能够辨别他手笔的高下，一个大诗人，一个二流诗人，一个普通诗人或者是一个比较低劣的平庸的诗人，你看他们的那个手笔，你不用去进行什么"考证"，如果你的文学修养，你的文学艺术鉴赏能力和敏感，你把你自己培养得够的话，一到你的眼前你马上就应该基本辨别出来。那个手笔的高下，那是很分明的事，很鲜明的东西。你一看这个根本不像杜甫，杜甫怎么能写出这么坏的句子来呢？我们这是打比方。如果某个同志你读《红楼梦》读了一百二十回，觉得后四十回跟前八十回没有什么大差别，我认为这个问题很严重，请你回去再好好地——起码再读一遍两遍啊，专门注意这个问题！

回到咱们今天的主题上来。

我要谈的是曹雪芹的原著这个情节和结构，大致应该可能是什么样子。那么这并不是一个现成的结论，而实际只是一个摸索，一个探讨，一个研究。

我们现在没有哪一位同志敢说他对于曹雪芹这个原著已经研究得基

本上明白了，这是没有人敢说这个话的。那好，同志们就要问我，依你看，那曹雪芹原来的那个《红楼梦》，它的情节和结构大致是什么样的呢？照我的理解，我粗略地跟同志们谈一谈。首先一个问题，就是《红楼梦》到底多少回？我写过一篇文章，在《北方论丛》的创刊号上有一篇文章，题目是"红楼梦原本是多少回？"，就是探讨这个问题。照我们现在的理解，《红楼梦》的原本不是一百二十回，而是一百一十回，这个证明就是在脂砚斋的批语里面说得很清楚，他常常提到"后半部"，也就是说，他指的是八十回以后还有一个后半部，而这后半部他又有的时候说是"后数十回"，有一两次指明了是"后之三十回"。那么如果说八十回后还有三十回，当然是一百一十回，这个不该有什么疑问了。在这一点上，不同的红学家大概是还可以一致的。

同志们知道，红学家们那个意见是世界上最分歧的。有一万个问题，可以有十万个到二十万个以上的不同意见在那里争论。这个现象也很有趣。这好不好呢？还是很好，因为有不同的看法，可以促进我们加深研究，逐步地接近于真理。如果大家都一致了呢，那很可能是个假象，因为《红楼梦》的很多问题，现在大家公认的，众口一词，都认为是那样子的，其实照我看起来，那不一定，那是个假象，并没有弄清楚。我说这一百一十回大家都同意了，这不是很好吗？我又出来了，我说不，不是一百一十回，是一百零八回！这个问题不解决，你谈《红楼梦》的情节和结构，恐怕就不好谈，到底是一百二十回呀，一百一十回呀，还是一百零八回呀？我们要知道，曹雪芹这个伟大的作家，不仅仅是他的思想，他那思想感情，他的作品的内容意义是很高超的，而且他的艺术手法也很特别，可以说是跟任何一个作家都不同。他的设计，大处小处都非常精妙、严密，他在整个布局上不可能是一个散漫的，或者说信手写去，他一切都是经过很好的很高级的安排的，所以我们由这里可以理解，书的回数还不明白，那你如何谈它的结构呢？是吧？所以我们试着探讨了一下，我把我这个不成熟的意见跟同志们再说一下，就是我认为是一百零八回。为什么？"一百零八"是我们传统上的一个大家喜欢的数字。一百零八这个，一百零八那个，《水浒传》的英雄好汉"天罡地煞"，三十六、七十二，你加在一起看，还是一百单八将。是吧？别的例子多得很哪。

现在大家都听说有一个恭王府，有的人说可能跟《红楼梦》的大观园有关系，恭王府多少钱卖给辅仁大学的？一百零八条黄金啊。我举这个例子，我觉得很好玩，就说这一个大府带一个大花园子卖给一个当时法国教会办的大学，他有钱，卖给他扩充做了女生部。多少钱？论黄金，论条，多少条？不是一百二十条，是一百零八条。很有趣。那么同志们就问我，你这个一百零八回怎么产生的呢？今天我不是来重复我那篇论文，我只提到这一点，很简单地说一说。我的一个证据是，《红楼梦》从整个来看，到第五十四回是一个大分水岭，好比说就像房脊一样，他从开卷写，越写越好看了，开头不怎么引人入胜，只要是你看得下去，你越看，哎呀！那个曹雪芹的手笔展开以后，那真是渐入佳境，那个境界越来越好，使你无法放下手，你一直要看下去。在写到第五十四回笔下的这一年，年也过了，节也过了，就是说表面这个所谓"盛"，已经运用了种种的笔法都写得差不多了，他到了五十四回，就是那个最热闹的过年，过元宵节都写完了，笔调马上就开始改了——可也不是个骤然改，不细心的读者你还读不出来，可是如果你读完了一遍重新再分析，你就觉得它非常的清楚，从五十五回连故事的内容带他的笔调、感情，都改变了。那从五十五回以后，就是到了顶点的那半边了。那么我们就要问了：这个大布局，曹雪芹是不是无意安排的？那五十四回正是一半，两个五十四回加在一起，或者五十四回乘上二，是不是正好一百零八回？一百零八回如果前边照传统小说大都有一个所谓楔子，等于一个序幕，结尾往往也有一个小小的篇章，比如说一个什么榜，《水浒传》是天罡地煞的那个榜，《儒林外史》后面有一个什么榜……《红楼梦》最后也有一个情榜，就是把书中所有的人物都列在榜上，每一个人给他下一个评语，叫做情什么，情情，情不情，情痴，情烈，如此等等。那如果前面有一个序幕，后面有一个情榜，一个短回，那么你如果愿意把它叫做一百一十回，还是完全符合的，这跟脂砚斋的话一点都不矛盾，如果你把这头尾除了不算在内，你看它正文，确实是一百零八回。

　　我的另外一个证据就是，通过前八十回的全面分析，我发现他是九回一个大段落，很分明。他连写年月季节都是用九回做一个单位。同志们可能就要怀疑了，照你这个说法曹雪芹写小说还能有这么机械呀，你这个思想方法大有问题，他不是用计算机算数字呀！可是我们应当知道，我们古代的文人学士，他们写著作是最考究这些的，你知道这个"九"，在古代，《九章》、《九歌》、《九辩》，九什么，多得很；作古诗古曲往往也是九首成一个组。那你如何能否认我们中国的文学这么一个传统，肯定到曹雪芹这里他就一定不运用吗？有的同志已经指出来，曹雪芹是"楚骚之苗裔"，就是说他是屈原的直系的继承者，他受《楚辞》的影响确实很深。你可能更想不到，现代的作家就还有好例子，王朝闻同志新出了一本《论凤姐》，他分了多少大章，每一大章里面有多少节？一看，都是四十节，我可能记忆不确，我只说这个道理。他然后在后记还是前言里边，表他为什么搞得这么整齐呀。我这是自己给自己出难题，朋友还劝我，你不要搞这么整齐了，不够四十节就算了，怎么非得都搞成四十节？这文人呀，这作家呀，特别是，我指的咱们中国的，他就有这个习气。所以你听我说曹雪芹他的布局、结构是以九回为单位，你乍一听可能觉得这个提法太新鲜，也有点荒唐，他一个写作的人，怎么这样写？有位青年同志看了我那篇文章以后给我写了一封信，他说："我在初中的时候开始读《红楼梦》，我用铅笔在我那部《红楼梦》上做了很多记号，我当时就注意这个《红楼梦》的段落，我又把它打开一看，我所记下来的那些分段标记，发现了它正是以九回为单位。"他说，"今天我看了你的文章，我要表示，我赞同，也很高兴"。就是说我们两人的看法是不谋而合。我觉得这种例子不是偶然的。他，一个青年，一个中学生，年龄又不太大，他没有什么成见，他为什么得出一个怪的、乍一听是个怪的结论来呢？可见这里面可能有道理。啊，那现在第一个问题我就说这么多。

　　我们得到一个概念，曹雪芹的著作，他写这个情节故事，他写到多长就要变了？大致是九，九回一个大变换。十二个九回构成一百零八回。前一半所谓"盛"，它不是真的盛，它是给后半部的衰做一个准备，做一个反衬，做一个对比，使得那个艺术力量特别强烈。啊，因为你看到五十四回以前，你就不知道曹雪芹到底要写的是什么？哎呀，这个大家庭有这么多姐妹呀，在大观园里边，游玩哪，作诗呀，赏心乐事，良辰美景，过年过节，听戏呀，说笑话呀，这都是表面现象。他的主要的目的是写这个衰，这个败落。这个东西如果不把前边用了那么大的力气都摆在那里，让你已经得到如此深刻而强烈的感受，那么你看到后来那个衰，你会觉得，这个也没有什么。你从《红楼梦》一开头，头一回头一句就正面写贾家衰败，这还有什么意味呢，这个很平常了，是吧？一个封建大家庭的衰落那个例子不是成千带万吗？这有什么好瞧，是吧？也就是说，照我的理解，他用了六个九回，处理了前半部，他表面是写那个"盛"，他用了另外的六个九回写他真正的主题——后半部。这后半部的一切一切都跟前半部大"翻转"，前半和后半的那种变化，那个不同，那个差别，是我们今天的读者很难想象的。因为今天的读者都是受了现在这个一百二十回本的影响，觉得就是看到原著八十回以后也不过是那个样子。事实上是不然的，没有一处是符合曹雪芹的原意的。这一点我觉得是比较重要的，首先如果有了一个这样的概念，对《红楼梦》的认识，可能就跟原来或者说糊里糊涂、有点盲目信从地看故事，感觉上可能就开始有所不同了。因为我们读这样一个伟大的作品，我们不是看热闹，觉得好玩。大家都说《红楼梦》是部伟大作品，啊！那好吧！它一定是伟大的，我也瞧瞧，瞧完以后也似懂非懂，说什么道理，我也闹不太清，反正有个贾宝玉呀，还有什么林黛玉，两人搞什么爱情，后来不幸，被人出了个坏主意给骗了，看完了流几滴眼泪……这《红楼梦》是这样一个东西吗？那曹雪芹要写这么一个故事，大概用三个回目就差不多，他干嘛费这么大事呀？"十年辛苦"哪！脂砚斋说他是流着眼泪，滴着血泪磨成墨写成的。你看这个越剧电影，那不一个多小时就"完"了吗？曹雪芹不是完全可以写一部著作，就是宝黛爱情悲剧，让你看一个半小时就完了吗？他完全办得到，他干嘛要这样？是吧？所以这个问题是复杂的，《红楼梦》这部作品特别深刻、丰富、复杂，这样就构成它的巨丽、伟大。它不是单一的东西，很肤浅的东西，把什么什么一切都摆在最表皮，是甜，让你一舔，觉得哎呀，这是糖；是苦、辣也都一个样，一尝即知。他不是这样的一个作家，若这样一个作家，我们为什么说他是我们中华民族的最伟大的作家呢？是吧？所以有很多问题需要我们来进行认真的严肃的思考，最好是自己思考，把所有红学家的说法都放开，包括我这个今天在这里冒充的红学家，刚才所说的那些，你说这个到底可信不可信，你不要一听就信，你回去动脑筋，自己去看，去想，去找，这个样子哪，我想才能够逐步地读《红楼梦》，真正谈得到有一个相当的理解，认识我们这部最伟大的文学作品：否则的话哪，我说得直白一点，像一般"看闲书"那样随便"解解闷儿"，是不行的。

然后我再转一个方面，我转到哪里去呢？这个意见也是我发表过的，我今天就这个机会跟同志们再重新温习一下，或者有些同志还不知道，可以就这个机会听我讲一讲，也是听一听有没有道理。我要说的贯穿全书的一条"线"，大家近来写文章常常喜欢用"主线"这个名词，我见毕竟他写了这么多人物、事情，到底哪一条线是主啊？大概这个"主线"的意思就是如此。有人说是宝黛呀，有人说不是，是别的呀，大家也在那里发表不同的看法，我现在不是要谈这个，而我是借这个名词，姑且就叫它作主线。如果照我这看法，也有一条所谓主线，很分明，在我感觉起来非常之强烈，如果你看不到这一条线，那你看《红楼梦》可能还是不够清楚。这是哪一条线呢？我指的就是：他要写这个封建大家庭，这个封建大家庭有这么多的人，这一家子，这个人跟人的关系的种种表现，我认为这是曹雪芹写这部书的目的之一；不是他最后的目的，至少是他要通过表现封建社会大家庭成员之间的那种特殊的、复杂的、微妙的关系来反映那个世界，那个社会。他当时还不知叫什么社会，当时没有这个名词，也没有这种概念，但是看来好像曹雪芹已经懂得，不知道他怎么叫，这是很有趣的事。因为曹雪芹写任何事和人，他从来都没有离开过社会的角度，站在社会的高度，这是他跟我们所有别的、以往的那些故事家、小说家都大为不同，这一点是最可宝贵的。那如同开卷的时候说的这个荣国府，算起来上上下下，有几百口人，每天没事没事，大小也有几十件。他怎么写？写什么？他总是有一个提纲挈领的东西，也就是说在荣国府里边的矛盾斗争，他是怎么表现？他也并不是杂乱堆砌的，他有一个线贯穿着。我认为这确实如此，这并不是"人为"的。比如我们今天学了一点文艺理论，知道有个线，然后你把一件东西往这个线上一挂，"上纲上线"嘛，然后万事大吉，然后拿这个公式套一套《红楼梦》，人为地找那么一个线，然后你这么一挂，你也有了理论，你也有了见解，你也成了红学家，是吧？我们倒不是这样子，因为它确确实实存在于作品本身的，这个就是什么呢？照我看来，千百件大大小小的冲突矛盾都是围绕着一个主要的冲突矛盾来展现的，这就是——我的说法是长门和二门的矛盾，加上嫡子和庶子的矛盾，两者交糅混合在一起而形成了一个很复杂的冲突矛盾。

我指的是，照书里写的长房是贾赦、邢夫人这边，住着最东边的一个隔断的单院。荣国府正身住的是贾政、王夫人，这是二房。这两房的矛盾是很深的，很强烈的，我想这一点同志们可以看出来，我不要举太多的例子。那《红楼梦》里边写贾赦说笑话，说父母偏心，有一个医生扎针，找不着心，说天下的父母的心是偏的，这一下子把贾母说得动心了，说：啊！你这是讽刺我啊，我也得找个医生扎一针才好，是吧？然后由于他去讨鸳鸯，闹了这样一场大风波，把贾母气得可够呛。还有很多别的，邢夫人要去讨鸳鸯，凤姐先来进言，依我看，太太最好还是不要去，前日老太太还说了，你瞧，大老爷放着身子不保养，左一个小老婆右一个小老婆，——凤姐说的一套话我背不下来，她说，太太您听听，老太太是很喜欢咱们大老爷吗？她反问了，她不敢说老太太非常不高兴这个大老爷。你看那个封建大家庭，那个有封建教养的那种礼法，说话的艺术。邢夫人是糟糕极了，这是个糊涂到家的人，她听不进去，是吧？结果碰了一鼻子灰，邢夫人后来就恨上了凤姐，因为她是她的亲儿媳妇，借到贾政这边来当家。她说，噢，你现在攀高枝了，噢，你尽在贾政那边效劳服务了，我们这边你不管，不但不管而且还有歧视。她是这样一个心理呀，她很不高兴了。

不必再多举了，这样一说同志们就可以想一想，在曹雪芹的笔下，他有正笔有侧笔，有明笔有暗笔，他不是像低级的作家用同等的办法，用同等的笔法，同等的力气都摆在那里，罗列、尽举，一起向你灌输，这是低级的做法。曹雪芹他有好多东西都不是正面写，这里一鳞，那里一爪，这里一笔勾勒，那里一笔描画，然后让你自己构成一个整体，而且这个整体不是模糊的，是很分明的。他的手法是很高超的。那么我刚才说的这种冲突矛盾，如果你是一个细心的读者的话，你自己体会体会，我相信你也会同意这个说法，而那种矛盾的斗争，在书中写得是越来越加深的。

第二方面，贾政本身这院里，他，王夫人生了两个亲儿子：大的贾珠，死了；第二一个是宝玉，所以特受钟爱，唯恐他还有一个什么闪失。宝玉的地位是整个贾家的地位，同志们记得贾政打宝玉的时候，他怎么说？他气极了，要把宝玉打死，用绳子勒死，他说："今日再有人来劝我，我把这冠带家私一应就交与他和宝玉过去……""冠带家私"——那意思就是他是荣国府的正支正派的承袭官职的人，政治地位和财产权利，他是合法人。这个合法人的待补人，候补人，接班人是传谁呢？当然要按封建宗法来说，由长子长孙，那里有一个贾兰，另外一个可能呢，就是这个最有希望的，大家就像"捧凤凰"一样的，大家都捧着这个宝玉，是吧？那么这个时候，贾政的一个侧室，就是大丫头，长大以后，收在房里的，就是这位赵姨娘。赵姨娘本来是一个奴隶，应该同情，可是后来她不是奴隶了，她是奴才了。我认为曹雪芹没有同情赵姨娘的意思，因为这个人很坏，她并不好好教导她亲生儿子贾环。虽然是她的社会地位、宗法地位是比较低的，生了儿子以后，说实在的，侧室的地位已经有很大提高了，可是呢，她并不满足，她这个人坏就坏在她思想不好。她要用非法的手段谋害别人，来抢夺荣国府的这个冠带家私，就是那一片财势。所以她处处盯着宝玉，宝玉若如果死了，一切问题基本解决，一切就是贾环的了，没什么问题，因为贾兰还太小，那还得早呢！在这样的一个思想支配之下，她就用各式各样的方法来害宝玉。她害宝玉不能够孤立地来害，她很明白，这个人很高明，要害宝玉必须同时害两个人，一个人是王熙凤，一个人是林黛玉。直接害宝玉可能不那么容易，也不那么好害，若如果林黛玉死了，大概宝玉活不了，她这一点看得非常清楚，所以她天天在林黛玉身上打主意。还有一个——这个贾宝玉是个世事不通的，也不务正业的，他自己照顾不了自己的这么一个人。他的一切利益是谁给他维护啊？是凤姐。我这个看法可能跟大家原来的理解和同志们看到的其他议论又不同了。王熙凤并不是一个"反面人物"，过去几乎没有一个人不是又骂凤姐又恨凤姐，说这个人坏透了。这个问题呢非常复杂了，我认为曹雪芹完全不是这个意思，这恐怕要做个专题来讨论，今天我只能很简单地涉及一下。就是说，从林黛玉一入贾府，宝玉和林黛玉的关系，贾母老太太对这两个小孩的看法和感情，王熙凤是一清二楚的。王熙凤是站在这一边的。每一件事都是维护他们的利益的，事事想得周到。从个人感情上来说，你看这个王熙凤和宝玉，那叔嫂二人的感情，关系也是很好的。你看他写那个袭人，要回家了，因为她母亲病了，你看那个王熙凤就为一个大丫头出门，费的那个精神心力，她对怡红院的事可以说是无微不至。

同时跟这个成鲜明对比的就是赵姨娘，赵姨娘每天使心用计来盯着怡红院的一切事情，她有耳报神，通风报信，贾宝玉每天的一切行动，马上那边都知道。这种人是有的，今天还有人专门做这种工作呢，做得很出色，很好。那她知道了以后怎么样了呢？她就向贾政耳边去吹那个风。贾政本来不是不喜欢宝玉呀，有一次宝玉被贾政叫来，进了他的屋子，你看曹雪芹那个笔法，宝玉一进来，站在一边，贾政抬眼一看哪，神采飘逸，这个宝玉，把那什么贾环那个小野冻猫子，一比之下那猥猥琐琐的不成样子，他心里是真喜欢哪！游园题匾额对联的时候，那你不要看他表面上一声"断喝"，又这么一声什么，那都是摆出一副严父的面貌，当着众人，封建礼法需要那样。他听着宝玉给他作的对联，捻着胡子点头不语，那简直心里高兴极了。你看《红楼梦》应该这样看，贾政是很喜欢宝玉。后来就因为赵姨娘每天每夜不断吹这个耳边风，所以后来很厌恶很恨这个宝玉，恨他不成材。是吧？这个，暂时把这头绪放下，不说这个赵姨娘如何陷害林黛玉，等一会我再补充。那我先举证明，大家都知道，赵姨娘第一次用一个毒辣的手段，要害的两个人就是王熙凤和贾宝玉，她用的是迷信手段，马道婆，对吧？这种手段在满洲人还没有入关以前，在东北就盛行这种办法。那一次几乎把熙凤和宝玉害死，已经命在垂危，她就要抬棺材来了，所以贾母特别又急又痛，谁让抬棺材进来？！把他（她）打死！！那简直是，那局面紧张万分，你看看，后来不是赵姨娘就出来了吗，哎呀，早一点让他回去吧，也安生了，不要让他受罪了，这一下子激起贾母的满腔怒火，一场恶骂。你看贾母那么有教养的老太太，那口无恶言，你看那一场对话是什么口调，我可也不能学，第一是我背不下来——你要害这个孩子，我一清二楚，他若死了，你想你能得好吗？！啊，已经把问题揭开了，你不要认为——那个贾母也不是个"反面人物"，我今天要做一个硬性翻案文章，同志们如果不同意我呢，那还是我刚才开头的话，我不敢说我的看法都对，可能很荒谬，但是没有关系，我们今天是漫谈，是商量——那是生死斗争啊！不是一个很简单的小问题呀，你怎么能忽略这样一个关键这么一个要害之点而还看《红楼梦》？！是吧？

此一计未成，就势必另生一计，然后你看他那个推倒蜡台，不是有一次让贾环给抄佛经，王夫人让他抄佛经，抄金刚经呀还是什么经，贾环小人得志，拿腔作势，在那里，嚇！好像给了他重要任务要完成，他的这个重要性就百倍增加了，那个小人确实是如此。哎呀！一会儿是灯也不亮了，一会儿是你得给我倒茶了，……丫环们都讨厌，你就可以看出赵姨娘和贾环他们这一房的那个人缘如何，也就是今天我们说的群众关系。你怎么能不尊重群众的意见呢，不是我个人的偏见啊，所有丫环只有一个人跟贾环好，就是彩云——这时，忽然宝玉进来了，他，这个孩子呢确实有毛病，他躺在王夫人身边，备受抚爱，贾环已经酸溜溜了，偏偏宝玉后来跟这个彩云好像说话呀，套套近乎啊，哎，贾环一看，这还得了，他一把就把灯——蜡台推倒了，蜡油正倒了宝玉一脸。滚烫的蜡油啊！封建时代如果五官一受了伤，那就完了，官也做不成了，不能去见皇帝，也不能去临民办事了，是吧？这所以你看那个凤姐呀，还有那个谁呀都特别着急，怕他把脸烫坏了，看看有没有大妨碍，赶紧忙活。所以赵姨娘教的，从小教给贾环的，思想、行为、言谈，他有一个基本认识，就是要跟宝玉这一房来争个短长。处处使心用计，是吧？贾政毒打宝玉原因很多，等一会儿我还要说。最后火上浇油把他这个怒火真激起来的是谁？还是贾环。贾环飞跑，跟贾政撞了一个满怀。贾政那里正在气头上，简直是不可开交，于是赶紧喊，怎么说，原文我也不记得，拿！拿！打！哎呀，那就是说让他旁边的那个仆人把他逮起来，下死里打！一看这简直像匹野马一样，跑他父亲怀里去了。这个贾环你看他多坏呀，他马上心生一计，他跪下了，他向他爸爸告了一状，他说，我刚才从井里看见捞上一个死人来，泡得胀得那么大，我害怕极了，我所以才跑。哎呀！这是怎么回事？咱们家里怎么出这样的事，从来都没有啊？哎，他在这个空子上给宝玉垫了一个——下了一个毒招，说这个宝玉如何逼奸母婢金钏。这下子，贾政原来那个怒火并没有那么高，这一下子实在不能忍受了。所以你看在曹雪芹的笔下，他写那个贾政，他的发怒，那好几件事情都接二连三糅合在一起，你看他写得合情合理，你觉得假如你要身临其境，身处其地，贾政如果不生气，那简直就不可理解了。所以你看曹雪芹这书，就连你可能不喜欢宝玉挨打，你也不能说贾政是毫无道理的。啊，贾政是有意地故意地要害死这个宝玉，他不是那回事。你看那个曹雪芹处理这些复杂的关系，写得那个精彩，那个深刻。

这赵姨娘除了她直接地要害宝玉、王熙凤以外，她就要在林黛玉身上打主意。她知道林黛玉如果好，贾宝玉也好，如果林黛玉有个闪失，贾宝玉也好不了，她完全看得清楚。林黛玉后来不是有证明吗？紫鹃说了一句她要回苏州去，那贾宝玉，你瞧，那几乎是人事不知了。她看得很清楚。所以她就每天来在林黛玉身上打主意。她怎么打主意呢？除了刚才说的那个有耳报神、情报人员以外，她本人也亲临潇湘馆。你记得曹雪芹写，有一次是赵姨娘去看她的亲生女儿探春去，临回去，顺路路过潇湘馆，她为了送人情又讨好，很妙的，叫老太太听见她也关怀林黛玉，老太太也高兴，啊，林姑娘本人也得承她的情，别人看见她各方面的关系很知道照顾。可是她真正的目的呢？进去问，今天姑娘可好，可是她去看什么哪？有一次正赶上贾宝玉在那里跟黛玉说话，赵姨娘一头进来了，林黛玉马上就使眼色给宝玉，让他快走，你不要在这儿！你看看，这笔法写得多么深刻。

再一个例子，就是宝玉为屋里丫环们制胭脂，他要淘澄干净，溅上了一点在脸上，林黛玉见了，说，你又干这个事了，你干这个事也不要紧，你还非得挂上幌子！让别人看见了，又到舅舅那里去，说这说那。同志们，听听这是怎么回事啊?! 这别人是谁？舅舅生了气，弄得大家都不干净。这是更重要的话。我不知道同志们读《红楼梦》看到这里有何感想，你觉得这都是淡而无味，普通毫无所谓可有可无的话吗？到了后四十回，那个劣笔闲文简直是车载斗量，你删一大段去对全书的情节都毫无影响处；前八十回不是这样啊，句句话都有它的用处，没有一个字是苟下的，因为曹雪芹写还写不过来呢，他还有工夫说废话，所以说他是"惜墨如金"。让舅舅知道了，她不说让舅母、让别人啊，弄得大家都不干净。大家是谁呀？这就是封建时代高级家庭里边很有教养的一个少女，一个姑娘，在谈这种关系的时候应该用的得体的字眼。她不能说，你让舅舅知道了，你倒了霉，回头我也干净不了。这不是很清楚吗？她一个姑娘，她不能说，你倒了霉，你干这个，咱们俩都不干净，都倒霉。这不像话。因为那个时候少男和少女的那个关系，大家是知道的，她是不能够明白表的。今天的评论家往往说，林黛玉的爱情是带阶级烙印的，受了阶级的什么，是病态的。我要说一句，你知道当时林黛玉所处的是一个什么样的社会？她在这个大家庭里边所承担的十分困难的这种极巨大的压力，你知道她一个少女孤苦伶仃，是怎么样子承担忍受的！啊，你还要求她，说你搞什么爱情不要这样病态呀！你得勇敢起来呀！你说："宝玉我爱你！"啊，这不像话。当时也没有这种方式。是吧？这不是我们中华民族的传统方式。这简直是，这是天大的笑话。你不要拿西洋的那一套来套我们的东西。

今天，说今天自由恋爱了。是吗？有一个英国人写了一篇文章，她就是翻译那个英文《红楼梦》的，她就谈她读《红楼梦》的感想，就说，在西方少男少女随便搞，搞了一个不喜欢了，又搞一个，这简直不当回事，也不是个问题。谁也看着很自然。在中国不是这样啊！说，今天号称自由了，说是还得托亲靠友，你给我们介绍个对象啊。噢！介绍了的对象那叫自由啊？那是你自己挑选的那个最理想、最合心意的那个爱人吗？啊，我要这么一问哪!? 所以有很多普通的说法,仔细探讨下去都是大成问题的。我的意思是说,曹雪芹书里边并没有主张自由恋爱、自由婚姻的意思。啊,刚才举的一个例子,你看林黛玉的那个话,虽然看起来是淡淡的几笔,那个内容骨子里边是非常之沉重的。

再一个例子就是,宝玉被赵姨娘这一门毒害得挨了打,别人都纷纷去看、去慰问,薛宝钗是怎么去的? 显得很大方,手里托着一丸药,"这个药用了马上就能止疼"。林黛玉是怎么去的? 林黛玉是偷偷地,她怕人看见了拿她取笑,看了一个难得的机会,好容易没有人了,跑到他屋里去,坐在床边上,哎呀! 我说着都激动了。真是呀! 宝玉在那里疼得刚刚地迷糊,但是,因为他睡不了啊,刚刚在那儿一迷糊,就觉得,听见耳边有一个哽咽的声音,睁开眼一看哪,哎呀! 这个,这个林黛玉在旁边哭得简直是,我说着都激动了。啊,因为我们读文学,研究文学的人,如果你不为作品感动,那第一是曹雪芹不伟大,第二恐怕你本身也有点问题,是吧? 这个林黛玉那个时候的感情是什么样? 哽哽咽咽,就是抽抽噎噎而说不上话来,半天挤出一句话几个字,是有万钧之重的力量,是千回万转以后吐出来的这么一个肺腑之言。"你从今可都改了吧?"啊,你看《红楼梦》那么好看哪? 流水读过,唏里哗啦,一会儿一回,你根本就没懂,也没得到滋味。那《红楼梦》从哪里伟大呀? 是吧? 那么我就要问,也是请同志们想一想,那林黛玉这一回害了怕了? 是看到他要被贾政打死,这是真来替封建主义来说教了,说,你这个不行了,这样下去你要玩完了! 哎! 你得改了! 我得教育教育你。这可糟糕了。她完全不是这个意思。她这句话又是关怀又是可怜。她更重要的是来听一听、看一看贾宝玉在这样子巨大压力之下是什么态度。

你听,贾宝玉是怎么样子回答的:"你放心,我为这些人死了也心甘情愿。"《红楼梦》的笔法就是如此。啊,宝玉是向林黛玉做保证了,我就是金钏、蒋玉菡、琪官,还有什么人,我就是这么胡闹了,我窝藏了一个戏子,也逼死了一个使女,我还有什么胡作非为,我为这些人死了我也愿意,你就放心吧。那他干嘛把这些话向林黛玉交代呀? 林黛玉关怀的、管的从来也不是这个，他们两个这是什么意思？这一场对话里面有无限的辛酸、痛苦。这个林黛玉，在这个时候，就是他们两个的事，心里都明白。这个矛盾冲突已经发展到极端尖锐了，此后是不可开交了，还不知道下一步如何，我们两个人得打正经主意了。如果你看是承担不了，咱们得早一点拿主意，我也不能害了你。所以，她说的是这个。你，今后你改了吧！贾宝玉说，你放心，我不会改。那指的就是我俩这个关系，你放心。把我打死，我也不能够改变。所以从此以后啊，林黛玉和贾宝玉这个吵嘴呀，闹脾气呀，原来是彼此试探，不能够明白表示。经过这一次大的风波，大的事件，林黛玉看得很分明了。她走了以后，贾宝玉就给她送一个旧手绢，就是说明这个问题。当时一个手绢，这叫什么呀！你今天到百货大楼去买一个啊！——那是一个极端宝贵的一个标志呀！啊，这一句话都不要说，让晴雯送去，林黛玉心里就明白了。所以那一夜她特别激动，并且在这个旧手绢上题了诗。从此以后宝黛两个人的关系就另外一个样子了。所以说我这样一分析同志们会感觉到，贾政毒打宝玉，要把他置之死地的真正的骨子里边的最根本的原因，不是什么金钏哪，什么，什么蒋琪官哪，不是！就是林黛玉。啊，而林黛玉将来的命运也还是紧紧地跟这个关联。后来的抄检大观园的主要的目标，既不是什么探春、迎春哪，等等，主要的目标还是林黛玉。这一清二楚。因为赵姨娘每天向贾政灌输这么一个题目——就是，贾宝玉这孩子越来越不像话了，他也不读书，也不务正业，每天胡闹，胡闹得简直不像话了，特别是跟他这个表妹，两人搞得不好了啊！你要注意呀！将来这个是关系到咱们家的声名、品节的大问题。所以，赵姨娘看出来如果逼得或是林黛玉死了，或是林黛玉没有立足之地，这个宝玉也就好不了。或者病，或者死，或者疯，这是必然的结果。这个时候呢，她和贾环就得志了，就得到了好处了。她打的是这个算盘。

我想，我说的这么多的意思是想让同志们清楚《红楼梦》这样一部丰富、复杂、深刻的作品，他里面写这么多人物的关系，里面围绕着什么？有一根线索，各种的事故都是从这里展开的呀。这就是我刚说的长门和二门之间的矛盾斗争，嫡子（就是正妻生的）和庶子（就是侧室生的）这二门本身以内的矛盾斗争，二者交叉在或者说混合在一起，如何证明它们是混合在一起的哪？有很多证据，一个最明显的就是快到八十回了，他写这一个林四娘《姽婳将军词》，和这个《芙蓉女儿诔》的这一回，你看那个时候写这个贾环也能作诗了，作诗以后，这个贾赦非常喜欢，马上派人回家把他从海南带来的扇子拿来赏他，并且说，摸着他的头，那就是很爱的那个样子，说，你就照这个样子努力吧，将来这个冠带，就是承官袭职，少不了就是你的。哎！这个笔就是非常特别的笔，是吧？他既不行大，也不行二，他是老三，他又不是正妻生的，依封建社会这个继承者怎么选也选不着他，为什么这个贾赦就喜欢他呢？这里面就有个事故了。啊，由于凤姐跟她们原来亲公婆那边的关系，是越搞越坏，而赵姨娘就是死恨王熙凤的，非得要把王熙凤除了，王熙凤一日还在，那是没有她们掌权的日子，她看得也很清楚，所以哪，赵姨娘肯定也向大老爷那边去放风啊，说坏话呀，挑拨离间呀，看来已经发生了很"好"的作用。这个邢夫人就是越来越不喜欢王熙凤了。

赶到了后来，我认为，到了八十回以后，为什么这个贾家败落了呢？当然原因很多，其中的一个原因就是荣国府、宁国府他们所做的一些坏事、罪状都暴露了，这个可能是被人揭发、告了、检举了，这个检举者是谁？可能有外人，但是主要还勾结了贾家自己的人，这个贾家自己的人是谁？主角能够出头露面的，也长得大一点了，就是贾环。贾环勾结了大老爷，贾赦方面的人共同来告发的。所以你一看，脂砚斋批《红楼梦》，他看到的曹雪芹的原稿，到了另外一个高潮，写到最关键的这么一回书里边，就是贾府被抄没了，王熙凤和贾宝玉两个人被逮到狱里去了，而当年的丫环，像小红啊，像茜雪呀，她们到狱神庙去探望他们。啊，那大家可以想一想，在这样的大事的上面，又是王熙凤和宝玉两个人在一起，又是相提并论的，跟马道婆的那一回被害恰恰是一个样，那这还是偶然的事情吗？这就说明到了后面更重大的情节里面，这个贾家的败落的根本原因，还是我刚说的那主要的冲突矛盾，自己在那里搞的诡弊，要害的还是王熙凤和贾宝玉这两个人，这个理路如果弄不清啊，那你看全部《红楼梦》的情节和它的

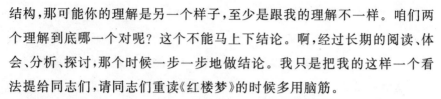

结构，那可能你的理解是另一个样子，至少是跟我的理解不一样。咱们两个理解到底哪一个对呢？这个不能马上下结论。啊，经过长期的阅读、体会、分析、探讨，那个时候一步一步地做结论。我只是把我的这样一个看法提给同志们，请同志们重读《红楼梦》的时候多用脑筋。

我本来准备讲的呢，还有一方面，是一个更大的布局，可是看来今天时间不行了。我要讲的就是《红楼梦》里面有三个少女，三个主角。一个是林黛玉，一个是薛宝钗，一个是史湘云。这是最最重要的，曹雪芹写的次序也是如此，因此我有时候说，如果按照今天现代人的那种习惯说法，《红楼梦》看来也有点像所谓三部曲。他开头的一大部分，把主要的力量写林黛玉。第二部分，中间过渡的这一部分，他又比较用力地写薛宝钗这个主角。最后，到了后面在这个极度的艰辛困苦，那种种的曲折、悲欢离合的情节中，史湘云成了一个更重要的主角。这也是我个人的看法，因为曹雪芹原来的对《红楼梦》的这种结构、设计构思，基本是这样安排的。

今天读一百二十回《红楼梦》的同志们，大概就是被后续四十回书给拉着，拉到一个点上去，就是黛玉和宝钗的，哎，这两个人的那个冲突问题，不管这一点对不对，我今天不想涉及这个问题，那你可以暂时把它撇开，那么这个史湘云往哪里放呢？没有她的地位。你看看那后四十回怎么写的史湘云？她再也没有出场，就几句话交代过了，说，嫁了一个大地主，家里是富有万金，房产田地，可是哪，后来也不知怎么的，男人有病啊，也不知怎么的，我也闹不清吧，就是几句话，抽象、概念，以不多的话，而且偶然孤零零地出现了这么一段就完了，把这样一个人就给交代了。大家想一想史湘云在前边有很多的关系，很重要的关系，这个都往哪儿去了？曹雪芹在前面费了那么大的力气，伏下了很多的有力量的笔墨，这是干嘛呀？自己跟自己开玩笑啊？这就不成为一个文艺，一个艺术。曹雪芹他的那个艺术设计，必然是很精细、很严整的。它绝不会是散漫的，前言不搭后语，这根本就不像话了，它不成一个东西了。写宝钗、黛玉入贾府，有正面的笔，这人物怎么出场？怎么来的？要费一些笔墨。史湘云的出场迥然不同。有两件盛大的节目，元春省亲刚刚完，还没收拾好，外面就有人报了，"史大姑娘来了"，好像就是理所当然，好像是读者早就知道，可是实际上我们不知道。史大姑娘是谁？从哪里来？她来干嘛？跟谁是什么关系？丝毫不交代。在清虚观打醮的那一场，照样又是如此，热闹节目一过，"史大姑娘来了"。史大姑娘来了不要紧，马上就引起事情，她跟宝钗的关系，她跟林黛玉的关系，她跟宝玉的关系错综复杂。这个人物曹雪芹是用了很有力的笔墨，特别刻画的，这个人物往哪儿去了呢？后来怎么交代她呀？曹雪芹难道这么糊涂，写到八十回了这史湘云就不要了？是不可能的事。是吧？

八十回以前，接近这第八十回的一回时候，有两个重要场面，一个是中秋夜联句，大家都散了，只剩下林黛玉和史湘云不睡，两个人跑到池塘边上去作诗。这一次史湘云意外地指责了宝钗，因为她跟宝钗是比较好的，她说：你瞧这个宝姐姐，每天是说亲道热，原来说得挺好，咱们今年中秋过节，好好地过一夜，你看现在，她回家了。她自个跟她什么母亲哪，嫂子呀，兄嫂去团圆了，她丢下咱们不管了。表示不满意。就剩下咱们俩了。这都不是闲文。这一笔啊，她们联句联来联去，联到"寒塘渡鹤影，冷月葬花魂"——不是诗魂，是花魂，诗魂是程本改的，——妙玉在山石背后一直地听，听到这两句太悲凉了，就出来给她截住了，止住了，妙玉续了一段把这个诗收煞住了。这一首诗整个地是关系到整部的《红楼梦》的结构、布局的一个缩影。曹雪芹特别地把这两个人安排到这个场面，难道是毫无用意吗？再一个那就是在芦雪亭吃鹿肉，这个时候唯有的两个主角又是宝玉和湘云。而在林黛玉嘴里说出来，林黛玉笑话她们两人，"你瞧，哪里去找这一群化子去呀"！说她们烤这鹿肉好像饿得不得了啦，就是这些野人的形景，是叫化子。为什么宝玉和史湘云是这吃鹿肉的主角？而林黛玉开玩笑说她们俩是化子？在我看来这都是有意的安排，精心的设计，有深刻的寓意，照应后半部的情节。

我有很多与众不同的想法，说出来供大家听听，你觉得荒唐哪，付之一笑；你觉得有道理呢，那就再想一想。怡红院刚一盖的时候，特别写出来，里边种的是两种植物，一边是芭蕉，一边是海棠，这个院子本来也就叫红香绿玉，题匾额的时候，有一个清客题了"崇光泛彩"四个字，这用的就是苏东坡的海棠诗的典故。宝玉说，他说真好！可就是两样你丢了一样，光讲了一件，必须二者兼顾。那芭蕉呢？就是绿玉春犹卷；海棠呢？红妆夜未眠。红妆也是用苏东坡的海棠诗的典故。史湘云后来给宝玉过生日抽的那个签恰恰就是这一首诗。那首咏海棠的七言绝句是："东风袅袅泛崇光，香雾霏霏月转廊；只恐夜深花睡去，故烧高烛照红妆。"那就是这一切的暗示，是以史湘云比海棠花的，它有象征性的。《红楼梦》里边史湘云的象征，她那个花就是海棠，林黛玉是芭蕉，或者说兼芙蓉，啊，这个都是有深刻的寓意。怡红院里边是并没有薛宝钗的任何痕迹和地位的。这就说明了薛宝钗和宝玉的关系是一个假象，你不要看——你可得把后四十回忘掉，前边写的那一些关系你得要重新认识，真正的关系是在一林、一史，而绝不是什么林、薛啊！所以你看那脂砚斋的批，回前有一首诗，特别点出来"林、史闹秋闺"。林黛玉和湘云，在这个闺门，连结诗社也是最活跃的、最重要的人。在别的批语里面也常常把林、史或"颦、云"并称，这都不是偶然的。那，可是这个题目说起来，就更为复杂了。

　　林黛玉到底怎么死的？我认为她也不是病死的，她身体坏是事实，她的病给她起了厌世的影响也是可能的，但是她最后死，是被迫害而死，就是赵姨娘死不放过她，说她跟宝玉有了"不才之事"，她的这种跟宝玉的坏名声已经几乎无法洗刷了。在那个时候，一个少女，如果人家，家里家外都说她们俩搞出什么不才之事，有暧昧关系，这就不能够活了，她无法活下去，她也无力承担这样的压力，这是比什么都难以承受的。所以我的看法就是第二年，还是在这一个寒塘，还是这个中秋之夜，这个林黛玉这五个字就是她的预兆，到了那一夜她实在活不下去了，自沉于水。就是她自己投水自尽的。《红楼梦》全部书里边写这个少女投水而死的，连古代的戏文、故事种种的暗示和联想是很多很多的，我记得我有一次举出过十点来，这说明，我认为，林黛玉是受逼迫无法活下去自投于水。所以她的矛盾并不是什么直接地像那边成亲哪、这边她正死呀，不是这个！这是一个很庸俗、很低级的东西啊，这不是一个伟大悲剧的手法、设计，曹雪芹怎么肯写这个呀！如果是一个坏人，出了一个小丑，把一件好事给从中破坏了，那这个事情古代的长篇故事、短篇故事多得很，有什么重大意义呀？那不是车载斗量吗？为什么曹雪芹就特别伟大起来了呢？是吧？而且曹雪芹在开头不是说了吗，千篇一律，佳人才子，私订偷盟……，当中必然要出一个小丑，从中挑拨。你瞧，曹雪芹在开卷一开头就批判过了的这种套头，他自己费了十年的辛苦，血泪而成，噢！是为了写一个廉价的、低级的、庸俗的，有人，出了个坏人王熙凤，出了个坏主意，咱们把薛大妹妹的脑袋用一块红布一盖，咱们给他成了亲，一撩盖头！……哎，他大概也没有什么办法了吧！不是太幼稚了吗?！太荒唐了吗?！一个伟大的悲剧，世界上的悲剧有写这个的吗？同志们一定有看法，你看看那些世界文学的伟大悲剧现在有翻译过来的，是吧？什么叫悲剧？悲剧并不等于是一个不幸事件，所以我是说，曹雪芹的设计，不是像后四十回那样子，简单、肤浅、庸俗、低级，它是一个极其丰富、深刻的悲剧，它有种种的曲折变故，极其错综复杂的关系，然后他通过这个表达他对社会人生的看法。那么这部作品的深刻，你越读才能够越体会得出来，每读一遍，发现更多的新的意义，原来没有看清，没有读懂。

那么《红楼梦》为什么出了红学？这主要的原因不是人为的，好像有那么一帮人没有事可干了，觉得大家都爱看《红楼梦》，咱们就搞搞红学，完全不是这样子的。这是本末倒置的看法。正由于《红楼梦》本身它是太丰富了，丰富深刻的那种程度是超过了以往的作品，我们一下子看不清懂不透，大家的看法自然就发生了不同，然后大家就各自抒发自个的见解，同时又从不同的角度，用不同的方式来看这个《红楼梦》，它到底是怎么一回事。这红学的发展主要是这样，这是最根本的原因。它取决于作品的本身。这个呢，我想我们也应该提一提，红学到今天成绩不太好，解决的问题很少，有争论的问题太多，空白的问题更多。所以今天大家不要看红学那么热闹，那么兴旺，实际上这里也有假象。有很多的重大问题还没有探讨，或者说还没有探讨清楚，有待于我们大家共同努力。今天在座的同志们，我想当中有很多也是职业或者业馀研究文学的，我盼望同志们都为这部伟大的作品，来关怀它，给它做出你自己的贡献，使得我们认识这个伟大的作家和作品的真精神，真面貌，一步一步地接近于历史的真实，而不是总停留在若干的假象、现象上。我今天说得很乱，由于时间不够，最后"三部曲"情节结构的各种关系，都已来不及交待了，咱们就讲到这儿。

【附注】

本文是由北京图书馆侯任同志根据录音所整理的一个文本，忠实地依照了原讲的口述的语式和风格。后经讲者核阅了一下，也只作了一些细微的技术性的处理，未大改动。开头部分提到的"《北方论丛》创刊号"，是讲时误忆误说，应为"《社会科学战线》创刊号"，在此说明，以便参考。

（北京图书馆举办的文学讲座的记录本，
已被收入编辑的讲座文集中）

红海微澜录

　　曹雪芹立意撰写一部小说巨著,开卷先用一段"楔子"闲闲引起,说的是大荒山、无稽崖、青埂峰下的娲皇炼馀之石,故全书本名即是"石头记"。当雪芹笔下一出"青埂"二字,格外触动读者眼目,脂砚于此,立时有批,为人们点破,说:

　　　　妙。自谓堕落情根,故无补天之用。(甲戌、梦觉、蒙府、戚序四本同)

这在脂砚,是乘第一个机会就提出"自谓"一语,十分要紧。"自"者谁? 高明或有别解。须莫忘记:此刻"石头"之"记"尚未开篇,只是楔子的起头之言,则此"自",应指"楔子撰者"无疑。然而楔子才完,在"后曹雪芹于悼红轩中……"那段话上,脂砚即又为人们点破,说:

　　　　若云雪芹"披阅"、"增删",然则(原作后)开卷至此这一篇楔子,又系谁撰?! 足见作者之笔,狡狯之甚! 后文如此处者不少,这正是作者用画家烟云模糊处(法?)。观者万不可被作者瞒蔽(原作弊)了去,方是巨眼。

短短一则批,连用"作者"数次之多。如谓此乃脂砚文笔有欠洗炼,那也从便;我自己却以为,这正见脂砚是如何重视"作者"这个"问题",故此不惜词烦,再四提醒,"观者"诸君,"万"不可为雪芹这么一点儿笔端狡狯缠住。

所以，明义为"曹子雪芹出所撰《红楼梦》"题诗至第十九首，就说：

> 石归山下无灵气，总使能言亦枉然。

也许是由于明义头脑比较清楚，也许他先看了脂批，也许二者兼而有之，他对"石头"、"雪芹"、"作者"三个名目，并不多费一词，"不著一字，尽得风流"，犹是例应著字；而这处小小狡狯，在明义看来，原是天下本无事也。

但是，雪芹"自谓"的"堕落情根"，又是何义呢？

一位朋友偶来见问，我试作解人，回答说：君不见洪昉思之《长生殿》乎？《长生殿》一剧，曹寅佩服得无以复加，当昉思游艺白门，他置酒高会，搬演全剧，为昉思设上座①。雪芹作小说，有明引《长生殿》处，也有暗用处，他对这个剧本，是不生疏的。在《补恨》一折中，写的是天孙织女星召取杨太真，太真见了织女，唱的第一支曲子是《普天乐》：

> 叹生前，冤和业。才提起，声先咽(yè)。单则为，一点情根，种出那欢苗爱果。

全剧的最末一支曲(尾声之前)，是《永团圆》：

> 神仙本是多情种。蓬山远，有情通。情根历劫无生死，看到底终相共。

这就是雪芹谐音、脂砚解意的"情根"一词的出处。它的意思，昉思说得明白，不须再讲了。

朋友听我这样说，引起兴趣，便又问：这就是你说的"暗用"之例了。此外还有没有呢？

我说，有的。"开辟鸿濛，谁为情种？"情种一语，已见上引，并参后文，不必另列。即如警幻仙子，出场之后，向宝玉作"自我介绍"时，说是"吾……乃放春山、遣香洞、太虚幻境警幻仙姑是也：司人间之风情月债，掌尘世之女怨男痴。……"，这话也是暗用《长生殿》的"典故"。《密誓》折，生

---

① 事见《新证》页四一七引金埴《巾箱说》。

唱《尾声》与旦同下后，有小生（牵牛星）唱的一支过曲《山桃红》，中间一句，道是：

> 愿生生世世情真至也，合令他长作人间风月司。

雪芹为警幻仙姑所设的言词，显然是从这里脱化而出。

　　一提到警幻，便不得不多说几句。其实，雪芹的想象，创造出一位"司人间之风情月债"的女仙来，也还是与《长生殿》有其关联。他所受于《长生殿》的"影响"（现在常用语，以"启发"为近似，旧语则谓之"触磕"），是"证合天孙"（《传概》折《沁园春》中句）的天孙织女，是这位女仙"绾合"了明皇、太真的生死不渝的情缘。

　　原来，在《长生殿》中，是天宝十载七夕，太真设了瓜果向双星乞巧，而明皇适来，二人遂同拜牛女设誓：

> 双星在上，……情重恩深，愿世世生生，共为夫妇，……有渝此盟，双星鉴之！〔唱〕……问今夜有谁折证？〔生指介〕是这银汉桥边，双双牛女星！

这样，牵牛向织女说项，织女遂答应久后如不背盟"决当为之绾合"。后来，昉思以《丛合》一折写上元二年七夕，牛女双星重新上场，他们的心愿，表达在一支《二犯梧桐树》里：

> 琼花绕绣帷，霞锦摇珠珮。斗府星官，岁岁今宵会。银河碧落神仙配。地久天长，岂但朝朝暮暮期。〔五更转〕愿教他人世上、夫妻辈，都似我和伊：永远成双作对。

然后牵牛再为提醒明皇、太真之事："念盟言在彼，与圆成仗你！"织女这才应允："没来由，将他人情事闲评议，把这度良宵虚废。唉李三郎、杨玉环，可知俺破一夜工夫都为着你！"

　　所以，牛女双星，一到了昉思笔下，早已不再是"怅望银河"的恨人，而是司掌情缘的仙侣了。这一点，在文学史上是个创新之举，值得大书。

　　那么，雪芹于此，又有何感受呢？我说，他不但接受了这个新奇的文艺想象上的创造,而且也"暗用"了这个"典故":——这就是,"因麒麟伏白首双星"的这句回目之所以形成。

当然,到了雪芹笔下,事情就不会是浅薄的模仿,简单的重复。他是在启发触磕之下再生发新意,借以为小说生色。在前半部,雪芹除了这句回目,透露了一点鳞爪之外,大约只有传本《红楼梦》第六十四回中微微一点:

> 大约必是七月,因为瓜果之节,家家都上秋祭的坟,林妹妹有感于心,所以在私室自己祭奠,……只见炉袅残烟,奠馀玉醴,紫鹃正看着人往里搬桌子收陈设呢(指瓜果炉鼎等)。

但这回书,文笔不似雪芹,出于另手,因此其情节故事,是否合乎雪芹原意,一时尚难判断。八十回书中,对"双星"一语别无呼应,而雪芹是文心最细,绝无孤笔,绝无闲话,何况大书于回目之中,岂有落空之理?——更何况回目者,大约连不承认《红楼梦》为雪芹原著者也无法否认"分出章回,纂成目录"的毕竟还是雪芹吧。雪芹用此一句,毫无犹豫之迹象(即回目颇有变动,而从诸旧抄本中,略不见此一回目有异文出现过),那么,"因麒麟伏白首双星"八个字,总该不是"胡乱"写下的,或者是无可解释的。

许多资料说明,这句回目指的是后文宝玉、湘云最终结为夫妇(参看《红楼梦新证》页九二七——九四〇)。对这一点,也有不相信的,即不必更论。但也有相信的,就我所知,就颇不乏人。不过在这很多相信者当中,大都把"双星"直接理解为即指宝湘二人而言。我觉得这却还要商榷。拙见以为,雪芹用此二字的本意,并不是径指宝湘,他用的其实还是《长生殿》的"典故",即双星是"证合"、"缩合"、"丛合"之人,其误会"双星"为径指宝湘的,原因就在于未能明白这是借用昉思的作意。

当然,这不是说宝湘的缩合人也一定是女仙之流,但很显然,那是一对夫妇。

在《长生殿》中,织女不甚满意于李三郎,认为他断送太真,是一个负义背盟者;经过牵牛的解释,说明皇迫于事势,出于巨变,并非本怀,天孙才同意他情有可原,决意为之证合。宝湘二人所历的变故之巨,非同寻常，也几乎是出入生死，而人们议论宝玉，大抵认为他竟娶宝钗，是为负于黛玉，也是背盟之辈，不肯加谅。绾合者，大约也是"双星"之一认为宝玉背盟负义，而另一即为之解释，说明宝玉之忘黛而娶钗，是迫于命令，并非本怀，而后两人这才共同设法使宝湘二人于历尽悲欢离合、兴衰际遇，尝遍炎凉世态之后，终于重相会合。而这些都是以金麒麟为"因"、"伏"的（参看《新证》页九一六——九二四）。这样，似乎更合雪芹原著的设计和用语的取义。

《重圆》折中的两支曲，今亦摘引一并观看：

〔五供养〕……天将离恨补，海把怨愁填。谢苍苍可怜。泼情肠翻新重建。……千秋万古证奇缘。

警幻仙子说的"吾居离恨天之上，灌愁海之中……"，可知这种新名目实在也还是来自昉思。

〔江儿水〕只怕无情种，何愁有断缘。你两人啊把别离生死同磨炼，打破情关开真面。前因后果随缘现。觉会合寻常犹浅，偏您相逢在这团圆宫殿。

读这些词句，就总觉得"似曾相识"，因为无论雪芹的正文还是脂砚的批语，都能从中窥见一些蛛丝马迹。

更重要的则是，《石头记》并不是《长生殿》的翻板，雪芹不是"请出"黛玉的"亡魂"来再唱"新戏"，那就俗不可耐了。黛玉死后，宝钗"打进"，宝玉无可奈何（他不会搞什么"黛玉复活"之类），遂益发思念黛玉生前与之最好、亡后可作替人的早年至亲闺友——史湘云。晴雯的性格类型，正是黛型与湘型的一个综合型，所以晴雯将死，海棠先萎，亡故之后又作"芙蓉女儿"，盖海棠暗示湘云（"只恐夜深花睡去，故烧高烛照红妆"），芙蓉暗示黛玉（"芙蓉生在秋江上，莫向东风怨未开"），这里的文艺构思和手法是复杂微妙的。

《长生殿》以中秋节日广寒清虚之府为重圆的时间地点。这一点，似乎也给了雪芹以"影响"。黛湘中秋夜联吟，是前后部情节上一大关目，也可以说是结前隐后之文。众人皆散，宝钗回家，独剩黛湘，中有深意。二人吟出"寒塘渡鹤影，冷月葬花魂"之重要诗句。这上句隐指湘云，下句隐指黛玉甚明，黛玉（次年？）于中秋此夕，即葬身于此（"葬花魂"，是明季少女诗人叶小鸾的句子，见叶绍袁《续窈闻》记亡女小鸾与泐庵大师问答语录）。俗本妄改"葬诗魂"，大谬。（"花魂鸟魂总难留"，《葬花吟》中已见，与"葬诗"何涉？）妙玉旁听，出而制止，续以末幅，试看她的话：

> 好诗，好诗，果然太悲凉了！不必再往下联……

> ……只是过于颓败凄楚。此亦关人之气数而有。所以我出来止住。

> 如今收结，到底还该归到本来面目上去，若只管丢了真情真事，且去搜奇捡怪，一则脱了咱们闺阁面目，二则也与题目无涉了。

> 依我必须如此方翻转过来，虽前头有凄楚之句，亦无甚碍了。

她的续句，由"嫠妇"、"侍儿"、"空帐"、"闲屏"写到"露浓"、"霜重"，又写到步沼登原，石奇如神鬼，木怪似虎狼——可见事故重重，情节险恶。最后，"朝光"、"曙露"，始透晨熹，千鸟振林，一猿啼谷，钟鸣鸡唱。——这就是宝黛一局结后，宝湘一局的事了：

> 有兴悲何继，无愁意岂烦？
> 芳情只自遣，雅趣与谁言。
> 彻旦休云倦，烹茶更细论。

到雪芹原书后半，大约这些话都可看出，其间多有双层关合的寓意。

本文侧重于从一些语词上窥探雪芹构思上的各种巧妙联系，并非说雪芹是靠"典故"、"触礴"去作小说，他"靠"的主要是生活和思想。这原不须赘说，无奈有一时期绳文者有"必须"面面俱到的一条标准，不无责人以备的故习，还是在此交代一下，可免误会。如果不致发生误会，那我还可以再赘一点，雪芹选取中秋这个重要节日来写黛湘联句，也不止一层用意,除了我上文推测的后来黛玉是死于中秋冷月寒塘之外,恐怕宝湘异日重会也与中秋佳节有关。雪芹全书开头是写中秋节雨村娇杏一段情事,而脂砚有过"以中秋诗起,以中秋诗收,又用起诗社于秋日。所叹者三春也,却用三秋作关键"的揭示,这"以中秋诗收"、"用三秋作关键",必有重大情节与之关合,如非宝湘会合,则又何以处此"团圆之节"? 这在我看来,觉得可能即是此意,当然这只是我的思路所能及,因为在《长生殿》中昉思设计的就是双星特使李、杨二人在中秋"团圆之节"来重会,雪芹有所借径于此,联系"因麒麟伏白首双星"而看,或者也不为无因罢。

行文至此,未免有究心琐末、陈义不高之嫌。但我本怀,殊不在此,实是想用这种不太沉闷的方式来提端引绪,使人注意《长生殿》与《红楼梦》在内容方面的关系。昉思制剧,楝亭嗜曲,二人交谊,也还要提到昉思曾为楝亭的《太平乐事》作序,甚为击赏,以及楝亭为昉思说宫调之事①。楝亭有赠昉思七律,我曾于《曹雪芹家世生平丛话》及《新证》中一再引录:

> 惆怅江关白发生,断云零雁各凄清。
>
> 称心岁月荒唐过,垂老文章恐惧成。
>
> 礼法谁曾轻阮籍,穷愁天亦厚虞卿。
>
> 纵横捭阖人间世,只此能消万古情。

试看,倘若洪、曹二人毫无思想感情上的交流,只凭"文坛声气",这样的诗是写不出的。我并曾说:如将题目、作者都掩隐过,那么我们说这首诗是题赠雪芹之作,也会有人相信。由此可见,说《红楼梦》与《长生殿》有关系,绝不止是一些文词现象上的事情。和我屡次谈论这二者之间的关系的,是徐书城同志,他早就提出这个话题,有意研讨。我受他的启发,后来也常常想到这个问题。《长生殿》这个剧本,思想水平,精神境界,都远远比不上《红楼梦》小说;但我们不应单作这样的呆"比",还要从思想史、文

---

① 我整理《新证》增订本,仍不知曹寅《太平乐事》世有传本之事,书排就,始知之,已简记于页一一二二。后得徐恭时同志录示昉思序文及楝亭自序,在此追志谢忱。

学史上的历史关系去着眼。比如，如果没有《金瓶梅》，从体裁上、手法上说很难一下子产生《红楼梦》。同样道理，从思想上说，那虽然复杂得多，但是如果只有"临川四梦"，而没有《长生殿》在前，那就也不容易一下子产生《红楼梦》。昉思在《传概》中写道：

> 今古情场，问谁个、真心到底？但果有，精诚不散，终成连理。万里何愁南共北，两心那论生和死。笑人间，儿女怅缘悭，——无情耳！
>
> 感金石，回天地，昭白日，垂青史。看臣忠子孝，总由情至。先圣不曾删郑卫，吾侪取义翻宫徵（zhǐ）。借太真、外传谱新词：情而已。
>
> （《满江红》）

从这里，既可以看出昉思、雪芹的思想上的不同，又可以看出两人创作上的渊源关系。昉思定稿于康熙二十七年，一六八八；雪芹则在乾隆前期是他创作的岁月，卒于一七六四。昉思身遭天伦之变，不见容于父母，处境极为坎壈。两人不无相似之处，相隔一朝，后先相望。《长生殿》由于康熙朝满汉大臣党争之祸，遭了废黜，掀起一场风波，雪芹岂能不知其故。种种因缘，使雪芹对它发生了兴趣，引起他的深思，对他创作小说起了一定的作用，是有迹可寻的。理解《红楼梦》，把它放在"真空"里，孤立地去看事情，不是很好的办法，还得看看它的上下前后左右，当时都是怎样一个情形，四周都有哪些事物，庶几可望于接近正确。提《长生殿》，其实也只是一个比较方便的例子而已。

（原刊于《红楼梦研究集刊》）

"金玉"之谜

　　读曹雪芹的书的,谁不记得有"金玉"两个字? 对这联在一起的一对儿,印象和引起的感情如何? 恐怕不是很妙。这两个字标志着整部书的一个关键问题。这一切似乎老生常谈,无烦拈举,也没有什么可以争议的。可是,当你在这种已经普通化了的印象和观感之间细一推求,便会发现,事情并不那样简单,有些地方还颇费寻绎。举一个例子来看看雪芹笔下的实际毕竟何似。

　　警幻仙子招待宝玉,除了名茶仙酿,还有"文艺节目",你听那十二个舞女演唱的《红楼梦曲》怎么说的? ——

　　　　开辟鸿濛,谁为情种? 都只为,风月情浓。趁着这奈何天,伤怀日,寂寥时,试遣愚衷。因此上,演出这怀金悼玉的红楼梦。

　　雪芹笔法绝妙,他表面是写警幻招待宝玉,实际上却是代表雪芹的自白,开宗明义,指出作《红楼梦》一书,是他在伤怀寂寥的心情中而自遣衷情的,而红楼梦的"关目"就是"怀金悼玉"。

　　这,读者早已烂熟于胸了,在那四个字的关目里,"金"指谁? 戴金锁的薛宝钗。"玉"指谁? 和宝钗成为对比的林黛玉(以玉指黛,有例,如"玉生香"回目)。——这样理解,虽不敢说是众口一词,也达到百分之九十几。人们认为这一解释是如此的自然当然,以致连想也没想:如是这样,那"金玉"二字的用法早已不与"金玉姻缘"的金玉相同了。

但是,这支《引子》之后的第一支正曲《终身误》,开头就说了:

> 都道是,金玉良姻。俺只念,木石前盟。空对着,山中高士晶莹
> 雪,终不忘,世外仙姝寂寞林。……纵然是,齐眉举案,到底意难平!

既然如此,那干嘛他又"怀金悼玉"呢?雪芹难道才写了两支曲就自
己同自己干起架来?——才说"怀"她,跟着就异常地强调一个"空对着"
她而意中不平的思想感情。"怀",大抵是人不在一起才怀念结想不去于
心的意思,即"中心藏之,何日忘之"之谓,那已和"难平"冲突,更何况他们
正"对着"呢,原是觌面相逢的,怎么又用着"怀"?如果这是因"泛言"、"专
指"之不同,情事后先之变化而言随境异,那么,刚才"玉"指黛玉的"玉",
一会儿(紧跟着)就又指宝玉的"玉"了,——这岂不连曹雪芹自己也嫌搅
得慌?

不管怎么说,只两支曲,已经"有问题"了。

还不止此呢。下面紧跟着的一支曲《枉凝眉》又说了:

> 一个是阆苑仙葩,一个是美玉无瑕。若说没奇缘,今生偏又遇着
> 他。若说有奇缘,如何心事终虚化?……

你看,这岂不是乱上加乱?又来了个"美玉无瑕"的"玉"呢!这里幸
而没有"金"的事跟着搅和了,可是这第三个"玉"又是指谁呀?"问题"也
请回答。

也是百分之九十几,都以为"仙葩"就是"仙姝"嘛,"美玉"当然是宝玉
无疑啦,这两句自然指的"木石前盟"了,没有可异、可疑、可议之处。

无奈,那"石"本以"瑕"为特色,开卷就交代得清楚,脂批也特为指出
"赤瑕"是兼用"赤玉"和"玉小病也"两层含义。那如何忽然又"无瑕"?通
部书写宝玉,有意尽用反笔,处处以贬为褒,是"板定章法",一以贯之,怎
能在此忽出败笔?弄上这么一句,岂不大嚼无复馀味,很煞风景?再说,
上文已指明:曲子虽是"警幻"使演,语调全是宝玉自白,《引子》是如此,

《终身误》更为鲜明——"伤怀""寂寞"，"试遣愚衷"，仙姑职掌，警"幻"指"迷"，她会有这种语调和言辞吗？再说"俺"是谁呀？还用剖辩吗？宝玉自家口气，而说出"美玉无瑕"来，可不肉麻得很！雪芹高明大手笔，肯这样落墨吗？我非常怀疑。他断不出此俗笔。反过来，说这是托黛玉的声口了，那她自言是"仙葩"，也同样是太那个了。

所以，"问题"就还麻烦哪。

怎么解决呢？提出来大家讨论研究，或能逐步得出答案。以为自己的解释天下第一，最最正确，不许人怀疑，那只是一种笑话，读者不点头的，我们姑且尝试解答，未必就对。

怎么看"金玉"二字？还是先要分析。

金玉这种东西，自古最为贵重，值钱，世上的富贵人家，要想装饰，先求金玉，自不待言，连神仙也讲究"玉楼金阙"，侍者也是"金童玉女"，金与玉的珍贵相敌，从来配对，可想而知。一般说来，则它们被用来代表最美好的物事。但，正如绮罗本是美品，由于它只有富贵者能享用，所以发生了"视绮罗俗厌"的看法，那金玉也成了非常俗气的富贵利禄的标志。

金玉器皿被弄成富丽恶赖的俗不可耐的讨厌之物。曹雪芹对这样的金玉，自然是认为"不可向迩"的，但是，金玉本身并不可厌，它们是天然物中质地最美的东西，所谓"精金美玉"，代表最高最纯的美质，在这个意义上，曹雪芹并不以金玉为可鄙可厌，相反，评价是很高的。例如，妙玉是他特别钦佩器重的人物，他写她的用语就是"可怜金玉质"。又如，尤三姐对她姐姐说："姐姐糊涂，咱们金玉一般的人，白叫这两个现世宝沾污了去也算无能。"再如写迎春是"金闺花柳质"，写湘云是"霁月光风耀玉堂"。又如祭晴雯则说"其为质则金玉不足喻其贵"。可见雪芹用金玉来形容最美好的女儿和她们的居止，绝无不然之意。这一层意义，十分要紧。

雪芹不但写妙玉用了"金玉质"，并且再一次用了"好一似无瑕白玉遭泥陷"。这就完全证明，他在《枉凝眉》中所说的"一个是美玉无瑕"根本不是指什么贾宝玉，而分明是指一位女子。

除了这种例证，还要想到，如果认为"仙葩"、"美玉"就是所谓"木石姻缘",那也实在太觉牛头不对马嘴。何则？"木石"就是木石，所谓"木石前盟"，正指本来体质和它们之间的感情关系，这是不能抽换代替的。石已变"玉"，"造历幻缘"，所以才招来"金"要"班配"的说法，此玉已不再是"石"，不复以石论了。反对"金玉"之论，正是连"玉"也不认——所以宝玉几次摔它砸它。如何能说他自承为一块"无瑕美玉"？！我说那个解释实系一种错觉，稍微细心寻绎剖析一下，就会感觉那样解释是很不贴切的。曹雪芹怎么如此落笔？

《引子》《终身误》《枉凝眉》三支刚一唱完，曹雪芹就用笔一截一束："宝玉听了此曲，散漫无稽，不见得好处；但其声韵凄惋，竟能销魂醉魄。因此也不察其原委、问其来历，就暂以此释闷而已。"这在雪芹的笔法上也有用意——下面，才再接唱《恨无常》——已换了有些像是元春的"代言"体了（"儿命……"、"天伦呵"），总之，不再是宝玉自白的声口了。这一点也必须清楚。

综上诸端，自认为理所当然的那些旧解，就并不当然了。

《枉凝眉》并非为"木石情缘"而设，也不是题咏黛玉一人的"颦眉""还泪"。因为它既然仍是宝玉的口吻，所以那是指宝玉意中的两位女子，她们二人，何以比拟？一个宛如阆苑之仙葩，一个正同无瑕之美玉，……照这样推下去，就明白曲文的原意是说她们二人，一个枉自嗟呀，一个空劳牵挂，一个是水中月，一个是镜中花……这里就能看出：枉自嗟呀，就是悼；空劳牵挂，就是怀。这正是"怀金悼玉"一则关目的呼应和"图解"。

如果这样理解了，上文所说的那一切"搅和"和"混乱"，不但不复存在，而且理路越显得清楚了。——这当然是我个人的感觉。

假设，有读者已能接受这个大前提了，那他可能跟着就要追问：这"二人"，又是哪两个呢？

对此，我再试贡愚意，仍然不一定就对。

"美玉无瑕"，在此指黛玉，即"悼玉"的玉。在雪芹用形容比喻时，觉得只有黛玉、妙玉这"二玉"是真正当得起无瑕美玉或白玉的赞辞的人——那是具有最为高尚纯洁的品质的两位女子，所以他两次用了这个

"修辞格"。别的少女，都还当不起这四字的比拟。

如果是这样的，那"阆苑仙葩"又指谁呢？

有同志以为是指宝钗。我不同意这个解释，和他辩论过（辩论是我们研红中的一项乐趣，我们并不因此"吵架"、"骂街"，谁说的对，欣然接受，觉得世界上再没有比这更快乐更自然的事了）。我的理由是：

第一条，宝钗是牡丹，"人间富贵花"，和"仙"沾不上边。

第二条，表面看，好像钗黛二者总是联举并列，一成不变的格局嘛。其实"林史"才是真正在雪芹意中的并列者，怡红院里蕉棠并植，象征黛湘，我已说过了。这里根本没有宝钗的份儿。她全属另一格局之内。在雪芹笔下意中，这是十分清楚、一丝不乱的。

第三条，"海棠名诗社，林史闹秋闺；纵有才八斗，不如富贵儿！"第三十七回前的这首标题诗已经说得很明白。

第四条，凹晶馆中秋联句，诸人皆去——特别是叙清宝钗更不在局中，独独林史二人结此一局，是全书一个绝大而极关要紧的关目，我也说过的。

第五条，芦雪亭中娇娃割腥啖膻，正如中秋联句，也是为后半部格局上的大关目，预作点睛添毫之笔，在此场面，也是林史二人为主角。

第六条，黛玉的居处、别号是潇湘字样，湘云名"湘"，而且每次来都要住在潇湘馆。

一定还有可举，惮于病目检书之苦，暂止于此，我以为已是能说明，只有黛湘，才是宝玉真正喜欢和爱重的两位少女。别人都得权且靠后。正如脂砚指出的，宝玉"素厚者唯颦云"，最为明白不过了。

那么，我就要说：这阆苑仙葩，实指湘云而言。

我在《石头记人物画》题诗中，给湘云的一首绝句是这样写的：

极夸泛彩赏崇光，签上仙葩契海棠。

字改石凉文妙绝，待烧高烛照红妆。

全篇皆以东坡海棠诗为"主轴"，正因雪芹在初写怡红院时用特笔渲染,大书特书,极赞"崇光泛彩"(即运用东坡海棠句)四字,只可惜偏于棠而漏了蕉——应该看到,宝玉而赏赞"清客相公"们的例子,只此一个,何等重要。湘云掣的签,又正是海棠花,上写"只恐夜深花睡去",又正是东坡同一首诗。(简直妙极了!)可见海棠代表着史姑娘,没有什么疑义。

然后,我在给"翠缕拾麟"幅题句中,又说:

> 极夸泛彩咏崇光,签上仙葩契海棠。
>
> 葩是丹砂丝翠缕,小环真合伴红妆。

这是点破一个值得注意的现象:为什么湘云的丫环单单叫"翠缕"呢?不要忘了,还是初游怡红院一回书中,写那海棠时,大书:"葩吐丹砂,丝垂翠缕。"

这些,难道都可以说只是巧合吗?

友人伯菲同志指出了这一点,并说,通部书正文中用"葩"字处,唯此一例而已,湘云的丫环正叫"翠缕",她不就是那葩吐丹砂的海棠吗?

他用这个例证来支持我:"一个是阆苑仙葩"原本是指湘云而说的。

湘云与海棠的特殊关联,还可以在初开"海棠诗社"的情节中寻到消息。谁都记得,这次诗社,是大观园诗社的奠基和首创,不但社即以海棠为名,而且在此一会中,真正的主角也就是最后请来"补作"的史大姑娘。

尽管海棠有春、秋之别,丹、白之差,——这可能暗示着情节发展中人物命运的变迁,但其专为湘云而特设,并无二致。

如果又是这样,那就可以对"怀"、"悼"二字重作理解:悼者,悼念早逝的黛玉;怀者,怀念在世而命途坎壈不知下落的湘云。

伯菲同志又认为:关于湘云的问题,比别人更复杂,这是因为,在雪芹的生活素材中,这个人物原型的经历更不同一般,他在开始执笔作书时(写到第五回的曲子时),和他继续写下去、写到后来时,湘云原型的下落和结局有了极重大变化,因此雪芹在八十回前的写湘云和他在八十回后的运用素材上,其间有了变化。这一点留待下文再进一步讨论。

一个是水中月——黛玉,一个是镜中花——湘云。这又是我的解释。

镜花水月，也是陈言滥调了，但雪芹的艺术，常常是用旧语写新思，以常语隐特义。黛玉死于水，我可以举出很多点线索——即雪芹惯用的独特的艺术手法，比如：

一、黛玉别号潇湘妃子，索隐派在"妃"字上大做文章，以为妃必然是"皇妃"之类，就变成了"顺治之妃"了，不知吾国凡山川之神皆女性，皆以妃名，洛川之神名宓妃，正是曹家的故实。黛得此号，正暗示她是水中之"神"，娥皇、女英，潇湘女神的本事，亦即自沉于湘江的女性（将黛玉比洒泪斑竹之女，探春曾明白说出）。宝玉被贾政毒打之后，送旧帕与黛玉，黛玉感而题诗，有云："彩线难收面上珠，湘江旧迹已模糊；窗前亦有千竿竹，不识香痕渍也无？"更是明白点破。

二、"艳曲警芳心"回末，黛玉自思自忆，所举古人诗词句例是：

"水流花谢两无情"

"流水落花春去也"

"花落水流红"

一连三例，都突出花之落法与水有关。

三、《葬花吟》："天尽头，何处有香丘？未若锦囊收艳骨，一抔净土掩风流；质本洁来还洁去，强于污淖陷渠沟！"这段话，有人引来作为"反证"，说这正说明她不是死于水的。殊不知，如根本与水之事扯不上，那她何必说这些废话？——用土埋，这是常情常例啊，有啥稀奇？须知她原话是说，但愿我能身生双翼，飞到天之尽头，去找那个（无缘的）香丘，这正是此愿难遂，终归渠沟——寒塘之内。这种语意本自明白，并无两解。

四、宝玉的奇语："明儿掉在池子里，变个大王八，与妹妹驮一辈子碑去！"此话怎解？为什么单单要掉在大池子里？池子者，即是寒塘，暗示异日黛玉绝命之处。

五、庆元宵，家宴演戏，特点《相约》《相骂》，这出戏的情节是婚事波折，女主角曾投江自尽。这暗示宝黛关系的不幸，也是一个沉水的故事。

六、宝玉偷祭金钏，看见洛神的塑像，不觉泪下。表面一层意义是暗悼金钏落水而亡，实又关联着少女投水的情节，全书中还有事故。

七、宝玉祭钏回来,那戏正演的是《荆钗记》,大家看得伤心落泪,黛玉借剧中人奚落宝玉,说:"这王十朋也不通的很!不管在那里祭祭也罢了,必定得跑到江边上去!"其义正同,暗指后来的结局,这话必由黛玉口中点出,并非泛笔。

八、黛玉掣得的签是芙蓉,镌着"莫怨东风当自嗟",暗示"芙蓉生在秋江上,莫向东风怨未开"。她与"秋江"的关系也就是与水的关系。

九、宝玉祭晴雯,名为《芙蓉女儿诔》,兼含着预祭黛玉的暗示,人人尽知。在何处祭的?"园中池上芙蓉正开"、"猛然见池上芙蓉",这才特到芙蓉花前举行祭礼——正是在池上水边。

十、黛玉《五美吟》第一句就是"一代红颜逐浪花"(其第二首、第四首皆自尽之例)。(又有同志见告,黛玉咏柳絮首句"粉坠百花洲"亦同此义。)

我想,这些暗示,汇在一起,已把黛玉死于水刻画清楚。"冷月葬花魂",葬的是"花魂",即黛玉,即"花魂鸟魂总难留"的花魂,黛玉生于花朝(二月十二),义亦在此。水中月,明写空花幻影之义,实则正切将来中秋之夜月落寒塘、人亡佳节(俗谓团圆之节)。所以她作《桃花行》,结句是"一声杜宇春归尽,寂寞帘栊空月痕"。语义最为清楚。

至于"镜中花",我以为是暗切湘云。花即仙葩,到雪芹执笔创写《石头记》时,湘云的原型其人的下落尚不能明,所以他比拟为镜中花影,也可能兼含着运用六朝时一对夫妇"破镜"分离的故事:徐德言与乐昌公主知国破家亡,公主才貌必为人所有,因为镜各执其半,作为信物,希望将来犹可以半镜为合符之缘,得以重会。湘云与宝玉同时遭逢巨变,家破人离,各自星散,而金麒麟却略如"半镜",后来起了重逢证合的作用。

金麒麟的问题,实由双星绾合,说见拙文《红海微澜录》(《红楼梦研究集刊》创刊号)。此"白首双星",恐是冯紫英、卫若兰这一流人的父母。

曹雪芹对金麒麟的出现、离合,笔致甚曲,它出现在五月初一清虚观打醮之日,此际而张道士(国公爷的替身——有"代表"的属性呢)要为宝玉说亲,勾起贾母的心事,说了一席话,大旨是只要姑娘本人好,不论财势，这是说给王夫人听的，合家听的。偏偏这时就又把笔锋还又转到了"玉"上，——把玉传看了之后，由它引出一盘子珍贵的佩器，宝玉都不要，单单只拣了一个金麒麟。而这个金麒麟，首先是由老太太注了意，宝钗点破"史大妹妹有一个，比这个小些"，马上为黛玉讥诮"唯有这些人带的东西上'他'越发留意"。宝玉听说是湘云有一个，连忙揣在怀里，——然而他又怕人觉察出他是因湘云之故而揣这个物件，所以一面"瞟"人，看有无理会的人。也巧，单单只有黛玉在那里"点头""赞叹"呢，他又不好意思，就推说："这个东西好玩，我替你留着，到了家，穿上，你带。"黛玉却"将头一扭"，说"我不希罕"。宝玉这才"少不得自己拿着"。情事已是极尽曲折细致，用笔真是尽态极妍。

还不止此。因张道士一提亲，惹出了一场极少见的风波，宝黛又因"心事"吵起来，这回连老太太都真急了，为全部书中所仅见。跟着，醮事一毕，湘云即又来府小住，——在雪芹笔下，她的出场都不是偶然的。湘云一来，便写她"女扮男装"的往事——此乃特笔，预为后来她在苦难中曾假扮男子而得脱某种危险。然后，一说明"可不住两天"之后，立即问："宝哥哥不在家么？"以至宝钗说："他再不想别人，只想宝兄弟……"黛玉则首先点出一件事："你（宝）哥哥得了好东西，等着你呢！"湘云问："什么好东西？"宝玉答："你信他呢！"这一切都如此好看煞人。

可是，还有妙文。等宝玉听湘云讲话清爽有理，夸她"还是这么会说话。不让人"。黛玉就又说："他不会说话，他的金麒麟也会说话！"一面说一面起身走了，"幸而诸人都不曾听见，只有宝钗抿嘴一笑"。

紧跟着，就是湘云、翠缕来到园中，畅论了一回"阴阳"之妙理，来到蔷薇架下，却发现了一枚又大又有文采的金麒麟——而翠缕立即"指出"：可分出阴阳来了！

此下的文章，接写湘云主仆二人如何争看麒麟，到了怡红院，宝玉如何说"你该早来，我得了一件好东西，专等你呢"，掏摸却已不见……却到了湘云手中，反是由湘云让他来看："你瞧，是这个不是？"下面是"丢印"的打趣语，而宝玉却说："倒是丢了印平常。若丢了这个，我就该死了！"这话何等重大,岂容尽以戏语视之?

犹不止此。紧跟着,袭人就送茶来了:"大姑娘,听见前儿你大喜了!"——湘云对此如何反应的?"史湘云红了脸,吃茶不答。"

试看,为此一事,雪芹已然(且不说后半部)费了多少笔墨?这是何等的曲折尽致,而无限丘壑又已隐隐伏在其间。难道雪芹费如此机杼,只为湘云后来"嫁了卫若兰"?我是不相信的。

对于湘云这个重要人物的后来经历和结局,殊费寻绎,我试着作过一些推测,详见《新证》第九章第四节九一六页、九二四页,请参阅,这里概不复赘。如今只再补充一二细点。

一是《红楼梦曲》中的《乐中悲》,其词云:

> 襁褓中父母叹双亡。纵居那绮罗丛,谁知娇养?幸生来,英豪阔大宽宏量,从未将儿女私情略萦心上。好一似,霁月光风耀玉堂。厮配得才貌仙郎,博得个地久天长,准折得幼年时坎坷形状。终久是云散高唐,水涸湘江。这是尘寰中消长数应当,何必枉悲伤!

这支隐括湘云的曲文,常被引来作为反驳"宝湘"最后会合的一切资料证据和另外的推考结果。这个问题,应当在上文已述的一点上去理解,即真正的关键在于雪芹初落笔时的设计与他后期继续写下去时的素材关系之间有了意外的变化。单就这支曲文来说,也有一两点需要说明。第一,所谓"幼年时坎坷形状",值得注意。湘云的酒令是:"奔腾而澎湃,江间波浪兼天涌,须要铁索揽孤舟,既遇着一江风——不宜出行。"可见她的经历是惊涛骇浪,而不是浪静风恬。一般理解,当指父母双亡,无人娇养而言。但是,一个女孩,在"襁褓"中就没了亲爹娘,跟着叔叔婶子长大,不过受些家庭间委曲,不得舒心如意,又因生活而日夜忙于自做针黹……这一切,都不叫"坎坷",坎坷是指人生道路上的种种崎岖险阻,一个闺门秀女而用上这种字眼,雪芹显然是有寓意。湘云早早就为官媒"相了亲",为袭人"道了喜",她过两年出阁了,嫁与贵公子"仙郎"卫若兰了,顺理成章,"地久天长"了——怎么又叫"坎坷"?所以事情不是如此简单的。袭人道喜，湘云不答，——以后在数十回现存书中雪芹对此再无半个字的呼应，此是何理？岂能诿之于偶然？

再就是那条常为人引来反驳"宝湘"关系的脂批：

> 金玉姻缘已定，又写一金麒麟，是间色法也，何颦儿为其所惑？故颦儿谓"情情"。

一般理解，又指此批分明说出"金玉"关系已定，金麒麟并非主题，只为"间色"，所以只能说宝钗有缘，湘云无涉，云云。

关于这点，拙见也不与旧说相同。"间色法"原是有的，如清人沈宗骞《设色琐论》有云："八九月间其气色乃乍衰于极盛之后，若遽作草枯木落之状，乃是北方气候矣；故当于向阳坡地仍须草色芊绵，山木石用青绿后，不必加以草绿，而于林木间间（jiàn）作红黄叶或脱叶之枝，或以赭墨间（jiàn）其点叶，则萧飒之致自呈矣。"可知"间色法"即突出法、启发法，正表其虽微而显之气机，绝非一设间色，即是"次要"、"陪衬"之闲文漫笔。雪芹仅仅为了一个"间色"，就费却了上文撮叙的那么多那么曲折细致的笔墨，以为"无涉"，说得下去吗？须知雪芹写要事犹不遑尽及，而肯浪费闲墨至于如此乎？

曲文中已说了，"从未将儿女私情略萦心上"，这止说湘云为人光明磊落，心直口快，事事可见人，绝不是说她"没有"、"不懂"儿女之情——否则何必虚点赘笔？湘云既是官媒相定了的，家长主张了的，她的男人姓"卫"，如此而已，那干嘛还要提"儿女私情"？谈得到吗？于此可知，湘云虽不与黛玉性格同型，"萦心"的程度或表现不同，可是她因见又大又有文采的"阳"麟，也是"默默"出神的。她心目中自有其儿女之情的。

我对"金玉"的理解是，全书中"真假"贯串着一切现象，"金玉"之说也不例外。"和尚送金锁"而且"镌上字样"的那"金"，是假；麒麟（直到清虚观中，宝玉才知湘云有金麟，与金锁的大事宣扬正相背反）的"金"，才是真。所以，"金玉姻缘"本来不虚，但有真假之分，假的终究不能得遂其实——"空对着"而已，真的百曲千折之后也会重合。这才是"金玉已定，又写一麟为间色"的真含义,意思是说:湘云的金与宝玉的玉,已是(最终)定局,又写一个道友赠给的金麟,乃是"间色"之法,使整个情节更加奇情异彩,柳暗花明,而并非是真凭这"雄"的麟才绾合了二人的姻缘——姻缘仍然是"金玉"的事。

宝玉憎恶的"金玉"之说,是人为的、另有目的的假金玉。"怀金悼玉",所怀的金,不是金锁,正是金麟。《红楼梦曲》的前三支曲中的几处"金"、"玉",本来有其定指,并不"矛盾"、"混乱"。

对"金玉"之疑,初步贡愚如上,有若干关联复杂的地方俱不及细说。对于这样的问题,探讨起来不是十分容易,一些看法,焉敢过于自信。惟因这个重要关目被高鹗伪续搅乱已久(至少是被简单化地歪曲了),影响尚在,需要提出来逐步解决了,纵然一人的推断不能全对,如能引出对于此疑的更好的解释,那就深感荣幸了。

(原刊于《红学丛刊》)

【附记】

或以为黛玉应卒于春末,而非中秋,理由即《葬花吟》中有"试看春残花渐落,便是红颜老死时"等句,《桃花行》中也有"泪干春尽花憔悴,……一声杜宇春归尽,寂寞帘栊空月痕"等句,是暗示春尽人亡的证据。不知春尽花残是象征性的,冷月葬花魂才是实质性的。《葬花吟》也写"红颜老死","红颜老",大概无人拘看,以为指黛玉是"老死"。其实这也就是"花憔悴"之意。《吟》中恰好也有"杜鹃无语正黄昏,荷钮归去掩重门……"等句,所以也不能理解成为杜宇一声之时,即黛玉命尽之日。应当注意"寂寞帘栊空月痕",月是秋的象征标志,在雪芹意中,三春与三秋相对待,"春尽"即秋来,所以晴雯之死是正写秋情,亦即隐写黛玉之亡也。

再就是有人说黛玉既是"泪尽夭亡",是还泪而死,怎会是自沉于水。不知此二者并不构成互相排斥的"矛盾"关系。自沉是泪尽的后果,泪已

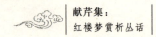

偿干,可以离开人世了。否则只能将泪尽解为是病得连眼泪也没有了,这才死亡,这未免太呆相了。

至于仅仅以"玉带林中挂,金钗雪里埋",其他略无参证,便断言黛是悬梁自尽,钗是冻死雪中,我以为这完全错解了原意:雪芹、脂砚强调他们所写的是一些"生不逢辰"、"有命无运"的不幸少女,寓意甚深;玉带而挂在树丛,金钗而埋于雪下,都比喻美好贵重之物生非其时、生非其地之义。这和她们的命尽的"形式"有何干涉? 雪芹从来没有孤笔单文,了无照应的"形而上学"方法。

《石头记探佚》序言

此刻正是六月中伏，今年北京酷热异常，据说吴牛喘月，我非吴牛，可真觉得月亮也不给人以清虚广寒之意了。这时候让我做什么，当然叫苦连天。然而不知怎么的，要给《石头记探佚》写篇序文，却捉笔欣然，乐于从事。

研究《红楼梦》而不去"打开书"，研究作品的"本身"，却搞什么并不"存在"的"探佚"！这有何道理可言？价值安在？有人，我猜想，就会这样质难的。舍本逐末，节外生枝，还有什么词句名堂，也会加上来。

《探佚》的作者，曾否遭到不以为然的批评讽刺，我不得而知。假如有之，我倒愿意替他说几句话。——以下是我假想的答辩辞。

要问探佚的道理何在，请循其本，当先问红学的意义何在。

"红学"是什么？它并不是用一般小说学去研究一般小说的一般学问，一点也不是。它是以《红楼梦》这部特殊小说为具体对象而具体分析它的具体情况、解答具体问题的特殊学问。如果以为可以把红学与一般小说学等同混淆起来，那只说明自己没有把事情弄清楚。

红学因何产生？只因《红楼梦》这部空前未有的小说，其作者、背景、文字、思想、一切，无不遭到了罕闻的奇冤，其真相原貌蒙受了莫大的篡乱，读者们受到了彻底的欺蔽。红学的产生和任务，就是来破除假象，显示真形。用鲁迅先生的话来说："扫荡烟埃"，"斥伪返本"。不了解此一层要义，自然不会懂得红学的重要性，不能体会这种工作的艰巨性。

在红学上，研究曹雪芹的身世，是为了表出真正的作者、时代、背景；研究《石头记》版本，是为了恢复作品的文字，或者说"文本"；而研究八十回以后的情节，则是为了显示原著整体精神面貌的基本轮廓和脉络。而研究脂砚斋，对三方面都有极大的必要性。

在关键意义上讲，只此四大支，够得上真正的红学。连一般性的考释注解红楼书中的语言、器用、风习、制度等等的这支学问，都未必敢说能与上四大支并驾齐驱。

如果允许在序文中讲到序者己身的话，那我不妨一提：我个人的红学工作历程，已有四十年的光景，四大支工作都做，自己的估量，四者中最难最重要的还是探佚这一大支。一个耐人寻味的事例：当拙著《新证》出增订版时，第一部奉与杨霁云先生请正，他是鲁迅先生当年研究小说时为之提供红楼资料的老专家，读了增订本后说："你对'史事稽年'一章自然贡献很大，但我最感兴趣的部分却是你推考八十回后的那些文章。"这是可以给人作深长思的，——不是说我做得如何，而是说这种工作在有识者看来才是最有创造性、最有深刻意义的工作。

没有探佚，我们将永远被程高伪续所锢蔽而不自知，还以为他们干得好，做得对，有功，也不错……云云。没有探佚，我们将永远看不到曹雪芹这个伟大的头脑和心灵毕竟是什么样的，是被歪曲到何等不堪的地步的！这种奇冤是多么令人义愤填膺，痛心疾首！

红学，在世界上已经公认为是一门足以和甲骨学、敦煌学鼎立的"显学"；它还将发扬光大。但我敢说，红学（不是一般小说学）最大的精华部分将是探佚学。对此，我深信不疑。

我平时与青年"红友"们说得最多的恐怕要算探佚。不识面的通讯友，遍于天下，他们有的专门写信谆谆告语："您得把八十回后的工作完成，否则您数十年的工作就等于白做了！"他们的这种有力的语言心意，说明他们对此事的感受是多强烈，他们多么有见识，岂能不为之深深感动？

通讯友中也有专门的探佚人才,他们各有极好的见解。最近时期又"认识"(还是通讯)了梁归智同志。当时他是山西大学中文系研究班上的卓异之才,他把探佚的成果给我看,使我十分高兴。他是数十年来我所得知的第一个专门集中而系统地做探佚工作的青年学人,而且成绩斐然。

我认为,这是一件大事情,值得大书特书。在红学史上会发生深远影响。我从心里为此而喜悦。

这篇序文的目的不是由"我"来"评议"《探佚》的具体成果的是非正误,得失利害,等等,等等。只有至狂至妄之人才拿自以为是的成见作"砝码"去称量人家的见解,凡与己见合的就"对了",不合的都是要骂的,而且天下的最正确的红学见解都是他一个提出来的。曹雪芹生前已经那样不幸,我们怎忍让他死后还看到红学被坏学风搅扰,以增加他那命运乖舛之奇致呢?《探佚》的作者的学风文风,非常醇正,这本身也就是学者的一种素养和表现。他的推考方法是正派路子,探佚不是猜谜,不是专门在个别字句上穿凿附会,孤立地作些"解释",以之作为"根据"。他做的不是这种形而上学的东西。他又能在继承已有的研究成果上,知所取舍,有所发明,有所前进。他的个别论述,有时似略感过于简短,还应加细,以取信取服于读者,但其佳处是要言不烦,简而得要,废文赘句,空套浮辞,不入笔端。

为学贵有识。梁归智同志的许多优长之点的根本是有识。有识,他才能认定这个题目而全面研讨。

这是他着手红学的第一个成绩。在他来说,必不以此自满,今后定会有更多的更大的贡献。这也是我的私颂。

这篇短序,挥汗走笔,一气呵成,略无停顿。虽不能佳,也只好以之塞责了。它只是替《探佚》说明:这不是什么"本"上之"末","节"外之"枝",正是根干。

一九八一、七、廿四

辛酉中伏　周汝昌

曹雪芹所谓的"空"和"情"

多年以来,想懂得一点围绕着这个问题(即我写下的这个题目)的一些意见上的异同得失,但因自己对哲学是完全的外行,弄不清楚,可又日益感到这个问题应当弄清楚,否则在《红楼梦》的理解上终竟是一层障碍。如今姑且谈一点零星看法,就正于读者。

《红楼梦》开卷就写,"石头"自己之所"记"是多亏一位"空空道人"抄录回来才得问世传奇的,而那位"道人"从此就——

> 因空见色,由色生情,传情入色,即色悟空,遂改名情僧,改《石头记》为《情僧录》。

有的读者、研者,把我加上了"重点"的那四句话,十六个字,都看作是浮词套语,轻轻读过。而主张《红楼梦》主题思想是"色空"的人,又把它拿来当作为自己主张的依据:你看,曹雪芹说得何等明白,他的小说,思想内容不就是色空观念吗?

是否事情就如此简单呢?

内蒙古大学的林方直同志,在编著《红楼梦评注》(有一九七五年排印本,未正式发表)时,对此有所解释,蒙他同意,现在引录于此:

> 佛教认为,一切事物的现象只有他各自的因和缘,而没有实在的自体,名"空"。佛经以有质碍,可变坏之法,名"色"。即是把属于物

质领域的称为"色",精神领域的称为"心"。佛教让人们厌恶物质世界,硬说物质利欲情感发动是罪恶的根源,只有遁入空空无有的精神世界才能超脱,灵魂才能得救。这种宗教主义,跟孔丘的"克己复礼"、朱熹的"存天理,灭人欲"是一路货色,因为宗教唯心论跟哲学的唯心论都是为封建统治阶级服务的,都是奴役劳动人民的精神武器。曹雪芹世界观的基本点正跟这种哲学的、宗教的反动唯心论对立,具体说,他反对精神上的"空",赞成物质上的"色",亦即反对"心",赞成"情",亦即反对"周礼"和"天理",赞成个性和"人欲"。出自于这个思想基础,他敢于捉弄那位空空道人。空空道人本来是主张"色空"的,很超脱,而曹雪芹让他到物质世界来一番沾染,到情感的漩涡来一番洗礼,结果他见了色,生了情,变成了"情僧",还把《石头记》改成《情僧录》。既然其人其书已成为"情僧"、《情僧录》,那么最后一句"自色悟空",对《红楼梦》来说大半是画外之音了。

然而新旧红学家们却硬说《红楼梦》的主旨是表现"色空",把《红楼梦》曲解成宗教"色空"观念的演化,曲解成反动的唯心论的图谱。书中遁入空门的人物不少,但主要并非由于"色空"观念的驱使,如甄士隐赞同《好了歌》并为作注,随即出家,这里流露了"色空"观念,但是曹雪芹远远没有停留在这层消极意义上,而是旨在通过甄士隐在激烈的阶级斗争中迅速破产的命运,高度集中而概括地勾画地主阶级在封建末世的阶级斗争中急遽变化,揭示了四大家族、封建社会必然衰跌的命运。如贾宝玉二十年来走过的道路,是在阶级斗争中逐步与封建阶级贵族家庭分裂的过程,这是作者展示封建末世的历史画卷,写成一部政治历史小说的一个重要环节;贾宝玉走过的道路,并不是在"色空"观念上逐渐解悟的过程,若是这样理解,就把小说的政治主题抹杀了。如果作者非常热衷于"色空"的话,他满可以把"空门"写成芳官、紫鹃、柳湘莲等人理想人生的奋斗目标,但事实恰恰相反,芳官等悲剧人物是被统治者用屠刀赶进了"空门",或者被骗进牢坑,踏上社会悲剧的新起点。

这是我所见到的第一个对此问题正面而深入的论述，一见之下，十分醒心动目。如不纠缠某些细节，可说我所有过的想法简直"所见略同"，或者说"基本一致"。

在此，真是觉得有一系列的问题值得这样继续探讨。而过去"红学专家"们在这一方面（和很多其他的方面一样）所遗留下来的空白，实在应该多有像《评注》这样的论著为之填补。

曹雪芹在一部大书的开端，借着一位"空空"道人写下的那十六个字，由"因空"起，到"悟空"止，不啻是一部书的总"提要"。再加上诸本虽删、甲戌本尚存的那第一回中四百馀字的僧道与石头的"长谈"，其中就特别提出了"……瞬息间则又乐极悲生，人非物换，究竟是到头一梦，万境归空……"，（此处并有朱批云："四句乃一部之总纲。"）那末，又有什么理由硬辩，说曹雪芹撰作《红楼梦》，不是为了宣扬"色空"呢？

然而，戚序本在开卷第一回回末，便有一段总评，其文云：

> 出口神奇，幻中不幻，文势跳跃，情里生情。借幻说法，而幻中更自多情；因情捉笔，而情里偏成痴幻。——试问君家识得否？色空空色两无干。

请看，小说的作者，似乎开宗明义，用假语提出了一部书的"提要"、"总纲"，跟着就被批者（关于此人，略参《新证·附录编》之《戚蓼生与戚本》）"揭了底"，他毫不迟疑地一口道破：读者诸君你明白不明白？"色空"、"空色"这些套语，都与雪芹原旨了无干涉！

林方直同志从那十六个大字中，认准了"情"字才是要害。可谓一箭中的，洵为具眼。道理何在？如果空空道人真是由"空"到"空"，那他为何又特特改名为"情"僧、改"石头记"为"情"僧录？在这里，曹雪芹岂非早已逗漏消息？而我要提请读者注意的是：你再看看上引的这一条总评，是不是恰恰也在逐句点明给我们：一部《红楼梦》，正是借"空"为名，遣"情"是实。什么"色空观念"，岂非"痴人说梦"？

其实，曹雪芹自己说得本来清楚：

……但书所记何事，又因何而撰是书哉？自又云：今风尘碌碌，一事无成，忽念及当日所有之女子，……实愧则有馀、悔则无益之大无可奈何之日也。……然闺阁中本自历历有人，万不可因我不肖、自护己短，则一并使其泯灭也。虽今日之茅椽蓬牖，瓦灶绳床，其风晨月夕，阶柳庭花，亦未有伤于我之襟怀笔墨者……何为不用假语村言，敷衍出一段故事来，以悦人之耳目哉。……

开辟鸿濛，谁为情种？……趁着这奈何天，伤怀日，寂寞时，试遣愚衷。因此上，演出这怀金悼玉的红楼梦。

在此，处处可见，他所表明的处境是风尘潦倒，贫困凄凉，心情是悲伤、寂寞，胸怀难遣，无可奈何。所有这一切，哪里又有丝毫心托空门、情归悟境的影子？在此情境之下的曹雪芹，为何"字字看来皆是血，十年辛苦不寻常"，却是为了宣扬一个"色空观念"？这岂不是老大的一个笑话？

论到这里，或许也会有人说，那种作者"自表"，并不足以说明什么问题，关键在于他把许多人物角色送入了空门，这才是问题的实质。这一点，其实《评注》已经作了回答。柳湘莲"一冷入空门"之后，是否从兹"了结"？恐怕曹雪芹后文自有笔墨继续传写。"斩情归水月"的芳官，是因此得到超升乐国还是落入牢狱？曹雪芹也并未含糊其辞，他当时就告知读者：水月庵的智通与地藏庵的圆信，听得放出来的戏班少女要出家，"巴不得又拐两个女孩子去，好作活使唤"，只这一笔，无须皴染，他已然把封建社会毁灭妇女的特种监牢尼姑庙的真相与芳官等的命运勾勒得十分清楚，难道曹雪芹写这些是为了宣传"色空观念"？他写馒头庵的智能儿，不是早也说过"除非等我出了这牢坑"？

于此，或许又会有人说，曹雪芹对具体的某些尼姑庙的揭露批判，并不等于他思想上的反对色空。那么，可以拿《评注》未举之惜春一例来看看。惜春后来出了家，这在第七回就安下了伏笔暗示："我这里正和智能儿说：我明儿也剃了头同他作姑子去呢！"红学家们也无异词。出家以后又怎么样了？就无人知道，因原稿已佚。在《红楼梦曲》十二支中，曹雪芹给她安排的是一支《虚花悟》，说的是她"看破"了好景不长，荣华难保，因而要去觅那"清淡天和"；生关死劫，人莫能逃，因此乐闻于"西方宝树"，果结"长生"——不是悲叹，而是赞美，这在十二支中是独一无二之特例。确实这似乎可以成为曹雪芹具有万境归空思想的"证据"。但，佛家讲的是"无生"，本不是"长生"，可谓文不对题。他在《飞鸟各投林》里又说"看破的遁入空门，痴迷的枉送了性命"。看来，联系"长生果"而言，惜春当为诸少女中惟一一个非短命夭折者，这只不过是说她托迹于方外，故得幸免。至于这个"归宿"，是否真正可羡而当求，那就可以再看看"册子"的判词，它是怎么说的？——

　　　　勘破三春景不长，缁衣顿改昔年妆。

　　　　可怜绣户侯门女，独卧青灯古佛旁。

她这个处境并不"可羡"，是可怜的。戚序本脂批说她"缁衣乞食，宁不悲夫"，亦即此意。这正如曲子《世难容》说妙玉："可叹这青灯古殿人将老，辜负了红粉朱楼春意阑。"也不曾"可羡"，是可叹的。所以实际是，在曹雪芹看来，这种空门，真是"欲洁何曾洁，云空未必空"（很多人把这误解为讽刺妙玉的话），她们都隶属于空门的对面——薄命司。

　　我常常想：在曹雪芹来说，处于二百年前的历史条件下，他不曾真的相信过"空"（显然，他思索过它）是人生、社会的"解脱"、"出路"，然而这又并不妨碍他有时候也来"挥舞"一下这种类乎"空"的东西，作为一种假语村言式的利器来反对那个社会——"空"非乐之之意，实是恨之之言。他还无法寻到一个改变那种"天倾西北，地陷东南"的世界的办法，所以他只得与它决裂——"落了一片白茫茫大地真干净"，倒是有点痛快、惬怀的味道。只要我们不被形而上学害得半身不遂，用历史的辩证法的理解去看待曹雪芹运用"空"名以表实意的这种特殊现象，是完全能够理解、并可以驱谜解惑的。

　　佛家说，世界由"四大"（风火水土）合成，这种"合成"是有"因缘"条件、暂时的，因此是"无常"的，被"合成"的一切"色相"，本来无有，实为空

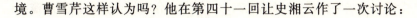

境。曹雪芹这样认为吗？他在第四十一回让史湘云作了一次讨论：

> 天地间都赋阴阳二气所生，或正或邪，或奇或怪，千变万化，都是
> 阴阳顺逆、多少……

要探寻曹雪芹的宇宙观，这是极关要紧的地方。在戚序本第四回回前，有
一首引人瞩目的七言律诗，题曰：

> 阴阳交结变无伦，幻境生时即是真。
>
> 秋月春花谁不见，朝晴暮雨自何因？
>
> 心肝一点劳牵挂，可意偏长遇喜嗔。
>
> 我爱世缘随分定，至诚相感作痴人。

我在《新证》中对戚本韵语评批曾表示过部分看法。再强调一下：像这种
诗，是不能用"试帖"家的标准去衡量，拿冬烘的眼光去看待的；除了雪芹、
脂砚一流局内极少数人，当时的文人读者断断乎写不出。首句正就是史
湘云的议论的复述：交结，即"顺逆、多少"，变无伦，即"千变万化"，变态无
方——天地万象皆由此而成。变而生出的万有世界，人谓是"幻"，我道是
真。这是与"色空"针锋相对的认识论。何等直截，何等鲜明！"我爱世
缘"，世缘又是与佛法针锋相对的，何等直截，何等鲜明！说《红楼梦》是宣
扬"色空"、"出世"的，不知怎样理会这些问题？

　　幻即是真。这是《红楼梦》的基本思想。幻的异称有时也用"假"、
"梦"、"虚"、"无"等字。写幻，正所以写真。幻是手段、技法，也是烟幕、掩
护。在曹雪芹，为环境所迫，如不用"幻"，即难表真，写幻正是为了写真。
"假作真时真亦假，无为有处有还无"，并非是庸俗的文字戏法，或妄人的
诡辩之道。

　　上面引过一次了——"出口神奇，幻中不幻；文势跳跃，情里生情。借
幻说法，而幻中更自多情；因情捉笔，而情里偏成痴幻。……"你看，这还
要他说得怎么"再明白些"呢？

　　这一段骈俪批语中，"幻"字用了五次，而"情"字也用了五次。可知

"情"是"幻"的亲密伴侣，矛盾着，又统一着。很分明的，七律、骈俪两篇批语，是朴素的唯物论，朴素的辩证法。

再看看，曹雪芹自表云：一部书"大旨谈情"。第五回大书"厚地高天，堪叹古今情不尽"；"开辟鸿濛，谁为情种？"这些话又如何理解？

我在《新证》中曾说：

> 在曹雪芹的用语中，情字本是涉及看待世界事物，即人生观的问题。（三二页）

> 出家与"情榜"的关系。情榜事在出家以后，因为有一条脂批慨叹宝玉虽然悬崖撒手，到底"跳不出情榜"去。这不但关系着情节次序，也可略见曹雪芹对"情"和"不情"的矛盾处理方法，而还是情战胜过无情的，因为如若不然，即出了家一切放下，全书便可戛然而止，何用还挂记"情"榜？"情"指看待事物人生的态度……好比人生观，不是狭义俗文。（八九二页）

这种见解，毕竟对不对？正如"红学"中无数问题一样，都有待研讨。我的意思并不隐讳，即是不赞成把曹雪芹的"情"只作为"情场忏悔"或"爱情悲剧"的那种"情"去理会。曹雪芹绝不是只为了那样一个"情"而去"研泪为墨，滴血成字"地以撰作一部《石头记》的。

这个"情"，在我国文学史上是个最易滋生误解的字眼，闹出很多笑话，自汉、魏、六朝，"问题"就已发生。例如陆机《文赋》首先提出的"缘情"、"体物"，千百年来被所谓文人学士们硬加歪曲，以为"诗缘情而绮靡"是说作诗要用"艳辞"而去写"情诗"（曾撰"缘情绮靡"解，刊于《文史哲》，可参看）。陶潜的《闲情赋》也早被人讥为"白璧微瑕"。——其实，陶潜也并不是首创，他是从应玚学来的。应玚，很少人注意了，而曹雪芹借林黛玉教香菱作诗时却特别列举了他，应玚是建安七子之一，但诗篇传世者已极寥寥。据我想，曹雪芹重视他，就是因为他写过一篇《正情赋》。这是陶潜的真正的师法渊源。陆、陶皆晋人，而应玚是汉魏的先辈。他写一个"情"，假借于思慕敬仰一位"淑美"之人，"承窈窕之芳美，情踊跃乎若人"。

可是"伤往禽之无偶,悼流光之不归;愍伏辰之方逝,哀吾愿之多违;步便旋以求思,情怊怅而伤悲"!这种沉痛的情怀寄寓,显然不是什么才子佳人、鸳鸯蝴蝶之类的"爱情"、"艳史"。从文体上说,自然与《离骚》的"香草美人"有关,从思想上说,则不再同于"孤臣孽子"的"忠君""事父"范围,而是涉及到了探索人生观上的问题。

再换一个角度看。庚辰、蒙府、戚序等钞本第三十二回回前,批者引了汤显祖的一首七言绝句,并加说明:"前明显祖汤先生有怀人诗一截〔绝〕,读之堪合此回,故录之以待知音。"——诗云:

> 无情无尽却情多,情到无多得尽么?
>
> 解到多情情不尽,月中无影水无波。

此诗载在《玉茗堂诗》卷九,题为《江中见月怀达公》。达公是庐山归宗寺僧真可。这种诗实际是一种"诗偈"体,是禅宗的"文学"风格。(参看《新证》一七页。让我附带说一说:曹雪芹连他自己"无材可去补苍天……"的七绝,也只称为是"一首偈"。蒙、戚本中独有的韵语批,也特采此种体格。但也有只凭"试帖诗"的眼光去看这些诗偈,根本不懂它的历史情况的,就竟说这是"妄人"所加的、完全"不通"的"东西"。这大概是不知道像大名鼎鼎的汤显祖一流人就很爱写这一类的"东西",从宋以来多得很。)汤先生的这首诗,是说些甚底呢?让我们"翻译"成白话,就是说:"无情(出家、悟道,斩断情缘的)'无'到了'尽'处(极限)却转化成了多情。多情到了无可再多时就又到了'尽'处(另一极限)了吗?懂得了多情多到极限时是何境界,那就是月亮也无有了光影,大江也无有了水流。"这表面上像是说情到尽处则"色相皆空"了,其实,他的真意思却是:如月无影,江亦无水,情方得尽——除非没有了宇宙、世界,不然情是无尽的。这正是海枯石烂情方断绝的意思。

不要忘记,这是作《牡丹亭》的汤显祖因"江中见月"而想起真可所写的诗。照我看,这位真可大约也是一位"情僧",否则他不会和"汤先生"交游倡和。更不要忘记,《石头记》评者说这首诗"堪合此回",是哪一回?——

"诉肺腑心迷活宝玉，含耻辱情烈死金钏"，读者一看这十四个字就一清二楚，这里哪有什么说"悟"谈"空"的影子？假若还不放心这样解释，就请再看看这回回后的、与"汤先生"相为呼应的又一首"诗偈"：

> 世上无情空大地，人间少爱景何穷！
> 其中世界其中了，含笑同归造化功。

这是"继续"汤诗，对它下注脚的意思，说："人世间若是没有了'情'，那就只剩下一片荒漠（可谓大荒），景致全无。所以，在这个人间世界，就应论这个人间情，为情而生而死，是心甘的，乐为的，是不以为恨的。"须知这正是针对那些"天国"、"乐园"、"西方极乐世界"而发的人生观见解。其另一首诗则又说：

> 有情原比无情苦，生死相关总在心。
> 也是前缘天作合，何妨黛玉泪淋淋。

这种思想——亦即"我爱世缘随分定，至诚相感作痴人"。——是心甘情愿的，有苦也不辞的，是既针对"空"又针对"理"而发的人生观议论。

曹雪芹讲这个"情"，又常用"幻"字来陪伴——掩护。比如，那个最"多情"的专门"散布相思"的仙姑，却偏偏给她取个"警幻"的名字，秦可卿的册子判词上，也说"情天情海幻情身"。到各种韵散评语里，例子更是多得不胜枚举，比如我提到过多次的——

> ……总是幻情无了处，银灯挑尽泪漫漫。

又如：

> 幻情浓处故多嗔，岂独鞶儿爱妒人。……
> 君子爱人以道，不能减牵恋之情；小人图谋以霸，何可逃侮慢之辱。幻景幻情，又造出一番晓妆新样。（第九回）
> 新样幻情欲收拾，可卿从此世无缘。……（第十回）
> 将可卿之病将死，作幻情一劫，又将贾瑞之遇唐突，作幻情一变。……

皆其佳例。这个"幻情",又当如何解释呢?——原来:

> 借可卿之死,又写出情之变态,上下大小,男女老少,无非情感而生情。且又藉凤姐之梦,更化就幻空中一片贴切之情。所谓寂然不动,感而遂通;所感之象,所动之萌,深浅诚伪,随种必报。——所谓"幻"者此也,"情"者亦此也。何非幻?何非情?情即是幻,幻即是情。明眼者自见。(戚序本回后评)

《易·系辞》:"寂然不动,感而遂通天下之故,非天下之至神,其孰能与于此。"《疏》:"有感必应,万事皆通;故,谓事故,言通天下万事也。"这本是指神智能明了事物之情状,批者借来以解释《石头记》之所谓"情",而"随种必报"又是借用了佛家的词语。看来,《石头记》的作者与批者在他们那时候要想表达自己独特的哲学思想,还无有合适的新的词语,只好从已有的各式哲学用语中去寻找、借用。实不得已,因此就创出"幻情"一词。在他们意中,"幻"和"情"是相等的,而"幻"非"空"、"无"义,本是随人随事而呈变化之意,这又是用以反对"天不变,道亦不变"的"天理"的一个"武器"。所以,曹雪芹正是利用了"幻"字本身的俗义来写他自己的思想。我们不妨列表以明之:

幻——梦——空——假——无——虚
幻 ‖
情——痴——色——真——有——实

曹雪芹如此巧妙地摆出前一串的"假语",实际为了表现后一串的"真事"。所谓"甄士隐梦幻识通灵",说的正是真事既不得不加掩盖,则只能从"梦幻"这些假名假象中去辨认真情实事(石头"灵性已通",即具有了思想感情。参看《新证》一四页)。"自从锻炼通灵后,便向人间惹是非!"那时世俗文士受宗教之影响,大抵承袭其词语意义,以人间世界为梦幻空无,雪芹则顺水推舟,却掉转过来,即用梦幻以指真实情境,这一点是否弄清楚,对理解《红楼梦》关系至为巨大。

"满纸荒唐言"——即"幻"、"梦"、"假"语。

"一把辛酸泪"——即真实情境。

以假掩真,实即用假存真,在曹雪芹的创作构思上,就是运用着他自己这个"独特的辩证法"。

不清楚这一点,看到蒙府本首回侧批"何非梦幻?何不通灵?作者托言,原当有自。……"这样的话,就完全莫名其妙,也埋没了作者批者的不得已的苦心密意。

那么,所谓"情",到底何所实指呢?上文已曾粗涉,问题"麻烦"些。但在文学上,"抒情诗"一词是不会误解为"情词艳赋"的。曹雪芹说了些"风月情浓"、"儿女真情",已有两种"情"了。再看批语:

> 请看作者写势利之情,亦必因激动;写儿女之情,偏生含蓄不吐,可谓细针密缝。……(戚序本第十五回)

> 以百回大文,先以此回作两大笔以冒之,诚是大观,世态人情,尽盘旋于其间,而一丝不乱。……(第二回)

于此"情"之内容已约略可见,并非只是"爱情主题",所谓"请君着眼护官符,把笔悲伤说世途",末回"警幻情榜"上,宝玉的"考语"是"情不情",脂批对此有注解。再如:"又不知红玉是何等行为,若好还罢了……"双行夹批:

> 不知"好"字是如何讲?答曰:在"何等行为"四字上看,便知玉兄每情不情,况有情者乎?

脂砚曾指出:宝玉对无情的,也同样是用一段痴心去体贴之、理解之,是之谓"情不情"。这莫非是"你不爱我,我偏爱你"之意吗?那是笑话。请再看戚序本第十二回回后总评:

> 儒家正心,道者炼心,释辈戒心。可见此心无有不到,无不能入者。独畏其入于邪而不反,故用心〔正〕、炼、戒以缚之。请看贾瑞一起念,及至于死,专诚不二,虽然两次警教,毫无翻悔,可谓痴子,可为愚情。相乃可思,不能相而独欲思,岂逃倾颓?作者以此作一新样情

种，以助解者生笑，以为痴者设一棒喝耳。

这种批语，初读时，像是封建的宗教的"警世济人"的说教，令人很觉反感；不过当你再看《红楼梦》正文，连"警幻仙姑"这个特别欣赏推许宝玉的"多情"者，不也正是一个"指迷"式的"说教者"的外表出现的吗？要讲"说教者"，曹雪芹本人该是头一名，他的《西江月》"……寄言纨袴与膏粱，莫效此儿形状"，当如何解？如果真把这类"假话"信为小说的本旨，那么清代卫道者何以还要气急败坏地斥骂《红楼梦》为"邪说诐行之尤"？这正是作者批者的不得不尔的一种烟幕。读上一条批，应着眼于两点：一是连贾瑞那样一个人物，批者只评之为"愚"，并不一味笑骂揶揄，语意上倒是对"不二"、"不悔"颇有赏之的一面。一是强调那个"心"的无有不到、无不能入的特殊力量，并从这里可以明白，"情"除了也指感情而外，更指思想意志的作用和力量。

表面上也像"说教者"的警幻仙姑，特别赞赏宝玉的，不是别的，却是"我辈推之为意淫"。"意淫"二字，一定会使许多道学先生、君子正人吓得掩耳疾走。它毕竟是什么意义？是不是一种很"糟糕"的"下流"的念头？

"意淫"之提出，是作为什么的对立面呢？须看警幻明明白白说出的道理：宝玉有两条路可以选择，要么是"意淫"到底，要么是"万万解释，改悟前情，留意于孔孟之间，委身于经济之道"。走前一条路，成就只能"在闺阁中固可为良友"、"独为我闺阁增光"；走后一条路，才能避免"于世道中"的"迂阔怪诡"，"百口嘲谤，万目睚眦"。二者是不可调和的。

这就十分清楚，意淫者，绝不是专指"儿女"、"风月"上的事，它是和"世道"针锋相对的"迂阔怪诡"的"邪说诐行"。意淫，是曹雪芹用以反对封建体系的一个精神武器、哲学思想。

"意淫"，"情不情"，"传情入色"，"通灵"，说的是一回事。

意是神智、思想，淫是它的功能效力。淫是浸淫本义，浸润推广，由此及彼。如要举方便易解之例，我看可举第五十八回一段：

（病后）宝玉便也正要去瞧林黛玉，便起身拄拐，辞了他们（湘云等），从沁芳桥一带堤上走来，只见柳垂金线，桃吐丹霞，山石之后一株大杏树，花已全落，叶稠阴翠，上面已结了豆子大小的许多小杏。宝玉因想道：能病了几天，竟把杏花辜负了，不觉到"绿叶成阴子满枝"了。因此仰望杏子不舍。又想起邢岫烟已择了夫婿一事，虽说是男女大事，不可不行，但未免又少了一个好女儿，不过两年，便也要绿叶成阴子满枝了。再过几日，这杏树子落枝空，再几年岫烟未免乌发如银，红颜似槁了。因此只管伤心，对杏流泪叹息。正悲叹时，忽有一个雀儿飞来，落于枝上乱啼，宝玉又发了呆性，心下想道：这雀儿一定是杏花正开时他曾来过，今见无花，空有子叶，故也乱啼，这声韵必是啼哭之声，可恨公冶长不在跟前，不能问他；但不知明年再发时，这个雀儿可还记得飞到这里来与杏花一会了？……

这就是意淫的一例。再如第四十四回一段：

> ……宝玉因自来从未在平儿前尽过心，且平儿是个极聪明极清俊的上等女孩儿，比不得那起俗蠢拙物，深为恨怨，今日是金钏儿的生日，故一日不乐，不想落后闹出这件事来，竟得在平儿前稍尽片心，亦今生意中不想之乐也，因歪在床上，心内怡然自得。——忽而思及贾琏唯知以淫乐悦己，并不知作养脂粉，又思平儿并无父母兄弟姊妹，独自一人，供应贾琏夫妇二人，贾琏之俗，凤姐之威，他竟能周全妥贴，如今还遭涂毒，想来此人薄命，似黛玉犹甚。想到此间，便又伤感起来，不觉洒然泪下。因见袁人等不在房内，尽力落了几点痛泪。复起身，又见方才的衣裳上喷的酒已半干，便拿熨头熨了，叠好，见他的手帕子忘去，上面犹有泪渍，又拿至脸盆中洗了，晾上，又喜又悲。……

这是意淫的又一例。（试看这是何等精彩文字！本文不遑细说。）

由这看来，意淫，其现象是"多愁善感"——所谓"平生万种情思，悉堆眼角"（第三回），其"方法"是"层层推进"，"寻根究底"——即所谓"因此一而二，二而三，反复推求了去，真不知此时此际，欲为何等蠢物……便可解释这段悲伤"(第二十八回)，其实质是"在我的眼下的宝玉，却看见他看见许多死亡；证成多所爱者，当大苦恼，因为世上，不幸人多"(鲁迅语)。

意淫是宝玉的最独特的特色，是他的"中心问题"，那么《红楼梦》初出宝玉这个人物时所说"后人""批宝玉极恰"的那《西江月》，必然应当就是意淫的好注脚，看它是怎么说的？——

> 无故寻愁觅恨，有时似傻如狂。总然生得好皮囊，腹内原来草莽。
>
> 潦倒不通世务，愚顽怕读文章。行为偏僻性乖张，那管世人诽谤。

这个"天下无能第一，古今不肖无双"的"意淫大师"，不是别的，就是和封建世务、八股文章相对立的那种"偏僻乖张"的思想行为。这和警幻所指明的"于世道中"的"迂阔怪诡"、"百口嘲谤，万目睚眦"，岂不正是"常山之蛇，击首尾应，击尾首应……"？意淫(即曹雪芹心目中所指的"情")的真正含义，难道还不清楚吗？

曹雪芹在书中写下了"吾所爱汝者，乃天下古今第一淫人也"一句惊倒世人的话，脂砚斋即于句下批曰："不见下文，使人一惊！多大胆量，敢如此作文！"真是不假。——那"下文"又是什么呢？当宝玉闻言赶紧剖白时，警幻便说："非也。淫虽一理，意则有别。……"然后这才点出"意淫"——脂砚在此却说："二字新雅！"这实在有趣得很。要知二百年前需要"多大胆量，敢如此作文"，可以拿目前拙文为例，我就还不敢将此文标题为"意淫解"，生怕这样写了标题，没人敢予发表。一笑。

闲言少叙。意淫——"自从锻炼通灵后，便向人间惹是非！"此之谓也。

曹雪芹自称的"大旨谈情"者，大旨如此。

毕竟还是鲁迅先生，看他在《中国小说史略》第二十四章，是怎样题的？正是"清之人情小说"。

（原刊于《北方论丛》创刊号）

【附记】

曹雪芹的头脑和心灵，这种思想、精神的表现状态及其表达方式，是我从事红学研究的根本目的。这个主题无论探索和讲说，都很不容易，最主要的困难是他用传统词语表述他的独特的新的思想内容，而他的思想，奇迹般地远远走在历史的前头，例如至今还有不少人的头脑大大落后于他。——这似乎是神话，然而却是无情的事实。这是曹雪芹的伟大之所在，也正是他的悲剧之所生。这个悲剧就是他的超越时代的美学观是如此的奇伟先进，以致很少人能够理解他。我说的"美学观"，是广义的，不是指"文艺"而言，是指对世界人生的一切事物的理解认识的看法问题、评价标准问题。在曹雪芹看来，封建传统以为是真善美的，并不真的真善美；他自己的看法和传统标准"价值观念"常常相反。这就导致了以下的结果：一、传统卫道士们痛恨之，说是"有文无行"、"邪说诐行之尤"；二、一般普通人说他是"疯傻不肖"、放浪不检；三、别有用心的人因此要用伪续的手段来"改造"他的思想心灵。而至今，认识这一点（悲剧）的并不是有足够的人数了，相当多的人还在竭力地替"改造"曹雪芹的思想精神的人捧场叫好。这个"时代错误"比起曹雪芹的小说来乃是一个更大更可骇异的悲剧。然而历史上人们对待十分伟大的人物事情、思想理论时，又常常是如此的，所以原不须少见多怪，但是说一说这层道理，也许对读者深刻理解《红楼梦》有很要紧的关系。在乾隆时代真正理解雪芹的是脂砚斋，她在批语中几次说宝玉这个人是"今古未有之一人"：

> ……听其囫囵不解之言，察其幽微感触之心，审其痴妄委婉之意，皆今古未见之人，亦是未见之文字（可知"未见"即"前此未有"、"仅见此人"之义），说不得贤，说不得愚，说不得不肖，说不得善，说不得恶，说不得正大光明，说不得混账恶赖，说不得聪明才俊，说不得庸俗平〔常〕，说不得好色好淫，说不得情痴情种（中言只有一黛玉可对），令他人徒加评论，总未摸着他二人是何等脱胎，何等骨肉……

这类批语,已常被引用,但很少人肯承认这就是脂砚在大声赞赏雪芹的独特的罕有伦比的美学观。这一美学观用世俗的价值标准去"衡量",正是一个使人不能理解、无以名之的"怪物"。这是为社会所断不能容的,所以脂砚在另一条批语里就明白地说出,无怪乎对于这个宝玉,世人是皆欲杀之为快的。这就是曹雪芹的处境,也就是他的伟大和悲剧之所在。说他是叛逆者,反封建,是不错的,但不是一个什么反抗"爱情不遂"、"婚姻不自由"的问题。比如他赞美痛惜的尤三姐,是个淫荡但又有真情热爱的女子,坚持"传统标准"的程、高伪续篡改者,一定要把她"改造"成为一个"贞节烈女"、"千古完人"不可。而至今仍然有人赞扬篡改,读了伪续觉得舒服,还以为所赞美的还是曹雪芹的小说。这才是曹雪芹血泪成文的悲剧。人类在制造这种悲剧,也将深刻思考这种悲剧。

我这篇文章,有人觉得是提出了新的问题,但未能铺开深入地探研下去。我并不为此而抱憾,我的很多文章都是如此。这是有复杂的原因的。开一个头,比没有这个头好得多了。我希望能开更多的头,我心就足以自安了。

本文中没有提到的一个问题是雪芹还常把"情"字当作意动词来用,如回目中的"宝玉情赃"、"平儿情权"等是例。世俗根本不能懂得他的字法意法,都给改成了乏味而走样的话了。即此也可帮助理解雪芹的"情"的概念是如何地与世俗传统者不同了。但此刻尚不能细加补充,留俟异日专篇述之。

伟大的不幸

一九八〇年六月的首届国际《红楼梦》研讨会，已经是四个月以前的事了，正所谓"俛〔俯〕仰之间，以〔已〕为陈迹"。但是不知怎么的，凡是会面的旧雨新交，还是要我谈一些见闻感受。我想，这一切自然是《红楼梦》的伟大之所致。

一提"伟大"，我就先有感慨。让我对此也抒发一点感想。

"伟大"这个形容词，不是可以滥用得的。你也伟大，他也伟大，那就不伟大了。世界文学之林，真正够得上伟大的，那也得郑重评量，大家公认。说实在的，全人类数千年的创造，真正伟大的，也不过就那几部作品。轻言伟大，谈何容易。

至于《红楼梦》，到底伟大不伟大？今天的读者，年轻一点的，会觉得这个问题奇怪，不是人人口里、本本书上，都说是"《红楼梦》这部伟大作品"了吗？你提这个问题，有何意义，——又是何用意呢？

这样想的同志们，就是由于他对事物的历史历程不清楚，有些事甚至根本不知道，不了解。

我举几则往事为例。

我自己草创《红楼梦新证》，还是四十年代的事。那时年轻，知识浅薄，因为"本行"是学西洋语文的，读过一点世界文学名著，当然也读咱们自己的《红楼梦》。当时就感觉它真正伟大。但是等到提笔创稿，要把它提到与世界伟大作品并列的高度时，心里还有点儿"惴惴不安"。这倒不是因为自己"拿不准"，而是顾虑"这能被读者接受吗"。

我这种心情是多馀的吗？是无端、没来由的过虑吗？如果你明白当时大家对《红楼梦》的看法毕竟何似，就知道那并非无因而致之了。

这次在国际红学会上，学者们回顾"五四"以来的红学史、数十年间的成就时，很自然地要提到胡适在推翻"索隐派"、为红学开辟新路的功绩。同时就有的学者（他和胡适是好友，闻见亲切的）指出说："……有一点使我感到奇怪、不太理解的，就是依胡先生在谈话中表示的，他并不认为《红楼梦》是头等的、十分伟大的作品。他的评价是不像我们今天这样高的。……"（大意）言下，他是不以胡适的这种目光为然，这无待多说，也就是含着"《红楼梦》的伟大是有目共见，不容争议"的意思。

这件事，是我前所未闻，意料不及，确实引起我不小的惊讶。我因此想到很多问题。

记得前些年往往看到有些同志在文章中提到俞平伯先生在他早先的红学著作中就曾表示，《红楼梦》够不上世界文学的第一流作品，意思是也不过二流之作罢了。

我举的这两个例子，恰好是当年一个长时期的最有权威性的两位红学专家的事情。今天我把他们两人的意见放在一起，联系起来看，竟然是如此地不谋而合，不约而同！这真使我异常"震动"。

他们两家如何形成的那种文学眼光？怎样（用什么标准衡量）得出的那种鉴定结论？俱非我此刻所要讲的话题。我只将此例举出供大家思索。"五四"时期的两位受过西洋教育、提倡新文学的作家原来如此看待《红楼梦》。

现在，我们这部小说的伟大不但国内范围是大家公认了，而且连海外全世界也公认了。这是堪以令人引以为至欣至慰的。这个公认是如何取得的呢？历史总是向前进的，然而有时又是如彼的艰难曲折的。这就使人又不禁感慨系之。一部《红楼梦》，不仅它的内容是辛酸的，创作过程是

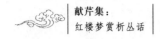

辛酸的,它的出世以后的遭遇,也是辛酸的。

> 满纸荒唐言,一把辛酸泪。
>
> 都云作者痴,谁解其中味?

这位痴心痴意的作者,有些像自言自语地慨叹了他的小说的命运,预言了它的种种不幸。

幸而,如上所云,全世界都已公认《红楼梦》伟大了。此一公认,得来不易。我们欣慰,我们感慨,岂为无病之呻吟哉!为什么非要向全世界替《红楼梦》"争"这个"伟大"?只因为推论一下,假如它不伟大,那我们产生这位作家的中华民族就还不伟大,产生这部作品的中国就还不伟大。理由倒是很简单的,为什么要向全世界宣传它的伟大?第一,它应该属于全世界,是各国人民的共同的文化财富;第二,它的伟大需要逐步认识——在我们自己都如此,何况是历史背景、文化传统、民族特点等等都大不相同的外国的读者?

所以,这次国际红会的发起兼主持人周策纵教授给这场史无前例的学术盛会赋诗作曲,那曲子结尾说:

> ……岂道是召一次国际擂台趁热闹,实为了文章美丽,学术崇高。还应教那全世界的苍生惊晓,一道儿来品赏其中妙!

《红楼梦》的这等魅力又在哪里?

这个问题要想回答圆满,一定非得文学理论和文学评论专家不可。我只能从一个爱好文艺的"广大读者"之一员的角度来谈一些感受。如若问我:你最佩服曹雪芹什么?我要答:最佩服的是他写人。他写人比谁写得都好,真令人无限倾倒!

曹雪芹写人有什么与众不同之处呢?——因为别的小说家也很少是"不写人"的呀。

我曾求助于一些对于《红楼梦》的艺术特色的评论。最常见的,那意思大约离不开四句话,十六个字:"语言生动,形象鲜明,性格突出,结构谨严。"

谁也不能说这是评论得不对了。可谁也弄不清这到底说明了曹雪芹这个伟大作家的什么特点特色？我想，那样的评论，只能是对任何一个只要称得上小说作家的起码要求，而绝不能成为对一个像曹雪芹这样的作家的分析鉴赏。因为那等于什么也没告诉我们。

因此不禁也有感想：我们中华古国，数千年的文学艺术的光辉历史中，该有多少评论文的精湛独绝的"理论语言"可资借鉴、可受启发、可以消化运用！为何一个时期弄得只剩下了那种"十六字真言"式的文艺评论万金妙诀？思之思之，不得其故。——当然其故有在，不过我无力分疏就是。只觉得此事亦大可悲。

在这次会议上，有一位余珍珠女士，是哈佛大学的研究生，她提出一篇论文题作《红楼梦的多元观点和情感》。主要的意思是说：曹雪芹写人物，和别的小说家不同，后者常常是从一个固定的角度、一个不变的观点去看、去写他书中的角色；曹雪芹却是从多个的、变换的角度去看、去写他要传的那些人物，他笔下的感情也是随着这些不同的角度的观点而不同。这就是她所说的"多元"的意思（以上都不是她的原语。她的论文是英文撰写的，我此刻随手行文，也不耐烦去检寻原文——还得翻译过来"援引"。我只述其"大略"，如有走失原意之处，责任在我，并致歉意）。

说实在的，这使我大为高兴，十分赞赏，逢人便说。似乎从来也没见有人这样提过。我自己仿佛有此同感，但朦朦胧胧，不曾昭晰，当然也说不出。这次她替我说出了，不觉心胸大快！

归程路经香港，在中文大学和宋淇教授也谈起此事。他说："以前我在一次讲演中表示了这一论点。"我听了又喜又愧。喜的是，真理迟早会有人发现，他们不谋而合地道出了雪芹的独造的艺术特色，"吾道不孤"。愧的是像宋先生早就发表这样关系重要的文艺学术见解，我这个孤陋已甚的人竟然无从获悉。一个研究《红楼梦》的，不了解世界上的红学家们的各种贡献，自己如何能望有所提高、前进？所以，交流——为交流创造条件，是学术活动所绝不可忽、也是绝不容缓的事情。

　　我自己久有一种感想，藏之心中，不敢放言"高"论，怕自己的看法荒谬，见笑于大方。我觉得，很多小说，包括有些世界名著，它们写人是"单一法"。他们"构思"一个人物，这个人物是何等"形象"，怎样"性格"，这都不但"鲜明"，而且"突出"，——这些都有了"成竹在胸"，而这些"竹"是一"成"而不变的，从开卷第一页起，就竭力地——唯恐读者低能，"弄不清"地，来向读者"灌输"作者"自己"对那个人物的观点，不用说，这个观点是个固定的、呆死的、僵化的观点。

　　"话说那王员外，家资百万，却十分吝啬，一毛不拔。"

　　"这小衙内，不觉长到了二十岁，仗着他老子官高权盛，每日寻事惹非，无恶不作。"

　　"谁知那张月娥虽然生得月貌花容，无奈性情嫉妒，心肠毒辣。"

　　这种写法，就是"似曾相识"的"成竹在胸"，而且是"开卷灌输"法。但是看来曹雪芹并不喜欢这样。

　　你看他写一个贾宝玉，怎么写法？

　　先有子兴、雨村二人在维扬酒馆中一番议论。"政老爹"不太喜欢，贾雨村急忙辩护。随后林黛玉心中一揣量（早听母亲说过的），目中一打量。跟着作者出来，却是两首《西江月》，将"此儿形状"大加不敬之词。还跟着令堂王夫人的一段"知子莫如母"的介绍。以后，在无数的、不同的人的心中、目中，来"看"这个贾宝玉。秦钟呀，尤三姐呀，警幻仙子呀，张道士呀，……都在"看"宝玉，评宝玉。连从傅家来的两位嬷嬷也是"评议员"呢，你听她们怎么说：

　　　相貌好，里头糊涂，中看不中吃，果然有些呆气。

　　　他自己烫了手，倒问别人疼不疼！

　　　大雨淋的落水鸡似的，他反告诉别人下雨了，快避雨去罢！你说可笑不可笑！时常没人在跟前，就自哭自笑的。看见燕子就和燕子说话，河里看见鱼就和鱼说话；见了星星月亮，不是长吁短叹的，就是咕咕哝哝的……

曹雪芹请各种身份、地位的人来"鉴定"宝玉,连傅秋芳家的婆子也在选。他并不替宝玉解释一番:"看官,你哪里晓得这宝玉最是古今天下第一等奇人! ……"他也并不害怕婆子的评论"损害"了这位"正面人物"的"光辉形象"。

我觉得,就从这里,已然看出了曹雪芹的写人不与别家相同。就从这里,已然感到了《红楼梦》的魅力。

余女士的"多元观点"和"多元情感"说,使我对这种问题加深了一层认识和理解,深受教益(当然这并非说曹雪芹的写人,只有这一个特色)。她的论文内容丰富,我不想"全面介绍",只是想借人家的话题,略述自己的感想。

越和世界名著比较,《红楼梦》的光芒越显得耀眼。这一层道理现在开始为人注意了,今后也将更受注意。认为它是第二流作品、不足以侧足于世界伟大文学作品之林的,不知是怎么看事情的? 所以,"还应教那全世界的苍生惊晓,一道儿来品赏其中妙",这真是仁人志士的一桩宏愿。而为了"高抬"曹雪芹的声价,还需要借重一个外国某作品作为它的"高攀的对比标准"的时代,应该是"已为陈迹"了。

(原刊于天津《文艺增刊》)

红学的艺术　艺术的红学

　　严格说来，"红学"这门学问，是有其特殊定义和界限的，并非是一谈《红楼梦》就是红学；用"一般小说学"去对待《红楼梦》的，仍然是一般小说学，而不是红学。红学不是要去"代替"一般小说学，它却补充和丰富一般小说学。一般小说学也不能（一不应该，二不可能）代替红学。我自己一向如此理解，所以应该归入一般小说学的文艺论析，无待特作介绍，只有对《红楼梦》的艺术的特殊点，它的与众不同之处，加以揭示和讨究的，才算得上是真正的红学艺术论。比方说，乾隆年间最早的"评红家"高鹗，他只说"是书词意新雅"，这种泛词还不能成为真正的"红学"见解。只有同时的戚蓼生，大书特书地为读者指出："……今则两歌而不分乎喉鼻，二牍而无区乎左右；一声也而两歌，一手也而二牍：此万万所不能有之事，不可得之奇，——而竟得之《石头记》一书。嘻，异矣！"只有当他给我们抉示出这一与众不同之点、这一罕有绝世之奇的，才真是红学的艺术论——或者艺术的红学见解。如果不主张拿乾隆时人作例而说明鄙意，那我就直白地说是：只有深通红学的艺术家来谈《红楼梦》的艺术，才不使我感到这是拿一般化的眼光去看待《红楼梦》。我这样说，不必误会，就认定我不懂得"《红楼梦》毕竟是小说"这个大道理了；其实我是说，红学艺术论而一点也不知道这部小说的特点、特性、特色，把它讲得和任何一部别的小说的艺术一样，毫无发现发明，那就令我非常之失望并且"感慨系之"了，因为事实上颇有一些讲说《红楼梦》的艺术的论文，其实质只是说了"形象鲜明，性格突出，语言生动，结构谨严"——我管这叫做"十六字真言"，它可以用来"评论"任何一部够得上小说的作品。

在我上述的这个基本认识的标准下对去年的红学艺术论作一番"巡礼"，我不能不首先列举王朝闻同志的《论凤姐》。我举它，并非因为它的作者有名气，也不是看到它的本头厚，足有五十来万字。当然，作者的名字我会注意到的；但在"名下有虚士"的历史情况下，我并不总是崇拜名气；但读《论凤姐》，确实感到了他是"名下无虚士"的一位老艺术家。他以如此的篇幅来专谈《红楼梦》（实在还是只集中谈了一个人物），这是令人感到欣慰的。

《论凤姐》全书，"结构谨严"。它共分四十章，而每章分为七节，一丝不乱。作者自谦，说这是一部读书笔记的整理稿，这话我倒是也信也不信的。说信，是指这部书的体裁。说不信，是说王朝闻同志读书札记不可能如此整齐奇巧。这种安排（再加上他的大小标题一律采用《红楼梦》中的一句话）本身便是艺术家别具匠心的表现。

四十章、章七节，二百八十则札记，所记何事？是拿凤姐作示例，剖析曹雪芹写人物的艺术。曹雪芹的艺术，论起来方面很多，但毕竟他写人物的手笔最高明，而人物中确实以写凤姐写得最全面、最系统、最完整、最精彩——也最活。取这个例子来论述红楼艺术，可说"探骊得珠"。

王朝闻同志怎么写这部笔记？有何特色？我以为，第一他颇通唯物论辩证法，所以他懂得世界万物现象的复杂性，从不把本来是复杂的看得简单，因而把事情弄得除了一个"简单化"之外再也没了别的。第二他懂得艺术这个东西除了要讲共性，最是要讲个性，即特殊性，没有了后者，就根本不再是艺术——也就再不见了《红楼梦》。第三他能精深，又能浅易，他最厌恶装腔作态、矫揉扭捏的"艺术"，所以他自己的"笔记"虽然随处都有名言至理、精言要义，却无"学者气"和卖弄腔，当然更不摆登台"训众"的派头。我以为，必须是这样子，庶几可以谈艺术乎。由于我所见到的不都是这样，因而觉得他这部《论凤姐》格外可贵。

大艺术家和能谈艺术的大家，必须是一位真正的通人（而不是摆出架子而并不真通的那种，这是不时可以遇到的假通家）。他在多方面都有很高的水平和素养，而且了解这多方面之间的关系。他细心敏感，渊览精思，高瞻远瞩，而又平等待人，谦虚克己。一句话，绝对不同于某些狂妄人，因为他论艺术是为了大家休戚相关的一件大事，而不是为了表现自己。王朝闻同志的精通古今中外的艺术对象和理论，并不使我惊奇，使我最惊奇的是我一读其书，发现他对红学的一切竟然是如此地谙悉，实在大出我之意外。说实在的，我甚至想象他是不会对那些红学知识感兴趣，也不会去读的。这完全说明我所"见"之不广，——这"见"是指思想方法。

不通红学是无法真正懂得《红楼梦》的，《论凤姐》的实例证明了此一要义。他懂得这个道理，所以他不但没有像有些"评红家"轻看讥嘲红学的意义（以为"掀开红楼梦，就书论书"才是文艺批评家的"纯洁性"和高明之处），他反而于首章以一个专节（第五"虽死亦当感涕也"）来着重指出："事实方是研究工作的出发点"，红学研究的许多成果，"为了弄清楚被人弄得很乱的关于《红楼梦》的历史背景"，确实"说明了这部小说的产生原因或社会依据"，确实有助于"了解曹雪芹创作素材的来历，了解他对于贵族地主阶级丑恶现实的态度，了解他思想上与艺术上的特点"。这就是通人大方家的见地。他强调"特点"，就是我上文说的那个意思的实例。他说："没有雍正这样的统治者，也就不会形成《红楼梦》那种奴隶语言式的写作方式"；他能看到："曹雪芹的读者和亲友脂砚斋，既要揭示《红楼梦》的政治内容，又要替作者打掩护，因此他的批语往往自相矛盾。"他说这是"用心良苦的产物"。

这些，正就是只知道"一般小说学"的艺术评论家所不能理解，甚至是不肯承认的。

王朝闻同志在开卷部分，一次提到《红楼梦》时，用的是"这一部小说"，特别在字的下面有着重点三个。这就不是无所为的。他通部书的一个突出点就是剖析这部特殊小说艺术上的特殊性。他说明"我喜欢读这

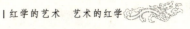

部小说,不只也着眼于它那巨大的历史内容,主要目的是了解它在艺术上的成就",而他更注意的是"思想上和艺术上的特点"。这就看得出他是不同于一般小说学家了。

作者在四十章书中,用了三十二章——即从第四章直到第三十五章,从各个方面和角度论析了曹雪芹写凤姐的艺术手法。他从"对立统一与典型化"、"典型的两个普通性"……谈起,谈小说人物的性格,从人物心理一直谈到人物的思想方法。其中特别令我个人感兴趣的是他看到也说出的一个重要道理:

> ……这个人物形象不仅具备与其他人物相对立的鲜明性格而且她的性格本身也具备着各种对立的因素,形成性格的单纯与丰富的对立统一。……作者对她那做什么和怎样做的描绘,在人物行动中塑造人物性格的方法,……而这一切,都是通过"情节的生动性和丰富性的完美融合"体现出来的。……她的性格的阶级性时代性,性格的个性和共性,如果不是依靠凤姐与其他人物之间,那些错综复杂的矛盾冲突的生动的丰富的描绘,那么人物形象的典型化难免成为一句空话。

> 作者没有为了暴露凤姐而把人物性格简单化,脸谱化,漫画化,也没有故意加上一些多馀的令人生厌的论证性的语言,以表示所谓的主题明确。曹雪芹暴露凤姐的用意并不含糊。它的说服力不在形象之外而在形象之中。不论读者是否接受作者的思想,都不感到他自以为比读者高明。

这简直太好了! 真是"于我心有戚戚焉"——我在不止一个场合表示过这种见解,从他得到了不约而同的印证,实深欣幸。

上面引了两段话。其最后一句,更是特别重要之极。对此,如感兴趣,可以在书末找到更细致的解说,就是第三十七、三十八、三十九这三章,专门论说"创作与欣赏"——作者与读者的关系问题。

说老实话,我看此书,对这三章最佩服,最得味,比专论凤姐性格什么的更加爱看。王朝闻同志在论《红楼梦》艺术的专著中以此为"结穴",他指出：创作与欣赏之间存在着各种各样的矛盾；欣赏也是一种主动性的积极性的复杂的精神活动；高明的艺术家的魅力的来源之一，就是他对读者的态度的一个基本点是尊重和信任。我们不时遇见一些好心的同志，他们的口语中的一个喜用的词是"懂吗"，这种人，实际上把自己看成是群氓傻瓜中的惟一的聪明者——这种人如果当"作家"，就和曹雪芹不大一样。

> 只有把读者读小说时不只有所发现而且有所补充的作用估计进去，才能全面理解《红楼梦》在艺术上的创造性，也就是它在社会作用上的能动性。

他为了说明这一艺术重大问题，没有忘记举出两个在"红学"上关系极端重要的"特殊读者"，一个是脂砚斋，一个是高鹗。关于这，我特别对王朝闻同志心折，因为在这两个"试金石"上才真正验出评红家对红学是真精通还是假内行，对红楼艺术的特点是自具眼还是徒有目。你听他是如何评论脂砚的：

> 在我看来，《红楼梦》所用的艺术手法，不只在于塑造出生动的形象，用它来表达作者对生活的认识，而且在于它的运用，同时产生了一种可能启发诱导读者，靠他们自己认识小说所再现的生活的作用。……（此处举了凤姐初见黛玉时的一番言辞作例）脂砚斋认为，这些描写是对凤姐也是对黛玉的传神之笔。这是符合事物互相联系的规律的话。脂评还着重指出：凤姐所说"真有这样的标致人物"，"这方是阿凤言语。若一味浮词夸语，岂复为阿凤哉？"这些议论不只说出了作者的长处，……一笔写出凤姐和黛玉这两个人物，同时也说出了读者自己的长处，——能够欣赏艺术美。

如此佳例，不能尽举，说明对脂砚的赏识是艺术家的眼力高的证据。对于高鹗，他的删、改、篡、添……，王朝闻同志完全用"红学专家"校勘版本的做法，揭出了他的"艺术"上的远远不能与雪芹同日而语，而且严词指明：

> 但是（高鹗）这种把读者当笨伯的作法，自己正是一个笨伯。经

他一改之后，他自己认定的主题明确了，但形象的"神韵"没有了，作品的丰富内容被简单化了。可见在艺术观方面，他不是曹雪芹的"个中人"。

　　《石头记》的续者高鹗，对《石头记》的修改，仿佛只是文学上的，其实正是高鹗在政治思想上和曹雪芹相矛盾的表现。

　　从这种删削可以看出，续者高鹗与作者曹雪芹在艺术和思想倾向方面的对立。

　　而且表明文艺创作与文艺欣赏的矛盾，是一种复杂的思想斗争。

王朝闻同志并特别举了尤三姐这个例子，分析评批了曹雪芹原作与高鹗改造的是非高下（对此我是完全同意的，我曾在一个会上说：曹雪芹无意给封建妇女立"贞女""烈妇"牌坊来"旌表"之）。他结论说："文艺欣赏的思想斗争是够复杂的。……高鹗的改书，至今仍得到一些读者的支持。读者与作者的矛盾永远存在，读者与读者的矛盾也永远存在。"

　　这真是，既为一位艺术老辈的慨乎言之，又为一位严肃学者的清醒认识。这两者的结合，就表明了本书的一切特色。——例如他科学地论析了脂砚的一处批语之后，说出了一段话：

　　俗话说的"给死人治病"或"对牛弹琴"，用来理解创作与欣赏的矛盾，不是不尊敬某些自以为高明的读者。看来脂砚斋还不像是这样的"死人"或"牛"，《红楼梦》对他不完全是"东风吹牛耳"的。

王朝闻这位艺术大家的慨乎言之，却又是十分谨严而朴实的。他的好文风，充分表明了他的好学风。

　　在结束语中，他指出：

　　《红楼梦》所取得的超越前人作品的成就，依靠作者不能"任陋人支借"的"心灵"。

　　……因而应当说，《红楼梦》艺术值得借鉴的方面，主要仍然在于

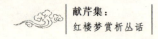
艺术与群众的关系。

我们对此，不是可以当作"晨钟暮鼓"而发人深省吗？

王朝闻同志之著此巨编，并非"为谈红而谈红"，是有所为的。我对他的评凤姐这个人物的见地，并不一定非要"完全一致"不可；我对此书也有我自己的"解味"与犹感不足之感。东方艺术——特别是中华民族艺术上的特点而表现于曹雪芹笔下的，有些点、面，似乎王朝闻同志此次尚未来得及遍涉详谈。但他也交代过了的："我觉得《红楼梦》的形式和风格，有一种区别于西方艺术的中国特征。它近似中国画或戏曲舞台艺术，不以造成逼真感的幻觉取胜，而是表现艺术家对生活的感受为主，……因而我阅读它时，觉得发现多于直感，读起来觉得它是常新的。"这段话，最极重要。（他只提到中国画和舞台艺术，我则还提出了"诗"的因素这个要点，见《曹雪芹小传》第十九章，以及周策纵教授为此书所作序言中有关部分。）只这一段话，就使我对他异常钦佩倾倒。对此，他谦虚地表示了正在深入探索和拟出续篇（论黛玉）的打算。我相信，我的"不足"会得到满足。

一九八一年夏挥汗草

（原刊于《读书》）

红学辨义

在小说研究中,《红楼梦》作为一个 sample,是十足 unique 的。

别的小说,都没有发生一个什么"学",唯独《红楼梦》发生了"红学"。即此一端,也足见它的 unique 性了。

"红学",本来是针对"经学"而创造出来的一个新名词。这个名词一经发生、成立,便有了它的存在权,谁也无法再加消灭或禁止。近来,redology 这个字,甚至在西方语言中也出现了;不管语言学家们喜欢不喜欢,承认不承认,redology 这个字,也已取得了它的"生存权利"。

那么,"红学"或者 redology,毕竟指什么呢?它的内涵、范围,或者定义,到底是怎样的呢?

这在目前的字典、词典中,也许还不是都能找得到的;找到了,除去最一般的解释以外,也未必解决我们所应注意的实质性问题。例如,《大汉和辞典》卷八,页九四四,就著录了"红学"这个词条,我不通日语,但从注解中汉字看大意,就是"研究《红楼梦》的一门学问"的意思。这样注解,大约最简明,也最有"代表性"了吧。确实的,红学者,《红楼梦》研究之学是也。作为辞典,这是无可非难的;大学入学考卷上这样答了,也该得"满分"。

然而,正是在这里,出了问题——问题不是出在辞典界,倒是出在红学界。

红学界里有一种意见,认为从红学的发展看,它已然发生了危机,其主要表现即是以我为"代表"的"考证派",把研究课题集中在小说作者曹雪芹的身上,以"曹学"代替红学,对小说作品"本身"的事,反而甚少阐发。这种情形如往而不返,红学将进入死胡同,故已形成危机;为了红学的正常而有利的发展,需要有一次红学革命了,云云。

这个意思很明白,就是说,只有研论作品本身的(它的文艺表现、思想内涵,等等),才是红学——才是红学的正宗。像曹雪芹家世生平考证等,并不是红学,最多也只是一个"旁支"而已,不是正宗红学,它是太喧宾夺主了。

这个问题既经提出,就需要解决。怎么解决呢?

事情总有它的根源脉络,茎干枝条,谈红学的问题,也不能离开四个字,曰:请循其本。

红学作为名词,成立实晚;作为实质,发生最早——早在作品一经传出后立即发生了的。红学的真正"本体"是什么?是讨寻曹雪芹的这部小说是写的谁家的事,用中国文学上传统的说法讲,就是"本事"①。

从最早期的史料当中,可以清楚看到,红学在乾隆年间已分三派:"曹家事"派,"明珠家事"派,"张勇家事"派。都是讨寻"本事"的。

第一派,以明义为代表,袁枚、吴云、裕瑞等人同之。第二派,以乾隆皇帝为代表,清代无数人附和之。第三派,以周春为代表,势力影响不及第二派,但民国年间尚有复述者,并且不止一人。

明义说:"曹子雪芹出所撰红楼梦一部,备记风月繁华之盛,盖其先人为江宁织府,……"②

吴云说:"红楼梦一书,稗史之妖也,……本事出曹使君家,……"

裕瑞说:"殊不知雪芹原因托写其家事,感慨不胜,呕心始成此书,原

---

① 所谓"本事",用时髦一些的文学术语说,就是情节故事所依据的基本素材和人物原型。这是中华民族文学创作上的传统方法。

② 明义是说,雪芹所记繁华之盛即其家事,其先人曾做江宁织造——正其"本事"也。

非局外旁观人也。……"

以上虽只举三条，而《红楼梦》的早期读者都认为小说所写原是作者自家之事，固是十分清楚。但此一事实，乾隆皇帝却不愿世人知之，他与和珅合谋，策划出一部"百廿回全本"，并且昌言以告世人，说："此盖为明珠家作也。"皇帝之言一出，当然是举世从风的了，后世所谓"索隐派"红学，实以乾隆为开山祖师，在此以前是并无其说的[①]。

第三派，周春是早已听说大家相承皆有"明太傅家"一说之后，心知其难合，而又不明真正底蕴，因而自己另作考索；正由于他也知道应以南京这一地点作为"基准"，才得出了"张勇家"说的结果。

由上述可见，事情实在并不复杂，红学的开始——亦即其本身、实质，本来就是考察其本事。为什么会如此？这完全取决于（发生于）它的本身内在因素，而不是偶然的，人为地"外加"上去的。

十分明显，讨寻本事的学问，才是红学的本义，才是红学的"正宗"。

以上从溯源来解答。再看——

"索隐派"势力最雄厚，愈来愈发展。发展到后来，"明珠家——纳兰说"与"康熙朝政治说"很容易地结合纠缠起来。还有"顺治董小宛"、"反清复明"等后起诸说，也都错综复杂地搅在一起，总称之为"猜谜索隐派"。因为这一派发展到顶端时，就出现了两种现象：一是把《红楼梦》的情节故事看为"谶纬"，一是把小说人物看作"符号"（莫名其妙的"寓义"的谜面），例如说板儿是一个铜制钱，青儿是一捆韭菜，是为典型著例。

换言之，猜谜索隐派红学已经早就不把《红楼梦》当作一部小说——即今日所谓"文艺作品"了，四十年代我曾戏言"虽《推背图》《烧饼歌》，不足比美焉"，即指此义而言。这才真是一种危机。

这种严重的危机，到什么时候才有了克服和好转的征兆呢？答复是：不能否认，是胡适为《红楼梦》作出考证。

胡适的红学观点，我与之有同有异，在不止一个场合，口头书面地对

---

① 此事之详，请参阅拙著《〈红楼梦〉"全璧"的背后》（首届国际《红楼梦》研讨会议论文）。

之提出过批评意见，本文不拟复述，只想说明一点：如有人要问我，胡适考证的功劳是什么？我将回答，他的最大功劳是攻破了猜谜索隐派，把《红楼梦》重新"看待"，——使大家重新认识它是一部文学作品。

只有这样，你才能谈得到其他一切——研究呀，分析呀，鉴赏呀，评论呀，等等。

胡适的立场、观点、方法，大家早有批判了，此不具论。他用以攻破索隐派的办法是什么？就是从作者的考证下手。

也就是说，不先研究作者的各种问题，索隐派迷阵将永远无法攻破，《红楼梦》将永远不能恢复它作为一部文学作品的本质和真相。

十分明显，胡适所做的，并不是别的，就是排除了中间的障碍物，重新回到红学的"原来"上去。因此，鲁迅说：

> 然谓《红楼梦》乃作者自叙，与本书开篇契合者，其说之出实最先，而确定反最后。

我以为，他的这几句话，不啻是一部红学史的精辟的总概括。
他还特别指出：

> 嘉庆初，袁枚……但已明言雪芹之书，所记者其闻见矣，而世间信者特少（中且特引反对自叙说者王国维为例，加以驳辩）……迨胡适作考证，乃较然彰明，知曹雪芹实生于荣华，终于苓落，半生经历，绝似"石头"，著书西郊，未就而没；晚出全书，乃高鹗续成之者矣。

明白了这一层道理，——我认为鲁迅是中国人，是中国小说家，他一生研究中国小说，并写成"史略"专著，他又通西方文学，又懂马克思主义，他的话是有斤两的。——明白了这一层道理，就会承认以下数点：

一、红学的肇始和全部都是讨寻"本事"；

一、红学的正宗，就是讨寻此书本事的红学，而不是别的；

一、红学这一独特的学问本来是研究这部性质独特的小说的"个性"——它是有意识的（但是打了掩护的）"自叙"，与所有其他小说都是

"叙人"者截然不同；

一、这个事实被皇帝的策略给篡改歪曲了，近世考证才复其原本。

综览一部红学史，看不到以上的这些来龙去脉，重要关键，将无法认识"考证派"为何而发生，它的功绩何在。就会忘了考证派正是要使大家都重新拿"文学"看待《红楼梦》[①]。

至于一般的角度、方式、方法，去把《红楼梦》当成与一般小说无所不同（即没有它的独特性）的作品去研究一般的小说技巧、结构、语言等等，那其实还是一般小说学，而并非红学——或并非真正的红学，正宗红学。

研究了红学，可以丰富一般小说学的理论；只拿一般小说学去研究《红楼梦》，只能理解它的某些方面（表面）而不会是全面（内涵）。

研究正宗红学，正是为了"作品本身"。我个人把很大精力放在研究作者上，正是特别珍重这部小说"本身"。

《红楼梦》作为小说中的一个 sample，具有极个别的 unique 性，道理也在于此。

本年（一九八〇）六月，首届国际《红楼梦》研讨会议上我曾提出红学有"内学"、"外学"之分，当时是为了讲话的风趣和方便，姑且承认研究"作品本身"的是"内学"，研究作者家世生平等等是"外学"。这其实是对一些不相信"自叙"说的学者来说的。对我自己，研究雪芹的一切正是真正的"内学"，而绝非"外学"。我相信，从鲁迅的话来看，他也会这样认为的。

我重申我在会上的恳切愿望：希望红学学者们勿分"内""外"门户之

---

① 不少的人发生了一个错觉：以为我们"考证派"已经"不再把《红楼梦》当"文学"、"小说"看了，（已经当成史料了⋯⋯！）他们的论辩常常是"小说毕竟是小说"云云，好像我们连这个都不知道。他们正是在"红学"范畴中偷换了"一般小说学"，实际否认了《红楼梦》的独特性，强使之纳入"一般"中，自以为最懂得"文学"。研究"红学"，必须注意两点：一、文学作品采取基本素材（本事，真人真事）的方法，丝毫也不影响它是文学，两者根本不形成对立排斥的关系；二、作品之有本事，在中国文学史上是一个普遍现象，所以它并不成为《红楼梦》的独特性，其独特性实际在于：它的本事，异于别的作品的"叙人"而胆敢"叙己"，曹雪芹的大胆独创性正在于此。可是，世界上很多文学理论家们不肯（不愿？不敢？）承认这个事实，一定要用种种办法、借口，来把《红楼梦》"拉回"到其他一般叙人的小说作品的行列中去，其实际意即：不许曹雪芹作出这样一个独特性创造，他应该千篇一律才"对"。

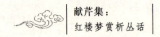

见，只有这样才真能有利于红学的正常发展。多蒙余英时教授当场立即发言响应，他说，红学内外是相辅相成的，作为一个红学家，应当做到"内圣外王"的境界！他的风趣而深有意义的名言至理，将为红学的良好发展创造有利条件，我对他深表敬意和谢意。

一九八〇、十二、十

写讫于北京东城

（原刊于那宗训教授所编中国文学学报）

红学的几个侧面观(正、续篇)

——在一九七九年河北大学中文系学术报告会上的谈话

正篇

同志们,我们今天谈谈《红楼梦》。《红楼梦》是谁作的呀? 是曹雪芹作的。

曹雪芹是河北省人。这话怎么说的呢? 为什么说曹雪芹是河北省人? 他的始祖名叫曹彬,是宋朝的开国名将,就是"下江南"的那位有名的将领,是他去平定了李后主的南唐,统一了全国。在江南富庶地区,他不贪一物,也不杀一人,人民群众对他有好感。他是灵寿县人,属于今天的河北省,这在《宋史》《灵寿县志》里都有明文。他们曹家还有一个祖坟在宁晋县,宁晋的地方志有明确记载。宁晋也在河北省。为什么宁晋也有他家的祖坟呢? 这一点我们目前还不太清楚。只知道宋初曹彬的女儿是皇后,据史书所记,她的本籍不写灵寿而是宁晋;他们家祖坟正好在宁晋,看来不是巧合。后来还派曹彬一个儿子好像是封官在那里,去照顾这个祖居祖坟,这都是实事,不是捏造的。已经两点了。这两点都没有离开河北省。再一点呢? 据我个人的看法,曹雪芹这一支派是丰润,这个话就晚多了,这从宋代开国一下子就跳到明代初期,就是明成祖永乐初年,大约是元年、二年之间。明成祖篡位以后,他要建都北京,因此那个时候有一个自南而北、规模非常宏大的移民,有很多北方的老家族,都是那次移来

177

的。我自己的看法，这个曹家也是那一次大移民从江西搬到丰润的。这又是一点，还没有离开河北省，或者说又回到了河北省。话要简断，后来一直到曹雪芹生活的年代，他那是在北京。北京是当时的京师，也是我们的首都，当然这个地位很崇高，它是特殊一点了，但是它在哪里呀？哪一省呀？还是河北省，是吧！那么，从头到尾看起来，这个伟大的作家他的始末源流没离开河北省。

顺便谈到丰润的问题，我岔开几句话。对这个问题，也有同志们、研究者，有不同意见。最近发现的文物，在东北辽阳有几项碑文——石刻的文字资料，是清太祖天聪年间的遗物，上面记载着曹家的上世曹振彦的名字。因此，由这一点来判断，曹家在东北居住的年代，也有一个相当长久的时间了。曹家是清代入关以前，就居住在东北。不过这个年代，实际上那就晚得多了，就整整从明初又跳到清初了。这中间隔着好几百年的事。我个人这个说法——丰润县，跟现在这个说法，并不是矛盾的，而是并行不悖的，它是时间的先后。我本人也并不是不主张曹家也是辽东籍，这一点我早就在拙著中以专章提出来了。所以曹家跟辽东的关系并不由于我刚才这些话而发生什么抵触，不是这样的。但是，曹家一度寄籍辽东，那是在整个过程中很后来的一段经过，曹家的真正的来龙去脉是河北省。在这一点上，我感到我到河北省的第一个学府——河北大学来讲《红楼梦》，心里特别高兴。——这以上就说是我的"开场白"吧！

那么，正文让我们谈谈什么呢？我想，同志们还记得，我们打开《红楼梦》不太久，曹雪芹先是让冷子兴从旁观者的口中介绍这荣宁二府，后来，他在即将正面展开故事的时候，他说过，这人口大大小小、男女老少不下几百口，他们的事也是大大小小的事，每日少说也有二三百件。是不是原文如此？我是个从来背不下书来的人，如果我记错了，说得不够精确，同志们原谅我，不过是主要听我要谈的那个问题，我要说明一个什么事情。曹雪芹开始写《红楼梦》的时候，他就说过，那个意思是：唉呀！这么千头万绪的事，我从哪里说起好呀？我现在坐在这里，我老实对同志们说，我也有这个感觉，《红楼梦》这个主题太广泛了，包括的内容太繁富了，我们如果分成小专题，可以列成几十几百，这个话并不夸张，那么我们怎么样——从哪里讲起呢？曹雪芹那个话是半真半假，他话是这么说，实际上他心里早已经胸有成竹，他计划好了，就是从刘姥姥那一个线索说起，对不对？他并不是真正在他执笔之际，写这么一部伟大的著作，他还不知从哪儿说起，这不成了笑话了么？他那就是说，有真的，也要用点儿"假语村言"，曹雪芹的手法永远是离不开这样的真真假假的。但是到我这里是真的，并没有"假语村言"，我真正感觉到这个事情从哪里说起好呢？最后灵机一动，心血来潮，我说好吧，咱们是不是可以从越剧《红楼梦》影片先谈几句。由这里引起，引到《红楼梦》本身上，是不是也不失为一个办法。

为什么谈《红楼梦》影片呢？它的普及性很强。《红楼梦》我相信每一位在座的同志都读过，或者不只一遍。但是那种形象的鲜明，可能不如看一回《红楼梦》的电影，历历在目，记忆犹新，那么谈谈也正非题外。

这个《红楼梦》影片是早拍的，文化大革命结束了以后，特别是"四人帮"被粉碎以后，又重新拿出来放映，很受群众欢迎。据我所知道的，各大城市这个影片上演以后，盛况空前，简直是啊——虽然不敢说是万人空巷，倾城而观，在那放映的几天，听说人人口里谈的话题都是《红楼梦》影片，可见这部影片的影响，是非常广泛深刻。这个我听起来是很高兴的。这部影片为什么这样受欢迎呢？原因恐怕很多。大家很多年没看见这种影片了，这一次，重新问世，当然都想看，看过了还要重新再看一遍。我本人也在内，我也重看了一遍，还有一连看上两场、三场的。有一个画家告诉我："我一直连着看了两场，我两场都哭了。"啊，他连看两场啊，两场都哭了，这说明这部影片是很能感动人的。我的同院的一个女同学来告诉我说，看了《红楼梦》电影了，我说你看得怎么样啊？她说："唉哟，很好，当演到要紧的阶段，整个电影园子里边我就听见一片呜咽之声，感动得在那里哭泣，这个声音汇成一片。"我说："你哪，也哭了吗？""我也哭了，我旁边的那个同志，我看着是个四十多岁的男同志。"我说："他哪？""唉呀，他哭得简直更不得了。"那么从这些现象看这部影片是非常地成功。我对它的印象也很好，它基本是很不错的，它的好处是它的艺术成就，它的演员，都能做到那样子的地步,这是很难的事。演员里边我不知道同志们最欣赏哪一个,那里边很多了,都可以欣赏,但大家是不是可能觉得还是林黛玉演得好啊,"林黛玉这人物,王文娟饰这个角色,演得多好啊"!演得确实不错。从我个人感觉起来,林黛玉选好了王文娟同志这样的演员来演,以少女来表现少女,还并不是极端的困难,我以为更难的是贾宝玉,徐玉兰,这个任务给了她,她敢于承担,而且演到那样子一个境界,实在令人感到非常难得。这个贾宝玉是不好演的,而她是一个女同志,要女扮男装,要体会这样一个特殊的角色的性格,要通过那个形象的语言动作来表达这样一个极为特殊的人物,这个实在是难度非常之高。如果让我们去了,那简直就不能想象,不堪设想了。而徐玉兰同志演到那个地步,我想,我要把这一点来"说服"同志们,同志们想一想,是不是这样啊?可以说,她那样的年纪,演得那样"炉火纯青",不瘟不火,恰到火候。恰到好处,不做作,不俗气,他那个潇洒,他那个天真,他那个性格神情的特殊的那一方面,——我不会用词句来描写,反正我的意思同志们可以听得懂,她表现得真好,没有让人看起来不舒服、庸俗气。为什么呢?这个贾宝玉他净是跟女孩子打交道,稍微一个弄不好,这个庸俗气,不高级的气,就容易透露出来。可是呢?我们看影片,丝毫没有。仅仅就这一点来说,就了不起,就是我对这个影片基本肯定的一点。

它有没有短处呢?我认为有。它什么短处呀?也有大的,也有小的。小的,我们吹毛求疵,极小的地方,我也有印象。比如第一次贾宝玉看到薛宝钗那个金锁,同志们还记得,他拿在手里,好像是一只手拿着他自己的玉,一只手拿着这个锁,他看了念完了上面的字以后,他说:"宝姐姐,你这个金锁跟我这个玉,啊,这是一对儿呀!"这个话首先从贾宝玉嘴里自己说出来,好不好呀?贾宝玉自己说这个话,表明他的什么态度呀?这一系列问题就发生了,因为这是他第一次触及这个问题,他要表态,在艺术上的表态,不是开会上的表态,那你怎么给他安排呀?在曹雪芹的原著里边,写这儿,是莺儿先提出一对的问题来,宝玉才知道的,这个薛宝钗好像还不愿意拿出来,经过贾宝玉的再三请求,从内衣里边取出来,薛宝钗是一个很端庄正派的大家闺秀，她不肯发言的，这个时候，曹雪芹用的什么手法呢？旁边就有她的丫环，金莺，就是莺儿，用莺儿的话把这问题挑开了。所以旧抄本的回目是"比通灵金莺微露意"。是的，我说的永远不能十分准确，大致是如此。那么这个问题，既不能由宝钗嘴里表示什么，也不应该由宝玉的嘴里表示什么，所以旁边有莺儿，他这个不是无意而设的。曹雪芹的文笔是非常细的，可以说细入毫芒，没有一句话、一个安排、一个角色的出现是无有他的用意的。没有反例。那么这时候有莺儿。但是在电影里边，没有表现这个莺儿。说完了这个话以后，——贾宝玉看到了这个金锁，由他自己肯定了是一对，他的思想活动如何？后来这个问题怎么跟这个场面来更好地联系起来，至少我是没有看得很清楚，可能由于我的眼坏了吧，受了局限，但是总觉得，这样子处理不十分妥善。这个很细碎了。再有，小毛病，大家看了《红楼梦》的，人人都知道，有宝钗扑蝶，可是您看影片上是谁扑蝶？宝玉扑蝶。宝玉在花园里游玩，他的小书童给他送来了小说剧本，看《会真记》，在那前一个时刻，他在花园里干嘛呢？拿着一个彩扇在扑蝶。这事不是说不可以，但是在《红楼梦》的情节上就不能这样，我们用一个老字眼，这叫"犯"。本来人家有个主要情节是宝钗扑蝶，你这里扑蝶，宝钗倒没有表现，给宝玉安上了，安上，这根本是闲文，有无皆可。他原来在花园里作任何一个形象动作都可以，完全可以有更好的表现，可是他没有采用，他用了扑蝶。我们看了以后马上就要起联想，为什么这个扑蝶挪到宝玉身上去了？这都是我个人的吹毛求疵。还有，宝玉在那里被迫要念"四书"了，念得简直是一塌糊涂，后来，实在念不下去了，旁边晴雯出现了，出现了以后，对答了几句话，那么同志们你看看那下边的情形是什么？忽然宝玉用眼——目不转睛地看这个晴雯，看来看去呢，看的是什么呢？他看她那个眉毛，说是画得不够好，"来，用毛笔我给你画眉毛"。大家搞古典的都知道，画眉是什么典故，是张敞，张敞画眉，并且跟皇帝对答过，当时朝廷都传喧张敞他们夫妻亲密，说是张敞给他夫人画眉毛，皇帝就问他，是有这么回事吗？张敞无可奈何，就回答了，说臣确有此事，但是闺房之内，比画眉那个事更有甚的呢。那意思就是

181

说，画眉算什么啊，为这个成不了罪名。张敞的对答很机灵，皇帝也无词可对，这一场就过去了。"画眉"这个典故已经被词章家用得成了陈言套语、陈词滥调了。这种滥调，我看不太高级，我不很赞成，《红楼梦》里边根本就没写过宝玉给谁来画过眉，为什么要如此点缀？不是说编一个剧本处处都要按照原著，一个字都不差，不是"改"编嘛！可以容许点缀，用适当的手法来增加影片的思想意义、艺术效果，是完全可以而且必要的，我不是说不允许，但是为什么非要采取这样一个"画眉"呢？不太理解。

我说的这么多，这么半天，这都是极为细琐的，也就是无关宏旨，不伤大雅吧。《红楼梦》影片的问题就在这儿吗？《红楼梦》影片的主要问题，不怪演员，不怪导演，甚至于不怪影片的编剧者，因为它本来是一出越剧，是借来的，拍成电影，这里边有了这么多的层次，所以我们不能够苛求（我刚才已经说明了，我对这个影片是很欣赏的），我丝毫没有埋怨、批评这部影片的意思。可是这部影片它本身受的基本的局限，却不能够视而不见，或者说我们给它规避不谈了吧，那样子就不是我们探讨学术、认真研究《红楼梦》的那个应有的态度，所以还是要谈。这个问题谈起来，是非常麻烦的，说起来很费事，我这个口齿，我这个谈话的本领，也并不高，我也不知道是不是我能谈得比较清楚，把我的意思表达出来，但是我还是努力地来试一下。

这个剧本基本上依据的是程伟元、高鹗续成的一百二十回书，也只能够是这样，我们并不是说要要求编剧者拍电影的还能够有另外的选择。我们流行的《红楼梦》就是一百二十回，并且流行了二百多年了，那么如果要拍一部《红楼梦》电影，你想，让编剧、导演的诸位同志怎么办呀？他只能有这么一个办法，这并不是埋怨他。我们是说，客观的，从道理上、理论上、本质上我们来看问题，这个影片实际上演的是什么呢？是宝黛情缘，爱情悲剧，对不对？这是不是《红楼梦》的最基本的主题呢？就从这儿就发生了根本分歧。现在的红学界已经出现文章，现在用的名词，好像是"主线"，是不是？《红楼梦》这部伟大著作，它事物情节很繁复，到底它的"主线"是什么啊？哪条线是贯串全书的，是曹雪芹的主旨所在呀？也就是这个意思。现在好像是大家都用这个"主线"，并且不只一篇文章，比如，有的同志就标题为"也谈《红楼梦》的'主线'"，是吧？就是说已经有好多同志都谈过了，我也来参加意见。《红楼梦》这个主线是不是就是一个宝玉、一个黛玉，后来遇到挫折欺骗，结果非常不幸，结局很惨，悲剧嘛，是不是这样？这个问题是值得我们大家很好地作深刻思考的，这不是一个小问题。我今天在同志们面前，"真人面前不说假话"，不能打诳语，我是不赞成这样子看问题的。《红楼梦》之所以伟大，伟大在哪里？《红楼梦》这一部书，先说曹雪芹的原书，现在就残馀八十回，他已然写了多少人物，多少故事情节，我们然后得到一个观感——《红楼梦》这样巨丽，——巨是巨大的巨，它的规模特别宏大，又不是粗俗简陋，而是巨丽，思想深度、高度，手法的高超、美妙，人物情节的繁复，给我们留下的印象是很难用一句话来概括出来，很好地表现出来的。它的所以伟大，首先给读者留下了这么一个伟大的印象，还不太明白伟大在哪里。但是，如果《红楼梦》仅仅写的就是一个男孩儿一个女孩儿，两个人感情不错，本来应该是爱情得遂，成就了婚姻，幸福美满，夫妻团圆，白头偕老；可是呢？现在不幸，被欺骗了一下，用了一个"掉包儿"的手法。并没有什么高明的主意，知道这个宝玉要不娶林黛玉，大概这个事要砸锅。为什么呢？宝玉有这个病，你不给他娶林黛玉他会疯，这很难治哪，因此呢就设了一个计谋，说咱们把薛宝钗的脑袋蒙起来，盖上一块红布，就说给他娶的林妹妹，然后等到拜了天地，大礼已成，再揭盖头他一看，大概也没什么办法了，也许结果还挺不错。这是他们封建家长们的幻想。这个手法，我老实说，不怎么高明，也很可笑了，它的价值有多大？不太大。我说一句不客气的话，我已经用过这个字眼，很廉价，是廉价的手法，很低级，很庸俗，用这样一个手法，用在这样一个伟大的著作。结果别的呢，他根本不管了，就这样把读者一领，领到这条线上来，然后你看哪，林黛玉结果没人管了，也没人问了，大家这样的冷酷无情，多惨哪，自己躺在潇湘馆烧诗稿啊！唉呀，在那儿，活不成啦！你看在那儿演的，那个唱，好半天啦。死了。死了以后呢？剩下就是贾宝玉到潇湘馆去哀悼了。那么多观众的哭，那是怎么取得的效果啊？

你要说别的就不太公道了。但是仅仅是这样子啊，那何用《红楼梦》呢？"梁山伯祝英台"不是很好了吗？那多得很啦。你看到那个剧本的时候，电影的时候，你也取得了同样的效果。我看那个梁山伯祝英台演出，还在成都，不记得是华大还是川大哪个大学了，刚到成都去教学。那天离开戏园子，我的两个学生，一男一女，当时两个人正搞爱情，他们两个人怎样离开的戏园子？是横走，怎么叫横走？他没法往前走，两个人，男女四只手这么对拉着，走出戏园子，他不得横着走吗？两个人这四条眼泪，哭得泪人一般……，唉呀。可见这出戏很成功嘛！但是，《红楼梦》电影也不过是这第二本而已，它本质上有什么区别呀？我看不大出来。《红楼梦》这样伟大，它反映面这样广阔，反映的社会意义那么深刻，都上哪儿去了？看不大出来，是吧，看不出来。《红楼梦》的伟大就这样啊？世界上伟大的悲剧，像埃斯库罗斯呀，莎士比亚呀，其他的悲剧家呀，它们的伟大和深刻，绝不是这么个陈套子：佳人才子，本应美满，却出了个坏蛋，从中破坏了。这种千篇一律的俗套子，"又必旁出一小人其间拨乱"，不是曹雪芹在书的一开头就批了吗？他会自蹈？伟大的悲剧看了不是让你痛哭流涕，而是让你震动，让你深思。眼泪并不是称量悲剧是否伟大的砝码。

同志们也可以说呀，那《红楼梦》何尝不如此呀？不是恋爱不自由嘛！要自由，不是反封建和维护封建的矛盾的悲剧嘛！是这样吗？谁说的呀？等一会儿我也谈谈，我也不这样看问题。

大家常说《红楼梦》、曹雪芹主张恋爱自由、婚姻自由，是这样吗？表面听起来也很像，我希望同志们细想一想，什么叫自由恋爱，这种概念从哪儿来呀？是我们本国的国产吗？《红楼梦》说的贾宝玉和黛玉这种所谓的爱情，是今天我们这种概念里的那种定义的自由恋爱吗？今天是新社会，这是经过了（往近里说）百年的多少先烈的斗争，获得了这个革命的成果，今天的青年男女可以自由恋爱了。曹雪芹的时代何尝有这种概念啊，他想也想不到。这不是个名词问题，说那时候不这样叫呀，唉，对！不是辩名词。同志们想一想，他们俩的爱情那是自由恋爱吗？自由恋爱怎么讲呢？他们是表兄妹，他们在那样的家庭，由于林黛玉孤了，毫无依傍，没有办法，外祖母惦念她，把她接到这儿来住，在这样的条件之下，两个小孩从小长起来，两个在一起玩，脾气又投，感情深厚。这样的例子在我们中国几千年社会里边，不知道有几千几万封建大家庭里边有这样的事，那是太普通了，表亲表兄妹来结亲，那简直多不胜举。封建父母是真的都像今天评论者那样说，一定得跟他们的子女找别扭，明明这个要出毛病，那贾宝玉一疯了简直没法办，大家可以看出那一塌糊涂，是吧！他们也是在选择、安排，尽管是包办，封建婚姻。他们也在考虑，你看，这俩小孩，从小不错，当然得加上其他条件，封建社会嘛，考虑门第、家财、社会威望等等，不是说不讲这个，但是他们也考虑这两个小孩。他们什么关系呀，他们两个投缘，夫妻和美，将来我们省心，他们表兄妹结婚了，皆大欢喜，这个事太多了。这叫自由恋爱吗？不是，不是我们今天说的这种自由恋爱。

曹雪芹的《红楼梦》里边，除了这个例子，他曾经用任何方式去提倡说大家自由恋爱吗？你跑到大观园去，随便找到一个姑娘，你跟她说咱们搞搞对象，没有这么回事。园子里的，也从没想到跑出园墙外边自己去找爱情。另外一个好例子是司棋。大家都说司棋反抗性好，司棋临危不惧，在那样子的压力之下，她听了面不更色，所以别人心里还奇怪，她心里早知道这个事情的后果和将来的命运，所以她早就料定了，所以她不惧；等到听到潘又安这个命运以后，她自己撞墙而死。潘又安跟她什么关系？同志们心里很明白，尽管搞得，在那个社会之下，好像有点不光彩，有点暧昧，跑到花园两个人约会，他们是自由恋爱吗？今天的意思的自由恋爱，完全不是。潘又安是司棋的什么人呀？《红楼梦》不写得很分明吗，他和司棋又正好也是表兄弟姐妹。而且，潘又安的字帖儿上说得更明白："父母已觉察你我之意，但姑娘未出阁，尚不能完你我之心愿。"可以证明我的话，表兄妹、表姐弟相投了，家长看得见，也允许，也不是绝对不成全；潘又安的罪过只是你不该没过明路而偷订私约，而且跑到人家当丫环奴婢的主人家的花园子里去了！所以她们的事，并不是我们今天所谓的自由恋爱的那个意义。有同志说了：尤三姐不就自己挑的柳湘莲吗？这不凭个人自由吗？还不是自由恋爱是什么呀？我说，同志你没弄清，那是怎么回事，那是贾珍、贾琏等"驾御"不了这个十分泼辣放纵的三姐，留在这儿要出大麻烦，急于把她打发掉，才让她自己想想，愿意嫁谁，她才想到了柳湘莲。对柳，她一无所知，只见他在串戏时是一位"英俊小生"，有点心里爱慕；柳湘莲呢，对她更是一无所知，凭的是贾家人的介绍，介绍的是什么呢？就是她是个"绝色人物"，——长得出奇地漂亮。如此而已。这叫自由恋爱啊，——爱情吗？我们不应该搅乱了。贾蔷和龄官，该是自由恋爱了吧？怎么该是的呢？她那是贾家养的一个"戏子"，戏子在旧社会地位极低，常和妓女并列，比一般丫头还被"贱"视，贾家一个少爷看上了她，对她好，她有了感情，是真的；但这和少爷看上丫头本质上并无区别。将来呢，最多是贾蔷娶了正夫人以后能收她做个小老婆在屋里。这叫自由恋爱吗？

总之，曹雪芹并没有写过、提倡过什么真正的即今天意义的自由爱情。他写王熙凤间接害死的两条人命一桩姻缘，那张金哥和守备公子的愤而自杀，虽然是对压迫的反抗控诉，但他们本身也是包办婚姻，定了亲罢了，连面都不相识，是什么爱情呀？他们俩有义气，都不肯向恶势力屈服，一死了之，——读者是同情的，但如果你要给曹雪芹扣个帽子，那你说他是提倡愚忠愚义，维护封建包办婚姻，岂不也有你的"道理"？这话过分了，问题在于这总也可以说明：这儿哪里是什么爱情自由的命题呢？如果以为古代妇女有过某些形式的"择夫"之权，就是爱情自由，那么有在绣楼上往下丢彩球的，丢在哪位男士头上哪位就是丈夫，招亲；还有隐在绣幕后边，牵红丝的，谁牵得了谁是贵婿……这我们中华古国早就是自由恋爱之大邦了，那曹雪芹岂不是少见多怪，更加"渺小"了吗？所以在那个时候，根本就没有这样的事情，也不会发生这样的概念。曹雪芹的思想再先进，他不能够预先超离了时代二百年，来凭空地创造一个什么概念，是吧？不是指的先进的哲学思想，或是一个"办喜事"的办法、形式，指的是社会一个非常现实的伦理观念问题，恋爱问题。肯定他感受、考虑得很多，但是在他那个时候，是不是会想到最好大家这样自由，都来彼此亲自挑选、决定对象？他能够设想及此吗？我表示怀疑。至少《红楼梦》里没有反映

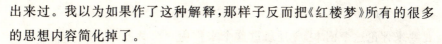

出来过。我以为如果作了这种解释,那样子反而把《红楼梦》所有的很多的思想内容简化掉了。

这个伟大的小说的结尾,应该是个伟大的悲剧,现在被变成一个什么呢? 就是"移花接木"、"掉包儿",用一个她来改扮另一个她,然后来骗他一下。我认为世界上的伟大悲剧作品没有这样的,没有这么廉价的,这能值几个钱呀? 这个伟大性何在哪? 我们向世界介绍我们从上到下、全国都一致推崇赞美的这么一部最伟大的著作,英文译文不是都翻译出来了吗? 一介绍,国外的读者再一看,你们中国自吹自擂的这个最伟大的文学作品原来不过就是这么样性质的一个爱情小悲剧呀!? ——"小悲剧",这是鲁迅先生的话;就是这么一个小骗局呀!? ——小骗局,又是鲁迅先生早就提出来过的。鲁迅先生怎么看问题呀? 小悲剧,小骗局,一个伟大的文学作品,主要的情节都是这个呀? 怎么自圆其说呀? 这不是太值得我们作一番深长思的吗? 我们经常说学习鲁迅,鲁迅先生好多正式的、重要的话,黑字写在白纸上,反而视而不见,或者装作看不见,或者引用时加以删节,或者干脆就歪曲,这叫什么学习鲁迅呢? 不是需要科学态度吗? 这个问题实在不小了。鲁迅先生怎样评价《红楼梦》呢? 他从哪一点上把《红楼梦》和曹雪芹评价得那样高? 就是因为这么一个小小的悲剧、小小的不幸、小小的骗局? 这实在不太好理解。你一方面说它伟大,你一方面把它的"主线"变成这么一个渺小的玩意儿,这是怎么回事? 你怎么能把二者调协起来? 不好理解。当然,可能是我个人的头脑有问题,我的逻辑性不强,还没有想得很好。鲁迅先生不指出来了吗? 我们社会上婚姻的不幸,文学作品里的佳人才子等等早已有表现了。我想真要这样追溯起来,恐怕很早了,是不是从汉代就有啦? 司马相如这位才子,一下子看上了卓文君这位佳人,那时候就搞"自由恋爱"了,对不对? 往下数,整个一部文学史这样的例子太多了,一个元代的戏剧、杂剧,什么《墙头马上》呀,还有什么后来明代的《牡丹亭》杜丽娘呀……唉呀,那简直还数得过来啊!? 那为什么到了《红楼梦》就特别伟大呀? 这简直不是给曹雪芹拔高吗? 势利眼,大家都说它伟大,好,大概是伟大吧。这就不行了。如果是这么一个问题,我们本身这个毛病很大,是吧!我说得太多了,我本意不是要来评论这个剧本,我是通过这个来作为一个话题,比较方便,其实我是批评高鹗续书,让同志们想想这个重大问题。

红学一是评论,二是解释,三是考证,四是什么……总之,有各种不同的红学。在旧社会,"评点"就是一种"红学",他随着那个原文,他看到这儿,他想起他有个看法,有个意见,他要表达,就写在那里,这还不是他的"红学"吗?他仅仅是用这个方式,比较灵活。你如果总起来作一番分析综合的研究,就会弄清这个评者他的红学,他的观点。红学的表现有很多方式,编剧、演剧、导演,也未尝不是红学。经过这么多的层次后产生了这个电影,使我们观众看到了,这里面每一个层次都有它的"红学"在。如果他没有"红学",没有观点,他怎么能编成那样,拍成那样呀?演成那样呀?这很清楚。为了证明拍电影编剧本也各有各的"红学",有的并且非常高明,我可以再举一下例。同志们看电影最后的收尾是怎么样的?是宝玉哭完了黛玉回到荣禧堂,把自己那个石头摘下来看了一眼,啊,丢在地上扬长不顾而去。这是《红楼梦》里边的吗?一点也不是呀!曹雪芹没有写,他怎么写的,现在还不知道,八十回以后的书稿还没发现,高鹗也没那么写,这是哪里来的呀?我没看过越剧的原剧,我只看过电影,所以我分不清,不知是编剧呀,是改编电影呀,还是哪位导演呀,还是哪位高明的同志呀,作了这样的处理,处理得好,高。在这里,他不服从高鹗的意旨了。如果照高鹗,那就不得了啦。因为贾宝玉临出家,是超凡入圣的,披着大红猩猩毡斗篷,左边一僧右边一道来保驾,给他爸爸磕完了头,并且还留下了后代,封建社会里忠臣孝子的一切,面面俱到,然后,噢,我要走了,我要成仙了,我成了仙以后,由此一子得道,九族升天,我们贾家是兰桂齐芳,家道复兴,我的任务都完成了,我走了,两位大仙驾着这位小仙腾云驾雾而去了。——这叫什么玩意儿呀!我实在——我在这里说放肆的话,你这种玩意儿让我来欣赏,你打死我,我也不行。我发表我这种谬论,在过去一个时期里没有这个胆量,我要这么说,那就犯了众怒了,好,你周汝昌真太狂妄了,贬低《红楼梦》,大逆不道。可我不能骗人,我心里就是这么看问题。我们中国这么一部伟大的作品，从毛主席就再三再四地这么肯定、评价，怎么能是这么个看法呢？搞成一个什么小玩意儿呢？从这一点说，这个剧本，它在收尾改得好！是对伪续书的批判。它正是"红学"的一种很有代表性的表现。

红学发展到最近——那电影是很近的事了，尽管从我们来说是文化大革命以前拍的，从历史上来说那不就是一点点时间吗？这红学二百多年发展到那拍电影的时候，对《红楼梦》的认识，拿出来跟广大群众见面的是这样的实质，是对《红楼梦》的这样一种理解，它有很多长处，但基本上是高鹗的伪红楼梦，这个问题历史上是这样，将来怎么办呢？我们每一位老师、学员以及和文艺文化界密切有关的同志都不妨想想，这是不是个重大问题？我们今后怎么对待这样的问题？从这个意义上说，我认为我们"红学"的成就实在还有待于不断提高。

"红学"界历来表面表现得好像是很有点热闹，特别是最近一个时期，更热闹，颇不寂寞。但是从它实质上来一核一验，不是那么很使人鼓舞的。说是考证，不是很多人作了很多"繁琐考证"吗？（关于"繁琐考证"这个名称，也不无可讲，但是今天我们不能旁涉枝蔓了。）既"繁琐"了，就应该考出很多东西来了，事实怕未必。这个曹雪芹，你来讲讲看，你说说你知道曹雪芹什么？除了一鳞半爪，点点滴滴，我什么也不知道，可是我还作了好几十年的"繁琐考证"哪，收获不多。如果我们对"红学"的现有的考证成果抱着任何自满，自己觉得有点不错吧，沾沾自喜吧，那是很有害的，很不利的念头。因为你不想前进了，你不知道我们目前这个"红学"界呀，这个情况这个成绩呀，到底是大呀还是小呀？你缺乏正确的分析和估价，那是很误事的。

我刚听说，到明天这个时候，另有冯其庸同志也来讲《红楼梦》，这是我们得知后非常高兴的事。他来一定讲得很好、很详细，对"红学"界的一些最新情况、一些收获，我想他会向同志们来报告的。所以在这一方面我不准备讲很多，避免重复。但是为了帮助我说明问题，我简略地读一读《红楼梦学刊》的发刊辞。就是最近大家从报纸上看到的，北京有一个《红楼梦学刊》，成立了编委会，会上散发了学刊创刊号上的一个发刊辞。我泄露点"机密"，择着读几句，我请同志们通过这个也思考问题。关于这些学刊的事情，我想明天冯其庸同志会很好地向同志们介绍，我今天也不详细讲，我的目的不是报告这个，我只是借着它来说明问题。我读一点，同志们听一下：

"《红楼梦学刊》创刊词：创办一个专门研究《红楼梦》的学术刊物，是大家盼望已久的事情，现在终于如愿以偿，不胜欣慰。《红楼梦》在我国文学史上的地位是毋庸置疑的。"——那意思就是说它的地位早就定了，不必再怀疑了。"《红楼梦》，她的广阔丰富的生活内容、巨大的思想深度和高度圆熟的艺术技巧，使她在世界文学之林中也占据显赫位置。"——这几句话是开宗明义给《红楼梦》作一个评价，也是一个"鉴定"吧。说它广阔丰富的生活内容，很对，非常对。那么我们的影片呢？够不够广阔？这个同志们可以辩论，它这部影片一共才演一个半钟头，你让它把整个《红楼梦》搬进去，那怎么可能呢？是呀，对，这也是理由，但可以不可以再广阔一些？再丰富一些呀？可以不可以把主题放得更宽一点呀？为什么要搞这个爱情单线呀？我还是不能够妥协。《红楼梦》这个最大的特点是广阔丰富的生活内容，还有巨大的思想深度，这个思想有深度不难理解，而下一个字眼，"巨大的"，这思想不是一个小思想，它可能关系很大，关系全社会呀！关系整个对世界人生的看法，还是关于历史怎么往前进展呀！到底是什么呀？那我们可以商量探讨。总之我认为这个提法它是有道理的，曹雪芹的思想是巨大的，博大的。但是我又要说了，电影里的这个巨大的思想在何处呢？"广阔丰富的生活内容"最要紧，摆在第一，巨大的有深度的思想摆在第二，第三哪？是"圆熟"的艺术技巧。这个字眼儿，我觉得，"圆熟"二字在艺术上并不总是好的评价。圆熟不等于圆满成熟的组合词，不是说完美加熟练等于圆熟，不是这么一个算术式。"圆熟"在书法绘画上是一种境界，有人赞成圆熟，有人很不以为然。比如说赵子昂的赵体的书法，它是专门的圆熟派。有人不赞成，有人专门提出一个欣赏的词儿来，说艺术太圆熟了，这东西就完了，就没有力量了，说得不好听，就是流于软俗了。圆熟的对立面是什么？是生辣，生就是生鲜的生，辣就是辛辣的那个辣。所以这在艺术本身是一个问题。那么我们要圆熟呀，还是要生辣呀？曹雪芹那个笔调、笔法，是不是生辣？唉呀，那生辣得很，你细细地咀嚼咀嚼，咂咂滋味就知道，它不是那个软拉哄哄站不起来的，只是觉得甜媚、熟圆，不是。这个词大家别误会。善读古人的书，取其意旨，也要善读今人之书，因为我们很难保证每个词句都考虑得十分恰当。——那么，像上述这样对《红楼梦》评价，其好处何在呢？我认为，它的好处主要是不定调门。过去这么多年来评"红"的文章，一提《红楼梦》甚至有一个定式，"《红楼梦》是我国什么什么的一部什么什么的小说"，对不对？现在没有了，好。为什么呢？让大家重新对这一复杂的问题从头好好地思考思考，研究研究，看看到底应该怎么看《红楼梦》最好。这我赞成。我再读一点，不能全读。"但是，对这部伟大作品的研究还很不够"——太对了！我是十二分赞同。"有关她的作者，曹雪芹的问题，我们迄今还所知甚少"——完全对。这个意思我自己在前一个时期也通过某种方式提出过。不是所知很多、还行、还知道一点、差不多、大概如此——那是自欺欺人，实际上是所知甚少。"全面地科学地评价它所阐发的思想意义和艺术价值，把古典作家的宝贵遗产变成广大群众手里的财富，仍然是我国古典文学和文艺理论工作者面临的一项重要任务。创办本刊的目的就是为专业和业馀的《红楼梦》研究者提供一个园地，通过彼此交流，互相切磋，进行探讨，提高红学研究的学术水平。"——这真是太重要了！这个刊物出来以后，我相信能够把"红学"的学术水平往前推进一步。底下还有几句话，我再念一念："凡属经过认真研究，言之成理，持之有故，观点和材料相统一的能够成一家言的论著，不管其学术观点如何，本刊都予以刊载，文责自负。确有创见的或为《红楼梦》研究提供新材料的文章，优先发表。台湾省、港澳以及国外学者的稿件，保证版权。"——可见这个刊物是一个团结面很广的，包括国内外各种流派、各种学派、各种观点，你都可以来发言，这个是太好了，这样，百家争鸣就可望贯彻了。面对着这样一个好形势，我们做这一方面工作的，感觉到异常高兴。这一个发刊词，应该说这是一个比较庄严郑重的文件,也是一个里程碑。不给大家定什么框框条条,这是一;这一点的重要性,无待烦言。二、"红学"这个词,已被正式采用。这在我感觉起来,也不是一个很简单的事情了。

"红学"这两个字,怎样地产生,又怎么就发展了起来? 认真说来这也是写一部书的问题。为什么我们中国的小说会发生什么"学"呢?"红学"大家都熟悉了,《三国演义》就没有什么"三学",《水浒》也没有"水学"。《水浒》《三国》另当别论,那是历史小说,通俗历史小说,所以不要扯在一起,要另当别论,《西游记》又是一种,也要另论。具体事物要作具体分析。此外,写社会的就要发生"学",因为那个历史小说,你也要查查《三国志》,讨论讨论人名、地名、战争、事件,看看是什么年,还有什么"七实三虚"。那尽管也是"学"吧,不会是我们今天所说的这种"学"。《金瓶梅》有没有"学"呀? 还没有人这么说,它写社会了,就应该有了。事实上也真有。有种种说法吧,《金瓶梅》是写的谁呢? 写的严世蕃,严嵩的儿子,他们家庭的丑史。这还不是"金学"吗? 这是"金学",不过这个名词没有这么成立起来,"学",其实早已存在。是从《金瓶梅》才有了小说上的这种"学"了吗? 不,其实还早。这个原因何在呢? 为什么没听见外国的小说有什么"学"? 托尔斯泰的《复活》有"复学",那没听说过。我们中国的古代小说是什么? 一个外号叫"野史"。野史是针对什么说的? 针对正史、官书,皇帝派了史官,他让你写历史,这一个朝代换了,给前边刚被推翻的那个朝代写史,本朝也修实录。是正史、官书,取材于档案、资料、碑版、传记等等之类。这样子来,这是钦定的、官修的、正统的。我们老百姓,在野的草莽之士,身不在朝廷,没法当史官,我们也想记点历史,怎么办呀,我们有办法,我们写我们自己的,不干预你官书。我们叫野史,还不行吗? 就是这个意思,并不深奥,他本来没有说我这是编故事、讲笑话、写小说,我写的是野史稗官,稗官还是官哪! 我这里也要反映,我有我的主题、素材,我有我的史观,他主要搞的是这个。

这种观念,由来已久。我们看看鲁迅先生的《中国小说史略》,提到《世说新语》的时候,在它之先不是有一部《语林》吗? 这部《语林》没有传下来。鲁迅先生好像已经指出：当时为什么这一部书就不行了呢？就被卡死了呢？它写了谢安，谢安是当时的名门宰相，王、谢门第是最高级的，它写了他，记载有点欠确，谢安看了，大有意见，说是失实了。捅了"娄子"了！这部书就完了，就不能传了。通过这样的事情，同志们想一想，当时这些小说，他本不是当正史写，是写野史，可是别人，读者（其实包括作者）还是要照着写史实来要求它，你不合，他要不干的。这是我们国家民族文化历史的一个传统，一直到后来到清代甚至更晚都是这样看待的，包括小说、戏剧。并不像是今天我们从西洋传来一些作品、文艺理论之后那样"倒做"工作，因为先就导致了这种认识：小说是什么性质的文学作品？它应该用什么创作方法？我们对这些理论应该如何实践。先学会了，倒回去再去作小说。不是那样。所谓今天的文学理论，大部分来自国外，不是我们本土所生，这些东西在今天作家身上是统一或可以统一的，可是你不能倒回来，说是你懂不懂文艺原理呀？你懂不懂创作方法呀？他曹雪芹怎么写小说呀？他跟我们今天说的不太一样呀！他太荒谬了。你要那么解释他，你就贬低了这部伟大作品了，等等。用这么一种逻辑来看历史，我觉得不一定都合适。事物都是历史的，都是随着历史的发展而发展，过去作小说，他根本没有想到我们今天所认识的这么多的问题和道理。反映社会，唉呀，他怎么也没想到，什么是"社会"呀？也不懂得这些名词概念。这个名词，概念，好像从日本借来的吧，似乎到清末民初，新学兴起了，中国人才想到用一个"群"字来，约略近于我们说的"社会"的意思了。是不是这样？我此刻无法"考证"，姑妄言之。总之今天的理论上的认识，用以指导创作，都是后来的事。所以作家取材、构思、写作过程、动机，他心里要干什么，在当时的社会条件下，那些观点引起的反映，不像我们今天一样，不是说一点都不一样，一点关联都没有，那不是，那不是历史又割断了吗？而是说不全一样，不要拿今天的观点去硬套过去。

《红楼梦》一出来，你看读者首先最"关怀"的问题是什么？很显然，就是写的谁家。那部《语林》是明出谢安之名，出了事，后来接受这个教训，要改换手法，假拟个名字，他写的实际还有素材，他不叫谢安了嘛！叫什么张三李四不就行了吗？读者对我们本土的作品的产生，他第一个反响不是先考虑别的，而是说这是写的谁家呀，所以一开始就有了各种说法。乾隆年间南方的红学家周春就说这是写的张勇家，张勇是南京的一个封侯的武官。北方的明义，满洲人，他说得很明白，意思就是曹家，他说曹雪芹写了一部《红楼梦》小说，他的先世在江宁做"织府"，就是做织造，是个阔差事，他们的生活环境最"繁华"；他还说，大观园大概就是袁子才的随园，为什么呢？随园就是在南京，说了半天这两句话是因果关系。因为在明义的心目中，《红楼梦》写的就是曹家的"风月繁华之盛"，因此他以为大观园理所当然应当是在南京。在南京找一个园子，他找得对不对那是另外一个问题，他受了袁枚的影响，说就是随园，这很明显，实际是说那就是曹家的事。以后这样的例子很多了，我曾记载过一个旧版本上的朱批，是从乾隆时代的人过录来的。他那个批语，是说《红楼梦》写的就是这个作者本人的事迹，他跟他的表妹的事迹，他不知道这个作者是谁，后来这个家庭败落，抄了家，如何如何。再有一个提法就是吴云，他是个赶上乾隆盛世的名人，他说当《四库全书》快要告成的时候，忽然北京出现了这么一部《红楼梦》小说，他指的是刊本，就是到这时程本才排成了活字本，才公开流传，他指的不是抄本，抄本早就"内部"流传了。在这个时候，他说这是"小说之妖也"，是小说里的一种"妖"异哪，这不是好听的话吧，谁知道呢？这里面也许包括有欣赏的成分。因为古人，特别是文人，他用字，你千万不要看他那个"票面价值"。因为他也有很多别的关系，他要是一味说心里话，旁边的冬烘先生、道学先生们也不饶他，他也得要耍笔花。下面他接着说这本小说"本事出曹使君家"，明白无误地点名即是曹家的事。

后来又出现过的一个说法是傅恒家。傅恒是乾隆初年攻打金川有"汗马功劳"的一个武将，唉呀，那不得了啦。他本人是皇亲国戚，他们家里每个人都是身居要职，那是当时北京城最显赫的人家。他的一个儿子是驸马，后来也是出征到南方去镇压叛乱，其奢华是骇人听闻的，在全国，为清代政治、社会风气造成了严重后果。再加上一个和珅，外面一个武将，朝内一个宰相级的大臣，这两个人简直是无法无天了，那就没有法子用言辞来描绘了，造成了极恶劣的风气。全国官僚是挥霍、奢华、贪污、浪费，达到了极严重的程度。那么这个事件直接影响到清代整个的盛衰历史。从那以后，人民起义一个相继一个，在各地纷纷揭竿而起，从此，清代史的盛衰就由这里划了分水岭。说傅恒家，较晚的也有说写的是和珅家，还有说写别人家的，这就是，大家纷纷揣测。揣测不一定对，但反映出一个共同的看法：这小说是和某一重要家族、在政局上有关系的家族的事相关联的。南方的是一种猜测，北方的是北方的另一种猜测。满洲人，接近于曹家的，也提到一些看法，上面已举了明义，后来又有裕瑞，也是说写的是雪芹的"家事"，"感慨不胜"。这就是当时北京满洲旗人读者的一种反响。

也就是说，当我们中国小说一出现之后，读者首先要弄清的就是写谁，他就这么认识，不是谁要他来这么干，这个"红学"的产生，不是谁下了命令，或者是谁异想天开，或者是吃饱了饭没事，就要猜谜，不是。这个就是从我们文学史、小说史、戏曲史的这个来龙去脉上，它势必如此。比如说《西厢记》，一个剧本出来以后，马上就有议论，这是写谁？《琵琶记》，名字借古人，实际又是讽刺当时的谁？这样的例子是举不胜举的。所以不要多费言词了。那么，既然是如此，为什么到了《红楼梦》这里，发生了"红学"就奇怪了呢？所以并不奇怪。但是它的规模、它的范围、它的势力、它的影响，这么雄厚、巨大，是空前的。如果和以前的例子有所不同的话，就在这一点。这是取决于《红楼梦》这部作品本身的内在因素，决不是偶然的，人为的。别的小说呢？当时也发生一种"学"，小小的一种"学"，暂时的"学"，但是它本身的那点意义，也不过如此，那个"学"，也没太大"参考"价值和意义，所以人们搞搞说说也就算了，那个"学"就自生自灭了。《红楼梦》不然，它本身不是那么渺小简单，这个学一发生就不可收拾，以至到今天还连累我们很热的天还要坐在这里，听一听讲"红学"。可见这个事情确实不是一件偶然的事情，是在我们的祖国伟大的中国才能发生的事情。你不能拿今天的、西洋的，来套我们中国的古代。比如希腊吧，它的小说、戏剧有这样类似的历史传统吗？我不懂，没有发言权。但既是中国的事，你总不能言必称希腊，或只称希腊，而不了解、不研究我们中国自己的特殊性。理论是从事物实例中抽出来的，所以应不断地为实例所丰富，而不是一个僵死的模式。

刚才我的话题刚刚转入"红学"这个问题，现在我忽然想再往回退一点，对剧本影片再加说几句话。这个影片使我还有一个比较突出的感觉，就是矛盾冲突（这恐怕也是西洋理论，姑且借用）似乎表现得不怎么够。戏，应该分别而又联系地落在黛玉和宝钗两个角色的身上，可我们看影片呢？感到黛玉的戏是有一些了，好坏得失暂且不论；宝钗的戏如何呢？宝钗的戏太少了，看了一下金锁，下了一回棋，然后来到怡红院串门，劝宝玉走功名利禄之途，被宝玉给弄了个不好意思，——再往下，就到了蒙着红盖头做新娘子的时候了。这样一来，大概仅仅是她劝宝玉的那一个场面还有点"思想内容"、意义，其他的呢？好像也就谈不到什么了。这两个人，不是指的要钗、黛两个个人之间勾心斗角，打架吵嘴，而是说通过她们两个人所反映出来的极复杂的矛盾冲突也看不太见了。总之，一个戏剧，你光给"正面人物"——姑且假借这个词——很多戏，重要的地位，唱、做、念都有，你脑子里光存着一个宝钗肯定是个"反面人物"的想法，这个反面人物不能让她占据舞台太多，出现的次数一多，正面人物就不突出了。唉呀，这么一说起来，这个问题可是大了。这就是说，不知是哪一位同志脑子里有这么一个框框：这个薛宝钗不能让她出现太多，那还了得呀！结果哪，薛宝钗不敢出场，这个戏当然就是一面之戏，这是一个问题。再有，很多重要内容、矛盾冲突本来都是很复杂的，都被简单化了。当然，一个古典戏剧影片不能够照一个现代普通影片那样来要求，它是我们本国古典舞台那个戏，这一点首先要清楚，不能作过苛不合适的要求。但是，作为代表《红楼梦》，内容还是太单薄了。对此，且说到这里。咱们转到一个积极方面的话题，今天只有这部越剧影片，今后应该有一部相当水平的普通影片（不是唱旧戏），有众多的人物形象上台，故事情节、变化曲折，要大大丰富起来，这样的《红楼梦》影片也不至于搞成那么一个爱情单线的东西，只有这样才能比较地反映出《红楼梦》这部伟大作品的广阔丰富的生活内容和思想深度。这个问题值得大家考虑，特别是跟电影界接近的同志，我很盼望他们能动这个脑筋,我也盼望能够执笔写电影文学剧本的同志们来往这方面动脑筋,编一个新的《红楼梦》电影剧本。

《红楼梦》里写的矛盾冲突是多方面的,我刚才说了一篇话,好像是不以那个单线主题为然。如果要用"主线"这个名词,它是好多条主线错综复杂地汇合在一起。所以曹雪芹的伟大和他手法的高超就也在于此。有同志问我,《红楼梦》反映了哪些阶级斗争的内容? 我说,照我这个粗浅的看法,他反映阶级斗争并非由于主观上明确认识,但或许有三四方面可以一提。一个是人的思想方面的,这个大家比较熟悉,不用多说了。宝玉对封建社会的结构、上层建筑和很多现象,那些言论、行为,他都有他的看法,他是不以为然的,他的怀疑是大胆的,非常勇敢;而对立面还有维护封建的一方势力的思想,这最明显。再就是主奴的斗争,曹雪芹没有写到大观园以外去,他把他的故事主要集中在一个府,一个园子,这么一个范围,这里边有主子这个阶级,还有奴隶这个阶层。奴隶里边当然包括着奴才,奴才是统治阶级的附属品,不能把他们看作被欺压的人,这个要分清,他们给统治集团来服务效劳。好比大管家林之孝家的,我们生活在今天的人怎么能理解啊? 不能理解。所以有很多年轻一点的读者看《红楼梦》,说老实话,他们并不是很得味的,得不到那个"真味",因为他不了解,不知道那个时候是怎么回事。

所以这里就发生了一个问题,有同志问我了,你怎么理解不读《红楼梦》就不能懂得封建社会这个提法? 让我来谈谈看法。这个问题本来是简单的,不过是指作品的历史认识价值问题。就是说《红楼梦》有很多艺术内容、思想意义的价值以外,它本身也具有很高的历史性这方面的价值。到我们今天,人人都知道有个封建社会,那是读历史知道的,不过是个名词,或者抽象概念,封建社会到底什么样呢? 封建社会早就死了,死亡多少年了,你把那时的人从坟里挖出来都没有用,都是些尘土、碎骨头,那个社会、构造都没有了。我们今天空谈封建社会的罪恶,它怎么不好,应当推翻它,可它到底怎么回事呀? 一个很简单的概念:有压迫人的剥削人的,有被剥削的。剥削阶级他自己在那里享福,胡作非为,被剥削的呢? 生活在水深火热之中,挣扎在饥饿死亡线上。完了，别的不知道了，还是这么个抽象的概念，再说说还有别的吗？说不上来。这东西没法复现。我们看看《红楼梦》这部伟大的作品，它里面表现的这些人物，各种不同的身份，看他们之间是一种什么关系。封建社会的本质，所谓阶级关系，就反映在人与人之间的关系上。这一点曹雪芹表现得实在太高明了。没有任何另外一个古典著作能够同他相比的。比如说林之孝家的这种人，他是大管家，地位非常高，总管这一府，说他是奴才头儿，那也对，但他不光管奴才，主子他也管，包括凤姐儿那样的管家少奶奶，威权赫赫，那不得了，见了林之孝家的，也很敬重三分，也得称呼林大娘。什么道理？那儿给了她权，让她管事，她什么都管，这个封建礼法她掌握得最好，她看着谁不对，她马上就管，一点都不能含糊，因为那是她的职责。小一辈的她更管，怡红院开夜宴，你说那自由吗？一点都不自由，那闹腾得很热闹，可谁知道了都不行，先怕林大娘知道了。为什么把大嫂子都请来啦？把平儿也请来呀？她们都或名分或实际是管家的，有她们在座，大概咱们这个不会成了大"问题"的吧？这也是一种"走后门"，是吧？拉一个。她们这个干法，最担心的是什么？可别叫林大娘知道。她们还偷偷地弄了一坛子酒来，这是不行的，这太不允许了。就说诗社或园中聚会游玩，林之孝家的她管得着吗？她来了，不是以管家的那个面貌来的，她是低三下四，还是奴隶的身份，来照顾照顾少爷小姐们，说时间太久了不合适，天长了，也要吃点小食，以免伤了身子，另外呢？附带说一点——这也是今天的词汇，她不会说"另外"呀，"附带"呀，这可不要误会——附带讲一点"恭敬的管教"，就是了。这就是那个管家的意思，她是负着责的，出了事情那个主子找她，"唯你是问"。

封建社会那个薛蟠没离南京时那么胡作非为，为了抢一个香菱，把人都打死了，他就走。他怎么能走呢？"法院"传他呢？"法院"不传他，先传管家。这是小说。在历史现实里，曹家，雍正要抄他家了，先逮的不是曹頫，是他的管事人，大管家，什么事都是唯他是问。《红楼梦》里那个恭顺亲王，他"丢失"了一个戏子，他找这个人，知道和宝玉有来往，他打发长史官，那就等于是官方——皇帝派去的管家，一个府的事，他都得管，还得去报告。今天的读者，不懂了。这是一方面。再如乌进孝年底缴租来了，一个时候评红文章纷纷论述，引了这个情节，把乌进孝当成了被剥削、被压迫的可怜的佃户农民。殊不知这弄错了，乌进孝是大庄头，庄头就是二地主，这种人实际比大地主还凶恶狡猾，他交去的那点东西，并不是他的劳动所得，而他剥削到的比那点送来的不知要多多少倍。所以贾珍向他说的话，正是反映了大地主和二地主之间的那种特别样式的关系。这些，现代人也很少知道了。所以青年读者看《红楼梦》并不容易。

封建社会大家庭内部的情况，另有一条线，主奴的斗争。奴隶处境毫无自主权，好多人遭到悲惨的结果，但也进行反抗。那是一种表现的方式。另外是政治斗争，这个政治斗争八十回前表现得还不明显，但不是没有伏线；一到了八十回以后，这个贾府一抄家，就涉及到这一方面的问题了。可是我们看不到了，高鹗的笔下，这一切都没有了。然后还有一种矛盾斗争，就是封建大家庭内部的矛盾斗争，很显然的，这条线是关系《红楼梦》的一条非常重要的线。不能看不到，但又是容易忽略的，就是长房跟二房的矛盾，正妻一系和侧室一系的矛盾，这两层交织在一起，一切麻烦事的产生都在于此。谈宝黛关系，你不懂这个，你也没法谈，你谈了还是空的。

这个林黛玉入了贾府，大家对她没有什么不好，待遇还是很尊贵的。最放不过她的是谁？是赵姨娘。赵姨娘为什么苦苦要害死三个人呢？哪三个人呢？王熙凤、贾宝玉、林黛玉，这三个人如果在，就没了她的地位和一切。怎么看待赵姨娘这样的人物？怎么评价她？也有人为赵姨娘这样的人物鸣不平，她是侧室，本来是个大丫头，像袭人那样的，收在房里，后来做了姨太太，她本来也是个奴。——是个奴才呀，是个奴隶呀，那可得分分。看不出她有什么像奴隶，反正我不把赵姨娘当正面人物。有的人主张说赵姨娘的斗争是应该的，她没办法呀，她很苦呀，受欺压啊，那个王熙凤多厉害啊。这又是一种人与人之间的关系。这个做姨娘的，她生养了儿子，地位高了一级，可她的身份始终不能变，她头发白了，还是称为姨娘，名分森严。她要想改变一切，必须要争正位，正位是王夫人占据。王夫人这个人不好说，她没什么大本领，管不了家，就把她的侄女从大老爷那边请过来,借来,当这边的家,是实际的掌权者。她自己生的是宝玉,正支正派。将来呢? 财产、职位、官爵、家私,统统落到宝玉身上,是未来的掌权者。现在王熙凤总"克"她(赵姨娘),她很难过,所以第一次矛盾斗争,唆使那个马道婆,用迷信办法搞得她们差点都死了。把她们两个害了,那贾环就升为正位了,赵姨娘本身就得到好处了。这一手没成功,跟着就是第二手,就是害林黛玉。她知道,害了黛玉,宝玉活不了。林黛玉怎么死的? 决不是一个坏人贾母,二个坏人王熙凤,出了这么个馊主意,很廉价的一个小骗局,把林黛玉骗死了。曹雪芹不是这么个浅薄意思,那矛盾斗争已经展现得很清楚,虽然不明写,但暗写得更深刻。赵姨娘每天往贾政耳朵里吹风,吹些什么风呢? 天天说宝玉怎么怎么不成材,怎么怎么胡闹,他最胡闹的一件事,最令这位大人先生担心生气的就是他跟表妹林黛玉的关系,唯恐出了什么"不才之事",他们太亲密了,唉呀简直不像话呀! 那个贾政看到宝玉不是不心爱,大观园题对额的时候,看他的文采风流,别人谁都不行,贾政本来是一付假面孔,严肃得吓人,最后被宝玉弄得"拈须而笑","点头不语"。甚至有一次他看见宝玉,神采飘逸,显得那个小冻猫子贾环简直萎萎脓脓。是不爱吗? 为什么又那么讨厌宝玉呢? 主要原因就是这个赵姨娘。赵姨娘这个人坏极了,她不是路过潇湘馆、路过怡红院,顺路来看看你们哪,身体好吗? 有一套门面话,看看两个人又在一起了,干什么了,那马上添枝加叶回去打小报告。所以有一次她一进去,宝玉、黛玉正在一起,赶紧起身让座,一顿周旋,林黛玉马上使眼色,让宝玉快走,别在我这儿。还有一次贾宝玉弄胭脂溅了一滴痕迹在这里,黛玉提醒:又挂上幌子了,回头让人看见又去当件事说了,大家不干净。"大家"是谁呀? 就是指自己,封建时代大家闺秀,讲话极有身份的,她决不能粗浅、野,说"我"不干净。一系列的不明写的事情啊! 妙就妙在赵姨娘那里一个小丫环,同情怡红院这一派,有什么事她跑来报告:小心一点,那个又跟老爷说你什么了,明天就会提溜你,把你提溜去考你、问你,当心点吧。这个宝玉马上紧箍咒就上来了,浑身不自在了。贾环当然是他妈妈赵姨娘那一头的,把蜡台推倒了,几乎把宝玉的脸都烧坏了。当时五官颜面最要紧了，假如你烧得奇形怪状，将来人人都不理你，什么都没你的份儿，不用说做官了（做官得堂堂仪表）。所以问题就在这儿，用各种方法来毁宝玉。宝玉差点儿要被贾政置之死地，是像电影那样就为了他结交戏子吗？那完全是贾环下了一个毒招儿，把贾政激怒了，要打死、勒死宝玉，根子还是赵姨娘，骨子里的问题还是在黛玉。你细读《红楼梦》，宝玉挨打后，黛玉去看他，两个人的几句问答，就明白了。——这是多么复杂的矛盾冲突啊！电影却全然不表现，就是因为不懂那些关系，结果简单化。

所以凤姐，不管她本人如何，这个人是一分为二，曹雪芹写王熙凤并不是作为一个坏人。她的罪恶，曹雪芹一点都不饶恕，你看那个笔力，写那个凤姐因财害命。但是曹雪芹并不是搞低级作品的那个作家，这是白的，这是黑的，两盒棋子儿，放在这边儿都是坏人，黑的，放在那边是红的，他不是这样搞。如果这样看《红楼梦》恐怕要耽误事情，有很多问题不理解。那么简单地看事情，那是一种形而上学。作为一个人，一个社会的人，他本身是一个很复杂的东西，他不可能是简单的。凤姐从黛玉一入府就照顾，固然为讨她太婆婆的好，但是她对于宝黛的婚事惯常以含蓄巧妙的方式来表示赞助的心情，她怎么后来变了？这种人见利忘义，后来他们那一派得了势嘛，她就会帮那一派出主意，照样害宝黛。这只是一种推理方法。但曹雪芹并不是这个意思，你只要细看看，凤姐在抄检大观园这件丑事上（骨子里还是为了要查黛玉），凤姐的从头到尾的态度和表现，你就不会疑心她是害宝玉、黛玉的人了，她的"立场"是清楚的。后来贾家抄了家，恰如同马道婆事件一样，王熙凤和宝玉两个人又是一齐入狱，他们叔嫂是一条藤上的两个瓜，息息相关，他们不是两回事。后来王熙凤的结局非常惨。她把她原来的婆婆得罪了，就是邢夫人，你净给二房效劳了，我们这边你都忘了；贾赦去讨鸳鸯，碰了一鼻子灰，那又是这两房的矛盾的一个侧面表现。长房、二房，二房里边的嫡子、庶子，两层矛盾交织在一起，这个矛盾冲突已经发展得极为尖锐了，曹雪芹的笔写得真好啊！这没算完哪，还得发展呀，那下边怎么样呀？可惜我们没有福气看到了，但决不会像高鹗搞的那一套，什么什么矛盾冲突忽然一下子通通都没有了。

曹雪芹花了十年的工夫，呕心沥血，他是要干嘛呀？这都是开玩笑的事呀！能是一个小小骗局的问题吗!？

人跟人的关系在老时候就是这样的关系，这样的关系你今天怎么理解呢？那就去看《红楼梦》吧：这是一种什么关系？这种关系建立在什么样的社会基础之上？他们都为了什么？他们都使用什么手段？他们都得到什么结果？所以曹雪芹一上来就说我这段石头的故事，就是"悲欢离合、世态炎凉"的一种故事（这话被高鹗删掉了），他写的这就是那个社会人与人的关系。通过故事情节，他不是要搞什么别的，他当时不可能理解为反映社会，他不会用这样的名词，也不可能有这么清楚的概念，但肯定他想过很多问题，我要通过这个写写我的感受。这些问题，他的感受，还不就是我们说的社会的问题吗？你只能这样理解，你不能够倒过来，你说曹雪芹是按我们今天的认识理解，今天的创作思想和方法，比如高度的集中概括来写的，你如说他不是，那就是犯了错误。这就把历史弄颠倒了。再如曹雪芹的人物怎么创造成的？说是用高尔基式的方法，写一个林黛玉先得观察几十个、一百个林黛玉，那哪儿去观察呀？林黛玉大门都不能出呀，才总角的小童子都不能到她那个院门里去。不能拿今天那一套来套《红楼梦》。你登门拜访林黛玉，说林女士，本人是个作家呀，想来求教，我想观察你，和你进行接触，社交活动，以便本人观察人物、体验生活！——那没门儿！那是十八世纪的中国啊，男女间要有"大防"呢！你记得有一回晴雯病了，偷着请的是个没来过的生大夫，他看病，晴雯连手都得遮盖上。到临走，他以为是看了一位小姐的病，好精致的绣房啊！婆子笑了，你老真是个新来的太医，那是我们小爷的一个丫头，小姐的绣房你那么容易就进去了!？他曹雪芹往哪儿去观察一百个林妹妹，再进行集中概括呀？曹雪芹他的主要人物都是有一个基本模特儿，艺术原型，所以这又是一个问题。说用一个单一的模特儿塑造人物，当然还是包括着一切必要的艺术加工，也就是一种概括方法。并不是主张单一模特儿就是说没有艺术概括。没有这个意思。脂砚斋作批语，实际也说出了这番道理。我的观点并不掩饰，我说的可能很荒谬，我应该说出来，请同志们给我以

批评指正。以上这些问题都值得继续研讨。

　　既然如前面所说，可见我们实在应该有一个较好的《红楼梦》电影剧本，这个电影跟那个越剧不大相同，那可以包括很多内容，众多的角色，错综复杂的矛盾冲突，你搞出来看，这样的电影可以给群众另一个观感，曹雪芹到底伟大不伟大，伟大在何处？通过一个剧本也可以反映出一部分，说明应该是曹雪芹这样而并不是高鹗那样。

　　那么，再回到"红学"这条线上来，"红学"的发生很早，从《红楼梦》一出现一问世，以抄本的形式流行的时候，已经发生了"红学"，那个圈儿可能是比较小，在一般满洲士人，高明文人那么一个圈里头流行。南方的情况刚才说了些，那略晚了一点，南方是等到有了刊本（就是程本）出来，流传面广了，"红学"也就马上盛行起来。这个"红学"在当时还出了一两本专著，也比较单薄，没有十分系统的资料，都是东鳞西爪。据我自己看到的，有一个印象突出，就是当时"红迷"们（特别喜欢《红楼梦》、崇拜《红楼梦》、专门爱谈《红楼梦》的），几个朋友到了一起就要谈《红》，资料里看到的大都是一些文人，但不是名公巨卿。名公巨卿对《红楼梦》，我想他们也看，偷偷地看，也谈，偷偷地谈，不敢公开，因为这个有伤大雅，不太体面。在当时，只有下层文人，他们是较少顾忌的，他们有点思想解放。常常留下这样的资料：某某人特别喜欢看《红楼梦》，"尤善说《梦》"，用言谈表达他的"红学"，他的一套看法、研究。大都是这样的方式。有人说，我尝听某人谈《红》，"无一字常语"。他的眼光简直跟平常人一点都不一样，对《红楼梦》有特别见解，没有一字是同于一般人那个老生常谈的。大家对《红楼梦》早就形成了一个套套，觉得《红楼梦》是这么一回事，是这么一部书，但也有极不同于时流的。这些零零碎碎的痕迹，说明在下层文人当中，《红楼梦》逐渐地取得了地位，反响越来越扩大。再往后，也还不是真正的人民群众，当时真正的老百姓看不到《红楼梦》，也看不懂，买不起，他们的文化水平的限制，书价的限制。我想《红楼梦》下一步的普及是通过今天称之为"曲艺"的，唱大鼓呀，单弦呀，牌子曲呀，说唱呀。首先满洲子弟（八角鼓就是在满洲发生），先在他们的圈子里边流行，后来说唱《红楼梦》的段子多了，听得多了开始熟悉了，熟悉了以后才去找那个书来看，而不是先看了书才知道《红楼梦》。这他们就比较更晚一步。往下说，到了我们，"红学"发展了二百多年，总的情况是怎样呢？解决了一些问题，也遗留了很多问题，甚至人为地制造了一些问题。但是目前在不断地前进。

我刚才说过了，最早发生的问题，观众的注意点就是这是写谁的？一般都这么看，这并不稀奇，而是历史的必然现象。当时确实是这样，他不能有另外的看法，不能像我们今天，说这是反映时代社会，还不会这样看，最多也就是自小观大，举一反三。《红楼梦》有没有政治意义？有。这个家族——曹家，是不是曹家呀，大家讨论吧，如果不是曹家是谁家呀？——就是书里的贾府，他们后来的遭遇，抄了家，入了狱，极其剧烈的变化，这是怎么回事呀？有政治斗争。《红楼梦》本身，我这种不太有科学条理的讲话法，也能潦潦草草列举那么多，叫它主线都可以叫，哪一条都贯串到底，交叉着，他不是写着写着换了别的忘了这个。正由于他本身具备了这样的丰富和复杂性，"红学"的表现是恰如《红楼梦》本身的丰富多彩的复杂性。如果不这样，反而不好解释了。作为"红学"，表现得是五花八门，形形色色，大家不要以为这个现象不正常，不值得提倡，或者说是走歪了，咱们赶紧刹车，把它引入正轨。我看不必这样担心，你那样弄来弄去就成了一言堂了。搞得大家都差不多，那也没什么意思；也未必通过那个途径就真能探讨出《红楼梦》的真义，这么多的"红学家"还要他干什么呢？红学家总是以为自己很喜欢这部作品，也很佩服，要加强自己的理解，他要搞一搞，到底是怎么回事。这是很自然的，这种愿望、欲望，我们应该支持，而不是挫伤。所以，各种不同的见解，都应该表达。二百多年已有的红学界那些看法，都好了吗？远不是如此。好比我今天到这里，冒充"红学家"，给同志们来讲，那些看法，说得振振有词，都对吗？不一定。还可能十分荒谬。应该这样看事情：多提看法，多提问题，大家集思广益，我们这个学术才能往前推动，不然的话，那是不自觉的僵化了，岂不可怕？

"红学"的复杂性表现在哪里？鲁迅先生不是有个话吗，革命家看《红楼梦》就看见这个，道学家就看见那个，不是罗列了很多吗？"索隐派"是以蔡元培先生为代表的,这一派的主要意思是说《红楼梦》是一部政治小说,是写顺、康、雍三朝的政治。这个说法对不对? 你很难说它全错了,因为它里边确实包含着某种程度的这种成分。蔡元培先生肯定看到了某些问题。但是,他的缺点就是他用的考证方法十分特别,因此就与另一派,——两派对垒,打得很热闹。这另一派就是"胡适派"了。这里我们谈来谈去,"渐入佳境"。这是个重要主题,不能不触及的。大家听我来谈《红楼梦》,不说说这个胡适派,心里有点歉然。所以一定要谈一谈。

这个胡适到底应该怎么看他呀? 我这个周汝昌是不是"胡适派"呀? 这些问题应该得到解答,这个问题不应该回避。"胡适派"非常不赞成蔡先生的那种考证方法和看法,批评蔡元培那一派,主要是从方法上批评,他一点也不正面触及人家看法的实质、结论。"胡适派"认为不能用猜谜的方法,这方法太可笑了,小说里的男女老少,一家子,却是朝廷里的一群官僚,宝钗是高士奇,妙玉是姜宸英,等等。猜来猜去,发展到极端,刘姥姥那两个外孙男女,一个是一捆韭菜(青儿),一个是一个铜板(板儿),就是铜钱,老制钱儿。文学作品的人物形象如果都变成了薛宝钗是放大镜,那个谁是录音机,这不成笑话了吗? 这实在太不科学了。古今中外的文学作品,它反映的人物事情不可能是这样的一种关系。好比小说里谁借给谁一笔银子,他就挖空心思,查出来历,说在历史上某一个大官某一个名人借过一笔银子,这一笔就是书里写的那一笔。这实在太穿凿附会了,实在是令人没法接受;用这个办法不能探讨《红楼梦》的实质、真义。所以在这一点上,我同意胡适。对于蔡、胡,据传毛主席一次谈话中作了评论,大意说蔡先生不对,胡适的看法比较对一点。国内虽未正式发表过,外边早有引用的,已经不是什么机密,所以我不妨一提。可见毛主席对胡适的红学观点自有所见。当然我并不主张拿领导人的话来替学术作结论,因为领导、名人,他也得有点漫谈、即兴、随便表示些读书心得和杂感的权利,他即兴讲讲,无意给谁提供压服人的资本,你滥引滥用,反而是对他的不敬。可我们一个时期的风气曾是如此,恐怕这也不是科学态度。胡适抓住这个把蔡元培派的主张整个抹煞了,因为不攻自破了,方法这样可笑，当然见解结论也就同样可笑了。这种逻辑我给他起名叫"直线逻辑"，研究历史事物，研究文学艺术的复杂现象，只用这种"直线逻辑"，简单从事，一加二等于三，这个是不行的。有时候真是你看见写了一加二等于五，你也不要忙着说它全错了。就是说，单纯表面现象往往掩盖了曲折复杂的内容，假象中也会含有真实。所以用这种方法往往是很误事的。因为我们往往知识太少、太可怜，往往就是根据字面啊，表面看到的那点现象呀，或者听到别人说的那点问题呀，就来判断事物，作结论呀，批判呀，等等，这样往往也说服了一部分同志，但是，也常常会离开了真理。索隐派说小说有政治含义就未必全错。那么胡适别的主张就全对了么？我从来没有认为胡适全对。胡适的理论是自叙传，后来我们开展一个伟大的运动，批评这个胡适，集中在这个自叙传或者叫做自传、自传说、自叙说，总之都一样。这问题应该怎么看呢？

"自叙传"的意思就是说贾宝玉这个人物，这个艺术典型，曹雪芹基本是从哪里取来的（他采用单一模特儿的方法，总得要选一个人）？他基本是从他自己身上取来的。这个自叙传如果这么理解，这是一个意义；但胡适的说法并不完全是这样。问题复杂就复杂在这里。鲁迅先生写了一部十分重要、非常杰出、意义重大的我们中国人的第一部小说史——《中国小说史略》，给《红楼梦》设了一个专章。他是怎么说的？跟他到西北大学讲学的那个讲稿差不多，大同小异，我想我就不必全部援引鲁迅先生的原话。鲁迅先生指出，《红楼梦》一出现就有了"红学"，众说纷纭，指为是写曹雪芹他们自己家的说法出现得最早，但被肯定反而最晚，自从胡适的考证出来以后，这个说法才明白了，大家都接受了。鲁迅先生是这么表示的。在另外的场合，谈到"模特儿"，说贾宝玉是以曹雪芹为"模特儿"的；他所写的都是真人真事，都是他自己经历的事情。这都是鲁迅先生明白表示过的。我背不精确，大意不错。正因为如此，曹雪芹才打破了历来传统的手法、写法。鲁迅讲的这是历史的事实。我们现在被一种看法束缚住了，就是因为批这个自传说（胡适是应该批的，等一会我还要讲），自传说本身就成为罪名，好像是任何作家、古今中外，不许拿自己作"模特儿"，如果你作了，如果你这么认为，你就十分错误，也应该深刻批判、严肃批判，甚至还可以提到政治的高度来看这个问题。可你谁给的你这一条呢？哪一部经典上这么说过的呢？为什么曹雪芹不可以这样呢？我认为他这样正是胆子非常大，非常难能的，谁敢用这个办法解剖自己？我就没有这个胆子，我要写一部小说，我也造一个名字"贾什么玉"，这实际就是周汝昌，我把我的一切表里都公开，我就是这么号人。在当时那可"光荣"？那简直不得了！是疯子！是大逆不道，人人指目，正所谓众口嘲谤，万目睚眦，那好受吗？那劲头儿不好受，不光荣，不是上了高台挂大红花，你那样理解就错了。曹雪芹的地位是我们今天通过研究认识取得的，他在当时，他敢写自己得需要什么样的胆量呀？！应该这么想一想，怎么这本身就成了一种错误呢？好像不大可以理解，是吧！要是说曹雪芹取了自己作"模特儿"，或者艺术原型，这个作品就降低规格了，社会意义就缩小了，品级就低了，怎么得出这个结论的呢？这又是一种什么逻辑呢？从哪里推论出来的呢？我也弄不大清楚。

毛主席指出，文学艺术有素材，要观察体验，然后加以集中、概括，提炼得更集中、更高、更强烈，更典型，更理想。比如我们反映阶级斗争，这些斗争事件遍及全国，我们不能都写都罗列，那么怎么写法呢？就集中概括。毛主席提的就是把日常现象集中，把矛盾斗争典型化。这就是所谓集中概括。毛主席并没有说别的，这个是真理，古今中外的文学作品都如此。刚才说曹雪芹不懂这个，他不懂是他的问题，他只要一写文学作品，他势必里边包含着集中概括的某种成分，这是毫无疑问的。我们应该把事情弄清楚，把话说清楚。这不等于说他懂得集中概括这么一个马克思主义的文艺原理。主要是矛盾和斗争这种现象的集中概括，毛主席并没有说塑造人物也一定得用众多模特儿的集合型。当然，如果能够也好。以一个人为基本原型，不言而喻，他虽然心目中存的是这一个原型，他毕竟写的势必有程度深浅不同的艺术概括。一提人物形象的艺术概括，有人甚至以为就是十个、十几个、几十个、一百更好，这些都是加号，甲加乙再加丙再加丁，加到多少，然后用一个总数一除，平均数，这才是最高级的典型。实际上不可能是这样。我们现在学习了马克思主义文艺原理，我们在各方面的提高，我们在理论上认识得越深刻越能帮助我们把作品写得更好，但这个并不等于回过头来要求古代的作家都具备这个认识，一定得按照这个方法来创作。所以毛主席的原话提的就是"可以而且应该"集中概括。毛主席下字是很有分寸的，并没有说"必须"。而且说的只是今天可以、应该，没说古人必须。不是很清楚吗？传记文学、报告文学，写那一个科学家，好比伽利略传，再拍成电影，是不是文学艺术？写生、肖像绘画，是不是艺术？如果有人写一本自己的传记文学，这本传记文学不是用第一人称，不是"我"如何如何，他变了，他自己不便出面，当时社会的种种原因，他改变一个方式，另造一个角色，但这个角色仍然就是写的自己，这有什么不可以呢？自叙传，自传体，他明明白白就是写的自己；具有自传性，但他不一定就用传记体，他变了体裁，这又是一种形式。还有某种只是含有自传成分的若干因素，但不全是写自己的，又是一种。可见单说"自传说"，这本身也是很复杂的问题，决不是很简单的。

让我们回到胡适的话题上来。我的粗浅看法是，胡适主张，也就是他看出了，宝玉这个人物就是运用了作者自己为素材，因此创出一个"自叙传"的提法来，不管这提法本身是否完美无疵，其要点是不错的。鲁迅先生就接受、肯定了这个要点，所以说："最有力者即（胡适考得）曹雪芹为汉军，而《石头记》实其自叙也"，"迨胡适作考证，乃较然彰明，知曹雪芹实生于荣华，终于苓落，半生经历，绝似'石头'"。他如此大书特书，不是一般的肯定，并且特别指出给我们："然谓《红楼梦》乃作者自叙，与本书开篇契合者，其说之出实最先，而确定反最后。"这些论断都是精辟的。但是，胡适的荒谬则在于，他主张这部自叙性小说只是写的曹家的因为"坐吃山空"而遭致的败落，因而《红楼梦》的真价值正在这平淡无奇的自然主义的上面"。这就是说，《红楼梦》毫无任何思想内容、社会意义可言。我自己这么些年来作考证，实际的目的有两点：一是证明这部小说确是作者有意识的、具有自叙性质的作品，二是证明这个"自叙"绝对地不是什么"坐吃山空"、"平淡无奇"的"自然趋势"。归纳起来，千言万语，就是这么两点。我坚决反对胡适的这个"平淡无奇"论。所以我认为，要批胡适，首先就必定批他这个谬论。换言之，"自叙传"说和"平淡无奇"论，哪个才是胡适迷惑、毒害读者的关键和要害？是后者，而不是前者。我的红学观，如要最简单地概括起来，就是这个样式。"平淡无奇"的"自然趋势"谬论是对历史、对作者作品的最大歪曲。曹雪芹，一生经历，绝似石头，那丝毫不假。你胡适为什么又说曹雪芹的自叙就一定是毫无内容、毫无意义的一个空洞的"平淡无奇"呢!? 除非你能证明：凡是自叙传，不管谁的，都必然是平淡无奇的。我就是认为：曹雪芹之所以决意选定了自己、自家的生活素材来作小说、来进行艺术创造，恰恰是因为它本身就最不"平淡"，最为"有奇"! 胡适的荒谬，正在于此，必须强烈反对，深刻批判。

那么，同志们要问我，你怎么能证明贾宝玉一定是主要取材于曹雪芹本人的？要是能拿出一个文件来，上写乾隆某年某月，曹雪芹曾经用自己写《红楼梦》，还有签字盖章，这个我没办法，哪里有这个证件呀？但有很鲜明的证据，只举一点，请同志们体会体会。如果我写小说，写的是张三李四，没有切身的利害痛痒关系，那我是怎么看他，是褒、是贬、是批评、还是挖苦，还是为他辩护，崇拜得不得了，来写他的光辉形象，不管怎么说吧，那个是开门见山的，光明磊落的，头一句话就可以表明态度。作家对人物主角必有自己的主观态度，他不必也不会躲躲闪闪，但是大家看曹雪芹，一提到贾宝玉，什么笔调，什么笔法，什么态度呢？这个人物如果跟你本人没什么极特殊的关系，你干嘛要打这么多曲里拐弯？烟幕遮掩？通部书对贾宝玉一句好话也没有，一出场就带着奚落的话：秉性是乖僻的、乖张的，世务不通，腹内草莽，又潦倒，又愚顽（潦倒，俗语，不务正业，不正经。不是穷愁艰困的那个潦倒），也不喜欢读书，而且还对看官们说教呢：寄言世人，千万别学他。先骂了一通。骂了这通是真骂吗？这实际上又是赞扬。他在另外的地方却通过警幻仙子惟一的一处说了几句好话，说宝玉秉性聪慧，天分高明，不能让他再看册子了，再看他就领悟了。别人都骂贾宝玉，就是警幻仙子在这里透露了一点消息——这个宝玉为人是了不起。这是为什么呢？通部写贾宝玉没有好话，通过书里的人物，作者叙述的口调、众人对他的评语，都没有对他夸奖的，说"了不起"。外地甄家来的仆妇婆子们临走了还得议论议论，他们府里这个少爷怎么这么怪呀，那简直是不像话，成天价疯疯傻傻，没大没小，小子们见了他不怕他，不站起来，他也不恼；见了燕子和燕子说话，见了水里的鱼就跟鱼说话，……人家给他端汤喝，汤洒了他自己烫着了，他不知道疼，他问人家没烫着吗？还是个丫头哪！这不是个大怪物吗？请想，这都怎么回事？这是因为什么？一定要用这种的笔调笔法来写这个人物？必须有所解答才行。如果曹雪芹在当时社会里，他的见闻里，是另找的一个"模特儿"，拉过一个张三来，我写的是他；或者是集合型的吧，好比是三个人几个人组成的；再如果是从很多原型概括出来的，更是根本并无此人，——那他何必用这种笔法？我选取的或塑造的这个人物是个好的，我赞美他；我对他批评也用不着吞吞吐吐，遮遮盖盖。这种写法本身岂不就说明了很大的一个问题。今天我只举这一点，别的证据很多，暂不备列。

　　以上这种看法，好像从来没有见过，文章里也没有提过，我本人有这个看法，我今天跟同志们说实在话，我在这个场合以前，也没有说过。你干嘛不说呀？不说的原因是很多的，最主要的一点是自己的勇气不够。但是学术真理是靠我们来探讨，我的说法可能错，错了呢，大家讨论、切磋、批评，是同志式的、平等的，您可以批评我，我也可以批评您。这不是谁比谁高一等，然后你再给我一个政治罪名，那您就是天生的批判者，我只应在台下受审，那我还有什么发言权和发言的必要性呀！我就不讲。今天领导同志们、老师们、学员们不弃，让我来讲，所以我的勇气未免大起来了。大了以后，我应该把我真正的看法说给大家，不然的话，就是不诚，一个做人的基本道德，如果他不诚实，这个"人"就成了问题，你还搞什么学术，你那就是骗人。

　　说到这里，让我回答一下同志们问我的另一个问题："红学"界还有什么问题吗？有。什么问题呀？不能都罗列了，文风、学风，都不是毫无可议的。一个问题，弄虚作假，不实事求是，学术是为了科学的真理，我们竭尽这么一点可怜的水平、学识，努力地积年累月地辛勤探讨，还不一定弄得对。这是干嘛呢？是为个人名利、达到什么高位吗？还是为别的，那就另当别论。如果你是真正为探讨这个主题，就是为研究《红楼梦》的真相，你通过研究形成的见解，或者同意别人，或者不同意别人，或者跟谁同，或者跟谁不同，或者有同有异，或者跟谁都不同，是吧，那完全是可以的，也是不奇怪的。但有一些，过去的评"红"文章并不诚，他说的那些话，都是重复别人的见解，没有自己的研究成果，别人又怎么提法啦，咱们也得这么提，保险，别犯错误，那个提法对不对呢？怎么回事呀？谁知道呢！他也不一定清楚。然后，他又故意地用一些手法，抑扬顿挫，褒贬雌黄，明明不是那么回事，硬是那么说；引录人的文章，引经典，引鲁迅，明明你去看看原文，一清二楚，他给你加上一些妙法，删省几句，掐头去尾，断章取义，片面化了，我就用这几句，你瞧这不就是我的证据吗？我要是往鲁迅先生那里找，却有更多的别的样的证据，那咱们这么一来，官司打不清。还有一个说法，鲁迅先生早期是民主主义思想者，后来学习马列主义了，本人变成了马列主义者，唯物主义者，共产主义战士。从鲁迅先生说，他是伟大的思想家，他在不断地前进，这是真理。他一生不会从开始到后来都一样。但是我们也要想一想，鲁迅先生写《中国小说史略》的时候，已经是什么年代了？讲的时候比较早，印出来就相当晚了，重印、修订、最后一版的前言、附记，都说得一清二楚，某些地方又添了什么资料，又有了什么见解，全书只对十四、十五、二十一这三章稍作改订，其他的呢？"别无新意"，仍其旧贯。这还不很明白？别无新意，就是原来的看法。《小说史略》最后一版距鲁迅先生逝世已经很不遥远了，鲁迅卒于一九三六年十月，他最后给《小说史略》作题记已经是一九三〇年年底；而他生前最后一版是一九三五年，距他逝世只有一年。而且他在什么时候变成马克思主义者的呢？姑且拿"左联"的成立作标志，那是一九二七年。而一九三五年的鲁迅在新版和日译本并未改变什么对《红楼梦》的研究看法。这该怎么解释呢？那还不代表他最后阶段的见解，还要什么"最后"呀？可是有同志还要说，你要引鲁迅先生早年那个话，那不能代表鲁迅先生的见解，他后来变了，他怎么变的呀？他不是骂过：一提贾宝玉就念念不忘曹雪芹，这只有特种学者胡适之先生之流才能这样。这话是一九三六年讲的，这不是很清楚了吗？这不是说明鲁迅先生观点最后就转变了吗？我说，怎么转变的呢？上边那句话不明明说吗？刚说了，人人都知道："贾宝玉的模特儿"就是作者自己曹霑，这难道不是一回事情？如果你要探讨的真是艺术原型模特儿问题，你就不该不承认鲁迅讲过这一句话，而且那是一九三六年的四月哪！你记得鲁迅先生那篇文章为什么而写吗？那些话都是因何而发吗？傅东华这种人，我没有写过他，有人怀疑我写的是他，那我要写他完全行，他本身完全"有资格进入小说"，即满够一个典型。这个话还不清楚呀！要选一个现实里已有的典型拿来构成主角写成小说，完全行，傅先生就是一个。不就是这个话嘛！你要比《红楼梦》，我写这个"贾宝玉"，你总忘不了曹雪芹，但如果我本来不是写的曹雪芹，你说我是写的曹雪芹；我根本没想写傅某人、张谁、李谁，某甲某乙。鲁迅先生讽刺的是这个问题。这个怎么能说鲁迅先生对《红楼梦》的"红学"的看法变了呢？可是这样一个并不复杂的道理，在不肯实事求是的学风之下，就很难弄个清楚。

最近国内国外"红学"界有一些新的动态是值得注目的。好比我们国内有了文章，有些讲座，都开始敢于比较承认鲁迅先生在这一点上并没有反对胡适。胡适在"红学"研究上，他开端较早，总还是有一点功劳。胡适的政治立场反动，思想反动，我们批他反他是这个问题，怎么能把完全不同性质的问题混为一回事呢？但过去这样认为是要挨批的。再还有专靠贬人以抬高自己，"红学"界也有一些极不正常的现象。例如吧，我的学术观点跟有的人不一样，这不是太自然的事了吗，有几个是搞学问而学术观点完完全全一点不差的？不可能，这不应该看得很自然吗？不！我由于所持的论点不同，这就等于冒犯了某某专家，某某专家就用各种方式、包括写信来辱骂我，骂我还不是从论点上跟我争，最首要的一条罪状就是：你是胡适派，你今天还"给胡适翻案"，你"是何居心"？我有什么"居心"啊！我要搞反革命呗！你大概心里存的政治罪名就是这个，不能比这个再大了吧。又说我是"以慰胡适在天之灵"。怎么回事呢？原来是对《红楼梦》抄本的称呼，有两个旧抄本，胡适起了个名字叫"甲戌本"、"庚辰本"，说我采用了"甲戌本"、"庚辰本"这种叫法，就是为胡适翻案，胡适不是死了埋在地下了吗，你是安慰胡适于地下，不，"在天之灵"哟。你逼我，我就要说啦，你老兄也搞"红学"，你也使用名词，你使用的那"程甲本"、"程乙本"，是谁的呀？这两个名词都是胡适创造的，我对这两个名词也用，但是我反对，别人不但不反对这个，还反而从"程甲"、"程乙"这个形式又仿造，开出一大套的"脂残本"、"脂京本"的名单来，他却口口声声以"反胡功臣"自吹自擂。我不想用这些仿制的名字，我还是用"甲戌"、"庚辰"，因为它合理、正确，这就是一大罪状。你那个自封的"脂残本"，能说明什么呢？有脂砚斋批语的旧抄本，有几个是"不残本"，你"脂残本"能指明哪一本呀？又是什么"脂京本"，有一次，我考验了一下跟着瞎叫名称的同志，问他为什么是"京"呢？他答因为收藏在北京图书馆嘛，可他恰恰错了，"庚辰本"实际是在北京大学。请问，你那个"脂京本"又说明了什么呢？我为什么必须采用这些莫名其妙的名称呢？我不采用，这可麻烦了，我就到现在还"慰胡适在天之灵"哪！这个问题就不妙了，我该被捕，声名扫地，彻底垮台，这样就给别人减少了一个"障碍"，是吧？今后我们有问题商讨，学术方面争得面红耳赤，无妨，不能搞这一套，你不能拿政治来吓唬人；你也没吓倒我，我到今天也没倒台，我今天还来到高等学府讲"红学"。可见这个法宝并不灵，今后再使这个可能也不会太灵。同志们看历史上，学术真理在他手里的，人家从来不搞学霸、学棍作风。我们今天更提倡良好的文风和学风。学术的事还是照着学术来讲，任何手段都不能帮忙谁的自封自定的论点。

　　香港那方面有一个报纸，是个那边所谓的左派报纸吧，也有个很新鲜的例子。它过去登文章也不是那么十分没有考虑的，这次从四月底登出一个特约稿，总题目叫"春夜随笔"，每一期成一个片断的文章，又有分题。我看到头三章，整个都是谈《红楼梦》的，非常大胆，对某些"红学"界的现象也很加以讥刺，可以说把历来的"禁区"都触及了。有的同志如果能拿到这个报纸，不妨找来看看。在香港，这样的文章不知它的影响是大是小；对我们内地"红学"界来说，倒是颇有一读的价值。

"红学"界的最新动态：《红楼梦学刊》创刊了，北京还不止一个，还有一个，社会科学院的文学研究所的同志也在创办一个专刊，原来他们起的名字重了，所以改了一个名字叫"红楼梦研究集刊"，啰嗦了一点，多了两个字。原来想叫"红学季刊"，后来有些同志不赞成，后来出版家也不以为然，说这个不太好，主要问题就是不赞成"红学"二字。这样问题就来了。"红学"一名本身，由此可以看出来，它不是一个很好的字眼，当初就是一个开玩笑的字眼，不是含着很大的敬意。从清代到民国，一提"红学"，你是"红学家"呀，用眼瞟瞟你，嘴角上就挂点笑，心里也……，不言而喻：这个"红学家"称号不怎么样！但是，看来，"红学"这个词已经随着时代前进而成立了，已经正式化了，逐步地把不敬的、玩笑的、轻薄的意义减少，它本身已经没有不好的含义了。比如我刚才读的那个创刊词，就已经用了"我们要把红学研究的学术水平提高"。今后，"红学"的地位不至于像以前那么在半嘲半骂、四面楚歌的状态之下来进行研究工作了。所以，形势真是大好。

最后，时间不多了，我再说几句闲话。"红学"界已有的"红学家"年龄都比较大了，这些人本身的条件是很有局限的。他们的学识、他们的理论水平，有的是很好的，有的也不一定怎么样，年龄也大了，各自抱着那么一条线搞下去，看起来也未必能把"红学"搞得更展扩一点。无论是脑界、眼界、心胸、态度，研究这个问题这样是不够，研究《红楼梦》的问题，目光一寸，搞小玩意儿、小盆景是不行的。所以这东西难得很，难度很大。现在各方面都在青黄不接的阶段中，老的哪，老、病、衰、残，甚至有的已经不能工作了，能工作的呢？工作效率也不怎么高了；后起之秀，人才济济，还有待培养发现。《红楼梦》的研究不是现在有了多么了不起的成果，它现在的成果很不令人满意：一系列问题还在争论，一系列的问题并没有彻底明白，一系列的问题都是整个空白没有人来接触。要举例子那就多了，我脑子里存着这种题目就有不少。我这个人有点不自揣量，我兴趣又广泛，我都想搞搞，可我哪有这样的精力啊，也没有那么多的学识啊，所以搞来搞去还是搞了自己这一点东西。这是太对不起这一部伟大的作品了。我深深盼望今天在座的我们河北省的文化部门、文艺部门的年轻同志们，学校的青年老师，这众多的前途无限光明的学员，后起之秀，好好提高自己。我说到这个地方，我的心情就激动起来，让我平静一下。……我再说几句话。人才是最难得的，造就一个人才得有党、国家、全社会，作为一个学校，设备、师资、图书资料，这是一个多么艰巨繁重的工作，培养我们这些后继的人才，不能让我们的事业中断了。所以我盼望，特别是年轻的一代，要自己好好努力。听到我谈到红学界的这些情况，要以此为经验教训。包括我本人，我本人种种缺欠、局限、错谬，种种粗疏浮浅，自己努力得不够，水平还没有提高，活到最后一天还是要学习。只有这样子，可望大家共同把我们的《红楼梦》研究能够不断推进。从我个人说，我也不以目前搞的这一点东西就停步了，我心里存着的题目很多很多，我就是没有足够的精力了。年富力强的后起同志，一定要把我们这些老"红学家"绝对不可能做到的（因为他们受了局限）要做到；他们做得不够好的，比他们做得要好；他们做得错误的，要毫不客气地纠正。不是对哪个人，而是从历史上看，"红学"取得了什么成就，存在着什么问题，出现了什么偏差，还有什么错误，有什么严重问题，都可以关心，自己也可以进行，有志气进行这个研究工作。

今天我们聚会在一起，谈一谈《红楼梦》，本来应当有些意义，但我谈的毫无学术性内容，整个今天谈的，都是一种漫谈的性质，这个我跟中文系的老师早就说了：可能我谈不出什么学术性的东西来，咱们就这个机会、这个场合、这个形式见见面，认识认识，交流交流思想、感情，这就是我最大的希望。这个希望今天总算达到了。我能够贡献在大家面前的就这么一点微薄的意思。

【附记】

以上是本年五月二十五日上午在河北大学中文系一九七九年学术报告会上的一篇讲话。我有幸被邀参加此次盛会，作了这样一个"即兴"式的谈话，全无准备，所以没有草稿，只是临时口述，凌乱芜杂得很。蒙热情的同志费去很多时力，为之记录整理，抄清后让我核阅。我尽可能地保存了原样，只将口述时过于不完整的语式，不清晰不准确的语意，稍加修饰，删省了个别过于枝蔓的闲话，增入了三五处例证，此外未作任何实质性的改动。

一九七九、十、二十二　周汝昌写记

续篇

谈《红楼梦》，我一肚子的话，三天三夜也讲不完，这真是"没办法"的事。今天只能再谈两小时，非常抱歉。

《红楼梦》本来不叫"红楼梦"，这个名子是从第五回"神游太虚境"首次见到的。警幻仙姑招待宝二爷，有许多好东西，"千红一窟"、"万艳同杯"，又把新制的十二支"红楼梦"曲子唱了起来。这时，书里才出现了"红楼梦"这个名目，或题目。曲子共十四支，像是一套，实质是散曲，作为一套散曲，也不循以往旧有宫调、曲牌，曲牌也是新创的。"红楼梦"是这一套曲子的名子。为什么用"梦"？明代伟大戏剧家汤显祖的几个剧本就统称"临川四梦"。"红楼梦"用在这里，曹雪芹的文心笔法细极了：宝玉要歇午觉，被秦氏领进了自己的卧房，老妈妈说：哪里有叔叔往侄儿媳妇房里睡觉的礼？秦氏说："不怕他恼，他能多大了？就忌讳这些个；上月你没见我那个兄弟来了？虽然和宝叔叔同岁，两个人要站在一处，只怕那一个还高些呢。"这时，宝玉还不是青年，还是少年，还很小，否则，任凭曹雪芹笔法巧妙，一个封建大家庭又怎么能这么安排？秦氏这种少妇房间的布置、气氛，使宝玉一进去就发生了前所未有的很特殊的感觉。这个梦就发生在秦氏的绣房。"红楼"代表什么？不是现代那种红砖盖的洋楼，而是古代阔家妇女所住的地方，这几乎成了专名词，因此不是一定真指两层，也不是真说那是一种"楼"，只是代表环境气氛。唱的曲子叫"红楼梦"，完全与环境气氛情节是贴切的。"红楼梦"是这一回中的情节，不知为什么就

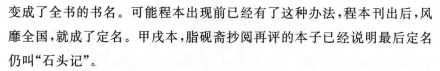

变成了全书的书名。可能程本出现前已经有了这种办法，程本刊出后，风靡全国，就成了定名。甲戌本，脂砚斋抄阅再评的本子已经说明最后定名仍叫"石头记"。

"石头记"是什么意思？不就是一块大石头，丢在那里，后来它经历了种种奇遇，悲欢离合，就记在了大石头上，又不知过了多久，有空空道人抄录下来，后来曹雪芹于悼红轩中披阅十载，增删五次。——这是原书所说的，但是在这儿竟然发生了"谁是作者"的问题。

空空道人是谁？有没有这个人？有没有"来历"？明代文人袁中郎，好发奇谈怪论，好写小品文，他有一部《狂言》，这是一部小随笔的书，前面有自己的短序。序，落款空空居士。"居士"是在家里修道的。"道人"在六朝以来本身就是出家人的意思，当时主要指佛门弟子。用"道人"是与世俗人、一般人相区别的话。北魏有名的书法家郑道昭，他游云峰山，记游山的诗刻在磨崖上，题目中有"与道俗九人……"。可见"道"是与"俗"相对的称谓。空空道人与空空居士并没什么"本质区别"，不是后来的和尚与道士之分。这能说空空道人是个传道的吗？袁中郎有个号叫石公，这跟"石头"也不能说毫无关系啊。《狂言》里有一则讲"真""假"的，非诗非文，就是"偈"。曹雪芹也讲"真""假"，他自己的一首"无材可去补苍天，枉入红尘若许年。此系身前身后事，倩谁记去作奇传"，是说石头把自己的经历叙完了，后面还有一"偈"，没说这是"诗"。这一"偈"下又有"满纸荒唐言，一把辛酸泪。都云作者痴，谁解其中味"，脂砚斋说这是开卷以来第一首"标题诗"，也可以说是笼罩全书的标题诗。到什么时候出现全书正文里面的第一首诗？到了贾雨村中秋对月感怀，作了一首五言律："未卜三生愿，频添一段愁。闷来时敛额，行去几回头。自顾风前影，谁堪月下俦？蟾光如有意，先上玉人楼。"脂砚斋批明这是全书第一首诗。到了贾雨村的诗，才是第一首，三个层次多么清楚！偈、标题诗、正文第一首诗，三者并没有混为一谈。

我要说的是，"石头记"表面是说石头自己经历的故事，石头有灵性、会发言，这在文学史上是有来头的，不是空造出来的。这最早见于《左传》，说发现一个石头会说话，原因是政治败坏，民生困苦，可见石头说话从一开始就与政治有关。乾隆时满洲人明义作了《题红楼梦》绝句二十首，后面有两句是："石归山下无灵气，总使能言亦枉然。"就是采用了《左传》的典故。同时明义还用了石崇、绿珠的典故。石崇的园子名金谷园，"青娥红粉归何处？惭愧当年石季伦"，这是说你宝二爷连石季伦的结局都跟不上，石季伦最后还有一个绿珠。所以他起"石头记"的名字，人人看了也未必即觉奇怪。可我认为他有他的含义。"通灵"不是"神通变化"的意思，石头本是一块顽石，顽者，顽冥不灵也，"顽"与"玩"不同（"玩"，本音是去声）。石头是顽石，没有灵性、感情，可是经过女娲一炼，有了灵性。这顽石后来被仙人施展幻术，变小了，才成了"通灵宝玉"。这在文学史上有没有来历？有的。——生公说法，顽石点头。生公当时被排挤，不给他讲学的条件，他没办法，跑到了苏州的虎丘；不容许他有听众，他就敛了一堆石头，就讲起他的崭新的见解、道理、经义，认真地讲，讲了一段，他问石头："如我所说，合佛意否？"石头听生公一问，都一齐点头。这个故事非常感动人，如果说这是迷信，那就只有请他批判迷信了，我们是搞文学艺术，不能学他那样。我不懂佛学，但这样的佛教故事，多么令人深思，多么令人感动。在那个年代，有独特的见解，要寻找宣传阵地、获得听众都那么难，传统势力、正统势力那么大，什么新东西都不让成长的。曹雪芹讲的都与这些石头的故事有联想关系。

外国有没有石头的故事？我没有那么多的材料。但记得列宁说过，沙皇的黑暗统治，让顽石听了也会叹息的。我看到这里，大为震惊，这简直是中国人的口吻、语调、方式、想法。间接地听朋友说，王朝闻同志说过托尔斯泰知道《红楼梦》，并且受到影响。我没办法作这个考证。最近又出版了《复活》，加了"后记"，里面说托尔斯泰写这部著作原来只有少数主角，后来一步步地扩充成规模宏伟的文学巨著，费了十年辛苦。这与曹雪芹是一样的。曹雪芹先写了《风月宝鉴》，以后几经增删润色，成了《石头记》。遗憾的是国外的革命导师没有读到《红楼梦》，如果读到了，一定会有评论，那将是多么有意思的事！可惜这已做不到了。我讲这些是说"石头记"名字本有深义。是不是有个"石兄"先写了，曹雪芹又加工？这个问题很需要弄清楚，事实真相到底怎么样？但从明义的二十首诗，看不出这个线索。他说："石归山下无灵气，总使能言亦枉然。"明义是乾隆三四十年间写作此诗的人，与曹雪芹可能相识。敦敏也有一首诗：

芹圃曹君霑别来已一载馀矣。偶过明君琳养石轩，隔院闻高谈声，疑是曹君，急就相访，惊喜意外，因呼酒话旧事，感成长句

> 可知野鹤在鸡群，隔院惊呼意倍殷。
> 雅识我惭褚大傅，高谈君是孟参军。
> 秦淮旧梦人犹在，燕市悲歌酒易醺。
> 忽漫相逢频把袂，年来聚散感浮云。

在敦敏的全部诗歌中，这一首感情最为强烈。他们这一次的相遇是在哪里？是在傅恒的侄子明琳的家。诗中隐约地表出了雪芹的小说。敦敏、明义对曹雪芹和《红楼梦》的一切了解得比我们清楚，但他们都没有说曹雪芹是个对他人旧稿的"编辑加工者"。

《红楼梦》的艺术价值何在？继承它，继承什么？对古典文学、文学遗产，怎样批判地继承？这个问题很重要。讲"批判继承"的有混乱、有误会，"批判"二字本来不难懂，但在实际上，对古典文学的态度，处理问题时的具体表现，还是有误会。新出版的《汉语词典》"批判"一词有两条意思，一个是有分析、有拣择，不是没区别；第二个意思是随着时代的进展，"批判"成了专有名词，如"大批判"，这是政治术语的问题，对反动的、害人的，揭穿他的本质，也叫批判，完全是政治性而且主要是贬斥性的。这二者不能混为一谈。而现在一谈批判继承，往往二者弄混。在古典文学选注本和其他有关文章中常常在末尾会看见"对……必须加以严肃批判"，这样的态度似乎未必科学。一千几百年前的作者，那时的社会历史条件是什么？难以想象，他们那时就能有那样的思想胆量，还不敢说是精华，还要批判，那还不就批光了完事？毛主席从来没有这样教导我们。他说有这个借鉴和没这个借鉴不同，有快慢、粗细、高下、文野之分，这个问题是很分明了。继承是积极的还是消极的？消极的就是把它批倒了，只勉强拣出一点点。毛主席也不是这样教导的，而是说吸取精华、营养；糟粕呢，就排泄掉了，这就是积极的。说一句粗话吧，谁能说吃东西是为了排泄？可是为什么一个时期搞古典文学好像竟是为了批判？这怎么能本末倒置呢？列宁在《青年团的任务》里，也说得再清楚没有了。但这个问题，过去几乎每过几年搞上一次，可也总是"从头谈起"，只是搞不清。香花、毒草，怎么区别？先看政治内容，基本上好，再看艺术（其实也不是断然两截的事），都好，是香花。现代作品，内容尤其重要。已经明确知道它是香花了，自然就要好好地研究它的艺术，如果没有艺术，它就不能起到这么好的作用。艺术标准是不是不重要？"政治标准第一"有时成了"政治标准唯一"。有一段时间就谁也不敢谈艺术，谈也只是"形象鲜明、语言生动"八字真言。想在艺术上有所提高，总停在这些上，对事情并没有多大帮助。我们学古典文学，教古典文学，对艺术也要有个认识，到底怎么个"鲜明"呀？怎么个"生动"呀？不能停留在一个空洞的名词上。

《红楼梦》是一部好书，很伟大，内容很深刻，评价很高，谈它的时代背景、内容、意义很多了，假设说谈得比较接近正确了，我认为是轮到该谈谈艺术了。可今天这方面是非常不够的。这个问题靠大家努力，是共同的责任。谈《红楼梦》的艺术，这个问题太要紧了。我们今天继承什么？不能每天谈贾宝玉反封建、叛逆，这一点早就明白了，够了。我们学习《红楼梦》，学什么？继承什么？还不是学它那么高的艺术造诣！学它怎样表现人物，人物就活起来，等等。我总觉得更主要的还是继承它的艺术成就。

《红楼梦》有哪些高超的艺术成就？简单说，印象最深刻的，就得从写人物说起。曹雪芹写人物，不用废话、假话、空话，大话、废话他不说，他说假话（假语村言）也是手段，当时不容许他把真事说出来，"假语村言"是争取可能到底还是把真实表现出来。"索隐派"这个文词本身没罪，不应该批判这个名目，他"隐"去了"真事"，当然就应该去"索"，这有什么错？蔡元培方法错了，但不能因噎废食，说有隐也不许索，今天研究《红楼梦》，实质上还是在索隐，不过我们是用马克思主义即科学的方法去揭示那隐去的"真事"。"索隐派"这个名词，没什么不得了的"不光彩"。贴上一个标签，一看就骂，不是好办法。

曹雪芹惜墨如金，写人物一句废话没有。文学艺术不是讲解，诉诸理智；而是诉诸感情，这就是用形象来表现，不是讲演。一个人物一上场，他作者对这个人的性格什么话都不解说，也不刻画容貌细节。西洋小说特别如左拉一派，写一个妇女常常要极细致地写她的衣装，甚至一个耳坠，这是西洋历史文化传统可能产生的结果。中国不是搞这样的"描写"的，是抓更"本质"的——精神境界。曹雪芹也写衣服，但那实际只指出了衣服的名目罢了。清代的针线活，简直细极了，能把活人累死的，一件衣费的功力太可惊了。所以曹雪芹也并没有真写服装，还是只用粗线条一勾勒，只是用它来写人物的神态、气派。王熙凤刚一出场就显示出她的精神和地位，她一张口，好多人物的关系早已布置在那里了。黛玉入府，她几句话，多方面都应酬周至了，面面俱到。她夸赞黛玉，可怜黛玉，怀念姑母，讨祖婆婆的好，引得贾母说："我才好了，你又来招我。……"接着又是安排黛玉的生活，又是回王夫人的话，说开后楼拿东西，显出她管家人的身份。王夫人说叫她晚上派人拿衣料给黛玉裁衣裳，王熙凤又说早料着了，已经预备下了，王夫人一笑点头……你看王熙凤一出场，闲闲数笔，说了多少内容，显示了多少人与人的关系！这就不是"耍木偶人"的那种写人法了。

林黛玉大家说了二百多年了，到底是什么样子？能勾画出来吗？曹雪芹根本没有写。细写人物的外形样子，就落入下乘了。他是用另外的手法，写人物的精神意态。曹雪芹笔下的人物，看时是那样模糊，而想时是那样清楚，这是中国艺术的绝高造诣。这是从哪里来的？这与诗有绝大的关系。中国的戏也不是雷同于西洋概念中的戏，其实质相当多的是一首抒情诗。《林冲夜奔》，舞台上什么都没有，只林冲一个人，台上打着小锣，林冲从出场到入场，载歌载舞，一人独唱，而他的英风壮志，他的遭遇环境，他的满怀悲愤，使观众全神贯注，感到美不可言。是"戏"吗？是抒情诗。《苏三起解》，一个妓女，一个老解差，一路上苏三回忆前尘，一腔哀怨，伤怀哭诉，老解差不过中间穿插一番闲话，而名角演来，能使人百观不厌。——这也是抒情诗，不是西洋所谓的那种戏剧。看《红楼梦》也是这样，传神、造境，而不是"自然主义的"刻画琐碎。《红楼梦》在情节方面的许多展现，当中隐含着深刻的巨大的矛盾冲突，而写出来是美丽的画卷，又是抒情诗。林黛玉"风雨夕闷制风雨词"一回，她刚刚和宝钗谈了心，自伤身世和处境。宝钗加以慰解，并劝她吃燕窝，比服药好，她说，已经够讨人嫌了，又闹什么燕窝……，"人"就是赵姨娘屋里那一党。宝钗安慰了她，走了，黛玉自己心绪如潮。——但曹雪芹写法只是闲闲数语，不是戏台上所说的"洒狗血"那样。可是他写的，你仔细读了，你自己就能有深刻的感受。宝钗走了，日未落时，那天就变了，淅淅沥沥，下起雨来，黛玉拟《春江花月夜》写了《秋窗风雨夕》，这时一边蘅芜院的老婆子来送燕窝，她们提着灯打着伞，来了，走了，一边宝玉就也提灯打伞而来。这个安排紧凑极了，写得淡淡如水，但实际上紧凑极了。宝玉冒雨而来，黛玉太兴奋了，她没有想到宝玉冒着雨来。我们可以设身处地地想一想，那样的情景之下，她万没有料到宝玉会来，可是来了，她感动、激动得不得了，可这一切感情只能隐藏于胸怀。宝玉关怀她的身体，用灯照照她的脸色，说今天格外好。他们两个人的关系，一点俗气也没有。宝玉该走了，小丫环提着灯照着，黛玉还怕不安全，又给他一个手灯，宝玉说怕摔了，黛玉说是跌了人值钱还是摔了灯值钱？这是多么深挚动人的感情！但他们的感情又只能通过这样的语言和方式来交流，不能再超越一步。这就是封建社会。黛玉那首诗实在是太好了！回忆这一回书，它的内容给我们的感受享受太深了，——整个手法是一首抒情诗。这种手法，曹雪芹特别擅场。写人物不灌输、不讲解，一上场就把读者抓住，这容易学到；抒情诗的手法就不容易学了。我以为这是曹雪芹艺术上的一大特色。

再一个特点，凤姐一上场的那几句话，安排了那么多的线索，都埋伏在那里就不说了，不是打哑谜，因为笔底下的事太多了，不能平铺直叙。古人说，"文似看山不喜平"，平了，艺术上就败了，令人昏昏欲睡。曹雪芹把笔宕开，并没有丢下，过后还会接上，就像电线，线接上了，电流通了，火花就出来了。但读时太粗心，就会觉得东一点西一点，莫名其妙，读《红楼梦》，天大的本领读一遍也不明白。伟大的作品无论从哪一页翻开，立即就吸引我们读下去。读几次毫无厌烦之感，还想看。不太伟大的作品，第二遍已经勉强，第三遍就不想读了。《红楼梦》不是那样，写这儿，一方面跟前边呼应，一方面又给后面预设伏线，众多的人物复杂的关系都包含、照应到，真有"牵一发而动全身"之妙，实在是了不起。只有这样，才能耐人寻味。

【附注】

《狂言》，早年有过铅印本，附有"空空居士"自序书影；所据以排印者为明万历原刊本。但藏书家指出此书并非袁氏所著，而系当时人嫁名伪托。我引此书，主旨只在说明雪芹接受明人手笔的影响，何况他在清初阅读此等"杂学"，并不一定像后世藏书专家考辨真伪，那么他从袁中郎的各种文字中（包括假托的）接受影响，是完全可能的。在此说明，以免纠缠。

【附记】

一九七九年五月二十五日，我在河北大学中文系主办的学术论讨会上做过一次"即兴"式的"谈红"演讲，蒙河大学报整理刊出（一九七九年第四期），题为《红学的几个侧面观》。在那同一天的晚上，还和很多位老师们座谈了一次，时间约有两个小时，实际只是试行答复了同志们向我提出的许多问题中的两个，即《红楼梦》的作者问题，和关于它的艺术特色应如何理解、对待的问题。我同样做的是"即兴"式的漫谈，既无条理，又极粗糙，其见解当然更是肤浅的和片面的。河大学报不弃，不但请人花费了很多的目力将它一并记录整理成为文字，而且仍愿将它刊出，当作"侧面观"的"续篇"，我覆阅后，感到这太"粗"了，最多也不过是一个"躯壳"，还得大大加以充补"内脏"才行，于是就搁在乱纸堆里，在十分忙冗之中，把这件事拖下来了。

等到学报的同志再催问我，已事隔甚久，那个即兴漫谈更成了"俯仰之间，已为陈迹"的东西，毫无付刊的价值了。但学报同志说：有约就应践约，还是不妨发表，以供有关方面的参考之用。对学报的这样的盛意，我真是惭愧异常，深受感动。因此对整理稿略加修订，赧颜而付与学报编辑部。

我想一想，尽管那已是历史陈迹，也可能对今后考察这种历史的学者还有些用处。历史是迅速进展的，其实很多文字到刊布时已是"事过境迁"的了，姑援此义，聊作解嘲。至于它的内容，我倒也正好借此机缘赘说几句。

一是所谓"作者问题"。这实际上是大家当时正看了戴不凡"揭"作者之"谜"的文章而向我发问的。戴氏之文，我在早即有耳闻，说是他花了多年工夫，撰成二三十万言，专门为了"反"我的论点云。我听了何敢轻忽，敬谨等待发表，拭目以观。文章出来之后，大家反响议论异常热烈，到目前为止，与戴先生商榷的论文已经蔚为大观，恐怕这是近年来少有的盛况。他的论点如何，大家已有公论。除了论证很少能够成立以外，学者们还着重指出了他的逻辑方法和文风词气两大问题。我以为，由这个带有典型性的例子来看，作为学人，讨论问题，对自己的估价和对别人的态度应该怎样才是正当的，已经足够清楚了。文风学风，多年来种种原因所致，并不都是良好或正常的。戴文之后，也还有更新鲜的例子，因在题外，不好让学报为难，容另外机会再谈了。但有些事态是令人吃惊的。我提这些，也不为"题外"，因为那天同志们向我提的问题中本有"红学界存在哪些问题"这一条，大约读者们都不乏明眼，是看得出有些"外幕"的。所以不妨在此作为笑谈提它一下，可以给某些风气作个镜面。

我讲"作者问题"，那天只能从一点来说，即"石头记"一名是曹雪芹自取自寓，中含深义。于此不知理会，又误读脂批的调侃之言、双关之语，便真以为另有个"石兄"，又从而强拉证据……探讨学术真理，能否采用这样的方法？红学已经有了这么久的历史经验了，这是值得深思的。

《红楼梦》的艺术，是我多年来最感兴趣的问题。一个时期，大家有顾虑，只讲"意义"，不敢谈艺术。我曾多次"鼓动"一些朋友们、高校老师们，要努力探研它的艺术，不要怕"为艺术而艺术"等类的帽子。至于我自己，实在并不真懂艺术理论，随便乱说了一些"外行看戏"的话，一定很可笑。由于大家常说玉是砖引出来的，那么砖的献丑自有它的作用。今年秋天我在廊坊师专讲了一次，也涉及曹雪芹如何写人的问题；又在天津《文艺增刊》发表《伟大的不幸》，上海《艺术世界》发表《陌地红情》等文，对此问题也都有所窥测，合起来看，或者可以补救我即席口述的不详不周、片面表面等语病和"意病"。

讲话时我使用了"自然主义"这个名词。最近读到香港《抖擞》学刊上新发表的《胡适对〈红楼梦〉评价的评价》一文（作者香港大学青年学人马力先生），其中对我们大陆使用文艺名词如"自然主义"、"写实主义"、"现实主义"等问题提出了分析评论，并回顾了国内名家早年使用这些名词的历史性例证。这种复杂的问题，我自己也是有看法的，但一向无有机会谈到，此刻当然也无法涉及。我使用"自然主义"，仍照近年来国内习惯用法，这是需要说明的，别的，当然就更不能旁及了。

一九八一年元旦佳辰记

（原刊于《河北大学学报》）

《红楼梦》艺术谈

小引

一九八一年十月,在历下名城开了一个极好的全国性《红楼梦》学术讨论会。想起去年在哈尔滨有会,我因才自首届国际《红楼梦》研讨会议归来,归期比原计划往后推迟了,而哈尔滨会期偏又往前提了,我感觉中间"夹空"太小,太紧张了,体力不支,就未能赶赴参加,以为憾事。今次得以出席,聆听众多研索心得,获益良深,加以故交新雨,会于一堂,切磋琢磨,也深感快幸。但我没有论文贡献给大会,又觉歉然。在大会和小组会上作了几次零零碎碎的即席发言,全不成片断,也极粗糙,原无价值。今蒙主编同志们热情督促,定要我追记梗概,以存一时痕迹,只好赧颜从命。可是一提起笔来,就已经记不清当时都是怎么说的了!这只能算是几次漫话连缀而成的并非全部的"捕影录",当中已然夹杂了"不真实"的(即并非每字每句都是会上口述的)成分。这要请阅者指正,也请原谅。当然,它又是真实的,也就是说,它又都是我当时要说而未说清楚的,是与口述的内容实质完全一致的。

漫话

我们这次会,应当看作是纪念鲁迅先生诞生百周年的会,原订是在九月召开,更觉恰合。鲁迅先生对红学贡献最大,他在小说研究专著和专讲中的那些论述《红楼梦》的话，都是带有根本性、纲领性的重要概括和总结。研究《红楼梦》，必须向先生的真知灼见去学习，去领会。

先生说："至于说到《红楼梦》的价值，可是在中国底小说中实在是不可多得的。其要点在敢于如实描写，并无讳饰，和从前的小说叙好人完全是好，坏人完全是坏的，大不相同，所以其中所叙的人物，都是真的人物。总之自有《红楼梦》出来以后，传统的思想和写法都打破了。——它那文章的旖旎和缠绵，倒是还在其次的事。"我想，单是这一段话，若作一点真正深细探讨的工夫，就满够写一篇很长的论文了，先生在此提出了很多的问题，表示了他自己的看法。先生指出，从打曹雪芹出来，以前小说的那种传统思想和传统写法就都黯然失色了。这是千古不磨之论。先生已经说明了曹雪芹的艺术的独特性，有划时代的意义。

鲁迅先生所说的传统指什么？就是指"叙好人都是好的……"的那种"传统"，——也可以说是陈陈相因的陋习，打破这种习惯势力是非有极大的胆识、才力不行的，所以特别值得宝贵。"传统"这个词，当它和"创新"并列时，自然就成了对照的一双，而传统是不应当维护的东西。因此不少人一提"传统"，就理解为是排斥创新的一个对立物。"传统"有时确实是要打倒的事物。

我今天想谈几句传统问题，但是这个词语是我此时此刻心中特具一层意义的一个，不可与上述的那个词义混淆。我用这个词指的是我们中华民族的独特的优秀文化传统、文学艺术传统。这个传统不但不能打倒，而且反要维护它，发扬它。它的任何一个阶段的中断，都将是我们中华民族的一大灾难。

这个传统是怎么形成的呢？是我们民族史上世世代代无数文学艺术大师们所创造、所积累、所融会、所镕铸而来的。它绝不同于陈陈相因，自封固步，而是不断创造和积累，不断提高和丰富。它也汲取、消化外来养分，但始终不曾以别人的传统来取代自己的传统，所以它是民族的。——我现在谈传统，指的是这个意义的传统。

曹雪芹这位艺术大师，是最善于继承传统又最善于丰富传统的一个

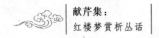
罕见的奇才。

也曾有同志根据小说中引用过的书名篇名、典故词语等,去探索曹雪芹所接受于前人的影响,用以说明他的继承传统问题,这是对的。比如说,《牡丹亭》呀,《会真记》呀,等等皆是。应当记住,我们应当不仅仅是限于"征文数典",而是从大处看我们这个文学艺术传统的精神命脉。不管如何创新、汲取、丰富、升高,它总是中国的,是中华民族的,绝不是什么别的气质和"家数"。

我的意思在于说明:第一,一定要正确理解鲁迅先生的原话;第二,有一种说法,什么曹雪芹之艺术所以能够与众不同是受了"西洋文学影响"云云,其思想实质不过是"月亮也是外国的圆"之类罢了。

曹雪芹善于继承传统,有一个极大的特点,他几乎把我们的民族艺术的精华的各个方面都运用到小说艺术中去了。

第一是诗。这不指《红楼梦》里有很多诗句,有很多诗社场面等等;是指诗的素质、手法、境界,运用于小说中。这在他以前的章回小说中是虽有也不多的,到他这里,才充分发挥了诗在小说中的作用。你看他写秋窗风雨夕,那竹梢雨滴、碧伞红灯的种种情景,哪里是小说,全是诗!这回还是回目与正文"协调"的,不足为奇,最奇的是"胡庸医乱用虎狼药"一个回目:这里头还有"诗"吗? 可使你吃惊不小,——他写那冬闺夜起,拨火温茶,室内温馨,外面则寒月独明、朔风砭骨的种种情景又哪里是小说,全是诗!那诗情画境的浓郁,简直使你如置身境中,如眼见其情事。那诗意的浓郁,你可在别的小说中遇到过? 他的小说是"诗化"了的小说。

依我看,曹雪芹的艺术,又不仅诗,还有散文,还有骚赋,还有绘画,还有音乐,还有歌舞,还有建筑……,他都在运用着,他笔下绝不是一篇干瘪的"文字",内中有我们民族艺术传统上的各方面的精神意度在。这是别人没有过的瑰丽的艺术奇迹!

我罗列了那么多艺术品种(都不及一一细讲),只没有提到电影——乾隆时代,还没有这个东西吧? 说也奇怪,曹雪芹好像又懂得电影。

这真是不可思议的事,然而又是事实。他的"舞台"或"画面",都不是一个呆框子,人物的活动,他也不是用耍木偶的办法来"表演"。他用的确实是不同的角度,不同的距离,不同的"局部",不同的"特写镜头"……来表现的。这不是电影,又是什么?

曹雪芹手里是有一架高性能的摄影(电影)机。——但是,他却生活在二百数十年前,你想想看,这怎么可能的呢?

然而事实终归是事实,大道理我讲不出。请专家研究解答。我只以此来说明,曹雪芹写人,是用"多角度"或"广角"的表现来写的,而没有"单打一"的低级的手法。他写荣国府这个"主体"和贾宝玉这个"主人",就最能代表我所说的"电影手法"。

你看他如何写荣府:他写冷子兴"冷眼旁观"的"介绍者",他写亲戚,他写"大门"景象,他写太太陪房因送花而穿宅走院,他写村妪求见了管家的少奶奶,他写账房,他写奴仆,他写长房、二房,他写嫡室、侧室,他写多层丫环,他甚至写到厨房里的各式矛盾斗争!——而这一切,才最完整地构成了荣府的整体。你看他是从多么"广角"——他是不可思议地在每个角落,每个层次,每个"坐标"去"拍摄"了荣国府的"电影之相"。

他写贾宝玉也是如此。他写冷子兴口中"介绍",他写黛玉在家听母亲讲说,他写黛玉眼中初见,他写"后人有词为证"(《西江月》),他写警幻仙子评论,他写秦钟心目中之印象,他写尤三姐心中的估量……他甚至写傅秋芳家的婆子们的对宝二爷的"评价"!雪芹是从来不自家"表态"的,他只从多个人的眼中心中去表现他——这就又是"多角度"的电影艺术的特色,难道不对吗?

因为没有好词语,姑且杜撰,我把这个艺术特色称之为"多笔一用"。这个正和我早就说过的"一笔多用"成为天造地设的一对。一笔多用,指的是雪芹极善于起伏呼应,巧妙安排,写这里,又是目光射注那里,手挥目送,声东击西,极玲珑剔透之妙。你看《红楼梦》看到一处,以为它是在写"这个"——这原也不错;可是等你往后文看,再回顾时,才明白它又有另一层作用,有时候竟是两层(甚至更多)的作用。不明白这一点,就把《红楼梦》看得简单肤浅得很。这就是抄本《石头记》的一条回前批语说的"按

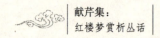

此回之文固妙,然未见后之三十回,犹不见此文之妙……"的那个重要的道理。这是雪芹艺术的另一个极大的特色。

　　一笔多用,多笔一用,曹雪芹通部小说都在运用这两大手法。他的这种奇才,我还不知道古往今来世界上有过没有? 若有,一共有几个?

　　　　　　　　　　　　　　（已编入 1981 年红学会论文集）

《红楼梦》的笔法

　　古人谈文学艺术喜欢用绘画来作比喻。绘画其实也是艺术,用艺术来讲艺术,他们认为比较方便、鲜明,可能因为这样带有形象性,比用抽象的名词要好。比如"烘云托月"这个词,已经成为俗语,大家都懂。画月亮,可以用线条,用细笔勾出一个大圆圈,这是一种办法,可以把月亮初步表现出来。也可以在画线条位置的周围,用水墨或较淡的颜色烘托点染,这样不用线条围出来的月亮更生动、更分明。这就是艺术家的手法。这个道理希望同志们深切体会。你写小说中的某个人物,如果集中全部力量去刻画,这个原则没有错,可是未必能写得完全成功,反而会在某种程度上失败,因为你不知道轻重、反正、死活,你用了平均的力量对待,或者说你只会用一种方式对待。好比打鼓,鼓面是最主要的,小学生也都知道要敲鼓心。可是如果老敲中心,人听了也受不了,因为那不是艺术,好的鼓师就不是光敲鼓心,而是同时运用鼓边。"烘云托月"就是不死打鼓的中心点,搞创作死抱住中心点写不好,一定要从旁边来,把它的四周围都写好了,你要写的人物不写自好,完全活灵活现,呼之欲出。"烘云托月"是一个很普通的常识,可你切不要轻看,古人在这句简单的话中有很深的体会,它要说的道理是比较丰富的。这要靠我们自己去体会、联系。你的学识越丰富,你联得才越多,否则,明明是好道理你联不上,你那里没有插销，接不上电线，爆不出火花，它对你毫无用处，不可能发生任何作用。

《红楼梦》里面也有这个道理。《红楼梦》的好手法之一，就是它不写正面，不用正笔、死笔、呆笔，它完全是写旁边的。比如写王熙凤，它不是字字、句句、笔笔都写王熙凤，它写王熙凤的周围，写同王熙凤有关系的一切人，写了很多、很远的有关线索，都写得那么精彩、自如、清楚。这样从非常复杂的人的关系中写出了王熙凤这个人的浑身解数。我对王熙凤这个人，并不把她当做反面人物来看待，这是一个极端复杂的问题，今天不扯这个。曹雪芹把王熙凤写得那么成功，你得学他的笔法，我们在阅读古典作品时，永远不要忘记借鉴和吸取营养。曹雪芹的艺术里面确确实实存在着好笔法，它特别"活"，尤其是对人与人之间的发展关系表现得特别好。它不像旧日的木偶戏那样，只是单个人物在活动，其馀人物都倚在后幕站着，人物的动作是单一的，表现手法也是单一的。看《儒林外史》就还给人这样的感觉。吴敬梓的手笔是很高的，在中国算得上第一二流，如写范进，也很精彩。可是如果同《红楼梦》对照起来看，《儒林外史》还是比较单一的，范进旁边也不是一个人没有，但那种关系非常简单。一比较就看出曹雪芹的高明之处。曹雪芹敢于写那么众多的人物，而且这众多人物并不是一个一个地处置的。《儒林外史》大体上是一些短篇故事，用某种特殊的手法贯串起来，它的重点经常在转移，转移到这个人物时，那个人物就交代完了，跟后面的没有什么关系了，你也就再想不起来了。曹雪芹的手法不是这样。他不写的人，不在这个场合出现的人，你仍旧忘不了，这个人物好像并没有闲着，好像还在活动……"烘云托月"——这个简单的绘画上的比喻，实际上的意义不止如此。我借这四个字来说怎样处置小说中的众多人物。如同现实生活中人与人的关系一样，不可能是孤立地存在的，我们现在都懂得这个道理，但不一定笔下能写出来。而曹雪芹怎么能懂得这个道理并且那样写出来了，实在是一个奇迹，可以说是前无古人，不能说后无来者，但二百多年来有哪个作家可以称得上是第二个曹雪芹？后来者居上，我们应该抱着这样的态度看待事物。但在曹雪芹时代的前后左右忽然出现这样一颗明星，实在是文学史上的一个奇迹，不大好理解,流传至今的当时的其他作品,都远远比不上它。

前面说了一大篇闲话,算是开场白、序幕,没有谈到《红楼梦》本身。下面结合《红楼梦》,谈谈我对它的笔法的粗浅的理解。只能谈几点自以为理解比较深刻的。

曹雪芹笔法有不少特点、特色,而且也不是今人才发现的。有个叫戚蓼生的,生活在乾隆年代,此人十分欣赏《红楼梦》,有很好的见解,给当时《红楼梦》的抄本写过序。他看出《红楼梦》有这样一个特色。他举古人的"一喉二声,一手两牍"打比方,说曹雪芹的笔法比这还要奇妙,戚蓼生为此赞叹不已。曹雪芹死于乾隆二十八年,戚作序也不过迟一二十年,《红楼梦》抄本流传还不久,就能看出曹雪芹的独到笔法。可见不是我们故意高抬曹雪芹,而是有目共赏,那么早就有人指出曹雪芹的这样一个特点。戚蓼生这个话并非故作玄虚之言。曹雪芹处置他心目中的众多人物及其复杂关系,是胸有成竹的,整个故事情节,人物、结构……,在他脑子里不知转了有几千百遍,极其成熟,不是枝枝节节地堆砌,写到某个地方,经过焦思苦虑挤出来的。从整体来看,它不是堆砌成的。他写"这一个"时,脑子中存在的众多的关系都在转着。他表面上写这个,实际上已在为下一回目的某个事件、某一人物、某一情节作准备。他的一切的笔都不是孤立的——"为这个而这个"。他要表达的关系极端丰富、复杂。

《红楼梦》不好读。我年青时读《红楼梦》中辍过七次之多,最后才硬着头皮读下去。《红楼梦》中人物少说有几百口,每天大小事情有几十件,搁到我们手上,真不知道从何写起,且看曹雪芹怎样开头。曹雪芹知道自己承担的工作很重,他得找一个头绪作纲领,恰好百里以外有个小人物,同贾府生拉硬扯有些关系,他选了刘姥姥这个人物写起。这是一种手法。这种手法值得研究。为什么不从本府的人写起而先写刘姥姥?这有他的用意。作者不用说书人的口吻说话,不用第一人称,他先站在刘姥姥的角度来看贾府的众多人物,通过刘姥姥的眼睛来观察、认识贾府,把众多人物的关系、生活、环境……都显现出来,作者找了这样一个是后来相当重要的人物来起线索的作用。我们看刘姥姥先奔荣府大门口,见到几个衣着华丽、挺胸突肚的男仆,她想进这个府,根本得不到合理的对待,甚至要开她的玩笑,亏得有一个年纪较大的男仆上前指点。接着写见周瑞家的。周瑞家的是太太的陪房,陪房和奶妈在当时有特殊地位,地位比一般奴仆高,但并不管事,这次因为刘姥姥看得起她,为了显示自己在贾府的地位和体面,答应给刘姥姥引见,并且告诉刘姥姥,要见王夫人得先见凤姐,说这个少奶奶非同一般,如何长,如何短,两个人有一番交谈。见了凤姐,又有一系列的经过:凤姐的势派和特点,她的神情、面貌、待人⋯⋯一切的一切,都跃然纸上。然后再从刘姥姥的眼里看这个大府,可真是了不起,不由得说开了粗话,当着凤姐说:"你老拔一根寒毛比我们的腰还粗呢!"这是庄稼人的话,很不文雅,在贾府中是不能说这种话的。尽管周瑞家的不断地使眼色,刘姥姥在紧张的精神状态下一点也没有觉察,还是继续说,接下来是求告——借钱。凤姐先告有困难,接着说那里还有做衣服的二十两银子没有发放,你不嫌少先拿了去用吧,喜得刘姥姥眉开眼笑⋯⋯同志们看看,这种关系写得多么生动、复杂。这就叫"一喉而二声,一手而两牍"。在我的感觉,曹雪芹是同时一喉能出数声,一手能写几笔字,不仅仅是"二"和"两"。这时候,我们感到把贾府的种种都摆出来了。在刘姥姥眼里,贾府是了不起的富贵人家,其实这时贾府已经到了败落的末世,钱是真紧了。王熙凤告困难是真的,更不是为了对付一个村庄来的老太婆,故意叫穷,耍阴谋诡计。如果那么理解就会出毛病。刘姥姥一听凤姐告困难,心里直打鼓,以为没有指望,谁知后来一给就是二十两,简直大出意外。要知道这二十两银子在当时的分量,刘姥姥当时的感觉是什么样的,等等,这一切都要认真去体会,不能流水般的读过。通过这个例子,可以初步看到曹雪芹一笔写了很多方面,他要表达的是很多的,不是单打一。

再举一个也是全书开端的例子,就是林黛玉入府。这是从远道来的一个女孩子的心目中第一次看贾府。林黛玉对贾府的印象跟刘姥姥的完全不同。黛玉上了岸,贾府打发仆妇去接她,她看到这些仆妇的穿戴派头,想到在家时听母亲说过,"外祖母家与别人家不同",自己得"步步留心,时时在意",以免惹人见笑。一入府,从对接她的三等仆妇的印象写起,怎么坐轿,什么人抬着,抬到什么地方换人,荣府的规矩男仆不能进内院,到了垂花门,"小厮们俱肃然退出",然后众婆子打起轿簾,扶黛玉下轿,进贾母院子去见贾母,这些都不细说。这个情节的中心是王熙凤的出现。描写王熙凤出现,确实是"未见其人,先闻其声"。王熙凤的住处在贾母院子的北边,她是从后房进来的。这时,黛玉已会见了贾母、嫂子和众姐妹,封建大家庭规矩多,一举一动都有严格的规定,忽听到后院有笑语声,说:"我来迟了,没得迎接远客!"暗自思忖,人人都低声下气,来者是谁,这样放肆无礼?王熙凤一进来,携着黛玉的手说了不多的几句话,是那么简洁得体,面面俱到。贾母见了黛玉,想起最疼的惟一的女儿偏偏早死了,正在伤心,本来不是一个有欢乐气氛的愉快场面。王熙凤一进来,整个气氛改变了,活跃起来了,悲伤的场面没有了。贾母高兴起来,在全书第一次写"贾母笑道"。贾母一见凤姐就笑,这个"笑"字下得不是偶然的,是有用意的,说明王熙凤确有不同寻常的可爱之处,谁家老人都会喜欢她,她不是装的,她就是这样一个人。接着写王熙凤拉着黛玉的手问年龄,说什么"只可怜我这妹妹这么命苦……",说着用帕拭泪,倒是贾母反过来劝她"快别再提了"。你看,人物是活的,没有一笔是死的,人物之间的关系,是如此的鲜明生动。接着王熙凤又问黛玉"可上过学,现在吃什么药……",嘱咐了一番。这时王夫人说了拿出两匹缎子来给黛玉裁衣服,凤姐回道:"我倒先料着了,知道妹妹这两日必到,我已经预备下了;等太太回去过了目,好送来。"王夫人点头不语,没有话了。这些,如果你不理解曹雪芹的笔法,会以为都是微不足道的闲文赘笔,甚至感到不耐烦。可不要这样看。曹雪芹在这里只用了寥寥数笔,就把众多的复杂的关系都交代出来了。作者不耽心这样写读者看不明白,他可不是随便下笔的,你得具备一定条件才能懂得他。就拿"当家"的问题说,凤姐是代理当家的,真正当家的是王夫人。有人说贾母是贾府的最高权力统治者,这是不懂得封建大家庭的结构,贾母是年老退位的,受尊重,但不管事,真正的权力在王夫人手里,而王夫人比较平庸,身体不太好,有点偷懒,把大房的媳妇也是自己娘家的侄女借来帮她当家。这种极为复杂的关系,在曹雪芹的这几笔中就有所表现，他这样写是有目的的。因为还有许多下文，从这里发端并逐步展开。有人读《红楼梦》嫌琐碎、嫌长，这是错误的。曹雪芹的笔下没有空话、废话，他可真正是惜墨如金的。这也是曹雪芹手法的一个特点。他有自己的精心设计。第一步，他先勾出一个轮廓来，应该摆的都给你摆到了，但这还是初步的简单线条的轮廓。然后采取的手法，借用绘画的语言说，就是勾勒。第一次用的是粗线条，过若干时候，在最适当最巧妙的时机，又给你勾勒几笔，如此类推，不知勾勒了多少次，整个画面（人物）的色彩、形态、精神都鲜明生动地显出来了。

我对现在的创作情况不了解，说句冒昧的话，我感觉有些作家写人物，立足点和目光角度比较单一，好像照相，只是从一个固定点拍成相片，或者侧面的，或者正面的。电影就不同，它是从上下左右很多不同的角度来表现，我们看惯了，认为这是理所当然的，不足为奇；我想过去的人，在没有照相、电影这些东西以前，恐怕不一定懂得这个道理，即从各种有利的角度来观察、表现他要表现的目标。但二百多年前的曹雪芹，他写人物并没有局限在一个孤立的立足点，这一点非常重要。曹雪芹继承了唐代传奇、宋代话本、明代小说的传统，但在他以前的作品中，很难找出像他那样采取丰富多变的角度来观察和表现人物。曹雪芹的成就的确是空前的，独一无二的，谁也不能否认的。曹雪芹为什么能做到这样？这好像是一个谜，不好理解。我们反对不可知论，认为任何事物都是可以理解的。问题在我们对曹雪芹的了解极其有限。所以我们要想尽办法研究、了解曹雪芹，否则的话，我们就不敢说真正地懂得了《红楼梦》。

《红楼梦》真正的主角是谁？还是贾宝玉，离开了贾宝玉什么都没有了，作者写别的人物也都是为了宝玉。曹雪芹笔下的贾宝玉实在写得精彩，他写宝玉就采用多镜头、多角度。且看宝玉怎么出场。林黛玉入府，在贾母处，也是半截腰中外面传进话来，说宝玉回来了。她想起在家时母亲跟她说过，有这么一个表哥，如何如何，作者先介绍一番，让她有一些先入为主的印象。入府后还没有见宝玉，王夫人又给她介绍一番，说"我就只一件事不放心，我有一个孽根祸胎，是家里的'混世魔王'……你以后总不用理会他,你这些姐妹都不敢沾惹他的……"。前面说的"先入为主"是一个角度,这已经是第二个角度了。这时候宝玉回来了。林黛玉睁大眼睛细细观察,她原来心里想,"这个宝玉不知是怎样个惫赖人呢"!用现在的话说,不是个好玩意儿,是个很糟糕的"阿飞",长得一定很难看……哪知宝玉一进门,一个神采飞扬的青年公子整个儿呈现在黛玉眼前……这又是一个角度——从黛玉的眼光中看宝玉。这时,作者引了两首《西江月》直接插进来说话。整部《红楼梦》中作者极少直接出来说话,在开端引这两首《西江月》,还是受了古代话本的影响,这是传统小说中以作者口吻介绍人物的一种形式,《红楼梦》写到后来精彩万分之处,这种形式上的套头就完全撇开了。曹雪芹在宝玉出现时采用这种形式,在全书中是很独特的。这两首《西江月》,可以说是给贾宝玉作的全面"鉴定"。没有一句好话,把贾宝玉贬得一文不值(引读《西江月》全文,从略)。曹雪芹用这样的形式,是有意给读者深刻的印象,说得宝玉一无是处,世界上很少有这样的人。曹雪芹把全书的主角说成最坏的人,这是为什么?曹雪芹毫无顾忌,他不低估读者,他不怕费了毕生精力创造出来的正面人物形象被读者误解,曹雪芹就敢于这样写。除了在梦中通过警幻仙子之口,说了一句宝玉"秉性聪敏"是正面的好话外,可以说整个八十回《红楼梦》,作者没有一句对宝玉正面的好话。说他疯疯傻傻;说他不通世故,怕读文章,说话离经叛道;说他不喜欢礼节应酬,等等。此外,还从各种不同的角度贬低宝玉。比如三十五回"白玉钏亲尝莲叶羹",写傅家两个婆子在场看到的情景,两个婆子出来边走边议论说:"怪道有人说他们家的宝玉是相貌好,里头糊涂,……他自己烫了手,倒问别人(玉钏)疼不疼!这可不是呆了吗?"作者还通过婆子之口,说宝玉"时常没人在跟前,就自哭自笑的。看见燕子就和燕子说话,看见河里的鱼儿就和鱼儿说话,见了星星月亮,不是长吁短叹的,就是咕咕哝哝的……"。这是从婆子的水平、眼光对宝玉的一场"鉴定"。曹雪芹敢于这样表现贾宝玉,需要很大的勇气,后世的人会不会误解他呕心沥血创造的正面形象?我估计他是想过的,但并没有影响他这样去表现,而最后的艺术成就是如此辉煌!

　　我谈以上这些，当然不是要同志们像曹雪芹那样去写人物，那是不可能的，也是不合理的。我是说，通过对这个伟大作品的进一步理解，哪怕是某一方面、某一点，在艺术上对我有启发，有些问题原来没有这样想，这样看，现在向曹雪芹学习一些东西，还是可以从中借鉴，吸取营养。建议同志们抱着虚心的态度去看《红楼梦》，撇开一些先入为主的讲法，通过自己的脑子细读、分析、判断。

　　作家要尽可能地多知道些事物，同创作有关的不必说，同创作无关的也要多看、多听、多想，不要给自己划局限。不但要知道很多事物以及这些事物之间的关系，而且还要形成自己的看法。中国人写东西，要写出中国的气派，写出中国的民族风格和特色。掌握自己民族的小说这一门学问，就要接触中国小说的美学。这种美学不是以理论的面貌出现的，也不系统。如果你脑子里先有个框子，好像只有适合你的形式、方式才能接受，不去接触广阔的天地，你会给自己造成莫大的损失。所以我推荐金圣叹。同志们可能会惊奇，怎么推荐起金圣叹来？是的，敢不敢看，怎么看，这都是"问题"。

　　《红楼梦》既然是小说，那里面当然有合乎一般小说规律的东西，这些共性的东西不必讲，同志们通过别的小说早已明白了。我们着重的是《红楼梦》与众不同之处，即它的特殊性。为什么产生"红学"，没有听说有"水学"，《水浒》也是很不简单的，完全可以成为一门专门的学问，可是没有。《红楼梦》的问题非常复杂，性质非常特殊，我们就是要讲它的特殊的手法。这些特殊的手法不是曹雪芹一个人创造的，他有创造，但肯定他也有学习和继承，历史怎么能够割断呢！我举了一个"烘云托月"的例子，我盼望同志们好好想一想，为什么我们中国人喜欢把文学和绘画，用来互相比喻，因为这些艺术中的道理，有它相通的地方，大家不要以为我扯得太远，如果对这些根本没有兴趣，用看西洋小说的眼光看《红楼梦》，肯定会造成许多误会和损失，因为你那方面没有通上电流，火花爆发不出来。古代的大艺术家留下一句名言——诗中有画、画中有诗。我曾说过，不仅是画中"有"诗，画的"就是"诗，我们中国的绘画表现的就是诗的境界。这可能是我的谬论，对不对同志们可以分析批评。我还举了中国打鼓的艺术。明末的人讲话很风趣很幽默，当时有个人说，我作文章就像打鼓一样，大多数是打鼓边，中心少不得也敲两三下（大意）。为什么叫我们打鼓边，他的意思就是说，文学艺术是天功人巧的综合，需要很高的艺术修养，不能都是一条线，都单打一，如果这样，你就只会用正笔、呆笔、死笔，你这个艺术，让人一看是单面的。你说好，把你所能想象的好的形容词都用上，就以为是好了，其实这是正笔、呆笔、死笔。我们中国古代的小说家，不大肯用这种表达方法，特别是曹雪芹，他根本不表态，让你自己去想象，没有讲解。我举了一个"贾母笑道"，只有一个笑字，书中常是"谁人说"、"谁人道"，在前面不加其他东西。艺术要耐人玩味，可供咀嚼，你一目了然地都摆在那里，还有什么深度？我们如果不理解这些，你看《红楼梦》就可能很糊涂。曹雪芹在全书不对主角宝玉说一句好话，但一点不损害人物形象的光辉。曹雪芹相信读者，不低估读者的能力。

归结起来一句话，《红楼梦》里没有图解，没有"填鸭"。现在教育上反对填鸭式，提倡启发式。艺术更不同于教育，如果光灌输，我就是要让你知道什么，那就坏了，你动机是好的，效果却适得其反。二百多年前的曹雪芹深明此理，很高明，他看透了这一点，没有把读者低估；这是很了不起的。《北京晚报》上连载的《王府怪影》，描写人物时有这样的句子，某某人如何如何如何地说道——"说道"前面有很长一串形容词或者叫做副词，这样写是唯恐读者不懂。曹雪芹决不采用这样的写法。这样写的毛病在于用心太切，太热心，老考虑读者懂不懂，要是不懂，我的作品岂不是失败了？！于是拼命灌输。还可以举一个好像是题外话的例子。杨小楼的武生艺术到了出神入化的地步，有人说笑话，杨小楼什么都好，一举手，一投足都好，坐在那儿不动，不动也好。杨小楼自己说过这样的话：我上了台，把台下的家伙都忘了。乍听好像杨小楼太没有群众观点，把台下的观众称为"家伙"。不能这样理解。艺术家经过几十年的锤炼，一上台胸有成竹，扮赵云他就是赵云，决不会想台下许多观众睁大眼睛盯着他，他应该怎么表演，如果老想这些，还能有好的表演吗？！曹雪芹也是这样，他把读者放在什么地位，是一个值得研究的专题，是他的手法的一个重要方面。

《红楼梦》艺术上还有什么特点？这简直是说不完的。《红楼梦》人物众多，情节复杂，看一遍两遍理不清，甚至看五遍十遍也未必就理得清。早年有个叫李辰冬的，听说此人现在新加坡，他写过一本《红楼梦研究》，给了我深刻的印象。他对《红楼梦》的结构打了一个比方，我认为很好。他说《红楼梦》的结构是横的波浪式的，这个波浪式不是单纯的有高有低的起伏，而是仿佛一块石头投到水里，激起了水纹，往四下里扩展开，四面八方都动，没有一个人、一句话、一件事是孤立的。一个中心好比一个大波纹，四周围有波浪，过若干回又是一个大波纹，这些大波纹一个一个地往前推动，而这些波纹之间又有交叉、勾连，不是这串儿完了，水就静止了，不是这样，而是这个波里面的某一部分就是下一个波的序幕，两波勾连，这波未平，那波又起，上一波没有完全完，下一波里面还有上一波的荡漾和呼应，大波里面还有小波，使你一下弄不清，细细一琢磨、分析，真是妙不可言。作者处理这些波纹的互相影响和前后左右的呼应，简直令人叹为观止。以上是李辰冬说的大意，也包括我的体会和解释。《红楼梦》的结构确实存在这样的特色。李辰冬能看到并指出来，我认为是有贡献的。

能不能拿宝玉和黛玉的关系作例子？这是谈得最多最熟悉，也是一般读者最感兴趣的。我个人对《红楼梦》的理解，同有些红学家不完全一样，我不讲什么爱情主题，不强调宝黛的爱情悲剧，我不是来宣传这个的。我想粗略地通过我自己的方式，引导同志们想一想曹雪芹是怎样写这个关系的。

贾宝玉、林黛玉从小在一起，很投合，关系亲密，感情逐步发展，这本来很好，整个府里也没有把这认为有什么不当（林黛玉刚进府时年龄还小，一般读者可能有错觉，以为宝黛一上来就是已经基本成熟了的青年，就像越剧电影中徐玉兰、王文娟同志扮演那样的大姑娘、大小子。不是的）。那么，为什么后来就成了问题呢？不错，宝黛两个人的爱情关系遭到封建势力的压制，但这样说太抽象。普通读者的心目中，可能把贾母看

成大坏蛋,贾政看成二坏蛋,王熙凤是三坏蛋。我的看法不一样。我认为
贾母、王熙凤都不是坏蛋,而且都是站在宝黛这边儿的。曹雪芹的原意是
这样的,一般印象不过是受了高鹗伪续后四十回的歪曲的影响罢了。像
宝黛这样的表兄妹从小在一起,亲密无间,发生感情,终于婚配,在封建社
会中并不少见,举不胜举。封建家庭的家长,也并不个个同自己心爱的子
女故意过不去,一定要找别扭,把他们害了。反对宝黛结合的不是贾母,
也不是王熙凤,而是赵姨娘。她也不是反对青年男女如此恋爱结合,要是
这样,她亲生儿子贾环同彩云两个人的关系也很热烈,她也没有干涉。所
以这不是什么男女关系问题。赵姨娘同袭人一样,出身大丫头,后来被主
子看中收房当了侧室,也就是小老婆。这种地位本来是受压迫的,应该同
情和可怜。大家知道奴隶阶层中分为奴隶和奴才,奴隶受欺压迫害,起而
抗争;奴才正相反,虽出身于奴隶,逐渐变成统治者的附属品,甘心为统治
者服务。赵姨娘就属于这一类。赵姨娘自从成了姨娘,地位很特殊,四十
三回写尤氏奉命给凤姐敛份子,尤氏做人情,偷偷地把丫环们以及周姨
娘、赵姨娘的份银退还,凤姐很厉害,谁都得照出,尤氏骂她“我把你这没
足够的小蹄子!这么些婆婆婶子凑银子给你过生日,你还不够,又拉上两
个苦瓠子”。听,赵姨娘是“苦瓠子”,所以也很可怜。从这里也可以看到
曹雪芹不是站在一个死的点来拍镜头的,他对赵姨娘没有好感,在书中口
诛笔伐,可是写到这里时,还是承认赵姨娘是个“苦瓠子”,这是现实主义
大师的高明之处。赵姨娘每天最关心的大事,就是怎样想方设法害宝玉。
为什么?因为宝玉是正妻正出,是贾政的冠带、地位、财产的合法继承人,
赵姨娘自己有一个亲生子贾环,很不成材,王熙凤管他叫“冻野猫子”。不
把宝玉害掉,贾环就上不去。这一点赵姨娘看得很清楚,所以处心积虑要
害宝玉。可是害宝玉很不容易,宝玉在府里的地位太重要了,受到众人的
百般关心和宠爱。一次宝玉偷偷外出,家里自贾母以下着急得不得了,等
到宝玉回来,玉钏儿挖苦地说:“哎,凤凰来了。”可见一斑。害宝玉不容易
怎么办?另想办法!赵姨娘清楚,有两个人如不先死,宝玉就完不了。哪
两个人?一个是王熙凤。王熙凤是职掌实权的少奶奶,她从头到尾都是

维护宝玉、黛玉的关系的。对宝玉的一切实际利益，王熙凤想得无微不至，如上学裱糊书房，袭人回娘家，考虑到这是宝玉快要收房的大丫头，出去要讲体面，把自己的衣服拿出来给袭人，如此等等。宝玉同凤姐的关系也好，有什么事互相找。凤姐平时紧紧盯住赵姨娘，所以赵姨娘恨凤姐入骨，先得把她除掉。另一个是林黛玉。赵姨娘清楚，王熙凤是宝玉的物质利益的实际维护者，而林黛玉则是宝玉的精神支柱，这个支柱要是倒了，宝玉同样活不了，书中紫鹃说了一句"林姑娘要走"，宝玉就发起疯来，神经失常了。总之，赵姨娘认定去掉凤姐和黛玉，宝玉就不除而自除，只有这样，她才能称心如愿，提高地位。暗底下这个矛盾斗争非常激烈。赵姨娘每天晚上伺候二老爷睡觉，就往贾政耳里吹枕边风。可以想象，不会给宝玉说一句好话。本来，贾政是喜欢宝玉的。有何为证？且看那次游园题词题对联，不要被曹雪芹那个笔蒙住，呆会儿"一声断喝"，呆会儿又是什么什么的，那是表示一个做父亲的尊严。实际上贾政很明白，那些清客相公们拟题的奉承话，远不如宝玉拟的精彩，以至也不得不"拈须而笑，点头不语"。这八个字的分量不轻，表明是多么喜欢，你还要曹雪芹怎么写？还有一次贾政在王夫人处坐着，见贾宝玉一进来，神采飘逸，同贾环那个样子一比较，"不觉把平素嫌恶宝玉的心情减了一半……"。这也是要紧的话，曹雪芹就是淡淡地写出，他是不肯"洒狗血"的，他总是点到为止，让读者自己去体会。由此可见，贾政后来的厌恶宝玉，完全是赵姨娘每天在枕边吹风造成的。他究竟吹了些什么，曹雪芹不写，我也没有办法代他造；可是你如果会读《红楼梦》，对这里面的关系就会看得一清二楚。

宝玉是个傻子，天真到极点，不懂人情世故，林黛玉可是剔透玲珑的，对赵姨娘处处留神。有一次赵姨娘探望探春回来路过潇湘馆，进来打了个花胡哨，表面上向黛玉讨好，实际上是去观察动静，正好宝玉也在，所以林黛玉赶紧使眼色……这些地方都要细心读，体会曹雪芹的笔法。还有一次宝玉上黛玉房中来，黛玉见宝玉脸上溅有胭脂，就说你这个人又干这种事情，干也罢了，偏偏还挂上幌子，让人看到又当一件事情去到处传说，"闹得大家都不干净"。就这样淡淡数笔，如果粗心大意，就根本不知道作者在写什么。你体会林黛玉所说的"大家"是谁？是说整个贾府吗？不是的。她不说大家"都不安生"或"都不宁静"，而说"都不干净"，要细细体味"干净"这个字眼的分量。这里面传达出少女林黛玉的心情：你脸上的胭脂是在怡红院里搞的，可是被赵姨娘看见的话，又会到贾政那里告状，告状的结果就成了咱们两个人的事情，这种罪名叫我这样的闺门秀女怎样承担啊！所以林黛玉说的"大家"，主要是指她自己，她不能明说，封建社会的大家少女说话非常考究，特别是涉及这类问题就更加委婉。告贾宝玉不读书，好玩，还不至于勾起封建家长的痛恨，他们最害怕子女在男女关系上出了问题，传扬出去有损家风。贾政成天听赵姨娘吹这种风，对宝玉的看法逐渐改变，连带也讨厌起黛玉来。

上面，交代了赵姨娘为什么要害宝玉，而要害宝玉，先要对付王熙凤和林黛玉。下面，再来看看她是怎么害人家的。

二十五回，写马道婆跟赵姨娘背后议论王熙凤，吓得赵姨娘赶紧掀簾子出去四下张望，怕被人听见，然后回身跟马道婆说："了不得，了不得！提起这个主儿，这一分家私要不都叫她搬了娘家去，我也不是个人！"这句话告诉我们赵姨娘考虑和关心的是财产问题。赵姨娘对王熙凤是又恨又怕。王熙凤对赵姨娘极不客气，处处克着她，尽管王熙凤矮一辈儿，但她是正支正派的主子，赵姨娘没有扶正，还是奴仆的地位，王熙凤可以指着赵姨娘的脸加以申斥。这是封建家庭的特殊规矩。再说马道婆听出赵姨娘话中有话，马上用话引出赵姨娘的心里话，于是双方定计，讲好条件，用魔魔法害人。马道婆回去作起法来，这个法也真灵，但见王熙凤拿了一把明晃晃的刀，进了大观园，见人就砍……，那边宝玉"大叫一声，将身一跳，离地有三四尺高……"，眼看叔嫂二人被魔魔法所害，奄奄待毙。这时的整个贾府，可就乱了套，贾政、王夫人……等不必说，贾母更是哭得死去活来。这时，最高兴的是赵姨娘，"外面假作忧愁，心中称愿"。赵姨娘平时是不出头露面的，大概因为太高兴了，跑到贾母面前去讨好，怎么说的我学不来，得让话剧演员来表演，大意是老太太不必过于悲痛，看来是不中用了，还是让他们早点回去，免得受罪……赵姨娘巴望这两个人死得越快越好，贾母听了这些话，气得怒火万丈，兜头一口唾沫吐到赵姨娘脸上，接下来一顿臭骂："烂了舌头的混账老婆！怎么见得不中用了？你愿意他死了，有什么好处？你别作梦！他死了，我只合你们要命！……都不是你们这起小妇调唆的！这会子逼死了他，你们就随了心了！——我饶那一个？"这一顿兜头痛骂，吓得贾政厉声喝退自己的小老婆。贾母知道赵姨娘巴不得宝玉早死，现在把话点明——"你别作梦"，意思就是说："就是宝玉死了也没你的份儿，不要高兴得太早！"大家看，这里面的关系是多么复杂，可以说是一种极端尖锐的斗争。这次赵姨娘失败了，因为后来叔嫂二人的病被想办法治好了。

《红楼梦》整个大布局、大构造里面，写了嫡子与庶子之间的矛盾，例如上举的事件。同时又写了另一种复杂关系，即大房与二房之间的矛盾斗争。王熙凤是从大房借到二房来管家的，邢夫人和贾赦越来越不喜欢她，说王熙凤攀着高枝儿飞了，不把他们放在眼里。而贾母对大房的关系又是很淡薄的，贾赦想讨鸳鸯做小老婆，结果讨了好大一场没趣。这又是一场大的风波。这场大风波牵涉了一大批人。大家不妨看看曹雪芹在这里是怎样写王熙凤的。王熙凤并不是坏人，不是"反面人物"。当王熙凤听婆婆说大老爷想讨老太太屋里的鸳鸯，并示意让她去办时，马上直截了当地说，这不行，太太知道老太太平时"很喜欢我们老爷么"？意思是不喜欢，还是趁早别去碰钉子。邢夫人是昏庸透顶的人，根本听不进这样的话，马上训了凤姐一通，说什么老太太这么一个大宝贝儿子，要什么能不给他？"就是老太太心爱的丫头……要了做屋里人，也未必好驳回的"，"我叫了你来，不过商议商议，你先派了一篇不是……"。邢夫人知道贾母宠爱凤姐，所以想让凤姐去说，没有想到被碰回来，心想你不去我去……凤姐知道邢夫人爱闹左性，劝解没有用，就玩开手腕，陪笑说道："太太这话说得极是，我能活了多大，知道什么轻重……"凤姐顾虑她先回那府里去，万一走漏了风声，引起邢夫人多疑，找了一个太太车拔了缝在修的借口，同邢夫人一起坐车过去，到了那边，又借故处理别的事脱身走开。她知道贾母一定会大发雷霆，不能随着邢夫人一起在贾母跟前露面，有意让邢夫人一个人去,而邢去了后果然勾起贾母一腔怒火,碰了一鼻子灰。这些地方写了凤姐的浑身解数,真可以说是八面玲珑。

嫡子与庶子之间、大房与二房之间的矛盾一天比一天激烈,这两派又结合起来共同对付贾政这一边的。谈到贾政,一般说法认为他是书中封建思想的代表者,而宝玉是封建思想的叛逆者,要说矛盾,好像就是他们两人之间的事情,这样看问题未免过于简单了。要我看,大房和贾环等结合在一起搞贾政这一边,真正倒霉的是王熙凤。王熙凤有罪恶,作者写她的狠毒,写她贪财枉法,勾结官府破坏人家婚姻,总之没有讳言她的罪恶。但作者并没有把王熙凤看成纯粹是反面的标本,也没有这样写。但她的罪状是不少的,很容易败露。那么宝玉有什么罪名呢?有,没有的话可以造,例如私藏王府的戏子蒋玉菡,逼奸母亲的丫头金钏儿……,这些都是了不得的罪名,甚至可以上纲为"犯上"、"乱伦"。贾府后来所以破败下来,就因为这些人内外勾结,抓住王熙凤的罪状向官府告发,八十回以后曹雪芹真正的稿本里,就有王熙凤、宝玉又一次同难入狱的情节。

话说回来,赵姨娘一计不成,又怎么再一次害宝玉?请大家看毒打宝玉那一回。这一回是全书的一大关钮,写得极为精彩,切不可轻看这回书在全书的作用。这一回把贾政积年累月对宝玉的恶感全部勾起来,最后要置宝玉于死地,矛盾斗争达到全书独一无二的最高峰。如果同志们细心研究过,读到这一回定会有收获。它的"来龙"也是很远的,逐步地淡淡地闲闲地好像毫不着力地一笔逼近一笔,一层深入一层,一事未了,又生一事……大致可以从金钏儿那件事说起。且说宝玉讨了两三起无趣,没精打采地到处跑,人们都在睡午觉,处处鸦雀无声,走进王夫人房内,见王夫人歪在凉床上睡觉,金钏儿在给王夫人捶腿,于是同金钏儿交换了几句话。这几句话今天看来不值得肯定,曹雪芹笔下的宝玉也不能说什么都好。接着是金钏儿挨打,一直到投井。这件事非同小可,被赵姨娘、贾环抓住了。无巧不成书。各种矛盾有时会凑在一起。偏在这时候,忠顺王府来了一个官员找贾政,索讨王爷喜爱的戏子琪官,即蒋玉菡。贾政一听又惊又气。立刻把宝玉叫来当着王府来人盘问，宝玉无奈，只好说出琪官的住处紫檀堡。在这以前，贾政见宝玉"应对不似往日"，已经有了三分气，听了这件事就增加到六分；谁知贾政送走王府官员，又遇到贾环像野马似的一头撞在他怀里，喝命小厮"给我快打"，贾环趁机告状，说是原来不敢乱跑，因为看到井里捞出个死人，"泡得实在可怕，所以才赶着跑过来了"，又说"我听我母亲说"，原来是宝玉逼奸金钏不遂，金钏挨了打跳井了。一件比一件骇人听闻的事情接踵而来，可以设想当时贾政的心情。我们遇到这类事情，也未必就比贾政高明。于是就有下面的一场毒打。而且亲自动手打，因为仆人打手软，不解恨。接着是贾母、王夫人、李纨、凤姐……等人出来，这个场面写得同贾母骂赵姨娘那个场面一样精彩，而关系又更加复杂。写出了每个人在这个场面中的处境、心情、表现、言词……搁在咱们手里可把人难死了，可在曹雪芹笔下把每个人都处理得恰如其分，你不知道在这个场合中谁是值得谴责的……我读到这里时，曹雪芹的艺术在我感情上的作用，感到好像每个人都值得同情。有一个旧批家说，他读到宝玉挨打时流泪最多，我同这个旧批家略有同感，读到这里就流泪。这个场面恕我嘴笨讲不出来，只有你自己去看，写得那么复杂、激烈、生动、深刻，我真不知道怎么谈。作者好像是局中人，但又不是单一的局中人；他是局中的每一个人，他又是局外人。他好像能钻到每一个人的心里，站在每一个人的地位、角度，把全盘看得如此清楚，不知是怎么达到的，实在是一个奇迹。

随着这个事件写出好一些人的表现。袭人跟宝玉的关系，是一种表现；王熙凤如何，薛姨妈、宝钗如何，都一一写到；最后还有一个林黛玉。要注意林黛玉在这个大事件中的心情。且说众人把宝玉送回怡红院，宝玉但觉下半截痛楚不可言，昏昏沉沉，似梦非梦，耳边忽听得似有哽咽之声，……睁眼一看，只见黛玉坐在一旁，两只眼睛肿得像桃儿一般，满面泪光，哽咽得泣不成声。宝玉大吃一惊，马上劝解黛玉不要难过和耽心，"我虽然挨了打，却也不很疼痛，这个样儿是装出来哄他们"的。黛玉听宝玉这么说，"气噎喉堵，更觉利害"，半天才说了句"你可都改了吧"。如果我是主考官，我想考考大家对这句话的理解，黛玉是不是同薛宝钗一样，也劝宝玉从此改邪归正？且看宝玉的回答："你放心，别说这样话。我便为这些人死了也是情愿的。"我不知道大家对双方的对话是怎样理解的。如果理解为一个真劝他改邪归正，一个表示为了"这些人"死也不回头，曹雪芹费了九牛二虎之力创造出这样一个关系重大的场面之后，就用这样两句问答结束，这是什么艺术，讲得通吗？我的理解，到这个时候，两个人的关系越来越麻烦，从赵姨娘方面制造的困难越来越多，从贾政、王夫人方面来的压力越来越重，本来还劝宝玉在淘胭脂时不要挂幌子免得舅舅等人生气，现在事情到此地步，我们今后怎么办，要拿大主意。宝玉一听就明白黛玉是用话试探：你今天处在这样的压力下，你是怎么想的？你放心，你所耽心的一切我全明白，"我便为这些人死了"，这里所说的"这些人"，如同前面林黛玉所说的"大家"，他实际上是说，为了咱们两个人的感情，我就是被活活打死也心甘情愿。这是他们两个人问答的真正含意。如果你错觉了，你就没有读懂《红楼梦》。这时，外面有人进来，林黛玉坐不住从后院走了。这段完后，贾宝玉应酬了一番，又把晴雯找来，让她把旧手帕给黛玉送去。说来也怪，宝玉在某些方面同袭人最近，可在另外一些方面又同袭人最远，像这类事他不找袭人而找晴雯。晴雯奉命到了潇湘馆，乍一听连黛玉都有点不解，为什么给他送旧手帕？"细心揣度"，才恍然大悟。黛玉面对宝玉送来的旧手帕，下面还有一大段文章，只好从略了。

以上谈的这个事件，用李辰冬的比喻是一个大波浪。这个大波浪从哪儿荡起，一直荡出了多少小波，荡到哪儿才算看出了一点边缘，而这个边缘并没有完，以后又起了别的波，并为下面的波荡起了涟漪……这些关系如果不懂，你就不能很好地理解《红楼梦》。宝玉挨打事件爆发后，宝黛都明白压力的来源，是赵姨娘、贾环在陷害他们，中心主题是他们两个人已经发生了不好的事情，以此来激怒贾政和王夫人。后文的抄检大观园，就是这个事情的又一次大发展，是又一个大波。

抄检大观园，表面迹象是傻大姐拣了个绣春囊引起的。所谓绣春囊，是封建社会的一种香囊，上面绣着男女之间不好的行为，也就是淫画，佩带在最贴身的地方，除了夫妇之间外，对任何人都不能公开的。不知是谁丢在大观园里，于是要进行检查。谁来检查？是大房最得力的王善保家。这事出在贾政这边，怎么由那边的人来检查？我前面提过，贾政这边发生矛盾，总是离不开大房和赵姨娘这两方面的关系。抄检大观园，骨子里是针对林黛玉的，想从潇湘馆里查出一些真凭实据来。对此，凤姐的立场很分明，反对抄检，但王夫人又指定她参加。所以一进园，凤姐就跟王善保家说，要抄检只抄检自己家的人，不要抄检亲戚家的。王善保家的也满口称是。这样，就把薛宝钗撇开了。问题是，既然薛宝钗是亲戚家不能查，林黛玉也是亲戚，为什么要去查？实际上正是冲着林姑娘来的，所以查得十分仔细，把宝玉幼年的东西都从紫鹃房中翻出来了，王善保家还认定这些就是赃物，经过凤姐解释才作罢。在林黛玉处查不出什么来，又一处一处地查，一处有一处不同的情景。王善保家的依仗邢夫人的势力，对待这些小姐、丫头作福作威，谁知查到探春那里，狠狠地挨了探春一巴掌，这一巴掌打得真是大快人心。对探春这个人，有些人把她看成反面人物，说她光会巴结人，巴结正太太……，我不这样看。探春这个少女最痛苦，最可敬佩……就说这个事件吧，她同凤姐的立场是一致的，都不同情用这种手段抄检大观园，她的巴掌打的难道不是主持抄检的王夫人等辈吗？谁还敢这样行动呢？

总之，对《红楼梦》，即使你认为写爱情是主线，也不能停留在一般的讲解上，得围绕这个大问题的各种各样的复杂关系，找出前后左右的脉络，要细细体认。《红楼梦》的手法、笔法不同于一般小说，如果一律看待，就会造成我们跟《红楼梦》之间的隔阂。不理解不要紧，我耽心的是误解。不理解害处还不大，可以分析不理解的各种原因，一个一个地克服，就怕没有真懂，或者理解得不准确，很浮浅，似是而非，却自以为懂，这误人比无知还厉害。我们搞学问、搞研究、搞创作，不能马马虎虎，不求甚解，对别人的话要虚心，抱着寻求真理的态度，把自己的心扉敞得开开的，也就是且不要忙着给自己设下牢笼界限，然后再分析、选择，这样才有助于我们的创作,才能不断提高和长进。

【附记】

　　这是一九八一年五月间应中国作协文学讲习所之邀而作的讲座记录整理稿。略有删节,也并非是忠实于口述原貌的逐字记录,而是有相当的撮叙、简净化和"规范化"了的,所以并不代表我的口讲的语式和风格。但大意是符合的。因为我无法按口述"复原",只就打印本稍加修订,未作大改。我收入本集的讲稿,内容或不免有小的重复之处,主因是举例时某些段落易讲易懂,带有代表性,所以喜欢举它来说明问题。但每次讲也没有完全一样的,总有各自的特点和侧重点。本讲着重的是笔法,可是也涉及了作者与读者的"关系"问题,而这是笔法的根本——作者把读者摆在什么"地位"(平等? 高估? 低估? 不信任? ……),这才是决定他的笔法的方式和水平的最根本的原因。这是文学艺术中的一个重要问题。应该向曹雪芹学习的,实际上是很多的,不是什么形象鲜明、性格突出等习见术语所能了事的。

（原刊于天津《文艺》）

《红楼梦》欣赏一隅

我们这"欣赏"一词，好像是陶渊明大诗人给留下来的。"奇文共欣赏，疑义相与析。"他和"欣赏"一同提出来的是那个"奇"字。恰巧，我们的旧小说倒是自来喜欢用"奇"来标榜的，如"天下第一才子奇书"、"四大奇书"等称号，可为明证。至于《红楼梦》，也曾被标为"新大奇书"（善因楼刊本《批评新大奇书红楼梦》），——曹雪芹不是自己也说"此系身前身后事，倩谁记去作'奇'传"吗？所以，《红楼梦》这部"奇书"，势必也更会发生"欣赏"的问题，盖无疑问。

读《红楼梦》这奇书而不以为奇的，就我所知，只有平步青先生一人。他在《霞外捃屑》卷九"小栖霞说稗"中说：

> 《红楼梦》原名"石头记"，……初仅钞本，八十回以后轶去；高兰墅侍读鹗续之，大加删易。……世人喜观高本，原本遂湮，然厂肆尚有其书；癸亥上元，曾得一帙，为同年朱味莲携去。书平平耳，无可置议。

这一"平平"之评，在我们今天听来，倒是一种"奇"论。

在清代，骂《红楼梦》的，讲它的坏话的，本来不乏其人，不过那正是从什么"诲淫"啦"流毒"啦等等罪名去贬斥它，换言之，也就是因为它所表现的思想内容触怒了那些"正统"的士君子之流，这才遭了毁谤，甚至毁禁。

要说从"文"的角度而轻看它的,恐怕还要数平步青先生为首先一人,——说不定也就是最后一人了。

然而,要说平先生完全说错了,那也未必能使他服气。读这部小说名著的,一开始,谁也不会马上感到有什么稀奇之处,倒实在是觉得一切都那么"平平耳",了无出人意表的特色。单就这一点来说,平先生那样看法也自在情理之中。

那么,平先生就是完全对了的吗?却又不然。读《红楼梦》的,只要不是"开卷数行,昏昏欲睡"而能看下去、看回来的("看回来"的意义有二:一,看着后面,而时时联系前面;二,看完了后面,又回头重新温习,一遍、两遍……乃至很多遍),就会慢慢地自己发现,原来这"平平"之中,却有无限的"奇"处。

说真的,也只有这样的奇,即于平平之中而见奇,那才是真奇。拚命地追求奇,把文章弄得"奇形怪状"而自以为奇,那就不再成其为奇——那就不知成了什么了! 平先生好像只见到了《红楼梦》的"一半"(片面)就下了结论。

读《红楼梦》而能透过表面的"一半"的,其实也不乏其人。同治年间孙桐生序太平闲人(张新之)评本,曾说:

> 少读《红楼梦》,喜其洋洋洒洒,浩无涯涘,其描绘人情,雕刻物态,真能抉肺腑而肖化工:以为文章之奇,莫奇于此矣!——而未知其所以奇也。……自得妙复轩评本,然后知是书之所以传,传以奇,是书之所以奇,实奇而正也。

并下结论:"是谓亘古绝今一大奇书。"但只可惜他们又把"奇"引向了迷途,离开了文学,专门就字句作穿凿附会的解释,而以此为其"所以奇",这却是能赏其奇而又求之过深的例子,和平步青先生竟成为两极端而对峙了。

张新之、孙桐生等人的所谓"奇",完全出自"本铺自造",和曹雪芹的本意直如风马牛之不相及。要讲自从《红楼梦》问世以后,第一位真能赏识它的文笔之奇的,我觉得还要数戚蓼生。

他在"戚本"前面说过一段重要的话：

> 吾闻绛树两歌，一声在喉，一声在鼻；黄华二牍，左腕能楷，右腕
> 能草：神乎技矣！——吾未之见也。今则两歌而不分乎喉鼻，二牍而
> 无区乎左右；一声也而两歌，一手也而二牍：此万万所不能有之事，不
> 可得之奇！——而竟得之《石头记》一书。嘻，异矣！

这个比方打得绝妙，实在是有所见而云然，不同泛泛称誉。

他并曾指出，这种"一声两歌"、"一手二牍"的具体特点就是善用"注
彼而写此，目送而手挥"的表现法。我觉得在他以前，还没有能十分注意
到这一点的；在他以后，也没有能比他说得更透辟中肯的。例如"梦觉主
人"乾隆甲辰（一七八四）序中只说："语谓因人，词多彻性（按当是指语言
口吻因人而异，各有性格神态）"、"工于叙事，善写性骨"（这当然也是极为
重要的一点，是很有见地的文艺批评）；舒文炜乾隆五十四年（一七八九）
序中也只说："指事类情，即物呈巧"，他们二位就都未能指出那种"两歌"、
"二牍"的奇处。

戚蓼生所举的例子是："写闺房则极其雍肃也，而艳冶已满纸矣；状阅
阅则极其丰整也，而式微已盈睫矣；写宝玉之淫而痴也，而多情善悟，不减
历下琅玡；写黛玉之妒而尖也，而笃爱深怜，不啻桑娥石女。"因此他再一
次对这种奇文加以赞叹："盖声止一声，手止一手，而淫佚贞静，悲戚欢愉，
不啻双管之齐下也。噫，异矣！"他看出了别的小说家只能"花开两朵，各
表一枝"，而曹雪芹的这一支笔却具有"两个面"，这是绝人的本领，这是小
说文学上的奇迹。

这一点很要紧。如今就借了乾隆年间文评家的旧话略为标举如上。

可是，曹雪芹的这种本领，实际尚不止于"两歌"、"二牍"，他有时竟能达
到"数歌"、"数牍"的高度，尤为奇绝！这里不妨举一二小例来申说一下。

第三回，写凤姐儿刚出场，从黛玉眼中，第一次领略她的丰采声容，有
一段文字正面加以传写，然后，我们就看到以下的叙述：

> 这熙凤携着黛玉的手，上下细细的打量了一回，便仍送至贾母身

边坐下,因笑道:"天下真有这样标致人物,我今儿才算见了!况且这通身的气派,竟不像老祖宗的外孙女儿,竟是个嫡亲的孙女,怨不得老祖宗天天口头心头一时不忘!——只可怜我这妹妹这样命苦,怎么姑妈偏就去世了!"说着便用帕拭泪。贾母笑道:"我才好了,你倒来招我!……快再休提前话。"这熙凤听了,忙转悲为喜。……又忙携黛玉之手,问:"妹妹几岁了?……要什么吃的、什么顽的,只管告诉我;丫头老婆们不好了,也只管告诉我。"一面又问婆子们:"林姑娘的行李东西,可搬进来了?带了几个人来?你们赶早打扫两间下房,让他们去歇歇。"说话时,已摆了茶果上来,熙凤亲为捧茶捧果。又见二舅母问他:"月钱放完了不曾?"熙凤道:"月钱也放完了。才刚带着人到后楼上找缎子,找了这半日也并没有见昨日太太说的那样,想是太太记错了?"王夫人道:"有没有,什么要紧?"因又说道:"该随手拿出两个来,给你这妹妹去裁衣裳的;等晚上想着叫人再去拿罢,——可别忘了!"熙凤道:"倒是我先料着了:知道妹妹不过这两日到的,我已预备下了,等太太回去,过了目,好送来。"王夫人一笑点头不语。

我们且看,这一段本身已然具备两个层次:一面是写黛玉"步步留心,时时在意"的"心机眼力"(脂砚斋批语),因为这都是从黛玉眼中看得的情况;一面则是写熙凤的"浑身解数"、"八面玲珑",看她简直有千手千眼的神通,一人不落,一事不漏。然而,这一段明处是在写熙凤一人,暗处却又同时写了黛玉、贾母、王夫人等好几个人,无一笔不奇不妙。

黛玉自从出场,我们只不过知道她是"聪明清秀"、"年又极小,体又极怯弱"、"举止言谈不俗"、"虽怯弱不胜,却有一段自然风流态度"而已;直到此刻,被凤姐拉住手上下细细打量之后,才第一次正面写出"天下真有这样标致人物,我今儿才算见了"。这就给黛玉的品貌,下了定评。所以脂砚斋在此有批语,说:"出自凤口,黛玉丰姿可知。宜作史笔看。"

凤姐一上场,别人未曾开言,先就是"贾母笑道"。脂砚斋在旁批云:"阿凤一至,贾母方笑。与后文多少笑字作偶。"一点不假,看下去便知这话之确。凤姐夸赞黛玉，是为讨贾母喜欢，说出"老祖宗天天口头心头，一时不忘"，是替贾母向黛玉表白"人情"，然后就"用帕拭泪"。下面贾母又"笑道"云云。对贾母下面这一段话，脂砚批云："文字好看之极！""反用贾母劝，看阿凤之术亦甚矣！"这真是几笔就写尽了凤姐和贾母两个之间的关系，一个是"承欢应候"（亦脂批语），一个是为其所弄，反而特别喜欢她，对她无限宠爱。

然后就是写凤姐以"当家人"的身份口气来周旋黛玉，连带她带来的下人也不曾冷落。

然后就是王夫人问她月钱放完了不曾。这仍然是从"当家人"一脉而来，可是就又有了一层新意趣，别具丘壑；脂砚云："不见后文，不见此笔之妙。"我们马上会想到，后来平儿和袭人谈心，才泄露了奥妙，原来凤姐连应该按期发放众人的月钱也拿去放了高利贷，用饱私囊——这和雪芹原稿中凤姐结局也大有关系。

然后就是凤姐婉言批评王夫人对缎子一事的"记错了"，已见出王夫人之糊涂；及至说到该拿出两个给黛玉做衣裳，凤姐便说"倒是我先料着了"、"我已预备下了"，脂砚斋在此点破机关，说："余知此缎阿凤并未拿出，此借王夫人之语，机变欺人处耳。若信彼果拿出预备，不独被阿凤瞒过，亦且被石头瞒过了！"

这话可谓一针见血，深得"石头"本意。其实，准此以推，凤姐说"月钱也放完了"，是真是假，正恐难定。——总而言之，王夫人之昏愦颟顸，于此一二小事寥寥数笔也已被写尽了。

脂砚于下文黛玉到贾赦院中见早有"许多盛妆丽服之姬妾丫环"迎接出来处，批说："这一句是写贾赦（按指贾赦之好色）。妙在全是指东击西，打草惊蛇之笔。若看其写一人即作此一人看，先生便呆了！"这正可为我们上面所举的那例子作注脚。

有意思的是，脂砚斋所指出的"指东击西，打草惊蛇"，也正就是戚蓼生所说的"注彼而写此，目送而手挥"那个绝人的特点和奇处。两个人可谓不谋而合，也说明了此非一人之私见，实在有此妙理为有目者所共赏。

大家对钗、黛二人的印象，好像是一孤僻，一和善，一尖刻，一浑融。其实这也只是雪芹笔下的一面而已。还有另一面，读者却往往容易忽略过去。第三十回，小丫头靛儿因不见了扇子，不过白问了宝钗一句，宝姑娘即便疾言厉色，指她说道："你要仔细！我和你顽过，你再疑我！和你素日嘻皮笑脸的那些姑娘们跟前，你该问他们去！"这种指桑骂槐、夹枪带棒的话言和神情，就写出了宝钗的内在的更真的一面，她实际非常厉害，并不好惹；同时也透露了她和丫环们是保持"主子尊严"的面目，而黛玉却是爱和侍女们顽笑、和丫环关系最好的姑娘，她是天真活泼有风趣的少女，并不是一生都在"愁眉泪眼"中的一位病态人物。我们印象中的她的那些"短处"，只不过是当爱情的痛苦正在深深地折磨着她的时候的表现。——否则，那样一种不近人情"怪物"式的病美人林黛玉，还有什么可爱？还有什么可以令宝玉生死以之的可能呢？

越是才能平常的小说家，却越是唯恐读者"低能"、看不清他的文章，因而竭力要表示他那一点意思：写喜，就眉开眼笑，说悲，就鼻涕流泪；情节稍有隐曲，马上就"看官不知，原来如何如何"，就要"书中代表（代为说破的意思）"。总之，他只有那一个浮浅面，还怕读者不懂。一切可用的形容词，也都成了廉价的"描写"法宝。于是，那文章便成为简单寡味、一目了然的东西，就绝不会是能使人心游意赏、流连往复的具有魅力和美感的伟大艺术品了。那原因，就是它不但在思想内容方面，就是在文笔方面也缺少了厚度和深度。

要欣赏《红楼梦》，我想上举的这种地方就不该粗心大意、囫囵吞咽。当然，如果超越文学作品的范围，要处处作穿凿附会的"索隐"式的"搜奇"工作，那就是另一性质的问题，也就不再是我们所说的"欣赏"的意义了。

（原刊于《红楼梦散论》香港版）

关于曹雪芹的重要发现

一九六三年六月七日早晨，王士菁同志转给我一封信，是上海市文化局方行同志寄给我们的。展阅之下，竟然有一幅曹雪芹肖像的大照片在内。这实在是数十年以来仅见的一件最为直接有关曹雪芹的文物，宝贵至极。方行同志的这一重要发现，对研究曹雪芹的工作来说，是一项极有价值的贡献。我愿在此向方行同志表示深深的感谢之意。

又承方行同志见嘱，要我对这幅画像作些研究，判断一下真假和其他有关问题。现在就把我所想到的看法记在这里，供大家参考。

肖像的画面是席地而坐，左腿盘坐，右腿弯立，左手拄地，右手平放于右膝之上；著草鞋，长衫；长圆脸型，大头，正面、微右侧，右耳半露；顶上似可窥见发辫痕迹。神气完足，意度安详，微露笑容。画笔造诣很高。

画幅左上方有画家陆厚信的题记一则，原文是：

> 雪芹先生洪才河泻，逸藻云翔；尹公望山时督两江，以通家之谊，罗致幕府；案牍之暇，诗酒赓和，铿锵隽永。余私忱钦慕，爰作小照，绘其风流雅儒之致，以志雪鸿之迹云尔。

下款署："云间艮生陆厚信并识。"有"艮生"、"陆厚信印"（左旋读）两颗印记。

这一则题记异常要紧，它提供了有关曹雪芹生平和为人的重要线索。

"尹公望山"指尹继善。尹继善是满洲镶黄旗人,姓章佳氏,字元长,晚号望山,世居长白山俄漠和苏鲁,继迁宜汉阿拉地方;雍正元年进士;生于康熙三十五年(一六九六),卒于乾隆三十六年(一七七一),年七十六。他是身跨康、雍、乾三朝,比雪芹年长二三十岁的"老辈"人。

尹继善一生"一督云贵,三督川陕,四督两江",而"在江南尤久,前后三十馀年"。既然他是四次总督两江,这就发生一个追问:曹雪芹之随他作两江幕府,究在哪一次、哪些年月里?

解答这个问号,非常必要,因为这关系到曹雪芹生平经历的主要"轮廓"以及由此而发生的各方面的意义的问题。而要解答这个追问,有两个途径:一是希望此项文物原件中还可以提供另外的年月线索,一是如果另外线索不可得,则只好用考查推断的办法。在此刻,因原件尚未见到,暂就后一办法来作些推测。

尹继善四督两江的年份大致是:一、由雍正九年到十一年。二、由乾隆八年到十三年。三、由乾隆十六年到十八年。四、由乾隆二十一年到三十年。这四次中,除第一次雪芹年龄还太小以外,都有可能①。

我们已经掌握的较为重要的迹象有二:一是乾隆二十二年秋,敦诚作诗寄怀雪芹,已然有"劝君莫弹食客铗"的话。二是乾隆二十五年敦敏作诗,说明曾与雪芹阔别年馀,意外重逢,惊喜特甚,亟呼酒话"旧事",并写出"秦淮旧梦人犹在"的句子。我曾推测这次特殊的离别只能是雪芹到江南"老家"(南京)去了,否则很难解释。详见拙文《曹雪芹和江苏》(《雨花》,一九六二年第八期),这里不再详述。这两处迹象和两江总督幕府之游最为恰合。

我个人目前比较倾向于往最后推。因为敦诚诗中虽有"食客铗"之语,但同时又有"扬州旧梦久已绝(一作觉)"的话,而且有注说明此系指其先世曹寅时的旧事。如此,则似不尽合,而如果雪芹是乾隆二十三四年间入两江幕府而二十五年即拂袖归山,与好友重聚,则从敦敏"秦淮旧梦人

---

① 这又牵涉到曹雪芹生年和年龄的争论问题,因为十分复杂,本文不能枝蔓备及。

犹在，燕市悲歌酒易醺"以及他同年所作题雪芹画石的"傲骨如君世已奇"等话而看，便觉情事十分契合，意义显然可窥。

尹继善是"好学工诗，汲引人才如不及"并且写作俱佳的人，如当时诗人袁枚即称之不去口，引为平生"知己"。看来尹、曹诗酒倡和，文事方面很相得。但两江幕府却不是雪芹所能久处之地，似乎不到两年，他就呆不下去了，因此拂袖而归，甘于山村著书、穷愁至死的生活。这更说明了他的"傲骨"，不愿为统治集团服务的高风亮节。

尹继善最初做过怡亲王（胤祥）的记室，而曹頫在抄家之前后，曾由雍正交给怡亲王看管；尹氏的侧室所生的女儿是皇八子永璇的妃子，而雪芹另一幅小像①有永璇题跋。最早题咏《红楼梦》的明义，和尹继善的诸子庆晴村、似村等也极熟识，倡和很多。这些，加上陆厚信所说的"通家之谊"，都是我们进一步考查和了解曹雪芹的重要线索。

画家对雪芹的描写和他所表示的钦慕之情，简明而生动地说明了雪芹的文才和气度，使我们对这位伟大文学家的精神面貌认识得更为亲切了一步，这也是极可宝贵的部分。

总之，我觉得这项文物非常可靠，既不是赝品，也不是另外一个名叫"雪芹"的人的画像，价值极高。盼望早日获见原件②，以便大家作出进一步的研究。至于个人这些初步看法，当然是极不成熟的，如能看到原件的全貌，当可以获得补充或纠正。

【附记】

此文有"原始价值"，代表我当时的看法，而这些看法基本上说明了这件文物的重要性。今日读者则须参看拙著《曹雪芹小传》的附录部分，对方

---

① 关于早先发现的王冈所画的另一幅雪芹像，真伪问题尚有争论。
② 原作藏郑州河南省博物馆，是一件册页。方行同志见告：装裱很旧，内容甚丰富。是他今年五月路经郑州时发现的。

行同志当时发现的情景,以及后来册页忽然变成"单开一扇"的神秘不可理解的异事,都可看到更多的记叙。初刊于《天津晚报》(日期失记),后经香港《文汇报》转载(一九六三年八月二十六日)。

再谈曹雪芹小像

本刊十四日登出时生蕤先生《曹"雪芹"画像之谜》一文,认为最近发现的上款题为"雪芹先生"的画像不是曹雪芹,而是"俞雪芹"。

时先生的主要论据是尹继善写在"画像上的题诗"在其刊本诗集中是为俞楚江题小照的,而且"诗和画是在一张纸上的。这也就是说,绝对不会产生裱错之类的问题",因此得出结论:"诗上的俞楚江即画上的雪芹。"

我的看法和时先生不同。我仍旧认为,这幅画像很大可能是曹雪芹,而绝不会是"俞雪芹"。

时先生的论据里忽略了一个很明显而又很要紧的问题:陆画、尹诗,根本上是不是"在一张纸上"?

我想时先生当然已注意到,原件本是"册页",我们现在看到的"原画",其实只是一本册页中的一个"对开页",也就是裱好的、横长虽然相连而中间为对折缝所分隔开的左右两扇"对脸儿"的页子。而在这种册页中,求人书画题记时,除非文字或画面特为长大、为单面页本身所不能容时,一般都是每人占用一个单面页。例如这里陆厚信在右首画了像,题记也就写在本单面,而尹继善的诗却另占左首的那个单面页了。

这种情形,并不叫做"一张纸上",基本上应作"两张纸"看待(当然更不必谈到"裱错"的问题上去)。因此不能认为尹诗是"画像上的题诗"。

再说,尹继善题诗,如果这里的用意真是为"俞雪芹"题像,那起码要落个上下双款,说明他和被题者的关系,而绝不会只有诗后面"望山尹继善"一个单款。

这就说明书家画家"各自为政",初无干系。尹继善不过是应题册者之请而随便接页写上去的没有直接交涉的两首诗。尹题册时和陆画本来已经相隔一个时期(陆的题记中并无"望山相公即将晋京入阁"云云一类话)了。因此也并不发生尹题诗时曹雪芹是否"已死"的问题。

直到今天,这类似情形还可亲自经历,笔者不时还为人题册页形式的纪念册,其中有的写,有的画,有的录一段前人的名言,有的录两首自己的旧句,有的相隔时间不多,有的相隔时间已久……我们根本不能把每一对开页的两面都看成是一回事,并在其书画内容之间建立必然关系。陆画在右,尹诗在左,正是如此(所以我上次根本没有提尹诗的许多问题,因为它与画无涉)。

我们怎么可以就拿尹诗来论证画幅是不是曹像呢?

而且,俞瀚字楚江之人,也根本未有"号雪芹"之说,我们很难凭空认为有"俞雪芹"其人。

《随园全集》里的有关俞瀚的资料,最能解决问题。他是绍兴人,幼年孤苦,依舅氏抚养才得长大成人,流落北京后由金辉介绍给尹继善的——这样的一位南方"布衣"怎么会和尹氏有了"通家之谊"(画家题记语)? 和尹氏有通家谊的,只有家世赫奕的内务府旗人曹雪芹才可能。

时先生主张王冈所绘另一幅雪芹像和这幅所绘的是同一个人,这点我很同意。王冈画的那幅像有永璇(乾隆的皇八子,仪亲王)及满汉两族的许多上书房的翰林和名流们的题词,试想,"卖药虎丘(苏州)而亡"的俞瀚,会能得到这么些"重要"人物的题跋吗?

这,也只有曹雪芹才能够(理由这里不能备及)。

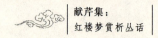
如果画像不是曹雪芹，我们固然不应牵扯附会；如果可能是，我们也不应稍掉轻心，以至"失之交臂"。这关系曹雪芹生平者很巨，盼望大家共同认真研究，以期得明真相。

（1963 年 9 月 21 日《天津晚报》）

雪芹小像辨

曹雪芹小像，已发现两幅，各有问题。本文试加考辨。

第一幅是王冈所绘，流传已久。有人在一九六一年发表文章否认这幅画像是曹雪芹，认为是乾隆时代另一不知姓什么的字号叫"雪芹"的"翰林"的画像。吴世昌先生曾撰文驳斥。后又获见朱南铣先生所撰《曹雪芹小像考释》一文，也倾向于肯定画像的可靠性①。我本来同意吴、朱两位先生的看法，主要是因为：我们从来还没有听见过和曹雪芹恰好同时的（乃至先后的）人士当中竟又有一个字号叫"雪芹"的，不管是"翰林"也好，还是其他等类的文人、官僚也好②。

后来，我转向于存疑的态度。因为，王冈是上海宝山刻印家王睿章之子，睿章号"雪岑"（其乾隆五年序刊本"醉爱居印赏"，即自署"雪岑老人"）。那么是否存在着一个可能——即此像本系王冈为其父雪岑所作行乐图，而被讹传或涂改为"雪芹"字样者？这一可能，不容不估计到。当

---

① 按省斋《曹雪芹先生著书图》（香港《文汇报》一九六三年七月廿五日副刊）引画家胡亚光先生云："其实此图（按即指王冈所绘雪芹像）确系仅有之秘宝也。"亦以为是曹雪芹而非不知姓氏之某人。

② 就我所知，彼时期翰林中只有一个号叫"芹村"的。皇族中，则有永芹，号泮庵；画家莘开，字芹圃。皆非"雪芹"。

然,也存在着另外的可疑点①。但在得见原件之前,还难以作出任何判断。

第二幅是陆厚信所绘,是在郑州河南省博物馆发现的。陆的题记里上款是"雪芹先生"。但是也正由于所有题跋体例都不把人物的姓氏写进去,因此也有人疑心这个"雪芹先生"也不姓曹,而又是不知"姓甚名谁"的一位"雪芹先生"。

如此,则恰在乾隆三十年之前,同时出现了"三位"字号叫"雪芹"的人(而其中两位留下了画像的恰好都不姓曹)。——这事未免太奇巧了。

否定陆画是曹雪芹的理由是:画的旁边有尹继善的两首题诗,而这两首诗在尹继善刊本《尹文端公诗集》卷九中是"题俞楚江照"的。因此甚至有人得出结论说:所画乃是俞楚江"俞雪芹",不是曹雪芹。

但是我个人认为这种看法还可商榷。第一,据原件情况来判断,尹氏题诗和陆氏画像各居一个"册页"的"对开页"的左右扇,自成"单位"。裱成的对开页,虽然相连,但照例为中间折缝分隔,实成两幅,因此这种对开页的两页书画之间,不一定都有必然关系。所以不能把原件当作"一张纸"看待,并认定尹诗即一定是题陆画的,因而也就还不能拿尹诗证明陆画非曹雪芹。

第二,尹诗说:"万里天空气沉寥,白门云树望中遥;风流谁似题诗客:坐对青山想六朝。"则足证尹氏原来所题的画幅,是有"云树"、"青山"等景物为背景的画幅,而陆画却只是一个单人肖像,席地而坐,别无任何衬景。可见,尹诗并非为题陆画而入册者甚明,二者实各不相涉。

第三,尹诗又云:"久住江城(刊本作"金陵")别亦难,秋风送我整归鞍;他时光景如相忆(刊本作"意",误),好把新图一借看。"尤可证明他原来所题的画幅是"江城"的"光景"为主,即南京风物为主,而绝不是一幅单人肖像。

---

① 例如,传说满人那穆齐礼题词中的上款称呼是"姻兄",则王雪岑不可能是那穆齐礼的亲戚;又如传说王冈下款是"旅云王冈写",这也不甚像是子为父作的语气。

264

第四，尹氏题诗中既言"新图"，则彼图作画必不是旧日陈事，即距尹氏离开南京入都时必定很近。而陆的题记提到尹氏时只云"尹公望山时督两江"，殊无一字将别之语，亦足见诗、画并非一事。

第五，尹诗如真是为这里的图幅而专题的，那它起码要有"奉题某某先生小照"之类的上款。而册中的尹诗却只有秃秃的五字"望山尹继善"的下款。足证此处尹诗不过是为应求题册人的请求而随意写下的诗句。其所以写下这两首，揣度情理，一是因见雪芹画像而联想到自己另外题像的诗，题目略有关联，二是此两诗刚作不久，容易记起，故随手落笔了。

第六，陆的题记说："雪芹先生洪才河泻，逸藻云翔；尹公望山（按即尹继善）时督两江，以通家之谊，罗致幕府……"按尹继善（一六九六——一七七一），是满洲镶黄旗人，雍正进士，一生"一督云贵，三督川陕，四督两江"，最后入相，卒谥文端，是满洲旗人中的一位非常显贵者。而俞楚江，名瀚，绍兴人，布衣，幼孤，寄于舅氏，不见待，赘于岳家，后流落京师，由金辉荐与尹继善，后卖药虎丘而亡——其事迹备具于袁枚的《随园全集》诗文之中①。试想，这样的一位当时所谓"绍兴师爷"，他怎么会和尹继善满洲显赫贵人有了"通家之谊"呢？

和尹继善有通家之谊而又叫"雪芹"的，只有家世赫奕的内府旗人曹雪芹才可能。

第七，画家陆厚信说明雪芹先生是"洪才河泻，逸藻云翔"，这种才华气度，和曹雪芹最为符合。袁枚在他的诗文中所描写的俞楚江，和他收录的俞氏作品，都不具备这种特色。因此这也不符合俞楚江的为人。

第八，俞瀚，字楚江，和袁枚熟识，袁枚屡次提到他，只称"楚江"，皆不言其竟有"雪芹"一号，而且假使真有此号的话，那么袁枚在另一处提"雪芹公子"而且用它专指曹雪芹的时候②，语气一定要有所不同了——足证

① 可看《随园诗话》卷十三有关俞氏一段，《小仓山房外集》卷三《俞楚江诗序》；此外有许多零星提到俞氏处，可参考。

② 见《随园诗话》卷十六。

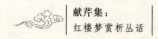
袁枚平生只知有一个姓曹的号"雪芹"的人，而并无两个。因此我们很难得出有"俞雪芹"其人的结论。

综合起来看，我认为此画绝不会是俞瀚的像。

既然还无任何有力证据来否定陆画，曹雪芹又恰于乾隆二十四五年间到过南京（时为尹继善两江总督之驻地），那么这幅小像应该就是曹雪芹。

此像原件笔者曾目验，题记中"雪芹"二字清楚完好，绝无涂改挖补之类的痕迹。谨记拙见于此，供方家参考，并盼指正。

【附记】

此文修订本已收入《新证》增订版，但该书购求已很困难，为了让读者充分了解"小像"的一切，破例一并编入本集，为存真貌，未作修改。原刊一九六四年四月五日香港《大公报》。

曹雪芹小像之新议论(上、下)

上

近日拜读了一位以文物鉴定家权威自居者的文章,内容是就陆厚信绘雪芹小照之事,针对拙说(请参看《红楼梦新证》页七八五以次),发表意见,并将此绘判为"假古董"。阅后,不免有些想法,写出来供大家研讨。

陆绘芹像,其左方有尹继善题诗二首(合为册页之对开叶)。原是旧年上海文化局方行先生所发现,蒙他寄示所拍的影片二帧(书、画分拍的,经放大,二帧尺寸无不全同,我后来将影片发表,用的就是当时所得到的这两帧,但我撰文报道,早已说明原件是一张整纸)。后来有人根据《尹文端公诗集》,提出看法,认为此绘是"俞雪芹"(俞瀚)之像。可知那时的鉴定家,丝毫不怀疑绘画本身,只是对画中人物"主名"有不同见解。

我否定了"俞雪芹"之说以后,又有鉴定家表示一种看法,说:"画法甚高,年代也完全够乾隆;只是五行题记,字迹风格,似乎略晚。"——质言之,就是他认为画是真的(当然画的还该是俞瀚了),而"雪芹先生……"这五行题记可能是后加的(作伪的"后添款")。至此,仍不曾对此画本身为古物有所怀疑,明言画是好的。

现在我新读到的文章,则又大不相同:它认为,连画带题,都是伪造后添的(画、题二者又是"一码事"了)。而且作伪的时间是晚到"本世纪二十年代到四十年代'新红学派'盛行时期"云云。文章开端不久，就下了这个结论。

至于该文的具体论证，则主要有两点：一，册页上的尹诗二首，是真的，见于刊本尹继善诗集卷九，依编年推，应是乾隆三十年乙酉所作，其时雪芹已卒，故画像与曹无关。二，尹氏题诗时，"为了谦虚"，自己将题句写在对开页的后半扇，前半留的空白（留给别人题），而别人因尹氏官大位崇，谁也不能占先，就始终空白着——而这就是作伪者添画加题的"空子"了，云云。上面是撮述，其"实质性"论证大体就是这么些，再没别的。

这么一来，我就也产生了一些疑惑不解。该文撰者承认尹集是身后嘉庆时他人为之编刊的，但他信诗集，不信实物，还是以为凡是刻成书的（编次、题目等等）就一定无误。我当日提出的一个要点：册页尹诗，只录两首"白文"，既不称上款，也不署明下款身份关系（一般总要写明年谊、乡谊、戚谊、寅谊、宾主谊等等），这对"画主"西宾就成了极不礼貌的一种表示，而清代人最讲究礼数，尹继善和俞瀚又是极相契的。这应该怎么解释？该文于此未置一词，避而不谈。

再说，尹氏既是俞氏的"东家"、"主人"，就是"顶头上司"，他给俞师爷题题像，还要"谦虚"？留半张纸以待他人——留待谁呢？尹氏本人就是宰辅封疆，要留，恐怕就只好留给"圣上"乾隆了？不然，怎么讲呢？比尹氏官位更崇的，谁又肯来给尹的一个绍兴师爷宠赐鸿题？还应该说明，因"谦虚"而留空白云云，该文撰者自言是"推想"。推想也可以作为证据吗？

鉴定书画，光凭最简单的"常情"去"推想"，常常推到错误的判断上去。有很多事情，实际经过，要曲折复杂得多。雪芹南游，事在乾隆二十四五年；敦氏诗集中时日明确，无可驳辩。此时如陆厚信绘了像，无论自存，或转与人手，当时还不及征题求咏，稍过，再出册页求到尹氏，有何不可？即雪芹于乾隆二十八年除夕卒后一载馀，尹氏才被册页藏主将来求题，又有何不可？即使真认定尹诗必为乾隆三十年秋作，如何就是构成"绝对矛盾"？鉴定家的判决，未免太断然了吧？

尹氏不加上款，下款只署"秃名"，这一点最当注意。我曾指出：这本

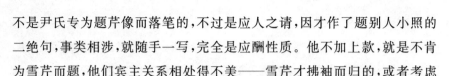

不是尹氏专为题芹像而落笔的，不过是应人之请，因才作了题别人小照的二绝句，事类相涉，就随手一写，完全是应酬性质。他不加上款，就是不肯为雪芹而题，他们宾主关系相处得不美——雪芹才拂袖而归的，或者考虑某种政治上的不便，不是更能从这里看得出其中的微妙迹象吗？

鉴定家把陆画"定"到"本世纪二十年代"，大约意即胡、俞等人考红之时了，但他忘了说明，胡、俞那时根本不曾"考"得什么雪芹生平事迹。南游之事实，是很晚近新从敦敏《诗钞》中考察窥见而始明的，那么，"作伪者"那时居然异想天开，他竟能硬把两江总督尹大人拉来凑趣？须知，这在"二十年代"对"作伪牟利"来说，是极端不利的，因为那时谁也不会信服，徒生枝节，他何必画此蛇足，弄巧成拙？陆绘上的文辞、画笔，如此高明（大家都一致承认），那此人连这点"生意经"上的利害攸关，反而愚不及虑乎？

鉴定书画，除最显而易见的伪劣之品以外，遇到"盘根错节"的疑难较大的，定论并不易下。我所交往的鉴定家朋友们，看东西常常不一致，"你看假，我看真"。就连一个人自己也有时前后不同，"当初没看对"。鉴定的事，不简单。因此眼力强、学识高的，也还不敢轻以鉴定家之权威自居。更不敢未有细密研究，率执一端，即给一项重要文物作判决。解决真伪、判断是非，也待百家争鸣。愿向鉴定专家们学习，再学习。

下

陆厚信绘雪芹小照，被人疑为是"俞雪芹"的肖像，由于：一、绘者题上款，照例不会连姓氏写上去，没有"曹"字；二、左方有尹继善题诗二首，一查刊本尹集，其诗题是"题俞楚江照"。所以结论说这幅像是"俞雪芹"，而不是曹雪芹。

但是俞氏的资料是不难查考的，一切有关记载，绝无俞"号雪芹"之痕迹。更有进者，俞氏最要好的朋友沈大成，曾叙及俞的形相，是"锐其头"而"钩鞑其躬"，可是陆绘却完全不是一位尖头驼背的先生。"俞雪芹"说，从两方面都发生了困难。

在"鉴定"过程中，有些事象尤其耐人寻味。最神秘的原物册页一件，竟有"神通变化"之方。本来是一部册页，一共好多"开"的，每开各有书画不一。后来呢？这部册页"变"成了"只此一页"，坚不承认本为多开裱本。此一变也。现在，则它又由"对开"变成为"半开"了！——因为鉴定专家说它原来只有左半边的尹诗，右边是"空白的"（这才给了"二十年代到四十年代"的"作伪者"留下了补画假像的空子），云云。

这真有点像雪芹自己说的"女娲炼石已荒唐，又向荒唐演大荒"了。

经过确实调查，一清二楚的经过，具如下方：

一九六三年，上海文化局局长方行先生，应河南省文化局副局长某先生之邀，前往郑州参加文物工作会议（此会议当时报纸有报道）。方先生由豫省副局长陪同，到郑州后，先看了博物馆的展品，看毕，时间已晚，不及再看别的，因问：库藏是否有较为特殊之品，愿顺便一观。馆方于是取出一部册页，约有寸把厚，十来个对开。一经翻阅，发现了中有陆绘肖像，而"雪芹"二字赫然，引起方行先生的注意。但这时天已很晚，其馀诸开，各有诗画，俱不及细看，方先生就提出请馆方把陆绘一开，摄成照片，当经同意。此时一位陪同人员说：在这页中间夹一纸条（以为标志，容易翻检）。即此可见：原件绝不会是"只有一开"，否则何必夹一纸条！？陆绘在册页中，不是首开，也非末片，当时陪同同观者，皆可作证。

方行先生匆匆离豫。回沪后，接到照片二帧，陆画、尹诗是分拍的，而且长短不一。这是博物馆原拍如此。方先生将一份两张寄给了我，要我加以研究。我曾作报道。照片也依原样发表过（但有人就说，这是我故意"拆散"玩弄手法的）。原拍为何要分开拍制并尺寸不一？不了解。

方先生也向当时文化部领导报告了这个发现。后来原件即由郑州调来北京。当时首先看过的，有郭沫若、徐平羽等诸先生。然后就转送到曹雪芹纪念展览会的筹备处（设在故宫文华殿）。不少在彼工作的人员，也都目击亲见。

在我调查访问的过程中，曾经目见原件的诸先生有的说：确切"开"数已记不清，但并不是"只有一页"，"是一个册页"。有的则极确凿地向我指明："是一共捌开。没有错。每开皆有诗画。另外的人像不一，或坐或立，姿态形相也各异。"当时我说到"有人主张陆绘原件只此一开，而且此一开右半本为空白页，故后人伪造后添……"，他骇然道："这怎么可能!? 原件八开，诗画皆是一色乾隆人手笔——这是我们能够看得出、信得过的，如何能容近人硬羼入半页!?"这位作证者本人就是一位专研中国艺术史的名家。

至此，"只有一开"又"原空半页"的神话，或者可以告终乎？——我说"或者"，就是估计必然还会有人硬是不承认上述的历史事实，而坚持其"鉴定结论"的。世界上的事情是复杂的。研究曹雪芹事非容易。读者试观此例，也可以有味乎其言哉。

【附记】

此二文原刊于香港《新晚报》。最近看到张中行先生一篇佳作，他将争论真伪的好几派都就其论证逐点地分析评议了。他也不能不承认俞号"雪芹"的可能性"更小了"——不过他并不因此而推到"可见画像不是俞"的结论，却径直推到"陆题是假"上去了。质言之，他相信尹集，又认为：袁枚与雪芹应该相识的"可能性大"，但据袁集他们既然很"陌生"，那么，"我们禁不住要问，在乾隆己卯、庚辰间，曹雪芹曾到南京去住，并入尹幕，其可能性有多大呢"？这就是说，他用了上面自己假设的一个"可能性大"来推出了另一个"可能性有多大呢"。我要说，这种论辩方法是全在"可能性"上绕圈，我难道不可以说，"这样的推法，其有效性到底有多大呢"？他没有考虑到两条记载曾说雪芹"留住于南，……曾与随园先生游"，"尝至江宁。……论诗颇诋随园，且薄其为人……"，则仅凭袁集文字表面来判断袁曹之间的真正的关系，实嫌过于简单，是不一定符合实际上常常是复杂曲折的历史真相的；况且，退一步说，就算张先生认为的袁曹"陌生"是真的，那难道就可以得出"所以，雪芹未尝至江宁，也未入尹幕"的结论吗？我已说过：这个逻辑，只能用在一种条件下，即，凡是在尹幕的人，都一定是与袁"相识"并能在袁集找到记叙的，——可是，这又是哪里来的"定律"呢？所以我以为论事还是要审慎又审慎，勿用"直线逻辑"、"单一理路"去看问题，历史常常要复杂得多的多。

但是我也必须指出，张先生的文章在实质上已然否定了那种"半页空白"的奇谈，这就是他治学精神谨严的证明，与张口乱道者是迥然不同的。其文刊于《红楼梦学刊》，题曰《有关俞瀚的一点资料》。

【追记】

本集截稿后，雪芹小照的问题又有很多新情况，内情益形复杂，有关讨究，当再于续集编录了。

脂砚小记

脂砚斋,于《红楼梦》撰作、整理、评点、抄传各方面,皆为功臣,与雪芹关系至极密切。然而其人为谁?"脂砚斋"之命名何所取义?说者纷纷,迄无定论。去年除夕,蕴庵兄贻书告语:闻蜀友言,脂砚为物,尚在人间,可以踪迹。当时已诧为奇闻。今岁开春甫数日,丛碧先生忽见过小斋,谈次,探怀出一小匣,曰:"今日令君见一物!"启视,则脂砚原石赫然在眼。叹为二百年来罕遭之异珍。爰为小记,以述梗概,亦艺林一段佳话也。

脂砚,歙石,非上上品,然亦细润可爱;长约二寸半,宽二寸许,厚才数分;砚面雕为长圆果子形,上端两叶,左右分披。砚背有行草书铭诗一绝,文曰:"调研浮清影,咀毫玉露滋;芳心在一点,馀润拂兰芝。"上款:"素卿脂研";下署:"王稺登题"。砚下端侧面有铭记云:"脂砚斋所珍之研,其永保。"小八分书,横行,写刻俱工。朱漆盒,盖内刻有仕女小像,刀痕纤若蛛丝,旁题"红颜素心"四字篆文,左下方刊小印一,文曰"松陵内史"。盒底复有"万历癸酉姑苏吴万有造"两行真书铭记。

按诸题刻,此砚实明代才妓薛素遗物。薛素,字素素,一字素卿,小字润娘,行五,吴郡人,入燕京,诗、书、画、琴、箫、弈、绣、走索、驰马、射弹,无不工绝,当时有"十能"之目;绘事尤精兰竹。所著有《南游草》《花琐事》,其《南游草》即由王稺登制序。证以铭记,无不吻合,而"馀润拂兰芝"之句，暗切其小字"润娘"与工绘芝兰而言，尤为显证。砚在清代为端方所藏，后流落蜀中，今持至京华，乃以善价归丛碧先生。

脂砚实物之出现，其可资考索脂砚斋之为人者必多，而间接则亦有助于了解雪芹：即此一石，所关匪浅。笔者旧年尝谓，由"脂砚"之名（并结合其评《石头记》之若干线索而观），可窥其人似为女性。此说出后，异同参半。其不同意此说者以为，"脂砚"之"脂"，尚难遽解为"胭脂"一义，盖"脂玉"之脂，可以形容美玉之洁白温润矣；端石诸色彩中，其淡红者又有"胭脂捺"之名矣；此皆石质之品目，而未必即与人事有关也，云云。今实物既出，乃知当年拙解，幸而言中，此小砚即名妓才媛之研朱砚也，故取名"脂砚"以关合之。

然新问题亦由此而生。脂砚原主，固已判明为女流，而后来珍藏者脂砚斋，则又难必定属女性矣（本文只能就"脂砚"一名讨论，其馀线索，固当另述）。丛碧意谓：此脂砚斋，既能宝爱素素之脂砚，且即以此石而定其别署为"脂砚斋"，则可能性有二：可以是女，所谓声应气求，惺惺惜惺惺，故于前代才女之脂砚珍如性命；亦可是男，然若为男子，亦必是倜傥风流人物，而绝非封建"正统"型之俗人陋士，始肯径取"脂砚"以名斋也。余谓丛碧此意甚是。顷丛碧复驰书讨论，更谓："我意此砚发现，似足证明脂砚斋非雪芹之叔。"（二月二十日书，寄自长春。）

揣测脂砚斋为雪芹何等亲属者，已有数说：其叔也，其舅也，其堂兄弟也，而余以为当是其妻。主叔说者，盖谓雪芹恐为曹颙之遗腹子，而叔者即曹𫖮辈也，殆雪芹之幼叔，年龄相去未远，习性亦复相近，故能同撰红楼。然此说之可疑，亦不止一端，今试粗略言之。

谓芹为颙遗腹，虽有线索可循，而遗腹之生男生女，其可能性与或然率皆为对半；使芹果系颙之遗腹，则当生于康熙五十四年（一七一五）；至乾隆二十八年（一七六三，此按旧日虚岁数粗计法）芹卒，已得年四十九岁，实为五旬之人，而敦诚挽芹诗一再言"四十年华"，殊难两存。可疑者一。使颙果生遗腹子，其弟𫖮奏摺中不当仅仅言及嫂马氏怀孕已及七月（时为康熙五十四年三月初七）之外，于此后各摺中绝无一字再及曹颙得子之事（頫为康熙帝所命之过继子，若曹頫本支得嗣，必须向康熙报告），何以解释？可疑者二。使雪芹果有此志同道合之幼叔，商量撰作，诗酒过从，宜其好友敦诚、敦敏集中必有痕迹线索可窥，"大阮小阮"之事，早当入诸诗句，而二人集中绝不见此等迹象，似非情理。可疑者三①。以脂批言之，如"今而后惟愿造化主再出一芹一脂，是书何幸，余二人亦大快遂心于九泉矣"诸语，亦殊不类叔侄口吻。可疑者四。清代常州派学者宋翔凤，尝言雪芹"素放浪，至衣食不给；其父执某，钥空室中，三年，乃成此书"（此说甚有价值，其来源余另有考），此与其"叔"批《红楼》说尤不能相容，——岂雪芹适有一"叔"极端反对其放浪，而适又有另一"叔"乃复极端赞助其放浪（作小说乃当时最为"放浪"不堪之事）耶？可疑者五。

复次，脂砚斋批《石头记》，若以小说稗官迟早必问世流传，故不欲以真姓名、真身份与世人相见，深自韬晦，亦其宜也；至于一己珍惜之小砚，无关世事旁人，亦既铭记以志鸿雪矣，而落落十字之外，乃绝不存只字之下款，文玩铭题，此例良罕。然则脂砚斋何以自隐若是？必非无故矣。如谓当时政治干碍，则《红楼》作者尚肯于卷前出以"后因曹雪芹于悼红轩中披阅十载……"之明文，岂脂砚斋之铭题怀中小砚，乃复畏惧顾忌过于雪芹之著《红楼》乎？倘其原因另有在歟？

脂砚之出，非独艺苑传赏之宝，实亦文坛考索之资；其人之扑朔迷离，其文之深心密意，皆待研求。世有博雅，有以发明之，诚厚望也。

【附记】

此文原刊于一九六三年三月六日香港《大公报》。今编理拙集时，张伯驹先生已作古人，倍增悼念之情。他对红学的贡献，不止一端，因我深知，正应在此一并叙明，这也不止是为表个人对他的纪念的意义了。我和

---

① 如敦敏等有叔名额尔赫宜，号墨香，为《红楼》爱好者，永忠之得观《红楼》，即由墨香绍介，此叔即屡见于敦家集中不一，其理自明。

张先生是忘年交,其交在填词。而最初的因缘,却是由于题咏纳兰容若小像和四卷《楝亭图》,这是他收藏中的异品,也是红学的宝贵实物资料。此其一。第二,我请他注意访求当时久已无复消息的庚辰本。这事他也竟然办到了,并且为了使此珍本得所,他也发挥了作用。第三,脂砚在当时出现,亦无人珍视,他毅然出价收留,这是他一生保存文物的素志,使许多无价之宝免遭失损。第四,他留意《红楼梦》的线索,及时见告,例如三六桥本之具有后三十回的详情,就是张先生驰书以闻的,这对红学研究十分有助,最可感念。

还有一点不妨一提:我和他在红学上的观点,很少是完全一致的,他的推理方法我也很觉奇特,逻辑性不强。但是我们不曾因此"不欢",始终彼此尊重,而且他对拙著,十分重视,评价很高。他为此作了很多篇题咏的长短句,名笺彩笔,朱墨缤纷,至今已皆为珍迹。可惜类似这些文献,在我手中相当丰富,只是无力整理,其实也是红学史上的第一等文艺资料。

这一枚脂砚,张先生收留之时他已没有多大财力,因此听说后来转归了长春博物馆,为公共所有,本是好事。但是再后来听说此砚迷失,不知何往了。这真是异事,正如陆绘雪芹像一样,册页原物变成了一张对开扇,使人为之震惊。又不止此,听说又有人"鉴定"此砚也是"假"的——幸好,倒没说砚是凭"空白"假造的,而是"已非原件",是照原物仿制的。假使如此,那么这块已遭迷失的"假"物,仍然具有"乱真"的形态、铭刻,也就是足够代替原件供人研索的珍品了。

关于文物真伪,事情最为复杂。偏偏近年来确有妄人钻了某先生苦搜雪芹资料的空子,搞出很多不像样子的假东西、假文字来。于是有些人就被这些事缠得不耐烦了(确实可恨),或者失于急躁了,便不加任何具体分析研究,将性质不同、情况不同、出现原由不同的一切雪芹文物资料一概加以怀疑:都是假的!并且以文物鉴定家的自信感轻予"判决"。我要说,妄人混造伪品,对真实文献确实是个极大的起混乱作用的坏事情,怀疑反对的,岂不正是为了辨伪存真、斥伪返本?如果你将真的也不去认真考辨，咸加讥讽，这貌似高明，其实却中了奸人之计，搞出了"玉石俱焚"的结果来，那么你的高明也就要成为问题了。所以一切事最好是平心静气，为真理为真相，实事求是，深入细致地作出科学的研究，不要凭任何别的名堂，也不要夹杂上任何个人人事关系上的私心杂念，雪芹幸甚，红学研究幸甚。

题画像诗考

　　一九八〇年六月，在同往美国参加《红楼梦》研讨会的途中，第一宿处是广州客寓，陈毓罴同志打开提箱，以照片四帧见赠，视之，则是喧传已久的"王冈幽篁图"的题诗四份。到了美国，周策纵先生拿出一份《光明日报》的剪报来，看时，却是我的孩子寄给他的，因为那是谈这四家题诗之发现的文章。当时忙极，俱不及阅。以后，也更不知有什么论文探讨过这一新发现。现在蒙《集刊》再三索稿，要我谈谈看法，辞而不获，只好把非常粗浅的一些管见写下来，请他们指正。

　　四家诗同时摆在面前，最引起我注目的，当推谢墉的两篇七律，它比其他三家的题句都显得重要。所以，我就从它谈起。

　　其文云：

　　　　园林曾记刻琅玕，雏凤清音惬古欢。
　　　　人海十年青霭隔，竹林千个翠阴团。
　　　　书中手泽留花县，琴里心期净石坛。
　　　　泉响飞来叶宫徵，坐吟淇澳恣盘桓。

　　　　图成寄我已三春，把袂依然青士身。
　　　　欲向蓝田哦晚翠，却从元〔玄〕圃借浮筠。
　　　　平安谁似家山好，慈孝相看萝茑亲。

竹叶于人偏有分,觞君犹及菊花晨。

这两首律诗,内容要算最充实,所以从考证的角度来说,也就最有用处。

"园林曾记"两句,是追忆往年,而"雏凤"云云更点明了他题咏的主题中包含着一层父子关系。看来谢墉和他们是世交,通家之谊。"人海十年"句,是诗家自指。考谢墉,"乾隆十六年,上南巡,以优贡生召试,赐举人,授内阁中书;十七年,成进士,改庶吉士,授编修"。"二十四年,回部平,……上命复官,直上书房"。自此,他才教授皇子。从十七年中进士、官编修算起,过十年,到二十七年壬午,正好合于"人海十年"之数,这是说自从在京城做官,和"青霭"隔绝已有十载之久了。——由于皇八子永璇的题诗之后已写明了"壬午三月既望",这就证实了谢墉十分可能也是同时题咏的。

"书中手泽留花县"一句,说明了我上文所谓的"包含着"的那"一层父子关系",因为"手泽"一词,一般指其先人。花县当然就是用潘岳做河阳令的典故,这说明画中人的父亲是做过知县的——即使可解为泛拟,也是地方小官。而"把袂"句却接着说明画中的本人乃是一个尚无科名的"布衣"之士,因为"青士"在此显然是双关巧用——借竹以喻"青青子衿"的人,是说三年之后相见了,却依然没有考中功名。那么,此人也可能即因应试而进京的。

"欲向蓝田哦晚翠",又是说到"父子"一层关系。"蓝",本美玉之一种(我国最早所重并非白玉),古代蓝田地方产之,地名即产蓝之土之谓也,所以父生跨灶子,用"蓝田生玉"以称美之。如《三国志·吴志·诸葛恪传》说"恪少有才名,发藻岐嶷,……孙权见而奇之,谓其父瑾曰:'蓝田生玉,真不虚也!'"辞书一般又引六朝谢庄幼慧,七岁能文,美仪容,宋文帝也誉之为"蓝田出玉"。故《书言故事·子孙类》谓"称誉父子曰蓝田生玉"是也。谢墉此句的意思是说,本来指望这位郎君为后起之美才(也许兼谓他是幼子),晚成之大器;却未料只成为了竹林中的隐逸闲散之人——玄圃,亦产玉之地。浮筠,本来是等于"孚尹"一词,指美玉的纹理之美(有文采),后来又变指竹子(疑心这是词章家望"筠"生义而误用之例)。谢墉运用这些,从汉字的特别音、义、典故、颜色(如蓝翠皆切青色)等等而综合巧妙以成文。这样看来,这两篇诗,切世交,切父子,切少有令名,长而不遇,已十分清楚。

"平安"句用"竹报平安"一典而怀念家山,指宦途无缘,不如归去——又与"人海十年"自为呼应。"慈孝"句则又用"孝竹"(又名"慈竹"、"义竹")"抱丛自生,幼而依长,不肯逾越"的意义,以称誉子能事父,而"萝茑亲"又兼指两家有戚谊——这可能是姻亲关系。

诗的结末,用竹叶酒关合题目,远用唐贤旧句,"有分(去声)"是针对上文的功名无分而言的。"菊花晨",疑指其人之生辰在九月,还赶得上为之祝寿,亦即他可以在京住到秋深之日。

和谢墉这两首七律比起来,无论是陈兆嵛的一首七律,还是观保的两首七绝、永璇的两首五律,都显得是虚词酬应,语多空泛,实在没有太多可资参证的价值。尤其是观保、永璇二人之作,更令人失望,无多可说。

那么,我们可以从上述各情,得一初步理解:

(一)画中人并非北京人,也不像是北方人,有可能也是浙江人,与谢同乡(谢氏为浙江嘉善人)。

(二)他们两家是世交,甚至有姻亲关系。

(三)此人的父亲做过一任知县。

(四)此人本身迟至壬午年尚无科名,来京应试,不久将要南返。

从这几个要点看,和曹雪芹并无任何共通或相似之点可言。

我原来设想以为永璇、观保二人的题诗更值得注意,因为一是皇子,一是内务府籍世家,和曹雪芹家应有更相近的关系。但读了他们的诗,毫无收获,因为不管如何措辞婉转,总有迹象可窥,除非那画中人根本不是曹雪芹。更令人感到奇怪的是,他们写及"读书庵",写及"疏簾"、"炉香",写及"近砌"、"疏篁",说实在话,我初读时简直疑心这是题另一幅画的——即书房、轩斋为主,其旁有竹丛的画面的,因为那诗句不像是四无依傍的林泉景物（如《幽篁图》所画）。这怎么解释？永璇的诗还有一句"支顾依瘦石"，谁都可以看出：四份题诗中惟一的一句正面写及画中人物的形象的，本是一只手托腮而身依瘦石，但《幽篁图》所绘的人物，两手交搭，并不"支顾"；而且那石是坡陀盘石一堆，一点也不是"瘦"石的"体型"。

以上的奇怪现象，不知何以发生的？当然也可以说成是题者应酬，信手凑句，本不暇细扣题面画景……但这样解释是否合理？是否得实？是否就算是解决了问题？我看是不敢一口断定的。

另一方面，还要看到陈兆崙题诗时其上款写"进老学兄"。这自然就涉及到曹雪芹有没有一个"别署"与"进"字有连的问题了。但我所要说的并不在于这个十分明显的疑问点，而是要问：胡适是不承认画中人为雪芹的，如果他看见分明有这个"进老"字样，他为什么不举出作为论证的内容之一，而只是说"雪琴"、"雪芹"？如果有人说，胡适可能没有留意，没有看见这条上款。那我就要说：这种"可能"，能有多大呢？考察像主，而不先看上款，天下会有那样的事吗？强辩没有多大用处的。

胡适看见这条上款而不举，和胡适恰巧没有看见这条上款，两者都是绝对说不通的怪事。因为只有想方设法把这个肖像说成是雪芹而无可疑的人才会掩盖这条不利于其说的反证。

由此，我就又想到另一点：胡适看过《幽篁图》后得出结论说这画像并非曹雪芹，而是号雪芹的另一位不知姓氏的翰林公；我闻知胡氏此说之后，颇不以为然，觉得他的这个看法没有什么道理可言，有轻疑妄断之嫌，在拙作中也曾表示批驳（理由只是，当时的翰林中没有号雪芹的）。如今看来，我的疑问点也要跟着改变了：我看了这四份题诗后才觉得，这通不像是给一位"翰林公"题像的语言；胡适的"文化水平"，难道连"把袂依然青士身"这样的辞句也读不懂吗？——这就更加可疑了！

草草列举，已有以上数端疑窦，事情是非常蹊跷的。这些疑窦，矛盾重重，莫可究诘。——要想究诘，只有一法：还得设法看到原件的全貌。而现在发现的却只有这四家之题诗。

说到这里，我又不禁再生疑惑：这四家题诗，是由于何故而从一个卷轴中剪割下来的？为此，我想看看现今所出现的这四份诗，蒙《集刊》协助，得以如愿——见剪后的断幅的背面外角都贴有一个小编号签，而编号是一个数码，这说明两点：剪割应是在查抄、清点、编整、发还等事之先，亦即并非藏主以外之人所为，所贴签表明这几件是"一批"东西。但若系藏主所为，又因何剪割？揣测用处原不太大，而目前只好姑作妄揣：一是藏家内部矛盾，争此家产文物，宁可玉碎剑分，不容一支独有。一是藏者已悟这件画轴有破绽，要将不利于"雪芹小照"说的题句剪去——未及重装，故成如此模样。

前一个可能，似乎不大，因藏者一家人中没有说明曾有这样事态的任何迹象。后一个可能，于"情理"上是讲得通的，但是这四家之中，除了谢墉诗句启疑（这还得假设藏者已做了细致的考证研究才能明白）和"进老"上款两份可付割弃外，永璇、观保二幅并无明显抵触（甚至词句上还可作些牵强附会），况且皇八子最能添此画声价，存之足以"增色"，何故也在剪弃之列？看来，这种剪割的用意何在，也还有待更好地研究解答。

值得注意的是这四份的用纸都各自孤立，而且尺寸无一相同，皇八子的纸是极小的一个小方块，从它左方的那一剪剩的一幅心纸的尺寸看，也极小，但高矮也不全同。陈兆崙幅，引首印和第三行的末一字"难"，都到了纸幅的极边处，当时是绝不会这样"局促"的，显经切截。再看四者的纸色纸质，完全一样。一个长卷轴，画后题跋的用纸的情况是这样，很觉奇怪。这不能不引人思索：这会不会是由另一种装褙形式而重新剪离之后又"改造"成卷轴的？

我又重检自己所记陶心如语（《红楼梦新证》七四○页以次），如陶语无误，则他初见条幅在民廿二春，后见卷轴在民廿四夏，事隔二年有馀，条幅迄未再现，则两年馀的时日中完全有可能改装为卷轴了。

我重温陶心如的追述语，也发现他自称历历在目的立幅画面是："右下角一石，右侧一木，石后一案，雪芹倚案微侧而坐"——这却和现传卷轴《幽篁图》全不相似。再说，陶虽言后见"果为一手卷；画面结构与直幅相同"，但据记忆他当时又为我绘一草图，与为直幅所绘草图亦非一模一样——（否则他何用又画一遍？）而且他又说直幅"画心外，上方有李葆恂氏题字"，而横卷则是"幅后有二同时人之题句（此"同时"，自然指像主、画者的同时，而不是李葆恂之辈了）；"再后，乃有叶恭绰大段跋语"。这也难说是"记忆错乱"所致。

事情就是这等的稀奇。现在回顾，当年自己太年轻，什么也不懂（至今也绝无冒充"红学老前辈"的"万知万能，绝对正确"的念头），后悔没能向他提出一些追究细情的具体问题——其实这都是废话。我只想说以下几点：

一、陶心如所见，不是一幅，而是两幅；

一、胡适曾说陶心如是上当的第一个人，而我荣居"第二名"。我自承上当是完全可能的；但对陶氏则不宜以意低估。我认为至少第一个直幅给他的印象如彼其强烈，深信不疑，应有其道理。陶云画心高二尺有馀，而今之横幅据发现后的割截件的原高看，连绫边在内统计也与"二尺"差得远，二者显非一物。

一、至于陶见横幅时，实况如何，现不可知。似与后来传闻情况亦不全同。

一、从目今发现的这几份题诗看，有种种可能：它经过揭裱，字迹多处揭损，裱手不精，题诗是零拼，甚至有极小块纸幅，这就有从不同的旧画题跋剪割拼凑（另组成）多项跋诗的可能；

一、也会发生真画假跋（他处移来的）、假画真跋（拼配的）、题跋本身即已真假杂凑的各种情形；

一、我自己，最早报导了这件画的一些线索；到《新证》增订版，已经在"壬午三月绘小照"的条下加了〔?〕标志，并于按语中说明存疑的态度。

一、现在既知情况比预料的要复杂得多，我的存疑态度当然有进无退；

一、存疑当然是指世所传流的《幽篁图》横幅。至于直幅，目前还谈不到什么确认与蓄疑的问题，因为没有这种条件。师心自用，张口乱道，毫无用处。

一、对横幅存疑，是为了追寻真相真理，不针对任何什么。如有张三李四，别有所为（比如面子、尊严之类），因为他的书上印过《幽篁图》，向我施加压力，则我毫无兴趣奉陪，只将所有恶言恶语，胡说八道，悉数璧还，因为他自己享用更为合适。曹雪芹小像的真伪，并不因为某个人的霸气刁风而改变的。

（原刊于《红楼梦研究集刊》）

《红学小史》序

赤县黄车良史材,几人环览上层台。

运椽时喜千钧往,杠鼎遥怜独力来。

岂慕虫鱼求孔壁,忍燔精气续秦灰。

神州自昔多材彦,总为春风展卷开。

这是我旧年和一位朋友纵谈之后自己写下的抒怀律句,那次谈话的主题就包括红学史。记得在多次与远地高校老师同志们会面座谈中,话题往往落到红学的事情上,向我提出的问题之一就是"红学研究今后应多注意哪些方面"。对此我总是回答:深盼同志们多下工夫的,一是对《红楼梦》的艺术成就的探讨,一是红学史的系统研究,如能作出成绩最为嘉惠学人。我这样做"宣传工作",也发生了一点作用。例如一位朋友对这两个课题都深感兴趣,而最后选择了对红楼艺术的探讨,并且已然写出专著,即将问世。这真是可喜的事。但是红学史呢?就我所知,大抵知难而止,因为这个担子确实斤两很重,不敢轻言负荷。我自己就是这样的,也曾不止一次表示"有志于此",然而由于各式各样的原因,只作了一些片片断断的提端引绪的尝试,终于没有正面落笔。直到去年得蒙友人介绍,才知道河北师范大学的韩进廉同志,已经写了一部红学史。多年夙愿,可谓得偿,见他一力担当,给我们拿出了自有红学以来的第一部红学史,其欣喜之怀,可想而知。承他前来索撰小序,我其时虽未获拜读成稿,就高兴地答应下来,想起旧年的那首七律,似可移赠进廉同志,立刻录在这里,也算是"以当喤引"罢。

红学为什么要写史? 理由多得很。如今只说,中国文学史上有了《红楼梦》这部小说,这部小说有了红学,这是人类精神文化活动上的一个非常独特的事例,对它的价值、意义的认识,现在也还不过是处于开始阶段,将会随着时间的前进而一步步地愈益显示得更为清楚和深刻。全世界必然要不断地探索更能真正地了解中华民族的各种途径,在此一探索过程中将会发现,如果对红楼和红学不加了解,那就是不想真正了解这个伟大的民族。对这一点,我深信不疑,全世界如果还不太知道,将来终归会知道。《红楼梦》作品本身和千万读者的红学反映着在别处找不到或者不能这么方便地找得到的中华民族的心灵和她所创造的文化财富,而且那一反映的真实度和生动度都是如此之高,以至在世界文学上也是不多见的。世界人民迟早都将发现这个独特的宝库,并为此发现而无限惊喜。

我们的另一具有极高价值的文化财富是治史的优良传统。研究一下《史记》《汉书》《资治通鉴》……就能体会到,我国史家的史学、史识、史德,是并不因其为封建社会产物而黯淡无光的。治史之难,难在学问,更难在具眼,难在有品。聚集材料,就事论事,都不叫史。只会就事论事,那是形而上学。史要能寻其全体脉络、筋节,识其一切因果、联系,疏其重大道理、规律。这才是温故知新的真意。即对一人、一事、一物,其所处的历史地位,所起的历史作用,对当时的贡献和影响,对将来的启迪和戒鉴,其功过、得失、利病、成败,要能显幽烛隐,敢于表彰评议,都是作史的职责。因此,有识的同时必然要伴随着有德。这是很难的。我们自古以来最重良史,董狐、史迁,名垂万古,为人民敬重怀念,岂是偶然之故。

治文学史,视一般治史,自然又有同有异,但我想,其为难治,无乎不同,或且过之,也未可知。红学内容异常繁富,所涉关系极其复杂,必须先把它们基本弄清,然后才谈得上分析评论,总结概括。一般说,史是"死人"的事情，但红学史实在涉及活着的人，更为困难。这个工作，无怪乎历来无人起步。如今进廉同志独力为红学史奠基创业，实不愧为仁人志士。你可以不同意他的某章某节，个别见解，但你却不能不钦服他的辛勤勇毅而脚踏实地的治学精神，何况他有很多精辟的识见，是言人所不能言的。

我那首诗，"幸而言中"，好像预知我有幸要为第一部红学史写序似的。"神州自昔多材彦，总为春风展卷开。"材彦自多，第一部出来的红学史，不一定十全十美，但它可以引出第二、第三，以至第多少部来——给它们以启发，给它们提供线索，开辟道路，灌输营养。这同样是它的功劳，甚至是重要的功劳。将近六十年前，鲁迅先生为重印《中国小说史略》而说过几句话：

> ……此种要略，早成陈言，惟缘别无新书，遂使尚有读者，……大器晚成，瓦釜以久，虽延年命，亦悲荒凉，校讫黯然，诚望杰构于来哲也。

试看这是怎样的一种崇高的精神啊！鲁迅的那部著作，是中国人作的第一部中国小说史，迄今已阅比半个世纪还多的岁月，仍然是实际上的惟一的一部中国小说史（因为后来者大抵只在先生的艺林伐山的伟大基础上向前微步挪动，纵有小小生发、扩展，亦难言任何重大前进和突破），自己却抱着那般胸襟器度，岂不令我们后生愧汗？事业从来是大家做、大家享的，有志之士，功成不居，欢迎同志们竞赛，争新斗艳，各显其能，此方能成其为大。这就要向鲁迅先生学习，他著成了一部中国小说史，不是为了个人的眼前的什么，是为了促进来哲的杰构。有了先生那种心胸，就不会因为自己一点成就沾沾自喜。历史上也有过总是以为"天下之美尽在于己"的，也有过口里虽不明说而实抱着禁脔不许他人染指心理的，更不须多论。进廉同志虽然作出这个成绩，却不自满假，稿已数易，还在请教通人、不断改进中，这正是他虚怀若谷的一种证明。

当然，作史毕竟与一般治学又有异同，一般治学可以只谈自己研究成

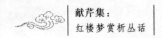

果，叙而不议；作史则必然要有断制，有褒贬，自己看清了看准了的，就要
进行评论，这又是当仁不让、见义勇为的。这完全是科学的事，而不是个
人爱恶的事。这和谦虚的治学态度并不是互相排斥的。我同样愿意看到
进廉同志在这一方面也有不平庸的表现。

我为第一部红学史表示深衷祝贺。

己未寒夜呵冻草讫

《红楼识小录》序

　　我与云乡同志相识不算早，识荆之后，才发现他有多方面的才艺，并皆造诣高深。一九八〇年春末，行将远游，出席国际红学研讨会议之时，蒙他特赋新词，为壮行色，这也许是我们一起谈"红"的开始。这是一首《水龙吟》，其词云：

　　　　世间艳说红楼，于今又入瀛寰志。衣冠异国，新朋旧雨，一堂多士。脂砚平章，栋亭器度，白头谈艺。念秋云黄叶，孤村流水，繁华记，蓬窗底。　　　欲识情为何物；问茫茫，古今谁会？画蔷钗断，扫花歌冷，并成旖旎。岂独长沙，还怜屈子，离忧而已。爱西昆格调，郑笺共析，掬天涯泪。

　　不但才华文采，即其书法，也很见功夫，一幅入手，不禁使我击节而赏。

　　从那以后，他每诣京华，必来见访，相与谈"红"。而在我的数不清的各种"类型"的谈"红"朋友之中，他是别具风格、独树一帜的一位。

　　现在云乡同志的《红楼识小录》即将付梓，前来索序。我虽未学无文，却不避谂痴之诮，欣然为之走笔。翰墨因缘，大约就是这个意趣吧。

　　红学是一门极难的学问：难度之大，在于难点之多；而众多难点的解决，端赖"杂学"。这是因为《红楼梦》的主人公宝玉，原本就是一位"杂学旁收"的特殊人物。杂学的本义是"四书八股"以外的学问；所谓"正经"、"不正经"，也就是差不多的语意，——那是很轻蔑的语气呢！说也奇怪，至今还有以正统科班出身自居的人，看不起杂学，这些大学问者不愿承认它是学问。正因为"正经"是大学问者之所事所为，剩下来的杂学，当然只是小焉者了——《红楼识小录》之命名，取义其在于斯乎？这只是我的揣测，云乡同志的本意却不一定是这样。但是他的"不贤识小"的谦语，也确曾是令我忍俊不禁的。

杂学其实很难，也很可宝贵，我是不敢存有一丝一毫小看它的意思在的。杂学又不仅仅指"博览群（杂）书"，它不只是"本本"上、"书面"上的事，更重要的是得见闻多、阅历多——今天叫做"生活"者多。《红楼梦》的作者曹雪芹，批者脂砚，乃至书中人物凤哥儿，都是明白讲究"经过见过"的。《红楼梦》理无别解地原就是一部"经过见过"的书。这么一来，一般读者，特别是今天年青一代的人，要读《红楼梦》，想理解二百几十年前的那一切人、事、物、相……，其时时陷于茫然莫知所云之苦，就是可想而知的事了。莫知所云的结果，必然是莫解其味。——但是曹雪芹最关注的却是"谁解其中味"。这问题就不"小"了呀。

我一直盼望，有仁人志士，不避"繁琐"之名，不辞"不贤"之号，肯出来为一般读者讲讲这部小说里面的那些事物。据说西方有一种别致的博物馆，专门贮藏百样千般的古代生活细琐用品。我国的博物馆，大抵只收"重器"，人民日常生活中的一切物件，有的尽管极为有趣，却不见保存，大都将历史物品毁掉，令无孑遗，以便后代子孙去做千难万难（也会千差万错）的"考证"工夫。由此想来，如云乡同志肯来讲讲这些内容，实在是功德无量的事，其"小"乎哉！

作为一个《红楼梦》的读者，我对书中许多事物是根本不懂或似懂非懂的，——懂错了而自以为懂了，比根本不懂还可怕。云乡同志的这种书，我是欢迎的，而且还觉得内容不妨多涉及一些，多告诉我们一些历史知识。这其实也不能不是红学之所在必究的重要部分。我举一个例：南方人没见过北方的二人抬的小轿，见书中写及宝玉坐轿，便断言雪芹写的都是南方的习俗。又认为手炉、脚炉也只南方才有,等等。而我这个北方人却都见过的、用过的。最近看与《红楼梦》同时而作的《歧路灯》,其写乾隆时开封人,就坐二人小轿,乃益信雪芹所写原是北京的风俗——至少是以北京为主,其真正写南方的,委实是有限得很。像这样的问题,就必须向云乡同志来请教一下,才敢对自己的见解放心,——我读他的书,就是抱着这种恭恭敬敬、小学生求知的心情的,岂敢向人家冒充内行里手哉。

再过一些年,连云乡同志这样富有历史杂学的人也无有了,我们的青年读者们,将不会批判它因"小"失大,而会深深感谢这种"小"书的作者为他们所做的工作。难道不是这样的吗?

周汝昌

壬戌三月初一日

红边小缀

【红楼梦】

《新证》八二八页论及"红楼梦"三字来历,尝引朱仲菱、翁方纲、孙星衍、西林春诸人诗句,后得李化吉同志指教,始知三字连文,唐已有之。今引《红楼梦新证勘误》(油印本)一条,其文云:

> ……得李化吉先生提示:《唐诗纪事》卷四十九,载蔡京《咏子规》七律诗,中二联云:"愁血滴花春艳死,月明飘浪冷光沉。凝成紫塞风前泪,惊破红楼梦里心。"雪芹取义,或与此有关。李先生并为指出:张问陶赠高鹗诗,适亦用"红楼"、"紫塞"对仗,似可参看。亟为补记于此。

> 按蔡京,晚唐诗人,初为僧,令狐楚劝之学,后第进士,官御史,谪澧州刺史,迁抚州。《全唐诗》收其诗于卷四七二。此一线索,可供探讨。

唯吾华夏,语文精微,蔡诗三字,虽似连文,犹待细析,盖"紫塞"、"风前泪"各为词组,而不宜径以"紫塞风"三字为连文属义也;出句如此,落句亦然,自当以"红楼"、"梦里心"各为词组,而不宜遽以"红楼梦"三字为连文属义也。是以蔡京之"红楼梦"固不与朱仲菱之"一心未绝红楼梦"同其语法音节。

虽然,廿四桥边,杜郎俊赏,方其十载宦途,决去轩冕,揶揄利禄,笑傲人间,则托意抒怀,而有"十年一觉扬州梦,赢得青楼薄幸名"之名句,而后世有取"青楼梦"三字以为说部题名者矣;隔句犹可缀联,况如蔡诗之当句全见者乎。故曰,考"红楼梦"一语之来历,终不能置蔡诗于不论也。

尤奇者,颔联"愁血滴花春艳死,月明飘浪冷光沉"十四字,若移以状黛玉,可谓贴切,盖此十四字若持与"冷月葬花魂"五字对看,何其息息相通。("葬花魂"出《午梦堂集》,乃少女诗人叶小鸾之语,俗本妄改"葬诗魂"。余谓"冷月"五字,预示黛玉异日即自沉于此寒塘中。凡此,俟另条细述。)更不烦赘说黛玉之侍侣即取鹃以为名也。

但此种或属巧合,纯出偶然,若穿凿以求,未必即芹本意,博识可以启神智,不妨连类而及,文海涵澜,笔花映彩,雪芹亦非陋士。诗曰:

> 春花乾死月沉冰,鹃苦红楼破梦曾。
>
> 三字词源搜句例,蔡僧多恐亦情僧。

【空空道人】

此名何自而来?雪芹可以独创,亦可以撷采前人。以俗例言之,必引《论语》"空空如也","妙手空空",究不知是否。按袁中郎,放达士也,其《狂言》自叙云:

> 余落笔多戏弄,或谓恐伤风雅。余既贫且病,乃以戏弄为乐事。

孔子尝云:未若贫而乐。然则乐固贫之道乎?狂夫之言,圣人采之;假令夫子再来,未必不戏弄而风雅之也。因题曰狂言,以俟知者。空空居士袁宏道书于听泉居。

然则以"空空"为别号,固有先例,而居士道人,实繁有徒,无烦区辨者也。(或误认"道人"为"道士",殊不知在六朝时"道人"本沙门之称,如支道林,爱马,或以为"道人蓄马不韵",支公曰:"贫僧爱其神骏!"其著例也。又诗文中常言朋侪"道俗"共几人。例多不可胜举。道谓出家,俗谓"在家",即

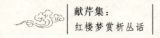

世俗之人也。）

孤立而言"空空"，犹偶然以合，适相蒙耳。然《狂言》之第九则，题曰《筒中偈》，偈四句，句四字，文云：

> 说真是假，说假是真。
>
> 难真难假，不假不真。

此非雪芹"真""假"之说乎？"假作真时真亦假，无为有处有还无。"莫非由此而夺换者乎？

袁中郎自号"石公"，则"石头"、"石兄"，又一巧合。中郎所著，有《觞政》，有《瓶史》，楝亭咏瓶中海棠诗，有云："别烧银烛裁瓶史，乱簇组铃近舞筵；剩有红情三月半，乍抛清梦十年前。"则楝亭亦熟中郎著作，可并观焉。诗曰：

> 忆否曾闻号石公，又从名字托空空。
>
> 狂言一偈翻真假，漫拟中郎倘略同。

【石头说话】

陆放翁诗："石不能言最可人。"若是者虽出譬喻，正言无奇。颜真卿尝得奇石，远致之江州，造亭，为文，书丹，镌而竖焉；后为州吏修九江驿，遂移此碑，铲其文字，而著以己之修驿微劳。识者痛惜，欧阳詹撰文以吊之，曰："石不能言，岂其无冤？"则石始有所感矣。至如晋高僧竺道生，栖影匡庐，覃研法典，游长安，受学于鸠摩罗什，著论析经，而守文之徒，率加嫌嫉，旧学复以其阐提精义为邪说，群起而攻焉。生公既无容足地，乃袖手入平江虎丘山，竖石为听徒，讲涅槃经，至关节处，问云："如我所说，契佛心否？"群石咸点头。此一则故事，人所习知，然俗用"生公说法，顽石点头"，以赞人之讲说精妙，可感"下愚"云云，义在歌颂而已。余则不然，独谓此文实见生公陈义，当彼之时，正是新生事物，与旧势力矛盾斗争，乃不见容于守旧顽固派，摒斥排挤，并听众亦不可得，至取群石以启讲。则凡导夫先路之哲士,肇创新元之伟人,当其初立,莫不如斯。念其寂寞艰阻,常何如耶！可为浩叹。斯义既明,乃可一置论于顽石。群言"顽石,顽石",石何谓顽？盖石本无机之体,举凡知觉、意识、思想、感情,悉不具备者,故曰顽冥也,而至于生公席前,乃始知觉、意识、思想、感情,固自不殊于有"心"之人。夫此何等高妙之神话幻想,亦即何等高妙之文艺创造哉。吾非释徒,无与佛事,第觉学文之士,于此等妙谛,无所触磕,斥之以"迷信",所失亦不小也。

又若《左传》昭公八年之文云:"昔,石言于晋魏榆,晋侯问于师旷曰:'石何故言？'对曰:'石不能言,或冯(凭)焉;不然,民听滥也。抑臣又闻之曰:作事不时,怨讟动于民,则有非言之物而言。今宫室崇侈,民力雕尽,怨讟并作,莫保其性。石言不亦宜乎？"而列宁之痛斥沙皇罪恶统治也,则云:"甚至顽石也将为之长叹！"持此与左氏合看,倍觉惊心动魄。石而感而思,而点头,而兴叹,而能言,非无深刻之思想隐于其间也,观乎明我斋之题品红楼,至结末乃言:"石归山下无灵气,总使能言也枉然。"是谓雪芹之《石头记》,乃一部伟大之"石言"也,所触尚可谓之浅哉？程高之流,转绿回黄,偷天换日,悍然篡入"可大可小,自来自去"之词,不伦不类,无味可憎,匪由识卑,正缘意反耳。诗曰:

> 石言大抵片言奇,娓娓全惊百万词。
> 八十卷书浑一笔,道听也落枣窗欺。

【蠢物】

程高于篡乱雪芹原笔时,凡见"蠢物"一词,概加删抹,必因不明其义何居,或直以其"文不雅驯"而自诩"缙绅先生"之身份也。按元人杨维桢《东维子文集》卷二十二,有《蠢物志》,其文略云:

> 云间李彬,家有园池,地有卧石一具,状类怪人,题其颜曰"蠢物"。彬尝觞之所,醉踞蠢物,曰:"尔蠢,乌知不有蠢如尔者乎！"……

余曰："石，气之核也，怪而以为用也。……炼也，或至于补天；焦也，
或至于缩海；及其幻而不常也，至羊立而人言：——物之灵若是，而谓
之蠢，可乎？"……

雪芹笔下之顽石，称蠢物，为炼馀，而人言，悉与相合，且灵与蠢之对待：蠢
物之可化为通灵，莫不缘杨氏而启其大端，谓之先河，或不为过。

　夫石之与玉，其关系向来以为是对立的，而且此一对立是绝对的，不
变的。故若《韩非子·和氏》之言云："吾非悲刖也，悲夫宝玉而题之以
石！"其意在慨叹，无俟烦言，而后世士夫之不得志于世途者，承用亦每至
于恶滥矣。即明人"可一居士"为《醒世恒言》撰序，亦有"剖玉为醒，题石
为醉"之言。此一感慨，雪芹正恐不无。然而若仅仅如此理会，又未必即
得。何者？石与玉，灵与蠢，其间关系，自维桢、雪芹视之，已非复是绝对
的，不变的，而系相对的，或辩证的。此一意义，数百年之思想家，已念及
此，程高之流，岂足知之，奋笔删抹，自以为高明，亦固其所耳。

　自辩证观点视之，石与玉，皆物也，物固本无知觉、意识、思想、感情，
即"蠢"是。然而知觉、意识、思想、感情，则又物质高级发展之结果，易言
之，亦物性之一端也，此即"通灵"是。故自杨氏、曹子而言，蠢固为石，灵
即为玉，而蠢者可灵，灵者亦蠢。石之与玉，代名易位而已。条件改换，互
变生焉。

　复有一义：石玉灵蠢，以讽世而为言。如《蠢物志》又云：

　　人之逞知觉，舞聪明……及其穷也，通覆不如塞，智覆不如愚，而
大巧覆不如大拙也，虽欲为蠢物而不能。然则不谓彼物（人）于蠢，而
谓兹物（石）于蠢者，孰愈孰劣哉？君病夫不蠢者之弗蠢物若也，故以
之号而警之乎？不然，蠢物不蠢也！

杨氏之言若此，则不知雪芹于意又云何也。诗云：

　　石为灵物玉何珍，妙理难逃世俗嗔。
　　早识东维陈胜义，不知西子例蒙尘。

【石头记】

雪芹托石以为言。虽多拟异名,而终用"石头记"三字以称其书。石者,实也。犹甄者真,贾者假也。故于开卷大书:"虽其中大旨谈情,亦不过实录其事。"亦即所云"至若离合悲欢,兴衰际遇,则又追踪蹑迹,不敢稍加穿凿,徒为供人之目而反失其真传者"是。故石者,即实也。

雪芹又大书云:"……原来就是无材补天,幻形入世,蒙茫茫大士、渺渺真人携入红尘,历尽离合悲欢,炎凉世态的一段故事。"是以又有卷端之代记一则,明言:"作者自云:因曾历过一番梦幻之后,故将真事隐去,而借通灵之说,撰此《石头记》一书也。"故"作者"自又云"历历有人",而"石头"亦言"亲睹亲闻"也。是则雪芹借于"石",石为之记,即实为之纪也。

"石"似荒唐,而实不荒唐,故又言"说来虽近荒唐,细谙则深有趣味"。使其纯为荒唐言,复何真趣味之可言,而言"深有"哉。

荒唐并不荒唐,渺茫也不会渺茫。"大士",中有大事;"真人",定有其人。真假虚实,雪芹之妙用,文人狡狯,笔端变化,如不可捉捕,说"假",原非假;说"幻",何曾幻。此之谓"石头记"。

余曰石者实也,石本有实之一义(可检《中华大字典》)。然则"头"又何居? 曰:世有俗言,老实者谓之"老实头",实说谓之"实头"与你说了吧,此在禅宗语录、话本小说,每存其例,当时之口语也。甄真贾假,以有对比,故见者能知,知而不疑;至石头为实头,孑然孤立,了无映衬,遂较难悟。试思雪芹于一物一名,莫不有其匠心密意,廋义谐音,而独于书之本名正题,反无托寓乎? 诗曰:

> 石焉实也稍难寻,通例还须解一音。
>
> 绛树黄华皆异致,细于发处悟文心。

【娲皇炼石】【地陷东南】

雪芹于"楔子"中先出娲皇,此本之《淮南子·览冥训》,人皆知之,不烦细述矣。而"正文"开端一句即言"当日地陷东南"，此隐隐自炼石补天而来，似有意，似无意，信手拈来，令人不觉其经营，针缕最密。盖《淮南子·天文训》之文有云：

> 昔者共工与颛顼争为帝，怒而触不周之山，天柱折，地维绝，天倾西北，故日月星辰移焉；地不满东南，故水潦尘埃归焉。

而据司马贞补《史记·三皇本纪》，固以共工氏触不周山，天折地缺，乃女娲"末年"之事也。短书小说，笔笔不苟如此，然所不可忽者，在雪芹实着眼于"考其历烈，上际九天，下契黄垆，名声被后世，光辉熏万物"之娲皇末年以后之世，即红楼中屡言之末世也，貌似漫托荒幻于古史，实则寄深意于当时耳。

诗曰：

> 水潦归墟日月移，苏扬繁胜早多时。
>
> 看花不识长安近，苦认南枝错北枝。

【姓甄名费字士隐】【姓贾名化字雨村】

按"甄费"者，取"真废物"之音也，"甄士隐"又暗谐"真事隐去"一义。此已两重工巧。然人尚多不知其字面乃用《礼·中庸》"君子之道费而隐"之语。如此命名取字，备极妙致。费者，违戾之义也，《礼》疏云："遭值乱世，道德违费，则隐而不仕。"此等极细微处，亦匠心如此，而雪芹之本怀，于焉隐寓。张宜泉赠雪芹诗："羹调未羡青莲宠，苑召难忘立本惭。借问古来谁得似，野心应被白云留。"末用宋初魏野故事，野高隐不出，既被征召，乃对使者言"野心已被山中白云留住矣"。是则雪芹确曾峻拒皇家之苑召，甘隐郊西。甄费、士隐，盖于其心有戚戚焉。

贾化，人知其谐音"假话"，而实亦直谓"假化"也，盖名化而字雨村者，仍不离乎《四书》。《孟子·尽心》云："君子之所以教者五，有如时雨化之者。"是其义也。故甄士隐、贾雨村，名字关合，咸举当时士子之所习知，而又铢锱相敌,巧不可阶,即此末节,求诸坊间野史,焉能望其项背,雪芹才思之妙,处处使人折服,非阿余所好也。

复次,以真假对拟人名者,虽雪芹之巧思,亦前代之妙语。宋人王明清著《挥麈录》,其《馀话》中载一事:靖康年间,兵事方殷,有士子贾元孙其人者,多游大将之门,"谈兵骋辩,顾揖不暇",自称"贾机宜";又有一人,名曰甄陶,奔走公卿之前,以善干事为人使令,号为"甄保义"(保义郎,宋制有之),于是"空青先生尝戏以为对云:'甄保义非真保义,贾机宜是假机宜。'翟公巽每诵之于广坐,以为笑谈"云。雪芹"甄真贾假"之"设计",当由此而来。或疑:雪芹未必也读过《挥麈录》。答曰:君不见《四部丛刊》影印此书,除后配之三卷外,卷卷有楝亭及富察昌龄(雪芹之至亲)之藏书印记乎?因是曹家故物,雪芹曾见,当非无因也。

凡此,在雪芹皆琐末点缀,以为生色,未必皆关宏旨,而多识细察,可以益智博趣,亦学人所当留心,岂秋毫者果有妨于舆薪乎。诗曰:

> 费言违戾惜沉沦,化雨春风何处村。
> 挥麈自应征笑枋,楝亭小印未全昏。

【附记】

本文刊于《红楼梦学刊》创刊号,标明"待续",迄未再得机会续写。

也谈"瓟斝"和"点犀盉"

从《文学遗产》第三七五期上读到沈从文同志的《瓟斝和点犀盉》一文，觉得很有意思。虽然文章的副题是《关于红楼梦注释一点商榷》，而作者所提出的几个问题，如作注要"懂得透，注得对"，要"恰如其分"，要"虚实两顾"，要"把所提到的事物放在当时历史社会背景中去求理解"，要把语言、文学、社会、文物等几点"融成整个一分知识"，而"不能把这几点看成孤立事物"，要"博闻约取，言简而要"等等，则不独是对《红楼梦》一书的注释工作具有重要意义，对一切注释工作说来，也都可说是通达之论。肯定地说，目前某些古典文学书籍的注释，还存在着若干缺点，应当逐渐改进，朝着这些标准来继续努力，才有达到新的学术水平要求的可能。

关于人民文学出版社一九五七年版《红楼梦》的注释，我也同意从文同志的看法：有成绩，也还有许多问题存在。我个人以为：主要问题之一就是注者往往为了力求其简明，而把问题简单化了。简明，毫无疑问是注释工作的要点；繁琐枝蔓和穿凿附会的注释是读者所反对的。但若为了单纯追求一个"简"字，以致"简"而不"明"，甚至简单化起来，恐怕也是"齐败失矣，楚亦未为得也"，而得失孰多，也许正难轩轾。

在这个意义上讲，要比较深透中肯地去理解"瓟斝"和"点犀盉"以及它们在文情中的地位和作用，完全有其必要，而不必顾虑到有人会指为

"过分穿凿"——如从文同志所说的那样。这是因为,以谐声、会意的办法来给人、物取名字,是《红楼梦》书中所惯用的技巧,从"真事隐"、"万艳同悲"、"原应叹息"到"不是人"、"无星戥"等等,是一系列的,一贯的现象,尽人皆知。(其实绝不限《红楼梦》一书。随手举例,京戏《窦娥冤》中就有"胡里图"县太爷,人人都懂是指昏官的糊里糊涂的。这类例子,从早以来,举不胜举。)如果认为这也是"过分穿凿"乃至讳言或否认曹雪芹的这种手法,那才真是一种掩耳盗铃式的不肯实事求是的"穿凿"了。

所以,我认为曹雪芹之取出这些古怪饮器名称来,绝非无故,不会是只限于字面意义。这一点我是和从文同志看法一致的。

不过在具体解释上,我的看法和从文同志还有一些不同。趁着从文同志向海内专家商榷的好机会,把它写下来,一并就正于先学。

从文同志以为:"瓟斝"谐声"班包假","点犀盉"会意"透底假":二者都是暗指妙玉的"有些做作、势利、虚假"。可说读书细极,体会入微。从文同志所持的理由是:前一器名即指从明清两代才流行的"葫芦器",自然不可能有晋代王恺"珍玩"过的斝,这明明是"讽刺打趣"。其次,"从这一节文章及全书对妙玉的性格批评看",她是一个"凡事是假"的伪清高者。所以曹雪芹才有这样的"微言深意"。

我觉得,这里是有些问题的。第一,从文同志一上来就认定瓟斝是指明清时代的"葫芦器",未知何所根据,似乎还欠说服力。事实上,斝器是从很早就有了。例如,《南史·刘杳传》曾记载:"大通元年(刘杳)为步兵校尉兼东宫通事舍人,昭明太子谓曰:'酒、非卿所好,而为酒厨之职,正为卿不愧古人耳!'太子有瓟食器,因以赐焉,曰:'卿有古人之风,故遗卿古人之器。'"又如(宋)魏泰《东轩笔录》说:"北番每宴人使,劝酒器不一,其间最大者剖大瓟之半,范以金,受三升,前后使人无能饮者;惟方偕一举而尽,戎王大喜;至今目其器为'方家瓟',每宴南使即出之。"按瓟即匏,匏同瓟,古人"壶"、"瓟"、"匏"三名通称,皆即葫芦(亦作瓠瓞,壶卢);《广韵》说:"瓟,匏,可为饮器。"可见以葫芦为饮器,来源很古老了;这和明清时代以范制为各种奇纹异状的"葫芦器"却是两码事。即如一般辞书如《辞海》

亦引(元)郑玉诗:"供厨唯有旧匏尊。"《辞源》亦引《唐书·礼乐志》:"洗匏
爵,自东升坛。"我想,这不必另外繁征博引,已可说明:我们还无法一口认
定曹雪芹所写的斝不是古匏器而一定就是明清时代模子扣制的葫芦
玩物。

至于说到妙玉的"虚假"问题,也还可以商讨。曹雪芹书中对妙玉这
个角色,是褒是贬,还需作更细致些的研究分析,似不可粗率判定。若论
"全书",则八十回以后所写的什么"走火入魔"和什么被强盗"轻薄",实在
近乎胡说,还不好即以此竟作为曹雪芹的本意而从之立论。直捷的参证,
恐怕不能忘掉第五回中《世难容》这支曲子。所谓"气质美如兰,才华馥比
仙,天生成孤癖人皆罕",所谓"太高人愈妒,过洁世同嫌",说得至为明白
确切,她之以"肉食"为腥膻("肉食者鄙",是《左传》骂高官厚禄者的话),
以"绮罗"为俗厌,是"世难容"的原由;她之"风尘肮脏违心愿",乃是那个
"难"以"容"她的恶"世"加以陷害的;"好一似无瑕白玉遭泥陷",曹雪芹对
她的悲惨命运,只有极端悲愤,故此大笔特书,何曾有丝毫的讥嘲口吻?
续书者对此全无体会,所以将她糟踏了。而我们却又来硬判她是"凡事皆
假",不知是从哪里见得的? 这个可怜的女子,生在那个浊恶的社会里,只
因愤世嫉俗,以致矫情太过,可能不免;但何至于严重到"凡事皆假"起
来呢?

我以为,特笔写出给钗、黛二人使用的这两只怪杯,其寓意似乎不好
全都推之于妙玉自己一人,还应该从钗、黛二人身上着眼,才不失作者
原意。

"斝"之谐"假",是无疑问的。这件假古董问题如不在于"葫芦器"上,
恐怕另有所在。所谓"晋王恺珍玩"(脂本有"晋"字),是不通的,没有任何
人会这样落款! 若书年月,还可以兼著朝代;否则只有当后世编"人名辞
典"时才会写出"晋王恺"来的。"元丰五年四月眉山苏轼见于秘府",也是
不通的,元丰五年,苏轼贬窜黄州已经跨三年头了,作《赤壁赋》就是这年
"壬戌之秋",他怎么会又跑入"秘府"去? 即使到了秘府,他是不好往皇帝
的器物上面乱刻什么"铭题"的;如果是皇帝命题(这也是极不通的,后人

把苏轼当作"名人",要他的款识,当时皇帝是不会视为"名人"而令他题古董的),那么他就要写"臣苏轼奉敕谨题"才行;要写出"眉山苏轼见于秘府",岂不是天大的不通?可是,这正是伪古董的"作风",一些赝鼎上面的款记,多是这样的。曹雪芹却不至于不通到这般地步,可见他是写假古董的了。

"瓟斝",如果真如从文同志所释,是谐"班包假"之音,那么这就是说:此器管保是假古董,再不会错!(此解依从文同志,我个人不懂"班包"的语义,可能是南方话?)

至于"点犀盉",从文同志以为是"会意",也可再商讨。"点"字是后人妄改的,雪芹原本只作"杏犀盉",有代表性的庚辰本和戚本都是如此。它和李商隐的"心有灵犀一点通"并无干涉。有没有"杏犀"这个名目?我对文物非常外行,不敢妄谈。但我觉得有没有都未必是问题所在(正同"瓟斝"是一样);因为这里和"会意"可能无干,而只是"性蹊跷"的隐语。即以形制而论,原文明言"那一只形似钵而小",可见和从文同志详细叙述的枯槎、酒船类型或觚觥、犀觥类型实无关涉,即用"盉"字也并没有真指"高足器"的意思在(钵未闻有高足者)。那么其并非取形取义十分显然,所以问题仍以谐声的可能性为大。"蹊跷",《汉语辞典》说:"犹言奇怪",并引《朱子全书》"无甚蹊跷"句为证;就是俗话所说的"古怪"。

把"瓟斝"给宝钗使,暗含着说:这位姑娘的性情是"班包假"——所谓"罕言寡语,人谓藏愚;安分随时,自云守拙"者是。把"杏犀盉"给黛玉使,暗含着说:这位姑娘的脾性古怪蹊跷——所谓"怪僻"、"多疑"、"小性"、"心重"者是。

这也许就是作者代妙玉给钗、黛二人下的判语吧?表明妙玉对她俩的认识吧?

若从这个意义上讲,那么这也关涉到作者对人物性格的刻画和相反典型之对比的暗示,那意义似乎比仅止"讽刺打趣"妙玉一人,要大些,也自然些。

妙玉一共拿出五个杯子,一瓷、一瓟、一犀、一玉、一竹,分属五人,可能各具寓意。最近日译本(译者，伊藤漱平。平凡社出版)此回注"瓠瓟斝"，以为是玉制，疑不确；因为宝玉已经说明二器在"金玉珠宝"之外了。当从沈从文同志，解为匏器近是。

人民文学出版社本《红楼梦》的原注者也许会说："对一般原文的理解，尚时有不同，何况这些廋词隐语？现在你们两个人的看法解释就有很大的不同，可见距离'论定'还很远，怎么能怪我不把这些'猜测'注进去？"我认为，解释可以不同，注者可以有自己的解释；但如果原文寓意比较明显或虽不明显而实不容置而不论的，那就不妨以疑似的口气把问题提出来供读者参考。至于像从文同志和笔者这种尝试猜测的人，也应当虚心对待，而不要过于自信，一定要说这是别人的"错处"，别人不同意就是"不纠正错处"。只有这样才有利于互相研讨，互相合作，期于一是；这对于整理文学遗产工作将会有更大的好处。

【附记】

一、宋人赵彦卫《云麓漫钞》卷二有一则谈匏瓠，引《诗经》"酌之用匏"，《礼记》"陶匏祀天"，《周礼》"朝践用两壶尊"，说："则知古以壶(葫芦)为酒器。"可见匏类饮器之古老。

二、关于杏犀，承高柏舟先生录示一条很珍贵的材料，亟为引录，以供参考。材料说："'总论'：'犀有青、黄、赤、黑诸色，又以黄赤为一类，青黑为一类：前者曰亮犀，后者曰硬犀。'又'论诸名色'：'……黄犀中有曰杏犀者，亮犀中色明、透黄、质密、纹隐者也，似柔而实坚。'"材料系录自一钞本书，无书名。高先生并表示："'似柔'者，不足之症也；'实坚'者，不渝之情也。设有所喻非黛而谁？"这个意见亦可与拙说相参证。谨征得高先生同意附记于此。

三、肮脏，一作抗脏，《后汉书·赵壹传》注："高亢婞直之貌。"后来俗误用为"腌臜"义，与本义无涉。"风尘肮脏违心愿"，正用本义，而续书者竟误会为"堕落"的意思，即此亦可见其不学。俞平伯《八十回校本》音释

云:"肮脏——不得志貌。"未详所本。然亦可见其理解和"腌臜"尚相去有间,续书者的错误是显然的。

【补记】

本文原刊于《文学遗产》第三八五期(一九六一年十月二十二日《光明日报》)。内容像是为了一个器物名称而费笔墨,其实质则是为了给《红楼梦》注释的体例、办法作探讨,所涉的问题是值得深思熟虑的。我和沈从文先生商量的,原在大端,而非细节。即以此具体而论,沈先生的两个主要出发点都是我不能同意的:一、说曹雪芹对妙玉这个人物全是讽刺其透底虚伪;二、以为《石头记》的文字是"点犀",而不知这是后人妄改,雪芹原来明明作"杏犀"的(主要旧钞本都如此)。所以沈说的根本依据即已站不住了,更何况他的具体论证方法也没有足够的逻辑性和说服力。但沈先生对于自己的解释却过于自信。我因此想借此一例略抒己见,希望讨论问题时能真正合衷共济。

至于沈先生的"班包假"说毕竟如何,我不敢妄断。倘若其说可立,那么"杏犀盉"也应是用的谐音法才是——这是我的推理逻辑,而这只是假设沈说是对的前提下才这样说的,这一点也应当再让今日的读者理解本意。

我的文章发表后,《文学遗产》立即又刊出了沈先生的反驳文。观其论点,只是强调他从未闻有"杏犀"之说,表示对拙引资料十分怀疑。我觉得,即使资料不足据,但雪芹原文是不能忽视的,抛开原文而从妄改的文字出发,还要引申发挥,作出种种隐而曲的"涵义"来,实在不是应取的态度。于是我又写文章讨论——可是《遗产》就不让我有发言的机会了。现在看来,此文还颇有用处,因为也许还会有人硬是认为雪芹原文"不对",定要依甲辰本、程甲本这些已经后人改动的本子去"改正"雪芹的作品,并且为妄改之文寻找"理由"。

曹雪芹和"疆埸"

一位《红楼梦》的读者向我提出几个问题,其一是,在第七十八回中宝玉作《姽婳词》时,中间写出这么四句:

> 恒王得意数谁行？——姽婳将军林四娘。
> 号令秦姬驱赵女,浓桃艳李临疆埸。

读者说:"疆埸"一词,自唐宋以前,没有人用,因为本只有"疆埸"这个成语,是后人不学,把"埸"字当成"场"了,才讹作"疆场"的;雪芹乃是通人,却何以出此?

这问题提得好。

怎样回答这个问题呢？要想法证明"疆场"的正确性和合法性吧,不行。"埸"音"绎",是入声字,属于"陌"韵;和那个平声音"长"的"场"字,实在是风马牛不相及的(题外一句话,很多人把"场"读成上声字,例如"广场",念得像"广厂",是不正确的,"场"字只有平声一音)。再说"疆埸"屡见于《诗经》《左传》,是个来源很古的词语,其义为边界;而"疆场"却"名不见经传",翻遍了《佩文韵府》,也找它不着,——大约只有后世的戏剧、曲艺的"唱词"里才时常碰到它。有学问的诗人,是不会以讹传讹的。

这一来,曹雪芹之是否成其为"通人",就大是问题了。

还是查查《红楼梦》吧。翻开庚辰本、戚序本,赫然在目,那句诗是:

艳李浓桃临战场。

于是,不禁为曹雪芹长舒一口气,"通人"之称,是不至有被"追夺"之虞了——至少在这个"问题"上是如此。

曹雪芹原文,本是个"仄起句";那么续书兼窜改者,偏偏要把它改成个"平起句",其用意大约是为了不致和上一句"号令——"云云失粘之故(其实,原篇并非律诗,完全没有这一必要)。却不料,他要"提高"原作,反而陷原作于"欠亨"。

这首《姽婳词》,被他窜改的,还不止这一句。上举四句中的第二句,雪芹原文自作:"就死将军林四娘"。就死者,犹言甘心赴死。有人不明其义,提笔将"死"改成"是"——于是这句诗变成了一句极幼稚可笑的"就是将军林四娘"了!从庚辰本到戚本,这痕迹很明显。而再到程本,就又变成"姽婳将军林四娘"了。这如果是为改去了错误的"就是",当然是好的,否则就不必,因为他忘了刚才贾兰就写过"姽婳将军林四娘,玉为肌骨铁为肠"。从作书人来说,似不会如此不避重复;从书中人来说,宝玉大才,也不会袭用他小弟弟刚刚用过的整个原句。

还有更大的改动呢。下文"贼势猖狂不可敌,柳折花残实可伤;魂依城郭家乡近,马践胭脂骨髓香",竟被改为"贼势猖狂不可敌,柳折花残血凝碧;马践胭脂骨髓香,魂依城郭家乡隔"。

这是原文从开篇一韵到此,都用"阳"韵字,而改者匠心独运,将这四句改得成为换入声仄韵了。

"柳折花残",是暗喻,接"实可伤",虽"无甚了得",倒还自然浑成;接"血凝碧"就给暗喻中的"花"、"柳"硬行安上了"血"——破坏了暗喻,何况,本已有"骨髓香",满好了,上面若又先有了"血凝碧",就有叠床架屋之感,反而削弱了艺术力量。至于把"近"改"隔",意义全反,更不待言。

这样说,也许有点成见在心,偏袒曹雪芹,改的一定不如原作的好。其实,即使改的"好",那也不足为训。历史上那一种长期集体创作演化积累的小说,完全可以是后来居上、高手加工,使之更臻美善;若是一个个人作家的"一家言",他既没有委托别人替他润色鸿业,那别人虽有班马之大才、陶冶之伟力,出于好意,要点铁为金,那也不合法——任何人也没有这个权力。任他怎样高明,我们也认为他有点多事,——他若并不怎么高明,就更令人感觉未免取厌了。

老实说,就诗论诗,曹雪芹原文《姽婳词》作得也并不是多么好;然而不要忘了,曹雪芹安排宝玉作这首诗,是在什么情况心境之下?那正是司棋逐、晴雯撵、藕官芳官等被迫出家,以及宝钗迁出园去,迎春将嫁,特别是晴雯竟然被冤惨痛而死,宝玉满腔悲恨正在"不知所以"之际。这时忽见丫头来找他,说"老爷"要他去,"得了好题目"! 于是宝玉遂不能不去陪奉老爷和众清客,应这番小"考场"。我每读至此,真是替宝玉万分难受,恨不得一时把这篇"题目"作完,我才觉得也像书中人物"如得了赦的一般",然后好看宝玉是怎样地去处理他那"一心凄楚"。

所以,宝玉作这首应命题目,实在是"尚有何心肠作诗",所以,直到《芙蓉诔》,这才是他自己的大题目、大手笔,一泻而出,文采动人,感情痛切。足见从小说的角度看,《姽婳词》的安排,除了对后文另有作用,也是为《芙蓉诔》作地步、作反跌而设。

明白这层关系,那就即使吴梅村复生,为曹雪芹"点定"这篇歌行,使之风华绝世、韵调绕梁,——那,从小说讲,也还是"要不得";何况窜改者的手笔,曾不足为吴梅村之"奴仆"乎!

由此看来,我们还是多多尊重曹雪芹的原文为是。

【附记】

本文发表于一九六二年八月五日上海《文汇报》。小小的例子,不是也可以说明很多问题吗?《石头记》全书遭到这种乱改妄涂之处,真是罄竹难书! 陆游说:"庸医司性命,俗子议文章。"像程高之流,就专门要"议"雪芹的文章,世界上的事,宁不为放翁之言一声浩叹乎!

林黛玉的《庄子》是什么版本？

《红楼》第二十一回，宝玉对袭人、麝月两位，当真地动了气，把麝月推出去，"不敢惊动你们"！然后还借蕙香发了几句挖苦话："明儿就叫'四儿'，不必什么'蕙香''兰气'的！那一个配比这些花？——没的玷辱了好名好姓！"

晚饭后，玉兄一人对灯好没兴趣，又不愿赶凑了她们去，说不得横了心，"便权当她们死了"，反而怡然自得，复行拿起一本《庄子》来，随意而阅。看到外篇《胠箧》之文，不觉意趣洋洋，酒兴所乘，提笔便续；续毕，掷笔就枕，"一夜不知所之"。

不想续的这段妙文，第二天一早便被林黛玉给发现了，黛玉"看至所续之处，不觉又气又笑"，于是她提笔又题了一首七言绝句，写在续文之后，——成为一篇妙"跋"。

就由这篇"跋"上，便发生了《庄子》的"版本问题"。我们就可以考出黛玉（自然可以包括宝玉）所读的《庄子》究竟是什么本子。

并非我无中生有、故弄玄虚，且听我说一下这始末原由。

如果你手中没有各种不同本子的脂砚斋评本《石头记》，可能会拿起俞平伯先生的《八十回校本》来。翻到俞校本二一三页，只见那黛玉跋诗写道：

> 无端弄笔是何人，作践南华庄子文。

不悔自家（按脂本实作"自己"）无见识，却将丑语怪他人。

可是，据庚辰本，第二句末三字明明作"庄子因"。难道是庚辰本错了吗？核对一下戚本，此处也正作"庄子因"。不但此也，还有证据：脂砚斋的一段批语明明也说：

> ……此非批《石头记》也，为续"庄子因"数句真是打破脂胭阵、坐透红粉关，另开生面之文，无可评处。

则可见"因"字绝非抄误，的的确确是雪芹原文，是改不得的。——从版本上看，直到山西出现的那个甲辰本，才作"庄子文"，以后的程本、王本，便一直"文"下来了。

"庄子文"，不是很"通顺"吗？"庄子因"却怎么讲得下去呢？——但雪芹原文偏偏是"因"而非"文"。其中定有缘故。而且，若教"诗獃子"香菱看见"庄子文"，一定会高声说道："'人'、'因'是'十一真'的，'文'是'十二文'，错了韵了！"

我也说，"文"是错的，不当从。"因"才为正。

这理由何在呢？原来"庄子因"三字，是一个整体的专名词，不应拆散，支离破碎地来对待。它原来是一部书的名子。

《庄子因》，清初林云铭（西仲）所撰。我手边所有的是"康熙丙申年重镌"本，即修订本。其自序是"康熙戊辰季秋"。序云："余注《庄》二十有七年矣，镌木之后，分贶良友……寅卯闽变，……所注经书藏稿十馀种同作劫灰，而是书赖有镂板独存，……兹再加缮阅，……因竭四阅月玩味揣摩之力，重开生面，将内七篇逐段分析、逐句辨定、逐字训诂，誓不留毫发剩义。……"那体例就是从字、句到段落、篇章，分讲、串讲、总讲，并"分别圈点钩截，得其眼所注、精神所汇而后已"。

我们今天的人，读《庄子》，大概为学术性质量较高的王先谦的"集解"、郭庆藩的"集释"等所"先入"，一定不会看得起明末清初的那种不离"时文评点派"习气的解《庄》之作。可是，不要忘记，在康、雍、乾时，还没有"集解"、"集释"的时代里，普遍流行的本子却正是林云铭的《庄子因》。

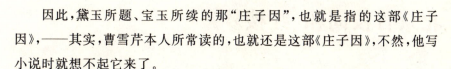

因此，黛玉所题、宝玉所续的那"庄子因"，也就是指的这部《庄子因》，——其实，曹雪芹本人所常读的，也就还是这部《庄子因》，不然，他写小说时就想不起它来了。

或疑：宝玉所续的，是庄周的《庄子》，而不是林云铭的《庄子因》；那么还是"庄子文"通顺啊。我说，这自然是科学逻辑的讲求法；读小说，读雪芹为黛玉所设的随口吟成的"跋诗"，开开小玩笑，若那样一本逻辑正经而求，就反而会"以辞害义"了。

末后，题外一句话：读惯了"集解"、"集释"，再来看看《庄子因》，也颇有意味，甚至可以发现林云铭所给予曹雪芹和脂砚斋的若干影响。

【附记】

此文发表于一九六二年九月十六日香港《大公报》。我这种短文，如"疆场"一样，是为妄人乱改雪芹文字而发的，使一般读者从程本的习惯势力中摆脱出来，识别真假。由于"评点派"被人骂得一文不值，现在的人几乎无法接触这种颇能浚发神智的我国独特的通俗的文评形式，这是一个大损失。目今，少数有识之士开始认识到这一点了，好的评点本，可以整理问世了，回顾一下，拙见还是不全错的。

北京竹枝词和《红楼梦》

　　北京出版社最近印行的《清代北京竹枝词》，编集了作品十三种，是一部值得欢迎的好书，作为北京历史、政治、经济、文化艺术、风土人情等等方面的研究资料，极有价值。据专家说，北京竹枝词还很多，非常希望再有"二辑""三辑"出版，为上述各方面继续提供生动的丰富的宝贵史料。

　　路工同志在这本书的前言中指出："如讨论《红楼梦》时，大家常引竹枝词'闲谈不说《红楼梦》，读尽诗书是枉然'，来说明《红楼梦》在北京流传的盛况。这即是嘉庆二十二年刊本《草珠一串》中的一首。"这是个很重要的发现。旧年我也引过这两句诗，但那只是从杨懋建的《蘧华琐簿》转引的，因而我还作了不正确的叙述，说"前清同光年代，流行过一句话"云云。我把年代移后了，差了不少。而且，杨氏引文作"开谈不说《红楼梦》，纵读诗书也枉然"，两句诗里竟然就有了四个字的异文。这些，如果不见《草珠一串》的原文，我就不会知道。

　　我和一些其他的考红者爱引杨氏之文，俞平伯先生独喜转引《梦痴说梦》引文，例如最近他在《影印脂砚斋重评石头记十六回后记》一文小注〔一五〕中就又提到这回事："同治年间梦痴学人所著《梦痴说梦》引京师竹枝词：'开口不谈《红楼梦》，此公缺典定糊涂。'……"我起初认为这所谓竹枝词是另一回事，和我据杨氏所引的那一首互不相干；同时每读此二句，

312

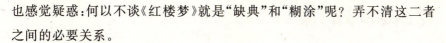

也感觉疑惑：何以不谈《红楼梦》就是"缺典"和"糊涂"呢？弄不清这二者之间的必要关系。

及至看到《草珠一串》，才明白了底细。

原来在《草珠一串》中，"时尚"门，第二、第三两首竹枝词是这样的：

> 人人相见递烟壶，手内须拈草子珠。
>
> 扇上若无鸦片鬼，此公缺典定糊涂。
>
> 做阔全凭鸦片烟，何妨作鬼且神仙。
>
> 闲谈不说《红楼梦》，读尽诗书是枉然。

"壶"、"珠"、"涂"一韵，"烟"、"仙"、"然"一韵，这不会错。可见那位"梦痴学人"是闹错了，误把两首相邻的诗的末两句，各摘了一句，自己作出了新的"排列组合"的，——他又把原第三句误引为"仄起"句，改为"开口不谈"云云了。

两句竹枝词，十四个字，就有这么多奥妙；不见原书，就难以得明种种真相。看来，耳目辗转的事，不经彻底考核，真是凭信不得。

【附记】

此文原刊于一九六二年十月二十日上海《文汇报》。当时对事物的认识，也还是很肤浅。即如嘉庆一朝，谈红的"盛况"如此，以至竹枝词人也为之称奇道异，这一现象是个非常复杂的问题，说"一时风气"，当然也不错，但是并未识破事相的内涵。程甲本一经将后续四十回拿出来冒充"全璧"而活字排印问世，引起了偌大的一种奇特的局面，（诗人已在对之进行挖苦了！）这绝不是一个单纯的"文艺"问题和"社会"问题，——其根本原由是政治因素在暗中起着作用。本集所收"'全璧'的背后"一文，就是在认识上的进境了，而这是经过二十年的时光才达到的。有心有目的读者，请将两文合看，定有所感。

《红楼梦》的流行

北京竹枝词《草珠一串》"饮食"门，第八首：

儿童门外喊冰核（按核字在此读如"壶"），莲子桃仁酒正沽。

西韵《悲秋》书可听（按听字读去声），浮瓜沉李且欢娱。

第三句下注："子弟书有东、西二韵，西韵若昆曲。《悲秋》即《红楼梦》中黛玉故事。"这是极可贵的曲艺资料。蒙朋友借给我"文盛堂梓行"本"新编全段"《黛玉悲秋》唱本，即又名《新刻悲秋子弟书》。我对这方面很外行，不知是否即竹枝词中所咏？这段子弟书长达五百零四句，起头是：

大观万木起秋声，漏尽灯残梦不成。

多病只缘含热意，惜花常是抱痴情。

风从霞影窗前冷，月向潇湘馆内明。

透骨相思何日了，枕边唯有泪珠盈。

……

看下去，和从梅花大鼓所听到的《悲秋》词句大不相同（梅花调的曲词一般也都很好，唯独《悲秋》的笔墨近俗，不知何故），写得十分优美动人。

读了竹枝词，更使我相信，《红楼梦》流传的初期，实在还只限于当时的一群上层社会的人们的圈子里（还和"鸦片烟"有"并举"之荣哩）。不管是"读书人"还是"纨袴子弟"，总之是"文人"一流——正如鲁迅先生所说：

"比清乾隆中,《红楼梦》盛行,遂夺《三国》之席,而尤见称于文人。惟细民所嗜,则仍在《三国》《水浒》。"我认为"细民"最初接触《红楼梦》,并非由于小说本身,却是由曲艺的"段子活"负起了传播的责任,而且它们也作出了很好的成绩。竹枝词给我当日的想法作了见证。

《红楼梦》的异常流行,还不止表现在曲艺里。《续都门竹枝词》第三十首写道:

> 《红楼梦》已续完全,条幅齐纨画蔓延;
>
> 试看热车窗子上,湘云犹是醉憨眠!

这就使我们知道:不但条幅画屏,团扇画面,到处是红楼景物在"蔓延",就连"热车"的窗子上,也画着"史湘云醉卧芍药裀"的情景。这是多么有趣而生动的记录啊。

【附记】

此文发表于一九六二年一月二十四日上海《文汇报》。文内提到的《悲秋》旧刊本,是张次溪先生的藏本,蒙他惠赠,因而得到保存——他自己的大量书物在"文革"期间已不可问了。听内行说,近世鼓曲光是梅花调就有"红楼七段"。梅花调和"西韵子弟书"有无渊源关系?渴望专家见示。因为这很重要。

顺便一提,此文撰后二十年的一九八二仲春,我所撰的《秋窗风雨夕》梅花调新曲,已由著名艺人史文秀同志配谱演唱,场上效果非常成功。因此有朋友来信说:"现在应说'红楼八段'了!"《红楼梦》在曲艺上的地位和影响,是一项值得专题研究的重要课目。

前几年荷香港的何蒙夫先生远道寄赠了一册罕见的红楼曲艺印本,是广东的曲种,可惜我太外行,作不出研究来报谢于他,但我已将此珍本借给胡文彬同志,让他在编红楼戏、曲等叙目时加以称引。并借此机会向何先生致以谢忱。何先生就是雪芹笔山的收藏者。

《红楼梦》中的女性美

　　一部《红楼梦》,呕心血,濡大笔,开生面,谱奇情,主意却说是要使"闺阁昭传",写出作者"半世亲睹亲闻的这几个女子,为的是"闺阁中本自历历有人,万不可因我之不肖,自护己短,一并使其泯灭"。然而"百回大书",若想从现代小说家所谓"描写"的角度去寻找,看曹雪芹是怎样"描写"这"一干裙钗"的体貌形容,那结果或许要大"失"所"望"。

　　曹雪芹有他自己的理想的女性美,更有他自己的理想的艺术见解。描眉绘鬓,品头论脚,这些地方,他不屑写;纵使有之,也是轻轻点到为止,一笔带过。他着意而写的是她们的神情意态、苦乐悲欢。——其实,就连这,你若不懂他的笔法,专从"正面落墨"处去找寻,大约也编不成一部《红楼梦"描写"辞典》的。《红楼梦》之不同于流俗笔墨,自具其超妙文情,恐怕这也是原因之一。

　　以上是总言其大略精神命脉。若搜索特例,务窥一斑而尝一脔,那么,自然也不无可说的话头。

　　林黛玉,是读者最熟悉的女主角吧,可是你能闭上眼睛,想象出一位面貌体态清楚分明的林黛玉来吗? 不知别位,我就不能。我所知于林姑娘的,仍旧是"两弯似蹙非蹙罥烟眉,一双似露非露含情目"(据诸钞本合参,当是如此。其详请看拙著《石头记鉴真》)。"态生两靥之愁,娇袭一身之病;泪光点点,娇喘微微;闲静时如娇花照水,行动处似弱柳扶风……"那几句话传其神情而已。

至于薛宝钗,除了"脸若银盆,眼如水杏"之外,大约我们就会想到她那种会使宝玉欣赏羡慕的"雪白一段酥臂"(第二十八回"薛宝钗羞笼红麝串")。这真是曹雪芹的特笔,破例地写到女性的肉体之美。——这就难怪过去曾有人说,林、薛是"灵""肉"之别,贾宝玉在这点上也不是完全能免于内心上的矛盾的,云云。我不是要来谈这个的,我要说明的还是曹雪芹如何来写女性美的笔法问题。

然而,曹雪芹又不止如此,他居然还写到"曲线美"呢!——读者若觉我这是荒唐之言,故作惊人之笔,哗众取宠,则请看真凭实据,便可分晓。

曹雪芹写香菱,只写到她那一颗胭脂痔;写鸳鸯,只写到她脸上的几点碎麻子;写平儿,……那我实在想不出到底是什么"特征";写司棋,会写到她的"高大身材";写晴雯,我们记得她有点"水蛇腰";写迎、探、惜三春,也只说过"肌肤微丰,合中身材"、"削肩细腰,长挑身材"、"身量未足,形容尚小"等话;到写凤姐,是"身量苗条,体格风骚"了,这就有点接近于现代所谓"曲线"了。然而还只是"接近于",还并不真正是。

真正是的,是写史湘云。

大家一定记得:第四十九回书,"琉璃世界白雪红梅,脂粉香娃割腥啖膻"时,"一时史湘云来了",大家起先看她从头到踵,一色重裘,以至黛玉打趣她是个"小骚达子"(当时满洲人呼蒙古人的轻蔑语);湘云却笑道:"你们瞧我里头打扮的!"说着卸了外衣一看,只见她:

> 里头穿着一件半新的靠色三镶领袖、秋香色盘金五色绣龙窄褃小袖掩衿银鼠短袄,里面短短的一件水红妆缎狐腋褙子,腰里紧束着一条蝴蝶结子长穗五色宫绦,脚下也穿着鹿皮小靴:越显的蜂腰猿背,鹤势螂形!

脂砚斋十分凑趣,在此最后句下便批道:

> 近之拳谱中有"坐马势",便似螂之蹲立,昔人爱轻捷便俏,闲取一

蝤，观其仰颈叠胸之势。今四字无出处，却写尽矣！——脂砚斋评。

这是"书外"的一种"反应"。而书中人物对此却也有"反应"，因为："众人都笑道：偏他这爱打扮成个小子的样儿！——原比他打扮女儿更俏丽了些！"

看官们读到这里，一定笑说：看你扯到哪里为止。你举的不管"书外""书内"，都不过是说湘云的男装样式罢了，这怎么和女性"曲线美"拉到一起。所谓适得其反耳，君将何以自圆其说？

我说，且慢，不要忘记了乾隆时代的女装是什么样子。曹雪芹笔下的女儿，虽然大都是满洲旗人，她们所穿的旗装却是无一处和我们今天的可身而裁的"旗袍"相似，正相反，那时却都是宽袍大袖，那种宽大衣装不是要"显露"、而正是要"掩藏"女性体态上的线条。

明白了这一层，就会想到，湘云的体态美，只有在"打扮成个小子的样儿"的时候才得以例外地显现出来，——只有这样打扮时才使得众人耳目一新，突然叫妙。

湘云的体态，雪芹交待得分明：蜂腰猿背，鹤势螂形。螂形二字最妙，其中包括了"蜂腰"，又经脂砚指出了"叠胸"，还有……，那就也要加上读者自己的"反应"，不必我一一点破，大嚼无味。

我不知道现代人对"曲线美"一词的共同确切定义究意何似，如果里面包括着女性肩、胸、腰、臀等躯体部分的丰、煞、起、伏的特点所构成的线条的美，那么，曹雪芹所写于史湘云的那几句话，恰恰就是指的这些。

曹雪芹写了"曲线美"，分毫不虚，而他写来竟是一点也不令人肉麻的。同时还使我们"看到"，史湘云是最合乎现代女性美的眼光的"裙钗"之一。

【附记】

此文发表于香港《大公报》，年月失记。雪芹对湘云处处用特笔，举此例以明之，并且这也涉及到了雪芹的艺术观，故宜存录。

莲池北岸的天香楼

　　《红楼梦》第十三回,写秦可卿丧事,"这四十九日,单请一百单八众禅僧,在大厅上拜大悲忏,超度前亡后化诸魂,以免亡者之罪;另设一坛于天香楼上,是九十九位全真道士,打四十九日解冤孽醮"。在曹雪芹的未删稿上,还有"秦可卿淫丧天香楼"的回目。碰巧,雪芹的朋友张宜泉,在他的《春柳堂诗稿》中有《和欧阳先生会饮天香楼原韵二首》和《九日戏寄郑恒斋被人约饮天香楼》的诗题,因此吴恩裕先生主张这两处天香楼就是一回事。他说:"可见天香楼于乾隆二十几年时,实有其地。雪芹既与宜泉友善,那得不知? 援之入书,亦殊自然;上引周说(按上文言"《红楼梦》有天香楼一处,周汝昌谓出自慎郡王允禧所书之'天香庭院'四字"),失之臆度。"(《有关曹雪芹八种》页一○五)但我总觉得张宜泉所说的天香楼只是一处酒馆的名字,正如他"清泰轩观剧"的轩名一样,不一定就和红楼有关。我又总疑心,如张诗所写"芰荷香里夕阳楼"、"云阴瓦榭鸥相狎,风定石桥水独流"、"白蘋翠荇横诗艇,密竹疏藤隐钓家"等种种景象,天香酒楼的地址明明应在什剎后海一带,才能相合,但苦于没有什么证据。

　　不想,在新出的《清代北京竹枝词》里却找到了资料。还是《草珠一串》中,"名胜"门,第十三首:

　　　地安门外赏荷时,数里红莲映碧池。

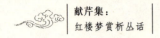
好是天香楼上坐，酒阑人醉雨丝丝。

第三句下注："酒楼在莲池北岸。"第二句下注："南至皇城，西至德胜门，一望数里，皆莲花也。"所以他说的"碧池"、"莲池"，正就是什刹海。后海沿岸有酒馆，到清末民初，犹有遗风。——秦可卿"淫丧"之处怕未必和这种地方有什么瓜葛。这点我还没有来得及和恩裕先生面谈，姑志于此，以备研考。

（1962 年 12 月 25 日上海《文汇报》）

《红楼梦》食谱闲话

　　刘姥姥数入大观园，托赖贾府上下的恩光，跟着吃了不少的好东西。她虽然把那种连她们乡屯里最手巧的姑娘用纸铰也铰不上来的花朵样的小面果子带了不少回家去夸亲耀友，虽然也曾因为"一两银子"掉在地下连个响声儿也没听见便被捡走了而叹惜，但是如果我们今日能"起"刘姥姥于"地下"而当面问她：您觉得贾府的各样饮食中要数哪一样儿最是给您"留下了深刻的印象"（假如刘姥姥会懂得这种样式的语言的话）？那么我猜，她的回答应该是两个字，很干脆："茄子！"

　　那天，当凤姐儿奉了贾母之命，将"茄鲞"捡了些去"喂"刘姥姥，姥姥听说是"茄子"，不是失惊，而是失笑，说道："别哄我了！茄子跑出这个味儿来了？我们也不用种粮食——只种茄子了！"看官，须知这种失笑实在比失惊还要有力量：加倍写出刘姥姥的万万不能相信她嘴里正在尝的东西会是"茄子"。

　　及至众人再度向她"保证"："真是茄子。我们再不哄你。"刘姥姥这才开始诧异起来，说："真是茄子?！我白吃了半日！"她又要了一口来细嚼细品了"半日"，才算半信——终是半疑；于是才向凤姐儿探问："是个什么法子弄的？我也弄着吃去！"

　　凤姐儿回答的话如下：

这也不难：你把才下来的茄子，把皮𬬻了，只要净肉，切成碎钉子，用鸡油炸了，再用鸡脯子肉并香菌、新笋、蘑菇、五香腐干、各色干果子，俱切成钉子，用鸡汤煨干，将香油一收，外加糟油一拌，盛在磁罐子里，封严。要吃时，拿出来，用炒的鸡瓜一拌就是。

刘姥姥毕竟不凡，听到这里，马上就"悟"出一篇大道理："我的佛祖！倒得十来只鸡来配他！——怪道这个味儿！"

曹雪芹于此，正是向读者宣示了中国高等食谱中的真奥妙——同时也随带着他个人的感慨在内。

原来，中国高等食谱，并不一定都是些什么龙肝凤髓、熊掌猩唇等类罕得之物，却多是一些极平常的东西，只在作料（按此二字实当作"芍药"，今从俗）和做法上讲究。讲究了之后，那些"极平常的东西"就居然会"变味儿"。

要论"极平常的东西"而最能"变味儿"，茄子是代表之一——这也许就是雪芹单单举它"说法"的原因吧？茄子这东西，若穷人白水煮煎而用，可谓极"难吃"之致；加点油儿，变点味儿；多加，多变；多加好油好作料，多变异味……贾府的茄子，那样的鸡油、香油、糟油等等地"炮制"，正是摸到了茄子的"秘密"。

看官莫误会，笔者只是个"窭人子"，根本没吃过像那样的好茄子，安得有资格来谈此道？不过是"纸上谈兵"，"道听途说"，却的确也"悟"出了这层妙理。

据清人记载，康熙皇帝南巡，赏某致仕大臣御宴，其中有豆腐一味，为"臣下"所惊诧，以为"尝所未尝"；康熙发了慈悲，特命准许大臣的厨子来向御厨学艺，将此一味豆腐传给他，并特别告诉那大臣："可为你后半世终身之享用！"据说这位大臣后来在家里大请客时，就将这味"御赐豆腐"作为"拿手菜"，而尝者（都是何等人可想而知！）无不如刘姥姥之不信是"茄子"而坚不相信竟会是豆腐。

呜呼，我们固然无福来尝一下这份名豆腐，——但也就可以"想象"

（其实是无法"想象"）那豆腐的味道了！大概荣国府的茄子，比起那豆腐的作料和做法来，多半又是小巫见大巫了。

然而，说来也巧，豆腐又正是"极平常的东西"而最善"变味儿"的代表之一。穷人的豆腐和阔人的豆腐相比，其为豆腐也，分毫无二，而其为味道也，天地悬隔。

中国高等食谱之所以"高"，也许就在此等处。若论雪芹见闻之富，经历之广，岂刘姥姥与婆人子之流所能望其项背，而他却能从刘姥姥那一面来看出这件事的奥妙，悟出其中的一篇大道理来，则雪芹之伟大、之令人佩服，诚非无因也。

【附记】

本文曾刊于香港《大公报》，年月失记。雪芹从来不是为吃喝而写吃喝，他都有安排用意，为艺术服务，比如他写晴雯家里的茶是什么样子的"色、香、味"，与怡红院中的天地悬殊，就是最好的说明。再者，前面的饮食考究也还是为了反衬后来的"寒冬噎酸齑"。所以我从不愿看大讲红楼饮食如何高级的文章，那才是真忘掉了文艺作品的"考证"。

曹雪芹的"用典"

曹雪芹，谁不知道是位小说家？但当他在世之时，在朋友们心目中，他却是一位"诗有奇气"、"诗胆如铁"、抉破前人樊篱而能独往独来的诗人。

诗人而写小说，有时就不脱诗人的习气。习气之一，就是爱用典。正用、反用、明用、暗用、活用、变用……，在曹雪芹的笔下，驱使如意，也为小说点缀生色不少。这种手法，或许是非诗人的小说家所不会用、也不愿用（当然，也许不必人人都用）的。

《红楼梦》一开头，先出甄、贾二人，这里面就有典故。宋人王明清的《挥麈录·馀话》，有一条记载：靖康年间，兵事方股，有士子贾元孙其人者，多游大将之门，"谈兵骋辩，顾揖不暇"，自称为"贾机宜"；又有一位名叫甄陶的，奔走公卿之前，以善干事为人使令，号为"甄保义"，于是"空青先生尝戏以为对云：'甄保义非真保义，贾机宜是假机宜。'翟公巽每诵之于广坐，以为笑谈"云。雪芹"甄真贾假"的设计，就是用了这一典故——而又加之以变化。

曹雪芹读过《挥麈录》吗？我想是读过的。四部丛刊本的全部《挥麈录》，除补配的三卷之外，都有雪芹令祖曹楝亭和雪芹姑丈富察昌龄的收藏印记；此本曹家故物，雪芹必曾寓目。

雪芹给甄、贾二人取的名字,又各有典故。"(葫芦庙)庙旁住着一家乡宦,姓甄,名费,字士隐。"这"费",谐音"废","士隐",谐音"事隐",是大家都知道的;但名费而表字士隐是用《中庸》"君子之道,费而隐"的典,就不一定人人都知道了。

这一类,一时说不尽。雪芹在每一个名字上,也有许多苦心匠意,不肯草草从事如此。

雪芹又极喜欢用他爷爷《楝亭诗钞》里的典。大荒山无稽崖青埂峰下"无材可去补苍天"的石头,实在是从曹楝亭的"娲皇采炼古所遗,廉角磨砻用不得"的诗句而来的;绛珠和神瑛的名字,也是从楝亭句"承恩赐出绛宫珠,日映瑛盘看欲无"而来;《红楼梦》曲十二支,开头先唱了一句"开辟鸿濛"……,那一句也是从楝亭的"茫茫鸿濛开,排荡万古愁"而来的。这类例子一时也举之不尽。

还有一种,如《红楼梦》第二十五回,写宝玉留心红玉,有一段文字:

> ……因此心下闷闷的,早起来也不梳洗,只坐着出神。一时下了窗子。隔着纱屉子,向外看的真切,只见好几个丫头在那里扫地,都擦胭抹粉,簪花插柳的,——独不见昨儿那一个。宝玉便蹬了鞋,晃出了房门,只装着看花儿,这里瞧瞧,那里望望,一抬头只见西南角上游廊底下栏杆上似有一个人倚在那里,——却恨面前有一株海棠花遮着,看不真切。

在这句底下,脂砚斋有一处夹批,说道:

> 余所谓此书之妙,皆从诗词句中翻(庚辰本作"泛")出者,皆系此等笔墨也。试问观者:此非"隔花人远天涯近"(按此《西厢记》中语)乎? 可知上几回非余妄拟。

这就是,依脂砚斋看来,曹雪芹为小说点缀细节时,常有从诗词中名句借境、脱化的技巧。我们自然不敢说脂砚斋所拟皆是,但也不敢说脂砚斋的话是都没有一点道理的。

　　可能有人质疑：曹雪芹的小说，是从生活中提炼出来的，依你说，那不靠"典故"来写小说了吗？我说：哪里，哪里，雪芹大才，岂能如此短见？说他用典——这用典本身就包括着运用，也就是创造的成分在内。高明的诗人用典，归根结蒂，还是他自己的艺术创造，为他自己的作品服务。若追溯典故，那么"隔花人远天涯近"也是从生活中提炼而得，不过后来的借用者又结合了他自己的体验、加上了他自己的创造而已。这略如说画家借某种模特儿而表现他自己的意思，并不是说画家只靠模特儿为"生活"。当然，更不能说只有不凭借任何模特儿的画家才是画家。

　　曹雪芹能用典，又不是死用滥用，所以他的小说因此也平添了意味和境界美，有他家所不能企及的特色。

【附记】

　　此文原刊于一九六二年八月二十六日香港《大公报》，内容都是提端引绪，示人以可窥之迹，而非罗列详陈之意。这其实也是以通俗的方式讲文艺"理论"的事，如果"铺开"写"大论文"，也要洋洋万言不止的。平生喜拈此等短札，冀有识者取之而已。

红楼四壁驻长春

一路渐近景山大门，风物便觉格外不同；向南一望，停车场上各式车辆辐辏如云；全国晋京观光的，海外来宾旅客，哪个不想一看"皇宫内院"？他们正在川流不息地涌进神武门。进神武门，与进天安门因有"天地之别"（前门为"天"，后门为"地"），所以游人所得的印象也大有差异。进神武门，不像从天安门往里走，穿不完的层层阙门，望不尽的巍巍巨殿，——却是只行几步便置身于一个美妙的园林胜境之中，——这就是具有"天家"格局、景象非凡的御花园。

由御花园寻找"去路"，出西边的门口，越过漱芳斋、储秀宫这一排，便通到"西路"的那条"西二长街"上去。循街稍南行，进一座门，举目望时，只见题着"敷华门"三个字，就知道里面是长春宫了！这地方，年轻时来过的，四十年后，重寻旧路，虽然"心绪如潮"这般词句用不上，却也着实有些感触。

我为什么重寻长春宫并且心有所感呢？原来这所宫院之内，有一项十分别致珍贵而又不为人注意的文物，我二十多岁刚研究红学的时候就来看过：这个大院落四周走廊的拐角处，绘有十几巨幅《红楼梦》壁画。这次再访旧游之地，还是为它而来的。

从东南角一进院门，画壁丹青，立即映入双眸，心中先就暗自吃惊。这些彩画，早年时就深惜其剥落模糊、岁月难保；因此久以为数十年往，这样的画壁恐怕早已不复可睹了。谁知今日一见之下，它的完好的程度大大出我意料之外。看得出故宫博物院为了维修保护，做了很好的工作，值得深深感谢。

故宫虽然每日平均接待游客十万人之多，长春宫内却并不算十分拥挤，人们大都循着"走廊"而"走"，驻足流连的不是很多，把注意力转移到廊角壁上的，更是寥寥无几。这就无怪乎国内谈者难逢，海外知者罕见了。

不过我们这一天倒是挺热闹的：蒙故宫博物院的同志们热情协助，就在每一幅画前从容欣赏，并且认字观图、研究品论起来。——这么一来，当然引起了许多游客的注目和好奇之心，他们也围在后边看，听我们谈长论短。

金碧辉煌的宫殿建筑，彩槛雕檐，绣甍画栋，是一特色，那些缤纷的彩绘上除了图案性的花纹，还夹有很多"开光"式的小画幅，山水、花鸟、人物，无不具备。倘在其间出现了《红楼梦》的主题景色，也还不是不可以解释的。可是如今长春宫一个大院的走廊四角，用整个墙高为长度的大壁画，十几幅画面聚散分合，联为一组，这种规模，这种做法，则是极其罕见、极其独特的事例。这就不能不引起我们的思索和探研了。

我想，这一组《红楼梦》壁画之所以令人感到奇特、费人思索，未必只是我们少见多怪的原因。清代的皇家，家法最严，后宫的一切，处处有"规矩"，是不能随意"乱来"的，我们以为很细琐的杂事闲文，也得请示批准才行。"西宫"的一个主要院落里，竟然以如此巨大的篇幅画上了"外间"的"稗官野史"上的人物风光，这在那时候来说，实在是太新鲜、太不寻常了！值得探索的历史奥秘和意义，也就端在于此吧。

这就需要从了解壁画的年代说起。

目前多数专家认为这项画壁是光绪年间的作品。我也同意这个判断。历史传闻，绘画风格等线索，都相符合。长春宫在明朝本是大启皇帝的李妃的住处；到清末，光绪、宣统的妃子们也都住过。循此而推，传说慈禧"西太后"也曾在此寝兴居止，这应当是可信的，因为与"制度"完全吻合。这一点明确之后，就可以拿诗家和历史家的记载来印证了：署名"钱塘九钟主人"的清宫词，有一首专记光绪瑾、瑜二妃命画苑绘大观园图、并令内廷臣工题诗的事情。邓之诚先生在《骨董琐记》里也提到孝钦后好读小说，"略能背诵，尤熟于《红楼》，时引贾太君自比"云。——这就足以说明：长春宫红楼壁画的产生背景，也就是光绪时后妃等深嗜《红楼梦》、命绘大观园图的同一时代。没有"孝钦"、"瑾"、"瑜"这些人设想和下令，皇宫的墙上出现红楼画，那是全然不可想象的事！

这次细细观赏画幅，印象要比早年初见时要好得多——心中格外高兴。年轻时候为何对之评价不高呢？我自己也说不太清。这可能主要是因为彼时看事只论一点而不计其馀——在绘画艺术上我不太喜欢那种"西洋透视学"的楼台景物的表现方法，总觉得那像典型中国艺术京戏，却硬加上了"洋布景"一样，失去谐调，破坏了民族美学观。少年气盛，一见此种，即不愿再看其他细节了。如今谛审，画笔的工细，已达到了异常的高度，于毫发不苟之中，透出了典雅娟秀之气，叹为少见。从大处说，整幅布局结构，巨丽精整，深远曲折；从小处看，细至一草一叶，笔笔挺秀，无懈可击。当时的彩画工匠，艺业的高明，工力的深厚，实在使我敬佩！

听说现在还有年老的彩画师，能够说得上来：这些《红楼梦》壁画，实出于地安门的一家彩画铺的艺人之手。当年画宫灯的，画年画的，各种民间工艺中，许多不曾写下姓名的高手，身怀绝技的老艺人，不为人重，也不能充分发挥他们的才能，在偶然的机缘凑合下，给我们留下了这种的艺术奇迹，倍觉可珍可贵。

我们也要"认画"——就是先得辨识出"这是画的哪个回目"。当我们认出了悬有"怡红快绿"匾额的这处胜景是怡红院时，每个人都很兴奋，真像发现了一个久被沉埋的珠宝似的！"是呀，那不是宝玉坐在正面屋里嘛！""还有对联呢！"当我们认出有一幅联是"厚地高天，堪叹古今情不尽；痴男怨女，可怜风月债难酬"时，想到这位画师能够把"太虚幻境"的联语移借到怡红院中来，不禁又佩服他的心思。

话要简断：我们如此逐幅地认了一周遭，认出了"凤尾森森，龙吟细细"、翠竹丛篁的潇湘馆，题着"杏帘在望"的稻香村，挂着大铜钟的栊翠庵（栊字写作了"笼"），惜春正在作画的暖香坞，菊社联吟的秋爽斋，湘云醉眠的红香圃……真是感到收获丰富极了！还有一些，我们的"红学"水平还不够高，还待继续研究辨认呢。

其中有一幅非常别致：大观园内，两个丫环用"行椅"抬着贾母，一个丫环打着高柄遮阳伞（俗呼"日罩子"），宝玉前引，众人围随，——这是老太太特来游园子的情景，取景十分新鲜。因为一般红楼画中绝少见到有人肯这样构思的，我不禁想起：这不正是一种蛛丝马迹，西太后"时以贾太君自拟"的旁证吗？此事是耐人寻味的，因为这可以帮助我们判断壁画的成因和年代，是一个重要迹象啊。

长春宫本是贵妃们居住和读书之地，后殿的匾额就是"怡情书史"四个大字；不但有书斋，配殿中还设有"至圣先师"的牌位呢。——在这种地方，却出现了十数大幅的满墙的红楼画，不管怎样评论它的背景，写画题取舍之间的得失高下，这壁画本身便是一件极不寻常的事情。曹雪芹这部具有深刻叛逆意义的反封建的作品，其影响竟然进入了皇家的深宫邃院，前人因此议论清代皇族"久矣不识忌讳"。这说明了曹雪芹文艺思想的伟大，并且也令人想到很多的文史方面的问题，发人深省。

流连忘返，不觉在长春宫内消磨了大半个上午的时光。临跨出院门，再回头看一下，只见琉璃黄瓦，参差绿叶，清新朗爽，对着正殿一座小戏台，整洁可赏。——我四十年前到此的那种荒凉残敝的萧条况味，全然不见了，给人的感觉是舒畅欣慰。对于故宫的保护，是放怀了。至于这些珍贵的红楼壁画，一个角落也已设置了坚好的木栏。但其馀三个角，游客通行时，举手直接摸到画墙，如有不明事理、缺乏文化修养的游人加以刻划、涂抹、剥损，则不免可忧。盼望两方合作——故宫加强保护措施，游人加强文物观念，必然收得更好的效果。

海内外的红楼爱好者，请来注意观赏一番，定知拙文不为无见吧。

一九八一、九、五

写讫于北京东城

（原刊于《紫禁城》）

芹溪与玉溪(谿)

　　《石头记》中，北静王一见宝玉，就不太客气地以子压父，说："非小王在世翁前唐突，将来雏凤清于老凤声，未可谅〔量〕也！"脂砚于此便批：

　　　　妙极。开口便是西昆体，宝玉闻之，宁不刮目哉。

我要效颦于脂砚而又批其批，曰：

　　　　妙极。本是静王赞宝玉，却说宝玉夸静王。如此转得作者本意。
　　　　雪芹闻之，宁不刮目哉。

由此，我深深体会，雪芹最赏玉溪诗，脂砚最解雪芹意。

　　有人说，脂砚"不通"，那"西昆"一词，本是指宋初杨亿、刘筠等人摹仿玉溪的一种诗体，何得直与玉溪等同起来？我说，此等处用不上学究气。且莫提元遗山"诗家总爱西昆好，但恨无人作郑笺"已是如此用法，就是芹、脂同时的"乾隆进士"郑板桥，也分明写道：

　　　　不历崎岖不畅敷，怨炉仇冶铸吾徒。
　　　　义山逼出西昆体，多谢郎君小令狐。

可见当时人本皆如此用法。学究之有时显得拘墟，就是他总不懂得当时的风习实际都是什么样的。

　　在第二十五回中，雪芹写黛玉："这日饭后，看了二三篇书，自觉无味，便同紫鹃雪雁做了一回针线，更觉得烦闷。便倚着房门出了一回神，

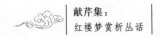
……"脂砚于此又即批云：

> 所谓闲倚绣房吹柳絮是也。

这所引的一句，也正是玉溪的"西昆体"中的句子。这一句，今天的唐诗选本里未必选得着，未必人人能知，看来人家脂砚比咱们知道的多，那些泼口大骂脂砚的，不见得比脂砚高明，因为越是一知半解或者干脆无知的人，才最觉得比别人都高明——几何不为脂砚窃笑哉。

林姑娘说过，她最不喜欢李义山的诗，只取他一句，是"留得残荷听雨声"。（残实当作枯，林黛玉也会被学究骂的！）真如此吗？雪芹高才，笔端狡狯，村言假语，何所不能？正所谓"那是曹子建的谎话"。然而假中辨真，便知义山诗在芹、脂一流人心目中的位置了。

正如雪芹又用过"宝钗无日不生尘"，以暗示"留得残荷"一句，在雪芹笔下，实在又暗示将来黛玉的情节景况，薛姑娘将来的处境，——那也是玉溪诗句。

如今却说雏凤声清的那一篇的故事。义山原诗两首，其文如下：

> 十岁裁诗走马成，冷灰残烛动离情。
>
> 桐花万里丹山路，雏凤清于老凤声。
>
> 剑栈风樯各苦辛，别时冬雪到时春。
>
> 为凭何逊休联句，瘦尽东阳姓沈人。

这种才调，真是玉溪的绝妙独擅，别人是望尘而莫能企及的。这如何不令芹、脂倾倒呢？

林姑娘嘴里说"不喜欢"李义山的诗，可她却深受义山的影响。你看她的最好的一篇诗，《秋窗风雨夕》，里面有这样的话：

> 抱得秋情不忍眠，自向秋屏移泪烛。
>
> 泪烛摇摇爇短檠，牵愁照恨动离情；

好了，我们很容易地抓住了她的"把柄"，她正是运用了义山的"冷灰残烛动离情"而加以脱化生新的，"不喜欢"云云，非假话而何呢？

黛玉教香菱如何学诗时，说了一篇极为重要的诗论。她听了香菱最爱"重帘不卷留香久，古砚微凹聚墨多"这种陆放翁律句时，立刻说：

> 断不可学这样的诗！你们因不知诗，所以见了这浅近的就爱。一入了这个格局，再也学不出来的。

我一见黛玉这段话，便又立即联想到她的"同时人"郑板桥。板桥自序其诗集时就老老实实地自承：

> 余诗格卑卑，七律尤多放翁习气，二三知己，屡诟病之。

陆游七律，专门凑一些"浅近"而能迎合"不知诗"者的文艺眼光的对联，所以格调不高，板桥故以"卑卑"一词尽之。到如今，一提陆游，因为是"伟大爱国诗人"，只听见一片赞扬，无人再揭示其"卑卑"的一面。我们多年来养成的一种形而上学，到处成灾，谈诗论文，当然不能幸免。我觉得不妨多向林姑娘和郑板桥学习学习——她们那种知所审辨抉择的精神，不搞"完人"、"足赤"。而我们谁要一评议"伟大的作家"，就是触犯了神圣。——古人何尝这样子！

《石头记》第二十一回回前，出现一首很不寻常的七律，说是深知作书底里的一位"客"之所题，其中一联云：

> 茜纱公子情何限，脂砚先生恨几多！

我一看，这和玉溪生又是大有渊源关系。玉溪《泪》诗说过的：

> 湘江竹上痕无限，岘首碑前洒几多！

此非从玉溪脱化而何哉？他（她）们读玉溪诗熟极了，下笔不觉流露出影响痕迹。

玉溪，雪芹，都是旷代奇才，绝伦俊彦，焉能不"遥闻声而相思"；文人相轻，那是另一回事，也需要分析内情。玉溪佩服一个十岁裁诗的冬郎童子，至于推之为何逊，而自比沈约，是何等胸襟器度，岂相轻哉。旷代奇才，大抵不为世俗所容，郑板桥觑破了这个道理，才说出"不历崎岖不畅敷，怨炉仇冶铸吾徒"的沉痛之言；他自恨诗格卑卑，而感谢"小令狐"从反面成全了玉溪生，使他独创了"西昆体"。那不令千古才人，同声一叹，究竟原因何在？说破不值分文：不过一个嫉字而已。

贾宝玉只因生得与众不同，所以令弟环三爷母子等嫉之而陷之。黛玉、晴雯，亦如兰蕙之当门，定遭锄毁。雪芹本人之怨炉仇冶，又当如何，不难想象矣。

文学与湖南有不解之奇缘。林黛玉者，湘江洒泪之人也。《石头记》有"三湘"，即林潇湘，史湘云，柳湘莲。雪芹于此寓有深意。有人说，雪芹师楚祖骚。信如此，怎怪得他和玉溪生有神似之处。

拙文为索稿者所逼，大忙中苦赶而出。若脂砚见了，必又批曰：

　　妙极。似红学，非红学；似诗话，非诗话；——而又红学，又诗话。玉溪、雪芹闻之，宁不刮目哉。

【附记】

此文原刊《湘江文学》第二期，仅从一个侧面窥测了运用诗的传统来为小说生色的高超手法。如要详细研讨，也是可成专题论著的。

定庵诗境证红楼

西子湖边,钱塘江畔,地灵人杰,时出异才。诗人龚定庵自珍,至今仍为无数读者倾倒。光焰不没,膏馥犹能沾溉后来,亦湖山灵秀之所钟毓欤。

定庵诗,奇芬逸想,应接者如在山阴道上行;我以为,奇芬匪罕,逸想最难。何谓逸想? 以今语表之,即"闪烁着思想的光芒"是。所以我常说大诗人必然同时是一位大思想家。非不爱其文词,特文词之"背后",有思想在耳。

曹雪芹,即是一例。

一提曹、龚,就又不免想起一个问题:像定庵这样的"才子诗人",他读没读过"才子诗人"雪芹的小说《红楼梦》? 若说未曾读过,情理难通。若说读过,证据安在?

"拿证据来!"——是考证家争论文章撰者的"拿"手的一着,而且那证据几乎是指像"证件"一样才行。但龚定庵显然不会准备下一张条子,上面书明:某年月日龚某确曾读过《红楼梦》,下面并有"签章"。现在我要硬说他读过,必然又有"证据不足"之讥了。

不过,请你读读定庵的这首《世上光阴好》吧——

世上光阴好,无如绣阁中:静原生智慧,愁亦破鸿濛。万绪含淳待,三生设想工。高情尘不淬,小影泪能红。玉苗心苗嫩,珠穿耳性聪。芳香笺艺谱,曲盎数窗棂。远树当山看,行云入抱空。枕停如愿月,扇避不情风。昼漏长千刻,宵缸梦几通。德容师窈窕,字体记玲珑。朱户春晖别,蓬门淑嫮同。百年辛苦始,何用嫁英雄?

试看这首五言排律,这个主题和这种内容,在古今诗集中,堪称独绝。它从何处得想?来自红楼,深受雪芹影响者也。

人世之间哪里的"光阴"最好?定庵拟之曰:少女的绣房中实为第一。这所谓光阴,核其实际,即谓心境者是。古今文学,谁最善体此境?舍雪芹之外,实无第二人。不见《红楼梦》写到太虚幻境的对联"幽微灵秀地,无可奈何天"时,脂砚即批云:

> 女儿之心,女儿之境。

取此八个字,以题定庵此诗,确切不移之论,无论雪芹、脂砚、定庵,都会"相视微笑"的。

定庵此诗,揣摩女儿心境,可谓入微。他不读红楼,如何体会至此?静生智慧,愁破鸿濛,——"开辟鸿濛,谁为情种",是雪芹的曲子;"排荡万古愁,茫茫鸿濛开",是曹寅的诗句。这种联想,痕迹宛然。"三生设想工"、"小影泪能红",都可于《红楼》寻见根苗。雪芹一写绛珠仙草,脂砚就批注说:所谓"三生石上旧精魂"是也。又说绛隐红字,细思绛珠岂非血泪乎?——其实,说这通篇都是摹写红楼少女的,也极恰切之致。

"拿证据来"——已经"拿"出如上。

雪芹写女儿,已泯"等级"——这是他的反封建思想的第一个标志。定庵则诗云"朱户春晖别,蓬门淑嫮同",正同雪芹之意。我想,朱门蓬户,本是晋人的典故,定庵借用,暗中以"朱户"代"红楼",不仅是为谐音律,也是笔端狡狯,不欲人知其瓣香雪芹耳。

其结句"百年辛苦始,何用嫁英雄",最堪注目。窃以为,定庵此处并非贬低"英雄美人"而抬高"佳人才子"之意。他是说,女儿绣阁光阴,止有此限,一嫁随人,便是辛苦之开端,绣阁光阴永难再返矣。故"英雄"者,泛指"男性"也,且莫呆看了,要紧。必如此,方合诗人定庵之意——亦方合雪芹之意。盖雪芹之主张,女儿清净,最好永留绣阁,一嫁男子,便成污浊。试看第五回书中写幻境诸仙女埋怨警幻引来"臭男人"以"污染这清净女儿之境"时,脂砚之批即云:

> 奇笔撼奇文。作书者视女儿珍贵之至,不知今时女儿可知?余为作者痴心一哭,——又为近之自弃自败之女儿一恨!

此为女性批者的心思语言最为明显,细心读者当能领会。如此批语,我把它也引来以解定庵此诗,也是贴切无比。这些耀发光芒的思想,芹、脂、定庵,为何能以如此一致?可不令人作深长思乎?

看他定庵闲闲写来,曲尽少女的精微灵妙的心灵之美。一个"淳"字,写她们的天真无邪;一个"高"字,写她们的了无尘俗。她们那还是封建时代,不能跨出闺门的,"曲盝数窗棂",写尽了她们的深居寂寞;"远树当山看",又写尽了她们的富于理想。"枕停如愿月,扇避不情风",则体贴到她们的希望、思念、憧憬,……而且处境是孤独凄清,不无忧谗畏祸之苦衷的。德容、字体,则又写明她们的文化水平,品质素养。——这一切,是那样的诚挚和同情,绝无丝毫在别人笔下常见的那种轻佻儇薄的气味。这种对待女性的态度,也正是雪芹的态度。诗笔细致,而不纤巧。排律,排律——最易落于"排比",骈丽的形式中而不能灵活飞动起来;定庵此诗却笔如盘珠,流转随心,略无滞相,信为高手。即如"芳香笺艺谱,曲盝数窗棂"一联,可为最好的例证,属对至此,方无劣笔的那种"匠气"。曲盝,唐宋人口语,现今也还有这种说法,一般写作"曲录"。曲录的窗棂,就是琐窗——能工巧匠制成的钩连盘折的棂柱图案。可以看出定庵善于运用日常俗语入于诗句的风致。

一首不太长的排律,竟然复"生"字,复"情"字,复"不"字,复"如"字,可谓疏而不暇计其末节,正见定庵落笔得意时,不作"试帖"也。

此诗"文本",我据定庵弟子归安陈凤孙手写本移录。此本有宝贵的异文,可以订正历来的铅印诸本。册后附有陈氏自作诗《嫩想集》一卷,有

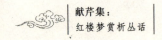

印曰"阿凤小诗"，中有《送龚先生自珍》一篇云：

> 闻道龚祠部，将为汗漫游。
>
> 才难容一代，名倘足千秋。
>
> 老骥才堪伏，闲云不可留。
>
> 青衫看酒晕，我亦忆杭州。

颔联十字，异才难为一代所容，文名长起千秋之慕，此咏定庵，更可以移题雪芹。纵笔至此，不禁惘然。

壬戌上元试灯日　写于京城

（原刊于《文汇月刊》）

《石头记人物画》题诗别记

　　最近人民美术出版社新出了一本《石头记人物画》，画家刘旦宅绘图，由我题诗，诗画各为数四十，合为八十幅，披阅一过，可以移时。在出版物中，这似乎还是一个新品种。画，是全凭线条、色彩、技法、艺道来直接表现的，不需要还外加什么文章"说解"——也少见这种实例。诗，特别是和《红楼梦》有关的题诗，就比较"麻烦"。本来该有注解，但这是一本书画合册，以美术形象为主，不容多载文字。恰好此书一出，即已有读者投函询问诗句文义问题，势难一一遍答，今借本刊的宝贵篇幅，就其中的一些句意（不是全部），略作解释。因在"册"外，所以叫做"别记"。

　　例如，第一幅就是女娲炼石补天，题诗写道：

　　　　赤纹斑驳迹何疑，辛苦当年构火时。

　　　　一石未安功所在，人间有此大传奇。

这首诗不难懂，需要一说的只有"赤纹斑驳"四字，表面上是形容女娲用火炼过的石头，还带着火红的斑纹，暗中却是兼以关合"赤瑕"之义。原来，雪芹本文曾说"时有赤瑕宫神瑛侍者（一本作使者）……"，赤瑕一词出于司马相如的一篇赋里的"赤瑕驳荦"一句话（意思是赤色的玉，文彩错杂斑斓）[①]。"赤纹斑驳"，实由相如之语联想而来，也可以说是小加变换的一

---

　　① 赤瑕，俗本妄改为"赤霞"，完全因为不懂雪芹原意。脂砚批语曾指出：雪芹用此，一是原义（赤玉），二是兼用"瑕"为玉之疵病的含义。妄改赤霞，毫无所取（程本不但妄改"赤霞"，而且还妄增了一大段文字，说神瑛侍者到处"游玩"、"行走"，雪芹原文绝无此事）。

种运用。为什么又要小加变换呢？一、画中是女娲手擎巨石，火焰腾绕，但此时还未幻化为玉，所以不能径称之为"赤瑕"；二、斑驳比之驳荦，略显通俗。

全诗的意趣，只在于"假话且当真话说"，女娲炼石，明明是神话，连曹雪芹自己都表过，——"说来虽近荒唐"。但作诗不同于"正言庄论"，有异于"科学论文"，如果你批它一顿"荒唐""迷信"，未免大煞风景，也不再是文学艺术了。如今顺水推舟，偏偏说是"迹何疑"，——画中分明可见；并进而想象女娲炼石时所费的那种经营劳苦。末二句在诗中也是一种翻换法：女娲补天的故事，见于《淮南子》，说她"考其功烈，……名声被后世，光辉熏万物"；诗句却说，她的最大的功劳就是遗下了一块石头未用，弃在青埂峰下……——若不因此一事，如何会产生这一部伟大的传奇《石头记》！"传奇"旧日是小说的代词，也是对雪芹原话"情谁记去作奇传"的运用。

这种诗，不求精雕细琢，于大处落墨，全在笔力。

又如，第二幅为警幻仙子，画面是一位仙女，高髻长裙，一手执簿册，另手伸一指向人指点之状。题诗写道：

> 吓煞冬烘讲意淫，曲填十二飨知音。
> 痴儿不了仙家事，薄命司中再用心。

这首绝句虽是题咏警幻，却句句中有宝玉在，因为这才是受她指点的"对象"。头两句也不难懂。"意淫"一词，是雪芹的创造，代表了他的反对封建理教的大胆的新思想[①]，冬烘是指那些一闻此言就掩耳疾走的道学先生们。

后两句也须略作解说。"痴儿不了公家事"，是宋诗人黄山谷的名句，今只换一"仙"字，意趣全新，这也是历来诗家常用的"脱换"手法，而意思又切合雪芹书中写警幻见宝玉阅看簿册不能解其文旨，因有"痴儿竟尚未悟"之叹。雪芹将他写及的"上中下"无数妇女，都归到"薄命司"中去，含

---

① 对"意淫"的浅解，请参看本书《曹雪芹所谓的"空"和"情"》一文。

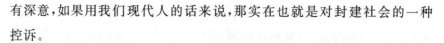

有深意,如果用我们现代人的话来说,那实在也就是对封建社会的一种控诉。

这种诗,也还是粗线条,不施藻饰,只在意格上见锤炼。

第十幅,是宝钗扑蝶,画笔表现的是一位端庄富丽的美女,手执折扇,半隐于身后,一手附于耳际,凝神以听,旁有大蝴蝶一双,翩然欲活,题诗则云:

> 苍苔不惜凤鞋潮,轻步芳茵彩扇劳。
>
> 扑去用眸还用耳,那知蝶翅稳花梢。

这是说,宝钗是出名的知礼守法、行不乱步的大家闺秀,这回她却跑到草地上去了,也不怕把绣鞋弄脏了,蹑足潜踪地追赶那双大蝴蝶,以致累得"香汗淋漓"——这四个字如果真用在诗句里,就俗不可耐,格调粗陋;"彩扇劳"三字已经足以包尽了。后二句则说,扑蝶本是眼的事,她却连耳朵都用上,不待说,这就是写她偷听小红等丫环在滴翠亭中私谈心事的情景,——蝴蝶飞着难扑,现在已经稳稳停在花枝上了,她却忘了去扑,——"心不在焉"。

诗贵婉蓄,所谓"状难写之景如在目前,含不尽之意见于言外",读去才有味道和韵致。假如一题宝钗就是什么"藏奸"呀,"使心用计"呀,等等都上来,那就粗浮浅露,览之索然,"风斯下矣"。这首诗手法字法微有不同于前举的二首,因为主题是少女戏蝶,须略有文采,但是又不可流于庸俗,成为"香艳"体。

另一种诗则读起来比较费人寻绎,倒也不是由于文词的艰深,而是需要对《红楼梦》原书记得清,读得细。比如,第六幅是元春归省,画中人黄袍绣椅,掩泪悲戚之状,题诗云:

> 特地平安醮为谁,朱榴照眼巧题辞。
>
> 隔帘启奏声犹在,路远山高语费思。

我们都读过,在五月端阳节间,"贵妃娘娘"特从宫内传来旨意,要在清虚观举行三天"平安醮"。也会记得：宝玉在警幻处所见的册子，对元春的题辞有"二十年来辨是非，榴花开处照宫闱……"的话。但未必能一下子联起来。一个"照"字，就透示出这是运用韩退之的"五月榴花照眼明，枝间时见子初成。可怜此地无车马，颠倒苍苔落绛英"的旧句，而"平安醮"特别安排在五月里，这里面就有了事故。打醮为了企求平安，可见雪芹正是从"背面傅粉"，暗示元春的命运并不"平安"。再看《红楼十二曲》里写元春是"……眼睁睁把万事全抛，……望家乡路远山高。……儿命已入黄泉，天伦呵，须要退步抽身早"，合起来看，元春之死，应在五月（榴月），而其中实有重大事故。因雪芹原稿后半已佚，只能付之想象。"路远山高语费思"，点出了元春的结局，以及整个情节的神秘性——所谓"宫闱事秘"，中有无限隐情在①。

再如第十三幅，是金钏含屈被辱、投井自尽的主题，画的是一口井，金钏伏在井栏上，头发披散，恸哭待尽的惨景，从绘画角度来说，恐怕也只能这样表现，别无善法。题诗却说：

> 撮土为香意最真，可怜驱马避旁人。
>
> 井栏不见千行泪，肠断仙庵塑洛神。

诗为什么要这样写？因为画面既如上述，如果正面落墨，不会有多大意味可言，所以笔法需要变换，全从过后宝玉偷祭一事上衬染。而雪芹之写这一故事，尤为精警动人：他写祭钏，无一字是正面死笔，只说府里凤姐生日热闹非常，他却满身素服，一大早就潜出城外，奔到水仙庵（不能让家里人知道），选定一口井边，含悲施礼，全不"说明"这都是为什么，也不描写他如何如何之"伤感"、"哀痛"，却在刚进庵时，一见洛神的塑像——水里的女神——就"不觉滴下泪来"。传神写境，全在"空际"，文心之细，笔法之高，粗心人草草读去，是不能得其旨趣的。

———————————

① 对这句话，有二解：一是事故之发生恐极特殊，元春死于非命时已不在宫内；二是从"已入黄泉"的角度讲话：从"阴间"回顾人世故乡，已经是路远山高，不能重返了，即俗常所说的"阴曹地府""望乡台"上望家乡的意思。

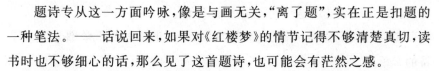

题诗专从这一方面吟咏，像是与画无关，"离了题"，实在正是扣题的一种笔法。——话说回来，如果对《红楼梦》的情节记得不够清楚真切，读书时也不够细心的话，那么见了这首题诗，也可能会有茫然之感。

四十幅画的次序，是按《红楼梦》原书情节先后而编排的。到第十一幅，是黛玉葬花了，这是个最受人欢迎，因而也就成为最"熟中透熟"的题目，正以此故，不但难画，也更难题咏，——先例太多了，要不"落套"，就需要别出心裁。再者，我为此题目已经写过不止一首诗了，又要避复，这就难上加难。顺便一提：画册里印的，是画家后来重绘的一幅，原绘的一幅，就是发表在《战地增刊》创刊号上的那一张画，我还得因为重绘的画面与原绘不同而随着"变化"。这种"内情"，不说读者是想象不出的。为重绘而重题的这首诗，全文如下：

> 千芳名窟早含辛，刻意伤春是惜春。
>
> 香土一抔愁万种，落红全似葬花人。

首句是指宝玉在警幻仙子处饮茶，名目是"千红一窟〔哭〕"，在这里早已为封建社会的妇女的不幸命运表达了悲辛感叹。用在此诗中，又巧合把许多落花葬于一窟的意思，次句是说黛玉看似过于伤感了，其实这是她热爱人生的一种表现。"刻意伤春复伤别"，是唐代李商隐题赠与他齐名的诗人杜牧的名句，今加运用。"惜春"，是本义，与书中四姑娘的名子无涉，例如宋代大诗人苏东坡就写过"年年欲惜春，春去惜不得"的句子，他例亦夥。香土一抔，指"埋香冢"，是运用《葬花吟》原有的字面，抔，音 póu，掬捧之义，不可误认为"坏"或"坯"。愁万种，用《西厢记》"花落水流红，闲愁万种，无语怨东风"句意——这也是黛玉为之惊心动魄的名句。末句讲起来有人会说是一种倒装句，也不尽然。如果将次序调"顺"了，说葬花的少女就好像落花一样，这就十分平庸了。诗的"别趣"就在于这种细致微妙的地方。熟悉旧诗的读者还可能联想到前人咏石崇金谷园的佳句"落花犹似坠楼人"来。这自然不无某种相似之处，但实际上的感情、语气、意味，是很不相同的，应该细加体会。那句咏美人绿珠的，调子基本上是轻

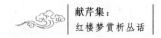

巧、灵妙；而题葬花的这一句却是沉痛、悼惜。

窟字、惜字、驳字，全是入声，属仄，不可照北音变成平声，那就破坏了诗的音乐美。

题《红》的诗，自昔及今，数量极大，质量则高下不齐，真好的不算太多，这并非是作诗的才力不够，而是这种题目确实很难作得好。它涉及的方面很复杂，比如说，不但需要"诗才"，还需要"红学"；既要包括着文艺赏析，又要兼顾关合绘画特点；前人题咏既多，又不能落套雷同；既不可写成浮艳之词，香奁之体，更不可以有陈腐恶滥之气……总之，这确实是难度很大的事。我的诗作得实在不好，虽然这是我自己的水平问题，手笔不高，但这种题目的难以讨好，也并非是我一人的夸张其词，许多同志都有同感。

至于书法，由于双目皆坏，又素无临池之专工，不过信笔涂鸦，细察处处是败笔、坏字。这也非常惭愧。惟有天津名治印家徐碫龄先生给我刻的这些印章，颗颗精彩，给拙书增色实多，在此深致谢悃。

【附记】

本文原载天津《文艺增刊》(今名《文艺》)。有读者希望我把四十首诗都详细讲讲。我当时确实愿意多讲几首，因为里面包含了我的红学见解，只是为篇幅所限，不能畅谈一切。这一册《石头记人物画》，在"红学艺术史"上有它的重要性，并且我也希望有人重视把"红学艺术"作为一门专科新课题进行研究，因为这在世界上也是独一无二的一门学问。

曹雪芹的手笔"能"假托吗？

　　我写下的这个作为题目的问句，如果我回答，那么，我可以说：又能，又不能。

　　这是什么意思呢？就是说：如有愿试的，你可试试看；历史上也有人试过的，如程本《红楼梦》后四十回和其他续书，都曾假托雪芹。这可以说是"能"。但是，假托的这些东西，迟早会为人识破揭穿，鱼目焉能混珠？这就是"不能"。所以，我说"又能，又不能"。

　　旧社会中，有声价的名家，其诗文书画或其他技艺，都有假托的伪品。流传于世的，有些是真伪不难立辨，但也有些竟然颇费争论，可见说"能"，也不是完全荒唐的话。不过，归根结底，这绝不是说伪能充真，只是审辨工夫还未到家罢了。

　　作伪，假托，都是欺世惑人、盗名牟利的事。但也有非常特殊的例子，即本意并不是伪造欺人，只是一种"试验"，试试自己的才力如何，能模仿到什么地步。我本人就做过这种试验。让我举出此例，供大家一笑，——不止一笑，也可以供辨析真伪的同志参看。

　　一九七〇年秋，蒙敬爱的周总理的特调指示，我从湖北干校回到首都，心情异常激动振奋。又可以重拾研红旧业了！在"条列"研究曹雪芹的各项问题时，想到他的诗连一首也未能流传至今，真令人无限怅惜感叹！忽然"异想天开"，他为敦诚题《琵琶行传奇》还有末二句十四个字可见，这首诗，无福得读了，——我不妨揣摩一下，斗胆续补看看，能补到个什么样子？

于是我就真试起来了。

话要简断，我前后一共试补为三首"全篇"，今录如下：

> 唾壶崩剥慨当慷，月荻江枫满画堂。
>
> 红粉真堪传栩栩，渌樽那靳感茫茫。
>
> 西轩鼓板心犹壮，北浦琵琶韵未荒。
>
> 白傅诗灵应喜甚，定教蛮素鬼排场。
>
> 雪旌冉冉肃英王，敢拟通家缀末行？
>
> 雁塞鸣弓金挽臂，虎门传札玉缄珰。
>
> 灯船遗曲怜商女，暮雨微词托楚襄。
>
> 白傅诗灵应喜甚，定教蛮素鬼排场。
>
> 相濡久识辙中鲂，每接西园酒座香。
>
> 岐宅风流柯竹细，善才家数凤槽良。
>
> 断无脂粉卑词品，渐有衫袍动泪行。
>
> 白傅诗灵应喜甚，定教蛮素鬼排场。

这三首诗，模拟雪芹为好友所作剧曲题词，要切本题，要叙两人交谊关系，又要抒自家感怀之意。如"英王"，指阿济格，敦诚的始祖，曹家的正白旗旗主，曹振彦曾随他入山西平姜瓖。其馀不难解，无须细讲。

三首中，我只曾将第一首录与一位友人，但坚嘱他不要外传。可是他失信了，后来辗转流传到江南，曾被收入内部编印的资料书中，编者作为"附录"，以示存疑。后两首不曾录示于人。由于第一首也有人误以为真，现在应该把事情说清楚了。

为什么这三首诗"真"不了？有两点最为明显：一是内容空泛。由于"凭空"模拟，一句真切话也说不出！二是诗的风格不对。敦诚说得明白：

雪芹的诗,特点是"新奇",又说他"诗追李昌谷",李贺的诗风就是以"虚荒诞幻"为其最大特色。而我所"拟补"的,这里面连丝毫的奇诞荒幻的意境手法也无。也就是说,我非雪芹,是无论如何也作不出雪芹那样的诗句的。真假之分,端在此处可见,其他都不须细论了。

第一首因为被人传出去了,有些同志来问及它,我当时因碍于某种原因,不欲说出原系自拟之作,但已着重声明:这是现代人续补的,千万不要误认为是"真"的! 这种声明,在任何场合都未曾含糊过。不过,今天既然将谜底揭出,我还是该向那些同志表示歉意。

（原刊于《教学与进修》）

由楝亭诗谈到雪芹诗

最近，上海古籍出版社影印了《楝亭集》，这真是十分可喜的事。这部诗（包括词、文）集，极为难得，不禁回忆起三十几年前我为了了解雪芹家世而苦求此集时所费的那番手脚；今天的学人只需两元多一点的代价，就容容易易地拿到一部精美完好的"下真迹一等"的本子，可以恣意缮研，这是何等的乐事，何等的幸福。——不知当日之难，也许还会"等闲"视之。

打开集子，"如逢故人"，喜幸之馀，也引起我无限感慨。随手一翻，是别集卷一，《水仙》七绝：

> 夕窗明莹不容尘，白石寒泉供此身；
>
> 一派青阳消未得，夜香深护读书人。

读到这末一句，会很自然地联想到，雪芹写宝玉题对额时，有过"好云香护采芹人"的句子，这分明是从他令祖的诗语"夺胎""蜕变"而来，痕迹宛然。

再往下翻，别集卷二有《长安中秋四首》，其第一首云：

> 夜入丰隆树，波摇太液香。
>
> 人烟九点净，仙桂一轮黄。
>
> 酒浴红鹦鹉，风移金凤凰。
>
> 百年今夜醉，玉漏正初长。

也是读到末一句，又会联想到，雪芹让宝玉"应制"题诗时，有过"莫摇清碎影，好梦昼初长"的结句，而"昼初长"，一本适作"正初长"。

同题第三首则写道：

> 月华寂如水，绿气运鸿濛。
>
> 万户砧初动，三边火不红。
>
> 银河波自浅，乌雀影沉空。
>
> 浩荡人间思（去声），无端回首中。

这和棟亭在另一处写下的"茫茫鸿濛开，排荡万古愁"来合看，就又给雪芹所写的"开辟鸿濛"的健句奇语找到了最好的"出处"，或者"注脚"（万古愁，即"万古情"，愁即情，此义另有论证。故雪芹言"谁为情种"）。

这仅仅是卷一卷二的数页之间；看过全集，这种例子当然还有，暂不多举。我想，有一点已足够明确：雪芹的诗，是受过他祖父遗诗的影响的，有迹可寻，并非凭空臆测。

清代官书，品评棟亭诗，说是"出入白居易、苏轼之间"。我曾说过，这真是四库馆臣之陋见与谬论。只要认真读过棟亭全集而又熟悉唐宋诗格的，总不会同意这种眼光。曹寅二十二岁（按现在算法，实岁为二十一）初编其诗成集时，明遗民诗家、剧曲家顾景星为之作序，说："今始弱冠，而其诗清深老成，锋颖芒角，……可不谓奇哉。""以绝人之姿，加典学之力，及其成就，岂有量际哉。"十年之后，另一明遗民杜岕（也是大名流诗家），又为寅诗作序，说他于才、学、识之外，另有"奇怀道韵"，有"君子之心"——"魁垒郁勃于胸中，此'精微烂金石'，视陈思（曹植）何异哉。"

顾、杜二家评论，为时甚早，说得也比较"抽象"，有点不易捉摸抓拿。再多求一点"旁证"。大文家毛际可又序之曰：

> 言者心之声也，诗之为言，则尤出于心之自然，而不可以模拟依傍者也。荔轩先生……故发之为言，苍然以朴，澹然以隽，悠然以远，无论逐逐于历下、竟陵（指明季以来诗坛习气），不屑闯其藩篱，即以眉山、剑南争位置者，自先生视之，不啻如避秦人不知有汉，无论魏晋焉。……而人犹欲以模拟依傍相求焉，得乎？遂太息而弁言其端。

这几乎是对"出入白居易、苏轼之间"的馆臣陋见的针锋相对的预先驳斥。
大名鼎鼎的朱彝尊，也作了序，看他又是怎么说的——

> 杜子美言诗："语不惊人死不休"；韩退之言诗："横空盘硬语，妥
> 帖力排奡"；而白傅期于"老妪都解"；张子厚云："致心平易始知诗"；
> 陆务观云："诗到无人爱处工"。——群贤之论，若枘凿之不相入者；
> 然其义两是，亦就体制分殊尔。今之诗家，空疏浅薄，皆由严仪卿"诗
> 有别才非关学"一语启之。天下岂有舍学言诗之理？楝亭先生吟稿：
> 无一字无熔铸，无一语不矜奇，盖欲抉破藩篱，直窥古人突奥，当其称
> 意，不顾时人之大怪也。……

朱氏颇肯讲话，我加上了"着重点"的那十二个字，确实道着了楝亭诗格的
"要害"（特点特色）。同时让我们知道，这样作诗，被"空疏浅薄"的时流见
了，是大惊小怪，摇头叹气，评为"要不得"的，——而楝亭并不把这些"舆
论"放在心上。再一家，文名极高的姜宸英，也有题跋评论，他说的是：

> 诗自明初至今，几于四变：洪武四家尚矣；空同历下，其失也浮；
> 竟陵矫之，其失也细。今则家称韩白，变而南宋，其失也粗，甚而为俗
> 矣。楝亭诸咏，五言今古体，出入开宝之间，尤以少陵为滥觞，故密咏
> 恬吟，旨趣愈出；七言两体，胚胎诸家，而时阑入于宋调，取其雄快，芟
> 其繁芜，境界截然，不失我法。此是其工力到家。然非其天分过人，
> 气格高妙，亦不能驱策古人为我之用也。叹赏之馀，谨跋其后。

可以看出，姜宸英由于见得最分明，所以说得最真切，在他眼里，楝亭作诗，
长处是不蹈时流的浮（浅）细（纤）粗（野）俗（庸）之习，而能具有一种气格高
妙、旨趣深远的特色，博习诸家，融合唐宋，取长舍短，自创境界与风格。

作序题辞，固不能尽免于游扬奖饰，但以上诸家，都是一代作手，对诗
文之道皆非浅尝之辈，他们这些议论，并非只是泛泛之言、一点也不说明
问题的。读楝亭全帙，其熔铸、矜奇的字法句法，高爽超俊的气度格调，都
给人以深刻印象、强烈感受。时代是三百年前了，而今天读来，很少令人

感到有陈腐、俗滥、恶浊、鄙陋的气味,单是这一点,也足以自树了。

有一点很引人注目:毛际可说楝亭诗是"无论逐逐于历下、竟陵,不屑闯其藩篱",朱彝尊则说是"盖欲抉破藩篱"。两家对"藩篱"的相反相成的用法,使人不禁联想到敦诚在题品雪芹诗时说过的两句重要的话——

> 爱君诗笔有奇气,直追昌谷破篱樊。

上面说过,雪芹诗无疑是接受了他祖父的影响的,前人既然点出了楝亭的"奇怀"与"矜奇",而敦氏也说明雪芹之特别值得爱重的是笔下的"奇气",这奇来自何处?就是不屑逐逐于时流陋习,而胆敢突破其篱藩(牢笼范围,束缚局限)之故!

至于"昌谷",楝亭集中也不是无迹可寻,翻开诗钞,如《梦春曲》,再翻开别集,如《吊亡》,都有明显的昌谷格调痕迹。不过楝亭后来不曾专走这种"窄"路,而雪芹则可能更加多所沾溉。当然,敦诚一再说雪芹是"诗追李昌谷",这话到底应如何理解?还是问题。换言之,我以为那未必是说雪芹就是单从表面现象(词藻、句格)方面上去摹仿李贺,不过是指绝去恒蹊,迥不犹人,意格全新的意思罢了。新与奇,是一事之两面,有密切关系,所以当敦诚在《鹪鹩庵杂记》中引了雪芹题《琵琶行传奇》的两句诗之后,下评语说道:

> 亦新奇可诵。曹平生为诗,大类如此。竟坎坷以终。余挽诗有"牛鬼遗文悲李贺,鹿车荷锸葬刘伶"之句,亦驴鸣吊之意也。

敦诚这段话,对探讨雪芹的诗格来说,异常之重要,"驴鸣吊"一语,说明了敦诚这两句也是有意仿效雪芹的。(当然,他自以为是学雪芹,学得像不像则是另一问题。我觉得从敦诚的笔路来看,恐怕是学不太像。)

"牛鬼遗文悲李贺",用的是杜牧《李长吉歌诗叙》中语,今引录一段于下:

> 云烟绵联,不足为其态也;水之迢迢,不足为其情也;春之盎盎,不

足为其和也；秋之明洁，不足为其格也；风樯阵马，不足为其勇也；瓦棺
篆鼎，不足为其古也；时花美女，不足为其色也；荒国䧹殿，梗莽邱垄，不
足为其怨恨悲愁也；鲸呿鳌掷，牛鬼蛇神，不足为其虚荒诞幻也。

杜郎俊赏，一连串设了九项譬喻，以状贺诗的九个"方面"，这最后一个，也
许是李贺给人印象最深的一"方面"，就是他的"虚荒诞幻"。《北梦琐言》
称贺为"逸才奇险"。他们说的大概都是一回事，即敦诚指出的"新奇"。

我好像绕了一个不太小的弯子，才总算说明了雪芹的诗，其特色"应
该"是什么风格。绕弯子并非是我喜欢这样，或为了把"文章"拉长些。不
这样，我想不出怎么才能说清楚这个问题。

至此，读者或许会质问，雪芹的诗，就只剩了"白傅诗灵应喜甚，定教
蛮素鬼排场"十四个字了，你这样绕弯子大讲其新奇诞幻的诗风，岂非"撮
摩虚空"，这毕竟有何意义？

不然的。意义还是有，关系也许还很不小。

意义之一是可以帮助我们理解曹雪芹这个伟大作家的为人，以至他
的小说《红楼梦》；意义之二是可以留待将来万一发现雪芹佚诗时作为参
考；意义之三是可以持此以审断已经出现的所谓雪芹诗的真伪。

说到这里，让我讲一件有趣的事情。

一九六八年秋，我被开了"斗争大会"，关进"牛棚"，准备打成"反革
命"。一九六九年，蒙释出，中秋节离京下湖北干校。一九七〇年八月末，
敬爱的周总理发特调令让我回京。本单位不知如何"处置"我，把我摆在
高层楼上四无居邻的一间办公室里，但无公可办，每日清早就要参加"天
天读"。因为"读"的总是那几条语录，日久不免"思想开小差"。有一天，
"小差"开到曹雪芹身上，想到他作为诗人为敦氏弟兄如彼其爱重，而今天
竟然连他一首诗也无法读到，……忽然发了奇想：现存者还有十四字两句
在，我何不自己试试，看能否把它"补"成"全"篇？补到什么地步？

话要简断，我就真的试起来。

我先后补成了三篇。今附录在此，以供一粲。

(一)

唾壶崩剥慨当慷，荻月枫江满画堂。

红粉真堪传栩栩，渌樽那靳感茫茫。

西轩鼓板心犹壮，北浦琵琶韵未荒。

白傅诗灵应喜甚，定教蛮素鬼排场。①

(二)

雪旌冉冉肃英王，敢拟通家缀末行？

雁塞鸣弓金挽臂，虎门传札玉缄琅。

灯船遗曲怜商女，暮雨微词托楚襄。

白傅诗灵应喜甚，定教蛮素鬼排场。②

(三)

相濡绝忆辙中鲂，每接西园满座香。

岐宅风流柯竹细，善才家数凤槽良。

断无烟粉卑词格，渐有衫袍动泪行。

白傅诗灵应喜甚，定教蛮素鬼排场。③

我从十五岁就"弄柔翰"，学作诗词，了无师承，东涂西抹，历时虽已将近五十年间，诗依然作不好，格调苦不甚高。拿这样"水平"的庸常之句，来冒

---

① 三首中，以此首为最弱，因为内容最空泛。其中"荻月枫江"，也曾写作"月荻江枫"。见者或取此，或取彼，意见竟亦不一。"北浦"，全无出处，纯属杜撰，原拟用"溢浦"，后为"对仗之工"改作"北浦"，最可发笑。"靳"字本想用"禁"，因平仄不合，便硬改为"靳"，全是生造而成。

② 此首惩第一首之空泛，欲稍"充实"、"贴切"，故用"雪旌"，指正白旗，"英王"指敦氏之祖阿济格，以摹叙曹家与敦家久远的关系。"雁塞"指曹家上世随阿济格入山西平姜瓖之叛（曹振彦由此做了山西地方官）。"虎门"指一度西城宗学相聚、后又离散之事。腹联初作"江干遗曲……，峡上微词……"，后改"灯船"、"暮雨"。

③ 西园，敦氏家园，见《月山诗集》。"岐宅"，用杜句"岐王宅里寻常见"。"柯竹"，指笛。"善才"，本唐时名琵琶师专名，后成泛称。"凤槽"，指女用琵琶（槽即琵琶身之背部，整木所挖成，中空如槽也，如"檀槽"，谓檀木作槽之佳琵琶）。此首欲揣拟雪芹写敦氏家世有所感。补注：本篇与前文所引有小小改动，今已不能记忆孰先孰后。

充雪芹"原作"，行吗？

其所以不行，最主要的有三点：

一是写来写去，毕竟连一丝毫的"牛鬼"味也没有，这是因为，我和雪芹是相距太远了。他的才学条件，我一点也不具备。人的性格、情思也没法一样，我怎么"努力"也写不出一句"虚荒诞幻"、"新奇"、"奇险"的"诗追李昌谷"的诗来。

二是任凭我怎样"驰骋"我的可怜的"想象力"，"挖空心思"，我也揣摩不出雪芹为了那个题目，应是写出何等奇句。

三是敦诚在为此传奇"题者数十家"中他举了雪芹之名，而偏偏不引全篇，却只举末二句，何也？足以说明不是因为其馀六句不好，而是那六句中"有碍语"，雪芹一定又借此大发惊人之论，敦诚不敢引耳。我补的那种诗，实在都是"老生之常谈"，真可说是老而又老，常而又常，何曾有半点稀奇之处？

因提此事，不觉占去篇幅，虽稍轶出题外，但从一个"反面"来衬托，借以说明雪芹诗的真相问题，也还不失为一种办法，故缀附于此。

最后，让我在此表一表多年来梦寐渴想的一个痴心奢望：不知哪一天，忽然听到发现了雪芹真诗的大喜讯！

【附记】

此三首，只曾将第一首录示友人，坚嘱勿外传；后他告我说无意中为其友辈所见，为此特致歉意；此诗缘是传抄至于南方，亦从无正式引用者（只见一册内部书小注中曾一一提及，亦表示未明真伪）。在我本人，应郑重说明三点：①我原是自作自怡，游戏之笔，并非"伪造史料"。②此诗过去我从未作为"正面"的东西正式公开发表过。③我从未与任何人说过此诗是"真"，凡有来询此诗来历及真伪问题的，我都确答是"现代人拟作"，"切勿相信"。只有一个经过我应作自我批评，即七二年秋为《文物》撰稿时，把此诗与据传的一首"雪芹自题画石诗"合并提到过，还是作为"附录"，并又在词气上表明了存疑。当时何以如此？是因为我根本不相信那样的"画石诗"会是真芹作，意谓：如果这种诗会是雪芹手笔，那么我自拟的七律也可冒充得过了，我并列于此，让读者作个比较；将来水落石出，我再声明事实真相。但到修改定稿时，自己觉得这样做太不严肃，就把那段"附录"整个删掉了，未曾发表，只有《文物》编辑部见过。《新证》重订本，已说明出于拟补。至于我一度因某种复杂关系，当时不便将实情告知友辈（只说"现代人补作的"），另有苦衷，今在此向他们道我歉意。

朋友们当中不待我说知真相而早就看出它并非真芹作的，也大有人在，杨霁云、周振甫、冯其庸、宋谋玚等诸位同志，就是如此。

还有一层，也更有趣，索性在此一讲："三六桥本"《石头记》为一百一十回，早年为日本人所见，我初闻此事时，作过两首《风入松》小词，题咏这段版本故事，笔下涉及雪芹诗文散佚之恨，曾云"遗诗零落谁能补，似曾题，月荻江枫"。"谁能补"，本是说谁也补不成，补不好——而我却斗胆妄为；"月荻江枫"之句，不知毕竟略得其意致否？这原不过是文人习气，笔端狡狯罢了，一个"似"字，实在也把事实"交代"过了，这哪里又有什么含混不清之可言呢。

【补记】

本文发表于《内蒙古大学学报》。海外友人都看出这是拟作，并且也步韵同作，不止一首，成为一件很有"别趣"的红坛异闻。我曾对友人说，"现传的许多所谓新发现曹雪芹及其好友敦敏等人的文字"史料，包括"诗句"那水平太不像样了，作伪也得搪下眼去；我若想模制伪资料，是比那些要更"像真"一些的！为这种"大言"作证的是，至今有人果然坚信我那第一首诗是"雪芹的真原作"。但，真就是真，假就是假，这是乱不了的。有人看错了，脸上似乎下不来，种种胡缠，不过徒贻口实，我是不想奚落人的，忠厚之道可以使之停止"闹左性"。

再商曹雪芹卒年

　　曹雪芹卒年问题中"壬午"、"癸未"的讨论,诚如陈毓罴同志所说:已"趋向于更细致更深入"。总的看来,到目前为止,壬午说的依据仍只是脂批"壬午除夕"一语,癸未说的依据仍只是《懋斋诗钞》的编年和《小诗代简》的作于癸未,两方面在论据上都无太多的补充和增益。不过,有一个现象值得注目,就是:一方,壬午说除了从个别点上竭力企图反驳癸未说的依据以外,并没有能从任何角度上正面提供出一字的线索、资料或其他旁证,来说明曹雪芹不可能卒于癸未,只能卒于壬午;另方,癸未说则尝试从《懋斋诗钞》和《四松堂集》的整个情况、全面联系中,去看它们的编年排次,来论证《小诗代简》的作于癸未,并尝试从壬午癸未这两年间雪芹、脂砚、敦敏、敦诚诸人共同活动的众多情况和联系中去探讨雪芹究竟于哪年秋天才有伤子、致疾、以至接近死亡的线索和迹象。就他们在论证上的总的精神上来说,是有些差别的。为下一步的讨论着想,为最后解决问题着想,提出这一差别,希望大家从更多的方面去求证据,从更全面的观点来考察问题,而不要在孤立点上滚来滚去。

　　其次,另一值得注目的情况是:陈毓罴同志在两篇文章里面一再申明他是主张《诗钞》"大致编年"的,可是在再度申明这一主张的同时,他已然从举出反证编年的"三个例子"进展到"编年错误的例子还有",进展到连

《过贻谋东轩——》带《典裘》诗都是作于"庚辰",进展到《小诗代简》也作于"庚辰"了。这种进展,实际是从"大致编年"的主张的往后倒退。因为,这样一来,我们便感到一个问题:陈同志之所谓"大致编年",究竟"大致"到什么程度?——这个问题,应该有个比较明确的答复。否则,任何不利于壬午说的例子,就都可以执以某种理由而委之于"大致编年"之外了。而如果那样的话,那就连"大致"岂不也成了一句漫无约限的空话了。

再次,毓黑同志既然承认《诗钞》是"大致编年",那么他两次所举的几个"错乱"例,即使其论点十分坚强(实际还待讨论,后文略及),那最多也只能证明言下有关的这几个具体例子是错乱,而丝毫不能证明:因此之故,《小诗代简》也就必定在"错乱"之列。

吴恩裕同志在上次提出的、从壬午年的种种具体情况来判断雪芹是否在那一年的秋间伤子遭疾的考察方法和精神,我觉得是非常有价值的,应该受到重视。谁说得有道理,就应当实事求是地接受谁的看法。如果在细节上有参差,可以斟酌,但不可以执细节偶有可商即全部抹杀其主要精神。比如,像陈同志说的,敦诚挽诗小注中的"前数月"不一定"下限规定在八月里",可以是在九月内(十月是不好称为"前数月"的),但《佩刀质酒歌》之写于秋杪,是毫无疑义的,这是因为不但它的上一首《西郊感事》中已有"落叶下寒原,飞霜杀枯草"的话,即再前二首亦已有"飞霜"之语(《夜宿槐园步月》),而且下面是又紧接《冬晓——》的:足见确是入冬前夕之作。然则,吴同志断它为九月底的说法还是对的。可是陈同志连这一点也不肯承认,要举"黄叶晚离披"(这是因是日适值"大风"之故)和重阳节"木叶愁风力,芦花助雨声"、"雁冷三更雨"的九月初的景色来反驳,似乎就不够实事求是了。

以上是我一些读后的感想,以下简要地研讨陈同志文内的几点重要论据。

第一是《小诗代简》"作于庚辰"说,其理由是:1. 因为总序"癸未"字下贴去的二字为"庚辰",因此《古刹小憩》题下"癸未"一注所改去的字也是"庚辰";2. 其下一篇《过贻谋东轩——》考其年代,当作于庚辰;3. 由于

《典裘》紧接在《过贻谋东轩——》后面，所以陈同志估计也作于庚辰；4.《小诗代简》又和前面的三首诗相连，因此得出它是写于庚辰的结论来。

第1、总序的贴去"庚辰"，我已说过，不过是由于初序时确在庚辰，到癸未年重加整理，诗已排列到癸未了，就不能不把原序中的"庚辰"改作"癸未"，使序文和内容实际相符合；而《古刹小憩》题下的注明癸未，那是由于既然排到癸未之作了，所以如实注明之。此外，还要注意到这一事实：《古刹小憩》之前，正值有删割空白之处；那就很可能是被删弃的诗题中原有涉及当年干支关系之处，或题下有过干支小注；此等处既适遭删，而整理时觉有必要将此干支关系保留，故而将原有的或由原语推得的"癸未"二字移来《古刹小憩》之下，这也是一个颇在情理之中的原由。我们如果把两件事的性质混淆起来，而径由总序中的原作"庚辰"推到《古刹小憩》题下必也原作"庚辰"，其理由就十分薄弱，——除非陈同志放弃了自己的"大致编年"说，而认为《诗钞》只包括"戊寅夏"到"庚辰"年的作品，其七八年间年编月次的情况都不必重视，只不过是一种"错乱"后的偶然现象罢了。如其还不能这样看，那么说《古刹小憩》题下的"癸未"会是"庚辰"，这则是很难令人信服的。

第2、《过贻谋东轩——》作于庚辰的理由也不坚强。陈同志以为"十五年前事漫论"不是指月山这死，若然，不知他又怎样解释前一年的《偶检箧筒得月山叔窗课数篇感赋二绝》中的"宿草寒烟十五年"的话。两诗中的十五年，都指月山之死，明无疑义，吴同志的解释并没有错。《过贻谋东轩——》，因见"遗迹先人手泽存"而"伤心满壁图书在"，正是由同一种原因而引起的同样的存亡之感，重点绝不在于有关"焚囊"之发生于某年上（联带想念亡者生前的任何一年的一件可纪念的事都可写入），不能单抓住"焚囊"这个次要点，并由此转而推出另外的作年结论来。至于"十五年"云云，壬午年作诗时用得，癸未年作诗时也用得，这种整数成数泛用，是诗家常例，这又和从某一明确干支推算特定的"历几年"的性质不同，争论时就不必又以彼例此、纠缠辩难。

还有，此诗之也不可能作于壬午，理由甚明：壬午年二月起，敦诚即往游西山，旋赆谋亦往就敦诚，直到"雁来初"时，他们还在西山中。试问，此诗亦正"柳已作花初到雁"时作，如系壬午，他三人如何又在东轩相会？吴恩裕同志考此诗作于癸未，确切无疑。

第3、第4——由于前两点的难以成立，就更觉落空了。

总之，把四首分明排于癸未年份以内的诗，硬行划分为三年以前庚辰年份的作品，理由都不充足，后二首尤觉勉强。

然后，三个反证"严格编年"的例子的问题，谨答复如下。

第一，《题画四首》。陈同志上次只说："《题画四首》……从排列的位置来看……，要算是癸未年的作品。可是实际上它是壬午年的诗，由《四松堂集》里的《东轩雅集……同人分题……》可证。……敦诚《四松堂集》是严格编年的，……他这四首诗编在壬午年。"这恰恰就是周绍良同志的同一论点，从那段文字中我实在看不出陈同志这次才加说明的"诗钞稿本既然是经过人家整理的，完全可能因整理的人认为此诗写于癸未，而又排不进去，就插在这里。这表示了整理者对此诗的编年的看法，所以我认为它是排错了年代的"这一番意思。其次，这次陈同志又指责我，说："周先生既不能举出任何证据来证明这四首诗是文学古籍刊行社错装的……，又不能确凿无疑地指出它过去在稿本上是装在哪一页之后，而硬说是'人造的'的证据，这实在令人感到诧异。"我应当说明：由于刊行社的搬题，使错简情况不复可见，而周、陈两同志遂据此以证明《诗钞》编年上有"错乱"，我才指出这四首本非癸未诗，不应以错简作为"编年错乱"之证；现在，陈同志也说它之夹在癸未，只是"整理者对此诗的编年的看法"，这就承认并不是原编年有"错乱"之失；陈同志又说"而又排不进去，就插在这里"，这又恰恰就是"错简"问题而非"编年"问题。看来，他和我原来的看法大致不甚悬殊，不知陈同志为何反而因此提出对我的那些责难来？

《题画四首》本非癸未诗，插不进去；不可以拿它来论证"编年"之错乱。

第二，《河干集饮题壁兼吊雪芹》。这首诗，如陈同志所说，我过去曾把它理解为早春之作（而且还列它在敦诚挽诗之前）；后来看法不同了。

陈同志不同意我的改正过的看法，并举敦敏"人日输君醉野花"的句子来证明"花明两岸"云云是早春之景。但是，陈同志的论点也是有其困难的。第一，"春欲归"如照他解为"大地回春"，那么，"欲归"者，将归而还未真正"归来"，这时候，在北京地区，潞河之地，可会有哪种"花"能"明"而且明遍"两岸"呢？如果真的已然"花明两岸"了，那又就是"春已归来"了，而怎么又只说"欲归"？怎么还有"寒林"？这两个反正面的矛盾都不知如何统一才好。其次，陈同志作为旁证的"人日输君醉野花"的《——村中韵》，其本事是每年新正时节敦诚照例要到南郊的羊房村去（羊房村是其祖定庵"自卜茔兆"之地，见敦诚《先祖妣瓜尔佳氏太夫人行述》），而羊房村地接丰台，在当时，这一带都是花匠聚居、极盛大的艺花之处；"人日输君醉野花"的前一首"入春已十日"（按实指腊月二十七日）诗中所说的"丰台道上酒，海子桥南鱼"，也就正指的是这一带的风物，因此，那所谓"野花"，不过是指在南郊村中特殊条件下人工培养的盆花窖花唐花之类，可以在正月初七日前后就盛开的那种花罢了，这似乎难与潞河"两岸"的"花明"相比并而论。

第三，《小雨访天元上人》。陈同志说："'癸未再过禅房而上人示寂矣'，只是说明作者过那里，看到物是人非，颇有今昔之感。"按这种解释是不能令人满意的。如果真是上人已死于己卯，而癸未才过禅房，那起码该用"记戊寅与上人联床茶话，次年上人即示寂矣！癸未再过禅房，物是人非，不胜今昔之感"的叙述方式才行，而绝不会说出"癸未再过禅房——而上人示寂矣"的语式来①；现在敦诚居然明白作这样的"书法"，其故可思，这是难以作另外解释的。

所以，天元上人不会是卒于己卯，不能证明该篇编年有误。

综上所述，可见陈同志的反证都还难以驳倒《诗钞》"严格编年"的事实。以下再谈邓允建同志的反证编年的例子。

例一，《上元夜同人集子谦潇洒轩——》，邓同志认为这是庚辰之作而

---

① 这个意思，唐山李西郊同志致书笔者，曾有相同的看法，理合并志于此。

错编辛巳。他并指出上次拙文中有一处自相矛盾（漏注），谨向他致以谢意。不过，邓同志的作于庚辰而错编辛巳的说法恐怕还是有待商榷的。《四松堂集》有同时所作《潇洒轩燕集》一题，正排在辛巳。大家对于《四松堂集》的严格编年早表同意，可证《上元夜同人集子谦潇洒轩——》一诗本是辛巳之作无疑，原无误编可言。敦敏此处的"五阅岁"，和他自己其他多处纪年的通例不一致，是其偶误。但是我们看问题还是要从各种联系方面着眼，当兄弟两集中此事都排在辛巳年，那就不能再执一"五"字来怀疑两个集子的吻合点了。

例二，《二弟以南村与李秀才作泛水之戏——》。邓同志以为敦诚丁酉秋所作《南村记》中既说"记与李秀才乘筏捕鱼于此，已十五年矣"，则此诗应作于癸未，"而决不可能写于癸未年以前"，而此诗却排在辛巳，故当为错乱之例。按此事应该注意到：在《四松堂集》中，也有《同李秀才饮水次》一题，也是秋日之作，也有"潦雨成溪浦，鱼梁自浅深"一类情景，然而既非辛巳，又非癸未，却是壬午诗。则可见敦诚与李秀才同游之事，并不止一次，至少，我们已知有了两次，而且或还不止这两次，那是由于敦诚那时期每年春秋总要到南村去的。在十几年以后，要追忆这种闲事的确年，又有不止一次的情事纠缠在内，遂而说差了年数，或原不过是举个概数，都是可以理解的。我们还应当看到，如果敦诚本人对此事记忆原能十分确切，那他就会写出"记××年与李秀才乘筏捕鱼于此，已十×年矣"。如果这种样式的纪年与诗集排次有歧异时，那才可以作为反证编年较有力的证据。

例三，《偶检箧笥得月山叔窗课数篇感赋二绝》，邓同志以为中有"宿草寒烟十五年"之语，从月山卒于丁卯计算，诗应作于辛巳，却排在壬午春。这类问题，其实邓同志自己文章中也已然想到了：十五年过一点，仍旧可以举成数而言。辛巳和次年壬午春，相差几何？作诗时当然都可用十五年的话头。诗中遇有"十年"、"二十年"等字样时，核以实际，往往有一二年出入，谁也不把这当作一丝不差的力证。凡把这一类的例子看得太死而拿来反证编年，都不是具有多大力量。

就上文看，陈、邓两位同志所举六例，都不足为《诗钞》编年反证，更不能由此就进而证明《小诗代简》排次有任何问题。

陈、邓两同志都十分强调《诗钞》的被许多人搞乱过和其经过的复杂性，以见编年会有错乱。依我看，从证据讲，敦诚可以不计而外，只有过一个燕野顽民，表明原本"割裂不完"、"略为粘补"，而此人连那些割裂所留的空白地位都不忍使之湮没，有力地说明了此人的态度谨慎与忠实（与后来刊行社节省整页白纸相比，尤可见）；要凭空说他率意乱动过，是十分缺乏说服力的。要说别人，那就更为了无凭证了。

陈同志以我举曹寅误记干支事，为于例不当，因事在康熙二年，其时曹寅不过六岁，四十馀年后追记，不免有误，而脂砚则不能与此相比。为此，谨再供一例：《孙渊如文集·冶城絜养集·下·万卷归装·序》云："嘉庆丁巳岁予丁母艰，归自沛上"，又稍后《青溪卜宅·序》亦云："予以丁巳岁归南。"实则孙母金夫人卒于次年戊午六月兖州官舍，渊如于是年九月奉大母及父南归，十一月母金氏即葬，详见渊如甥张绍南所撰《孙渊如先生年谱》卷下页二，而孙氏家谱亦同。其时为嘉庆三年，渊如已四十六岁——既非"孩童"，又非"不懂干支"，更非事隔四十馀年，何以亦误忆为前一年？又邓同志亦深信脂砚之于雪芹，乃是"亲人"关系，其记雪芹逝年，必不致有误；然则渊如之于母，非最亲之亲人乎？何以竟亦致误？则可见此种事例于古不乏，本不足异。由此并可说明：即使真能证明"壬午除夕"四字不是晚至"甲午八月"所记，那也依然并不能证明脂砚因此就不致误记干支了。

陈同志拈举曹颙的丧葬事例，很有参考意义。我们看：曹颙是卒于康熙五十三年末或次年年初之际，康熙帝在五十四年正月初九，就传旨命为曹寅选继子，话内悼惜曹颙，系新丧语气（内务府白文档）；至正月十八日李煦奏折所说"于本月内择日将曹颙灵柩出城，暂厝祖茔之侧"、"俟秋冬之际再同伊弟将曹寅灵柩扶归出葬，使其父子九泉之下得以瞑目"云云，正见出那情势是：暂来北京的曹颙，突然少年亡故，而彼时其父灵柩尚在南未归，依礼，儿子不能越过亡父先葬，而按制，又不许久停，故此先须赶于月内即移柩出城暂厝，暂厝者，实际是一种"权葬"。曹𫖯这种既不能越礼、又不能逾制的先出城权葬、候父柩归再一同实葬，乃是不得已情况下兼筹并顾的非常事例，不可以拿它来证明满洲法制规定之并不严格执行。

曹雪芹不会经年葬，挽诗的作于甲申，并无可移之理，再合《小诗代简》等线索证据而看，其为卒于癸未年终、葬于甲申开岁，至为明显。馀者细节，无足重轻，就不必一一备及。

以上个人之见，疵谬必多，仍望陈、邓两同志指正。

（1962 年 7 月 8 日《光明日报》）

曹雪芹卒年辩(上、下)

(上)　驳"壬午说"十论点

最近,曹雪芹卒年问题的讨论已经展开了。这非常好。通过大家研商、辨析,逐步深入,问题一定可以获得最后解决。现在我也参加到讨论中来,把一些看法写在这里,请专家和读者同志们指正。

本文打算分作两部分:前一部分,先把截至执笔时的"壬午说"各种论点归纳起来,逐条讨论讨论;后一部分,再把我个人主张"癸未说"的几点理由叙述一下,把旧日的论据补充补充。

先就前一部分说。"壬午说"诸家种种论点中,有些根本并不是"考证"性质的学术问题,只是些常识性的误会;分说起来,既要费篇幅,而且意义不大。不过主"壬午说"者既然以它们作为论据来驳难"癸未说",势须一并整理澄清一下,否则搅在一起,问题就无法继续深入讨论下去。还有一些事情的真相,可能读者还不一定十分清楚,也必须加以说明才行。因此,逐一略加剖析,供读者参考、审断。只是有些事由很麻烦,不说不明,草草说来也就很够繁碎,这真是没有办法的事。还望读者耐烦些读下去,来帮助我们解决问题,——替"两造"做一下"审判官"。

这就有必要先把争论的概况提供给断案者。

争论的一方主张"壬午说",理由是在甲戌本《脂砚斋重评石头记》第一回里有一条眉批，说："壬午除夕，书未成，芹为泪尽而逝。"壬午，即指乾隆二十七年；除夕，合当公元一七六三年二月十二日：这当然就是曹雪芹逝世的日期了。争论的另一方主张"癸未说"，主要理由是，在雪芹至友敦敏所著《懋斋诗钞》中，有一首以"小诗代简寄曹雪芹"为题的五言律，内容是请雪芹于"上巳前三日"到他家来饮酒赏花；从《诗钞》中诸诗排列的年月次序而看，这一首很明显是癸未年的作品（此诗前三首题下也正注明"癸未"），那么，雪芹癸未暮春时期还在人间，不应于前一年"壬午"除夕已然"去世"；所以，雪芹实当是卒于癸未年的除夕，而脂砚斋批书时因事隔已久（批于"甲午八月"，乃乾隆三十九年秋日，雪芹卒后之第十一年），故而误记了那一年的干支。

"壬午说"自一九二八年胡适立说，多年无人异议。一九四七年，我提出"癸未说"。到一九五四年，俞平伯先生首次撰文反驳"癸未说"，主"壬午"①。一九五七年，王佩璋先生继俞先生之后，对"癸未说"续加驳难②。一九五八年，俞先生重申己说③。一九六一年，乾隆甲戌本《脂砚斋重评石头记》影印本跋者胡适表示仍主"壬午"旧说。本年三、四月，周绍良、陈毓罴两先生先后发表文章，支持壬午，反对癸未④。以上是截至目前"壬午说"的大概情况（中间支持"癸未说"者数家此处暂不阑入）。现在就把上述主"壬午"反"癸未"的各种论点综列于下。

（一）脂砚斋批语是"明文"，是"明明白白的话"，"信用脂评"的人就应该相信其可靠性，不该只信"除夕"而怀疑"壬午"（俞说最先提出此点；以

---

① 俞平伯《曹雪芹的卒年》（《文学遗产》第一期）。按王佩璋云："关于曹雪芹的卒年有两个说法：俞平伯先生主张卒于……壬午除夕……，周汝昌先生提出异说，主张卒于……癸未除夕……"（参看注②）其叙次与事实殊不符合。

② 王佩璋《曹雪芹的生卒年及其他》（《文学研究集刊》第五册）。只是采用这篇文章的论点和结论而没有另外新论据的，如何其芳《论〈红楼梦〉》第二节注四，即不另开列。他仿此。事实上，王先生在俞文出后，紧接就批评癸未说是"有错误"、"不成熟的考证"，"给广大读者不好的影响"。见其《新版红楼梦校评》一文（《文学遗产》第二期）。然文中未列任何论证，故本文未计入。

③ 俞平伯《红楼梦八十回校本·序言》页二注〔一七〕。

④ 周绍良《关于曹雪芹的卒年》（本年三月四日《文汇报》），陈毓罴《有关曹雪芹卒年问题的商榷》（《文学遗产》第四〇九期）。

后诸家论点相类者不一一列举；后仿此）。

（二）"周君所据前三首虽题癸未，但'小诗代简寄曹雪芹'这一首并未题癸未，安知不是壬午年的诗错编在这里呢？""此书（按指《懋斋诗钞》）稿本剪贴，次序可能凌乱，其'小诗代简寄曹雪芹'一诗并未注明年月，证据很薄弱。"（俞说）

（三）引敦诚《四松堂集》甲申年《挽曹雪芹》一诗，说："这诗写于乾隆二十九年甲申，是癸未的次年。末句说'絮酒生刍上旧垌'，注意这'旧垌'两字。旧垌者，即《礼记》所谓'朋友之墓有宿草而不哭焉'，是旧坟不是新坟。若雪芹死于癸未除夕，其葬必在甲申；葬在甲申，则同年的挽诗，如何能说'旧垌'，用这样的典故，应该说新坟啊。"（俞说）

（四）承认敦诚挽诗是甲申作、是葬时所作，"但这并不妨碍曹雪芹卒于壬午，因为壬午除夕死，到甲申下葬，这也是很平常的事"。（王说）

（五）《懋斋诗钞》原稿本，有"粘接"、"留空和缺叶"、"贴改"、"文字残缺"、"错装"等几种情况，因此断定它是"一个后人剪接拼凑的本子"，"被后人剪贴挖改过的，有许多颠倒紊乱之处"，所以里面的诗并不是依年月次序排列的。（王说）

（六）依《诗钞》的诗题及内容所示年月季节而排出一个"时序表"，结果也"看出"完全不是编年的情形。（王说）

（七）即使《小诗代简寄曹雪芹》一诗本是作于癸未上巳之前，那也"很可能敦敏兄弟都还不知道雪芹已死了近两个月了（按即指死于壬午除夕）"。（胡说）

（八）主张"上巳"是指壬午年三月十二日清明节，"前三日"为初九日，是特为避开清明扫墓之期；"如果指癸未的三月初九，则不但谷雨已过，杏花开落，无可玩赏，而且提前三天也太无意义了。"（周说）

（九）举出三首诗，证明《诗钞》的排次是实有错乱的（诗题、理由等，为便利下文的论列，后面一并详说，这里不重复）。（周、陈说）

（十）敦诚的《挽曹雪芹》诗注明的"甲申"，也不可靠。（周说）

以上，就是争论的内容、辩难的论点。依我个人看来，上举的十个论点,似乎都难以成立。今依次商榷如下。

(一)所谓"明文",许不许怀疑?

先要指出:古往今来的学术问题当中,有很大一部分就是对"明文"的怀疑和反证。如果"明文"不许可置疑和反对,那我们就只有盲目地向一切"明文"礼拜了。以干支年月的问题而言,那些考订史籍、碑版纪年差误的例子,多得岂能枚举? 远的不举,仍就与曹雪芹有些牵扯的例子举一两个看。曹雪芹的祖父曹寅自叙同一件往事时,在同一书内相隔一叶的两处地方,就自相矛盾:一处说"予自六龄侍先公宦游于此"①,按曹寅生于顺治十五年戊戌(一六五八),六岁为康熙二年癸卯(一六六三);而另一处又说"某自康熙壬寅岁侍先大夫奉差于此"②,壬寅则成为康熙元年,早了一年。都是"明文",哪个对呢? 就必须查考《江南通志》《八旗通志》等种种资料,才判明"壬寅"实系出于误记,因为曹玺正是从康熙二年癸卯才由京出任织造的。又如《爱新觉罗宗谱》记载敦敏是"雍正七年乙酉十月二日子时生","乾隆三十一年十二月授宗学副管,四十年十二月授宗学总管,四十七年十一月因病告退",可是又说"乾隆三十七年壬辰四月初八日子时卒,年四十四岁"。这就发生三个问题:一,雍正七年是"己酉",不是"乙酉";二,四十七年才休官,三十七年已"前卒",这不像话;三,种种证据,证明乾隆三十七年以后他还活着,直到嘉庆元年还作文章。可是《宗谱》上那又都是"明文",或"明明白白的话"。那么,怎么办呢? 难道我们就应该也一体加以"信用"吗?

曹寅既然可以把"癸卯"误记为"壬寅",脂砚斋当然也可以把"癸未"误记为"壬午":都是相差一年之例。至于"除夕",那是"大年三十儿晚上";我想,会把这个特殊的日子记错了说错了的人,恐怕是很少的。因此,我们若将"壬午除夕"的明文加以"割裂"而分别对待之,似乎并算不得是什么出乎情理之外的事。

---

① 曹寅《楝亭文钞》叶六《重修二郎神庙碑》。
② 同上叶八《重茸鸡鸣寺浮图碑记》。

再拿上举第二个例子来看：敦敏的死于"乾隆三十七年壬辰"，已然判明是断不可通的；而死于"四月初八日子时"，在没有反证以前，我们就还难以认定说：因为年头错了，就连这个日子也都靠不住了。退一步说，就算这日子也许不无同属记错的可能，可是，年头的错，我们可以把它证得明明白白，而日子的是否真错，那就不能"想当然耳"地乱讲：因此，有关敦敏卒年的"明文"，只好也分成"两截"，"割裂"之，"分别对待"之。这，有什么不应该呢？若不这样对待，那又该怎样对待才更合理些呢？

实际上，俞先生自己也颇有不信"明文"、考订干支的事例，例如他的《"蜀道难"说》第五节驳改新、旧《唐书》的地方，就是明证。

至于"除夕"，问题就又和"四月初八"更为不同：四月初八之类，尚有记错之可能；除夕，万难相提并论。所以，当有反证年头的证据出现以后，在"壬午除夕"这明文中，我怀疑壬午，而根本不怀疑除夕。

（二）必须《小诗代简寄曹雪芹》这首"题下"也"注明癸未"，才能证明它作于癸未吗？

主"壬午说"者的这一条逻辑，我觉得是最为奇怪不过了：他们说，这首诗，只它前三首注明癸未，而本篇并未注明癸未，所以就不能证明它也是癸未之作。

作这样的"要求"，必须有两个前提，那就是：一，所有的——至少也是多数的诗集子，一向就习惯采用"每首题下一律注明干支"的体例，或是，二，《懋斋诗钞》中别的诗，都是每题题下注明干支的，而这首诗，却与通例有异，未有明注。然而，假使根本不可能有这样的"前提"，那怎么可以独独对这首诗作出这样的要求呢？难道敦敏应该"未卜先知"，知道二百年下，有人要据他这首诗考订雪芹卒年，他就应该早早地、特意地在此诗题下"注明癸未"吗？

不管怎么说，这一"要求"，实在是奇怪已极。若都用这种样式的"要求"作为论点，学术问题就很难讨论了。

从古至今的无数诗集中，共有几本是"每首题下一律注明干支"这种体例？限于见闻，不敢乱说。我只能说，在《懋斋诗钞》中，却有过注明"已下己卯"的例子①。然则，这诗集子是只在某年开头第一篇存诗题下记载干支的体例。由此而推，前三首注明"癸未"之处，也就是"以下癸未"的同义省略语。这样的逻辑，不是比硬行要求"每篇都注干支"的逻辑要多少合理一些吗？

（三）"旧坰"的问题到底该是怎么回事？

俞平伯先生想由"旧坰"是"旧坟"这一点，来反驳"癸未说"；曾次亮先生指出，"旧坰"不等于"旧坟"，最多只能是"旧坟地"的意思②。我却不能因为曾先生是我的"癸未说"的支持者而即同意他这一论点。做学问就要实事求是。说俞先生解"上旧坰"为"上旧坟"是错误的，这是有点冤枉俞先生了。这和要改"一中之"为"一申之"的例子是不一样的。

理解旧诗，得明白它的一些规律。它因有了格律的规定，时常出现一种情况：要找替代的同义字，来适应"平仄"；如果同义字不易找到，就只好不得已而求其次——即寻找虽非同义而意义相近或有些关联的字来替代应用。"坰"字正是这样的例子。作者敦诚本来是要说"上塚"这句话的③，可是"塚"是仄声，而此处非用平声韵脚字不可，这就得在本韵中另求替代字，于是找到"坰"字。能以"坰"代替"塚"用吗？勉强些，但还牵扯得上。晚唐诗人温庭筠《过孔北海墓二十韵》写过：

　　　　墓平春草绿，碑折古苔青。

　　　　……

　　　　兰蕙荒遗址，榛芜蔽旧坰。

就可以作例子，为敦诚作借口，为俞先生作辩护。

那么，俞先生的说法岂不正确了吗？不是的。俞说之误，不在训诂字义，而在理解句意。

敦诚原挽诗在说明"鹿车荷锸葬刘伶"之后，接云：

---

① 影印本一五页《清明东郊》诗题下注。
② 曾次亮《曹雪芹卒年问题的商讨》（《文学遗产》第五期）。
③ "上塚"一语，从《史记·张良传》以次，用者不一。

——故人唯有青山泪，絮酒生刍上旧坰。

这是说：现时我亲自送葬了好友，亡者已矣！剩下的，只有他年我再来上坟时，面对着诗人的故垅，宿草萋萋，一洒我故人之痛泪了。——这是推开一层、由现在展望将来的写法。这种手法在古人诗作里例子很多。敦诚此诗存稿异文："故人欲有生刍吊，——何处招魂赋楚蘅？"也正是此意，是说将来再来奠祭时，你死已久，尚何处可招故魂呢？再看他的另一首挽诗，一结时，写道：

他时瘦马西州路，宿草寒烟对落曛！

这意思就更为明白：正是推想异日重来，新坟已成旧坟，墓有宿草，但见寒烟落日、满目凄凉了。

明白了这一点，"旧坰"之确是说"旧坟"就毫无疑义——但这是想象他日未来的景象，而不是写目前送葬的实景。由"旧坰"作"旧坟"解，并不能反驳癸未说，恰好相反，它给"癸未除夕卒，甲申开年即送葬作挽诗，当中并未有隔断多久"这一事实，作了有力的证据。

（四）曹雪芹会卒于壬午、而到甲申才下葬吗？

这问题用不着多费争辩，只要知道一点当时的封建制度就解决了。旗人的葬礼和丧制都有规定。据乾隆重修《大清会典》卷五十三、五十四"丧礼四"、"丧礼五"载明，彼时定制：亲王、世子，是"期年而葬"；郡王、贝勒，是"葬以七月"；贝子、镇国公、辅国公，是"葬以五月"；民公（爱新觉罗氏以外的有封爵者，不分满汉，加"民"字以别之），是"五月而葬"；侯、伯，是"三月而葬"；其馀一二品官员等，都是"三月而葬"。上文又曾总注过一句："先期葬者，听。"换言之，就是只许不及期即葬，却不许逾期后葬；逾期那就是"逾制"了。——试想，以曹雪芹一个内务府包衣旗籍的"下贱""小人"（雍正皇帝的话），他能够和亲王、世子的制度"看齐"，竟要"期年而葬"吗？

清代倒也并不是没有故意久停后葬的事实，笔记中有人提起过，并慨叹风俗日益奢泰；事实上那些久停后葬者，只是指一般汉人富家，故意久停，以便显得更"排场"，更"高级"罢了。至于"一病无医"、穷愁而死的满洲旗人曹雪芹，又怎么能和这种情况相比并而论呢？再有，除非坟地不在此间，只好暂厝，或寄于寺庙，但那是"旅榇"；曹雪芹却非"客亡"啊。

说曹雪芹卒于壬午、隔年葬于甲申，并认为"这也是很平常的事"，我看，这倒是"很非常"的。

（五）《懋斋诗钞》原稿本是被后人搞得"有许多颠倒紊乱之处"吗？

王佩璋先生费了很大的事，对稿本加以考察，下了结论：这《诗钞》是"被后人剪贴挖改过的"。这话并不全错；但她说因此"有许多颠倒紊乱之处"，这就言过其实了。

先要弄清楚，这"剪贴挖改"者，都是何等样人？他们作了些什么性质的"加工"？

原稿本显示得很明白：对它加以"处理"的人，除去作者自己而外（下文另谈），有两个，一个是作者的弟弟敦诚，一个是收藏者"燕野顽民"。前者，是在要为《诗钞》付刊作第一步准备工作，因此他标出"抄"、"选"、"入"等字样，和"全（选）"、"选抄"、"选一"以及勾删不拟存的记号；此外，就是对个别字句因故作出润色修饰，以便写定，有旁改，有圈改；还有，偶加欣赏、月旦之语。所有这些，笔迹都出于敦诚一人之手，最易辨识。可见，这是一种积极性质的整理加工，而绝非消极的破坏、捣乱；这个"后人"，其实就是作者最亲密的弟兄兼唱和的诗友，这点从内证看，毫无可疑①。

至于后者"顽民"，他在卷首题得也非常之明白：

> ……自乾隆二十九年戊寅起，至三十一年庚辰止，共二百四十首。其割裂不完之篇，想皆删而不留者。……予有《四松堂集》，今又得此残本，故略为粘补成卷，因并识之。

这段文字说明了三个要点：

第一，收藏者早已然看出，《诗钞》是自某年起、至某年止，——已肯定

---

① 《诗钞》《戏赠敬亭（敦诚）山居》诗（影印本七六页）有眉批云："谑我亦佳。"是为敦诚批注、整理之确证。笔迹问题，容在下一部分详说。

这集子是编年排次的（只不过他说止于庚辰，是不对的）。

第二，《诗钞》原有"割裂不完之篇"，明系删而不欲见存的，故曾加剪弃。这并非什么"后人"乱搞的结果。

第三，"顽民"得到这个残草本，很宝贵它，看出上述情况后，为了保存收藏的便利，乃为之粘补——但仅仅是"略加粘补"，修治一下，以免零落脱散而已。他并不是大加变乱颠倒。（也不可能有这样的"大加变乱"的必要啊！）这两个人，一个是和作者同时经历诗中所写各种情事的亲弟兄，为之整理待刊；一个是珍重的收藏者，唯恐其散落失次：他们如果不是"神经病患者"，干嘛反而要故意把《诗钞》横加"剪贴挖改"，以致竟使之有"许多紊乱颠倒之处"呢？

王先生所举的"粘接"、"剪接拼凑"、"留空和缺叶"、"贴改"、"文字残缺"诸项，如果看看我上面所指明的实况，那就丝毫不足怪诧，——不知道她怎么只由这种"证据"就能得出"颠倒紊乱"的结论来？

其实，和"颠倒紊乱"牵扯得上的，只有她所举的最后一项："错装"。原稿本有错装一处，被文学古籍刊行社在影印时调整得看不出来了，而调整办法又是很可商的。

这一点，我完全同意她的看法。王先生对刊行社进行了指责，指出该社把它弄得"天衣无缝了"，所作的"挪动实在是有害无益的，就文字来看是整齐了，然而原本的真实情况已不可见了"。我非常感谢王先生，若不是她这样细心揭破这个谜，我险些也被影印本给骗了——而这一点，关系着研究"编年"的问题，十分重要。由于该社这种师心自用、擅加移动的办法，又不予以说明，几乎将真相埋没，害得我们研究这个诗集的编年问题的人，为此花费了不必要的冤枉力气。这种卤莽裂灭的做法，真是太不应该了。这一问题，下文还要谈到，此处暂不枝蔓。

当前的问题好像是：由于全书中果然有了这一处错装，那不正好证明了王先生之所谓"颠倒紊乱"是对了吗？我的看法正相反。

第一，"错装"了一叶，是一个问题；原稿诗篇本身的年月次序，是另一个问题：这二者如何混为一谈？第二，这个错装的一叶，并非十分地难以发现，眼前就有明证：先就被刊行社一眼看出了——因此他们才要加以调整；接着就被王先生觑破了。可见问题并非十分复杂麻烦。第三，这个错简情况的如此容易被发现，正说明这个诗集稿本的原次序的顺理成章、头头是道，因此在不乱之中忽夹有此"一乱"，这才能够一眼觑破；若不然，假如全部真个十分"紊乱"，那么这一错简为何会这般刺眼、容易揭出呢？

王先生指出原稿本有一叶错装，非常有功，但她费大事去寻求"颠倒紊乱"的痕迹，结果只有这一例，而还是个性质不同的偶然事件。可决不能因偶有一叶错装，就硬说它有"许多颠倒紊乱之处"啊。

（六）王先生的"时序表"是怎么排出来的？

错装也好，剪贴也好，但最重要的问题还是要看那些诗的本身，其排次到底如何？假使本身真是乱七八糟的，那就不错装、不剪贴，也无救于它的乱七八糟；反过来，也正一样。这两个问题不应等同起来。王先生费事排比研究了，可是最值得商讨的就是她这份"时序表"。经她这一排，拿到读者面前，果然显得不但"颠倒紊乱"，而且真是"许多"了。

不过，我若把她是怎样排的办法告诉大家，大家一定会惊讶的。

"时序表"原是包括整部《诗钞》的诗题页数的，都引来，那就太浪费篇幅了，如今只检其重要部分的大次序，引列一下作例子，就足够了：

> 己卯春，冬；庚辰除夕，春，夏，秋，春，秋，春，秋，春；辛巳上元，春，夏，秋，冬，春，夏，秋，冬；癸未秋，春，夏，秋；甲申十月，冬，……

读者看看，这够多么"颠倒紊乱"吧！这样的次序，"癸未说"者竟指为"按年编的，有条不紊"，则其"错误"该是多么出乎人情之外吧！

可是，王先生是怎么排法的呢？第一，她不顾我们国家的传统习惯，不管我们祖先们说"阅几年"是怎么回事，一概采用"最新周岁核实法"；第二，她之判断季节法，是一见诗中带有"花"字，就认定是"春"的。

她运用了这种"方法"，结果排成那个"时序表"。

且看三个例子：

1."庚辰除夕：'丁丑榆关除夕……回首已三年矣——'……可知为庚

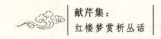

辰除夕；"

2."辛巳上元：'上元夜……回忆丙子上元……迄今已五阅岁矣——'……可知为辛巳。"

3."甲申十月：'十月二十日谒先慈墓感赋'诗'七年哀隔松丘冷'自注'先慈自丁丑见弃迄今七载'，可知为甲申；"

这样的玩笑开得未免太大些了。我们国家、早先时代的人，对用干支来计年计日的"概念"恐怕是和王先生有些距离的。

我试举由远至近的二三个例子来说明一下。

《尚书·召诰》："惟丙午朏，越三日戊申，……越三日庚戌，……越五日甲寅，位成。"由丙午起，历丁未，到戊申，就叫做"越三日"；由戊申，历己酉，到庚戌，又叫做"越三日"；由庚戌，历辛亥、壬子、癸丑，到甲寅，就叫做"越五日"。而若依王先生的计算法，则《尚书》是"错了"，必须写作"惟丙午朏，越三日己酉，……越三日壬子，……越五日戊午"才行了；可是，那比《尚书》的原意竟多出四天来了！怎么办呢？

干支纪年，本是从纪日衍来的，算法正一样，由首至尾，共历几个干支，就叫做"几年"、"历几年"或"阅几岁"。随手举例，《在亭丛稿》卷八《虎邱云岩寺重建大殿碑记》说："始于乙未冬十月，讫己亥八月；历五年而竣事。"若依王先生，这位作者（康、雍时人）又是"错了"，非说"历三年十个月而竣事"不可了。再举当代人对此类问题如何理解的例子：《唐宋词人年谱·贺方回谱》神宗熙宁元年戊申（一〇六八）条下，引方回诗集元丰三年庚申（一〇八〇）作诗云："故园笑别十三年"，夏承焘先生云："庚申逆数至此十三载，别故园当在此年（按即指戊申）。"而若依王先生，则夏先生也是"错了"，应该再推上一年去，逆数到"丁未"了。可是大家都不认为夏先生类此等处有什么错误。这又该如何解释呢？

如果还不能说服王先生，可再举敦诚的一条例证：《鹪鹩庵笔麈》一则云："癸巳人日宿南村大雪夜……，忽忆壬午岁同贻谋居此，亦人日大雪，……已十二年事矣。"若依她，十二年又非逆推到壬午前一年辛巳不可了？

上面所举王先生所列三条，明明应为：1. 追溯丁丑除夕，回首三年者，当推为"己卯"。按《丁丑榆关除夕——》诗云："回头三十一"，《宗谱》载明敦敏生于雍正七年（己酉·一七二九），到己卯（一七五九），才正是三十一岁。若推为"庚辰"，那岂不该说"回头三十二"了吗？ 2. 回忆丙子上元，已五阅岁者，当推为"庚辰"；3. 先慈自丁丑见弃、迄今七载者，当推为"癸未"：这样一来，任何问题都吻合得很，而不是什么"颠倒紊乱"了。

然后再看她所谓"庚辰除夕"（实在本是己卯除夕）以下的"时序表"：

庚辰除夕：……

　　春：……

　　夏：……

　　秋：……

　　春："大钟寺——"

　　秋：……

　　春："晓起"

　　秋：……

　　春："入春已十日"、"人日寄敬亭——"

辛巳上元：……

这样一来，给人的印象，又自然是乱糟糟一团的。但她所谓三处"春"诗，都是怎样的呢？

《大钟寺——》：

　　　　古寺传风铎，闲来游屐抛。

　　　　野花开废殿，吠犬出荒庖。

　　　　僧意殷相问，客心聊解嘲。

　　　　禅房茶话久，斜日转松梢。

原来如此！ 她是只凭"野花"二字就定为"春"的。——依她的意思，北京地区在秋天是"没有野花"的。殊不知，北京的野花，正多开于夏秋二季。

《晓起》云：

　　　　打窗一夜雨，晓起花枝乱。

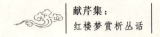

天际欲阴云，溟濛烟未散。

好了，这里道理当然还是一个：看见"花枝"，就是"春"了。那意思，只许春雨打窗打花，秋雨是无份的。——这能说服谁呢？按《晓起》下一首，题为"同贻谋过敬亭松轩、看竹小酌——"的诗，开头就说："刁骚一晚风兼雨，晓晴喜向松轩启；轩中画壁烟迷濛，轩外琅玕青如洗……"这正是《晓起》诗所说的打窗夜雨、晓起花乱，以及"天际欲阴云"——开始放晴的那情景，晴了以后，便同贻谋到敬亭处，才又作的这首诗；而下文就说："西风韵冷奇节劲，苔纹绿茁箨龙进……"则可见那正是秋雨晓晴的情事，与"春"无干。王先生对这些联系，全未理会。《诗钞》本身的例子：《宏善寺题壁——四首》有"载酒闲看古寺花"之句；《送敬亭之羊房》有"看花一路丰台近"之句：幸而前者上文有"西风"之语，后者上文有"秋来"之字，否则，也一定会被她硬派成是"春"天的诗了（后一首，正是"大钟寺——"和"晓起"之间的作品）！

至于第三个"春"，更不成问题，"入春已十日"，然后到"人日"是去腊立春，接上当年的正月初七日罢了。查一下《御定万年书》，正是客岁己卯腊月十八日立春，"入春已十日"者，指己卯腊月二十七；然后接上当年庚辰（王先生误以为"辛巳"）的人日罢了。

至于她把《古刹小憩》定为癸未"秋"，则更不知何故？这首诗，明是春天之作①。

说到这里，我们把上述这几个"年头"和"季节"替代进去，就可以把她的"时序表"马上恢复得和实际相符合了：

己卯春，夏，冬②，己卯除夕；庚辰春夏，秋，秋，秋，秋，秋，冬腊；

---

① 诗云："柳绕山门俯碧浔，松花一径野云深。"杨霁云先生致笔者书云："松花开于三月，与'秋'胡涉？"

② 《诗钞》中己卯诗的情况，春日诸作之后，有《晓雨即事》诗，内言"小阶乱落槐花雨"、"海榴昨买丰台种，喜见宵来分外红"。已是夏日诗，而王佩璋仍列为"春"诗，误。本年诗实只删缺秋日之作。

辛巳人日,辛巳上元,春,夏,秋,冬;壬午春,夏,秋,冬;癸未春,夏,秋,癸未十月,冬;……

这就是《懋斋诗钞》的按年编次、有条不紊,却被王先生用她的独出心裁的办法,整个搞成她自己所谓"颠倒紊乱"的真相。

(七)能够是雪芹死了两个月,敦敏还不知道消息吗?

这问题,只消一句话就可以答复:敦诚是"鹿车荷锸葬刘伶"、送葬并作挽诗的人(挽,不同于事后的吊祭;只能有一次,就是"挽輴"、"执绋"送葬之作)。同为雪芹执友、形影不离的兄弟二人,弟弟亲自送过葬,哥哥竟在两月之后还"不知道",竟要以诗代柬、请被葬者来饮酒看花——这也算是一种"可能性"吗?

(八)"上巳前三日"是三月初九日吗?

周绍良先生这说法很别致。我只想指明两点。第一,我国的上巳节,只到后汉时代还真是用巳日,从魏晋以来到现在,就改在三月初三这一固定日期了;《宋书》卷十五《志第五·礼二》考证上巳的来历最为详核,并说:"自魏以后,但用三日,不以'巳'也。"(《晋书》卷二十一《志第十一·礼下》语略同,可参看。)中间再未有改变。不知绍良先生何以主张乾隆时代人忽然又要"复古"实指巳日? 第二,前人笔记早经指出:如果三月朔日适逢午、未日,则本旬内不再值巳日;绍良先生却说,敦敏所谓上巳,因初一日是午日,应当推为"十二日"。可是,"上巳"者,本谓上旬的巳日;若是"十二日",那不成为"中巳"了吗? 怎么上巳会跑到中旬去了呢? 仅仅解释一个词语的论点,为何自相矛盾到这样地步?

"上巳",既然绝不可能指"十二日",那么他由此推衍出来的什么清明节呀、上坟日不能宴会呀、故意要避开提前三日呀,等等,就都落空无着;为省笔墨,就不再一一辩说了。绍良先生的历法论,我看并不能驳倒曾次亮先生。

(九)《懋斋诗钞》的诗,本身次序真有错乱吗?

周、陈两家共举的一个"错乱"例:《题画四首》,据《四松堂集》应是壬午诗，《懋斋诗钞》却排在癸未诸作中了。不是明有"错乱"之证吗？

这话就要回到上文王佩璋先生的功劳那问题上去。原来，在《诗钞》原稿本中，这叶（影印本九五、九六两页）被错装在《题朱大川画菊花枝上一雀》这首诗的题目（适在前叶之末尾）和正文"此花称逸士，此鸟亦朋友……"（适在后叶之开头）之间了；刊行社看出了这叶错简平空楔入，把一首诗给隔断了，要加调整，这本是很必要的；但是合理的办法该是：将此叶提出，以存疑的态度，附于卷末，并加说明，——那样就好极了。可是刊行社却不然：不但不将错简提出，反而却只把前叶尾的诗题一行字孤立地搬了家——一搬搬到这错简叶尾的空白处去（即由原应在影印本九四页末行的地位移到九六页末行的地位上去了），使它以这样奇特的方式来和下叶诗的正文相衔接了！刊行社用了这一"搬运法"不要紧，却不声不响地使原错简的情况"化为乌有"了！——使错入的诗也成了"癸未"的作品了！

而现在，却又翻过来凭这错简之本非癸未而夹入癸未诸作中，来证明《诗钞》之"错乱"。陈毓罴先生如果因为忽略了王先生之早已有文章揭破这一内幕，尚有可原；周绍良先生是当时刊行社的工作人员，又是印行这批丛书的出力者，不会不明白其中实况，而他现在也把"人造的""癸未诗"来作为证据，来证明《诗钞》之"错乱"，这就是非常令人诧异的事了。

至于陈先生所独举的二例：

一、《河干集饮题壁兼吊雪芹》一诗，"吴恩裕先生相信是甲申早春的作品"，而在《诗钞》中却是"乙酉诗"，而且它前面又有甲申重阳的诗。这回该是"错乱"之例了吧？

可是，实情又是怎样的呢？甲申重阳诗（《九日同敬亭——》）之后，经《书怀联句——》《虚花十咏》二题（二诗内容皆泛咏，无季节性可寻），就到《河干集饮题壁——》诗，而这诗，正该是甲申冬日回忆癸未暮春集饮之作，根本不是"乙酉"诗。

这诗所以被误会为"春"日诗，是因为开头"花明两岸柳霏微，到眼风光春欲归"两句。其实，这是诗人的回忆想象，所以接着就说破"逝水不留诗客杳（雪芹已卒），登楼空忆酒徒非"了；再往下，才是实景："河干万木飘残雪"，"寒林萧寺暮鸦飞"。如果真是"春欲归"的三月暮春时候作诗，花明柳暗的景色中，怎么会又有"残雪"和"寒林"出现呢？那太讲不通了。因此，它本是甲申诗，而非乙酉，并无错乱可言。

二，《小雨访天元上人》一诗，《诗钞》排次于壬午年，而《四松堂集》己卯诗题已云"……天元上人，皆作古人……"了；已知人死三年，还要去访，"这不太可笑了吗"？足证此诗又是"错乱"。

陈先生忘了看敦诚的《鹪鹩庵笔麈》了，其一则（印本卷五叶十七）云：

> 姑苏天元上人，年二十馀，颀然鹤骨，工诗解禅，记戊寅……与上人联床茶话，……癸未再过禅房，而上人示寂矣。……

是敦诚直到癸未再访时，才知道上人已死。这位上人如已真个死于"己卯"，怎么又会等到癸未年重访时才知其事呢？可见前次之"皆作古人"实无其事，只是出于讹传罢了。

三个例子，都不能成为反证。《诗钞》的排次清楚、严格编年，由于这三个反证的不能成立，更显得十分明确了。

（十）连《挽曹雪芹》的"甲申"也不可靠了吗？

主"壬午说"者，在证明《题画四首》是壬午诗时，就拿敦诚的同题诗编在"壬午"年作为论据，因为这好像有利于"壬午说"；及至《挽曹雪芹》之作于甲申这一事实不利于"壬午说"时，于是就连这个两种本子都曾注明的毫无疑问的甲申"明文"也认为不足据了，一下子变成"很可能是乾隆六十年他的堂弟宜兴在编辑遗集时所加"的了，而且还说："退一步说，就算是敦诚本人追加的，也必很晚（?）。一个人在几十年以后对自己的旧作全部判定干支，难保毫无误忆。"这真是反说正说，"理"全在自己一面吧。况且，在讨论问题时，我们能不能凡遇到不利于己说之点，只要用"难保"二字，就把问题都解决了呢？

我看，单凭以上十点，都还不能驳倒"癸未说"，需要有再坚强些的证据出现。这是我消极方面的理由。下一部分，再陈说我主张"癸未说"的

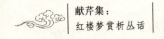
积极方面的论证。

（下）　"癸未说"的道理安在

上文既将"壬午说"的十个论点逐条加以分疏了，现在可以谈谈我主张"癸未说"的几点理由。

前面交代明白，所谓"后人"——给《懋斋诗钞》加过工的那个人，实际就是作者的弟弟敦诚；可是重要事实还不仅此：《诗钞》里面的各种添改中，依我看就有作者敦敏自己的笔迹。这一点如不弄清，就还不能说明全部问题。

敦敏自己所作的添改，有两种：其一是因稿本曾经删剪而亡缺诗题和正文末尾数字的，添补齐全，其二就是王佩璋先生所注意提出的"贴改"个别字句。而弄清了这些，也就可以知道《诗钞》原本实在就是敦敏自己的手钞本。这三者是密切关联着的。

为了叙述上的方便，先说添补诗题一事。《诗钞》影印本（下同）二六页的"春柳十咏"的总题、题后的"序"、序后的第一分题"隋堤"，共五行，是例一。七七页的诗题"小雨访天元上人"一行字，是例二。

第一例，诗序中的"韵"字、"之馀"字、"觉"字、"然"字、"在前"字等，请读者分别对看一下——九页诗"韵更凉"的"韵"字、一〇页《东皋集》总序中的"名之"、"之侧"等"之"字和三九页诗题中"一载馀矣"的"馀"字、一一七页诗"晓觉"的"觉"字、一一三页诗"悠然"的"然"字、一〇七页诗"遗碑在"的"在"字和六六页诗"砌前"的"前"字等。第二例，诗题中的"雨"、"访"、"天"、"元"等字，请读者对看一下——八页诗题"雨花"的"雨"字、六八页诗题"访敬亭"的"访"字、七六页诗"暮春天"的"天"字、三八页诗"元卿"的"元"字或四四页诗"上元"的"元"字等。不必备举，馀可类推。我相信，凡是稍知书法的人，都会点头，这后添和原钞的两个笔迹，分明是出于一手，略无疑义。——只不过有早些时写、晚些时写，使用好笔、使用败毫，完全正楷、微带"行"意的分别罢了。

这事实之重要，在于两点：第一，在剪割删弃之后而补写诗题的人，既和原钞者本是一手，则剪割删弃者，绝不是王先生所想象的什么"后人"的乱搞的结果，也为几位收藏者如"燕野顽民"之流洗清了"嫌疑"；第二，原本既经剪弃亡题而又重行补齐了题目这一现象的原由，不外两个可能：一就是我上文所谓简单的"添补"，一则是根本对诗题有所改定，然后重新写入，——这就非是作者本人不办的事了。

然后，再看王先生所举的"贴改"例：

> 诗句贴改也很多，如有名的"赠芹圃"（影印本第五七页）之末句"一醉酲酕白眼斜"之"白眼斜"系后贴改，原为"读楚些"，而第一句"碧水青山曲径逶"之"逶"也系后贴改，原为"斜"。这样贴改之处还很多，不备举。这些在影印本中也都无痕迹可见，古籍刊行社也没有说明。

这举得非常好，非常重要。这种贴改，断非普通钞工因笔误而贴改——如果他竟将"读楚些"擅改为"白眼斜"，那这钞工不但"胆子"太大，就是"本领"也太大了！

我们知道，敦诚的建议性的改，只有圈改、点改，连涂抹都绝少有，足见是弟弟十分尊重长兄原稿的意思，他若改，是断不肯擅为贴改、湮没原文的，——那么，这贴改，除了作者敦敏本人之外，还有谁会来"代庖"呢？

王先生指出的"都无痕迹可见"，最要紧。何则？假如不是她为读者指明原本的实况，读者若有谁能从印本看出这是贴改的字，那他的"本领"也太大了！——这里我的意思就不在"贴"的痕迹经过印制不再可见一层，而是在于从印本看上面的两个例子，能够分得出有原钞和后改的笔迹歧异之处吗？（请并对看六四页诗"阮途白眼"的"白眼"字、三五页诗"斜日"的"斜"字。）

这贴改和原钞也分明是出于一手，结合上文指出的补写或改定诗题就是和原钞一手，就有力地证明了清钞、贴改、补写三者原就是作者自己的"处理"，而绝非什么"后人"在捣乱。

王先生对这些，都未能辨识。

亡失诗篇正文末尾数字的例子，如八〇页《郊行》诗，末句有缺文，但已在本叶没有空隙的情形下"挤写"补齐"仙源"二字；道理和补写诗题是一个样，就不待词费了。

我们把这一事实弄清了，就好解决"癸未"字样为何出于贴改的问题。

原来，总序中的一处"癸未"，和《古刹小憩》诗题下所注的"癸未"，恰好都不是原钞，而系贴改。反对"癸未说"的，就抓住这一点，认定这纵使不是一大破绽，也是一大可疑之处。

但是，现在读者可以明白了，这贴改"癸未"，和贴改"白眼斜"，并无什么两样，实在值不得怪异。总序中贴去的干支，原是"庚辰"，这说明作者第一次结集时作序，是在庚辰年；可是这个稿本的篇幅富裕，过了庚辰年，他还在作诗，作了就又接写下去，这样过了几年，到癸未年重新整理时，他就不得不将"庚辰"贴改为"癸未"以符实际了——这有什么破绽与可疑之足言呢？事实上，《诗钞》中还又有癸未以后的诗，也只说明他还没有来得及再作第三次结集整理而已。事情最为简单明白不过了。

至于《古刹小憩》题下注明"癸未"的挖改，就更不成为问题，当是初番错写，次后更正。假使注明"癸未"的诗，从头数下来，排次不是"癸未"，那确实是一大破绽，——而现在，注明"癸未"的诗，数下来排次恰恰就是癸未年，这原该被人认为正相符合、确无可疑才是，怎么反而却成为大可怀疑之点了呢？这事情不也很奇怪吗？

王先生根据燕野顽民题明"至三十一年庚辰止"，认为顽民所见本尚未经贴改为"癸未"，足见贴改是在一八〇二年顽民题志之后，"也即在敦敏身后（敦敏卒于一七九六年）"。这一点提得却有价值。不过，这位顽民并不是一位很精细的年月考据家，有点糊里糊涂的作风，例如他说的"（乾隆）三十一年庚辰止"是不通的：若是三十一年，就该是丙戌；若是庚辰，就该是二十五年，二者不能并立。推算错误，出入一年的例子尚不稀罕，出入六七年的，就太奇怪了！这出入，恐另有缘故。例如现在《诗钞》只存二百三十首左右，末尾已有入三十年乙酉的诗了，则顽民所见"二百四十首"，可能本是截止到三十一年的；二百四十首的诗篇，绝不会是止于"庚辰"的，是他搞糊涂了。再则，王先生说敦敏卒于"一七九六年"，不知何据？《宗谱》所载敦敏卒年是个笑话，已见上文；我们只知道他在一七九六年（嘉庆元年）还曾作文章，并不知他确卒于何年，他活到一八〇二（嘉庆七年），是完全可能的，也不能因此就说贴改等等即必出于敦敏身后。

这问题，最好还是拿笔迹来帮忙解决。王先生已然承认，诗题下的"癸未"，"字迹与贴改序文之字迹同"，这再好没有了，否则，又要争辩两个"癸未"，是不是又有"前人""后人"之分，那就麻烦死了。现在，我们可以仍旧用"对看"的办法：请以序中"未"字对七二页诗"花木"的"木"字的笔致，以两处"癸"字中的"癶"对一〇五页诗"登高"的"登"字中的"癶"，以题下的"未"字对三四页诗"未来"的"未"字、八八页诗"未分"的"未"字等，又请以序中同时贴改的"数年"的"数"字，去对看原钞的"数"字（例如六三页诗题"数篇"的"数"字），尤其一模一样，——我实在还是不能不相信，这贴改"癸未"的笔迹仍然就是那个原钞手的一色笔迹，而不是什么后人乱搞或考据者"伪造证据"之所为。

这样，我觉得有理由说，注明"癸未"的诗，一点不错地就是癸未年的作品，这里丝毫没有什么"鬼病"。

壬午存诗最末首是《雪后——》，然后就到《古刹小憩》，下注"癸未"。由此看下去：

"柳已作花初到雁"，"到眼花柳媚"，"东风吹杏雨"，《月下梨花》，《风中杨花》，"中和连上巳，花柳烟溟濛"，《刈麦行》，"莲动香微散"，《——枣子葡萄》，《秋事》，"开樽预醉重阳酒"，《九日——》，《十月二十日——》，"断冰流水咽危滩"，《蜡梅——》。

下面接着就是甲申的春日诗了，可见年月季节，次序分明，毫无错乱。

"东风吹杏雨"，就是作者小诗代简、请雪芹在"上巳前三日"来观花饮酒的那一首了。上面一首是"典裘为春服"、"到眼花柳媚"的时候，下面隔了两首写梨花杨花的诗，就到《集饮敬亭松堂——》，里面写得明白："中和连上巳。"中和节,指二月初二日,就是北京俗称"龙抬头"者是。过了二月二,来到三月三,正是在约请雪芹以后数日的另一次会饮。前后次序井然。

从这点看,这夹在"典裘"和"集饮"当中的"东风吹杏雨",已毫无疑问是癸未年春天上巳之前的作品了。

再看下去,就到《刈麦行》。

关于这首诗,有两点要谈。第一,在敦诚的《四松堂集》存诗中也有一首同题的诗,循《题画四首》两人同作之例,可证亦为同时所作,这点主"壬午说"者当也不反对,——而敦诚此诗恰恰也是癸未诗。第二,敦敏诗写道:

……

老农为我前致语,去春麦亦不寻常;

未能上场伤淫潦,郊坰汪涉成凶荒;

今年四月愁亢旱,桑林甘雨荷吾皇;

……

按《东华录》,乾隆二十七年壬午,六七月,"命奉天、山东运豆进京备粜","命直隶截留漕粮二十万石备用",嗣又截留十万石:是麦秋荒歉之证;再看《懋斋诗钞》中壬午诗,那一年雨诗特多,并有明题"苦雨"等作,盖是年不但夏收伤潦,秋收亦潦,屡有蠲赈、平粜、开设粥厂等事,直隶全省灾情非常严重,《东华录》叠有明文;而二十八年癸未夏四月,则载明:"癸卯(按指初十日)上诣黑龙潭祈雨。"(按此黑龙潭不指北京西郊冷泉村北、画眉山麓的那处名胜,而是指前门外先农坛以西的黑龙潭,内有龙王庙,当时遇天旱,皇帝例于此祈雨。)则可见癸未年又变成闹旱灾了。敦敏诗内所写,一一与史料记载相合,为癸未年夏作无疑。

再看下去,隔一首,即是《黄去非先生以四川县令内升比部主事、进京相晤话旧、感成长句》一诗。

按黄去非,名克显,号敬亭,江西瑞州上高县人,由拔贡考取教习,入宗学，敦诚由十一岁离家塾入宗学，所从受业师就是他；乾隆十七年，入蜀为岳池县知县；据《续增岳池县志》卷十职官志载：黄克显自十七年到任后，历三次调署府厅同知，最后一次自打箭炉同知回任，时为二十七年六月，然后注明内升，而下任是由叶书绅在二十七年十月暂署：则可证黄克显自六月回任，经过清理一切交卸事务的时间，正式交代离任在是年冬十月；由岳池来京，以当时交通情况而言，"剑关远自七千里"，到达京师必须转年春夏之际，再看敦诚《黄西江先生自蜀来京话旧感作》一诗即排在《刈麦行》之前，同为癸未初夏诗，又是若合符契。

再看下去，隔一首，就是《闻敬亭自潞河过通州至邓家庄访鸿上人——》一诗，《四松堂集》癸未诗恰亦有《访鸿上人于潞河之东——》一题可证。

然后，冬天的诗里面有《十月二十日谒先慈墓感赋》一题，"七年哀隔松邱冷"句下有注云："先慈自丁丑见弃，迄今七载。"丁丑、戊寅、己卯、庚辰、辛巳、壬午、癸未，正是"七载"，可知此诗是癸未冬日之作。

再往下，隔一首，是《以宁自松关载酒遗敬亭（敦诚）、敬亭以诗见寄、依韵奉酬、并简以宁》一诗。证以《四松堂集》中《以宁归自塞上、以松亭酒见惠、作此寄谢》诗，又正都是癸未诗。

下一首就是《蜡梅——》诗，敦敏癸未的存诗到此完毕。

读者同志，你看了上面的叙述，一定相信，就算是《古刹小憩》题下根本没有注明什么"癸未"，或者说，就任凭这两个字的地方未经"贴改"，仍旧误写作什么"甲子""乙丑"等等，不管哪一年的干支都好，就算是我上文的什么"添补论"、"笔迹论"等等都是谬妄之言，都不相干，我也依然会认定这些诗是有条不紊的癸未诗，而不是任何其他年份的作品。

那么，在《古刹小憩》以下第三首诗：《小诗代简寄曹雪芹》，就真真确确排列在这年的春日诗中、上巳诗前，诗句又清清楚楚地写道：

> 东风吹杏雨，又早落花辰。
> 好枉故人驾，来看小院春。

　　诗才忆曹植，酒盏愧陈遵。

　　上巳前三日，相劳醉碧茵。

　　这就使我无法相信脂砚斋的"壬午除夕，书未成，芹为泪尽而逝"的话，因为到癸未年，雪芹还活着，知交密友还在邀请他欢聚。

　　因此我说，这"壬午"，可能是脂砚斋的误记。

　　巧得很，在《四松堂集》中，注明"甲申"的第一首存诗，就是《挽曹雪芹》，是开年不久的作品。于是，我更敢说：曹雪芹明明该是卒于癸未除夕，转年不久殡葬，敦诚作诗相挽（挽诗是因人死殡葬而作的诗，绝不能和一般的吊祭、展墓诗相混），一切才都吻合。

　　再看挽诗中"孤儿渺漠魂应逐"句下注云："前数月，伊子殇，因感伤成疾。"这种叙次文法，也说明：必须是人死和挽葬相距很近，可作为一个单位时间来看待，才能总起来泛言"前数月"——人死之前数月，亦即作诗时之前数月；否则，若雪芹果前卒于作诗的一年以前，那就成了爸爸壬午先亡、儿子癸未后殇，而死爸爸又因子殇而"感伤成疾"，就很难讲了。

　　一切情况，都使我趋向一个结论：曹雪芹是卒于乾隆二十八年癸未的除夕，合当公元一七六四年，二月一日。

　　到一九六四年的二月一日，就该是曹雪芹的逝世二百周年纪念日了。

　　以上的论证，我自然绝不是信口开河，可是也并不敢过于自信，一个人的智力识见，究竟非常有限，总需要他山之助，所以把一些看法写下来，给大家参考，请读者指正。主"壬午说"者，目前的一些论点虽然还不能说服我，但一旦他们又有了新的、坚强有力的论据，证明曹雪芹确实卒于壬午除夕，那我将毫不迟疑、非常愉快地放弃我的"癸未说"。

　　我们争论，不是为了争什么别的东西，只是为了客观真理。我这次再度申明"癸未说"，也就是本着这一精神而进行讨论，而并非如俞平伯先生所指责的什么"周君标新立异，欲成其说……"之类。"标新立异"，我自始也没有过这种念头，实不敢当。

把这么些"论点"、"理由"等等费篇幅清理一下，虽然够啰嗦，但也可给作考证工作的同志提供一个具体的例子，作一面借鉴，看看我们双方争论者对待学术问题的态度是否正确、思想方法是否对头。因此，讲一讲也不是毫无用处的。

【附记】

本文原刊于一九六二年五月上海《文汇报》。当时是为了解决在哪一年举行纪念曹雪芹逝世二百周年的各项活动，问题也不是由我个人提出来的。可是发表后却大遭当时上海某些"领导"者的反对，把此文列为"典型"，"文革"中"四人帮"并继续点它，成了"为胡适唯心主义大复辟"的重要项目之一。对一个作家的生卒的研究，竟然有此奇遇，诚然也是史无前例的。现在，如同一场噩梦的奇闻异事都过去了，可是"卒年"并未解决，还是问题。所以将此文编入者，第一是留一个历史痕迹，第二是论争的对方的文章也编入他们的文集了，读者应当有机会看到"两造"的"供词"才行。

有人认为不久前已经有了新的论点，它将"壬午说"、"癸未说"都从根本上推翻了，所以这种旧文也无价值可言。我在此郑重声明：这个新说（即认为脂砚说的"壬午除夕"是脂批的"署年"而不是雪芹逝世之日）是对"壬午说"的一个"致命的打击"（有人这样说），但我不想借此机会来贬低我所反对的"壬午说"的根据，并以此来为"癸未说"谋求"有利条件"，那不是为学术真理的态度。"壬午除夕"不可能是"署年"，我在《石头记鉴真》一书中已有论述，此处就不再啰唆了。

曹雪芹生于何月

曹雪芹，笔法高绝，文心细极。整部小说，喁喁絮絮，看似繁缛散缓，其实无一语是闲文，无一处是疣赘；走线飞针，筋摇脉动；涵泳愈出，寻绎益深。

开卷第一回，写石头下世落尘（按"下世"用雪芹原语，非"逝世"一义），前写一僧一道，答应了石头的请求，"便袖了这石，同那道人飘然而去，竟不知投奔何方何舍"。才写到此，将笔一下截断，却紧叙"几世几劫"以后，空空道人偶于青埂峰遇见石头，这已是"造劫历世"已毕、复归山下的石头了，是从一开头就遥注结尾"石归山下"（明义《绿烟琐窗集》题红楼梦绝句）的如椽大笔。可是，搁在那里的僧道袖着石头投奔某方某舍的那事由却落到哪里去了呢？

其实，以上只是一段"楔子"，正如《水浒传》里的洪太尉掘石放走天罡地煞下世是一个笔路，不过面貌各异，而雪芹又不把它单独分出、另标回目罢了。

从"当日地陷东南"起，开首就写姑苏的甄士隐，这才是真正的正文；大笔一换，与前全似无关。——可是甄士隐这一天就"朦胧睡去，梦到一处，不辨是何地方，忽见那厢来了一僧一道"——在此，协助雪芹整理小说的脂砚斋，却有一条夹批，说道："是从青埂峰下袖石而来。——接得无痕。"妙,真真是个"无痕"!一语抉出了雪芹的文心匠意。

事情已然明白:原来士隐午倦抛书入梦之时,亦即石头投胎下世落尘之际了。

这事情就有些意思。如果我们能确定一下士隐入梦的时间,不就明白石头入世的生辰了吗?

士隐是什么时日做的这一奇梦呢?

且看雪芹笔下:

> 一日,炎夏永昼。士隐于书房闲坐,至手倦抛书,伏几少憩,不觉朦胧睡去……士隐大叫一声,定睛一看,只见烈日炎炎,芭蕉冉冉——所梦之事,便忘了大半……

这是夏日无疑了。

脂砚斋指出一段"接得无痕"的妙笔,已如上述,那是僧道二人,由青埂峰下,来到士隐梦中。从梦中,又怎样来到"梦外"——人间世上的呢?原来雪芹也是用"接得无痕"的妙笔,却又另是一种接法。

且看他写:

> (士隐梦醒之后)又见奶母正抱了英莲走来。士隐见女儿越发得粉妆玉琢,甚觉可喜,便伸手接来,抱在怀中,逗他顽耍一回;又带至街前,看那过会的热闹。——方欲进来时,只见从那边来了一僧一道,……

真真紧凑之极,变幻之极,意外之极,真有连峰叠岭、应接不暇之奇致!

然而,正是在这里,又找着了雪芹的另外的文心。

他为什么要写一句"看那过会的热闹"呢?才说他没有闲文赘笔,这不是闲文赘笔是什么?

可是,文一点不闲,笔一点不赘,这才是正点石头降生的确切时日。

在乾隆时代的"姑苏",夏日季节,有哪种节目,要"过"什么"会",都不必胶柱鼓瑟,查考也无大用;关键在于雪芹这里实在是按他执笔之时在

"都中"的风物节序而点明宝玉出世。而在当日的北京,夏季的"过会"则正是以极盛著称于世的。

潘荣陛《帝京岁时纪胜》"四月"项下"天仙庙"条,说:"京师香会之胜,惟碧霞元君为最。……每岁之四月朔至十八日,为元君诞辰,男女奔趋,香会络绎,素称最胜。"而北京一带,"庙祀极多,而著名者七"。这就是俗语所说的"娘娘庙",每逢此季,举国若狂,其盛况绝非今日所能想象万一。就中又以妙峰山的娘娘庙为尤盛。富察敦崇的《燕京岁时记》"妙峰山"条就说:

> 妙峰山碧霞元君庙在京城西北八十馀里。……每届四月,自初一日开庙半月,香火极盛。……自始迄终,继昼以夜,人无停趾,香无断烟,奇观哉!……人烟辐辏,车马喧阗,夜间灯火之繁,灿若列宿。以各路之人计之,共约有数十万;以金钱计之,亦约有数十万:香火之盛,实可甲于天下矣!

正是这样的"热闹",才使雪芹在书中为它特特地著了一笔。

所以我说,宝玉是在过娘娘庙会期间诞生的。今年重读《石头记》,忽然悟到这一点。

十几年前,我写《红楼梦新证》,在第五章"红楼年表"中,曾举第六十二回书中"当下又值宝玉生日已到",是日,湘云醉眠的是"芍药裀",是夜,怡红夜宴,宝玉说"天热",要大家宽外衣,芳官也"满口嚷热",只穿"小夹袄"、"夹裤":因此我下结论说这寿宴:"综看,似是四月中。"

现在,用娘娘庙会的"热闹"一证,乃知当日"四月中"之推断真是"幸而言中"了!事情虽小,也不禁为之高兴。

雪芹遇书中重要人物的生日,都以明笔叙出,如元春,是"大年初一";薛宝钗,是"(正月)二十一";凤姐,是"(九月)初二日";林黛玉,是"二月十二日"(附带一句话:二月十二是古之花朝日,雪芹安排黛玉生日于这样一个美好的日子,必非无意);贾母,是"八月初三日";探春,是"三月初二日"的"明日"或"次日",乃三月初三;连薛蟠这位呆霸王,也曾叙明是"五月初三日"——那么,为何独独宝玉的生日,反无明文,而出以如此之暗笔隐文?

雪芹无一笔无用意,这暗笔隐文岂能独无所谓乎? ——应该怎么解释呢?

我以为,雪芹独不肯明叙宝玉的生日,而又故以暗笔隐文含于书内,令读者"自得之",这正因为这与他自己的生日有关罢了。这也就是雪芹自己设计的"将真事隐去"的一种"体例"和笔法。

因此,我说,曹雪芹本人也就是生在四月中的。

(1962 年 12 月 9 日香港《大公报》)

【追记】

近年考得,雪芹当生雍正二年闰四月二十六日未时。

《红楼梦》"全璧"的背后

一

乾隆三十七年，岁在壬辰（一七七二）正月初四日，有一道谕旨下来，——这时约当曹雪芹下世已经八年的光景。谕旨的全文如下：

> 朕稽古右文，聿资治理，几馀典学，日有孜孜。因思策府缥缃，载籍极博，其巨者羽翼经训，垂范方来，固足称千秋法鉴；即在识小之徒，专门撰述，细及名物象数，兼综条贯，各自成家，亦莫不有所发明，可为游艺养心之一助。是以御极之初，即诏中外搜访遗书，并命儒臣校勘十三经、二十一史，遍布黉宫，嘉惠后学；复开馆纂修纲目三编、通鉴辑览，及三通诸书。凡艺林承学之士所当户诵家弦者，既已荟萃略备；第念读书固在得其要领，而多识前言往行以蓄其德，惟搜罗益广，则研讨愈精。如康熙年间所修《图书集成》，全部兼收并录，极方策之大观；引用诸编，率属因类取裁，势不能悉载全文，使阅者沿流溯源，一一征其来处。今内府藏书，插架不为不富，然古今来著作之手，无虑数千百家，或逸在名山，未登柱史，正宜及时采集，汇送京师，以彰千古同文之盛。其令直省督抚会同学政等，通饬所属，加意购访。除坊肆所售举业诗文及民间无用之族谱、尺牍、屏幛、寿言等类，又其人本无实学，不过嫁名驰骛，编刻酬唱诗文，琐碎无当者，均无庸采取

外，其历代流传旧书，内有阐明理学治法，关系世道人心者，自当首先
购觅；至若发挥传注，考核典章，旁暨九流百家之言，有裨实用者，亦
应备为甄择。又如历代名人洎本朝士林宿望，向有诗文专集，及近时
沉潜经史、原本风雅，如顾栋高、陈祖范、任启运、沈德潜辈，亦各著述
成编，并非剿说卮言可比，均应概行查明。在坊肆者或量为给价，家
藏者即令进呈。其有未经镌刊，止系钞本存留者，不妨缮录副本，仍
将原书给还。并严饬所属，一切善为经理，毋使吏胥藉端滋扰。但各
省搜辑之书，卷帙必多，若不加之鉴别，悉令呈送，烦复皆所不免；著
该督抚等先将各书叙列目录，注系某朝某人所著，书中要指何在，简
明开载，具摺奏闻，候汇齐，送令廷臣检核，有堪备阅者，再开单行知
取进，庶几副在石渠，用储乙览。从此四部七略，益昭美备，称朕意
焉。(《东华续录》乾隆七十五)

历史是"常山之蛇"，它首尾呼应，无有差误；不过这蛇有时又是"神龙"，或
只见首，或只见尾，或只见鳞爪半身。龙蛇变处，隐现无端，这就靠学者捕
捉和描绘它的真形了。

照我的看法，乾隆皇帝的这道谕旨，严重地影响了《红楼梦》的命运，
使我们百世之下为之深深叹恨。

二

乾隆皇帝，下令采购群书，意图何在? 不少人就会根据历史知识，立
即提出，说：他是要搞一场规模庞大的文化阴谋——禁毁。据考，这次大
禁毁，现在已知者就有三千馀种，六七万部以上，几乎和《四库全书》所收
书的种目数量相当，所以邓实跋禁毁书目(《国粹丛书》本)就说："盖自秦
政以后，实以此次焚禁为最大厄。"而孙殿起自序《清代禁书知见录》也说：
"每叹我国古籍，自秦政焚书后，实以此次查禁为书籍空前浩劫。"(此外，
研清史的萧一山、邓之诚先生，也都有类似的提法。)不过，我还是觉得孙

393

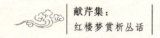

先生的另几句话更有意味：

> 清乾隆年间，诏开四库馆，纂修《四库全书》；除内府所藏，并属各省采进，卷帙浩繁，（全书三千四百七十种，七万九千一十八卷。）结为总集；凡无背于正统思想之典册，几尽荟萃于此。惟是修书本意，乾隆好大喜功，欲媲越宋修《太平广记》《太平御览》《文苑英华》、明纂《永乐大典》，以博稽古右文之美称。而又寓禁于征，藉以遏止当时反清之民族思想，消灭关于清初史事之记载。……（上海商务一九五七版）

孙先生这段话，我以为是比较平允得实的，一提皇帝，既然他要搞专制统治，就开口即是愚民，动念必为诡计，那也过甚其词，事实未必皆尔。事情总是逐步发展的，他在一开头，本意确实是好大喜功的心理，要做一个"文治武功"两方面都超越往古的"圣君"。至于"寓禁于征"这一层，那实在是"初念"以后的事。正如孙先生已然引录的，等到乾隆三十九年八月，这才明白提出：

> 明季末造，野史甚多，其间毁誉任意，传闻异辞，必有诋触本朝之语，正当及此一番查办，尽行销毁，杜遏邪言，以正人心而厚风俗，断不宜置之不办。（同上）

这距三十七年正月初四的谕旨，已经是两年八个月以后了。当然，皇帝之所以"稽古右文"，根本目的也还是为了"人心"、"风俗"；但是从禁毁这一特定手段来说，论者咬定说乾隆从三十七年正月初四就打的是这个一味的坏主意，如此断谳，恐怕不免有意失之于"人"，就未必是实事求是的治学态度了。

这样看事，倒也不是为给乾隆辩护。我此刻要说明的，一是由访购到禁毁二十年间的经过是逐步发展的，二是禁毁的变本加厉也是和乾隆身边的献策者密切相关的。

三

这个献策者是谁呢？

乾隆朝的后半期，两位相国双峰对峙，一个是大学士公阿桂，一个是大学士伯和珅。两人恰好是冤家对头，很不和睦。阿桂一生，不外是兵略军功、治理水利和查办大案三件事；他和文化之事关系不大。和珅相反，虽然也一度被命外出，运筹军务，却无能指挥，丢了面子，召还京师，而他的始末原由却不曾离开文化之事。

人们对和珅，所熟悉的故事大抵集中在他是中国历史上第一号的惊人的大贪污犯上，他给官场吏习所造成的严重恶劣影响以致直接关系到清代中衰等事情上，而未必留意他在文化事务上所起的不可低估的坏作用。

在我们读史的时候，常常看到本来可以成为好事的事落到了坏人之手，可以致成何等恶果，而令人痛心疾首，扼腕叹息。受人尊敬的学者，大兴朱筠（竹君，笥河，一七二九——一七八一）当年读到乾隆三十七年正月初四的那道上谕，异常兴奋，即于三十八年正月（一说略早）上书建议，应该采辑《永乐大典》，开馆校编，认为此乃"非常盛典"，极力赞助（即此亦可旁证，如朱筠这等有学有识之士，当此议肇端之初，亦不以此举为中藏秘谋，纯为毁禁古籍之地步）。朱筠的这道《谨呈管见开馆校书摺子》，却为军机大臣刘统勋所不喜，说这不是政务之急要，徒为烦扰。赖另一宰臣于敏中力争，摺子方得上达"御览"。乾隆完全采纳了朱筠的条奏，连于二月初六……十一、二十日降旨，《四库全书》开馆之局遂定，而于敏中得为正总裁。但于敏中并非端士，欲交结朱筠，而筠薄之，不肯相下，由是敏中衔恨于筠。（从此开始，"开馆校书"一事是"热门"、"吃香"的了，后来连乾隆也指出这是"幸进之阶，终南捷径"。许多想以此途干进的人也都"侧目"于朱筠。）

对于于敏中，乾隆后来也知其并非端人，甚至说如敏中尚在，定当重治其罪云。

乾隆四十四年（一七七九）十二月，于敏中病卒。到四十五年十月，和坤就兼上了四库全书馆正总裁的名衔。大高殿所储军机处档案，就有一条说：

> 乾隆四十五年十月十五日，内阁奉上谕：和珅著充四库馆正总裁。钦此。

和珅十五日充当了正总裁，第二天十六日，就有一道奏摺，是参劾校书疏忽的曹文埴和仓圣脉；四十五年的十一月，就有一道上谕下来，说：

> 前令各省将违碍字句书籍，着力查缴，解京销毁。现据各督抚等陆续解到者甚多。因思演戏曲本内，亦未必无违碍之处，如明季国初之事，有关涉本朝字句，自当一体饬查。至南宋与金朝关涉词曲，外间剧本，往往有扮演过当，以致失实者；流传久远，无识之徒，或至转以剧本为真，殊有关系，亦当一体饬查。此等剧本，大约聚于苏扬等处，著传谕伊龄阿、全德，留心查察，有应删改及抽撤者，务为斟酌妥办。并将查出原本暨删改抽撤之篇，一并黏签解京呈览。但须不动声色，不可稍涉张皇。（《清高宗实录》卷一一一八，又《高宗圣训》卷二六四）

再看此事的继续发展：

> 乾隆四十五年十一月二十八日奉上谕：前因外间流传剧本如明季国初之事，有关涉本朝字句，亦未必无违碍之处，传谕伊龄阿、全德，留心查察，斟酌妥办。兹据伊龄阿覆奏：派员慎密搜访，查明应删改者删改，应抽掣者抽掣，陆续粘签呈览。再查昆腔之外，有石牌腔、秦腔、弋阳腔、楚腔等项，江广闽浙四川云贵等省皆所盛行，请敕各督抚查办等语。自应如此办理。着将伊龄阿原摺抄寄各督抚阅看，一体留心查察，但须不动声色，不可稍涉张皇。将此遇各督抚奏事之便，传谕知之。钦此。（《办理四库全书档案》第一册，《档案编年》页七十——七十一）

要知道，乾隆四十五年四月的上谕已然指命英廉（大学士，四库馆正总裁）将各书原底本发还各省藏书之家了，虽然"违碍"之书还要继续查办，但已开始进入清理准备结束的阶段了;现在,和珅刚刚做了四库馆正总裁,上谕就竟然想到演戏曲本这个范围上来,则不难窥见在这个问题上"启沃圣衷"的到底是谁了。

在这些事上,由访购遗书发展演变到大规模地禁毁群籍的献策和赞助者,推波助澜的人,前有于敏中,后有和珅(在《清史稿》中,他们两个的传正好紧挨着;《啸亭杂录》记书贾语,也是于、和并举),是显而易见的。

四

和珅,字致斋,姓钮祜禄氏,官书称言是正红旗人,一度抬入正黄旗。父名常保,家里有他高祖尼牙哈那巴图鲁以军功而挣得的一个世袭三等轻车都尉。母亲是英廉之女,英廉刚才也引叙过,他是内务府籍,贰臣冯铨的后裔①。

和珅原本是"少贫、无籍"的一个穷八旗文生员,其所以受到了乾隆的赏识,清人笔记里多有记载,例如有一条说:

> 乾隆中叶,和珅以正红旗满洲官学生在銮仪卫当差,举异御轿。

----

① 冯铨,涿州人,明朝的文渊阁大学士兼户部尚书,加少保兼太子太保。谄事魏忠贤。清人关,摄政王多尔衮以书征召,他是"闻命即至"。并曾"叨承宠命,赐婚满洲"。遭到很多人的论劾,因多尔衮需用他佐理草创开国诸事,颇加袒护。清初,汉人降臣卒后,子孙例入内务府为奴。铨卒于康熙十一年,时犹沿关外旧法,冯氏没入内务府籍,当由于此。后有著《听雨丛谈》的福格,内务府人,即英廉之裔。又,笔记中记叙和珅事,已有"两外祖"之说(指伍弥泰与郭大昌),此或和珅之父常保本有原配继配等情由,因在题外,不复枝蔓。至于和珅的旗籍,似尚有探研馀地,我很疑心他也是内府包衣籍,理由有三:一、嘉庆四年正月初治和珅时,大学士等覆奏公议和珅罪状,明言"和珅系满洲世仆",此即当时指称内府包衣的特用语;二、同年五月初五日上谕:"吴省兰曾充咸安宫教习,和珅时系官学生。"按咸安宫官学,雍正六年专为教育内府包衣子弟所立;三、据丰绅殷德《延禧堂诗钞》称英廉为"先曾外祖",如上所述,英廉即内府包衣籍。更可注目者,和珅自乾隆四十五年六月授正白旗领侍卫内大臣,四十八年三月为正白旗满洲都统;他的至亲也是正白旗。其坟地也正在东郊,为正白旗区。综四者而观,和珅应属内包衣方合。然内包衣仅限上三旗人员,而官书称和珅为正红旗。独此点抵触。但和珅贵盛之后,与乾隆帝至结为儿女亲家,其旗籍曾经抬旗,获罪后又经变改,档案官书又有所讳饰,此等亦常见之例(如《四库提要》竟言曹寅为镶蓝旗,由上三旗改书为最末旗),非人不可解也。暂记于此,以待续考。

一日大驾将出,仓猝求黄盖不得,高宗云:"是谁之过欤?"各员瞠目相向,不知所措;和珅应声云:"典守者不得辞其责。"高宗见其仪度俊雅,声音清亮,乃曰:"若辈中安得此解人?"问其出身,则官学生也。和珅虽无学问,而四子书、五经,则尚稍能记忆,一路舁轿行走,高宗详加询问,奏对颇能称旨,遂派总管仪仗,升为侍卫,洊擢副都统,遂迁侍郎,在军机大臣上行走,尊宠用事,旋由尚书授大学士。盖自乾隆四十二三年以后,向用益专。其子丰绅殷德复尚公主(公主府址清季改为北京大学堂),而权势愈熏灼矣。……(裴毓麟《清代轶闻》卷七)

这个开头的传闻,记载不一,大同小异;和珅是否做过銮仪卫上的"抬轿者",史无所考,但是史传却明言"三十七年授三等侍卫,旋挑黏杆处侍卫"(《清史列传》卷三十五)。黏杆(一作竿)处,是通俗性的称呼,正式的官称是"上虞备用处";对此,礼亲王昭梿给我们作了极好的解释,他说:

定制:选八旗大员子弟中之狷捷者,为执事人,司上巡狩时扶舆、擎盖、捕鱼、罝雀之事,名曰上虞备用处。盖以少年血气偾张,故令习诸劳勚以备他日干城侍卫之选,实有类汉代羽林之制,而精锐过之,盖善于宠驭近侍之制也。(《啸亭续录》卷一)

这可见那条记载和珅初被乾隆注意赏识的基本事实是很可靠的,尽管"銮仪卫"可以在传说中代替了黏杆处,我们考察历史事物的,往往有执其一点之不合而疑其全体的,那就容易买椟还珠了。

和珅既是巴图鲁世裔,而又颇通文墨,他竟能带注背诵《四书》。这样的"执事人"却是难遇(民间俗语管仪仗中的"旗锣伞扇"等等叫做"执事",管执掌这些物事的叫做"打执事的")。所以当乾隆皇帝向这些黏杆侍卫们大背《四书》时,他们是面面相觑,目瞪口呆,不知如何回复"天语"为是。在这当口儿,独独和珅一人,听见"圣上"那是背的《论语·季氏》上的话,他就立刻能对答得上,而且也就把"是谁之过欤"句下的注疏——"岂非典守者之过邪"巧妙地加以运用。那么这怎会不使乾隆大加激赏呢!

关于这段故事,一般都知道有陈康祺的《郎潜纪闻》和薛福成的《庸盦笔记》的记载,两者小异而大同,但是实在还有陈焯的《归云室见闻杂记》的一则,说的原本也就是一回事,它丢失了"背四书"的那个开端,却记录了在那几句问答以后的详细情况:

> 大学士伯和珅,起自寒微,以生员充銮仪卫一小职,扈从上临幸山东;上喜御小辇,辇驾骡,行十里一更换,其快如飞。一日,珅侍辇旁行,上顾问是何出身,对曰:"生员。"问:"汝下场乎?"对曰:"庚寅(按应指乾隆三十五年,一七七〇)曾赴举。"问何题,对"孟公绰一节"。上曰:"能背汝文乎?"随行随背,趫捷异常。上曰:"汝文亦可中得也。"其知遇实由于此。比驾旋时,迁其官。未几,躐居卿贰,派以军机,凡朝廷大政,俱得与闻,朝夕论思,悉当上意。陕西回民苏四十三之乱,命总师旅,既而恐其轻进,俄而召还,盖圣意欲大用之也。后乃入阁办事,以军功疏封伯爵,权倾一时,内而部院群僚,外而督抚提镇,其不由和门者或寡矣。(卷中)

这段记叙,异常生动地显示了和珅得用的始末根由。再如《清朝野史大观》卷六所引一条笔记说:

> 乾隆间故相和珅,屡奉派预文字之役,在高宗意不过欲其追从儒臣,练习文采耳,而珅忮刻特甚……(指他对试卷十分挑剔,颇擅进退之权)

则和珅一生业绩,端在文字之役,亦从而可知,证之益确。所谓"文字",可分三方面说:①做各种纂修总裁,如三通、四库、日下旧闻考、清字经馆、石经……,不一而足;②充经筵讲官,教习庶吉士,为翰林院掌院学士,日讲起居注官;③屡充殿试读卷官。即此三项,就足见和珅在文化上是职居首位之人了。他颇能吟咏,以"骚人"自视,就连嘉庆间的名士钱泳,也谈到他有佳句可采。因此,他在皇帝身旁,朝夕论思,多所建白的,理所当然地是以文化之事为主,而历来史家对此是言之不详的。

五

据史家的描绘，和珅的特点是贪黩无厌，对上善于蒙蔽，揣摩迎合，对下工为倾轧，机械百出。臭名既著，万恶归之。但其人实聪慧有才，也非常能干办事情，所以连与之有私憾而终于下手诛锄他的嘉庆帝，也不能不承认和珅是"精明敏捷，原有微劳足录"。他的过恶只是"贪鄙性成，怙势营私，狂妄专擅"，这原是对他做官为政的考语。我以为，评论和珅，还是要推邓之诚先生，他说：

> 乾隆中叶以后，奢侈之风，与贪风竞长，实以和珅揽权为枢纽。和珅，一奔走便给小人，非有大奸大诈之才，而当国历二十馀年。内而尚侍，外而督抚，尽出和门，天下事无一而不败坏。盖乾隆帝以军旅之费，土木游观，与其不出于正供之费，岁无虑亿万，悉索之和珅，和珅索之督抚，督抚索之州县：府库告竭，闾阎愁惨，而人思走险矣。嘉庆帝于大丧中，执和珅而戮之，盖挟夙嫌。是时军饷告竭，欲得其家财以赡军耳。（《中华二千年史》卷五，页二一四）

这才是洞穿七札的史家卓识。至于作为一个人，和珅又如何呢？其人口齿伶俐，仪容俊秀，聪明绝顶，剔透玲珑，但是佻㒓浮薄，品格不高。嘉庆所以也有"无耻小人"之评。他不是当时那种德门望族的世代书香仕宦的大家子弟，由于"少贫、无籍"，流为市井一派，不很高雅。礼亲王昭梿的《啸亭杂录》为这一点留下了对证，试看：

> 和相虽位极人臣，然殊乏大臣体度，好言市井谑语，以为嬉笑。（中举二例，从略）其器量浅隘若此。尝阅《闻见后录》，载章子厚（惇）好为市衢之谈，以取媚于神宗之语，可见今古权奸，如出一辙也。（卷九）

那么，大凡本通文墨，而又濡染市井风习的，必然熟悉唱曲说书、传奇野史。和珅取媚于清高宗，昭梿比之于章惇取媚于宋神宗者，也必然常在皇帝身边谈及市井流行的小说戏本之属。明白这层道理，就明白为什么和珅当上四库馆正总裁,为时不久,禁毁书籍的范围就会想到扩及于"演戏曲本",而要"一体查办"了。(明代皇帝就向太监等索取外间小说。)

孙殿起说:"……此外如明末之史书,清初之小说戏曲等,亦多因查禁而失传。"资为印证,确乎不虚。而禁书目中曾列入一个《五采石》传奇,它和女娲补天就是密切关联的了。

六

朱筠在乾隆三十八年正月提出了那一道"开馆校书"摺子之后,又上了一道《请正经文勒石太学以同文治摺子》。这件条奏,乾隆虽然说是"候朕缓缓酌办",实际上毕竟还是完全采纳了。此事迟至五十六年,才算实现。请看下面这段故事:

> 五十六年,刻《石经》于辟雍,命〔和珅〕为正总裁。时总裁八人,尚书彭元瑞独任校勘,敕编《石经考文提要》。事竣,元瑞被优赏。和珅嫉之,毁元瑞所编不善,且言非天子不考文。上曰:"书为御定,何得目为私书耶?"和珅乃使人撰《考文提要举正》以攻之,冒为己作,进上,訾《提要》不便士子,请销毁。上不许。馆臣疏请颁行,为和珅所阻,中止;复私使人磨碑字,凡从古者尽改之。(《清史稿》《列传》一百六《和珅传》)①

和珅学术不高,但是天性挑剔、嫉妒、忮刻、谲诈,谋略多端,通过这个故事,显示得异常鲜明突出。

清制,大学士例充各种书籍编纂上的总裁,这并不同于挂名的虚衔,多有实务,和珅由于武功无份,对此尤为实心任事。他对《四库全书》就是如此。查禁书籍,一由四库馆掌握开列,一由军机处颁令行知。这都离不

---

① 此事似从五十五年开始。《啸亭续录》卷一云:"乾隆庚戌……乃命刊其书(十三经)于太学中,乙卯春告成。"《清史列传》卷二十六《彭元瑞传》云:"五十六年……十二月以太学石刻《十三经》……命充副总裁。……五十九年九月,石经告成,恭编《考文提要》。"其叙次起讫皆小异。

开和珅。所以到五十三年上，浙江地方大吏覆奏，反映出来的实况如下：

一、自乾隆三十九年奉旨查办；

二、至四十三年十二月，上谕预限二年呈缴；

三、扣至四十五年十二月限满；

四、至四十六年五月，浙抚又奏请展限一年；

五、至四十九年七月，浙省已共奏缴二十四次，前后共计缴进五百三十八种，一万三千八百六十二部；

六、至五十三年，又奏：

> 窃臣承准大学士公阿、大学士伯和字寄乾隆五十三年五月初四日奉上谕："应禁各书，恐尚有存留之本，着传谕严饬所属，悉心查缴，解京销毁；仍将现在因何不行查缴之处，据实覆奏，钦此。"

前已说过，大学士公阿桂本不是管"文治"的，他只因公比伯大，所以列衔在和珅之上，事情主要出和珅之手，是最明白不过的。《办理四库全书档案》中，和珅单独署名的，与他人联衔和领衔的，为数最夥，可以一目了然。

《四库全书》号称是四十七年正式告成的（陆锡熊七月撰"进书表"），上文引述的则是到五十三年还在向各地方逼索续缴禁书留存之本；而五十二年三月《四库全书》处呈交续缮三份（分贮新建的三阁），有一部书出了问题，六月上谕将文津、文渊、文源三阁书复加详阅，乾隆说："据和珅等阅看，各处其讹舛处，不一而足，此内阁若璩《尚书古文疏证》一书有引李清、钱谦益诸说未经删削，并黄庭坚诗集注有连篇累叶空白未填者，实属草率已极！……"由此以致事态发展到纪昀、陆锡熊都得了谴责，降级，赔钞，陆锡熊最后为了校补，竟然死在盛京，而陆费墀弄得抄家荡产，几乎家破人亡。——这一系列的事，直折腾到五十五年冬天，虽然是乾隆出面追查，其实都与和珅的职掌文化之权，挑剔倾轧之习，是直接相关的。

七

吴门"花韵庵主"（石韫玉，一七五六——一八三七，乾隆五十五年状

元)的《红楼梦传奇》(嘉庆间家刊本)有吴云的一篇序文,开头说:

> 《红楼梦》一书,稗史之妖也,不知所自起,当四库书告成时,稍稍流布;率皆抄写,无完帙。已而高兰墅偕陈〔程〕某足成之,间多点窜原文,不免续貂之诮。……本事出曹使君家。……

吴云撰此一序,事在嘉庆二十四年己卯(一八一九)八月十六日,作为历史见证,非常之重要。我初读时还不能完全会理会这篇文字的价值,但见他第一个正面指明《红楼梦》的开始流布和《四库全书》的告成时间是同一的,这个提法并没有给我增添若何新知识,却仍然使我大为震动。

吴云的话可靠与否?精确度如何?有什么意义?我打算作一点考证和解释。让几条资料来帮忙:

(一)批本《随园诗话》卷上,有一条批语:

> 乾隆五十五六年间,见有抄本《红楼梦》一书,或云指明珠家,或云指傅恒家。……

(二)吴兰徵《绛蘅秋传奇》许兆桂序,开头说:

> 乾隆庚戌秋,余至都门,詹事罗碧泉告余曰:"近有《红楼梦》,其知之乎?虽野史,殊可观也。"维时都人竞称之,以为才。……

(三)周春《阅红楼梦随笔》中《红楼梦记》说:

> 乾隆庚戌秋,杨畹耕语余云:"雁隅以重价购钞本两部:一为《石头记》,八十回;一为《红楼梦》,一百廿回,——微有异同。爱不释手,监临省试,必携带入闱,闱中传为佳话。"时始闻"红楼梦"之名,而未得见也。壬子冬,知吴门坊间已开雕矣。兹苕估以新刻本来,方阅其全。相传此书为纳兰太傅而作。……甲寅中元日……

(四)毛庆臻《一亭考古杂记》说:

> 乾隆八旬盛典后,京板《红楼梦》流衍江浙,每部数十金。至翻印日多,每部不及二两。……

（五）梁恭辰《劝戒四录》（《池上草堂笔录》），卷四说：

> 《红楼梦》一书，诲淫之甚者也。乾隆五十年以后，其书始出，相传为演说故相明珠家事，……

（六）郝懿行《晒书堂笔录》卷三云：

> 余以乾隆、嘉庆间入都，见人家案头必有一本《红楼梦》。……

（七）陈镛《樗散轩丛谈》卷二，"红楼梦"条云：

> ……然《红楼梦》实才子书也。初不知作者谁何，或言是康熙间京师某府西宾常州某孝廉手笔。巨家间有之，然皆抄录，无刊本，曩时见者绝少。乾隆五十四年春，苏大司寇家因是书被鼠伤，付琉璃厂书坊抽换装钉，坊中人藉以抄出，刊版刷印渔利，今天下俱知有《红楼梦》矣。《红楼梦》一百二十回，第原书仅止八十回，余所目击；后四十回乃刊刻时好事者补续，远逊本来，一无足观。近闻更有《续红楼梦》，虽未寓目，亦想当然矣。

（八）尤凤真《瑶华传序》，开头说：

> 余一身落落，四海飘零，亦自莫知定所，由楚而至豫章，再由豫章而游三浙，今且又至八闽矣。——每到一处，哄传有《红楼梦》一书，云有一百馀回，因回数烦多，无力镌刊；今所传者，皆系聚珍板刷印，故索价甚昂，自非酸子纸裹中物可能罗致，每深神往。……嘉庆己未岁、中秋前六日……（己未为嘉庆四年）

这些历史给我们偶尔遗下的东鳞西爪，使我们得以粗略地然而又是相当鲜明地看到几点颇关重要的事实：

——乾隆五十年以前，《红楼梦》这部书只有巨家富室间或有之，一般人绝少得见；

——由上一条可推，程伟元所说的"好事者每传抄一部，置庙市中，昂其值得数十金，可谓不胫而走者矣"，并非真是说各庙市到处都摆着，有钱即得,因为没有人管书贾叫什么"好事者"。好事者一辞,有时是很坏的意思,比如好生是非、不端不法之徒(例如康熙时明珠之子揆叙的奏摺里就说"庶好事不端之人知所儆惮")。那时实际情形是,《石头记》原系有"碍语"的秘本书,只有"不法之徒"为了赚一笔大钱,才冒着风险传抄一部,放在庙市,也绝不是明摆陈列的意思,而是秘密交易(旧社会买卖"淫书",都是这样,生人硬买,是不给看而拒言"没有"的);

——从五十四年春,始有刊本的事情在逐步经营以至实现;

——到五十五年(庚戌)秋,已经有了百廿回抄本,和八十回抄本并行;

——甚至可能已有百廿回的摆印本出现了①,"八旬盛典",也正是乾隆五十五年;

——到五十七年冬,苏州开雕;五十九年秋,苕溪(吴兴)新版亦出。毛庆臻说的"八旬盛典后,京板《红楼梦》流衍江浙",的然不误。所谓"萃文书屋"的"程甲""程乙"本,即是所指的京板,而非南刻。

——百廿回的所谓"全璧"本,本来无有,是五十四年"好事者"(恰好也是"好事者")续补出来的;

——这部"聚珍板"(活字)的印本《红楼梦》,价钱和传抄秘本无异,也要"数十金"!这是"酸子"穷念书人所断断买不起的——那是中等人家过一年日子的费用。等到翻刻本出来了,这才"普及"起来,上层社会知识分子圈里已有了家弦户诵的势头;

参互综合,可见吴云说《红楼梦》是到了《四库全书》告成时才稍稍流布,这话是基本正确,与它先后的诸资料都相互合榫,他们之间也无扞格之处。如此,合九条记载而观,由乾隆末年到嘉庆初年的这些人的话,就是异常值得注意研究的了。

八

《石头记》本为秘书抄传,如永忠者乃康熙帝所欲传位而受雍正迫害

---

① 就是说:"程甲本"辛亥的序,已经是后来追加倒填之补页了。这一可能是不能排除的。

的胤禩(本名胤祯)之孙，最爱收书——昭梿写他是"常不衫不履，散步市
衢，遇奇书异籍，必买之归，虽典衣绝食所不顾也"，然而他竟然迟至乾隆
三十三年才因敦诚之幼叔墨香额尔赫宜而始见《红楼梦》，而且他的叔辈
瑶华道人弘旿还明明久闻是书之名，恐有"碍语"而终不敢一看；敦家弟兄
也绝口不谈此书一字——那么为何到了四库书时期即大规模禁毁书籍的
时期，它反而倒大行其道、风靡全国了呢？这难道只是程、高二人"胆大包
天"的问题吗？其中缘故，岂不可思？

九

嘉庆四年中秋月，这时早已度过了开馆查访禁书的时候，可是，作《红
楼后梦》的"小和山樵"在他的"凡例"里，还觉得要首先声明"书中无违碍
忌讳字句"！现在的人，如何能忘了(不了解)当那乾隆五十年上是什么
"形势"和"气氛"而胆敢刊印《红楼梦》小说？

嘉庆庚辰(二十五年，一八二〇)七月既望，"讷山人"为《增补红楼梦》
作序，有一句话：

> 《红楼梦》一书，不知作自何人，或曰曹雪芹之手笔也。……久而
> 久之，直曰情书而已。夫情书，何书也？有大人先生许其传留至今
> 耶！？……

这种嘉庆时人的话①，今日读来，岂不令人雷轰电掣，大吃一惊！这才觉
得过去读书看事，是太粗太钝了。——我并不是说我的红学见解和讷山
人一样，而是说，从他口里，这才体会到当时对这样的小说野史的"传留"，
是要系赖于"大人先生"的"许"字上头的！(四库修书之中，连一个集子里
的"美人八咏"都要删除的。)今天的我们，如何能懂到这一层意义呢？

---

① 嘉庆初年的一些《红楼》续书的序记里，时常有极可重视的话偶得流传下来，例如说：《红
楼梦》是"不得志于时者"的"有感而作"；说它是"托假言以谈真事"。就连说曹雪芹有"后梦三十
回"，也隐约透露了当时有的是知道雪芹原书八十回后是有"三十回"之数的。

由这里,必然会想:如吴云所指出的,《红楼》之正式印行,适值四库书告成之时;夫此时者何时也?清人皆知此为"书禁最严"之时,没有一位"大人先生"点头,那行吗?而且,在那种大毁大禁的情势下,独独有它一经刷印,就那样为官场重视,南北风行——则"京板"之从事,不有大人先生为之幕后主张,又怎么能想象呢?

十

高鹗身为八旗文士,他在《红楼梦》的"重订"上,态度如彼其明目张胆,大模大样,也着实让我奇怪。他丝毫不忸怩,不迟疑,署上大名,钤上名印,并且正面表示:

> 向来奇书小说,题序署名,多出名家;是书开卷略志数语,非云弁首,实因残缺有年,一旦颠末毕具,大快人心,欣然题名,聊记成书之幸。

你看他这个派头儿和口气,何其遮奢哉!岂不可怪之至?更可骇异者,他竟然还说了这样的话:

> 是书词意新雅,久为名公巨卿赏鉴。

> (以上皆见壬子程本《石头记引言》)

怪哉异哉!"名公巨卿","大人先生",可为佳对,何其映照生辉,无独有偶!不是真有一位名公巨卿,他敢用这种话装点门面,管保立刻就有麻烦到门。要知道,就在乾隆四十一年闰十月,已然出过了一件"八旗大臣子孙"藏匿悖谬不法书籍的文字狱:著名的指头画家高其佩的儿子高纲,惹了事,给孙子高秉种了祸根,乾隆当作一件大事,大张旗鼓地搜家、拿办、宣传;下令苏州、江宁两处查明所有刷印纸片、板片,概行呈缴。这也就是《四库全书》编纂期间各省呈进禁书、皇帝亲自检阅的结果之一。高鹗何人,身隶旗籍,而辄敢冒此大不测乎?其为有所恃而方不恐,自无待智者

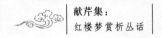

始明，当时人盖亦不难洞见，特不肯那么明说罢了。

十一

如今先对陈镛所提供的重要线索，作一下考察。

陈镛是何许人呢？他是江苏吴江人，字兰冈，生卒不详，所著《樗散轩丛谈》十卷，有"甲子夏五"（嘉庆九年，一八〇四）金瑶冈（芝原，寿潜居士）序，但其本书末幅已有对"嘉庆九年七月"的记叙语，则此书毕竟刊于嘉庆九年否，不可知，很可能是十年之事。书是"苏州阊门外桐泾桥西首青霞斋吴刊刻"，巾箱小册，颇工致，讹字仅二、三见。从书中看，喜记年月，最早的是雍正九年、乾隆元年，有的甚至记下日子。他是乾隆四十四年（己亥，一七七九）暑月晋京的，一住"几二十年"（中间有南返探亲），离京原因大约是他到"五十九年十月二十五日始授官宣平县尉"（县属处州，在浙江丽水县西北），所以"乾隆六十年春余自京南返"。他京中有表兄、内兄，都像是做小官的。他本人到京何干呢？原来是"佣书三馆"（金瑶冈序，瑶冈即镛表兄）①。这就是当《四库全书》等大规模编纂工作出来以后，数以千计的低层知识分子被招收入馆，充任缮校印造种种杂事职务，故书中每称"同馆友"。这使他得以"嬛嬛窥秘"（徐乔林题《沁园春》，卷首），并且有时能见到蔡新等名公巨卿。

陈镛自己无科名，所记人物大都是明经、秀才、"上舍"、"参军"幕客之流，做了一任极小的县尉官，即因"宦情似水，难忘莼鲈"而告退闲游；其人甚有风趣，学识渊博，见解不俗，记北京地名、风物、俗语，十分可宝之资料也。他像南士到京必住"宣南"一样，大约住在前门外西河沿延寿寺街一带，提到琉璃厂古玩铺、书画肆、药室，廊房头条胡同旗伞铺……也是熟悉"前外"、"宣外"（对内城只提到东四牌楼骡马市。对皇城一语不及，亦

---

① 据《办理四库全书档案》，有一陈镛，但是说他于乾隆四十六年"病故"。岂同时有两陈镛同与书馆职务有关？在档案的应是分校，而此一陈镛是缮录。

不谈政治,是有意避之)。他记乾隆四五十年间之事的,条数最多。他记事强调"目击",屡用此词。所以他表兄金瑶冈说他的笔记小说是"无妄语"、"免诬谩妖惑之讥"。

我所以大略介绍陈镛这个"无田可耕,无园可锄,无屋可处"的寒士之为人者,是为了判断他的记载的可靠性如何。看来,这不是一位捕风捉影、随口乱道之人。而诸家记载中,独他指明:"乾隆五十四年春"是百廿回《红楼梦》印本的最早起因时间,连季节都是分明的(须知这一年固伦十公主下嫁和珅之子,他们正是极盛之日)。不但如此,他还指明这件事由"苏大司寇家"引起。

这位苏大司寇可值得注意了。他又是何如人呢?

此人名叫苏凌阿,姓他塔拉氏,满洲正白旗人,和雪芹家倒正是同旗。他的"名气"倒也非同小可,原来是嘉庆宣布和珅二十条大罪状中的一案之人。《办理四库全书档案》中也一度出现他的名字。对于他,《清史列传》不载,《清史稿》倒有传,可惜十分简单枯燥,了无意味,——

> 苏凌阿,满洲正白旗人,乾隆六年(一七四一)翻译举人;自内阁中书累迁江西广饶九南道,左迁。五十年,自吏部员外郎超擢,历兵、工、户三部侍郎;迁户部尚书。出为两江总督。嘉庆二年,授东阁大学士,兼署刑部尚书。和珅诛,休致,守护裕陵,卒。

这种史书的规格,有点莫测其高深:如谓不值得立传,大可省免;如谓值得立传,则这等的传究不知于天下后世有何用处?说是效法欧公的"逸马杀犬于道"吧,连这么一句也无有,真是令人闷闷之甚。所以到底还是礼亲王昭梿,他的原书虽然遭到"醇邸"的删节,也还能窥豹一斑,不无精彩:

> 苏相国凌阿,姓他塔拉氏,中庚申举人;晚年与和相联姻,始跻公卿;龌龊守位,无甚表见。任江督时,贪庸异常,每接见属员,曰"皇上厚恩,命余觅棺材本来也"。人皆笑之。其劾杨天相诬盗案事,众皆为杨抱屈,杨正法日,六营合祭,哭声震天,几至激变,赖陈军门大用安抚之始已。其入阁后,龙钟目眊,至不能辨戚友,举动赖人扶掖,瑶

华主人弘旿尝笑谓余曰：此活傀儡戏也！和相赐死后，公即予告，复命守护裕陵，久之乃卒。然其少时充中书舍人，请诺于政事堂中，众皆笑其庸劣，惟鄂文端公曰："诸君莫轻视苏公，其人骨相非凡，将来必坐老夫位也。"人皆以为公一时谑语，后卒践其言，亦一奇也。（《啸亭杂录》卷八）

数笔勾勒，颊上三毫，其人呼之欲出，胜读《清史稿》者万万。嘉庆的上谕说：

大学士苏凌阿，两耳重听，衰迈难堪，因系伊弟和琳姻亲，竟隐匿不奏；……大罪十一。

正可与昭梿的记载合看。查《清史稿》卷一百七十九大学士年表二，苏凌阿于嘉庆二年九月始任东阁大学士，至四年正月，以原品致仕。又卷一百八十四，部院大臣年表四上，苏凌阿自乾隆五十七年继明亮为刑部尚书；卷一百八十六部院大臣年表五上，苏凌阿至嘉庆二年八月迁，以舒常兼署刑尚，而至三年十一月，苏凌阿兼理刑尚事，至四年正月罢。所以《清史稿》本传的叙次是太粗疏了①。

因此，陈镛称他为苏大司寇，是以他在京时所习闻的官职追称的，不足为异。这位苏公，庸劣不堪，只因是和珅的至亲，才爬到大司寇、大学士的高位；——他是一个只会说"皇上叫咱来捞棺材本儿"的人，能"赏鉴"《红楼梦》吗？只怕未必。从这里，我忽然悟到，这位据高鹗说是"赏鉴"《红楼梦》的"名公巨卿"（或大人先生），原来就是和珅及其一党至近的人。

---

① 据《国朝耆献类徵》卷二十九引"国史馆本传"，苏凌阿满洲正白旗人，雍正十三年由监生考授内阁中书；乾隆六年中式翻译举人；十年由中书擢镇江府理事同知；以后大抵外任府道等官；至四十九年回京，由吏部员外郎历兵、工、户等部侍郎；五十七年擢刑部尚书（兼厢红旗汉军都统），至嘉庆元年正月敕谕免其生日赏赐（因审案草率），有"苏凌阿今年八十"之语，推当生于康熙五十六年（一七一七）。"本传"又言：二年十月授东阁大学士，兼署刑部尚书；四年正月谕："苏凌阿年老龙钟，和珅因系琳姻亲，且利其昏愦充位，借显己才；伊年逾八旬，起跪维艰，岂能胜纶扉重任，著以原品休致。"三月命守裕陵；十月卒（一七九九）。单据《清史稿》，可以给考证上的重要线索和思路造成大障故，所以运用资料是个极大的问题。

十二

《红楼梦》本来只传出八十回,乾隆五十年以后,忽然出来一个一百二十回的"全本",这件异事,依陈镛的说法,是由苏凌阿家因"抽换装钉"而引起的,有"好事者"就乘机会续出了四十回。这事太可注意了!

我于是重读清代人涉及《红楼梦》的资料,看看有无可供参互的旁证。读到赵烈文《能静居笔记》引及宋翔凤的那一条,不禁大吃一惊!这条资料,自从蒋瑞藻在《小说考证拾遗》中引了以后,似未引起任何注意。后来我再转引它,那时所重视的只在于"钥空室中,三年,遂成此书"一点,别的就都草草看过,不作深思了。如今再读时,实在是惊心触目!你看那是怎么说的?——

> 谒宋于庭丈于葑溪精舍,于翁言:曹雪芹《红楼梦》,高庙末年,和珅以呈上。然不知所指。高庙阅而然之,曰:"此盖为明珠家作也。"后遂以此书为珠遗事。曹实棟亭先生子,素放浪,至衣食不给。……

这真是太重要了!这样关系重大的事,过去流水看"过",视而不见,实可自愧。

现在事情已经清清楚楚了:既然——

一、乾隆的末年(正是五十几年了),是和珅把《红楼梦》进呈上去的;

一、乾隆皇帝不但看了,而且给以"肯定"的评价,"然之";

一、乾隆皇帝是最早的"索隐派大红学家",是他解为"明珠家事"的,别人才都跟着说。

那么,如果和珅的呈进本是雪芹原来——乃至是一部当时传抄行世的八十回本,乾隆能"然之"吗?这就是另一个绝大的关键问题了。

也许有人会设疑:为什么和珅所进呈的就不能是雪芹原本呢?问得对。和珅前一回肯定已进呈过一次,那呈的就是原本。而我们此刻研究的宋翔凤的传述的具体内容问题,却正需要深入分析审辨。不要忘记:如果乾隆一见原本《石头记》就能"然之",那又何用害得某满人"大惧"而且

"连夜删改进呈"呢？我想，仅此一点，问题已经够清楚，无待烦词了。何况，宋翔凤的话，是有其深意而非信口漫谈的——他的话具有来历我已一再指出过，今再简叙一番，并略作补充。

宋翔凤，字于庭，长洲人，生乾隆四十一年，卒咸丰十年，嘉庆五年乡试举人，做过泰州学正、旌德训导，湖南兴宁、耒阳等县知县，都是极小的小官，自幼处境艰困，穷苦励学。外祖父庄存与，舅氏庄述祖；他与刘逢禄同传外家之学，述祖至有"刘甥可师，宋甥可友"之目，深受激赏。他由名物训诂进而以求微言大义，是常州学派公羊学的重要人物，而有人评他已能融汉学、宋学，泯门户之见。又工词章吟咏，时有奇气。他与当世名流唱和，于其《忆山楼诗录》可见。他外家两世久宦京师，为清秘之职，习知朝野故事；刘逢禄与同邑张惠言共治《易》学，张惠言、恽敬则皆在京师任咸安宫官学、景山官学教习，正是教育内务府子弟的学校的老师。这样的一位诗人、学者，他有无数的"渠道"能听见关于曹雪芹与《红楼梦》的传述。因此，他的话是可信的。

十三

对于上述的重要事相，应当作出也必须作出解释。

乾隆皇帝是一个杰出的人才，自己英明颖异，所以也不愿和笨人庸夫共事，他手下，从小太监到柄国大臣，都最喜欢聪慧才干的人，如小内侍鄂罗哩、大学士于敏中，都是佳例。鄂罗哩是"人素聪黠，善解上意"；于敏中是状元宰相，其才之敏捷为世所称异，也是办事"得上意"。这就是，伺候乾隆的人必须善于了解乾隆的心思意向才能得用。这在旧时叫做工于揣摩，揣摩的结果必然是迎合。于敏中当年和刘统勋力争，终于开了四库馆，他也做了正总裁，而纂修重要人物之一的陆费墀，正是他于相国的门下士。无巧不成书，继于敏中而执政的和珅恰好也是一个聪明敏捷、善解上意的人才，也做了四库书的正总裁，他的私党吴省兰也成为校勘纂修官的重要成员之一。迎合乾隆，把开馆修书的好事逐步引向了大肆禁毁的，于、和二人，与有力焉。于敏中是"高级人士"，不会对皇帝大讲稗官野史的事；和珅却是接近"市井一派"，黏杆处出身，有儇薄佻佻之风，他就可以向皇帝讲说外间的小说唱本的情景。乾隆四十年出了高纲一案，搜出江宁"清笑生"的《喜逢春传奇》中有不法之言词，这使乾隆的注意力也落到了民间文学身上。所以有人从禁毁书目中辑录小说戏本之目，已有二十二种之多，何况那并不是全部，我就还能举出《镇海春秋》一目，著录云有八本，可见这是部头不小的一部野史。有关的档案并曾特别注意以"时事"为内容的戏本小说一类通俗文艺。

和珅身为相国，对有关社会"风化"的事十分注意。广慧寺僧人明心（本名王树勋，下第举子）以扶乩卜筮轰动士大夫，名流多与之游，和珅便加访拿。风靡京师、使举国若狂的名伶魏长生，善演淫戏，徒弟陈银官继其业，至有青出于蓝之誉，也是和珅觉察了此事，将银官枷号于步兵统领衙前，特以辱之，凡来给银官说情的，都得了罪谴，谪贬不一，最后将银官逐出了北京。又须想到，上述二例本身之间也不无关联，因为清代律条，曾把失禁淫词小说的，照失禁"邪教"论罪。

当乾隆四十年，高纲案中，还只会勒令地方将违碍之书，已印成的纸片，和原刻板片，都要缴毁；到四十五年，和珅来主其事，就发明了"删改抽撤"的新办法。这实是乾隆晚期"文艺政策"上的一大创造发明。

和珅为了攻击另一位状元宰相彭元瑞，将他所著的《石经考文提要》加以挑剔批驳，另找人作了一部《……提要举正》，进呈给乾隆，并且还要私自磨改石经，凡是从古的文字，他都磨掉另改了。

我想，凡是知道《四库全书》真相的，都不仅为它的乘机大批禁毁遗书一点所震动，而且更为它的有意窜改古书原文之事所震惊！（四库档案里的字眼："删去数篇"、"改定字句"、"厘订"、"校勘改纂"、"略为节润"等等，略见一斑。）其实，乾隆连他祖宗的历朝实录都偷偷地大加删改，掩去种种真实史迹原貌，这也久属史家之常识了。所以当和珅时期，推其"精神"而及于民间通俗文艺作品，改动小说戏本，更是当时毫不为人诧异的区区琐事细故了。

明乎此，则和珅与《红楼梦》的真关系是什么？当不更待烦言而后明。和珅对《红楼梦》用的办法，正是四十五年首次提出的那个"删改抽撤"。

历史的事物痕迹，往往以很有趣的形式在另一个地方反映出来。我举一个例子："归锄子"的《红楼梦补》，也是嘉庆刊本，它的《叙略》指出，他之一反"前书"（主要指雪芹原著）的办法就是先让警幻仙姑窜改十二钗册子，为续书情节提供"根据"。你听他怎么说：

> 一、林黛玉系书中之主，警幻仙之抽改十二钗册，全为黛玉起见，自必筹及所以位置之处，使扬眉吐气，一雪前书之愤恨。惟专顾主而不顾宾，终留缺陷，非补之之意也，故十二钗册既改，而宝钗不死，不足以快人心；宝钗死而不生，亦不足以快人心。

这种"抽改十二钗册"的设想，如果没有前一段的政府功令、官家实践，以及随之而形成的社会风尚（包括人们对待事情的看法），那就是很难想象的怪事了。

曹雪芹的《石头记》一变而成为程高的《红楼梦》，正是"删改抽撤"政策的实施，其真正的主持者有一位大人先生，或者叫名公巨卿——此人正是善于改动原本、假手他人，别著一书、用以进呈讨好的和珅。考察一下，处处合符，般般对榫。宋翔凤的话，揭示了现代人已难理解的历史真实。

十四

宋翔凤这个人很有趣，他留下来的有关小说戏曲的口述掌故轶闻而别人替他记之于笔墨的，除了这条和珅进呈《红楼梦》，还有一条，见于《鸥波渔话》卷一：

> 舒铁云文位《瓶水斋诗》，惊才绝艳，生面独开，久已骚坛传诵。
> 余尝见其手书古文稿一帙，……又见手书所撰乐府杂剧一卷，亦未刻

之书，尚记其《琵琶赚》《桃花人面》二目，馀已忘之。闻宋于庭丈翔凤言：嘉庆戊辰、己巳间，铁云礼闱报罢，留滞京华，时娄东毕子筠华珍方客礼亲王邸，二君皆精音律，取古人逸事，撰为杂剧，如杨笠湖吟风阁例；礼王好宾客，亦知音，甚重二君之才，王邸旧有吴中乐部，每一折成，辄付伶工按谱，数日娴习，即邀二君顾曲，盛筵一席，侑以润笔千金，亦一代名藩佳话也。……

可见宋翔凤对京城掌故，上自豪门习尚，下逮才士风华，皆至熟悉，其言亦娓娓有致，惜赵烈文拙于笔录，将一条关系《红楼梦》的极其宝贵的材料简化太甚了，失去很多细节生动处（蒋瑞藻亦每作删节），真一恨事！

宋翔凤所传述的礼亲王，就是昭梿的父亲永恩，他在乾嘉两朝之间袭封礼王；而舒位恰巧也和曹雪芹发生过一点关系：有人见过一幅画，上有雪芹题跋，而舒位也题于其后，对雪芹轶事有所记叙。说起来，倒也有"左右逢源"之乐了。

既然由宋翔凤亲口传述，《红楼梦》的种种经历之中，曾有非常重大的事件，它确实经过了皇帝的"御览"，而将此书进呈的却是当时最有权势的和珅。须知时当乾隆末年，亦即《四库全书》告成之际，曹雪芹的这部小说竟然和乾隆、和珅君臣二人打上过交道，这事情本身就非同小可！——而我们的问题，马上就落到：那么这个进呈本到底是何种本子？

凡在治红学人，如果思路一经领到这个问题上来了，都不会不引起严肃而深刻的思索。

我自己想来，和珅所进呈的本子，不外乎三大类别：一类即早在八旗巨家流传的八十回抄本；一类即雪芹和脂砚自己的原稿或原底本，即百十回真全本①；一类即百二十回的所谓"全璧"本，亦即已然续出四十回的后来称之为程本的通行本。

那么，毕竟哪个可能性最大呢？

---

① 我曾推断雪芹原著可能是一百零八回，百十回为举成数以言之。见《社会科学战线》第一期：《〈红楼梦〉原本是多少回？》。

回答这个问题，恐怕不宜搞成一条最简单的形式逻辑样子的算术答题，因为历史的事情往往非常复杂，一个以上的可能性都存在，而且又不一定是相互排斥的——是甲就非乙，是乙就非丙，等等。应该看到，赵烈文记录宋翔凤的话的时候，他的拙笔（过分求所谓"洗炼"）已经把事情大大简化了。换个方式说，我以为宋翔凤原话语意并非是说和珅只进呈了一次或只进呈了一类本子。再换个方式说，宋翔凤的话（被记录成了那个样子以后）仍然可以听得出：他是说，到和珅这一次（末一次）进呈的时候，乾隆皇帝点了头——表示"这样子行了"。这才是所谓"高庙阅而然之"的本事和本意。

为什么我这样认为？很明显，如果那是雪芹原本，乾隆看了，绝不可能"然之"的。乾隆所点头的，就是乾隆五十四年春天已经进行的这个百二十回"全璧"本了。也就是说，和珅到这次进呈，得到了批准。不但批准，而且还特地为它提出一个崭新的"红学见解"：明珠家事也。闹了二百几十年，原来很多人不知道索隐派的开山祖师却是乾隆皇帝！

这样的事，难道不稀奇已极？难道还不值得大书特书吗？

根据"唯我"跋《万松山房丛书》本《饮水诗词集》引某笔记，郭则沄《清词玉屑》卷二，清代流传的遗闻轶事，又皆确言乾隆曾临幸某满人家，发现了《石头记》，挟其一册而去，某人大惧，急删改进呈——这样一段故事。我早曾引录过，兹不更赘。再看脂批，则有"壬午重阳""索书甚迫"（并且愤慨杜甫生前茅屋为秋风所破，身后连祠堂也为贪吏所侵据）的话；敦敏有"阿谁肯与猪肝食"之句（隐谓该管官吏对雪芹凌逼）。再看王澍（伯沆）批《红楼梦》记下了一部精抄黄绫面大册本——此乃进呈的规格，此书后归狄平子手。（以上皆可在《新证》中查见。）综合而观，《石头记》早曾引起过一次风波。那一次，由于既加"删削"，似乎从此传世只限八十回，并且成为秘本，甚至宗室诸人闻名而不敢取阅，就是那一次风波的结果。及至修书、查禁、销毁、抽撤……之风盛极一时之际，范围逐步扩及小说戏本，乾隆、和珅这才又想到这部名气甚大关系非小的《石头记》的旧案，要再次彻底查办。和珅的手眼，要搜集一下当时的"《红楼梦》版本"，那是易如反掌，不费吹灰的。他可以派人到市井书坊,他可以派门下清客到士大夫家,他更可以一句话指令内务府彻底查奏曹雪芹的一切一切——那时是无须像我们还要搞什么"红学考证"的,一切档案,一切家族、亲友;人证、物证,班班具在,一目了然。——这下子,大约雪芹脂砚的真原本手稿、清本,如果壬午重阳那一次未被搜去的话,此时也不难落于和珅之"珊瑚网"。

我以为,宋翔凤的话,应该是所包较多的,和珅的进呈,并不是一次。他将所得之本呈交乾隆之后,就决定了《石头记》的命运:这部"邪书"不能让它照样"流毒",必须加以"抽撤"。于是他们将八十回以后的原著,全部销毁,另觅"合宜"之人"撰成全部"。等到乾隆五十四年,连苏大司寇家都懂得要将《石头记》"抽换装钉"了,事为久居"前外"或"宣南"的陈镛所目击。这说明,和珅至近的亲友,深知底蕴,这时忽然要"整理"这部"野史""闲书",一个可能是知道"新本"即出,要保留一部"原件"作为珍藏,一个可能是将和珅隐去(他身太大,太招风),代他出面到琉璃厂去进行一次刊布"新本""全璧"的布置、准备和掩护活动。

要之(还可以有第三个可能……),陈镛指明百二十回本之出现,即由"苏大司寇"这位和珅至亲而引起,而宋翔凤也知道《红楼梦》是以和珅为代它邀获御赏钦准的中枢人物,这其中的微妙,就昭然若揭了。

上述推断,全由赵烈文所记宋翔凤语而可知:宋氏是和薛玉堂(给高鹗以"不数石头记"赠诗之密友)有来往的,岂能不知高鹗对于《红楼梦》的特殊关系?(例如嘉庆十九年刊本《红楼圆梦》的楔子就说:"一日忽梦到一座红楼里面,见一姓高的在那里说梦话。"可证当时一般人也对高鹗续书之事有其所闻。)但他原话却说"曹雪芹《红楼梦》",而不说"'高偕程某'的百二十回《红楼梦》"(如同时吴云即如此说),何也?乾隆不会"然"雪芹之原著,所"然"的又只能是新告成的"全本",上文已经说过。则可见宋翔凤的被简化了的原话是从曹雪芹当年如何开始写作《石头记》谈起,直讲到日后和珅如何进呈了那部"新全本"而获得御赏的整个过程的(乾隆也很喜欢"补阙"的,例如修四库书时发现《离骚图》已然不全,他下令补"齐"了)。他还为此"新全本"特意布置下"索隐红学",连作者也散布"不知谁何"之说或"常州某孝廉"之论，——这全是他为了令人无从捉摸本来真相，藉以改变这部重要小说的性质的策略手段。我们对此，岂能无所感受？读古人书，在于能得其"间"，那例子是举不胜举的了。

十五

和珅如何物色"人才"，为《红楼梦》装上伪续，以充"全书"的具体经过，自然很难设想会有什么"史料记载"，还能为这件事情出庭作证。不过，要得人不知，除非己莫为，天壤间毕竟有无形的"声波"以出人意外的特别形式传播着种种历史遗迹。时当光绪三十三年（一九〇七），上海《小说林》刊出署名为"蛮"的《小说小话》，却给我们留下了一条重要线索。当他论到《水浒》《石头记》《金瓶梅》《儒林外史》等著名小说皆无全本时，说道：

> 《石头记》原书，钞行者终于林黛玉之死，后编因触忌大多，未敢流布。曹雪芹者，织造某之子，本一失学纨裤，从都门购得前编，以重金延文士续成之，即今通行之《石头记》是也。无论书中前后优劣判然，即续成之意旨亦表显于书中。世俗不察，漫指此书为曹氏作；而作《后红楼梦》者且横加蛇足，尤可笑焉。

对雪芹的著作权的问题，这位蛮先生没有弄清楚，是令人遗憾的，但是他除了有若干错觉而外，却有很大的贡献。他误以为雪芹原著抄本流传的是到九十七回"苦绛珠魂归离恨天"为止——这不值得讶异，因为嘉庆年间为《红楼梦补》作序的"犀脊山樵"就说过了：

> 余在京师时，尝见过《红楼梦》元本，止于八十回，叙至金玉联姻、黛玉谢世而止。今世所传一百二十回之文，不知谁何伧父续成者也。

这一段公案，我已在《红楼梦新证》页一〇九三的边注中详细论及，举了很多例子，此处不再复赘。现在让我接着上文的话说，蛮先生虽然还弄不清到底原本是多少回,但他确言百二十回本乃名貂不足,狗尾续成,他并且认为续补之意已经在书中有所显示,文字语气隐约可见。蛮先生从世代传闻中也听说了雪芹本是织造的后嗣,是一个"失学纨裤",可是他又弄错了更重要的事情:硬说是雪芹以重金延请文士来把小说补成的。现在谁都知道了,很多史料都证明雪芹是贫困异常,衣食不给,他如何会有"重金"? 由此正可明白:出重金、延文士的,另有其人——这人是名公巨卿、大人先生,最为明显不过了。

我们研究历史事物,往往就是这样,可靠的、真实的、精确的,和虚妄的、讹错的、走样的,杂糅在一起,需要我们自己去穿穴爬梳,用心识别。蛮先生这段话的重要性,正在于它告知了我们百二十回伪本续成的经过是有人出钱,找人代作而成的。

这个肯出钱并且有钱可出的,不就是宋翔凤指名的那个和珅吗?

十六

和珅不但是颇通文墨,而且自己也以诗人自居。他说"骚人亦有闲情绪",他生儿欲其能"继书香",与舅氏交往则是"论文"倡和,延罗侍讲胗(今用诊字)脉则与之"谈诗",他临终所叹的是"怀才误此身"。只因他"臭名昭著"了,所以也就无人提起他的这一面。我所见笔记小说中谈到和珅诗的,只有三种书:一是钱泳的《履园丛话》,已见前述;一是叶廷琯的《鸥波渔话》;一是邓之诚的《骨董琐记》。《履园丛话》卷上《谭诗》有一则,略云:

> "人从绝巇如鱼贯,马入寒林列雁行。"此和致斋公相随围诗也[1]。案庾子山《游猎》诗有"石关鱼贯上,山梁雁翅行",似即本此。然余以为和相未必有此诗存在胸中而用其典故,亦偶尔相同耳。和

---

[1] 此一联不载和珅集,而见于和琳《芸香堂诗集》中,为《巴彦喀拉围偶成》七律诗之额联。此诗盖珅琳兄弟联句续成,而此联确为珅作。

相有《嘉乐堂集》，其子驸马公丰升殷德所刻。闻驸马亦工诗、古文，……

钱泳的评论，颇称平实公允，不以人而废言。其实，和珅时有佳句出现。例如，"雨过半丛明晚照，风摇一树抹残霞"，"一夜凉飔翻碎锦，满丛元〔玄〕露湿丹砂"（咏枫）；"庭空花寂寂，人立月娟娟"（乞巧）；"残月清星影，朝暾破岭阴"（晓发）；"夕照芳亭绚，残霞翠嶂红"（奉使来滇排律）；"点笔织成云锦巧，拈诗敲破月痕圆"（和石庵尚书）。他的一些古体，很能状物写心，避繁不再多举。这总不会是只靠倩人代作的情形。嘉庆看了他的诗，也承认"小有才"。《鸥波渔话》卷五"和珅诗"条，却说：

昔在芳草堂见惕甫丈（按指王芑孙）所藏海内同人尺牍四十馀册，皆乾、嘉间名臣名士手迹……惟忆董文恭公（按指董诰）一札，以一人所作诗倩惕翁代为点改，又嘱其无须多动笔，但择不著紧处签注三五条，即驰送园寓，云云。札后惕翁手记云："和珅一日作七古一首，凡数十句，而实无一句押韵，用典纰缪处亦甚多，携之直庐以示富阳（董诰），嘱为改定。不敢改也，乃以委予。时予客其京邸，故自圆明园致札如此。和珅之陋劣，不自知其丑，固可笑；而富阳立朝委曲之苦心，亦于此见之矣。"……

叶廷琯凭记忆述昔年所见，转记王芑孙的这段话，不知精确度如何？假若不失原来文义，则王氏之语未免过甚其词，这恐怕是和珅既败以后的"破鼓乱人捶"了，因为据我看和珅的《嘉乐堂诗集》，实在不至像王芑孙所贬的那样不通，相反，倒是时时有思致，有作意，有真情感，虽格调并不甚高，亦何至如所言之陋劣。若说和珅作诗，有人捉刀，或倩人润色，那自然也是可能有的，但也只应是就应制题咏的十分典则雅丽的篇章来讲，那是合乎情理的，绝不会是全部如此。比如他那些写家常生活，细琐抒怀，悼亡，伤子，挽弟，挽舅等诗篇，都很真切，不无感人之处。——说这是别人捉刀，谁也不会相信有此情理。那么，他还是很能写一些诗句的，甚至有用一句杜牧诗连作五首辘轳体七律的本领，绝不是连押韵都不懂的不通之人。我们论人,最忌这种样式的"极端"派,要说人坏那就坏得"狗屁不通"。这只不过是一种最为庸俗的抑扬法罢了,对科学,对真理,毫无交涉。我的意思是以此来说明:和珅的诗虽不甚高,但他还是个有诗心、懂诗境的人,也很通诗律。

《嘉乐堂诗集》看来是丰绅殷德就他手边所能寻到的一些稿草,略加辑录而编成的,并非全貌[①]。诗却是按年编次的,这一点很有用。

读到诗集的后半,逐渐使我发生了一个感觉:和珅的诗中显示出了相当鲜明的《红楼梦》的影响。试举数例于此:

岚气界空林

(《出哨归途晓发》。《红楼梦》薛宝琴传述真真国女儿诗:"岚气接丛林")

(岔风忽起)恍如棒喝顶门惊,唤醒痴迷悟方始。
禅机岂可妄相求,我对石言石点头。
……

(《庚子二月中澥奉使过黔……》〔游飞云岩观奇石〕)

茫茫幻海待如何?生灭循环万劫过。
当前境界皆空色,本地风光足寤歌。
……

(《哨内醉中咏怀……》)

粤自上古开鸿濛

(《应制题元拓石鼓文》)

浮踪幻影等浮家,欲渡迷津乘汉槎。
自笑自疑还自悟,当前时现妙莲华。

---

① 例如,友人齐傲兄帮我辑佚,单是从《热河志》一书上就辑得二十多首。他有"纪略成书老以诗"之句,指《河源纪略》。可见还有可辑者不少。

色空空色两微茫,彼岸同登一苇航。

……

鄞鄂依稀身外身,电泡生灭总非真。
拈花微笑相看际,尔我同为未了人。

(皆《自题荷花扇头小照》)

一任莺花到草堂,自惭庸拙敢徜徉。
金钗十二浑闲事,漫拟同车携手行。

(《和彦翁舅氏送行四绝元韵》)

既道无愁却有愁,诗云良士自休休。
人情变幻同飘絮,世事沉浮等泛舟。
邻我东西皆一律,后先真妄总宜收。
成仙成佛由成己,始信庄生悟解牛。

(《偶书》,和其彦翁舅四题之一)

……

琉璃隔世界,直是镜中看。

(《病起赏雪》,和其彦翁舅四题之一)

……

手披云雾开鸿濛,偶然咳唾幻奇峰。

……

(《奉敕题文彭刻……图章……》)

折来带露两三枝,砚左簪瓶雅致宜。

……

醉看不许春虚度,倦赏何妨梦有知。

……

("梦有知"见《红楼》咏菊诗)

日边分种岭边栽,旅馆移将春色来。

……

爱此几枝消寂寞，满山桃李漫相猜。

（《偶题盘谷寓斋瓶中红杏二首》。参看"寄言蜂蝶漫疑猜"，
亦《红楼》诗）

……身后身前两不知。

……

……悟到无生念不灰。

……妇女情痴漫苦煎。

……

（皆《七夕节得家信……》悼殇儿绝句）

……

均此一抔土，……

今日我哭伊，他年谁送我。

……

如何风雨妒，红紫同摧残。

（皆《悼亡》）

再加上集外佚诗中的：

五十年前幻梦真，今朝撒手撒红尘。

他时睢口安澜日，记取香烟是后身。

（《鸥波渔话》卷五）

云烟鳞爪，隐现无常，有意无意中，都逗露了那些词句的来历根源，——每
个孤立起来或不分明，合起来看，就清晰了。

有两点特别值得注意：

一、诗集中首见"庚子"于题目中，以后从"戊申"起有明白的题下标注
干支。庚子是乾隆四十五年（一七八〇），戊申是五十三年（一七八八）。
以下迤迤逦逦，直到嘉庆四年为止。我上面的摘录，以《自题荷花扇头小

照》为例，那是标明"戊申"后的下面一首。以后《病中作》标"己酉"，是为
乾隆五十四年。以后再标干支即到"辛亥"了。——己酉是"苏大司寇"把
书送到琉璃厂"抽换装钉"的那一年，而辛亥就是"程甲本"问世之岁了。
因此，和珅诗中流露出的明显的《红楼梦》影响，正好是集中在五十三年以
后的这一阶段。这正是经营"全璧"（伪百二十回本）的时候，这一点最可
注意。

二、所谓"《红楼梦》影响"，自然应指和珅"接受"了曹雪芹的影响；
但我还另有一层意思，须加解说。我以为，说和珅接受过"红楼影响"，
固然不错，但是这并不等于说他真的接受了曹雪芹的思想感情的实质。
他在词语迹象上，带上了《红楼梦》的痕迹，是一回事。他不能真读懂
《石头记》，而曲解了原意，又是一回事。对我们此刻的探讨课题来说，
这后一层意思尤为重要。当和珅出钱延请文士经营"全本"的过程中，
他必然要将他的"理解"、"认识"以及"理想"、"愿望"，都反映到"全本"
里面去。比如，"彼岸同登"、"撒手红尘"、"成仙成佛"、"唤醒痴迷"、"欲
渡迷津"、"当前境界皆空色"、"尔我同为未了人"，等等——误把这些东
西当成了曹雪芹的"本意"，又从而变本加厉，歪曲改造，就是伪续后四
十回的思想支柱之一。

从这点来说，那固然是程、高的思想意识，同时也是和珅的思想意
识，——也是"阅而然之"的乾隆皇帝的思想意识。那是共同经营、共同
"创作"、共同"反映"的一部成果作品。认识这一点，对研究、评论《红楼
梦》，是极关重要的。

十七

以上十六节文字，已经把主要的意思写记了一个梗概。以下补说
几点：

一、和珅出重金延请文士为他续补"红楼"，所请的众人之中，程、高应
即代表人物。他们如何牵上的线？此等事，或有可考，或有不可考。我目

前为条件所限,尚未得就此深入探寻。仅有一个线索,暂记于此:长洲李桼,和程伟元既同乡,又同学,李桼曾在四库馆任分校或复校之职,据《办理四库全书记过档案》所显示的,他由乾隆四十二年直到四十七年都在馆职。这时期各阶层的南方文士云集京城,各种文酒活动极盛。贵盛之家有需杂职文士之处,大抵夤缘引荐,以为进身之阶。李桼在馆,就有可能替别人物色和转荐文士。当然不一定就是李桼,但起码说明了程伟元并不是一个毫无"内线"的人①。

二、有研究者认为:高鹗自乾隆五十三年中举以后,屡考进士落第,颇有牢骚,及《红楼梦》"全本"功成,他很快就中了进士——乾隆六十年乙卯科,和珅也正是充读卷官的,其中关系也有奥妙之处。此说可供参考。和珅最著名的进退科名的事例,如孙星衍散馆试《广志赋》,用《史记·鲁世家》"匔匔如畏然",和珅不识,以为写了"别字",抑置三等,改部主事。如斥革山西举人薛熙载,说他不通(到嘉庆六年才得"平反")。如沈祥年《借巢笔记》记其祖父于丁未科春闱,殿试卷已列前十名,和珅欲网罗才士,托人招致门墙,而沈不往,和珅怒,抑置归班。而嘉庆四年五月上谕亦明言"吴省钦甘为和珅私人,每遇考试,声名狼藉,为舆论所不齿"。则和珅欲酬高鹗,不过一句话耳。

三、"唯我"跋《饮水集》,记下了"武英殿刊版"亦即流传程本之说,值得十分注意。按程本木活字摆本,派头恰好是当时武英殿刷印四库等书的新办法,其事由金简倡议,奏请获准。档案记载十分详细。据乾隆三十九年五月十二日金简奏报,武英殿木活字初次试行,枣木活字,楠木版槽,松木字盘,木子大柜、抽屉等等有关费用,共计实销银二千三百三十九两有馀。自然,这是一次二十五万馀木活字的置办规模。为了印一部《红楼梦》,纵使规模不及二十五万,想也可观;一个普通书坊,又非早已专有此种经营设备,如

---

① 李桼《惜分阴斋诗钞》卷十四,"松屏农部、晓泉太吏举行同乡季会,即席口占……"诗,有"故交话雨游踪判"之句。按晓泉不知与小泉是否一人。太吏,疑"太史"之抄误(抄误之例,集中不止一见)。卷十四名"披垣集",诗起乾隆五十八年正月,讫五十九年四月。清人以太史称翰林,似与伟元不合。然未便遽断。

何能出此巨资去搞一部小说野史？这种派头，非有官方的某种支持，非有重要人物的某种"关系"，恐怕是不易想象的。清代人传说中《红楼梦》百二十回通行本的流布，是"武英殿刊本"，极好地说明了炮制伪全本的后台来头之大。这一点，和我们的考论，联在一起看，何等地惊动心目！

十八

到此，我请读者再次温习一下戚蓼生的《石头记》旧序。这篇出色的也是最早的红学评论文章，从来不受重视，从清代到民国，极少为人提起，实为怪事。——他第一个指出，《石头记》笔法极为奇特超妙，如史家之盲左腐迁，而后接云：

> ……然吾谓作者有两意，读者当具一心。譬之绘事：石有三面，佳处不过一峰；路看两蹊，幽处不逾一树。必得是意以读是书，乃能得作者微旨：如捉水月，只挹清辉；如雨天花，但闻香气。庶得此书弦外音乎？乃或者以未窥全豹为恨。不知盛衰本是回环，万缘无非幻泡。作者慧眼婆心，正不必再作转语，而万千领悟，便具无数慈航矣。彼沾沾焉刻楮叶以求之者，其与开卷而瘄者几希！

这篇佳作，我只引了一半；如果你还能记得前一半，就不难看出蓼生当时对雪芹这部小说是如何欣赏赞叹，而又强调全书本旨是著意于盛衰，——它是以"《春秋》之有微词，史家之多曲笔"的手法，写其"微旨"，具有"弦外"之音的寄意于盛衰的一部野史。他致其强烈不满于一个"或者"，这位（或几位）"或者"先生，不懂得"盛衰本是回环"的大道理（应当注意，二百多年前的措词大抵如此，不必死拘字眼，而以为戚氏真是主张"循环论"，他的意思只在有盛则必有衰，所以下句就是"万缘无非幻泡"，这是不必误会或纠缠的）。雪芹原是要它由盛到衰，万缘归于幻影（戚氏为了强调书以衰终，故多用佛家词语，这也不必认真批评戚氏的佛教空无思想……），而那位"或者"先生却偏偏反其道而行——硬是要"刻楮叶以求"。

友人青年红学家伯菲君,曾一再和我说到戚蓼生的这段话非常之重要。这统非泛语,悉有实指。我以为伯菲见解甚是。看戚氏之口吻,词气颇峻,一篇序文简直就是为此而发!语存讥切,其中有人,呼之欲出——则此人为谁欤?

伯菲以为,戚氏撰此序,即已得知程、高"全本"已在刊印。此意亦确。盖"刻楮叶以求",语有双关:楮以代指纸,是旧日通常用法,人而知之;而"楮叶"则是暗用《列子·说符》宋人刻玉①为楮叶者,置之真楮叶中,至不能辨别的那一则典故。"楮叶"一典,本来就是隐指假造模仿、用以乱真的事,"乱真","可乱楮叶",这些成语都从此典而来。那么戚蓼生在此特用斯语,其为指斥当时已有人钻《石头记》尚非"全豹"的空子,为之刻楮叶,以假乱真。这是多么深刻的史笔啊!

十九

戚蓼生的诗文著作,至目前为止,除极零星者外,尚无发现,是一件深可抱憾的事。因为我们如果能对他的交游略有所知,即将大有助于探讨上述问题。我们试看,雪芹好友敦诚,其诗集中后期已有与钱南园(澧)和朱石君(珪)的交往痕迹,此二人都是和珅的敌对人士,铮铮有名。这种迹象却不可漠然视之,以为此亦寻常之事耳,须知在当时的政治局面下,这是最能说明清流浊士、君子小人之分的。敦诚为雪芹之抱恨而逝,写了挽诗,不啻长歌当哭,非常沉痛,他一生没有与和珅一党交游之迹,却敢与钱南园、朱石君交往倡和,这其中的意义是非同一般的。

在我们本题范围,毫无疑问,宋翔凤这位亲口传述和珅呈进《红楼梦》事件的历史见证人,是我们应该着重研究的中心人物。从他的《忆山堂诗录》看,我已举过的张惠言、恽敬,他们的友谊迹痕斑斑具在。他对张惠言是以师辈尊之,说向他"问字",是"绛帐"传经之旧。他对恽敬也是极为关

---

① 玉,《韩非子·喻老》作"象",但词章家通常皆从《列子》之文。

切爱重。他与朱珪也颇有情谊,朱珪赏识他,并向谗毁他的人反击,也以持躬冰雪相砥砺。同样值得注意的是他与薛玉堂、汪全泰、全德等都有来往。我们早已知道,薛玉堂是高鹗的朋友,他赠高鹗的五言律曾说:

> 不数石头记,能收焦尾琴。

次句下注云"谓汪小竹",正是汪全德。宋翔凤给陈镛的表兄金瑶冈(见上文)题过画册,他又屡次提及吴云(字玉松,吴县人,官御史),说是"禁中鱼豕青藜照,道上狐狸白检明"。观"禁中"句,可知吴云也曾任书馆校职。——综而言之,宋翔凤至少可以从四个不同的来源得悉《红楼梦》的始末真情,即外家庄氏久宦京师,为上书房师傅(也任过四库馆校职)的一个来源;师友张惠言、恽敬曾充咸安宫等处教习的一个来源;和与高鹗为交好的薛玉堂、汪全德等一个来源,以及"佣书三馆"、"禁中鱼豕"的诸位人士的一个来源。

再举一个例,吴兰徵的《绛蘅秋》剧本,以《红楼》为题目,称为难得的孤本,其序者名叫许兆桂,他记下了乾隆庚戌入都,《红楼》盛传的情状,而四库馆的职官中正有一个许兆椿和一个许兆棠。可见他们是兄弟辈行。这就表明,在四库开馆时期,在这些文士当中《红楼梦》的忽然正面问世已是一个人人注意、众口喧传的话题了。宋翔凤日后的传述,正是他在京师时得自深知内幕的切近人士的最得其实的记录。

二十

生活在乾、嘉年代的人,如陈镛,吴江寒士,并无科名,佣书三馆(作缮录员。当时一次从乡试落卷中就挑取过缮录人手一千四百名之多,即此一项可见其他),住在前外一带,接触琉璃厂书肆一类人。他所得闻见的,是百二十回本的产生乃出于"好事者"拼配,原书止八十回书,实是苏凌阿家之本。苏凌阿何人?就是和琳的儿女亲家,和琳乃和珅之爱弟,幼同读,长同住,为之理婚嫁、营丧葬,情同一人;和珅引苏凌阿极端庸劣不堪之人作他的同列大学士，也就是由于本为"一家人"。而宋翔凤经术世家，名士盛流，上起嘉庆师傅（最受尊重的）朱珪，都有交游，他就能知道《红楼梦》"全本"是和珅一手"经进"。这就是说，陈、宋诸人，身份、地位、条件一切，大大不同，所得事情传闻的来历不同，所传的"重点"、"侧面"不同，亲疏远近之间，真切度、翔实度必然不能尽同。再者，陈镛那是在嘉庆初年纪事，其时讲话还很有避忌，例如，他绝口不涉政事，大人物中只提过阿文成公（桂）、于文襄公（敏中），皆因琐事而及；记到了他亲见"某巨公"外褂上五个钮扣都是"自鸣钟"（即小型西洋时辰表），他不称名而只言"巨公"，可见如和珅者流他不想触及，何况《红楼梦》的问题，追源溯本，又不仅仅是和珅的事，背后还有乾隆"圣上"在呢！这些道理，必应理解。而宋翔凤活得长，他对赵烈文讲述时，那已是晚到咸丰年了，一切旧忌讳都不复论了，他敢公然点名"高庙"、和珅，便不足异。

和珅取得了乾隆的默契，重金延请文士，炮制"全本"，功成以后，进呈邀取钦准，用武英殿聚珍版（御赐嘉名）的势派，予以印行——所以都下立即哄传，风靡一世。假《红楼》出，真《红楼》已不复行。程、高在序言中交代他们曾广集众本，进行校勘整理。此事红学界大致同意以为不虚。那么，即此一点，也应有人出而质问：当时抄本珍秘，"外间绝少见"，只"巨家间有之"，"好事者"偷偷"传抄一部，昂其值"，贵到数十两白银——他程、高二穷酸是怎么汇集"诸本"来做此一番大事的呢？只须如此一问案，我们原来的模糊思路就"清醒"了：没有大力者，程、高之力莫说聚诸众本，得两本也难。于此，可知陈镛所闻的苏大司寇家藏本，正就是程、高运用的主要本之一。"乾隆五十四年春"这个确切的年月，是指苏家本拿到琉璃厂修理装整，这可能装修是为了运用，也可能是运用已毕，自知今后真本将不可再得，故此装整而作秘藏之计。这一层，或由陈镛尚不及知，或由知而不言，暂时仅记到苏大司寇，——有此一线索在，后人不难尽得真相。在陈镛来说，这样做也是可以理解的。

要之，陈、宋两家，已经把乾隆、和珅君臣二人如何注目于《石头记》，定下计策，换日偷天，存形变质，将曹雪芹一生呕心沥血之作从根本上篡改歪曲的真内情，昭示于天下后世了。这是本文的主要内容，而同时对那个时代的政治文化背景，产生此一事件的历史根源之各种关系，也作了初步的论述。

对现行本百二十回《红楼梦》，把它看作是一个"整体"，必然得到一个理解、认识、赏析、评价。把它看作是两截伪装，必然得出另一个理解、认识、赏析、评价。看作两截而认为不过是无聊文人闲居无事偶尔戏为"足成"之，必然得出一个理解、认识、赏析、评价。看作两截而认为那不是一件偶然的小事、个人的行为，而是有目的、有计划的奉命之作，必然得出另一种理解、认识、赏析、评价。这是研究《红楼梦》的关键问题，不容恝置。本文即欲就此重要课题试作探讨。时间异常仓促，病目困难重重，其他条件也多受局限，再加上种种干扰中断，因此实是匆匆而就，远远不能达到原来希望写到的境地。行文之际，采了分成小节随笔札记的形式，取便述说各种复杂的历史事物和其间的关系，以期为读者分析、讨论时增添方便。

红学的发生与发展，绝非偶然之事，它是《红楼梦》本身复杂情状的必然结果。如果不是这样的复杂，尽可以就作品论作品，单刀直入，开门见山，谁又愿意凭空制造这多"额外"的麻烦？我自己的想法是，有些先决问题，必须早为解答；如不先弄清楚，急于就书论书，就事论事，甚至以为凡不属小说作品本身的研究评论，都不算真正的红学，而是其他学，因此不值得重视和提倡。——这样看待《红楼梦》的极其复杂而特殊的课题，是否完全合适？觉得确实还有商讨的必要。有的小说你完全不妨就事论事，不问其他，但此非所论于"红楼"，世间万事，一概而论是不行的。本文对百二十回伪"全"本之产生的背景真相的探讨，究竟有无意义？也值得大家商略。提出来，敬希当世的红学学者予以教正。

伪全本《红楼梦》之产生于《四库全书》时期背景下，关系最巨，意义至深，曹雪芹的书，反而得在"书禁最严"之日而大行其道，本来就是一件骇人听闻的咄咄怪事（只不过后人不大能觉察了），这种事相及其内涵意义，就书论书就事论事是不易看清的。而那时采用的手段，如果对于"删改抽撤"的历史事实一无所知，就不能理解为什么《水浒》可以变成了《忠义璇图》的戏本,而与《月令承应》《法宫雅奏》《九九大庆》《劝善金科》《升平宝筏》等同为乾隆的内廷演奏之"大戏",——这正是钱湘在《续刻荡寇志序》中所说的:

> 淫辞邪说,禁之未尝不严,而卒不能禁止者,盖禁之于期售者之人,而未尝禁之于阅者之人之心。并其心而禁之,此不禁之禁,所以严其禁。……

和珅延请文士造成"全本"《红楼梦》正是这一策略的实施和榜样。对此不加考察考证,也是不易看清的。所以红学不可画限于"作品本身"以内。讨究"以外",其实最终目的恰是为了"以内"。这一层意思原不必多述,况且也是早就说明过了的。

《四库全书》的功罪,非本文范围,我所要表述的只是,乾隆开头注意的只是明末清初野史杂史中的反清仇清思想,要加以消灭。时至乾隆四十年代,距清开国已一百三十年之久,这正略如鲁迅在《中国小说史略》中论侠义小说时所说的:"民心已不通于《水浒》","此盖非心悦诚服,乐为臣仆之时不办也"。乾隆四十年时期早已不再是以民族矛盾为主要问题的清初时期了,而乾隆却错误地高估了、夸大了、人为地加深了这种矛盾。《石头记》,我仍然以为它不是以"反清复明"的"民族思想"为其本旨的小说,但在乾隆等人心目中看来,这部出于"内府包衣汉姓人"之手的作品,其中定有此意(稍后的那彦成〔阿桂之孙,字绎堂〕等人强烈抨击《红楼梦》,说它是"糟踏满人",正可参看)。这也是乾隆对此小说特别注意的原因之一。其他原因就是政治和思想的问题,都可看出是于"世道人心"大有关系的,所以不能容它逍遥法外,必须以"删改抽撤"的政策对付了①。

---

① 小说本来就有以假混真的"历史传统",如黄摩西在《小说小话》中指出的:"我国章回小说界中,每一书出,辄有真、赝两本,(中举例证)……","古今伪书极多,心劳日拙,已觉无谓;而章回小说之下乘者,亦复袭其风气,如此书(《鼎盛万年青》)及《说唐》《大红袍》《铁冠图》之类,是可见人心之日下,挟叶公之好者日多,而冯贽、杨慎等作俑之流极有无已焉"。这种历史事实,今日研究者已不尽明了,故犹有人不信《红楼梦》能有伪本。

自然，乾隆、和珅等人无法理解曹雪芹的精神世界、思想境界，无法理解时代早已不再是"反清复明"的简单问题，无法理解《石头记》里面反映着中华民族的高度的独特的文化文明，体现着中华民族极其可贵的美学观和艺术造诣。他们无法懂得它的意义，它的伟大。他们把它当"毒草"，并且费了大心计，以"广集校雠"、"准情酌理"的办法把它改造成了他们自以为是可充"香花"的百二十回《红楼梦》。这个绝大的事件是中国文化史上最最令人惊心和痛心的事件。知不知道有此事件，对一个读者、研究者如何看待曹雪芹八十回书和程高后四十回书，是一个关键性的问题。不管你的观点是否同拙见一致，但你无法回避这个问题，必须最好地解决这个问题。对于这一层道理，我深信而不疑。

庚申三月初四日

一九八〇年四月十八日

写讫于北京东城

【附记】

本文第六节，引《清史稿》，叙和珅因石经而攻彭元瑞的事例，以见其"组织写作班子"，撰书选呈、篡改文字的伎俩。按论述此事应兼引《恩福堂笔记》上册（原刊本二五——二七叶）所载，更为清楚。其文略云："……和珅乃集翰林之能文者数人，成《提要举正》一书，大意以乡僻士子难责以概从宋本为辞。上亦允所请。和珅必欲将《提要》销毁，上顾而笑曰：'此时不刊行，留为将来经生聚讼之端，亦无不可。'和珅乃取旨将《举正》缮写三本，一存懋勤殿，一存翰林院，一存国子监；而《提要》竟不刊行。并石经内挖从坊本者甚夥。"

又第七节叙及吴云，他是乾嘉时期为《红楼梦》本末提供重要史料之人，其序《红楼梦传奇》事在嘉庆己卯（二十四年），而一粟《红楼梦书录》乃以为此即金石收藏家吴平斋之吴云。按吴平斋实生嘉庆十六年（一八一一），见俞樾所作墓志（载《续碑传集》卷三十八，光绪朝监司五），至嘉庆二十四年（一八一九）他才九岁（虚龄），如何能记下如此一段红楼掌故？况且他文中提到谭子受，说："往在京师，谭七子受，偶成数曲，弦索登场，经一冬烘先生呵禁而罢。设今日旗亭大会，令唱是本，不知此公逃席去否？"考子受名光祐，江西南丰人，乾隆五十五年（庚戌）举人，与张问陶（一七六四——一八一四）为交好（《船山诗草》卷十三有《英雄儿女图》，为谭子受题，等交游痕迹），乾隆六十年，船山又为之铭砚。子受精于填词度曲，能谱古名作以被之弦索，亦一倜傥奇士，生乾隆三十七年（一七七二），卒道光十一年（一八三一），事迹具见陈用光所撰墓志。合此而观，为《红楼梦传奇》作序的吴云，决不会是嘉庆十六年才出生、到光绪九年才作古的吴平斋其人。

按吴平斋，归安人；嘉庆二十四年为传奇作序的吴云，实为吴县人，字玉松，号润之，乾隆进士，官御史，弹劾权要，声震朝野；宋翔凤诗中所屡见的吴玉松侍御，正其人也。著有《醒石山房诗文钞》。种种关系，深可注意。惜一时无暇详考。

至于在乾隆年间民间小说受到达官贵人的赏爱和注意的情况，本文也还未能作出较好的研究和概述，仅能举出像"刘文清（墉）嗜读市井小说"、"纪文达（昀）喜阅说部"等这种为人所习知的例子。但即从此等事态观之，也可看出当时人爱读坊本野史的风气，大臣们尚且如此，宫廷之内，皇室亲贵，自不待言了。乾隆与和珅等人会注意到《红楼梦》，即从当时风气而言，也决不是无缘无故的偶然之事。

以上几点，略作说明，统俟异日再为补充。

本文之成，虽极仓卒简率，但已经是包含着友好们为我奔走借阅、抄写资料的劳动在内了。他们是：齐懽、刘群、顾平旦、张庆善、史志宏。在此敬志谢意。

一九八〇年国庆节记

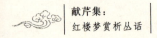
【补记】

本文是参加首届国际《红楼梦》研讨会议所提交的论文,《红楼梦学刊》索去刊用。这所探讨的是一件大事,在会上,得到潘重规、程曦等诸位教授的重视。但这种学术研究,是突破传统的第一步,凡是与传统习俗之见不合的,都会有来自不同方面的阻力。它们如果是作为"仁智"之见,那是不足为异的,但是也有另一种情况,即并非是从这个问题的具体分析研究出发,而只是因为有人对高鹗伪续始终抱着欣赏的心理和眼光,所以一听到有不利于伪续的论点就感到不受用,就会用各种手法来为程、高作辩护、抱不平,并且为了这个目的而施用学术范围以外的手段,——这在国际红学会上并未见到,却是在国内始有所闻。这是"四人帮"制造的悲剧的"馀音袅袅"。这种东西,到底无补于学术探研,也无助于某些人施心用计所企图达到的目的。学术真理探研中的是非得失,不是这些东西所能左右的,严肃认真和不断提高其本身的学识质素的红学研究,将像长河一般流向前方。

美红散记

小引

　　今年六月,出席美国威斯康辛大学召开的首届国际《红楼梦》研讨会,颇有感受,归来之后,记为小文若干则,以存一时史迹,而题之曰"美红散记"。为什么如此题它? 其实只为字少读来方便。若论意思,当然是说"美国红学会",而美字又可作动词理解,即赞美之义。正如古语有"献芹"的典故,有时说作"野人美芹",那美字就是这种用法了。

　　赘此数行,聊当题解。

怀着的心情

　　行前,杭州友人洛君来信见询,略言闻悉将有赴美之行,不知情怀何若。我拜复说,一九七八年秋,周策纵教授来京访问,就首先向我提到要筹办一次国际《红楼梦》研讨会议的设计,征询我的意见,并希望我能参加。此后,蒙他再三"促驾",俱未敢立应。到七九年秋,他又在信中详叙筹备工作的成功,各方响应的热烈,至言:"此诚空前之盛会,兄不可不来也!"这确实打动了我——心想,雪芹一生坎坷穷愁,如今却赢得全世界学者为他的作品召开大会,如拙句所言:"即今价重瀛寰日,岂信虞卿事事愁",曷胜欣慨。又正如策纵教授为拙著《曹雪芹小传》作序时见赠之句云:"且与先期会瀛海,论红同绝几千韦!"大会空前,盛情綦重;我如不往,

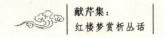
深觉对不起雪芹耳。

这就是我所怀着的一种心情，没有什么堂皇正大的题目，"卑之无甚高论"，甚至是有点可笑的。

"红楼胡同"

被邀到会的，从高龄的专家到青年的学子都有，多达八十馀位；最大的一次宴会，宾主共计一百一十多人！美国几乎各大著名大学都有教授出席，包括面既广，代表性也强。大会因此特为印制了一份详细的人名单，附有与会者的"单位"和家庭住址、电话，以便今后交流联系。新在大会上结识的一位教授，为人豪迈，殊多奇文妙语；他见我的住址是"北京红×胡同×号"，就笑对我说："要改，要改！"我问："怎么改？"他答："应改红楼胡同。"闻者皆为抚掌。

会上会下，谈笑风生，大抵类此。严肃的内容，风趣的语式，最受欢迎；八股气是吃不开的。

佩石群贤

大会主席为筹备一切，煞费苦心，也具见匠心。他曾来信，希望我们协助，在北京制作大会纪念徽章。可惜起意太晚了些，已是来不及了。抵美后，每人立即发到一枚佩章，虽出临时所制，却很新颖不俗，上面有中英文姓名，大会名称，左方印有一块石头，嶙峋有致，成为大会的"徽记"——此石实为周策纵先生手绘（他是一位博通古今中外而又多才多艺的学者、诗人兼艺术家），连同字迹，镌为印章，以红色印成之。此章佩于胸前，无论新交旧识，异域殊方，一见便可呼出姓名，方便之至。因此，我戏作五言律句云："群贤皆佩石，万语只缘红。"

燕京出红学家

耶鲁大学的余英时教授,是知名的历史学者和红学家。一见面就指着自己对我说:"我也是燕京的!"简短的话语,深情的含意。"燕京大学出红学家。"真的,国内的例子,不必举;到美国,不止一位是老燕京。不想归途一回到香港,中文大学的宋淇教授在夜里赶到机场迎接,初次晤面,几乎和余先生一样,宋先生也是向我先报燕京的"学历"。人,有各种情谊,如国谊,民族谊,乡谊,戚谊,友谊等等,而校谊一层感情,也殊不在诸谊之下,只有到了一定的场合你才会感受深刻的。

就为见到你们

余先生风度端重,语言简净,而出语皆有斤两。有一次,他和我们坐在一起时,谈起赴会的心情。他指着一些久居美国的学者对我们说:"我们这些人,本来早都熟识,见面也很容易;我这次来,就是为见到你们。"

话是不多,却时时萦回于我的耳际。"遥闻声而相思。"神交已久,一见如故,——也许可以概括我们这些研红者的心境。

读完了才得睡

潘重规先生早先是四川大学的中文系主任;香港的红学,可以说是他一力创始经营起来的;后来又到了台湾省。他对红楼版本有独到的贡献,而迄今为止他是亲自见到列宁格勒藏本的惟一一位中国学者。我们也是初次相晤。蒙他告知我这次协助周策纵主席觅借胡适原藏甲戌本到美展出的详细经过,——这里面有唐德刚教授的功劳。然后又对我说起:昨日下午才到陌地生(Madison,即开会的地方),远程旅行,十分劳顿,但是马上分发到了新的一批与会者的论文复印本,"见其中有你的《〈红楼梦〉"全璧"本的背后》,我什么也没有做,只有晚饭是要吃的,然后我就开读你的论文——一直到午夜十二点，读完了，这才收拾就寝"。

无独有偶，四十年前燕京老同窗程曦教授，曾是陈寅恪先生的得力膀臂，这次重逢，格外高兴。他的高睨大谈的湖海豪气，依然不减当年。他说："昨晚读老兄的鸿文，直到午夜后一点多，快两点，一口气读完了才得入睡！"他并奖饰说："全文二十节，如闻柳敬亭说书，忘记读的乃是学术性很强的论文也！"

潘先生也有过奖之言，我自然不敢当，但以文会友，也实在是这次盛会的主要内容之一吧。

真假伊藤

众位学者到达之后，大会尚未开幕之前，赵冈教授邀请了一次晚餐之会。主妇陈钟毅女士，也是红学家，一手料理，两大圆桌，菜肴丰盛，宾主尽欢。在这会上，首次出现了日本红学家伊藤漱平先生，——主人这样介绍，大家这样认为，"伊藤先生"也这样答话。第二天一早，在举行大会的楼厅前却看到了另一位伊藤，体格胖胖的，身穿深蓝色西装，一目微闭（刚从眼科医院手术后出来），手里提着珍贵红楼刊本的书包……我一看，就知道这才是真伊藤，——我在离家前往北京机场的前一刻，刚接到了他的信札。相见恍如旧识，因为我们从六十年代最初期就成了通讯的学友。至于昨天宴会上的那一位呢？原来是假伊藤——他就是妙人唐德刚教授，他本着"呼牛唤马"的庄子精神，当主人戏呼为伊藤时，亦不置辩，坦然承之。唐先生诗才极为敏捷，可比八叉手的温飞卿，他为此做了一首诗，题中有云："席上诸公终宵呼余为伊藤先生……"阅之令人绝倒！他在会场上即席赋诗，顷刻数首。六月十八日上午当哈佛大学的俞珍珠女士介绍了她的论文《〈红楼梦〉的多元观点与情感》，我在发言中特表赞赏，于是唐先生递给我一首题为《听周汝昌先生评论俞珍珠女士论文有感》的七绝一首，我也立刻回赠了一篇。

这些丰富多彩的活动，依照"惯例"，会被视之为"花絮"；我看倒是大会内容的真正组成部分。

王国维"评论"的评论

从东京直飞芝加哥,下了飞机,才是真正踏上了美国土地。一入境,移民局验护照,海关验行李,这才正式用上了我这点废置了已经三十年的英语。海关听我叙明了身份来历、此行目的以及行李内容之后,一句"OK",一个包也不要我们"打开来"(鲁迅先生用过的话),顺利放行。不论移民局还是海关,还是别处,没有让我感到有什么官气。

从芝加哥再换飞机,前往陌地生,这是最临尾的一段行程了。刚一找着座位,左旁就有一位美国乘客要向我攀谈(大约是由服装外貌看出我们是来自中国的)。一谈之后,他不但知道《红楼梦》,而且知道王国维的《红楼梦评论》,使我大为惊奇。于是我就问:为什么在美国至今犹有不少人对王国维感兴趣?他答:这是因为有些美国人空虚消极的思想与王国维有某种共同之点的缘故。

到了大会上,果然就有两三篇论文是研论王国维《评论》的,其中以叶嘉莹教授的发言给我的印象最为深刻。叶教授现为加拿大籍,是我的同门学长,精研中国古典诗歌文艺理论,是屈指可数的世界知名女学者。她对王国维的分析评价,与俗常之论迥然不同,她那是通过了深入细致的研究而获得的精辟见解,讲得也生动具体,说服力很强,使我洞开心臆,方知过去自己也曾随着人云亦云,说王氏是清朝的殉国遗民,等等,全非确论。这种缺乏自己的真正探讨而盲从"时论"的教训,使我憬然,而对叶教授倍增钦重之怀。

一涉王静安先生,大都忘不了提到叔本华,提到尼采,提到自沉昆明湖……,只有叶教授指出:王先生殉的并不是满清皇朝,他殉的实在是他当时自以为已然来临的中华传统文化的总崩溃。他实际上是抱着这一深悲巨痛而自尽的。这种认识与行动之是否正确那是另一个问题,但世人对他的误解和错评,一向却是很少异议。

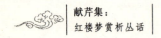
知人论世，谈何容易。高明的学者之可贵，正在于他能揭示给人们以历史的真实，事物的真相。

何来黑格尔？

回程一到香港，就看到当地报纸刊出一条消息，说是会上有一位外国学者将曹雪芹和黑格尔作了比照云云。我不禁大为惊诧，是哪一次会上曾发生过这种怪事的呢？

会上倒是有一位美国红学家米乐山教授（Lucien Miller）。他是在加州大学（伯克莱）以比较文学而获得博士学位的，也仍在大学里教授比较文学课程。这次他的论文就是《替旋风命名：海德格和曹雪芹》。

马丁·海德格（Martin Heideger）也倒是一位德国哲学家，但他逝世才不太久，和黑格尔混在一起，这比"错认颜标作鲁公"还要有趣多了。

米乐山教授在他那部长达三百四十五页的专著 *Masks of Fiction in Dream of Red Chamber* 中，是用中国神话、佛教、道家的世界观以至西洋心理学去阐释《红楼梦》；这次却是要用海德格的"实存现象（Being）哲学"去阐释，"是把宝玉看成'存在于世界中'的一个实例去研究"，想藉此来探索文学与哲学的关系。他用《创世纪》约伯（Job）的故事来与宝玉的《石头记》相比较，认为："《约伯记》和《红楼梦》固然是截然不同的两部著作，可是如果把《红楼梦》看成是一部有启示性的书，要说明人生的无常，描述不可知的奥妙，那么这两本书也未始没有共通之处。"

由此可见，这和黑格尔则实在是"没有共通之处"的。

新闻报道的失实，造成的混乱有时候也到了可惊的程度。

比较文学

西方重视比较文学的方法，大学不但设有比较文学课，有的还设了比较文学系。用这一方法来研究《红楼梦》，如果真能精通中西两个方面，作出精彩的比照和阐释，确实能使人耳目一新，开扩"脑界"，对中外的文学艺术都会有很大的教益，因此是值得重视的一条研红道路。到了香港，在中文大学和香港大学会谈时，同学们也关怀以比较文学研红的情况和前景。

当然，如果不是真的精通中外，对《红楼梦》和西洋小说文学并无透彻理解，只凭看到一些表面的"共通"点，便强作牵合，其结果自然会浮光掠影，似是而非，毫厘千里。在会下，俄亥俄大学的李田意老教授，曾再三向我谈到此一问题，表示了他的感想和关切。

我个人的看法，外国学者研红，由于种种条件的不同，往往多走比较文学的路子，这是很自然的。但是我们中国学者，兼通中外的也颇不乏人，他们如果能走这个路子，也许会给红学作出新贡献——也就是说，红学今后要靠中外人士努力合作，因为它越来越是一门"世界性"的专门学问了。

我深深相信：从比较文学的角度来研究，将会发现二百多年前曹雪芹的文学艺术成就已然在某些方面远远超越了世界水平，我们说他伟大，不是夸张炫耀之词。在过去，人们还只会用"曹雪芹比之世界大文学家并无愧色"的这种语式来发言，那已经是"高抬"了。谁人敢说他胜过之？外国的月亮也"圆"，或者洋鬼子通通可恶，那自然都是另一回事了。

听曲断肠

六月十八日确实是个热闹日子，上下午共有两组重要论文十篇之多，要进行讨论——这两组是"主题与结构"和"心理分析"——而晚六时半就在宝塔大饭店举行最盛大的一次晚餐宴会。一进餐厅，光线甚暗（美国人吃晚饭同时是一种休息，不喜灯火辉煌过于刺激，而多是燃点一支蜡烛，别有风味），我的目力还未能适应时，朋友就介绍说："林黛玉在这儿！"我不免暗吃一惊，这时，"林姑娘"已走上来握手，我仔细打量，才见绿衣长袖，高髻云鬟，旁有花锄，——我才记起今晚节目原说有《葬花》京剧段子。

席间，鼓板丝弦忽作，随之而歌韵悠扬，花魂徙倚，此时中外人士皆凝神静听，不觉恍然，欣慨交集，真不知身在何乡也。

不想余英时先生也是才华赡敏，当场赋诗抒感，题目是"席上闻沈正霞女士黛玉葬花"，诗云：

> 重抚残篇说大荒，雅音一曲听埋香。
>
> 终怜木石姻缘尽，任是无情也断肠！

此诗我是事后得诵，正巧我自己也有腹稿，未曾示人，今览佳篇，不觉兴起，因附记焉，诗云：

> 一曲清音九曲肠，浑忘陌地海天长。
>
> 名轩缀玉谁收拾？百感闻歌是异乡。

盖沈女士所传，为梅先生正宗，我早年亦耽丝竹，备谙其谱律，今日重闻，乃在九万里之外，真不知今夕何夕，百感中来，固非陈言套语之比。

然而，越发深深感到，真正的艺术，是没有国界的。

电子时代

"红学也进入了电子时代！""听说科学方法证明了前八十回和后四十回是一个人写的，是吗？"大家表示了普遍的兴趣和关心。可能，也是看了报纸上的报道而得知的。

事实如何？小作说解。

早年汉学家高本汉，好像已经用比较词语的办法去考察《红楼梦》前后的异同，结论是"一人手笔"。林语堂相信的大约也是这种理论。这次会上是陈炳藻先生所作的贡献，题目是《从字汇上的统计论〈红楼梦〉的作者问题》。就是对小说中的 vocabulary 进行 statistical analysis，所不同的是现在，有了电子计算机。

与会者对陈先生所投入的工夫是一致钦佩的。由于他表示这只是一个初步结论,所以大家大都鼓励他继续努力。不过,许多人也表示,单单用这种办法,能否确定《红楼梦》原著与续作的作者是否一人的问题,还有怀疑。

记得这次在主席台上,左边是潘重规教授,右边是执行主席赵冈教授。潘先生评论时提到赵教授前几年已经小规模地试验了这一电子机统计工作。我立即"笔谈",问赵教授:所得结果如何?他立刻写答:"我的答案是肯定的:后四十回是出于另手。"

即此可见,用此同一个方法,得出的结论也并不是一模一样的。

我曾试行指出:"同是中国人,同是乾隆时代,同是北京人,续作者又不能不有意仿效原著的语言文字,那么在词汇上发生类似和相同现象,是理所当然的,这能否证明即属一人?我们汉字文学的奥妙,却往往在文字迹象之外……"

其实,探本寻源之论,还是在于根究思想感情。让我举一个例子略事分疏——我是借花献佛,例子是小说家胡菊人先生举出的——这次来去都经过香港,两次蒙胡先生接待,并以他的著作《红楼水浒与小说艺术》见赠,这册铅字细小、二百五十多页的小说研究专著,第一章就是"红楼梦的文字",而第一节就是"后四十回的用字"。他说:

> 欣赏红楼梦最便捷的方法,是将后四十回与前八十回,互相比照一下,后四十回与前八十回相差极大,大部分非曹雪芹原作。有人认为,后四十回根本不能读。

他随后举了第八十七回的一个例子,这回书写的是黛玉想家,你看那是怎么下笔的?——

> ……便想着:父母若在,南边的景致,春花秋月,水秀山明,二十四桥,六朝遗迹,不少下人服侍,诸事可以如意……香车画舫,红杏青帘,唯我独尊,今日寄人篱下……真是李后主说的,此间日中只以眼泪洗面矣!

胡先生于是指出：这种劣笔简直无法与原作相比。"续貂之坏，完全是文字带来，文字破坏了黛玉的形象。这段文字赘累，庸俗。用的四字成语，又是馊文腐词。春花秋月，水秀山明，二十四桥，六朝遗迹，像'顺口溜'，黛玉不会念这些字眼，一个人伤感时也不会这样文绉绉的念陈腐词句。什么香车画舫，红杏青帘，唯我独尊，又岂是黛玉随口说得的话！"

胡先生在这一章里用了五节来论述高鹗后四十回的糟糕文字，我是十分同意，篇幅所限，不能尽举了。单从上面一例来看，你可感到那种空洞而又庸俗的文字的气味是何等强烈（当然，如果有人感不到，甚至以为这种文字也有它的"好处"，那就是难医的问题了）。试问：这种文字（其实是思想感情、文学造诣）上的区分，也能用计算机算得出吗？ 如果算不出，结果就会觉得词汇很多相同，应出一人手笔了。

会上多数人对此表示存疑，岂为无故之事哉。林黛玉像一个附庸风雅的冬烘夫子学念"词章"，李后主那个典故用在这里是如此的俗不可耐，它的"好处"何在！? 红学并未进入电子时代——这是我的感受。

一本书的种种因缘

斯本思教授（Jonathan D. Spence）写了一本书名叫《曹寅与康熙帝，包衣与主子》（*Ts´ao Yin and the K´ang-hsi Emperor, Bondservant and Master*），耶鲁大学一九六六年版，也是一部三百数十页的厚厚的专著。著者原是从历史学家的角度（即不是为了红学）来写此书的。

我始闻此书之名，为时已经很晚；知道之后，也无从一读。这次归程路经旧金山，蒙史丹福大学的王靖宇教授热情招待，留住两日，小作参观游览；临行，又蒙他特持一书见赠，我一看正是此书，打开封面见有题记数行，其词云：

> 耶鲁大学 Spence 教授此书之完成，曾得力于汝昌先生宏著《红楼梦新证》甚巨。兹以汝昌先生于参加首届国际红学大会后来访之

便，特转赠留念。王靖宇志于美国史丹福大学，一九八〇年六月二十
九日。

王靖宇先生也是被邀参加这次红研会而且是会上第一个宣读论文的小说
学者专家。他著有对金圣叹的研究专书（英文本），而这次他贡献的论文
是对道光年间王希廉（雪香）红楼梦批语的分析评价。对这个专题，他恐
怕也是第一位撰出专文以抒所见的学者。

由于他的题记是在会后，不禁使我想起会前的事，即周策纵先生曾于
一封来信中说："近者 Spence 教授有信来，知你即将前来参加国际红学
会，而他因事不能出席，嘱我转向你致以敬意，并为不能晤面深感怅怅。"
我听了十分惭愧，因为我未曾为曹寅与康熙写出一本专著。而这对清代
史的研究来说，却是一个很有意义的课题。

当然，我为了要了解曹雪芹，对曹寅作过一些探索，这已然就遭受讥
嘲了；至于康熙帝，我在一册拙著中倒也提过几句，其后果则是招来了"大
字报"的批判。研究学术，是做事情还是犯罪恶，当时闹不清。

再有就是，国际学术交流中，学术道德是要讲的。受了人家的启示和
教益，汲取了人家的劳动和智慧，都是公开表态的。这虽是通例，而斯本
思先生于今日犹然见怀，却令我不无感想。数十年来，红学界有些人从拙
著中引用了大量资料和见解，却从不肯明言一字，好像都是他自己的创
获——这也何必计较，但问题是他同时还要掉一两招笔花，以明枪暗箭来
对你进行"答报"。学风的浇漓，大约是和文风的败坏密切相关的吧？

交流岂宜再缓

到了外边，会到很多新识面的朋友同行，一交谈，首先向我表示一种
"强烈反映"，说："大陆的书刊杂志，太难买到；你的著作、论文，还有你所
写的杂文散文等等，我们都看不到。等知道了，托人在香港买，那为时已
晚，运到香港的那一小批书，早已卖完了……"言下不胜怅惘与叹惜。

我怎么回答呢？真是"彼此彼此"，"同病相怜"。"你们的很多著作，我也久叹难逢呀！"

明尼苏达大学的那宗训教授，原是北京人，现在老父尚居台湾。他告诉我说："在美国，查寻你们的文章，找刊物可难了。例如××杂志，全美国只有两本。我为找一篇文章，常常是驾了车子跑出几百里，受尽辛苦，我们费的这种事，您也是难以想见的！"真的，这次大会的最后一天，他们贤伉俪驾车奔赴威大，只为见到我们，他们在为红学的发展而东奔西跑，有时竟然要在路上过夜——在车子里过夜呢！

因此一谈起来，我们彼此都深感此种学术交流不便利的状况，非从速改变不可了。

难免闹笑话

会上的著名学者甚多，觉得他们各有成就，各有风格，都有值得学习的一面。就中，李田意教授多次俯就畅谈红学上的一些问题，尤为快幸；回程一到香港，他嘱托的出版社已将一包书送到寓所，是他校订的《拍案惊奇》二巨册——他为此书，亲到日本，访得明刊原本，据以整理印行，功力深厚。

初到陌地生，和李教授尚不熟识，一次在旅馆出入处碰见，可巧这次正有周策纵教授与我们借行。我只听见周、李两位先生的谈话中有这么两句——

周先生指着我，对李先生说："他的《曹雪芹小传》又修订出新版了，你再写一篇文章……"李先生答："好，我再写一篇……"

我说明《小传》已经携来，即将以一册呈正；但他们两位的"再写一篇"的交谈，我是茫然莫知所云，因此对之无能"置一词"。

等到大会已然闭幕，策纵先生忽然送来几份复印件，看到末了，只见一文，竟是多年以前李田意教授给拙著《曹雪芹》所作的评论专文。我才第一次知道，在海外早有学者对此书给了很高的评价——也才恍然明白

"再写一篇"的对话是缘何而发的了。

这固然是我个人的孤陋所致,但学术交流的不便利,恐怕也不能不是原因之一。在周、李两教授意中,我绝不会不知道此文此事,而我在听了他们重提此事而且要"再写一篇"时,竟不发一语!——这真是天下罕闻的异事。

别的例子还有,大大小小,认真说来,都不妨称之为闹笑话。笑话倒在其次,令人叹惋的是学术上的损失——互不通气、犯重复、浪费思力、走弯路、受局限,甚至还会招致一些本可避免的误会。这样久了,隔阂越来越大,造成各方面的不利与损失,对谁也没有好处。这是冤枉事,也是蠢事。

《勘误》的"逊让"

大会的最后一天,和伊藤漱平先生同在主席台上,左右相邻而坐,他把摆在手边的一本英文学志拿给我,并翻开一页,指着一处让我看,口中说了几句话。由于在台上难于细说,又由于英文字极小,一时也阅看不清,心中有点莫名其妙。等到伊藤先生发言了,他是用中文口语介绍日本国内翻译和研究《红楼梦》的各种版本、著作的概况;临到末了,他提出一项"声明",说:"周汝昌先生的《红楼梦新证》,增订本出版后,他发现有不少误植之处,再有一些修改更正和学术上的商讨意见,便油印了一本《红楼梦新证勘误》。他寄了一册给我;我接到之后,认为难获,就复印了很多份,分赠各地友好。这本学志上的一篇文章,评述近年来世界学者对中国古典文学的论著时,把《新证勘误》列在了我的名下,以为是我的著作。这是误会了,我乘此机会特作说明。"

我听了,这才明白,他刚才对我说的,就是这件趣事——确实是一则有趣的红坛掌故,在场的很多位学人听后都表示出善意的微笑,没有谁对这个小误会哈哈大笑,意存讽刺。我不认为这是由于文章作者也在会场,而是良好的学术空气、学术道德作风之所致,这在我感觉起来,是非常宝贵的品质和态度,真应当学习。"轻薄为文哂未休",诚然是"古已有之",

但做学问的,谁敢"保证"自己"一贯、绝对、完全正确"? 笑人的人,往往实际比被笑的还更多可笑之处。

学术空气和道德作风怎样才能好起来? 我是写"散记",无意妄作"解人",只是觉得,学术讨论必须有充分的百家争鸣的精神和条件,仁智之见不同,是自然之理,应当视为天经地义,久而久之,那种"定四海于一尊"、"天下之美尽在于己"的念头和派头,就没有多大市场了。因此,学术民主的良好空气,定然有助于匡救那种狭窄的器局胸襟。

在会上,使我感受深刻的,例如叶嘉莹教授在评论席上,毫不犹疑吞吐地对米乐山教授的论文观点提出了批评意见,在那里,没有人认为这是"不客气"、"伤面子"。这原因在于:批评者是为了学术真理,光明磊落,和那种因"私憾"而贬人扬己的,迥然不同。我们一同前往的三人,如冯先生的论点,周策纵和赵冈两位教授各有专文提出不同看法。对陈先生,则有刘绍铭教授的评议。对我,米乐山教授就坦率地指出,我的论文中有一个环节论证还嫌不够充分。

这,难道是"坏事"吗?

至于有个别报纸,借着我们之间(我和冯先生、陈先生)的不同意见而大做文章,添枝加叶,捏造离奇,那纯然是另一回事,"散记"虽小,亦不致小到还要驳辩那种胡云的地步。

莫把前人作后人

出席会议的马幼垣教授和马泰来先生,是棠棣联辉,各有贡献。我们从东京一直飞抵芝加哥,在机场等候和协助我们的,就是他们贤昆仲,英年俊秀,文质彬彬,令人钦慕。这次,幼垣先生是对所谓"高兰墅太史手定"的《红楼梦稿》(国外有称为"全抄本"的,国内则误循"脂京本"等一串不通的简称排出一个什么"脂稿本"的名字来)首次提出真伪问题,对此本的性质表示了怀疑。泰来先生则用一篇极简短的论文考证出那个持有"原本石头记"的恒文,是乾隆时人,而并非像一粟的《红楼梦书录》所说的是晚至同治年代的人，对引人误入歧途的不确实的考据提出批评意见。

我对此也作了发言，我说：真是无独有偶，记叙《红楼梦》来历的一个名叫吴云的，《红楼梦书录》中也是张冠李戴了，说成了很晚的另一个同姓名的吴云。实际上，前一个是乾嘉时吴县人，进士，官至御史；后一个是归安人，官职只是府道，到清末光绪年才下世的。这么两个人，也被"合而为一"了。

但是也有同时同名的例子，也给红学家带来了麻烦。例如近来有人硬说俞楚江是顺天籍的乾隆二十二年进士，他忘了俞氏的交好如袁枚，称他为"布衣"，沈大成尊之曰"征士"——难道在那种时代，朋友竟能把一位进士公改称"白丁"吗？然而，考证家硬是这么论证，并用以否认一帧曹雪芹小照的真实性。这么一比，反觉错把前人作后人的，还"有情可原"了。

小扇题诗

归程是经过旧金山、火奴鲁鲁、东京、香港、广州，回到北京。在广州一上飞机，我们三个人就说：这回真到家了！

刚坐下不久，"空中小姐"就送来了礼品，每位乘客一把小折扇。这时，陈先生见扇子一面素白，就递过来，说："一直想求你的墨宝，请在扇上题字。"我捉笔写道：

> 御风万里快同行，只为芹溪笔墨光。
>
> 昨望京华依北斗，今离粤海驭归航。

坐在我右边的冯先生看了，不觉兴起，也把小扇递过来——我又提笔写道：

> 万里重洋去复回，红楼盛会喜曾开。
>
> 与君偕影星洲地，看遍鸿儒四海来。

一九八〇年中秋节前写毕

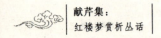
【附记】

本文系应《战地》杂志之约而写。会上个人感受中可叙者不止于此，原来计划要大些，后因全国政协大会召开，已住进宾馆，无法兼顾，遂草草收束了。行文时不遑逐一检核资料，亦有小误，如"比较文学"一则，会议论文项目并无这个分类，实在只是"比较研究"（Comparative Studies，而不是 Comparative Literature），二者是不同的，当时因随手信笔而谈，不免误忆，"比较文学"的本义应当是一种超国度、越族别的文学研究。但是，在实际上二者常常错综交互，也不是绝无交涉的，因之"比较"的意味总是不可尽免。姑存原文本貌，以志吾过。又"电子时代"一则，听说有刊物转载过，这一则写得也不理想，文学作品，虽然语言文字是其工具，但通过同一工具而表现出来的艺术大师与庸妄之流的笔墨的不同——我们习惯叫做"手笔的高下"，是有霄壤之别、泾渭之分的，而这其间的分际，在一般人尚且不能尽量识别，而需要高深的文艺素养来培训鉴赏能力——那么硬说一个机器（不管它多么灵妙精巧）可以识别出手笔的异同，将精神活动与机械计算等同起来，恕我不敏，还是不敢深信的。这一点文内说得也不清楚，略作补充如此。

陌地红情

——国际《红楼梦》研讨会诗话

"红情绿意",宋代词人创造了这种美好的语言。我自己对它,又别有一层"感受"。宋代词人怎么也无法料想,到后世会有我这个人,竟把它和《红楼梦》联在一起。真的,我曾几次设想曹雪芹写怡红院,多少受过它的暗示或影响。

这种想法和一些有关的联翩思绪,过去难得机会一谈,岁月既久,也就淡忘了。不想这一次在海外却使我重新想起了它,并且觉得又增添了新的内容和意趣。

台湾省籍的洪铭水教授,在纽约州立大学布鲁克林学院任教,此番也应邀出席了国际《红楼梦》研讨会,盛会的第四天,忽蒙他出示诗句一篇,览之,其文如下:

六月十九日晨起阴雨濛濛值逢雪芹生日有感

诗鬼未夭两百岁,吟风寄雨过西东。

红楼寻梦梦不断,陌地生情情也红。

他还为诗句和题目设了三条小注,在"生日"下,注云:"据张加伦先生考证。"因为大会论文有一篇就是《曹雪芹生辰考》,主张雪芹实生于雍正二年五月初七日,而今年的首届国际红学大会,适然巧值此时。他为"诗鬼"作注云:"敦诚以诗鬼李贺比曹雪芹。"为"夭"字作注云:"周汝昌先生认为曹雪芹未达中寿，故谓夭。"当然，我还可以代他作一条补注：陌地生，是地名 Madison 的音译，亦即大会的东道主人威斯康辛大学的所在地。不待多言，洪铭水教授正是妙语双关，巧为运用。

我诵读此诗，觉其笔致不凡，深有意趣，结句尤见其深情别具。大会闭幕后，他以一日的时间来陪我们同游大湖之滨，种种情意，我才体味到他对来自祖国的出席者是怀着何等的感情，也才更理解他的诗句的深度。

照我看来，《红楼梦》是一部伟大的小说，而同时又是一篇伟大的抒情诗。国际红学会上出现了许多诗篇，——或者说离不开诗篇，也就不是费解的事情了。因此我不妨将这些"诗的形式的红学论文"在此摘要介绍。读者自有知音，对这一点我深信不疑。

纽约市立大学的唐德刚教授，诗才极为敏捷，片刻而成，移时数首，使我叹服——我也曾以"倚马"急就而自负过的。他早曾读过叶嘉莹教授的《哭女诗》，感动得至于垂泪；这次在会上与她相识，立时赋诗为赠，其句云：

> 哭女诗中感性真，研红相识亦前因。
>
> 芹溪若再来尘世，卿是金陵榜上人！

叶教授早先与我虽系顾随先生的同门学子，但仅曾通讯论学，未尝会面，也是这次才得拜识。她现为加拿大籍，原是北京市人。她专研中国文学批评史，学识高超，闻名国际。她虽非红学家，而研红专文素为学者所重。她的诗词，也是流传众口。

唐德刚教授为人豪迈，素性诙谐——我从他诗文中所得印象如此，但不知恰确与否。大会第三天，我们座位相邻，他在右旁，忽然递过一张纸来，我接在手中看时，却是一首七绝：

> **十八日晨，听周汝昌先生评余珍珠女士论文，许其不讥刺贾政袭人为难能，深得我心，即席草呈汝昌先生，誓为后盾也**
>
> 自是尘凡奇女子，阿奴身世亦悲辛。
>
> 翻残脂砚三千注，最恨酸儒骂袭人。

要理解这首诗,就得先把余珍珠女士的论文略作说明。她是哈佛大学的研究生,这次论文的题目是《〈红楼梦〉的多元观点与情感》,大旨是说,雪芹并不像一般小说家那样,对他笔下的人物各自先定下一个"成见",然后从这个单一的角度来向读者"灌输"那个作家自己固定了的死调门儿,从开篇一唱到底,给你的是一个早就定型了的令人"一望到底"的死印象,——而雪芹写人绝不是这样的手法,他从多元的观点,多个的角度,多样的态度去"对待"这个人物,读者得到的是一种极丰富、极复杂(因而也就极深刻的)活生生的印象。雪芹让你从这些当中构成你自己对这一人物的认识、理解和评价,而雪芹是不自"表态"的。例如写宝玉,他是让一系列的别人,爱他的、恨他的、笑他的、赞他的、慕他的、讥他的……种种人的口中心中目中,去写这个宝玉,而不是作者自己向读者竭力表白这是好人坏人、红脸白脸。又如写贾政怒打宝玉,在这个大风波大场面中,雪芹把每一个人物都写得入木三分,不管是贾政,是贾母,还是王夫人,李纨,以至钗、黛、凤……无不各尽其情——在那复杂而紧张的关系里面,各有各的心情处境,因此也各有各的悲欢喜怒,书中人物的声泪俱下,使读者也不禁随之而感绪如潮,以至流泪,——当此之际,首先是深深打动了你的心腑,为书中每个人而感叹,却绝不是先去想什么谁是"正面人物",谁是坏蛋……

以上是我本着余女士的见解和例证,自作"发挥",皆非她的原来文字。——我认为她能把雪芹的艺术上的这一重大特点特色揭示与人,是她的极大的贡献,是四五十篇论文中的最重要的论文之一,因此我作了特别发言,给以高度评价,聆者动容。唐德刚教授的诗句,即是缘此而作。

再举一篇。威斯康辛大学的郑再发教授,亦赋七绝一章,其辞云:

送红学研讨会诸先生

一涉红楼假亦真,凭君说梦认前津。

原来宝镜诸多面,槛外人今槛内人。

这也是在红学上极有关系的一首好诗。且看篇末所附自注说:

周汝昌先生称红学有内外，不可偏废。周策纵先生引申其意，以为外行之见，亦红学之一部分。

这又是怎么一回事呢？原来大会开到第五天上，主题已由各个单篇论文的评论进而转到总的研讨，即对数十年来红学的过去加以回顾，对它的未来试作展望。我作了发言，略谓艺业道术，往往有内外之分，如武术有"内家拳"、"外家拳"，医学有内科、外科，连《庄子》等古书也分内篇、外篇……，循此以立名，则红学亦有"内学"与"外学"：内学是对《红楼梦》这部作品本身的研究、分析、鉴赏、评论……；而所谓外学，则是对作品产生的历史时代背景，文学史上的源流演变，作者的家世生平，版本的分合同异等等所作的考证研究。此两者看似分门别户，实则殊途同归；外而忘内，则泛滥无归；内而昧外，则识解欠确。所以切忌轻重之分，门户之见；必须唇齿相依，合衷共济，外详而内始明，内确而外愈切。

我的这一席话，并非无故而发，是有其针对性的，明了海内外红学大势的就能深得其味。多蒙耶鲁大学著名教授兼红学家余英时先生首先起立响应，他不但对他以往的主张作了解释，并且风趣地表明：红学内外，实为相辅相成，每一个红学家，都应当做到"内圣外王"的境界。

以余先生的响应为首，全场出现了热烈的气氛，这天整个上午的讨论实际上是围绕着这一主题而进行的。我认为这次讨论之特别重要，对今后的红学方向将会发生的深刻影响，都是史册必然当载的，而郑先生的诗句之作，先给此次会议作了历史记录，其重要性也将随着时间的进展而日益显现。"原来宝镜诸多面"，是诗人的深切感受，也道出了《红楼梦》的异常巨丽瑰奇。

艺术的天地广阔无垠，在大会上作的诗，多种多样，最有趣的是，还出现了很多篇为雪芹的残篇遗韵而补作的"全璧"诗。我屈指一计算，就有周策纵先生的两篇，陈永明先生的一篇，唐德刚先生的三篇，如果再加上我以墨笔写成字幅而带给大会展览的那九首，就一共有了十五首——都是七律！就中"唾壶崩剥"一首原系拙作，而唐德刚先生在他的诗题中竟说"用弃园唾壶崩剥韵",乃误以为是策纵兄之戏笔。此篇本已有人误认为雪芹"原作",闹出了一场笑话,而今唐先生又这样一提,"五百年后"的考证家必定大伤脑筋,又是一件聚讼纷纭的"公案"了。思之令人忍俊不禁。

《红楼梦》是一篇艺术奇迹,国际红学会也是一篇艺术奇迹,我为此语作证,即举大会主席周策纵教授的《红楼梦外一支〈血泪书〉——为首届国际〈红楼梦〉研讨会作》。这是一支散曲,所谓"外",是戏言《石头记》原书本有《红楼梦曲十二支》,所以是其外的又一支曲。你看他是怎样写的?

> 字字鲜红血泪潮,把十年生命都消磨了。毕竟有几度青春年少,怎禁得尽拼换这风情月债,魄荡又魂销。桃红柳绿妖娆,风流人物痴还俏,一个个话来嘴舌不轻饶,眉梢眼角争啼笑,刻画出腐心利欲,迫人权势鬼嚎啕。只落得个荒唐梦幻、红楼白雪路迢迢。尽叫人从头细味把金樽倒,好一似大观园重访了几千遭,想一想悲欢离合,炎凉世态,便古往今来也只共一朝。回头看红学轰轰烈烈,更只是千言万语盾和矛,无穷无尽的笔墨官司总打不消。没奈何,且拍案狂歌当哭,呼朋引类尽牢骚,岂道是召一次国际擂台趁热闹,实为了文章美丽,学术崇高。还应叫那全世界的苍生惊晓,一道儿来品赏其中妙!

我读至末句,不禁为之拍案叫绝,我们中华民族的这部《红楼梦》,实在值得"还应叫那全世界的苍生惊晓,一道儿来品赏其中妙"!

（原刊于《艺术世界》）

国际红学会

本年(一九八○)六月十六至二十日,在美国召开了一次史无前例的红学会。一位教授在致词中说:这是"自从开天辟地以来"的第一次红学会。这话引起了全场的笑声。真的,只要你不"死于句下",说"盘古氏那时候就有了《红楼梦》吗"?! 那确实不假,全世界,任何地方,包括"红学发祥地"我们中国在内,都没有开过这样的会。国际学术活动,我不真了解,但是想来为了某一国度某一作家的某一部作品而召开一次世界性会议,大约也是绝无而仅有的事。仅仅就这一点来说,此会值得大书特书,谅也不是张皇炫耀之词。

会议的正式名称是"首届国际《红楼梦》研讨会议";东道主是陌地生·威斯康辛大学;而通力联合筹办的是威大的周策纵、加州大学(伯克莱)的白区(Birch)、哈佛大学的韩南(Hanan)和芝加哥大学的余国藩四位教授。威大校长沈艾文(Irving Shain)为主席,研究院长博克和文理学院院长克罗农,皆为委员会委员。沈校长亲自致开幕词。即其得到各方重视,亦可窥一斑了。

应邀到会的,计分为"外国学者"、"美国和加拿大学者"、"青年学人与研究生"、"威大教职同仁"、"威大校友"等五项,这还不包括记者等旁听席位。不在名单,为观光盛会而特别赶来的,也不止一人。如台湾成功大学中文系主任吴峪教授就是一例。

"外国学者"项内，正式邀请了我国大陆三人：周汝昌、冯其庸、陈毓罴。一九七八年当大会发起人兼实际主持人周策纵先生来京时，我们曾共同商量，把俞平伯先生请去出席；几经努力，奈难如愿，原因是他八十高龄，步履维艰，须人搀架——万里之行，已是无法安排了。一九七九年秋赵冈教授来京，吴恩裕同志表示愿往——但当年年底即下世去了，所以由吴名下候补的第二人陈君补替了他的名额。三人名单之组成，真实经过如此。

大陆以外，台湾省被邀者二人：潘重规和高阳。潘先生是到会了，而高阳未见其人，只有论文寄到。据闻，台湾当局对此种学术活动仍有意梗阻，不发与证件。红学会对此颇有意见。高阳真姓名是许晏骈，为台湾《联合报》的人员，因写历史小说出了名，后来兼搞红学。

香港方面的中国学者，邀请了宋淇先生一人，他是中文大学的教授，翻译研究中心的主任。可惜临到会期他本人及其一位至亲皆患病恙，致未能赴——也是寄到了论文。

此外应邀出席的，新加坡有傅述先，日本有伊藤漱平，英国有霍克斯。

来自加拿大的是叶嘉莹女士，她是知名的精研中国古典文艺理论批评的女学者兼词人。

至于美国学者以及在美任教的华侨华裔学者，那人数就多了，一时难以具列。

这八十多人，——开幕式有九十多位出席，济济一堂，说是盛会，可谓名实相符，并无溢美。我问久在美国的老同窗程曦兄（爱荷华大学教授）：这次红学，从美国学术会的一般情况来说，成绩如何？他说：美国有些汉学方面的学术会，也是稀松平常，不怎么样；像这样的会，实在是很不错。

三十年与世界隔绝的我，对外国名词也外行得很了，例如红学研讨会"工作坊"（Workshop）这个称呼，似乎国内还没有；周策纵先生在我印象中总是"大会主席"，一检名单，原来不对，他是会议的"工作坊主任"。他来信说过，各方响应热烈，人数日益增多，原订的会场不够大了，又重新订了一个更大的。我到会时，见是一处很宽敞的大屋子，有讲台、黑板，就是一间大课堂，一切都很朴素，毫无装饰点缀。人坐齐了，时间一到，会议开始。

我不禁想：要是我们，起码得拉起一条几米长的大红布，——上面的字不但必然是白的，连那字体形状都是"一见如故"，千篇一律的；也许还有红绿纸标语，上写着："热烈庆祝……大会胜利召开！""热烈欢迎来自……的红学家！"等等之类。不这样，那还叫"会"吗?! 而且，"召开"一定是"胜利"，"庆祝"必然要"热烈"。就连"欢迎"（已然在"欢"了）也必须是"热烈"才行，否则"欢"就不够规格，对不起"贵宾"之驾临……一个套子，板上钉钉，天经地义，仿佛天下的事并没有别样的。可在这个红学会上，却连一丁点儿"装潢"都没有。

事实上，"大会"这样的字眼，也是我在"行文"时用的，那里没人这样说。我想，那不很好吗？好在哪里？不是很感自然吗？难道张皇自大的习气，专门装样子的毛病，不亦可以休乎？因为没有了这种套套，事情照样办——而且也许会办得更好一些。

大会——对不起，积习难除，会议一共收到了四十三篇论文，文字限用中英"二语"。在会场上发言也限此二语。久在美国的，发言大都用英语，也有中英交叉而讲的。像我这样的，原来英语是专业，只因三十年不用，已"生了锈"，只能华语中夹杂上一些英语而已。（居然还获得了"英语发音非常纯正"、"你的英语讲得很好"的评语。）日本的红学家伊藤漱平就用华语讲。他的中文和华语都不错。英国的霍克斯说话时也是"中英合璧"。第一天第一次会议正赶上他做主席，主席总得有几句话作"小引"，记得他说着说着，便引了曹雪芹或脂砚斋的一句原文——"此开卷第一回也"。他是运用《红楼梦》通行本的第一回第一句，来宣布红会的第一场讨论的开始，可谓贴切。听的人都笑了。场上的气氛如此，这自然不落刻板死套。

总共论文四十多篇，要是让我"全面评介"，那非得有出版社给出一本专著才行，就是"概述大略"，我也无此才力。如今只说这四十馀篇被分成了十大组。哪十组？听我略略举例以明之：

第一组是"早期评论"，论文三篇。史丹福大学的王靖宇教授以他的《王希廉论〈红楼梦〉》给会议开了场。王希廉就是王雪香，道光刻本《红楼梦》就是他的评本，此本一直沿到清末民初，成了坊间"定本"，势力影响极大。王先生对它的红学观中有价值的各点作了介绍。王先生有研究金圣叹的英文专著，可见他对我国传统小说美学很重视。

接着的是叶嘉莹（B.C.大学）和沈怡（哈佛）两位，都是对王国维的《红楼梦评论》进行评议的。叶教授的发言十分精彩，我已略述于《美红散记》中，此不再赘。

第二组是"版本研究与著作权"，共有论文六篇。这是"正统红学"的重要阵地之一，六篇"形势"表现如下：

【老问题】 潘重规的《列宁格勒藏抄本〈红楼梦〉考索》。潘先生是中国红学家中惟一见到此本的人，他对这个"流俄本"（据说是道光年间流入俄国的）早已作过报道，这次可说是一次"老题目，新总结"。是为一类。另一类是冯其庸、周策纵、赵冈三位的论文，冯文题为《论脂砚斋重评本甲戌本"凡例"》，周文题为《〈红楼梦〉"凡例"补佚与释疑》。巧得很，周文就像是与冯文互为辉映一般，他们谈的是一个课题，观点恰好相反，几乎是"针锋相对"：冯以为"凡例"乃书贾伪造后加，周逐条驳了对"凡例"怀疑的几个论点。赵文题为《己卯本与庚辰本的关系》。这也是与冯先生商榷的一篇文章，冯主张己卯本即庚辰本的底本，赵先生提出异议。（附带一句话：近来听到不止一位同志谈到他们对冯先生这个论点都有疑问。）

【新问题】 马幼垣（夏威夷大学）教授与马泰来先生（芝加哥大学远东图书馆）是昆仲，这次一同参加了红会，堪称佳话。马氏贤兄的《乾隆抄本百二十回稿的一个版本问题》首次对此本（沿称为"红楼梦稿"，其实那根本不是什么稿本）的真伪提出了疑问。其令弟则考证了藏有"原本《石头记》"的恒文，应为乾隆人，而非《红楼梦书录》所云是晚清人。

我个人觉得，这一组论文，比较精彩，有其贡献，也表现了学术民主、各抒己见而又迥然不同于某些纯由私憾、有意玩弄小动作甚至公然肆行诋毁的那种文风，这些完全是为了探索真理的良好学术作风。

在这一组讨论中，还发生了一段小插曲，当潘先生介绍完了他的列宁格勒之行以后，主席（不是"大会主席"，是每一轮会议的分组主席；主席和评议员的席位，每组不同，由大会视各人专长而安排指定之）李田意教授（俄亥俄大学）忽然"将"了他一军，说："潘先生，你早年的红学观点，今天看法如何？希望你讲一讲。"这是题外，又来得突然，又不易谈——潘先生自知他所坚持的"反清复明"的旧红学观点已不为多数与会者所接受——可是又必须答辩。他处置得得宜，风度也很好。我表示了赞扬，他对此十分高兴，至言："周先生称赞我的话，我自然不敢当，但我听了很感高兴，我觉得比颁发给我学位还要光荣！"会后，潘先生要我与他合影，拍了很多照片。

再一组，是"后四十回"的问题。论文仅两篇：周汝昌的《〈红楼梦〉"全璧"的背后》和陈炳藻的《从字汇上的统计论〈红楼梦〉的作者问题》。

拙文长达三万言，分二十节，成了这次论文中最长的一篇。它依据史料，试行考察现行本伪续后四十回的产生的背景内幕，认为它是乾隆与和珅共同策划的一个政治性谋略，把曹雪芹原著的思想内容作了彻底的歪曲和篡改。

陈先生的统计报告，各地知者和谈者恐怕最多了。这当然是由于爱赶时髦的"新闻"报道之宣传所致。在我看来，这个问题并不新鲜，早就有人这样想过做过，只不过那时还没有电子计算机的方便就是了。选取词汇，拿前八十回与后四十回相比，判断这作者是二人还是一人，用的是电子机器，听起来很"科学"；实际上，问题重重。与会者特别是对汉字文学有修养的，知道"手笔"有高下之分的，大都对此表示怀疑。后四十回文字之空洞敷衍、庸俗拙劣，识者皆谓令人难以卒读；如对此不能有所"感受"，觉不到其间的天壤之别，那么比电子计算机更灵敏的机器也不会比"人"的审美感还"管用"。某些词语上的相同或类似，在两个同为乾隆时期的北京旗人来说，并不稀奇，何况伪续者还需要有意识地模仿前八十回呢？电脑自然有其惊人的能力，是现代科技的奇迹，但是它对文学艺术有多大研究本领，我想是尚待分晓的。

再下一组是"曹（雪芹）的生平、著作与性格"。此组论文中有新鲜内容的应数张加伦的《曹雪芹生辰考》。他考证的结果，认为雪芹应生于雍正二年（一七二四甲辰）五月初七日。这个日子正好赶在大会期间，引起了人们的兴趣。除了个别的对"雍二生年说"抱有反对成见的陈毓罴同志，对之加以低估外，倒是颇有反响。会上有台湾籍学者洪铭水教授为此赋诗。最近又看到南洋一份报刊用了相当篇幅报道了这篇新生事物。

唐德刚教授贡出了一篇题为《曹雪芹底文化冲突》的论文，堪称妙绝。他为人滑稽，笔调十分诙谐有趣，内容却提出了一个严肃的问题：雪芹在书中对女子的脚不肯涉笔描写，反映了他身上的满汉两种文化的冲突。有人认为唐先生有点"玩世不恭"（因文中对中西妇女的形体美的审美标准之差异有不够婉蓄的词句），我却很为赞赏。因为研究曹雪芹的，很少在文化冲突这方面有所认识。事实上，在曹雪芹一身上，集中着许多种冲突与矛盾——我在一篇文章中曾粗略提到。唐教授的文章，还流露出对于久居和留学美国的中国人身上的"文化冲突"所怀的感慨。我以为，他所见者大，文字诙谐并掩盖不了这位学者的深沉的"心光"。

还有一个黄震泰大夫，对已故吴恩裕氏所发现的一些"曹氏佚著"作了"浅探补充"。他是相信以为真的。但是会上很多人表示了疑问。特别值得指出的是，例如赵冈教授原先是此一相信派的有力支持者，可是到了开会时，他却开始表示了很大的怀疑。其实这个问题和我上面说到后四十回而指出的"手笔有高下之分"是一回事情，即，考证可以从史实等等而揭其作伪之破绽，但真正的雪芹（包括其至友）的文字手笔，是有其时代水平、个人风格的，是绝不能"乱来"的，作伪者的那一点区区伎俩，岂能逃世界学人之明鉴乎？

再下一组，称为"主题与结构"，共得论文十篇，是此次会中最丰富多彩的"论文组"之一。要想逐一评介，恐怕太繁，今只列举题目，已可略示大要。计有周策纵《〈红楼梦〉"本旨"试说》，米乐山（Miller, Masachusetts大学 South College 教授）《替旋风命名：海德格与曹雪芹》，余珍珠（女士，哈佛大学研究生)《〈红楼梦〉的多元观点与情感》，余英时（耶鲁大学教授）《曹雪芹的反传统思想》，马森《〈红楼梦〉里反成俗的精神》，余定国《〈红楼梦〉里被遗忘了的第三世界》，韩进廉《从〈红楼梦〉看曹雪芹的美学观》，王黄碧端《〈红楼梦〉中道家思想的上层结构》，程曦（爱荷华大学教授）《〈红楼梦〉第二十二回谈禅问题的分析》，鲍菊隐（Boltz）《贵族与教权：关于〈红楼梦〉中服侍贾氏之应赴僧道人》。即此可见，实为洋洋之大观。其中米乐山是以《创世纪》"约伯故事"与《石头记》"宝玉故事"作比。余女士的"多元观点"论（用英文写的），我曾特致称赏。余英时等论文，亦皆甚有斤两。余定国则是与余英时商榷意见（不同意"两个世界"论。余英时先生的代表作为《红楼梦的两个世界》，以此提出要"红学革命"），都是值得一提的重要文章。

再次，尚有"心理分析"、"布局发展与象征手法"、"《红楼梦》与其他小说之比较研究"、"叙述技巧"、"角色塑造"等组的论文，亦不乏佳作，但我才力有限，已如上述，势难一一都作介绍了。

会议的最后一个"议程"是，回顾红学成就与展望红学未来。我作了重点发言，提出"内学"、"外学"以及二者之间的关系的问题，获得与会者的重视。整个一上午，几乎就集中在这一主题上，得到了同情与支持，对红学的正确发展，可能会起相当的作用。如果说个人此行有何贡献与收获，大约以此事为最有意义。所谓"内学"、"外学"，是我当场"创造"的红学新名词（借用佛家用语），因为国外早已发生一种论调，认为红学考证派并非真正的红学，而是"曹学"（后来国内才有了学语者）；主张红学必须以"作品本身"的研究为正途，那才是真正的红学云云。我个人对此另有理解与看法，但为了"方便"，就把"作品本身的研究"称之为"内学"（其实，从红学本义讲，这恰恰不再是红学了，已是一般性的小说研究了，这在世界上多得很，但并不叫什么特殊的"学"），把对历史背景，作者家世生平，其他有助于理解这部特殊性极强的小说的研究、分析、考证、讲解（但不是一般性的对情节、艺术的论述）等等称之为"外学"，并提出：红学之所以发生，正由于《红楼梦》与其他小说很不相同，要想理解它"本身"，首先须对许多问题弄个基本清楚；所以搞"外学"的并没有"离题"，而正是为了"作品本身"；不通"外学"的《红楼梦》论述者，是很难想象的、甚至是不可能的。因此，"内学"、"外学"不可存门户之见，彼此争"一日之短长"，而应互相协作，红学前景才更为美好——我说这番话是有针对性的：几乎所有红学家都从考证成果的基础上建立了认识并从而立论的，有人却又反过来贬低考证，好像这些都是"节外生枝"。这真未免有"忘本"之嫌了。现在还有大量问题，正赖考证家努力解决，而在此刻出现这种"考证得差不多了"的论调，不但认识上本欠正确，也是对红学的发展非常不利的。我这一看法，需要细说，非有专文不可，此处只好从简了。

大会的缺点，如果有的话，就是会期太短，时间太紧，这就使得：第一、对讨论常常陷于半途、未尽；第二、这么多学者聚于一起，机会难得，但会下活动交往的可能太少，受了局限，深感憾惜；第三、原已约好的话题，被时间挤掉，例如我准备谈谈当前《红楼梦》英译本的各种问题，并且是携带着一批比较优劣得失的材料去的，竟无时间正式提出于会议之上。这实在是很有关系的一件重要事情，因为世界读者想了解《红楼梦》，全靠一个好译本。在美国和香港，都听到了关于比较杨、霍两译的很多批评议论（是很有眼力的）。这实在是一个值得研究的问题。

至于附带要说的，这个"开天辟地以来第一回"的红学会，各地报道甚为详细（不等于都准确，个别的别有用心的歪曲也是有例可举的），台湾《联合报》号称为此组织了一个十二人的专门的班子来"盯"这个盛会，有专人逐日大量篇幅发回专稿。"抢新闻"，就是深知其重要性——影响之巨大。而我们呢？只有驻纽约的一位记者同志到会了，可惜他对红学却太外行，仅仅发回一篇报道，不但什么也谈不对，内容还有严重错误，闹出大笑话，给人留下话柄（台湾报纸正好连他也大事奚落），你看这关系难道是"小"？我们很多事受不到应有的重视，办事考虑不周详，坐失机宜，甘落人后，对国际红学会也不例外！不知充分运用这个阵地，——这难道不是一种经验教训？不久将开第二届国际红研会，我愿有关方面早日有所准备，安排一切，尽量妥善才好。

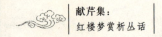

　　有人或许会问：一个"《红楼梦》会"，有啥了不起，值得如此大惊小怪，小题大做？要知道，它联系着全世界各地亿万侨胞的民族文化感情，它向全世界宣扬中华民族文化结晶中一部最伟大最受欢迎和重视的文学艺术巨著，这样一个重要性可是单靠"人力"来张皇夸大所能取得的吗？其间必有大道理，"大做"还是值得吧。

　　　　　　　　　　　　　　　　　　　　　（原刊于《编译参考》）

附 录

曹雪芹生卒年之新推定

——《懋斋诗钞》中之曹雪芹

　　乾隆间八旗人敦敏,字子明,著有《懋斋诗钞》。铁保的《熙朝雅颂集》里曾选他两首诗。当年胡适之先生为了考证《红楼梦》寻到了敦诚的《四松堂集》,大概《懋斋诗钞》的原本,却未寻着。这部书怕是不易看到了。我却发现了一个钞本,名叫《懋斋诗钞》,而又署作《东皋集》。我想也许"诗钞"包括许多集,而这《东皋集》只是诗钞中的一部吧!但无论如何,总算很难得的材料了。《东皋集》开头有一个序,内容很有风趣,如今且把全文钞在下面:

　　　　戊寅夏自山海归,谢客闭门,唯时时来往东皋间。盖东皋前临潞河,潞河南去数里许,先茔在也。渔罾钓渚,时绘目前。时或乘轻舠,一篙芦花深处。遇酒帘辄喜,喜或三五杯。随风所之,得柳阴则维舟吟啸,往往睡去,至月上乃归。偶有所得,辄写数语以适情,率以为常,然未尝示人也。癸未夏,长日如年,偶检箧衍,数年来得诗若干首,大约烟波渔艇之作居多,遂以"东皋"名之。夫烟波渔艇,素所志也。他年小筑先茔之侧,一棹沧浪,想笠履归村,应不至惊犬吠也。书此以代异日卜居左券。

　　从这篇序里,知道敦敏是乾隆二十三年从东北回来,一直居住在北京东郊通县一带,二十八年夏天才把所作各诗收集起来,而写了这篇序冠在头里。但我从头细检集里诸诗时，却发现那些作品并不止于那年夏日以前的。因为诗都以时序排列得很清楚，总是春、夏、秋、冬四季的景物事情在循环着，可以断定这些诗是以作成先后而编排的，并没有错乱。我从开头数下去，不数首之后，有一个题目下注着"以下己卯"四个字，则以上数首是作于戊寅了。从己卯看下去，有一首是除夕，题里说："回忆丁丑榆关除夕，已三年矣。"依普通老算法，丁丑、戊寅、己卯，经了三个除夕，即所谓"三年"了。以下又是春天的诗句，如此依诗句的时令数到辛巳，有一题云："上元忆丙子上元，五阅岁矣。"从丙子，经过丁丑、戊寅、己卯、庚辰、辛巳，六个上元，正满五年，这又证明了诗的排列并无讹误。而这样数过癸未以后，后面还有开春的诗，则是甲申年无疑了。可见《东皋集》作序时，乃是敦敏开始整理旧稿，而癸未长夏以后的作品依然钞下去，并未另编一集。想他这些年，一直住在东皋，自然没有环境的变迁，或别的事故，使他划分诗集为两部了。

这一点非常重要，因为下面推定各诗年份，便是依据这个方法。《东皋集》里一共有六首诗，是关于曹雪芹的，现在也全部引在下面：

芹圃曹君(霑)别来已一载馀矣。偶过明君琳养石轩，隔院闻高谈声，疑是曹君，急就相访，惊喜意外！因呼酒话旧事，感成长句

可知野鹤在鸡群，隔院惊呼意倍殷。

雅识我惭褚太傅，高谈君是孟参军。

秦淮旧梦人犹在，燕市悲歌酒易醺。

忽漫相逢频把袂，年来聚散感浮云。

由这首诗里，可知雪芹和敦敏的交情，并非泛泛。而他二人却又不是朝夕聚首，不知隔着多少日子，才有机会碰上一次。而雪芹隔院大谭的气度，与敦敏闻声急就的神情，都历历如绘。又可见敦敏对雪芹是佩服敬慕到如何地步了。养石轩在那里？明君琳是谁？这和敦敏和雪芹相遇的"槐园"，都是考证的线索。

题芹圃画石

傲骨如君世已奇,嶙峋更见此支离。

醉馀奋扫如椽笔,写出胸中魂磈礧时。

胡先生曾根据敦诚"卖画钱来付酒家"的句子,说雪芹能画,现在这首诗又加上一重证据。参合二诗而看,可知雪芹是画了喝,喝了画,一腔愁愤,无计抒写,都藉了酒杯和笔墨来排遣啊!以上二诗都属于庚辰年。

赠芹圃

碧水青山曲径遐,薜萝门巷足烟霞。

寻诗人去留僧舍,卖画钱来付酒家。

燕市哭歌悲遇合,秦淮风月忆繁华。

新愁旧恨知多少,一醉𬨎𫗧白眼斜。

这一首,胡先生从《熙朝雅颂集》转引过,但字句微有不同处。最可注意的,是这首与前首的五六一联,全是以燕市悲歌和秦淮旧梦对比;则《红楼梦》所写,乃是当日雪芹家在金陵时盛况无疑。雪芹对江南往事怀恋之深,越发显得现时在北地穷愁潦倒的可歌可泣。他确是眼含着一把辛酸泪而下笔的。后来泪尽,人亡,书亦中止。他人无此沧桑陵谷的经历,与悲痛郁结的情怀,妄想续作或仿作《红楼梦》,岂不是不自量的大笨伯吗?

访曹雪芹不值

野浦冻云深,柴扉晚烟薄。

山村不见人,夕阳寒欲落。

以上二诗属于辛巳年。壬午一年中没有提到雪芹一字。

小诗代简,寄曹雪芹

东风吹杏雨,又早落花辰。

好枉故人驾,来看小院春。

诗才忆曹植,酒盏愧陈遵。

上巳前三日,相劳醉碧茵。

以上一诗属于癸未年。同年十月二十日一诗自注云:"先慈自丁丑见弃,迄今七载;"可知上巳前三日,是癸未年无疑了。

河干集饮题壁,兼吊雪芹

花明两岸柳霏微,到眼风光春欲归。

逝水不留诗客杳,登楼空忆酒徒非。

河干万木飘残雪,村落千家带远晖。

凭吊无端频怅望,寒林萧寺暮鸦飞。

这首诗措词很不合理,因为既说花柳,又说残雪,春已欲归,如何又有寒林萧寺呢?到底摸不清所写的是初春还是晚春。此首应该属于甲申年。

胡先生当年考证《红楼梦》,曾据敦诚诗定曹雪芹死于甲申。后来因为得了脂砚斋批红楼残本,又改定说他卒于壬午除夕,因为有一条朱评说:

"壬午除夕,书未成,芹为泪尽而逝",下面署"甲午八月泪笔"。

但这就不对了。雪芹如真死于壬午除夕,如何敦敏在癸未上巳前三日还能作诗招他来观花饮酒呢?敦诚挽雪芹的诗,注明甲申所作,而敦敏吊雪芹的诗又在甲申春天,这绝非偶合。大概"除夕"是不会错的,雪芹一定是死于癸未(乾隆二十八年)的除夕,而敦敏于转年春日闻报才赋诗相吊。敦诚的诗里寻不着季节,但他说"絮酒生刍上旧坰";这时雪芹死去为日已久,大概是甲申的下半年了。至于脂砚斋的朱批,虽然可靠,但他说是壬午除夕,乃是因为从癸未到甲午作批时已是十二个年头,日久年深,不免误记了一年,却不能执此一条以推翻敦诚敦敏二人的诗,诗究竟是早于脂批,焉能两人全弄错了日子,胡先生的考证,还是要改定的。

依了敦敏的诗题判断,雪芹绝不是敦敏的先辈。如果不是年龄相等,便也相差无多。因为敦敏总是直称雪芹的字号,或加一曹字,又称作"君",这都不是对年长先辈的口气。敦敏在己卯除夕作诗,有一句是"回头三十一",这样我们知道了他的年龄。己卯年三十一岁,到甲申年吊雪芹也不过刚刚三十六岁。敦诚挽雪芹诗开头说："四十年华付杳冥"；胡先生依此而推断雪芹大约生于康熙五十六年（公元一七一七年）左右，我以为不免太早了些。癸未除夕，雪芹死时，敦敏三十五岁。雪芹如果整四十，已然大了敦敏五岁，若依胡先生的意思，"四十年华"仅是整数，最大可能当是四十五岁。那么，雪芹即大了敦敏十岁，我嫌多了些。因为假如有人三十九岁，三十八岁，甚至三十七岁死了，我们作诗挽吊，都不妨用"四十年华"的句子。依我的最小可能三十七岁，与胡先生的四十五岁相比，竟然出入了八九年之多，这是不大妥当的。我的看法，是雪芹死时可能是三十八九岁，长于敦敏三四岁的光景，而敦诚的"四十年华"，已然是够准确的纪录了。我们推断时，固然不必如我所说，定向四十以里缩短二三年来计算，但也不必定像胡先生非向四十以外放长五年不可。因为"四十年华"究竟是最接近事实的，所以我的结论是：曹雪芹生于雍正二年（甲辰，公元一七二四年）左右，卒于乾隆二十八年除夕（癸未，公元一七六四年二月一日）。又从敦敏的诗集里，知道敦诚先死了。他们三人之中，竟是《东皋集》的作者敦敏，岁数最大些。

三十六年十一月于燕京大学。

【附记】

此文是我"考红"的第一篇文字，原载《民国日报》"图书"副刊，是赵万里先生编录的，对我数十年红学研究来说，有其纪念意义——就是对红学史的进展来说，也是非常重要的一件大事，并且由它而引起后来红学上的种种环节的发展。当时年轻，学浅识陋，写文章也在"学步"阶段，但今天看来，其中见解除了未及深入探讨而致生误解之处（如以"旧坰"为芹卒已久之证，其实原诗是从挽吊之际而推想将来的话。又如说敦敏"凭吊"诗同是甲申之作，亦不确，应为隔年之作），大体上的主要论点都是有理有据的，并且至今仍然是我的没有变改的见解。收为附录，可备治红学史的参阅之用。

曹雪芹的生年

——答胡适之先生

适之先生：谢谢您给我的信，（原函见本刊第八十二期，本年二月二十日出版。）自问无意抛砖，不期引玉，真是欣幸无已。可惜那封信我见到时已很晚，跟着又是忙，所以直到今天才得写信来谢您，实在抱歉之至。本来拙文不过就发现的一点材料随手写成，不但没下旁参细绎的工夫，连先生的《红楼梦考证》都没有机会翻阅对证一下。倒是先生的来信，却真提起我的兴趣来了。到处搜借，好容易得了一部亚东版的《红楼梦》，才得仔细检索了一回。现在不妨把我的意思再向先生说说，也许因此竟会讨论出比较更接近事实的结论来，也未可知。

第一：先生提醒我说曹雪芹是"包衣"，敦敏是宗室，极卑极高，身份悬殊，宗室称一包衣人为"君"，又呼其字，已极客气了。是极，此点我未想到。先生当日也有这话："敦敏的诗的口气，很不像是对一位老前辈的口气"，我们的想法，差不多一样了。但这一点只能消极的证明"雪芹并不见得不比敦敏等年长"，而不能积极的证明"雪芹定比敦敏大"。所以此点于考订年龄实无大用，我当时本不该单举此点，依之立说。

第二：先生说，最要紧的是如果雪芹生的太晚了，就赶不上曹家的繁华了。这一点就很有趣味。乍看似极有理，细想起来，颇值得研讨一下。所谓曹家繁华若指曹寅为织造接驾等事，那一个时期是从一六九〇到一

471

七一三，康熙二十九至五十二年，这是曹家全盛时代，这才是真正的繁华。但雪芹实未赶上。若指曹颙、曹𫖯等继任织造，彼时虽过全盛，亦未至败落。然而仍有可疑：曹𫖯卸职，是在雍正六年，一七二八。依先生说法，雪芹生于康熙五十六年，一七一七，但那是根据"雪芹死于壬午除夕"而推定的；今先生已经接受我的说法，雪芹实死于癸未除夕，晚一年，则应重推其生年为康熙五十七年，一七一八。这样，雪芹至其父去职时已经十一岁了，可算是赶上了繁华。但可疑的是：

一：十一岁的少年，尤其是早熟而神慧的雪芹，生长在金陵，对这块佳丽地印象总不该至于淡薄模糊，如何红楼书中毫无一点写江南实景的地方呢？

二：书中开头的贾府，就在北京，所以贾雨村先是"进京"，后是"入都"。如果雪芹真是十一岁赶上父亲的卸职，后来合家才由南返北的话，这件大事和行程，如何在书中一些痕迹不可寻呢？即便是故意躲避此事，所以开头即从在北京住写起，而书中几次写人南北来往，沿路上的景物名色，如何也一些点缀没有呢？

三：曹𫖯卸职后，假如曹家是当年就回了北京，雪芹即已十一岁；若略后，则比十一岁还大；及至黛玉由苏来此，至少又是隔了些时候，或一二年，或更多。此时的雪芹或宝玉，至少十三四岁了。而冷子兴当黛玉入府之前告贾雨村说，宝玉，"如今长了七八岁"。雨村入林氏家馆，黛玉"年方五岁"，又"一载有馀"，到黛玉入府之年，至多七岁，故书中屡说黛玉"年纪幼小"，"年又甚小"，"年貌幼小"，带来的"一个是十岁的小丫头，名唤雪雁"，贾母"见雪雁甚小，一团孩气"。所以人们心目之中的宝玉黛玉，尽管是一对青年男女，实际雪芹开头所写却是"小小子"和"小姑娘"。十三四岁的雪芹，和七八岁的宝玉，岂不所差太多些吗？

关于一、二两点，俞平伯先生《红楼梦辨》一书里似乎有过讨论。例如所引明斋主人总评，"白门为佳丽地，系雪芹先生旧游处，而全无一二点染，知非金陵之事"。平伯先生也说："《红楼梦》之在南京，已无确实的根据，除非拉些书中花草来作证，而这些证据底效力究竟是很薄弱的。因文人涉笔，总喜风华；况江南是雪芹旧游之地，尤不能无所怀忆。……看全书八十回涉及南方光景的，只有花草雨露等等，则中间的缘故也可以想像而得了。"他们二位的本意，是要说明"红楼所写地点非南京"，而我的看法，这些正好足以证明"雪芹实不记得江南"，所以教他无从写起。上面第二条疑雪芹为什么南北沿路的景色一无所写，这也是雪芹根本"记不得"的另一证据。花草雨露，任何文人都可以从他所读的诗词里来想像模拟。如果雪芹真在江南长到十一岁，结果只会写一点"红梅"、"翠竹"，雪芹就太可怜了！

关于第三点，也许先生会笑我傻，把小说当年谱看。其实平伯先生早就这样"傻"过的。我觉得他排列年表的结果很好，同时这也是讨论红楼作者年代的唯一合理办法。我如今作了一件更傻的事情，就是把红楼从头翻过一下，凡是有关时序日期和年龄的句子，都摘录下来，列成一个长表，才发现此书叙时叙事的有条不紊，首尾吻合，"科学化"的程度，实在惊人！除了一二处不重要的小参差，无不若合符契。这个表不便全抄在下面，摘其要点，大体是这样：

正文第一年——自第二回黛玉入府为始。第一回及第二回前半是引子，共叙了前六七年之事。甄士隐夏日作梦，石头下世，是为宝玉初生（所以宝玉生日也正在夏日），中经甄士隐遭灾，出家，贾雨村应试，作官，娶妾，生子，丢官，教书，及雨村到维扬林家后，冷子兴便说宝玉长了七八岁；同年雨村到应天府，门子提英莲，也说"隔了七八年"。

正文第五年——第十三回贾珍为贾蓉捐官，写履历"年二十岁"，而冷子兴前四年演说时提"这位珍爷也倒生了一个儿子，今年才十六岁，名叫贾蓉"。

秦氏的"树倒猢狲散"，和凤姐的提南巡接驾"若早生二三十年"等语，皆在本年。

正文第七年——（全书所叙最详的一年，包括第十八回至五十三回，几占了全书之半。）本年宝玉为十三岁。证一：第廿三回宝玉闲吟，一等势利人"见是荣国府十二三岁的公子做的"。证二：第廿四回宝玉问贾芸年纪，芸儿自说"十八岁了"，贾琏说宝玉，"人家比你大四五岁呢"。十八岁大四五岁，非十四即十三岁，二证合看，当是十三岁。

是年宝钗十五（廿二回明叙），袭人十七八（其姨妹十七），小红十七（廿七回明叙），莺儿十六（卅五回明叙），王夫人五十（卅四回明叙）。

又四十九回园内姊妹等十三人叙齿，"皆不过十五六七岁，大半同年异月"。

正文第九年——贾母八旬大庆，贾兰十三岁（七十八回明叙），与第一年黛玉初到时所叙"取名贾兰，今方五岁"正合。

到第八十回写宝玉病好，便入了正文第十年。

合起来《红楼梦》八十回共写了十六七年的事情。我依平伯先生的办法，把小说的年表和历史的年表，配合起来，便得结果如下：

一六五八	顺治十五年，戊戌。	曹寅生。	
一七二四	雍正二年，甲辰。	夏，雪芹生，一岁。	（红楼始）甄士隐梦。宝玉生，一岁。英莲三岁。（宝钗二岁）
一七二五	雍正三年，乙巳。	雪芹二岁。	贾雨村中秋吟诗，进京。（黛玉生）
一七二六	雍正四年，丙午。	雪芹三岁。	元宵失英莲，五岁。三月遭火，甄去封家。
一七二七	雍正五年，丁未。	雪芹四岁。	甄士隐出家。
一七二八	雍正六年，戊申。	雪芹五岁，曹頫卸织造职。	贾雨村娶娇杏。
一七二九	雍正七年，己酉。	雪芹六岁。	贾雨村生子，被参，入林馆，黛玉五岁。
一七三〇	雍正八年，庚戌。	雪芹七岁。	贾敏亡。冷子兴演说。宝玉七八岁，黛玉入贾府，六岁。雪雁十岁，贾兰三岁，薛母四十上下，贾蓉十六岁。
一七三一	雍正九年，辛亥。	雪芹八岁。	
一七三二	雍正十年，壬子。	雪芹九岁。	凤姐二十，贾蓉十八，贾蔷十六岁。
一七三三	雍正十一年，癸丑。	雪芹十岁。	九月贾敬寿。腊月贾瑞戏凤姐。

续表

一七三四	雍正十二年,甲寅。	雪芹十一岁。	贾蓉捐官,秦氏亡,"树倒猢狲散"。凤姐提南巡,恨不"早生二三十年"。妙玉十八岁。林如海殁,黛玉腊月始返。
一七三五	雍正十三年,乙卯。	雪芹十二岁。	忙修园,十月始齐备。
一七三六	乾隆元年,丙辰。	雪芹十三岁。	正月接元春驾,宝玉十三,宝钗十五,袭人十七八,小红十七,莺儿十六,王夫人五十,刘老老七十五,贾芸十八。
一七三七	乾隆二年,丁巳。	雪芹十四岁。	柳五儿十六,秋桐十七。
一七三八	乾隆三年,戊午。	雪芹十五岁。	八月初三日贾母八旬大庆。(七十九或八十岁)尤氏将四十岁,贾兰十三岁,夏金桂十七岁。
一七三九	乾隆四年,己未。	雪芹十六岁。	宝玉病起。(八十回末,红楼止此。)
一七四五	乾隆十年,乙丑。	雪芹二十二岁,始草红楼。(?)(见下条)	
一七五四	乾隆十九年,甲戌。	雪芹三十一岁,脂砚斋重评本红楼。(第一回云:悼红轩披阅十载。又云:半生潦倒之罪,半生即三十岁)。疑第一回引言皆此年所修改添加。	
一七六(三)四	乾隆二十八年,癸未。	除夕雪芹卒,年四十。	
一七六七	乾隆三十二年,丁亥。	春,脂砚斋抄本第十批。	
一七七四	乾隆三十九年,甲午。	八月,脂砚斋朱批。	
一七九二	乾隆五十七年,壬子。	程本百二十回红楼。	

　　案此表与俞平伯先生年表,虽有相合处,但根本上是不同的。不同之处是,平伯先生仍以旧说雪芹生于一七一九为准,又假定立一标准凤姐说"早生二三十年"一语,时为一七三二年,时宝玉十三岁,由此作出发点,再配合起来。平伯先生又以为此时书中宝玉也正是十三岁(举第二十三回语为证),认为恰合。但依我的寻绎,这些事不在一年,当中相隔一载,前后是三年的话了,凤姐说此话时,宝玉实只十一岁。我的出发点是以雪芹生年和书中宝玉生年相配,从头推起,在几点值得注意:

一：推至一七三六,真雪芹与假宝玉同为十三岁。

二：一七三四,凤姐闻"树倒猢狲散"一语,脂批一条提到,云已三十五年,后推三十五年,为一七六八,脂批另一条注明为丁亥,一七六七,二者相差仅一年。

三：康熙六次南巡在一七〇七,下距一七三四凤姐说"早生二三十年"时二十七年,与平伯先生的假定一七三二差二年。

四：一七三八,贾母八旬大庆;曹寅生于一六五八,到此该是八十一岁。而习俗亦多在整句前一年预祝大庆,则贾母是年也可能是七十九岁。如是小于丈夫一两岁,很合实际情理。此与平伯先生年表列于一七三七者仅差一年。

若依先生的意思,雪芹四十五岁,当生于一七一八。重新挪动年表上下二层的配合,自然不成问题,只是发生了下边几点疑问：

一：依次递推,红楼里最热闹的第七年落到一七三〇,曹𬤇卸职的后二年,正烦恼,或正搬家北来,是时雪芹已十三,该都记得,不应将最热闹的一年配合到本年上,换言之,不致将本年写为兴致最豪的一年。我的意思是说,卸职剧变,落到书中正文中间,很成障碍。

二：凤姐"早生二三十年"的话,落到一七二八,上距康熙六次南巡二十一年,凤姐本年约当二十二岁,所以不致用着早生二三十年,只十年便够了。平伯先生折中假定凤姐说此话时为一七三二,与一七二八相差四年。

三："树倒猢狲散"一语,亦落在一七二八。除非脂批"屈指三十五年"的话是一七五四甲戌,脂砚斋抄《石头记》的后八年所加,才能相合。若该评语系与另条同为一七六七丁亥春,或一七七四甲午八月所加,则前后便不相及。因自一七二八下推三十五年仅为一七六二,一七六二距一七六七,尚有五年也。

四：贾母大庆落到一七三二,年七十九,或八十。然曹寅一六五八生,至此不过七十五岁。妻大于夫四五岁之多,虽非不可能,终为罕例。平伯先生列此事于一七三七,为最早可能,与此相差五年。

以上所举,并非绝对不可能,只是综合起来看,我还是觉得以我的年表为比较合适些。最可注意的是依先生所推，总嫌早了四五年。这"四五年"正针对着先生凭空里虚算出的四十五岁的那个"五岁"！

至于曹家的繁华，我以为雪芹确实未曾赶上。只看他一开头便写贾府在北京，便写荣宁二府的"萧索"，"衰败"，和"内囊"的据挶，也便不难消息。书中所叙，一半是冷子兴所谓的"百足之虫，死而不僵"，一半是雪芹笔下的烘染，所以我们看起来便误认是曹家的真繁华热闹了。曹家在江南的往事，雪芹能从老人口中不时听到提念讲说，自然有所憧憬，然而他实是未见过。所以八十回书，一些江南的真事写不出。所谓江南，扬州，金陵，秦淮，对于他始终只是个模糊的"残梦"而已。先生在考证《红楼梦》的新材料里说："我因此疑心雪芹，本意要写金陵，但他北归已久，虽然'秦淮残梦忆繁华'，却已模糊记不清了，故不能不用北京作背景，故贾家在北京，而甄家始终在江南。"又说："贾妃本无其人，省亲本无其事，大观园也不过是雪芹的'秦淮残梦'的一境而已。"这实在是极高明正确的见解。先生既一面承认雪芹记不清江南，为何又一面坚持非使雪芹赶上他家的繁荣不可呢？我在上次文里所说"《红楼梦》所写乃是当日雪芹家在金陵时盛况无疑"等语，则因旧有的笼统错误观念一时难除，又未能细考而即妄说，实是大错，现在亟应声明撤销。依我的年表，曹頫卸职，雪芹五岁，就无怪他记不得江南是什么样了。

结论是，依敦诚的"四十年华"推雪芹生于一七二四，有根据，配入年谱，合的多，抵牾的少。先生假定雪芹活到四十五岁，生年当一七一八，缺少根据，配入年表，有龃龉。如果只因怕雪芹生之过晚不及见曹家繁华，便多说五岁，而不愿改动他的岁数，恐怕也未必便与事实恰合。希望先生再加推断，庶几可以共同寻得一个比较可靠的定谳出来。

匆匆草讫，谬误自所难免，希匡正是感。

周汝昌敬上

三十七年三月十八日于燕京大学。

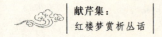

【附记】

因为胡适当时给我的信为编者赵先生刊在报端,所以我的回答也只好用信札的形式。胡适见此文后,再与我来信,后幅"我劝你把年表收起来"。我很不服气,就一直争下来了,事情很多,可参看《新证》与《石头记鉴真》的后记中所简叙。今不多述。胡适在雪芹卒年问题上,最初是接受了我的论点,但他到最后为影印甲戌本作文时又"回到壬午说"了,亦即仍然回到了他的老说法上去,认为雪芹卒于乾隆二十七年除夕,其理由却只是因见有人歪曲《懋斋诗钞》,说它"并非编年",便也说"我看不是编年"云云,表观出不去认真核考、不肯服从事实的态度。至于生年,我一直在问:平空里让雪芹"多活"上五年,这算什么"考证"呢?我排年表的办法,自然也有人不以为然,但它说明了正好差出一个"五年"来,这难道不值得思索吗?

在同一副刊登出过的,还有一篇《从曹雪芹的生年谈到红楼梦的考证方法》,是因俞平伯先生对此也有反响,故而与他商榷的。今不复录了。

致胡适信(八封)

———一———

适之前辈先生：

自从去冬偶然为文谈曹雪芹,蒙先生赐覆起,兴趣转浓。半年以来,把课馀的一些闲工夫,都花费在搜集曹家身世文献上面,成绩小有可观,竟然起意要草一本小册子,主旨在,更清楚的明了了雪芹的家世,才能更明了《红楼梦》,而邪说怪话才可以消灭无形了。这个工作是先生创始的,我现在要大胆尝试继承这工作。因为许多工作,都只开了头,以下便继起无人了,所以我要求创始的先进,加以指导与帮助。

材料的来源不外清初诗文集、史乘笔记、曹氏自己著作三者。我已请求赵斐云先生帮忙我,向富藏清初集子或笔记的名家借阅。清初集子我翻了不少,材料也多,只是还有些集子明知其中必有材料而只是寻不到的。先生如有藏书友好,亦乞介绍,此其一。

其二,曹寅的集子我只见了诗钞六卷,是最早刊本。先生旧曾借到诗文词并别钞全集,这个我必须一看。先生还能从天津或北平替我代借一下吗？

其三,要轮到先生自己头上。先生所藏脂批本上的批语,我要全看一下。《四松堂集》稿本,我更须要检索一番。这都是海内孤本,希世之宝,

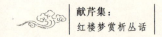
未知先生肯以道义之交不吝借我一用否？汝昌爱人书如己书，污损是绝不会的。

其四，先生当日作考证是以雪芹为主要目的，家世背景只明大概。而我现在却非仅以雪芹个人为考证目标，举凡关于曹家之只词片语，皆在搜集之内，皆有其价值用处，故同一材料，先生当日看过的用过的，有弃有取，到我手中未必不是全有用处。又先生作考证事隔多年，自兹而后，材料难保不陆续发现，或交游之中有所闻获而举以示先生者，亦未必无有。先生如自己无作续考之意，可否将以后续得材料及线索一举而畀余？！

我预备就暑假中两月之暇，先就目前手中材料草初稿（惧其散乱），以后有续得再随时增益修改。以上所请，如先生有能办到或惠然首肯的，务请早日赐覆，以便暑期离平去津之前，得聚齐诸材料，而安心动笔。

我恃了有斐云先生介绍，便不揣冒昧，如此啰唆起来，希不怪。有好些问题，都想和先生一加讨论，（草成后当先请先生过目指教）怕先生嫌麻烦，暂止于此。草草专诚拜恳，并请

先生教安。

后学周汝昌再拜谨启

卅七、六、四

赐讯寄西郊成府燕京大学三楼为感

二①

适之前辈先生赐鉴：

前造谒，蒙不弃款谈，并慨然将极珍罕的书拿出，交与一个初次会面陌生的青年人，凭他携去。我觉得这样的事，旁人不是都能作得来的。此匆匆数分钟间与先生一面，使我感到欣幸光宠；归来后更是有许多感慨，

---

① 胡适在此信信头批："卅七、七、廿，回信，许他'一切可能的帮助'。"

这个复杂的情绪，不是几个字所能表达。先生如能体会我的意思，我便不想再说什么。只是，从我自己一方面讲，我觉得这次走谒，给予先生的印象一定不好。一、一年以来，不知何故，双耳忽然患重听，十分利害，自觉个人的灵机，便去了一半，不但先生看我有点钝鲁，就是先生所说的话，我也有未曾听清的地方。二、彼时正当大考，那一次进城，是百忙中的奔波，因暑与劳，我身体本不好，竟患了腹疾，又引发痔疮，同时又热伤风，精神体力，著实不支，形容因亦益加憔悴，而时间又是那样仓卒，我要说的话，一句也说不出来。

脂批本携来以后，我已细细的看过一遍了，我还待看第二、第三遍。海内孤本，黄脆的纸，我看时是如何的加小心，不忍略加损害，先生可以放心。这个本子确是一个宝物（虽仅十六回，但仍比八十回徐藏本价值为高），我觉得先生虽已作了一篇长文专记此本，但先生不过撮要大概一叙，其馀可资论证者尚多，自是而后，一直便藏在先生书房里，不再加以讨论，使其发扬光大，这是很可惜的。我现在正写原来计划的小书（已和先生说过），但我已准备要写一篇专文，叙论脂本的价值，从此本所能窥见的奥秘，和个人对他的意见。这件事，先生也许不反对我。其次，我觉得集本校勘，这件事太重要了，为什么将近廿年之久，这中间竟无人为此呢？我决心要作这件事，因自觉机缘所至，责无旁贷，不如此，此书空云流传炙脍，终非雪芹之旧，本来面目，依然朦胧模糊。我计划：以下面三本作主干：

（一）尊藏脂评十六回本。

（二）徐藏脂评八十回本。

（三）有正刊行戚蓼生本。

再参以"程甲""程乙"二本，则本来真面，大致可见。亚东虽已两次排印，但都未能脱离开高兰墅的烟幕，未免令人耿耿也。

关于此事，先生斩荆披棘，草创开荒，示人以周行。然先生太忙，又岂能以此为专务，耕稼经营，正须要有人追踪先生，继续工作。先生如不以我为谫陋不可教，希望指导我，赞助我，提携我。且此亦不过诸事之一，其馀治学作人，我既识先生，即咸需先生之指教提掖，先生肯不弃吗？

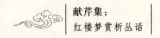
徐星署先生之八十回本，现无恙否？如果将来我要集勘时，先生能替我借用吗？此事极关紧要，虽然冒昧，但我不能不先在此提出来向先生请示的，希望先生能先加开示。

暑中天热事多，诸希珍卫，谨此致候；且脂本携来多日，我也应当向先生报告一声的。先生事情一定很忙，但若能抽空赐一覆函，实感光宠！不胜延伫倾渴之至！草草，敬请

夏安。

晚周汝昌再拜

卅七年七月十一日

邓恭三先生乞代候

赐讯请寄：天津海河咸水沽同立号

三

适之前辈先生：

快件奉到，厚意实感谢不尽！

对集本校勘一事，先生既抱同样意见，又惠然允予一切援助，情词恳挚，我尤感高兴！此事诚为笨重之工作，但实不能因其笨重即畏难而止，一任搁置下去。我既有此意，又已获得先生赞助，无论如何，决心力任此业。关于集校时实际上应注意之点，及正当之方法，仍希续加指示。

戚蓼生的发现，诚亦大可喜，因此戚本之价值，吾人过去估价未免过低。既知其为雪芹同时人，则戚本即雪芹同时本矣。先生恐其太高明而不免校改，是极，如脂本即无是病，可断言也。希望先生亦如考高鹗者然，能继续搜得其生平文献，对了解《红楼梦》必有新帮助。此人见地正确，态度光明，例如直用榜名，毫不扭捏，至为难得。不但先生，连我过去也总以为"蓼生"是一个别号之类的名字了。

徐本迷失下落，真是可惜。先生既知一二年前兜售之事，为何当时不

加注意而任其流转呢？此本亦归先生，不亦正应该吗！果尔，此时我要集校，则脂本，徐本，戚大字本（我未见），程甲乙本，皆出自先生一人所藏，诚盛事佳话也！依我想，此徐本难出北京城去，藏书有名者，当亦屈指可数，务希先生设法辗转一求此本之下落，谅未必不能发现也。翘企翘企！

《四松堂集》亦寻出，慰极！我暑假后去平，立当走取。

随函附呈拙文《跋脂本》一小册，原是为给赵万里先生写的，预备在《民国日报·图书刊》上发表后，再寄给先生。昨接斐云先生书（与大札同时到）谓该刊即将停出，故无法刊登。我现在直接寄给先生，请求指正，并希设法介绍他报刊登。拙文本无可观，而我必欲披露者，一则觉脂本实实可宝，不得不加以表扬，使天下人知此本之价值。二则屡次抛砖者，实亦希望能再引起普遍的兴趣，广结墨缘，多得几个同志。譬如我如不因谈《红楼》，如何得与先生相识呢？

蒙嘱著意休息，并指教应虚心，尤感关切！我一向追随先生以尊重证据破除成见二事为大前题，岂敢不虚心。例如我说雪芹生于雍二，即纯以敦诚的"四十年华"为根据；至于"年表"，不过是借此以证四十岁之并无不合而已，我也绝不以年表为主要证据；且如除排《红楼》年表外，若尚有一个较好的办法能考订雪芹的年龄外，我亦将取此后者而舍年表！先生看，我此处可有成见与不虚心的错误吗？我是一直心快口的人，毫无世故；看了先生自始对我的开明的态度，实在高兴的了不得（我的话即本意，并非浮词套语），所以我更敢向先生推襟送抱，言所欲言了！此点唯先生亮詧！先生是学术界权威，例如先生如不明白同意雪芹生年一说，方杰人先生必不敢采我说以入书！以此，雪芹生年问题，仍希先生续考论定，不然天下人是不会接受的（俞先生同意四十岁说）。

至于我现在所写的小书，暂称之为"红楼家世"，觉处处基于材料，尚不甚空疏，写毕一定先求正于先生。希仍赐讯，盼盼。

晚周汝昌再拜

卅七年七月廿五日

四

适之前辈先生：

暑中欣接快函，当即覆谢，那是一张芜纸，夹在我所写跋甲戌脂本一长文里挂号寄出的，不知那东西是否投到了；我觉得您的事太忙，因此就没有再写信去问。

七日我又回到校中了，最引以为慰的事是甲戌珍本又随我平安回来了。自借得以后，我便时时怕有闪错，那时没法见您的面。不过有两点我必须先向您请罪：

一、《论学近著》原来很新，经一暑期三人阅读（我的两个长兄也十分爱看您的书）却已变旧了。但只是封面，我很后悔自始不先包一个书皮，那硬面看去很坚固，但脊侧却禁不得缁弄。

二、脂本是毫无零损、新整如故的，我心里还稍舒服些，可是我们未曾征求先生同意便录出一个副本来。原故固然是由于第一我们太喜爱太需要这本子了；但第二实亦因为原本过于珍贵，纸已黄脆，实实不忍看他经过缁弄而受损害，我们虽然加了十二分小心（二个多月，只有二人的手摸过他），但多缁一次便眼看着他多一次危险。若要充分利用而又同时珍惜这本子，唯一的办法便是录副。若是先写信征求先生同意，往返耽搁，我暑假满后一来平，这件事便没法办了。我四兄在家，一手迻录（我在写别的，不能兼顾，只作了校雠的工夫），专人之力，一心不二用，整整两月才完工。这真是把握千载难逢的良机，稍一犹移，立失交臂了！有了副本，原本才遭受了最低限度的缁弄。我们的冒昧是不待言的，苦心也用得不小。现在特向先生声明，或者能深谅下衷而不怪责。这副本将来是要和原本一同送去，请求先生审鉴题记，以志流传授受，渊源踪迹。如果先生不愿意不同意我们的擅自录副，也不要紧，我们也准备着把副本一并送给先生。反正先生的书也肯借我用的。总之，这一点宝爱珍本的原意是如愿以偿了。

两月之间，我一力写《红楼家世》，完成了不少（大部），但还需要零零星星的写些。距离脱稿，尚须有待。只恨一人耳目所知所及，十分有限，况有些书明知其中必有材料，只是看不到，这是无法的。至于所用的方法，大致还正确。如果工课不忙，希望早日写完，奉阅求教，那时务乞先生勿吝一序，庶几见重于世。

自读脂本，我颇疑《石头记》里的北静王即是清高宗第六子质庄亲王。因为脂本北静王名"水溶"（俗本作世荣），质王名"永瑢"，似非无因，只是年代嫌稍晚一点。又疑也可能即是允禧慎郡王，即有名的"紫琼道人"。允禧无嗣，即以永瑢为其后；允禧薨后谥曰"靖"，亦甚可注意。他们都是诗画兼擅，赏识雪芹，极为可能。我现亟欲检看永瑢的《九思堂诗钞》和紫琼的《花间堂集》《紫琼崖集》等，先生能替我搜借吗？至企至幸！

阅报悉先生将于十六日南下，故甚欲在该日前与先生一晤。先生如太忙，不及相见，望将《四松堂集》与大字戚本先交下人，俟我走谒，虽不能聆教，若先将二书到手，亦不虚此一行，奢望希不笑，至盼至盼！

先生如到南京，千万抽暇到聚宝山雨花岗上访访"曹公祠"（寅）还有没有，若有，有无碑版文献？又江宁"儒学"有名宦祠，玺、寅父子俱入祀，亦望一探，或有所获。此外扬州、虎丘亦有楝亭祠祀，恐皆墟矣。

专上敬颂

道祺。

眼昏笔秃，不恭之至，乞谅。

后学周汝昌再拜

卅七、九、十一

五

适之前辈先生：

昨寄一草，谅邀青及。现在我发现十六日以前我每日下午都有课，无法趋谒，但又急欲一见《四松堂集》和戚序大字《红楼》二书，先生如果十六日南去，望将该书等交可靠门房人，容我本星期六、日有空走取。又怕门房人无由辨识我，不敢把书交我；或他把书交错了别人。现附去半个名片，我自持半个，嘱尊价如有人来，说对了姓名来历，对上名片，就把书交给他。这个法子，不知先生以为如何？如有他书于曹氏或《红楼》有用者，亦望一并惠示，切盼至感！

　　草草再渎，顺颂

节安。

周汝昌再拜启

三七、九、十四

六

适之前辈先生：

　　十五日接到先生一信，承你慨然许诺副本为我所有，并允为作题记，真使我万分高兴！《论学近著》翻旧了，你也概不加罪，我只有感佩。我觉得学者们的学问见识，固然重要，而其襟怀风度，也同样要紧。我既钦先生前者，尤佩先生后者！

　　巧得很，次日一早，先生第一信亦由舍间转到，先生这样不弃，谆谆教导，迥非常情能及。我如非糊涂人，定感知遇。先生怕我生气，怕我失望。我告诉先生说：绝不会的。彼此初交，先生当然无由知我详细，我已不复是稚气的孩子或盛气的少年，也是三十开外的中年人了！我的学运极坏：自幼在小学便连遭内战，败兵流军，扰村驻校是常事。中学时将要毕业，就是芦沟国变，校舍被轰（南开）。大学刚入不久，则又是珠湾战起，八年沦溷不算，还加上绑匪水灾种种一再的耽误，言不能悉；先后同级学子，不少海外归来，次者也早在国内作了大学教授。唯有我还是"一介青衿"；但凡略无勇气，早已更行改节，不再作念书打算了。故人中有很多疑我在燕大是执教，一提还是"当学生"，无不哑然！但我私自想想，现在还是沾了学生身份的便宜。因为假如换个地位，先生也许就要委蛇谦抑，而不肯如此开明亲切的指导了。我如何"生气"，如何"失望"？我只有惊宠，庆幸。

　　我的文章写不到好处，是实在的。但自幼写文言确比白话来得习惯些，白话文更写不好！几次谈《红楼》，因与先生交，还是特意改写白话的，写去总嫌不自然。至于该跋文之用了浅文言，原是为避冗长，先生的原意当然也不是叫我写更深奥的"古文"。我觉得文章造诣，现在已无办法，即使改削，也还是五十步百步之差。但我写此文的主意，还是着重在那几点见解上。几点见解，先生既已大致赞同，我之目的已达。我所以分节研讨异文，也就是剪裁的意思；如果乱糟糟一条条随便地写去，一定又会像俞先生的《梦辨》被人批评为"CHAOTIC BOOK"。而且若把其馀部分删去，只存"异文"，该文也就实在无甚价值。何以呢？研究脂本，原是要以异文朱批为材料，以窥探原书各方面本意真象为目的。若只举异文，仅仅几条随手的例子，便难交代，而是非要俟有通体的校记不可的。我此刻回想，该文虽然有欠洁净，但自觉废话尚无有，也不是故意敷演，拉长篇幅。所要说者则说之，枝蔓则力自避免，加以痛删，一则如先生所云"颇感觉不容易"，二则意见皆被牺牲。例如驳俞几处，又正是代表见解的主要部分。删去之后，我的意见如何被尊重呢？先生平心而论，俞跋见地，比我如何？俞跋文字，比我如何？他的表面篇幅虽小，但也并非简炼精采。若再论文字，不但先生的严刻批评下，交代不下去，就是拿到作文班上，教员也不能"文不加点"。请先生恕我放肆，唐突先进。我只是秉公而论，我不因俞先生是社会知名的名士与教授而势利地一眼看高一眼看低他，更不是传统的"文人相轻"的恶习。先生如知我发言为诚于中而形于外，也必不以我为狂诞而同意我。

　　话归原题：我现在既有了一个新副本，缮索研求，可以方便大胆得多！因此可以更彻底地检看，所以那篇跋文确须遵从先生所嘱须要重加精密的好好写一下。发表不发表，实实无关紧要，我那也是一时的念头，先生不必认真。我注意的却是请先生不要因看了我那一篇拙文而感到失望！倒是将来把《红楼家世》稿本呈去时，还要求先生更严刻的加以批评指正。因那个东西材料较多，用的方法精密与见地正确与否，都须要先生指摘或印可的。我现在准备修葺已写的部分，计划要写的几章，我一定听从先生，处处以材料充实他，决不多说一句废话，以求洁净，而避拖沓。

曹寅的摺奏全部，现在还在南京。（先生当年曾到故宫检阅全部否？务示！）我为了这，还特意跑了一趟故宫文献馆，可惜我暂时无由一览其全部，只得姑据《文献丛编》上的几十通，正如《楝亭集》苦不得全集本，只好暂用扬州初刻本，这是极苦的事。好在现在我已经把当初"求全"的妄念抛弃了，因为我发现仅曹寅一生事迹材料之多，即无法尽搜，求全是办不到的，但我希望能草出一条大路，不详尽的，由人去补充扩展，一手遮天的念头，是荒谬的。《故宫周刊》我一定去查。但先生仍须不吝指示，与赐予一切方便与帮助。我恳切祈求先生仍为我搜借：

一、《楝亭全集》本。二、允禧之《紫琼》《花间堂》各诗集。三、永瑢之《九思堂诗》。四、永忠之《延芬室诗》（戊子初稿）。又，先生当初说遍查过康、雍、乾三朝的妃子，无曹姓者。先生所查何书？专门纪载各皇帝妃嫔者有何书？先生说曹寅一女嫁蒙古王子，"蒙古"二字何据？千祈——详告！

我再提雨花岗上的曹公祠，先生千万不要忽略他，最好能去一访。意外收获，是很难说定的。环境许可，我早去了。（只怕年久鞠为茂草！）

我一定等先生回平再去拜谒借书。旅途风霜，诸乞
为道珍重！

周汝昌谨上
卅七、九、十九

七

适之前辈先生：

多日阔别，此时当已安返故都了。谅先生此行一方面为学术定能宣扬教化，一方面为了自己作研考工作，也一定收获丰富，公私咸洽，式符臆颂。先生临行之前，想像是在怎样百忙之下，还连接为我而写两封信，那

样恳挚指导。中心藏写，迄不能忘。我曾把先生的信都寄给家兄——手钞脂本的人——看过，他回信的话，更使我感动。他一再申说先生的友谊的可宝贵，而在相交不久之下，便获得了先生那样亲切的信，已是自己人的信，不再是写给生人外人的信了，这是极为难得的事。同时他担心我一向心直口快不会世故的习性，热诚太过，有时便不免使人误会作不虚心的人；他提醒我注意不要给先生以不好的印象，因为他是最了解我的人，才能说出这些话。我有了先生这样的师友，又有这样知己弟兄，心中真是说不出的欣慨交集。我兄弟四人中，这个兄长与我两人最相契，他赋性孤洁，与世多忤，作了许多年的事，现在萧然归田，岑寂索寞，我唯有时常与他诗句倡和，或搜些精神食粮给他，以稍解其苦闷。他在脂本副本之后，有一篇抄后记，不久先生会看得到的。

　　由于先生的指示，使我对《红楼家世》一草，更不敢率尔从事。实在讲，在校读书，本没有自己另外研究专题与著述的工夫，一个暑假，仅仅勉强把材料整理成一个粗具模型的东西，算作书中一章。原想暑后就拿给先生看，不料开学后功课比去年大忙，而新材料也不断零星发现，使我无法马上告一段落。我决定使它着实充实以后，好好重写一下，像个样子时，再给先生看，不然这个草率随便的坏处是仍要不得的。但又想，这个半成形的初草也无妨使先生一见，因为可以使先生知道大概我是怎样作法，因而可以通体的指导我，帮助我，教正我。总之，这个东西恐怕在我毕业前是写不了的了！因为明年有了论文，一定更要忙，而毕业后环境是否还允许我续作搜求著作的工作，更属可虑。我深恐这批东西会半成不成的被迫搁置下去，那是很可惜的！

　　《懋斋诗钞》我原想使先生一见，但因系善本，不能借出馆外，现在探知此书被哈佛燕京学社当局持往城里，先生如和他们相识，不妨就机一看，因比在城外燕京要方便多了。

　　《华北日报》的副刊最近刊出一长篇，叫做"红楼梦发微"，署名"湛庐"。他要替索隐派算总帐蠹大纛，而此人可怕处，在他知道过去此派之弱点，他比他们明白。他说："所可自慰者，我之举步极慎重，并非盲目跟着飞跑者。

尤其穿凿附会的寻章索义，不但深所惑惕，而且本文里面还要对于这类文字随时予以纠正的。"这样一个人，也替《红楼》加烟瘴，实在比过去一切索隐更可怕。学一句时髦报纸上的话：我在"密切注意其发展中"。（自十月一日始，每星期四或五刊一次，先生不妨也看看。）又例如他提到先生，说："胡先生一方面反对蔡先生的《索隐》，但另一方面他自己也做了一种索隐工作……姑不论胡先生说法是否较蔡、王诸氏为可靠，无论如何，他已承认了《红楼梦》为一部将真事隐去的书，而且也曾费尽心力做了一次不同的索隐工作。究竟谁猜的谜是笨谜？谁是智慧的？在这里无意予以径直批评。但在我的想法，谜终归是一个谜，有大智慧者固然可以猜，即大笨伯亦未始不可参加去猜。"且看他是怎样智慧地去猜！按理说，今日何日？——还有兴致考红考绿？且真理到头究竟是真理，何必因歪曲加多而焦急呢？但二百年来，此书蒙受的不白之冤太大了！先生出始为一廓！然而二十年来，附会索隐势力，不但未尝打倒，反而有增无已。在《索隐》等书之后，寿鹏飞的《本事辩证》、景梅九的《真谛》，都为该派张目；现在居然又有新生的《发微》！反视先生之后，并无一人继起作有系统的接续研究，为我派吐气。俞平伯先生的书另是一路，他完全没有在史实上下任何工夫，只是闲扯天，因此丝毫不能有所加于先生之说！——显然先生在这件小而又小的事上是孤立的。我觉得《红楼梦》虽然久在国内享了大名，但中国人这种"似是而非的赏音"最要不得！而且无论何事有人起了头，便无人继承发扬下去，只是保持这个"起头"完事——坏一坏，连"起头"也给湮没了！这是不叫人慨叹吗？所以我这样孜孜于此事，也不是一件毫无意义的事，至不济，也如先生对考《水经注》所说："犹之别人好打牌吸烟一样"而已。

刘铨福这个人很重要，因为脂本和妙复轩本（此本现为最流行有势力的批本）都由他一人而传，在《红楼》版本史上他是一个不朽的人物。由他的跋语可知其人情致不俗，眼光正确，可能也是旗人。他提的"佟四哥""三弦子"，即是旗人而能唱《红楼》节目子弟书的。《东方杂志》"中国美术号"《东武王氏商盉堂金石丛话》说："昔刘燕翁、沈文忠（朗亭）、刘子重、杨幼云，诸家小造象拓本……"按杨幼云即《娄寿碑》藏者，商务有珂罗印本，官为司马。刘子重提到李伯盂郎中与翁同龢殿撰，必系同僚，足见他官也不小。（又脂本另一跋署"青士、椿馀同观"的青士，疑心即朱赟，字青士，是同治间人。他父亲朱鹿坪有《茹古堂诗文集》。）我很想找出此人的事迹来，但始终还未能寻到其他线索。

两个最基本的史料：《楝亭》全集本和故宫摺子，我全无由运用。先生还能在天津根寻当初的"公园图书馆"的藏书和在北平故宫文献馆给我安排最大可能的便利吗？李煦的全部摺子还在，此外还有织造衙门和内务府的文献，都是无尽宝藏，必须发掘的。人微言轻的学生，在社会上想作任何理想的事亦困难万分。先生能替我想一个办法，真是受惠无穷的。

日前偶然读到 MARQUIS W. CHILDS 所作的先生的传记，很受感动。先生有自传可以借给我看吗？

我希望先生有空时给我一信，指定一对先生最合宜的时间，我好去取《四松堂集》等书，顺便把脂本奉还，在这里搁着，很令人担心（我并没给第二人看过，同屋都不知道）。

要和先生说的话，真是多得很，但顺笔而写，已满四纸，恐先生嫌絮烦，不得不止于此了。专此敬祝
先生安好。

周汝昌拜手敬启
卅七、十、廿三

跋脂本文经先生提议去累赘而存异文，原来觉得一些意见因此被删，不免有姑惜之意。现在想来，那些意见主要是写给先生看的，先生既经过眼而大致同意了，所以存不存毫无关系。先生前信所说欲费些工夫替我删为一短洁可看的小文，先生若有此空闲有此真致时，千祈仍照原函所说一作，至幸至盼！

汝昌又及

491

八

适之前辈先生：

挂号信二十七日奉到，《四松堂集》当日取来，先生种种的美意，以及为我而费的事，我都感谢不尽。

我读《四松堂集》的第一个念头是：《闻笛集》已不知是否尚在人间，可能也还在旗人延某家么？这种想法，先生也许一样有过，但不知曾询松筠阁及此否？

拙文本太丑，承为手削，光宠莫名！

孙子书先生昨天特别亲过敝屋，把先生的来信已给他看过了，我预备今明日就把脂本正副都拿给他。

承示叶昌炽《藏书纪事诗》一点，幸甚，此乃极重要线索。我发上次信后，就发现"青士椿馀同观于半亩园并识"一条的本名和事迹，我已写一篇小记在脂副之后。青士即濮文暹，椿馀乃其弟名文昶者，半亩园则为完颜文勤崇实的园子。文暹曾在崇幕，故得在其园见此脂本。题记作于同治四年七月，彼时他兄弟二人方同榜中进士不久。不悉先生素知此人否？

先生致意家兄一节，尤为感激，我即要将先生原信寄去，在此我先替他向先生道谢。

《论学近著》页一〇七："几千年来人皆说老在庄前，钱穆先生不应说老在庄后，何者？思想上之线索不如此也？"颇疑两个"老在庄后"皆"老在孔后"之误，？号想当作！。先生未加校及，原意为何，乞便中开示为盼。

故宫密摺我知道不能外借，我是想将来若去钞读时，恳请先生一为介绍，就占便宜了，不然他们可能嫌麻烦而不待见。

脂原本本想立即归还，但因先生提议给孙子书先生看，我想等和《四松堂集》一并奉还吧。先生如果能不时晤及孙先生，可否仍托他把先生允借的大字戚本也带给我一用。如无困难，乞不吝，盼甚感甚！

昨天检出一纸拙词，抄好后未寄给原来要寄的人，现在改寄给先生一看，因为可以代表我对《红楼》的看法和认识。

家国学校，无一处不使先生忙碌劳神，心境也未必常得宁贴。我时时以极不要紧的闲事来琐渎清神，实感不安之至。天道乍寒，诸祈为道自重！

晚周汝昌再拜

卅七、十、廿九

十月二日草草赋《金缕曲》赠丛碧先生，幅隘感多，言不罄意，追维图卷，因一再叠（凡入例得作平处不赘注）

楝亭图

庭命存提耳，记当时，楝花亭榭，衮衣衔第。一树婆娑人雪涕，谁会蓼莪真意。天下士，半归知己曹子清上自前明遗士，下逮朝野名流，罔不与游。妙句清图都几幅，遍东南、争写瞻依泪。笔似绣，诗如水。　　那兰小跋心先醉。重摩挲，手污爪挈，雅人生忌。三叶不殊风木思子清以至雪芹，身世兴亡未已。又岂独、艳情堪悔船山诗云"艳情人自说红楼"，前人大抵只于艳情二字着眼。五采云龙馀诰锡曹氏上世三诰命，今藏燕大圕①，与《楝亭图》皆其家旧物流于世者也，泣流传、厂肆风尘里李文藻《南涧文集·琉璃厂书肆记》云：乾隆己丑夏间，从内城买书数十部，皆有楝亭曹氏印，盖付鼓摊庙市久矣。忍重读，石头记。

红楼梦

奕叶愁昴耳累，第七世；耳，第八世。自曹氏始祖世选迨雪芹之殇子，凡七世，盖不俟八世而衰矣，更休论，从龙勋卫，绣麂才第。树倒猢狲含痛语，梦里座中同意子清在日，每举"树倒猢狲散"一语示座客，见施瑮诗集自注，即秦氏托梦语所自来也。犹苦说，为人非己。喧薤围毡良何暇脂砚斋朱批云"寒冬喧酸虀，雪夜围破毡"，此乃雪芹贫后实况，十年勤胡藏脂本引诗云"十年辛苦不寻常"、奇话传偿泪。分不出，血和水依雪芹自批，"绛珠"即隐血泪二字，故诗又云"字字看来皆

---

① 编者注：圕，为"图书馆"三字的缩写。

是血"。　　　 赍酤卖画罨靤醉敦诚、敦敏昆弟赠雪芹诗云"举家食粥酒常赊"，又"卖画钱来付酒家"，又"一醉罨靤白眼斜"。叹蓬蒿、生屯死覆敦诚《四松堂集》寄怀雪芹诗云"于今环堵蓬蒿屯"，绝才天忌。丽载更无玄识在，当日不如其已。回首处、九泉应悔。四海谁堪身后托？葺丛残、旧事芸编里。君浮白，吾能记余辑《红楼家世》一书，搜曹家旧事差备。

　　十月二日得见《楝亭图》，当时作了一首词给藏主张先生，向他乞录题辞，为辑书材料。因张先生题容若小像立轴用容若赠顾梁汾韵作《金缕曲》，我便用了此韵。第二天又叠了两首，因为都与《红楼》有关，特地检寄适之先生，以供一粲。原来本录为他人看，故附累赘小注。

汝昌

卅七、十、廿八，志

【附记】

　　这八封写寄胡适先生的旧札，原不在本书初版内，原因是编集时早已不知其是否仍存，下落何在——即使觅得，当时也悟不到那些内容对于"红学"的重新建构与发展有什么意义，不值得存录传世。如今所以得以增入，是由于在二〇〇五年忽然访得了原件无恙，保存在中国社会科学院近代史研究所，因而获准拍照——也因此方得撰写成《我与胡适先生》一书，但抄录整理工作仍有小小疏失，这次重新校正清整，刊在本书，以供读者、研者参考时更为便捷可信。

　　通信是个人之间的友谊感情的往还交流、礼仪款洽，这是传统道德公则。至于学术见解之异同切磋，另有文章（见本书已收入）。中华人自古讲"文各有体"，今人或已不甚了了，甚至将二者混为一回事，并有意加以"增饰"铺张，那已离历史真实太远了。

　　前贤来哲，当有以鉴证之——也算一种"温故"也。

编　后

　　没有山西人民出版社的热情督促，这部集子将永远是一堆乱纸，不说读者想看时没有办法，连我自己想检用也是束手无策。我的东西的乱，是"数十年如一日"的，怎么"改善"也未见"善"状，为了寻找一本书、一篇文，费的那时力，受的那烦恼，真是一言难尽。现在受了好几个月的"罪"，总算成形了，又也不过是潦潦草草——我的所有的文字、书册，都是这种"状态"下产生的。提起这，说不出这是应该向读者致我私怀之歉意，还是想让他们原谅自己的无可奈何。现时比过去又不同，又加上了一个眼坏，一个奇忙。我是把同志们委托我的事放在首位的，不愿先己后人。这么一来，连编个文集（这是简单的事吧）也"矛盾"极大，常常因精力、目力、时间的不我予，而更加草草从事。说我做事不负责任，则太觉冤枉，平生没有过这种念头。但是潦草终究是潦草，用空话是改变不了的。过去写《新证》时，因为一旦离开了原来的"条件所在地"，数百种资料无法核对一下；而原稿寒伧得出奇，为了付排，又须烦人清钞（家兄之力），可是钞完了又缺少一次与原稿的核校……等到印出来，那"问题"可就多了。（以致到今天还不时有热心的同志为了改正它的一个误字而写一篇文章！）由此可见，不管你当时条件如何，日后苦衷怎样，读者理应要求正确无讹，是不会"体谅"并"原谅"你的。那时至少眼还管用，而现时呢？……这就更难说了。我想做的也无法做到了。我不应因此而指望读者的原谅，那像什么话呢。这次作稿，有的剪贴原刊，原刊会有刊误；有的是重钞，重钞又有笔误。都校一遍，势所不能，又只好这样子了……我意读者对这样的书文，观其大略可也。

五十多篇文章，只是我对红学偶然得到机缘凑泊而写出的一些意思。我将继续努力，争取用更积极的精神把久蓄于怀的看法都尽可能地写一写，那时当有第二本这样的集子。无锡的一位公安部门的同志，给我来信，知我目艰，嘱我说：此信只表心意，于愿已足，您眼不好，不要回信，只要将此时间目力多为我们写一点，就好了……（他的原话比这感人得多。）说真的，我读了他的信，不禁为之泫然。我为了他（以及很多类似的来信的读者）的这种心意，难道会自惜一点力气而散诞逍遥吗？不会的。

《新证》增订时，全靠女儿丽苓"代目"；这次却是靠女儿伦苓代手代目居多（只恐错字难于尽免）。儿子建临也出了力。还有我应当致意的协助者，同此心照，一字之惠，不敢忘也。

壬戌年夏历四月二十六日写讫